STEFANIE GERCKE

Ich kehre zurück nach Afrika

STEFANIE GERCKE

Ich kehre zurück nach Afrika

ROMAN

Die Folie des Schutzumschlags sowie die Einschweißfolie
sind PE-Folien und biologisch abbaubar.
Dieses Buch wurde auf chlor- und säurefreiem Papier gedruckt.

Bitte besuchen Sie uns im Internet:
www.droemer-knaur.de

Dieser Titel erschien bereits unter der Bandnummer 61498

Umschlaggestaltung: ZERO Werbeagentur, München
Umschlagabbildung: Getty Images
Gestaltung und Herstellung: Josef Gall, Geretsried
Satz: Ventura Publisher im Verlag
Druck und Bindung: Ebner & Spiegel, Ulm
Printed in Germany
ISBN 978-3-426-66292-2

2 4 5 3 1

Dienstag, den 26. März 1968

Durch das Dröhnen der Flugzeugmotoren meinte sie die Stimme ihres Vaters zu hören, traurig und voller Sehnsucht. »Du bist in Afrika geboren, auf einer kleinen Insel im weiten, blauen Meer.« Seine Worte waren so klar wie damals, vor fast dreiundzwanzig Jahren. Sie sah ihn am Fenster lehnen, das blind war von dem peitschenden Novemberregen, seine breiten Schultern nach vorn gefallen, und ihr war, als vernähme sie wieder die windverwehte Melodie von sanften kehligen Stimmen, als stiege ihr dieser Geruch von Rauch und feuchter, warmer Erde in die Nase.

»Afrika«, hatte er geflüstert, und sie wußte, daß er den dunklen Novemberabend nicht sah, daß er weit weg war von ihr, in diesem fernen, leuchtenden Land, dessen Erinnerung ihm, ihrem turmgroßen, starken Vater, die Tränen in die Augen trieb.

Die Stirn gegen das kalte Fenster des großen Jets gepreßt, sah sie hinunter auf das Land, das sie liebte, ihr Paradies. Ein Schluchzen stieg ihr in die Kehle. Sie schüttelte ihre dichten, honigfarbenen Haare schützend vor das Gesicht. Niemand durfte ihr etwas anmerken, niemand durfte wissen, daß sie dieses Land für immer verließ, niemand! Besonders nicht der Kerl da vorne, der in dem hellen Safarianzug mit dem schwarzen Bürstenschnurrbart, der so ruhig an der Trennwand zur ersten Klasse lehnte. Vorhin, als sie einstieg, stand er zwischen den Sitzen in einer der letzten Reihen. Sein Genick steif wie ein Stock, ließ er seine Augen ständig über seine

Mitpassagiere wandern. Von Gesicht zu Gesicht, jede ungewöhnliche Regung registrierend, ohne Unterlaß. Daran hatte sie ihn erkannt, an dem ruhelosen, lauernden Ausdruck seiner Augen. Einer von BOSS, dem Bureau of State Security, ein Agent der Staatssicherheit, der gefürchtetsten Institution Südafrikas. BOSS, die eine Akte über sie führten.

Tief unter ihr glitt die Küste von Durban dahin. Die Bougainvilleen leuchteten allenthalben wie rosafarbene Juwelen auf den sattgrünen Polstern gepflegter Rasenflächen. Ihre Augen ertranken in stillen Tränen.

Reiß dich zusammen, heulen kannst du später!

So verharrte sie lautlos, saß völlig bewegungslos, zwang sich, das Schluchzen hinunterzuschlucken. Sie tat es für ihre Kinder, ihre Zwillinge, Julia und Jan, den Mittelpunkt ihrer kleinen Familie, die ganz still neben ihr in den Sitzen hockten.

Ihre Gesichter, von der afrikanischen Sonne tief gebräunt, waren angespannt und blaß, ihre Augen in verständnisloser Angst aufgerissen. Obwohl sie sich bemüht hatte, sich nichts anmerken zu lassen, mußten sie dennoch etwas gespürt haben. Sie waren gerade erst vier Jahre alt geworden. Viel zu jung, um so brutal aus ihrem behüteten Dasein gerissen zu werden, zu klein, um zu verstehen, daß von nun an nichts mehr so sein würde, wie es bisher war. Vor wenigen Wochen erst hatten sie mit einer übermütigen Kuchenschlacht ihren Geburtstag gefeiert, doch Henrietta hatte Mühe, sich daran zu erinnern, denn die folgenden Ereignisse töteten alles andere in ihr, ihre Gefühle, ihre Erinnerungen, ihre Sehnsüchte. Es war, als wüchse ein bösartiges Geschwür in ihr, das sie ausfüllte und langsam von innen auffraß.

Das metallische Signal des bordinternen Lautsprechers schnitt scharf durch das sie umgebende Stimmengesumm. Das Geräusch kratzte über ihre rohen Nerven, sie zuckte zusammen, fing die Bewegung aber sofort auf. Um keinen Preis auffallen! Nur nicht in letzter Sekunde die Fassung verlieren und den Mann gefährden, der dort unten, irgendwo in dem unwegsamen, feuchtheißen, schlangenverseuchten Buschurwald im Norden Zululands versuchte, über die Grenze nach Moçambique zu gelangen. Ihr Mann. Es war ihr plötzlich, als spüre sie seine Hand in der ihren. So stark war ihre Vorstellungskraft, daß sie seine Wärme fühlte. Sie strömte in ihren Arm und breitete sich wohlig in ihr aus, so als teilten sie denselben Blutkreislauf. Sie wußte, solange diese Hand die ihre hielt, konnte ihr nie etwas wirklich Furchtbares passieren. Ihr nicht und Julia und Jan nicht. Sie schloß die Augen und gab sich für einen Augenblick dieser kostbaren Wärme und Geborgenheit hin.

Doch ebenso plötzlich war es vorbei, es fröstelte sie. Eiskalte Angst ergriff ihre Seele. Denn sollte der Agent von BOSS mißtrauisch werden, merken, daß sie auf der Flucht war und nicht die Absicht hatte, nach Südafrika zurückzukehren, würden sie ihn fangen, bevor er die Grenze überquert hatte. Verschnürt wie Schlachtvieh, würden sie ihn in ein vergittertes Auto werfen und dann in einem ihrer berüchtigten Gefängnisse verschwinden lassen. Als Staatsfeind unter dem 180-Tage-Arrest-Gesetz, einhundertachtzig Tage ohne Anklage, ohne Verurteilung und ohne die Möglichkeit für den Gefangenen, einen Anwalt oder auch nur seine Familie zu benachrichtigen. Nach 180 Tagen würden sie ihn freilassen aus der dumpfen, dämmrigen Zelle, zwei, drei Schritte in den strahlenden afrikanischen Sonnenschein machen lassen, die Freiheit des endlosen Himmels kosten, um ihn auf der Stelle für weitere 180 Tage zu inhaftieren. »Bis die Hölle zufriert«, pflegte Dr. Piet Kruger, Generalstaatsanwalt von Südafrika, zynisch zu bemerken. Irgendwann würden sie ihn mit gefälschten Anschuldigungen vor Gericht stellen und dann für viele Jahre qualvoll hinter Gittern verrotten, zum Tier ver-

kommen lassen. Ihr wurde speiübel von den Bildern, die sich ihr aufdrängten.
Als aber die Stewardeß sie nach ihrem Getränkewunsch fragte, konnte sie lächeln, und ihre Stimme war klar und ohne Schwankungen. In den letzten Wochen mußte sie das lernen. Zu lächeln, obwohl ihr das Herz brach. Sie hatte Dinge gelernt und Dinge getan, von denen sie nie ahnte, daß sie dazu fähig sei. Sie hatte gelogen, getäuscht und jede Menge Gesetze gebrochen, mit lachendem Gesicht und einem stummen Schrei in der Kehle, der sie fast erstickte.
Der weiße Jet flog hinaus über die blaue Unendlichkeit des Indischen Ozeans. Der wie helles Gold schimmernde Strand, der um Natal liegt wie ein breites Halsband, wurde zu einem feinen, leuchtenden Reif, die Küste versank im Dunst der Ferne. Kurz darauf legte sich das Flugzeug in eine scharfe Kurve landeinwärts, und sie erkannte Umhlanga Rocks an der aus dem dünnen Salzschleier steigenden Hügellandschaft und dem rot-weißen Leuchtturm, der vor dem traditionsreichen Oyster Box Hotel die Seefahrer vor den tückischen, felsbewehrten Küstengewässern warnte. Und weil sie wußte, wo sie suchen mußte, entdeckte sie das silbergraue Schieferdach ihres Hauses, oben am Hang, unter den Flamboyants. Sie sah es nur für den winzigen Bruchteil eines Augenblicks zwischen dem flirrenden Grün, dann versank es in dem Meer von Bäumen.

❖

Vor etwas mehr als acht Jahren war sie hier gelandet, hungrig nach Leben nach den Einschränkungen der Nachkriegsjahre in Deutschland, gierig nach Freiheit, froh, endlich den erstickenden Vorschriften und Traditionen einer seelisch verkrüppelten Gesellschaft entronnen zu sein. So kam sie im Dezember 1959 nach Südafrika, noch nicht zwanzig Jahre alt,

sprühend von Lebensenergie, erfüllt von unbändiger Willenskraft, hier ihr Leben aufzubauen.
Sarahs dunkles Gesicht tauchte vor ihr auf, daneben das von Tita, gerahmt von ihren flammenden Locken, und hinter ihnen gruppierten sich die Menschen, die sie liebte und die sie jetzt verlassen mußte. »Ich kehre zurück, Afrika«, schwor sie und dachte dabei an Papa. »Einmal noch nach Afrika – ich werde nicht nur davon träumen.« Eine übermächtige Wut packte sie auf alle, die ihr und ihrer Familie das antaten, Kampfgeist brach durch ihren Schmerz, doch sie grub ihre Fingernägel tief in die Handflächen. Noch mußte sie durchhalten, noch wenige Stunden. In knapp fünfundvierzig Minuten war die Landung auf dem Jan-Smuts-Airport in Johannesburg vorgesehen. Zwei Stunden später würde sie dann an Bord der British-Airways-Maschine dieses Land verlassen. *Wenn sie mich nicht erwischen! Bis dahin muß ich weiter lächeln und lügen und mich verstellen.*
Sie sah hinunter auf ihr Paradies, um sich jede Einzelheit einzuprägen. Das Flugzeug stieg steil und schnell, und Umhlanga verschwand hinter den fruchtbaren, grünen Hügeln von Natal. Zurück blieb der Abdruck dieses Bildes, das sich tief und unauslöschlich in ihr Gedächtnis grub.

❖

Es begann vor langer Zeit, als Henrietta noch sehr klein war, als Entfernungen noch in Tagen und Wochen gemessen wurden, zu der Zeit, als sie die Welt bewußt wahrzunehmen begann.
Im sterbenden Licht eines dunklen, stürmischen Novembertages, auf dem dünnen Teppich über dem harten Parkettboden im Wohnzimmer ihrer Großmutter in Lübeck sitzend, wendete sie die steifen Seiten ihres Lieblingsbilderbuches

über wilde Tiere in einem fremdartigen, grünen Blätterwald und badete ihre ungestüme Kinderseele in den leuchtenden, bunten Farben. Regen explodierte gegen die Fensterscheiben, und Wind heulte durch die kahlen Bäume, fegte fauchend um die Häuserecken. Ihr Vater lehnte seinen Kopf in den blauen Ohrensessel zurück. Seine Hände, die ein Buch hielten, sanken auf die Knie. »Afrika«, sagte er nach einer Weile leise, und nach einer langen, stillen Pause, »nur noch einmal Afrika.« Seine hellen, blauen Augen blickten durch den grauen Regenvorhang, als sähe er ein Land und eine Zeit jenseits der kalten, unwirtlichen Novemberwelt.
Das kleine Mädchen auf dem Boden hob den Kopf, Lampenlicht vergoldete ihre Locken, und lauschte dem Nachhall der Worte. »Afrika?« wiederholte sie fragend.
Ihr Vater sah hinunter auf seine Tochter und nickte. »Es ist nicht zu früh, du wirst es verstehen«, murmelte er und drückte sich mit seinen kräftigen Armen aus dem Sessel auf die Füße. Sein rechtes Bein war schwach und dünn wie das eines Kindes und mußte durch eine Metallschiene gestützt werden. Die Folgen eines Unfalls und einer verpatzten Operation, die ihn zum Krüppel gemacht hatten. Er stützte sich schwer auf seinen Stock und hinkte zum Glasschrank, der stets verschlossen war und Dinge von seltsamen, fremden Formen hinter den Spitzengardinen verbarg. Er holte einen fleckigen, vergilbten Leinensack heraus und legte ihn geöffnet in ihren Schoß. »Nimm es heraus.«
Ein schwacher, staubiger Geruch von getrocknetem Gras stieg ihr in die Nase, süßlich und kaum wahrnehmbar. Vorsichtig griff sie hinein. An einer festen, geflochtenen Kante aus Bast, die mit schmalen, gezähnten Muscheln besetzt war, hing ein dickes, puscheliges Röckchen aus dunkelbraunem, vom Alter brüchigen Gras. Es war länger als ihr ausgestrecktes Kinderärmchen und reichte bis auf den Teppich.

»Es war dein erstes Kleidungsstück«, lächelte ihr Vater, »ein Baströckchen, wie es die Eingeborenen, die es dir schenkten, auch trugen. Denn du bist in Afrika geboren, auf einer kleinen Insel, unter hohen, flüsternden Palmen, genau in dem Moment, als der große Regen begann. Vor dir war noch nie ein weißes Kind auf dieser Insel geboren worden, und für sie, die sie eine schwarze Haut hatten, warst du ein kleines Wunder mit deinen blonden Haaren und blauen Augen. So nahmen sie dich in ihren Stamm auf.« Er trat ans Fenster, das jetzt dunkel und undurchsichtig war und an dem der Regen wie ein Sturzbach herunterfloß. »Es ist eine sehr kleine Insel. Sie liegt über dem Äquator zwischen anderen Inseln in einem weiten, blauen Meer.« Seine Stimme wurde leiser, und sie hatte Mühe, seine Worte zu verstehen. »Es ist immer warm dort und hell, und Blumen blühen das ganze Jahr.«

Er schwieg und wendete sein Gesicht ab. Seine Schultern bewegten sich.

Henrietta vergrub ihre Nase in dem Baströckchen und sog den Duft ein. Etwas rührte sich in ihr. Sie fühlte eine Wärme auf ihrer Haut, unvergleichlich heißer und lebendiger als die nördliche, blasse Sonnenwärme, und sie hörte eine windverwehte, weit entfernte Melodie von sanften, kehligen Stimmen. Ein anderer Geruch berührte ihr Gesicht, rauchig und vertraut. Schmetterlingszart stieg er auf und streichelte sie. Ein berauschendes Gefühl von Dazugehören und Frieden umschloß sie, hüllte sie ein. Sie hob ihre Augen zu ihrem Vater. »Afrika?« fragte sie, und er nickte.

So begann es.

Afrika. Für Henrietta wandelten sich das Wesen und der Inhalt des Wortes über die Jahre. Für das kleine Kind war es die Welt der Wunder und Märchen, der Traum von Schätzen und dunkelhäutigen Prinzen in prächtigen Gewändern und

fernen, in der Sonne glitzernden Küsten, ihr Traum, in den sie sich in den trüben, nordischen Wintern flüchtete.
In jener turbulenten, chaotischen Zeitspanne zwischen Pubertät und Erwachsenwerden war es der geheime Zufluchtsort, in den sie sich zurückzog, wenn die Welt zuviel von ihr verlangte. Der Ort war nirgendwo, hatte keine bestimmte Form, es war nur ein warmes, dunkles Gefühl, ein Rhythmus und eine Erinnerung, Frieden gefunden zu haben.
Wenn ihre Sehnsucht nach Licht und Wärme etwas anderes verlangte als nur Sonne, wenn die verknöcherten Vorschriften ihrer Umgebung zu einem Gefängnis wurden, dann hatte das Wort Afrika die Bedeutung von Hoffnung und Trost und einer Verheißung von Freiheit. Ohne dieses Afrika, ihr Afrika, konnte sie nicht überleben.
»Du bist in Afrika geboren, auf einer kleinen Insel im weiten, blauen Meer«, hatte ihr Vater gesagt, und dann roch sie diesen Duft, rauchig und vertraut, und hörte die windverwehte Melodie dunkler, sanfter Stimmen. Seine Worte waren wie ein Samen, und ihre Sehnsucht, dieses Verlangen nach dem Ort, der ihre Heimat war, wuchs daraus als kräftige, widerstandsfähige Pflanze. Sie wußte, daß sie eines Tages zurück nach Afrika gehen mußte. »Gleich, wenn ich groß bin!« Um sie herum wurde es dann hell und warm, selbst wenn draußen alles Leben unter einer Eisdecke gefror.

Erstes Kapitel

Es war 1959, wenige Tage nach dem Weihnachtsfest. – Über dem Limpopo-Fluß wachte Henrietta auf. Sie streckte sich, so gut es in dem engen Sitz möglich war, und das gestaute Blut stach in ihren Beinen. Ein höchst unangenehmes Gefühl. Sie fror unter ihrem dünnen Mantel. Die ausgetrocknete Luft, abgestanden, stickig und beißend von den vielen Zigaretten ihrer Mitreisenden, kratzte ihr im Hals. Sie hustete, und der Mann neben ihr bewegte sich im Schlaf. Sie streifte seine Hand, die ihm herübergerutscht war, von ihrem Knie. Er hatte ihr den Fensterplatz überlassen. Dafür war sie ihm dankbar, hatte aber seine hartnäckigen Versuche, sie in eine Unterhaltung zu verwickeln, und seinen Vorschlag, Adressen auszutauschen, im Ansatz abgewürgt. Für ihr neues Leben in Südafrika wollte sie frei sein wie ein Vogel und ohne eine Verbindung zur Vergangenheit. Leise schob sie das Rollo hoch und drückte ihr Gesicht gegen die kühle Scheibe. Sie flogen sehr tief, denn die Maschine war vollkommen überladen. Es war nicht einmal Platz für die Bordverpflegung, für jede Mahlzeit mußten sie landen. Draußen herrschte noch Dunkelheit. Nicht die bläulichschwarze der nördlichen Länder, sondern die samtene, glühende Dunkelheit der Tropen, fast greifbar weich.

Fast sechzig Stunden war sie jetzt unterwegs auf einer Reise, die in Hamburg ihren Anfang genommen hatte. Hamburg, Basel, Kairo, Khartoum, Entebbe, Nairobi, Salisbury, Bulawayo – Stationen einer Reise, deren Eindrücke mit der zunehmenden Erschöpfung auf dem langen Weg ineinanderflossen. Auf schneidende Kälte folgte brütende Wüstenhitze, auf tintige schwarze Nacht blendendes Sonnenlicht. Bilder und Sprachfetzen füllten ihren Kopf, fremdartige Gerüche stiegen ihr in die Nase. Die Ausdünstungen der vielen Menschen im Flugzeug, die zu lange zusammengepfercht auf zu engem Raum mit zu wenigen, völlig überlasteten und verdreckten Waschräumen zu kämpfen hatten, legten sich klebrig auf ihre Geschmacksnerven. All das und das ständige Dröhnen und Vibrieren der vier Propellermotoren betäubte sie und verdrängte alle anderen Gedanken und Gefühle.

Der Abschied von den Eltern am Abend des ersten Weihnachtsfeiertages auf dem zugigen, knochenkalten Hamburger Hauptbahnhof war trostlos gewesen. Ihr Vater stand vor ihr, kerzengerade und bleich in dem trüben Schein der Bahnhofsleuchten. »Paß auf dich auf, benimm dich«, sagte er tonlos, »und grüß mir Afrika.«

Dietrich, blaß und schmal, fünf Jahre jünger als sie, boxte sie hart. »Na, Schwesterlein, laß dich man nicht von Löwen fressen!«

Ihre Mutter hatte rotgeränderte Augen und zerknüllte ein nasses Taschentuch. Sie reichte ihrer Tochter die Wange zum Kuß, brachte aber kein Wort heraus. Der Auslöser für diese Reise, David, schien vergessen. Nur dieser schmerzhafte Abschied blieb. Frierend verkroch Henrietta sich in ihrem dünnen Mantel.

Es folgte eine vierzehnstündige Zugfahrt durch das tiefverschneite, nachtdunkle Deutschland nach Basel. Für wenige, kostbare Stunden fiel sie in einen unruhigen Schlaf, häufig gestört durch das Trampeln zusteigender Passagiere im Gang. Morgens in Basel angekommen, trat sie hinaus auf den

Centralbahnplatz und versank sofort bis zu den Knöcheln im Schnee. Das Wetter paßte zu ihrer Stimmung. Eine milchigweiße, verwaschene Sonne ertrank in schweren, grauen Wolken. Schneefall setzte ein. Ein eisiger Wind türmte den Schnee am Straßenrand auf und verwandelte die Straße zum Flughafen in einen spiegelglatten, weißen Kristalltunnel. Die Taxifahrt vom Bahnhof zum Flughafen befriedigte ihren Hunger nach Abenteuer vorerst vollauf.

Der Start der hoffnungslos überladenen DC 6 erfüllte sie mit den schlimmsten Befürchtungen. Mächtige Räummaschinen fraßen eine provisorische Startbahn durch die Schneemassen, die sie aus dicken Kanonenrohren auf die Seiten bliesen, wodurch sich bald ein Tunneleffekt ergab, der sie unangenehm an die Taxifahrt erinnerte. Schwerfällig erhob sich das Flugzeug in die Luft und tauchte mit brüllenden Motoren in die dicke Wolkendecke. Während ihrer düsteren Vision von einem heulenden Absturz und darauffolgender Flammenhölle brach die Maschine plötzlich durch die Wolken und schwebte über den blendend weißen Gipfeln der schneebedeckten Alpen in einen strahlenden, tiefblauen Himmel. Aufregung packte sie. Zum ersten Mal empfand sie keine Begrenzung, ahnte sie, was Freiheit hieß. Die Gefängnismauern öffneten sich, und sie wagte einen Schritt hinaus.

Nach Zwischenlandungen in Genf und Kairo, wo sie zu Abend aßen und von freundlichen braunen, in lange helle Gewänder gekleideten Männern zu einem Basar geführt wurden, wo Messingwaren, kleine Mumienpuppen und echte, wirklich ganz echte, altägyptische Statuen angeboten wurden, befanden sie sich gegen Mitternacht über der Nubischen Wüste. Hier stieg die am Tag von einer glühenden Sonne aufgeheizte Luft auf, prallte gegen die kalten Luftschichten der Nacht und verursachte extreme Turbulenzen. Das Flugzeug sackte weg wie ein Stein, arbeitete sich ächzend hoch

und fiel dann wieder mehrere hundert Meter tief in ein Luftloch.
Die meisten Passagiere wurden aus einem unruhigen Dämmerschlaf gerissen, als sie in Khartum landeten. Die Luft, die durch die geöffneten Türen strömte, erschien ihr höllenheiß nach der Winterkälte in Basel und der Kühle in Kairo. Sie durften nicht aussteigen. Drei Stunden mußten sie so ausharren, bevor sie endlich nach Entebbe und Nairobi starteten, wo, wie auch während der vorigen Zwischenstops, weitere Passagiere auf sie warteten. Wem nicht von den schlingernden Bewegungen der tief fliegenden Maschine schlecht wurde, wurde bald von suggestiven Würgegeräuschen und dem nachfolgenden, stechenden Gestank überwältigt.
Sie nahm Hitze, Gestank und Hunger nicht wahr, und schlafen konnte sie erst recht nicht, denn unter ihr war Afrika. Unter dem tiefblauen Nachthimmel lag die dunkle, verzauberte Masse Land, der warme mütterliche Koloß Afrika, das Land, in dem sie immer in ihren Träumen gelebt hatte. Unmerklich lichtete sich das Nachtblau draußen, und kühles, türkisfarbenes Licht modellierte Hügel und Täler aus den tiefen Schatten. Kleine Seen leuchteten auf wie Diamanten. Ein Laut fing sich in ihrer Kehle. Ob es ein Lachen war oder ein Schluchzen, wußte sie selbst nicht. Sie befand sich in einem köstlichen Zustand der Schwerelosigkeit, zwischen gestern und morgen, losgelöst von ihrem Leben, ohne Gewicht, das sie am Boden hielt. Sie vergaß das dröhnenden Flugzeug, sie vergaß ihre Kindheit und ihre Eltern, sie vergaß sogar die vielen Menschen um sich herum. Sie war allein, sie flog ihrem neuen Leben in Afrika entgegen, und es war berauschend. Sie schwang sich jubilierend wie eine Lerche im Frühsommer auf ihren Gedanken hinaus in die unendliche Weite des Himmels. Zeit war keine Dimension, sie sah ihre Zukunft vor sich, eine lichtdurch-

flutete Landschaft, und der Horizont war so weit, daß sie ihn nicht erkennen konnte.
»He, kommen Sie zurück, fliegen Sie nicht davon ...« Bayerische Klangfärbung.
Die Lerche hielt abrupt inne mit Jubilieren, legte die Flügel an und landete unsanft in der Wirklichkeit. Sie fuhr herum. Ihr Sitznachbar war aufgewacht und beugte sich lächelnd zu ihr herüber. Dichte, kurzgeschnittene, schwarze Haare, schläfrige Augen, tiefblau, ganz ungewöhnlich, ein kräftiges, längliches Gesicht mit einem Zwei-Tage-Bart. *Ziemlich attraktiv, und er weiß das. Er hat diese gewisse Arroganz.* Seinen Namen kannte sie nicht, wollte ihn auch gar nicht wissen. Jetzt war er nur ein Mensch, mit dem sie diesen Augenblick teilen konnte. Das Türkis löste sich auf. Eine feurige Linie zeichnete die Konturen der Landschaft nach, und dann schob sich die riesige, rotgoldene Sonnenscheibe über den Rand der Welt. Ihre dunkelblauen Augen glühten in dem übernächtigten, blassen Gesicht, ungebändigte, kurze blonde Locken hingen über ihre Brauen. »Haben Sie je etwas Schöneres gesehen?«
»O ja – Sie!« Er grinste sie an. Siegessicher. Arrogant.
Sie zuckte zusammen. Er hatte den Augenblick zerstört.
Er schien das zu spüren. »Entschuldigen Sie«, murmelte er verlegen.
Sie antwortete nicht, sondern drehte ihm den Rücken zu und schloß ihre heißen, trockenen Augen. Die folgenden vierundzwanzig Stunden mit den letzten Zwischenlandungen in Entebbe, wo sie am späten Vormittag in einem luftigen, weißen Gebäude frühstückten, dann in Nairobi, Salisbury und Bulawayo nahm sie nur noch durch den Schleier totaler Übermüdung wahr. Über dem Rand des südafrikanischen Hochplateaus geriet die Maschine in die dort herrschenden berüchtigten Luftlöcher und stürzte urplötzlich mehrere hundert

Meter tief hinunter. Sie wurde rüde und gründlich wach gerüttelt. Dann endlich, nach mehr als zweieinhalb Tagen, landeten sie in Johannesburg.
Henriettas erster Schritt aus dem stickigen, nach dem infernalischen Insektenspray des südafrikanischen Gesundheitsinspektors stinkenden Halbdunkel der immer noch übervollen DC 6 hinaus auf die Gangway in den klaren, durchsichtigen Hochlandmorgen war wie der Schritt einer Gefangenen in die Freiheit. Die Passagiere, ein jämmerlicher Haufen übermüdeter, ungewaschener Menschen, wurden sofort in die große, weite Ankunftshalle gebracht. Nach mühseligem, endlosem Ausfüllen von Formularen in Englisch und Afrikaans waren die ersten Einwanderungsformalitäten erledigt. Zusammen mit einigen anderen Mitreisenden ging sie hinüber zur Maschine nach Durban. Ihr alter Sitznachbar befand sich auch dabei. Sie beantwortete seinen erfreuten Gruß mit einem knappen Nicken und ignorierte ihn danach.
Bald glitten unter ihnen die Höhenzüge des Witwatersrand vorbei. Karg und ausgetrocknet lag die rote Erde, das spärliche Gras zu einem Strohgelb verbrannt. Im bläulichen Dunst entdeckte sie manchmal winzige Dörfer, ein paar quadratische Gebäude, deren Blechdächer in der Sonne blitzen. Über Osttransvaal begann sich das Bild zu ändern. Dichtes, staubgrünes Buschwerk überzog die Hänge der Drakensberge, die sich im Osten vor dem schmalen Küstensaum Natals bis zu Höhen von über dreitausend Metern türmten. Hier und da klebten ein paar strohgedeckte Rundhütten an den Berghängen, und zartbläuliche Rauchschleier stiegen kerzengerade in die stille, klare Luft.
Und dann fiel das Land langsam ab, die Berge wurden zu weichen Linien, das Gras war üppig und saftig. Silbrige Wasserfälle glitzerten im Morgendunst; die Swimmingpools (fast

jedes Haus schien einen zu haben) lagen wie Türkise auf grünem Samt.

»Dort unten liegt Natal«, sagte die alte Frau mit dem sonnengegerbten Gesicht, die neben ihr saß, und ihre blauen Augen strahlten in einem Kranz weißer Lachfalten. »Das schönste Land der Erde.« Sie sagte es ohne Pathos, ohne besondere Betonung, was Henrietta tief beeindruckte. Und dann war der lange Weg zu Ende. Sie landeten kurz nach elf Uhr in Durban. Mit wenigen, geübten Handgriffen schwang die Crew die schweren Türen nach draußen, und Henrietta trat als erste heraus.

Die Sonne, die sie traf, hatte nichts mit der blassen, weißlichen Scheibe zu tun, die sich durch den Hamburger Nieselregen kämpfen mußte und deren Strahlen nur im Hochsommer die Kraft besaßen, sie zu wärmen. Diese Sonne war heiß, sie tanzte und prickelte wie tausend Nadeln auf ihrer Haut. Warme, feuchte Luft umschmeichelte sie, machte das Atmen köstlich und leicht nach der trockenen, verbrauchten Kabinenluft. Ihre Haut badete in der ungewohnten, feuchten Wärme.

Ein Geruch strich über ihr Gesicht, so vertraut und lieblich, daß ihr Herz sang. Ein Geruch, salzig von der Gischt des nahen Meeres, von feuchtheißer Erde und süßen, überreifen Früchten, und, nicht mehr als ein Hauch, zarter, würziger Rauch. Durch geblähte Nasenflügel sog sie diese Luft ein, berauschte sich an diesem Duft. Sie legte den Kopf in den Nacken und ertrank in dem unbeschreiblichen Blau des afrikanischen Himmels. Ihr war, als hätte sie noch nie so weit sehen können, als wäre sie noch nie so frei gewesen. Sie entließ die zehrende Wut, die sie in sich trug, und Friede erfüllte sie. In dem gleißenden Licht flimmerte die Landschaft wie eine Fata Morgana. Links begrenzten niedrige Hügel das Rollfeld, rechts ein flacher roter Backsteinbau, das Flughafengebäude.

Hinter den hohen Fenstern erkannte sie die Umrisse einer Menschenmenge. Der Strom der Mitreisenden spülte sie vorwärts in das Dämmerlicht der Ankunftshalle. Nie zuvor gehörte Laute berührten ihre Ohren. Das sanfte Klatschen nackter Füße auf kühlem Steinboden, eigenartig gedehntes Englisch und gelegentlich Afrikaans, die harsche, rauhe Sprache der Buren, abgehackt und ohne Melodie. Doch alles überlagernd, eigentümlich vertraut und beruhigend der gutturale, weiche Singsang der Schwarzen, langgezogene Laute voller Musik und Rhythmus.

Eine lautstarke Auseinandersetzung hinter der Absperrung zog die Blicke aller Ankommenden auf sich. Eine kleine, rundliche Frau, rosa Strohhut auf festgedrehten, blonden Löckchen, schob den uniformierten Beamten, der ihr den Weg zu versperren suchte, einfach zur Seite und lief mit ausgebreiteten Armen auf sie zu. »Henrietta, meine Liebe, komm in Tante Gertrudes Arme!« Sie umschlang und küßte sie überschwenglich. Henrietta stand steif in ihren Armen. Solche Körperlichkeiten waren ihr fremd. »Himmel, bist du groß geworden, seit ich euch in Hamburg besucht habe. Was neun Jahre so ausmachen«, trillerte die Tante mit deutlich englischem Akzent, »komm, sag deinem Onkel Hans guten Tag.« Auf kurzen Beinen lief sie geschäftig vor ihr her. Plötzlich blieb sie stehen und drehte sich ihr zu. »Himmel, ich liebe dich, Kind, aber flieg bloß wieder nach Hause, hier ist eine ganz gräßliche Rezession. Absolut keine Jobs zu finden!«

Henrietta kämpfte leicht erschreckt mit einer Antwort. Dieses Problem hatte sie nicht im entferntesten einkalkuliert. »Das wird nicht gehen«, stotterte sie, »dazu habe ich kein Geld. Ich werde es schaffen müssen.«

»Nun, meine Liebe, das wird schwierig werden«, antwortete ihre Tante und lächelte nicht.

Ein hochgewachsener, breitschultriger Mann, hagere

Gesichtszüge, weiße Haare, trat ihnen entgegen. *Onkel Hans. »Gertrude, hör auf mit deinen Horrorgeschichten. Guten Tag, Henrietta, wie geht es deinem Vater?«*
Seine Hand lag rauh und trocken in der ihren. »Gut, danke, er läßt dich grüßen und dir sagen, du möchtest gelegentlich seine Briefe beantworten.« Er sah Papa sehr ähnlich, nur waren seine Züge schärfer, klarer, wie vom Wind modelliert.
»Wird er doch nie«, unterbrach Gertrude, »ich glaub', er kann gar nicht schreiben.« Sie lachte. Ein eigenartiges Geräusch. Viel später einmal, in einer warmen Nacht draußen im Busch, hörte Henrietta ein Tier so lachen und mußte sofort an Tante Gertrude denken. Das sei eine Hyäne, sagte man ihr. Suchend sah sie sich um. »Wo sind Carla und Cori? Ich bin schon sehr gespannt auf sie.«
»Deine Cousine Carla hat gesellschaftliche Verpflichtungen in Kapstadt«, antwortete Tante Gertrude bedeutungsvoll. »Ihr Verlobter Benedict stammt aus einer der ältesten südafrikanischen Familien. Seine Cousine heiratet heute den jungen Kappenhofer.«
Henrietta nickte. Kappenhofer war ihr kein geläufiger Name.
»Kappenhofer«, wiederholte Gertrude suggestiv, »das ist die prominenteste und reichste Familie des Landes, unser Adel, sozusagen.« Sie zupfte an ihren blonden Löckchen. »Gold- und Diamantenminen«, fügte sie etwas ungeduldig hinzu, als der Name noch immer keinerlei Eindruck auf ihre Nichte machte.
»Oh«, sagte diese, »wie schön für Carla.«
»Sie läßt dich herzlich grüßen. In einer Woche ist sie wieder zurück. Ich hoffe, ihr werdet Freundinnen, meine Liebe. Sie kann dich als Gast im Tennisclub einführen – du spielst doch Tennis? – Was?« rief sie zutiefst erstaunt, als Henrietta verneinte, »du spielst kein Tennis? Ja, was macht ihr denn in eurer Freizeit?«

Vor Henriettas Augen blitzten der graue, kiesbestreute Schulhof ihres Gymnasiums in Hamburg und ihr stolzester Besitz, ein NSU-Fahrrad, auf. Tennis? Sie zuckte mit den Schultern. Im Sommer fuhr sie hinaus zum Bredenbeker Teich zum Schwimmen, im Winter traf man sich in Planten und Blomen zum Schlittschuhlaufen. »Schwimmen«, antwortete sie, »im Sommer.«
»Oh, schwimmen, nun ja«, Gertrudes Haltung drückte deutlich den Rang des Schwimmsports auf ihrer Prestigeleiter aus. »Nun, hier wirst du schon Tennisspielen lernen müssen, sonst gehörst du nicht dazu.« Sie ließ diese Worte wie eine Drohung klingen. »Carla wird dich unter ihre Fittiche nehmen und zu einer richtigen Südafrikanerin machen. So, und nun laßt uns gehen, Jackson wartet mit dem Tee.«
»Und Corinne, wie geht es ihr?« fragte Henrietta.
»Cori? Die kommt heute abend mit ihrem Mann zu deiner Begrüßungsparty aus Empangeni.«
Keine detaillierte Beschreibung der gesellschaftlichen Position?
»Corinne ist eine Messalliance eingegangen«, pflegte Mama zu sticheln, »ein gewisser Freddy Morgan, Schuhverkäufer oder so etwas Ordinäres. Arme Gertrude!«
»Nun komm schon!« drängte Gertrude ungeduldig, »wir müssen deine Koffer holen. Platz da!« Sie rannte los, die Arme vorgestreckt, und die dichte Menschenmenge teilte sich gehorsam. Kurz darauf standen die zwei Koffer, die Henriettas ganze Habe darstellten, neben ihnen. »Boy!« schrie Gertrude gebieterisch.
Ein schwarzhäutiger Mann in einem blauen Overall, breite, verhornte Füße in Sandalen aus zerschnittenen Gummireifen, schlurfte gemächlich auf sie zu. »Yebo, Missus«, murmelte er. Er sah niemanden an, er stand nur geduldig und wartete.

»Thata lo Koffer zu dem blauen Combi draußen, und hamba shesha!« befahl Gertrude.
»Yebo, Missus.« Der Schwarze klemmte sich einen Koffer unter den Arm und packte den anderen und das Handgepäck an den Griffen. Das Gewicht zog seine Wirbelsäule krumm.
»Ich nehme das Handgepäck«, bot Henrietta besorgt an, »alles auf einmal ist doch zu schwer.«
Der Schwarze hob ruckartig den Kopf und bedachte sie mit einem ungläubigen Blick. Dann gingen seine müden Augen hilfesuchend zu Gertrude. Auf ihre knappe Handbewegung hin nickte er, packte die Koffer und das Handgepäck und trollte sich. Mit schnellen Vogelbewegungen eilte sie ihm voraus.
»Die Schwarzen sind stark wie Ochsen«, bemerkte ihr Onkel, »kommt von dem vielen Kaffirbier, das sie den ganzen Tag saufen. Wird aus Hirse gebraut, sehr nahrhaft, das Zeug.«
Der schwarze Kofferträger hievte das Gepäck in das Heck des großen, blauen Wagens und nahm die Münze, die ihm Gertrude gab, mit beiden Händen, helle Handflächen nach oben, und unterwürfig gebeugtem Nacken.
Die Temperatur im Wagen war brütend. In heißen Schwaden wehte aus dem nahen Hafen der Geruch herüber, der allen Häfen dieser Welt gemeinsam ist, eine Mischung aus Teer, Öl, sonnengewärmtem Holz, verwesendem Fisch und faulendem Seetang. Das Geschehen am Straßenrand war geschäftig und laut, voller Farben und Gerüche. Kurkuma und Kardamom hing in der Luft, und es blühten Blumen und Bäume, einfach so am Wegesrand, viel üppiger und farbiger als in Deutschland. Henrietta war, als spazierte sie durch ihr Kinderbuch. Junge, grazile Inderinnen in hauchzarten, leuchtend gefärbten Saris schwebten durch die Menge. Pralle schwarze Frauen mit dicken, bunten Perlenschnüren am Hals und an

den Füßen hockten in primitiven, hölzernen Verkaufsständen mit ein paar Palmwedeln als Sonnenschutz und boten ihre Waren an. Da waren schwarze, bauchige Tongefäße mit eingeritzten Verzierungen, geflochtene Grasmatten, kunstvoller Halsschmuck, gefädelt aus vielfarbigen Perlen, ein paar Früchte, getrocknete, goldene Maiskolben. Laut und fröhlich schwatzten sie untereinander, mehrere trugen ihre schlafenden Säuglinge in einem Tragetuch auf dem Rücken, aus dem nur die kleinen, dunklen Köpfchen hervorsahen.
Gertrude redete fast unablässig, deutete auf Gebäude, nannte Straßennamen, streifte geschichtliche Zusammenhänge. Die Farbenpracht war überwältigend, die Duftmischung betäubend. Henrietta, erdrückt vom Wasserfall der neuen Eindrücke und Tante Gertrudes Redestrom, schwieg erschöpft. Das Straßenbild begann sich zu wandeln. Immer mehr weiße Gesichter tauchten zwischen den dunklen auf, gepflegte Parkanlagen säumten die breiten Straßen, und hohe weiße Häuser blendeten im Licht. Eine Reihe hochragender, schlanker Palmen, so hoch wie ein vierstöckiges Haus, warfen flirrende Schatten auf die Straße.
»Das legendäre Hotel Edwards.« Gertrude deutete auf ein weißes Gebäude mit dramatischem Säulenportal. »Graham Greene hat hier ein Buch geschrieben.«
»Somerset Maugham«, knurrte Onkel Hans.
»Und, Maugham oder Greene, wen interessiert's?« zischte sie.
»Maugham und Greene vermutlich«, murmelte Hans. »Was hört ihr von Diderich?« wandte er sich an Henrietta. »Hat sich mein lieber Bruder mal gemeldet, der Herumtreiber? Wo ist er jetzt eigentlich? Immer noch in Mexiko oder Venezuela oder wo auch immer er im Dschungel herumkriecht?«
»Brasilien«, korrigierte Henrietta, »er war in Brasilien, am Amazonas. Jetzt ist er in den USA, New York.«

»New York! Also wieder im Dschungel! Was macht er denn da? Hat er eigentlich je wieder geheiratet?«
»Nein, er hat sich wohl nie von dem schrecklichen Tod seiner Frau erholt.«
Gertrude schnaubte. »Lächerlich! Ermordet hat er sie.«
Onkel Hans wechselte krachend den Gang. »Oh, Gertrude, rede keinen Quatsch! Du weißt genau, daß es ein Unfall war.«
»Ach, Quatsch ist das also?« Seine Frau betastete pikiert ihre festgedrehten Löckchen. »Besoffen war er und hat die zugefrorene Alster im Mondlicht mit einer Straße verwechselt. Ich möchte wissen, wie er es geschafft hat, sich aus dem gesunkenen Auto zu befreien und trotz der Kälte an Land zu gelangen. Charlotte jedenfalls starb, und er ist mit ihrem Geld auf und davon und hat es mit irgendwelchen brasilianischen Miezen durchgebracht.« Ihre Miene war gehässig verzerrt, ihr Ton giftig.
Henrietta fühlte sich unangenehm berührt. Onkel Diderichs Geschichte gehörte zu den Familiensagas, die im Laufe der Jahre durch ständiges Wiederholen, durch Hinzufügen und Weglassen, durch die subtilen Veränderungen, die jeder Erzähler durch seinen eigenen Charakter bewirkt, zu Legenden geworden waren. Onkel Diderich, fünfzehn Jahre jünger als ihr Vater, war immer ihr heimlicher Held gewesen Einer, der seiner geliebten Frau in den Tod folgen wollte, dann aber in die Fremde in den Urwald zog, um Vergessen zu finden, war unwiderstehlich romantisch. »Charlotte war tot, bevor sie durchs Eis brachen«, verteidigte sie ihn hitzig. »Er mußte einem anderen Wagen ausweichen. Sie sind erst gegen einen Baum geprallt, bevor sie in die Alster stürzten. Charlotte brach sich das Genick und wurde aus der aufspringenden Tür ins Wasser geschleudert. Man fand sie am nächsten Tag im Ufergestrüpp. Er hat sogar versucht, sich umzubringen, als er herausfand, daß sie ein Baby erwartete.«

Onkel Hans amüsierte sich offensichtlich über so viel Pathos. »Und was macht er in New York?«
»Ich weiß es nicht genau, irgend etwas an der Börse ...«
»Saaldiener vermutlich«, fuhr Gertrude dazwischen.
Henrietta überhörte diese Bemerkung. »Er hat mir einmal eine Kette mit einem Smaragd geschickt, weil ich ihm bei seinem Hamburgbesuch die Stadt gezeigt habe. Er hat den Stein selbst gefunden.« In das eleganteste Restaurant hatte er sie geführt, ihr aus dem Mantel geholfen, ritterlich den Stuhl zurechtgerückt und ihr eine Rose von einem Zigeunerjungen gekauft. Sie war vierzehn und verliebte sich unsterblich in ihn. Jeden Tag schrieb sie ihm danach, fast ihr ganzes Taschengeld ging für die Briefmarken drauf.
»So, hat er das? Carla hat nichts von ihm bekommen.« Gertrudes Stimme war spitz vor Mißgunst. »Woher hat er denn das Geld, dir einen Ring machen zu lassen? Ich dachte, er hat alles verloren.«
Henrietta hätte ihre Worte am liebsten wieder heruntergeschluckt und verschwieg, daß der Smaragd so groß war, obendrein eingefaßt von kleinen Diamanten, daß Mama ihn an sich nahm und verkaufte. »Du kostest uns schließlich genug Geld, da kommt das gerade recht«, beschied sie ihr. Danach versteckte Henrietta seine Geschenke, kleine Schmuckstücke, Bücher und bunte, handgewebte Schals. Seine Briefe trug sie immer bei sich, denn Mama durchsuchte regelmäßig ihren Schreibschrank. »Ich muß doch wissen, was du treibst!« Ihre Augen blinkten mißtrauisch hinter dicken Gläsern.
Der Mund ihrer Tante war ein fest zusammengepreßter Strich. »Na, ich wette, es war kein echter Smaragd.«
Henrietta ließ ihr das letzte Wort und schloß die Augen. Ihre Aufnahmefähigkeit hatte die äußerste Grenze erreicht. Ihr Kopf sank gegen das Polster, und sie ließ sich auf einer Welle

totaler Ermattung treiben. Die feuchte Hitze, das hypnotisch gleichmäßige Motorengeräusch, die Vibrationen der Reifen auf der Straße, alles kam zusammen. Sie schlief ein.

Ihre Tante rüttelte an ihrer Schulter. »Henrietta, wach auf! Sieh dir das Meer an. Ist es nicht imposant?«

Und dann sah sie es, das Meer, von dem sie so lange geträumt hatte, wild und schön unter der hohen Kuppel des afrikanischen Himmels. Ein tiefes Blaugrün, schneeweiße Wellenkronen, über den Brechern ein glitzernder Schleier aus Wassertropfen und Salzkristallen. Himmel und Ozean schienen ohne Grenzen, sie vereinigten sich zu einer lichterfüllten Schale aus durchsichtigem, blauem Kristall. »Bitte, können wir hier anhalten?« rief sie, »ich muß hinunter zum Wasser!«

Seufzend bog Onkel Hans von der Hauptstraße ab, überquerte den Marktplatz eines kleinen, verschlafen wirkenden Ortes und hielt am Ende einer baumgesäumten Straße im Schatten einer vielstämmigen, vom ewigen Seewind zerfledderten Bananenstaude. Henrietta zog ihre Schuhe und Strümpfe aus und rannte durch einen Tunnel von überhängenden Ästen den Abhang hinunter in die gleißende Helle der Strandwelt. Ihre Füße versanken in dem heißen, grobkörnigen Sand, die zarte Haut zwischen den Zehen zog sekundenschnell Brandblasen. Es war, als durchquere sie ein glühendes Lavafeld. Vorbei an dem mächtigen Zementsockel des weiß-roten Leuchtturmes, erreichte sie endlich den feuchten Sand am Saum des Meeres und rettete sich auf einen flachen, schwarzen Felsen, der seidig glatt unter ihren gepeinigten Sohlen war. Es war Niedrigwasser, und auf einer Breite von etwa fünfzig Metern und mehreren hundert Metern Länge ragte ein Riff von großen, rundgewaschenen Felsen auf. In den Mulden standen glasklare kleine Teiche, in denen bunte Fischchen herumhuschten, draußen schlug die Brandung

donnernd gegen die seepockenverkrustete, steinerne Barriere.
Sie stand ganz still. Um sie herum war ein heimliches Wispern und Rauschen, als flüsterten die Felsen untereinander, als erzählten sie sich Geschichten aus uralten Zeiten. Langsam drehte sie sich auf dem Felsen und blickte nach Norden. Auf den steilen, haushohen Hängen – hier war der Sand weiß, und sie erinnerten sie an die Dünen von Sylt – standen Agaven und wucherten fleischige, kriechende Pflanzen von sattem Hellgrün mit purpurroten, margeritenähnlichen Blüten zwischen blauen Trichterwinden bis hinunter auf das blasse, rötlichgoldene Ocker des Strandes, der sich irgendwo in der grandiosen Unendlichkeit hinter dem schimmernden Salzschleier verlor. Hier und da duckte sich ein kleines Haus auf dem Dünenzug. Ihr Blick glitt über eine vielstufige Steintreppe hinter dem Leuchtturm. Sie führte zu einem langgestreckten, flachen Gebäude, das ein kleiner Glockenturm überragte und zu teilen schien, verglaste Rundbögen zur Rechten, offene Rundbögen zur Linken, die die Terrassen des ersten Stocks trugen. ›The Oyster Box Hotel‹ las sie auf einem Holzschild.
»Wie heißt dieser Ort?« fragte sie, als sie wieder im Auto saß.
»Umhlanga Rocks«, antwortete Gertrude.
»Umhlanga Rocks – was bedeutet das?«
»Umhlanga ist Zulu und heißt Ort des Schilfrohrs. Bei Unwetter, wenn der Umhlanga-Fluß durchbricht, trägt er Schilfrohr und Zuckerrohrstengel ins Meer, die die Strömung auf die Felsen wirft.«
»Hier werde ich leben«, bemerkte ihre Nichte.
Onkel Hans grunzte spöttisch. »Da wirst du aber noch lange und hart arbeiten müssen, meine Liebe, denn Umhlanga ist eine der teuersten Wohngegenden hier.«

»Dann werde ich eben lange und hart arbeiten, aber hier werde ich leben.« Sie antwortete in einem Ton, der keine Zweifel und keine Einwände zuließ. Und so lange, bis Umhlanga im blauen Dunst des sommerheißen Tages verschwand, blickte sie unverwandt aus dem Rückfenster. Als sie sich wieder umdrehte, sah sie frisch und strahlend aus, war ihre Müdigkeit verflogen. Sie hatte ihr Ziel gefunden, sie wußte, wie sich ihr Leben entwickeln würde.
»Ich muß noch zur Apotheke«, sagte Gertrude, »ich brauche Aspirin. Meine Migräne lauert bereits im Hinterkopf.«
Onkel Hans verzog unmutig sein Gesicht, bog aber wortlos in eine kleine Sandstraße ein. Rosa Kaskaden von Bougainvillea ergossen sich über die Böschung, verknorpelte Jacarandabäume fächerten ihre grünen Kronen im sachten Wind. Die Apotheke befand sich in einer kleinen Ladenzeile, die eine große Fläche hartgebackener, roter Erde säumte. Großblättrige Pflanzen mit flammendroten Blüten wucherten allenthalben. Es war heiß und feucht, und die Frauen und Mädchen trugen leichte, luftige Kleider und große Hüte mit Schleifen, die vor dem üppigen, tropischen Grün wie exotische Schmetterlinge flatterten. Aber trotz des geschäftigen Werktagmorgens rührte sich niemand in dem weiten Rund. Alle schienen zu Statuen erstarrt.
Da bemerkte Henrietta das Mädchen, das in der sengenden Sonne quer über den roten Platz lief. Eine junge Frau, schön und seidig schwarz und völlig nackt. Sie schrie unablässig, ihre Haut war an vielen Stellen aufgeplatzt, und das rohe, blutige Fleisch lag offen wie das einer aufgebrochenen, überreifen Feige. Sie rannte mit klatschenden, nackten Füßen. Sie rannte um ihr Leben. Der Mann, der sie verfolgte, ein Schwarzer, schwang eine Flasche am Hals, deren Boden in großen, scharfen Zacken herausgebrochen war. Immer wenn er das Mädchen erwischte, zerfetzte er ihr damit den Rücken,

und jedes Mal steigerte sich das Schreien der jungen Frau zu einem gellenden »Aiii!«
Gleißende Sonnenstrahlen trafen auf die Glasfront der Apotheke, die das Licht weißsprühend zersplitterte, so daß der weißgekleidete Mann, der in der Tür stand, als tanzende Silhouette erschien. Er war hochgewachsen mit karottengelben, gewellten Haaren und einem dicken karottengelben Schnauzer. Sein Mund hing offen, und seine Augen spiegelten den Schrecken des Mädchens wider, das geradewegs auf ihn zurannte. Sie hatte ihn fast erreicht, nur die schmale Straße lag zwischen ihnen. Der Apotheker hob abwehrend die Arme, sein Gesicht grau unter den vielen Sommersprossen. Für einen flüchtigen Moment hielt die junge Schwarze in ihrem gehetzten Lauf inne. »Eines Tages werde ich dich dafür umbringen«, schleuderte sie dem Mann in Weiß entgegen. In diesem Moment holte sie ihr Verfolger wieder ein, schwang die Flasche und traf.
Sie drehte sich graziös, die Arme wie zu einer Pirouette über den Kopf erhoben und fiel quer über die Motorhaube von Hans Tresdorfs Wagen. Ihr Blut spritzte gegen die Windschutzscheibe. Henrietta schrie und kreuzte abwehrend die Hände. Das Mädchen blickte sie durch die blutverschmierte Scheibe aus mandelförmigen, samtschwarzen Gazellenaugen an, die in Tränen schwammen. Sie hatte eine gerade Nase mit breiten, geblähten Flügeln und einen vollen, üppig geschnittenen Mund mit großen, schneeweißen Zähnen. *Ein ganz junges Mädchen, jünger als ich!* Henrietta saß wie versteinert.
Das Mädchen rollte auf den Rücken. »Hilfe!« formte ihr Mund, und ihre Augen flehten. Ihr rechtes Ohr hing nur noch an wenigen blutenden Hautfasern, die langsam zerrissen. Im Zeitlupentempo glitt sie von der Motorhaube auf den Boden. Ihr Ohr blieb auf der Windschutzscheibe kleben.
Henrietta schrie und wollte die Tür aufstoßen. Ihr Onkel

beugte sich blitzschnell vor und drückte auf den Türsicherungsknopf. Ebenso schnell verschloß er auch alle anderen Türen. »Bist du verrückt? Du bleibst drinnen!« brüllte er sie an.

»Um Himmels willen, wir müssen doch helfen! Die Frau verblutet!« Sie trommelte mit den Fäusten an die Tür. »Was ist los mit euch? Was geht da vor?«

»Was weiß ich!« antwortete Hans kurz. »Und um unserer Sicherheit willen will ich es auch gar nicht wissen. Wir müssen sofort hier weg!« Mit aufheulendem Motor fuhr er ein paar Meter rückwärts. Das Ohr glitt auf einer Blutspur an der Windschutzscheibe herunter und fiel in den Straßenstaub. Dann ratschte er in den Vorwärtsgang und schoß die Straße hinunter.

Henrietta kauerte auf dem Rücksitz. »Bitte, laßt uns wenigstens Polizei und Krankenwagen rufen«, wimmerte sie.

»Wozu«, ihr Onkel zucke gleichmütig seine breiten Farmerschultern, »sie hat vermutlich selbst schuld, und außerdem sind die zäh. Nicht umzubringen.«

Das Gesicht blutleer, starrte Henrietta durch die Rückscheibe. Der Platz lag leergefegt. Der Apotheker, alle Umstehenden waren verschwunden, der Mann mit der Flasche nicht mehr zu sehen. Es war vollkommen ruhig. Die Bougainvilleen wippten im Sonnenwind, ein unendlicher blauer Himmel wölbte sich darüber, die rote Erde schimmerte in der Hitze. Das Grün der üppigen tropischen Vegetation vibrierte mit Lebendigkeit, und das Mädchen am Boden war nur noch ein kaffeebrauner Fleck in diesem friedlichen Bild. Sie rührte sich nicht mehr. Die Szene wurde kleiner, verschwommener, alle Farben und Konturen zerflossen, wurden zu breiten Pinselstrichen, wie in einem sonnendurchfluteten van Gogh. Es war sehr schön, und das Kaffeebraun des Mädchens bildete einen wunderbaren Kontrast zu den glühenden Farben.

»Die sind anders als wir, die machen das unter sich auf ihre Weise aus«, bemerkte Gertrude endlich, »du wirst das schon noch lernen, wenn du erst länger hier bist.«
»Was heißt das, die machen das unter sich aus? Können die sich so einfach gegenseitig umbringen, ohne daß sie zur Rechenschaft gezogen werden?«
»Ag, nié, Man«, antwortete Onkel Hans auf afrikaans, »die werden dann natürlich aufgehängt.«
»Aufgehängt?« würgte Henrietta und wurde fahlbleich.
»Aber ja doch! Am Halse aufgehängt, bis daß der Tod eintritt.« Er lachte.
Es nahm ihr den Atem. *Aufgehängt, totgemacht.* Schwer lagen ihre Glieder im rauhen Sitzpolster, ihre Augen brannten heiß in den Höhlen, ein dumpfer Schmerz füllte sie aus. Alles, was sie sah, waren die riesigen, dunklen Augen des Mädchens. Alles, was sie hörte, war ihr Schrei nach Hilfe. Ihr Atemzug wurde zu einem Schluchzen, sie schloß die Lider wie zum Schutz. Ihre Gedanken verschwammen.
Eine lose Feder in der Rückenlehne stach schmerzhaft zwischen ihre Schulterblätter. Mit einem Ruck setzte sie sich auf und benötigte einen kurzen Moment, um sich sicher zu sein, wo sie sich befand. Der Blutfleck an der Windschutzscheibe war zu einer schwarzen Kruste getrocknet. Das Ohr war abgefallen. *Ich werde nie lernen, so etwas zu verstehen, ich will es nicht lernen!* Als jedoch das Bleierne in ihren Gliedern langsam wich, der Druck in ihrem Kopf abnahm und ihre Lebensgeister erwachten, verblaßte das Bild des Mädchens, und ihren Schrei hörte sie nur noch aus weiter Ferne.
Sie sah aus dem Wagenfenster. Der holprige Weg hatte sich zu einem grünen Tunnel verengt. Wuchernde Pflanzen griffen mit langen Ranken nach ihnen, Winden mit riesigen gelben Blütenschalen, die auf Kinderköpfchen gepaßt hätten, schlangen sich um die Äste der Bäume. Plötzlich knallte ein

Objekt von der Größe einer länglichen Bowlingkugel donnernd auf die Motorhaube. Es brach auseinander, hellgelbes Fruchtfleisch spritzte, im Blech blieb eine runde Delle. Henrietta schrie, Gertrude lachte, Hans fluchte. »Diese verdammten Affen!« brüllte Onkel Hans, »ich schieß sie ab, alle miteinander! Meine größten Avocados! Sie klauen nicht nur die reifsten, schönsten Früchte, sondern sie bewerfen uns auch noch damit. Sie finden den Knall auf dem Autoblech so witzig, diese Mistviecher!«

»Affen! Hier gibt es Affen?« stotterte seine Nichte, und die Aufregung löschte gnädig für den Moment die Erinnerung an das schwarze Mädchen. Sie starrte fasziniert in den mächtigen, hohen Baum. Affen auf dem eigenen Grundstück. *Afrika!* Sie setzte sich auf und blickte hierhin und dorthin und trank die Wunder da draußen in vollen Zügen. »Habt ihr Schlangen hier?«

»Massenweise«, antwortete ihr Onkel trocken, »alles, was Rang und Namen hat unter den Giftschlangen.« Er grinste tückisch in den Rückspiegel. »Hier draußen darfst du nie unter den Bäumen entlanggehen und nie vom Weg abweichen, nie ins Gebüsch wandern.«

Ein Kribbeln lief ihre Wirbelsäule hinunter. Sie betrachtete die prunkende Natur um sich herum mit neugewonnenem Respekt und hatte plötzlich das unbehagliche Gefühl, daß ihre Ankunft von vielen neugierigen Augen verfolgt wurde. Im selben Moment schreckte sie ein Knacken und Prasseln im Unterholz. Ein riesiges gelbes Tier brach durch den Pflanzenvorhang und schoß auf sie zu. Es versuchte, seinen mächtigen Kopf durch das Fenster des fahrenden Wagens zu stecken, öffnete sein furchterregendes, zähnebewehrtes Maul und brüllte. Dolchartige gelbliche Zähne unter gefletschten Lefzen schnappten nur Zentimeter vor ihrer Nase zusammen. Sie schrie auf.

Onkel Hans wieherte. »Das ist George, unsere Dogge. Völlig harmlos, der will nur spielen! George, benimm dich. Platz, du dummer Köter!«
George klappte sein monströses Maul zu und trabte mit verlangendem Blick neben ihnen her.
Goldgrünes Dämmerlicht wechselte zu blendender Helligkeit. Eingebettet in sanft gewellte Rasenflächen zwischen bunten Blumeninseln lag das Haus. Es war weiß gekalkt mit einem tief heruntergezogenen Strohdach. Ein prächtiger Flamboyant, aus dessen dicken, verschlungenen Wurzeln ein kurzer, mächtiger Stamm wuchs, bildete mit zartgrünen, filigranartigen Blätterwedeln einen lebenden Sonnenschirm vor der überdachten Terrasse. Über den hellgrünen Blättern standen wie feurige Kronen gefiederte rote Blüten.
Ein massiger schwarzer Mann mittleren Alters trat aus einem Seiteneingang des Hauses. Sein kahlrasierter Kopf glänzte wie altes Ebenholz. Über einer Uniform aus einem königsblauen, kurzärmeligen Baumwollhemd mit passender Hose trug er eine knöchellange weiße Schürze. Er lächelte nicht.
»Wird aber auch langsam Zeit«, murrte er mißgelaunt, »der Tee ist schon fast kalt.«
»Dann koche neuen und hör auf zu meckern, Jackson«, befahl Gertrude, seinen Vorwurf völlig ignorierend, »und trage die Koffer von Miss Henrietta ins Rondavel.
Henrietta war der Auftritt peinlich. »Guten Morgen, Jackson«, sagte sie höflich und setzte ein gewinnendes Lächeln auf, »es tut mir leid, daß wir zu spät kommen.«
Jackson drehte seinen kugelförmigen Kopf und sah sie aus blutunterlaufenen braunen Augen an. Henrietta fuhr zurück. Die Augen und der Blick erinnerten sie unangenehm an George. Nach einer Weile senkte er seine Lider, nickte und nahm wortlos die Koffer.
Gertrude ergriff ihren Arm. »Komm, du wohnst im Ronda-

vel.« Sie zeigte auf ein rundes, kleines Haus mit einem hohen, spitzen Strohdach, wie das einer Eingeborenenhütte. Jackson stieß die Tür auf, und sie trat ein.

Der weißgekalkte, kreisrunde Raum war luftig und ziemlich groß. Weiße, hauchfeine Musselingardinen hoben sich in einer sanften Brise. Der weinrote Steinboden war angenehm kühl. Über ihr ertönte ein leises, kicherndes Lachen. Erschrocken sah sie hoch. Das Strohdach lag frei auf einer Rundholzkonstruktion, und mehrere blanke, schwarze Augenpaare starrten aus dem tiefen Schatten über den Dachbalken auf sie herunter. Eine huschende Bewegung, Staub rieselte herab. Sie fuhr zusammen. »Was ist das?«

Onkel Hans legte ihr beruhigend eine Hand auf die Schulter. »Das sind nur Geckos.« Seine Mundwinkel bogen sich zu einem Grinsen. »Aber es könnte auch mal eine Schlange dabei sein.«

»Schlangen, hier im Haus?« Sie räusperte sich nervös. »Auch giftige?«

»Natürlich. Aber auch gelegentlich Pythons, die sind nicht giftig, die sind nur gefährlich, wenn sie länger als zwei Meter sind. Dann erwürgen sie dich, bevor sie dich verschlingen. Am besten kaufst du dir ein Buch über Schlangen und lernst sie zu unterscheiden.«

»Papperlapapp«, fuhr ihm Gertrude über den Mund, »schlag sie erst tot, und sieh dann nach, ob sie giftig war!«

»Was passiert, wenn man gebissen wird?« krächzte Henrietta. Ihr Hals war plötzlich trocken.

»Och, das ist unterschiedlich«, grinste Hans, »bei Mambas haben wir hier in Natal eine hundertprozentige Todesrate. Anders ist es mit Puffottern«, dozierte er, »da verlierst du, wenn du Glück hast, nur das gebissene Körperteil. Am besten schneidest du es gleich ab, sonst verrottest du langsam innerlich. Abbinden nützt nichts, es beschleunigt nur das Absterben. Du stirbst Zentimeter für Zentimeter am lebendigen Leib. Vielen Farmern hier fehlt ein Finger oder ein Fuß. Wenn dich eine Boomslang«, wieder dieses tückische Grinsen, »eine grüne Baumschlange, richtig erwischt, verblutest du innerlich. Selbst wenn du tot bist, läuft dir das Blut noch aus Mund und Nase. Wichtig ist, daß du das Antiserum rechtzeitig bekommst.«

Sie verlor alle Farbe. »Woher bekommt man das Serum?« Verstohlen suchte sie den Boden und die im Schatten liegenden Flächen mit den Augen ab.

»Oh, das hat jeder hier im Eisschrank. Zum Doktor schafft man es meist nicht.«

»Hans, spar dir deine Schauergeschichten für später auf!« befahl Gertrude unwirsch. »Schlaf du dich erst einmal aus, Kind, um sechs erwarten wir dich im Haus. Wir haben alle unsere Freunde und Nachbarn zu deiner Begrüßung eingeladen.«

Kurz darauf verdunkelte Jackson die Tür, ohne daß sie ihn hatte kommen hören. Er bewegte sich trotz seines schweren Körpers leicht und lautlos. »Tee und Scones, Madam.« Er brachte ein Tablett mit Tee und kleinen, runden Kuchen, die unter einer üppigen Portion Marmelade und Schlagsahne fast verschwanden. Ehe sie ihm danken konnte, hatte er sich bereits wieder entfernt, leise und unauffällig.

Nun war sie allein, sie hatte ihr Elternhaus wirklich verlassen. Es war still und heiß. Eine Zikade strich ein-, zweimal halbherzig ihre Saiten und verstummte dann auch. Sie schob die leichten Gardinen beiseite und schloß die Lider gegen die Helligkeit. Müdigkeit senkte sich auf sie wie ein schweres Gewicht. Sie war ausgepumpt, hatte die Grenzen ihrer Kraft erreicht. Ihre Beine gaben unter ihr nach, sie schaffte es noch bis zum Bett und schlief sofort ein, ohne sich auch nur den Rock auszuziehen. Im Schlaf liefen ihr die Tränen die Wangen herunter. Aber die trockneten bald in dem leichten, weichen Wind, der sie durch das offene Fenster streichelte.

Die Sonne stand schon tief über den Hügeln, als sie aufwachte, die Hitze aber hatte kaum nachgelassen. Sie duschte geschlagene zwanzig Minuten und schlüpfte dann in ein ärmelloses weißes Kleid, das sie sich in den langen dunklen Monaten ihres letzten Hamburger Winters genäht hatte. Entsetzt hatte Mama den taillentiefen Rückenausschnitt gemustert. »Soviel Fleisch! Schamlos! Denk daran, was in den Köpfen der Eingeborenen vorgeht!« In Mamas Vorstellung hatten die nur eins im Sinn.

Es klopfte, und Tante Gertrude trat ein. »Nun, fühlst du dich wieder menschlich?« Sie führte sie über die Terrasse durch ein großes Zimmer, vollgestellt mit dunklen, altmodischen Möbeln, hinaus auf einen Innenhof. Dunkelbraun gebranntes Ziegelsteinpflaster, das darin eingelassene Schwimmbad gläsern blaugrün, und in der Mitte eine gedrungene Dattelpalme, deren ausladende Wedel fast den ganzen Patio überdachten. Blumentröge mit hohen Anthurien säumten das Pflaster, deren spektakuläre Blüten wie prächtige rosa Schmetterlinge im Nachtwind tanzten. Ihre Schatten gaukelten im Flackern knisternder Fackeln über die Gesichter der vielen Gäste. Ein wenig abseits stand, in eine Rauchwolke gehüllt, Onkel Hans und grillte Unmengen von Fleisch auf einem riesigen Grill, einer der Länge nach durchgeschnittenen Tonne zwischen zwei gemauerten Ziegelblöcken, deren Oberfläche gleichzeitig als Tisch diente. Daran gewöhnt, Fleischmengen in Gramm zu bemessen, konnte Henrietta nur sprachlos zusehen, wie er langsam, aber stetig den halbmeterhohen, in einer Schubkarre aufgehäuften Steakberg abbaute.

»Juhu!« Eine zierliche, tiefgebräunte Frau stürzte aus der Tiefe des Hauses. Unter einer Wolke feiner, schwarzer Lokken glitzerten neugierige schwarze Augen, wie die einer hungrigen Raubmöwe. Ein enormer Diamant funkelte auf der fein zerknitterten Pergamenthaut ihres Halses. Sie balancierte eine sehr große Platte mit kleinen Pasteten, hübsch garniert mit Tomaten und Petersilie. »Boy, nimm mir das ab!« Jackson erschien lautlos, wie aus dem Nichts, die blutunterlaufenen Augen in seinem maskenhaften Ebenholzgesicht unergründlich. Die Neuangekommene zeigte ein brillantes, knallrot geschminktes Lächeln, ihre flinken Äuglein glitten über Henrietta. »Hallo, ich bin Liz Kinnaird, und das ist mein Mann, Tom.« Sie deutete mit dem Daumen über ihre Schulter. »Er hat ein Holzbein, Krokodil, weißt du.« Sie kicherte. »Den Rest hat es als ungenießbar wieder ausgespuckt.«

Tom Kinnaird stampfte mit seinem Holzbein unter lautem Gebrüll und Händeklatschen der Umstehenden einen wilden, archaischen Tanz. Sein kugelrunder, rotverbrannter Kopf, auf dem spärlich hier und da ein Haar hochstand, schwang zwischen massigen Schultern im Rhythmus auf und nieder. Die langen Spitzen seines schwarzgrauen Schnauzers reichten hochgezwirbelt bis zu den Ohren. Die Ähnlichkeit mit einem fröhlichen Walroß war frappierend.

»Ein Krokodil?« krächzte Henrietta.

Gertrude lachte sarkastisch. »Ach wo, das war Gangrän im letzten Krieg. Er trat sturzbetrunken in der Offiziersmesse in die Splitter seiner Whiskyflasche. Damals gab es noch kein Penicillin. Er ist unter Zulus aufgewachsen und benimmt sich gelegentlich auch wie ein Wilder. Hat wohl wieder prophylaktisch getankt. Den richtigen Rhythmus kriegt er erst ab ein Promille hin.« Sie nahm Henriettas Arm. »So, iß erst mal, bevor ich dich der Meute zum Fraß vorwerfe!«

Der Tisch war überladen mit fremdartigen, köstlich duftenden Leckereien. In der Mitte türmte sich auf einer silbernen

Platte eine halbmeterhohe Pyramide von Langusten. Unvorstellbarer Luxus.
Gertrude reichte ihr eine goldgelbe, kindskopfgroße Frucht. »Papayas, sehr delikat«, erklärte sie, »sie machen einen schönen weichen Stuhlgang. Hervorragend, wenn du Hämorrhoiden hast.« Sie füllte einen tiefen Teller mit Muscheln und legte eine Languste dazu. »Hier, probier mal. Die jungen Leute haben die Langusten bei den Felsen gefangen. Weihnachten ist die beste Langustenzeit.«
Die Langusten sahen sie aus glasigen Knopfaugen an, die rasiermesserscharfen Stacheln zwischen ihren Fühlern waren wie Angriffswaffen auf sie gerichtet, die halbgeöffneten Muscheln verströmten einen intensiven Geruch nach Tang, säuerlichem Wein und Knoblauch und schienen nach ihr zu schnappen. Durchdringender Dunst von gebratenen Hähnchen wehte in Schwaden vom Grill herüber. In ihrem Kopf wurde es plötzlich leicht. Sie schwankte.
Weihnachten? Als sie als kleines Kind vierundvierzig aus Afrika aus ihrer hellen Sommerwelt nach Deutschland gekommen war, war es Weihnachten gewesen. Nur Großmamas Geschichten von einem Tannenbaum mit Lichtern, reichgedeckten Gabentischen, Gänsebraten mit Klößen und Schokoladenlebkuchen von der Tante aus Nürnberg und einem knisternden Feuer im Kamin wärmten sie.
Auch der erste Nachkriegswinter war streng und bitter kalt, doch die Menschen trafen in hoffnungsvoller Freude ihre Vorbereitungen für ihr erstes Friedensweihnachten. Sie stand mit Großmama auf dem Hof der Marienkirche in Lübeck und fror jämmerlich. Es war Mittagszeit. Die dunkelblaue Trainingshose war dünn, und der schneidend kalte Wind biß sich durch den fadenscheinigen Stoff in ihre bloße Haut. Sie trippelte von einem Bein aufs andere, um wieder Gefühl in ihre steifgefrorenen Füße, die erstarrten Zehen, zu trampeln.

Ihre Stiefel hatten einmal ihrem Cousin gehört und waren wie er, klobig und zu groß. Mama hatte zerknüllte Zeitung in die Spitzen gestopft. Schneematschfeuchtigkeit kroch durch die Risse in dem harten Leder, die Zeitung war naß und zusammengedrückt, und ihre Zehen scheuerten sich wund an dem Klumpen. Schwere Schneewolken wälzten sich über die Dächer der Lübecker Altstadt.

Obwohl sich viele Menschen auf dem Kirchhof um den Pferdewagen mit den wenigen Tannenbäumen drängten, war es seltsam ruhig. Diejenigen, die ein Bäumchen ergattert und gegen kostbare Zigaretten oder Zucker eingetauscht hatten, drückten es mit blaugefrorenen Händen an sich, und ihre Augen leuchteten andächtig aus ihren ausgemergelten, bleichen Gesichtern. Ihre Großmutter, eine hochgewachsene, in Schwarz gekleidete Frau, die sich trotz ihres Alters kerzengerade hielt, legte den kümmerlichen kleinen Weihnachtsbaum auf den hölzernen Handleiterwagen. »Du wirst sehn, Henrietta«, lächelte sie, »es geht aufwärts von nun an. Wir haben einen richtigen Weihnachtsbaum. Alles wird wieder gut werden.«

»Das Christkind wird kommen, und wenn du schön artig warst, wird es dir auch etwas bringen«, sagte Mama zu Hause und knöpfte ihr das kratzige Kleid unterm Kinn zu.

Henriettas Herz begann zu klopfen. Buntstifte und einen Malblock, davon träumte sie. Frierend lehnte sie in der großen Küche an dem langen, emaillierten Herd mit den blinkenden Messingbeschlägen, denn zur Feier des Tages trug sie nur Kniestrümpfe und keine pludrigen Trainingshosen unter dem Rock. Sie bewegte ihre wundgescheuerten Zehen in den engen schwarzen Lackschuhen mit der schmalen Knöpfchenspange. Sie paßten gerade noch. Cousine Inga hatte sie ausgelatscht. Buntstifte! Ihr Herz wollte sich nicht beruhigen.

Dann, endlich, erklang die Weihnachtsglocke. Ihre Vorfreude schlug in höchste Spannung um. Sie begann, ihre Schuhe auf- und zuzuknöpfen, um den heißersehnten und gefürchteten Augenblick hinauszuzögern, doch Mama schob sie kurzerhand in das Weihnachtszimmer. Es war hell erleuchtet und warm, und auf dem kleinen Weihnachtsbaum, der fast unter Großmamas schönem altem Christbaumschmuck verschwand, brannten vier Kerzen.
Ihr Blick flog durch das Zimmer, und ihr Herz stockte. Nichts. Gar nichts. Keine Buntstifte, kein Malblock. Im selben Moment wehte aus der Küche ein fettiger Brathähnchengeruch herüber, und plötzlich war alles zuviel für sie. Ihr wurde übel, und sie übergab sich auf den Teppich direkt vor dem Weihnachtsbäumchen. Schwarzbrot, eingebrockt in Magermilch, hatte es zum Frühstück gegeben, wie jeden Tag.
»Kind, was machst du denn da? Der gute Teppich!« Alle stürzten sich auf sie, Hände schoben sie unsanft beiseite, das Brathähnchen roch. Sie übergab sich wieder.
»Kind, was ist denn, ist dir nicht gut?« Tante Gertrudes Stimme klang besorgt. »Du bist ja schneeweiß geworden, hast eine Gänsehaut. Dir kann doch unmöglich kalt sein. Wir haben über dreißig Grad im Schatten.«
Aus riesigen, verwirrten Augen blickte Henrietta um sich. Dreißig Grad im Schatten? Zu Weihnachten? Mühsam tauchte sie aus der Tiefe ihrer Erinnerung auf. Sie fühlte sich aus den Fugen geraten, ausgehebelt, wie ein losgetretener Kieselstein in einem reißenden Strom.
Lischen, die Kinderfrau, die ihren Vater und seine fünf Brüder großgezogen hatte, selbst schon an die achtzig Jahre, rettete sie vor dem ungeduldigen, schlagkräftigen Zorn ihres Vaters. Sie huschte herein, den Feudeleimer in der Hand. »Laß man, Kind, ich mach das schon, das kriegen wir wieder hin.« Auf den Knien liegend, klatschte sie den Feudel auf die

unappetitliche Masse, rieb und tupfte, bis nur noch ein dunkler, nasser Fleck von Henriettas Mißgeschick zeugte. »War ja auch zuviel für dich«, sagte sie mit ihrer dünnen, alten Stimme, »warst ja völlig durchgefroren, und Mittag haste auch nicht gegessen.« Leise ächzend drückte sie sich aus der Hocke hoch. »Nu, siehste woll, nichts mehr zu sehen.«
»Danke, Lischen«, sagte Großmama, die bei dem kleinen Drama keine Miene verzogen hatte, »für heute können Sie gehen.« Sie nahm Henriettas Hand. »Contenance, Henrietta, Contenance. Sieh doch unter dem Weihnachtsbaum nach.«
Sie bekam ihre Buntstifte, doch seitdem fror sie immer Weihnachten, auch als sie in Hamburg in ihrem Haus längst eine bullig warme Zentralheizung hatten.
Ein zarter Wind sprang über die Patiowand, küselte über den Boden, strich warm über ihre bloße Haut, und die Gänsehaut auf ihren Armen glättete sich in der sommerheißen afrikanischen Nacht.
»Alle mal herhören!« rief Gertrude, »hier ist sie also, Henrietta, meine Nichte aus Deutschland!« Sie gab ihr einen kleinen Schubs. »Nun mach mal die Runde.«
Alle drehten sich zu ihr und musterten sie völlig ungeniert. Einmal rauf und dann wieder runter und dann noch einmal in allen Einzelheiten.
Henrietta fühlte sich befingert. Eingeschüchtert starrte sie in das Meer neugieriger Gesichter. Ihre Zunge gehorchte nicht. Alle die sorgfältig gepaukten englischen Redewendungen, die geschliffenen Höflichkeitsfloskeln waren wie weggewischt. Langsam kroch ihr die Röte den Hals hinauf, ihre Wangen glühten.
»Hallo«, sagte eine wohlmodulierte Stimme in Queen's English, »ich bin Duncan Daniels, willkommen in Südafrika!« Der junge Mann, mittelgroß und schlank, war kaum älter als

sie selbst. Amüsierte hellblaue Augen in einem länglichen Gesicht mit einem langen, kantigen Kinn und zu einem Lächeln gebleckte, große weiße Zähne, wie ein spöttisch grinsendes Pferd. Zu einem schwarzen Jackett mit Goldknöpfen trug er einen blaugrün karierten Schottenrock, karierte Kniestrümpfe und Schnallenschuhe, eine Dachsfelltasche hing ihm vom Gürtel. Unter seinem Kinn rieselten die Spitzen eines schneeweißen Jabots. »Wir sind Schotten«, erklärte er überflüssigerweise, »wir leben zwar schon seit vier Generationen hier, aber Tradition ist alles, besonders im Busch!« Spöttisch flickte er sein Jabot. »Man muß doch Vorbild sein für die Wilden.« Er zog ein junges, selbstbewußtes Mädchen mit einem lachenden Gesicht unter hochtoupierten blonden Haaren aus der Menge. Der Rock ihres rückenfreien, schwarzen Tüllkleids bauschte sich voluminös. »Das ist Diamanta, meine Schwester. Eine zickige Freundin hat sie in einem Wutanfall Glitzy getauft. Der Name blieb hängen«, er lächelte ironisch, »sonst heißen wir alle mit D, wie mein Vater Dirk Daniels. Glitzy, das ist Henrietta aus Deutschland.«

»Hallofreutmichdichkennenzulernen«, sprudelte Diamanta mit atemlos rauher Stimme, »ich werde dich Henri nennen.«

»Lieber nicht, ich hasse den Namen. Mein Vater nennt mich so, wenn ihm einfällt, daß er eigentlich einen Sohn haben wollte.«

»Nieder mit den Männern!« Die junge Südafrikanerin lachte so herzhaft, daß ihre üppige Figur bebte.

Henrietta lachte mit. Sie hatte das wohlige Gefühl, zwei Freunde gefunden zu haben. »Diamanta?« fragte sie mit sorgfältig neutraler Stimme. »Ein ungewöhnlicher Name.«

Diese kicherte. »Großpapa Daniel fand einen riesigen Diamanten just an dem Tag, als ich geboren wurde. So nannte man mich Diamanta. Als Talisman sozusagen, für zukünftiges

Glück. Hat ihm aber nicht viel genützt. Er erstickte kurz darauf an einer Fischgräte.«
»Oh!« Henrietta hatte Mühe, ihr Lachen zu unterdrücken.
»Wir würden dich gern zum Tee einladen«, sagte Duncan. »Meine Eltern konnten heute leider nicht kommen, sie möchten dich jedoch sehr gerne kennenlernen. Übernächsten Sonntag. Diesen Sonntag sucht uns die Polomeute heim.«
Henrietta strahlte. »Mit Vergnügen. Wie komme ich zu euch? Kann ich laufen, oder gibt es einen Bus?«
Glitzy riß entsetzt ihre hellblauen Augen auf. »Laufen? Meine Güte, das tut man hier nicht, und einen Bus gibt es schon gar nicht. Wir holen dich ab, so gegen halb fünf.«
Die Geräuschkulisse wurde lauter, Gesprächsfetzen vermischten sich zu einem schrillen Brei. Die Szenerie drehte sich um sie, sie wurde zum Auge eines Strudels. Immer neue Gesichter schoben sich an sie heran, die Worte und verschiedenen Akzente fremd in ihren Ohren. Näselnd, sehr britisch, hinter einem mächtigen rotblonden Schnauzer hervor: »Meine Liebe, wir brauchen junges Blut. Müssen doch die schwarze Flut eindämmen, haha! Also, bald heiraten, junge Lady, damit das Land viele kleine, stramme Südafrikaner bekommt!« Ein anzüglicher Blick in ihren Ausschnitt, und das rote, schnurrbärtige Gesicht tauchte wieder ins Whiskyglas ein.
Eine kleine runde Frau mit dickgepuderten, etwas groben Zügen, deren Namen Henrietta nicht verstanden hatte, redete lange und eindrücklich in einem grauenvoll harten, abgehackten Englisch auf sie ein. »Sie müssen also jetzt sofort Afrikaans lernen«, schloß sie ihre Ausführungen energisch, »wir sind der letzte Hort der Zivilisation, die Rettung der weißen Welt, die Auserwählten. Gott hat Weiße und Schwarze gemacht, hätte er die Menschheit milchkaffeefarben haben wollen, hätte er sie so erschaffen.«

Henrietta nickte schwach. Bleierne Müdigkeit machte sie schwindelig. Mit größter Anstrengung hob sie ihre Lider und sah sich einer tonnenförmigen älteren Frau gegenüber, deren harte schwarze Augen sie abschätzend taxierten. »Meine Liebe, ein bißchen kurz Ihr Rock, nicht wahr? Den sollten Sie hier länger tragen, wegen der Eingeborenen, verstehen Sie? Wir müssen mit gutem Beispiel vorangehen, wir können schließlich hier nicht halbnackt herumlaufen wie die Wilden.« Sie führte ihre fleischige Hand mit dem riesigen Rubin an ihre festzementierten blonden Dauerwellen, die an den Wurzeln Schwarz zeigten. »Ich muß mit Gertrude reden. Sie haben noch einiges zu lernen.«
Henrietta starrte entgeistert auf die wogende, sommersprossige Fläche ihres üppigen, abgrundtiefen Dekolletés, die dampfende fremde Körperwärme strahlte heiß auf die Haut. Sie trat einen Schritt zurück und prallte gegen die Wand. Sie konnte nicht entkommen.
»Wir Damen vom Gartenclub«, fuhr die Frau mit den harten schwarzen Augen fort und vollführte eine umfassende Handbewegung, »wir Damen nehmen jetzt Schießunterricht. Wir erwarten Sie natürlich auch dazu, das Land braucht junge Leute, die ihren Mann stehen können.« Der Rubin funkelte blutrot.
Schießen. Angst packte Henrietta an der Kehle. Krieg! Waffen bedeuteten Krieg. »Schießunterricht«, brachte sie mühsam hervor, »was meinen Sie mit Schießunterricht? Wozu?«
Die Dame reckte kampfbereit ihr Kinn, die juwelengeschmückte Faust ballte sich. »Wir müssen bereit sein, wenn die schwarzen Horden über uns kommen. Sie rotten sich schon zusammen, sie kommen über die Grenze aus den kommunistischen Trainingslagern, sie morden und brandschatzen und jagen unsere Polizeistationen in die Luft. Eine ganze Fa-

milie sollen sie zerstückelt haben. Europäer natürlich.« Ihre Augen waren undurchsichtig und flach, ihre Stimme ein fanatisches Zischen. »Erst hackten sie ihnen Hände und Füße ab, dann die Beine bis zum Knie und die Arme am Ellenbogen. Wie Schlachtvieh sollen sie die Leute in kleine Stücke gehauen haben. Als man sie fand, sagt man, fehlten ein paar Teile!« Sie atmete schwer. »Ich will nicht darüber nachdenken, was sie damit gemacht haben! Also, junge Dame, lernen wir schießen, um unsere Jungs zu unterstützen und um uns zu verteidigen, wenn unsere Jungs nicht da sind.«

Henrietta bekam plötzlich kaum noch Luft. Diese Augen schienen sie festzunageln. Das hörte sich ja an wie Krieg. *In meinem Paradies.* Mit großer Anstrengung drückte sie sich an der Frau vorbei und tauchte dankbar in der fröhlichen, lärmenden Normalität des Festes unter. »Wer ist die Dame mit den blonden Zementlocken dort?« fragte sie Gertrude leise, »sie macht mir angst. Sie redet von Krieg und schwarzen Horden.«

Gertrude lächelte fein. »Das ist Elsa de Kock. Wenn die ihre Locken nicht mit Haarspray fixiert, kräuseln sie sich stark, und eigentlich sind sie auch schwarz und nicht blond. Du verstehst, was ich meine?« Ein verschwörerischer Blick unter falschen Wimpern. »Ist dir nicht aufgefallen, daß ihre Gesichtszüge – nun, sagen wir einmal, etwas grob sind? Hier nennt man das Berührung mit der Teerquaste. Ständig redet sie von der schwarzen Gefahr. Solche Leute sind die glühendsten Schwarzenhasser.«

Henrietta sah verständnislos drein.

Liz Kinnaird gesellte sich zu ihnen. »Deine Tante meint, daß sie einen dunklen Punkt in ihrem Stammbaum hat.«

»Dunkel, das ist gut!« Gertrude verzog geringschätzig ihre Mundwinkel. »Gar nicht so weit zurück, meine ich, vielleicht eine Xhosa aus der Transkei oder eine Hottentottin, wenn

man ihren Hintern in Betracht zieht.« Die Damen lachten einander an und nippten an ihrem Drink.
»Boy, hol mir einen Wein!« Mrs. de Kock hob gebieterisch ihr leeres Glas.
Jackson nickte. Er bewegte sich lautlos wie ein massiger Schatten zwischen den Gästen, räumte Gläser weg, füllte neue. Er lächelte nie und schien alles zu sehen. Es dauerte etwas, ehe er mit dem Wein erschien.
»Oh, wo bleibt denn dieser Kaffir mit meinem Wein?« rief Mrs. de Kock ungeduldig.
Henrietta fing den Blick auf, den Jackson Mrs. de Kock zuwarf, und bekam eine Gänsehaut. Für Sekunden war seine Maske gefallen, und sie hatte einen Mann gesehen, der imstande war zu töten.
Ein durchscheinendes, elfenhaftes Wesen in einem fließenden, weißen Gewand, umweht von einem Schleier glänzender, champagnerfarbener Haare, schlängelte sich durch die Menge. Diamanten tropften von ihren Ohren und ergossen sich als funkelnder Wasserfall in ihren tiefen Ausschnitt. Auf ihrer Schulter saß eine Siamkatze mit blauen Augen. Als sie Duncan erspähte, glitt sie auf ihn zu. »Duckie Darling«, gurrte sie und rankte ihren zarten Körper um ihn. Ihr Blick aus halbgeschlossenen, katzengrünen Augen heftete sich lüstern an seine Lippen. »Hallo, Süßer.«
»Cori, du bist blau …«
»Veilchenblau«, lächelte Cori verklärt und küßte ihn auf den Mund. »Herrlicher Zustand.« Die Katze fauchte und schlug mit den Krallen nach ihm. »Ruhig, mein Baby.« Sie küßte die Katze.
Duncan wich ihr aus. »Halt deinen Tiger im Zaum.« Er drehte sie herum, bis sie Henrietta ins Gesicht sah. »Henrietta, das ist Cori, deine Cousine – Cori, sei artig und sag hallo zu Henrietta.«

»Hallo, das ist Sirikit, mein Baby«, kicherte Cori. Ein dürrer, blasser Mann tauchte hinter ihr auf, dessen enormer Schnauzer sein mageres Gesicht fast verdeckte. »Das ist mein Mann Freddy. Er macht Schuhe und scheffelt Geld.« Sie schob ihn vor.

»Guten Tag«, murmelte Freddy und senkte die Lider müde über blaßblaue Augen. Sein außergewöhnlich farbenfreudiges Hemd hing lose über seine voluminösen Hosen. Er schien die Bequemlichkeit über alles zu schätzen.

»Freddy baut gerade ein Auto aus Zement«, grinste Duncan, »sein Boot ist schon fertig, und danach will er ein Flugzeug bauen.«

»Aus Zement?« Henrietta glaubte, nicht richtig gehört zu haben.

Freddy hob die Lider. »Sicher.« Er dehnte jede Silbe, wie ein texanischer Cowboy, die Aussprache jedoch war pures, hartes Schottisch. »Hervorragendes Zeugs.« Als wäre diese Anstrengung schon zuviel gewesen, senkte sich der Vorhang wieder vor seinen Blick, er sackte haltsuchend gegen eine Wand und hielt sich an seinem gefüllten Brandyglas fest. Er wirkte wie jene Bürschchen, die ihr Geld geerbt haben. Arrogant, verwöhnt, dem Alkohol zugetan.

Cori wiegte ihre Katze. »Flugzeug, Auto, sogar unser Bett, alles macht unser Daddy aus Zement, nicht wahr, meine Zuckerschnut?«

Ihre Mutter schob sich durch die Gäste. »Bring dieses Vieh weg!« fauchte sie.

»Mein Baby kommt überallhin mit«, schnappte Cori.

»Das ist eine Katze, kein Baby. Schaff dir ein Kind an, dann brauchst du keine Katze. Oder hat dein Mann nur Zement im Kopf?«

Coris Rücken wurde steif. Aber sie lächelte. »Kinder, wer will schon Kinder«, sagte sie leichthin. Doch Henrietta sah die

Tränen in ihren Augenwinkeln. Eine löste sich von den gesenkten Wimpern und rollte über die Wange. Dann glitt Cori davon.
Freddy stand plötzlich neben Gertrude. Blitzschnell. Er hatte nichts Gelangweiltes, Verwöhntes mehr. »Halt dein verdammtes Schandmaul, Gertrude, sonst stopfe ich es dir!« Er schwang herum und folgte seiner Frau.
Gertrude wich zurück. »Herrje, bist du empfindlich!« rief sie. »Fürchterlicher Mensch, keine Kinderstube!« raunte sie Henrietta zu.
Er liebt seine Frau, dachte Henrietta und beneidete Cori. Lachsalven explodierten, Wortfetzen schrillten, die Reste des Essens vertrockneten auf dem Buffet. Rauchgeschwängerte Hitzefeuchtigkeit legte sich dampfig und klebrig auf ihre Lungen. Riesige Nachtfalter flatterten um die funkensprühenden Fackeln. Ihre Schatten geisterten über die schwatzende, wogende Menge und verzerrten faunisch ihre Gesichter, deren Münder rhythmisch auf- und zuklappten. Rauchschwaden standen darüber, rosa im Widerschein der Holzkohlenglut. Sie schien als einzige noch nüchtern zu sein. Müdigkeit rauschte in ihren Ohren, überdeckte alle Geräusche und Gefühle. Durchsichtig vor Erschöpfung, lehnte sie sich gegen die Wand. Und schlief sofort ein. Als ihre Knie nachgaben und sie an der Wand herunterzugleiten drohte, schreckte sie hoch. Mit letzter Kraft schlich sie davon und tastete sich über den stockdunklen Gartenweg.
Unvermutet stand Jackson neben ihr. Er trug eine Taschenlampe. »Zu gefährlich für Madam«, raunte er, »Schlangen. Sie schlafen nachts auf den warmen Steinen.« Er ging voran ins Rondavel und machte Licht. »Gute Nacht, Madam«, sagte er noch und war weg.
Henrietta trank einen Schluck Wasser aus der mit einem perlenbeschwerten Spitzendeckchen abgedeckten Ka-

raffe, zog sich nur noch das Kleid über den Kopf und fiel aufs Bett.
Die Nacht senkte sich sanft, und das Schlaflied Afrikas wiegte sie in den Traum. Die Zikaden sangen, Baumfrösche flöteten ihre klare Melodie, und weit entfernt seufzte und atmete das Meer.

❖

Zu ihrem zwanzigsten Geburtstag, am ersten Januar, bekam sie von Tante Gertrude und Onkel Hans einen gelben Sonnenhut. Das Geschenk ihrer Eltern hatte sie im Koffer mitgebracht. Sie packte es aus. Ein Skizzenbuch und Aquarellfarben. Glücklich begann sie sofort eine Serie von zarten Blumenbildern.
Die nächsten Tage verschmolzen ineinander. Die Helligkeit stach ihr in die Augen, Farben zündeten ein Feuerwerk in ihrem Kopf, die Hitze versengte ihre Haut. Sie stopfte sich voll mit köstlichen, saftigen Früchten aus dem Obstgarten ihrer Tante. Pfirsiche, Papayas, Melonen, Aprikosen, süß und reif, direkt vom Baum. Sonst ernährte sie sich fast nur von Salat, den sie bei Sammy, dem indischen Gemüsemann, kaufte. Jeden Tag fuhr er mit seinem kleinen Lieferwagen vor, auf dem sich die Obst- und Gemüsestiegen stapelten, hupte durchdringend und wartete auf die Hausfrauen der Umgebung.
Es war die Zeit für ein gemütliches Schwätzchen. In kleinen Grüppchen standen die Frauen in angeregter Unterhaltung, die Weißen hier und die Schwarzen dort. Sammy amüsierte Gertrudes Nachbarinnen mit Neuigkeiten und Klatsch, dem er einen intimen, augenzwinkernden Anstrich gab, wodurch der kleine, drahtige Mann trotz seiner dunklen Haut deutlich machte, daß er eine andere gesellschaftliche Stellung bekleidete als die schwarzen Hausangestellten. Er bediente sie mit herablassender Arroganz und stets erst, wenn keine Weiße

mehr wartete. Die jungen Schwarzen schien das nicht weiter zu kümmern. Fröhlich zwitscherten sie untereinander, ein Schwarm seidig brauner, buntgefiederter Paradiesvögel. Jackson, der für Tante Gertrude einkaufte, paradierte gokkelnd vor ihnen herum. Er schlug sein Rad, spreizte seine Federn, neckte sie, und sie erwiderten es mit entzücktem Kokettieren hinter vorgehaltenen Händen.

Wenige Tage später bekam Henrietta entsetzlichen Brechdurchfall. Für vierundzwanzig Stunden war sie sterbenskrank. Bleich und zittrig, von dem Flüssigkeitsverlust völlig ausgelaugt, schleppte sie sich am nächsten Tag tapfer zum Mittagessen.

»Du siehst aus wie durchgekaut und ausgespuckt.« Ihr Onkel grinste. »Hast du denn Obst und Gemüse nicht desinfiziert? Das muß man hier unbedingt. Sammy und seine Kollegen düngen nämlich mit Nachterde.« Er lachte lauthals.

Etwas an seiner Art zu lachen hielt sie davon ab, zu fragen, was Nachterde war.

Aber er kannte keine Gnade. »Sammy Singh leert den Inhalt seines Plumpsklos über den Salat- und Gemüsebeeten aus«, erklärte er, »das macht den Salat so schön grün.« Er wieherte schadenfroh, als sie sich vor Ekel schüttelte.

Jackson brachte die Suppe und einen Salat. Sie war dick und von kranker, gelber Farbe. »Nun iß, Kind«, drängte Tante Gertrude, »du brauchst Flüssigkeit. Das ist eine scharfe Currysuppe, die regt den Kreislauf an. Du solltest auch viel Cola trinken und Salziges essen, das Beste nach so einem Brechdurchfall.«

Sie würgte ein paar Löffel voll hinunter. Den Salat rührte sie nicht an. Das Bild des mit Nachterde so elegant beschriebenen Inhalts des Plumpsklos stand zu lebendig vor ihren Augen. Als Hauptgang servierte Jackson zerfallenen Braten in einer öligen Soße, verbrannte Auberginenscheiben, wäßrige

Kartoffeln und große, bißfeste Erbsen. Es schmeckte entsetzlich.
»Jackson!« schrie Tante Gertrude und spuckte die Auberginenscheibe aus.
Als er, lässig das Geschirrhandtuch in den Gürtel gesteckt, aus der Küche hereinschlenderte, deutete sie mit ihren fettgepolsterten Fingern auf die kohlschwarzen Auberginen. »Sie sind verbrannt!«
Der massige Schwarze beugte sich über den Teller und besah die beanstandeten Auberginen interessiert. Er zeigte sich unbeeindruckt. »Das war der Herd, Madam.« Sein Ton war aufreizend ausdruckslos. »Er war zu heiß.«
Sie fuhr empört hoch. »Ach, und die wäßrigen Kartoffeln und die Soße, die fast nur aus Öl besteht, war das auch der Herd?«
»O nein, Madam«, antwortete er eifrig, »das waren meine Hände. Sie haben einfach nicht rechtzeitig aufgehört, Öl zu gießen.« Ein Zucken seiner Brauen, ein fast unmerkliches Heben der Mundwinkel, und das Kinn nur eben vorgestreckt. Er war ein Meister der Körpersprache. Da stand er, den muskulösen Körper leicht nach hinten geneigt, die nackten, verhornten Füße fest auf dem Boden gespreizt, den Kopf zur Seite gelegt. Eine einzige, unverschämte Provokation.
Gertrude kochte. Ihre Blicke verhakten sich in einem Machtkampf, der Henrietta in höchstem Maße befremdlich erschien. Unterwürfigkeit hatte sie von dem Zulu erwartet und Angst. Sie sah nur Herausforderung und Spott in dem schwarzen Gesicht.
Das Verhalten ihrer Tante war jedoch viel verwirrender. Wütend und offensichtlich frustriert hielt sie dem Blick aus den höhnischen schwarzen Augen nur für kurze Sekunden stand. Dann senkte sie die Lider. Der Schwarze nickte und drehte sich um und ging. Er ging einfach hinaus.

»Verdammter Kaffir«, zischte die weiße Frau in hilfloser Wut hinter ihm her, schnell und stoßweise atmend. »Hat vermutlich wieder Dagga geraucht. Hast du seine Augen gesehen? Ganz glasig, wie ein gekochter Fisch. Du könntest ja auch mal etwas sagen, Hans!«
Ihr Mann schnaubte durch die Nase. Es sollte wohl so etwas wie ein Lachen sein. »Ich denke ja gar nicht daran, du hast selbst schuld, so inkonsequent, wie du bist. Schmeiß den Kerl doch endlich raus, das hättest du schon vor Jahren tun sollen.«
»Jackson hinauswerfen?« Es lag echter Horror in Gertrudes Stimme. »Er ist der beste Boy der Gegend, das weißt du. Außerdem klaut er nicht.«
»Bist du dir sicher?«
»Ich vermisse jedenfalls nichts«, wich sie aus. »Aber du mußt mal wieder den Garten nach Dagga-Anpflanzungen durchsuchen.«
»Dagga?« wiederholte Henrietta, die atemlos diesem erstaunlichen Austausch gefolgt vor.
»Cannabis«, erklärte Gertrude. »Sie pflanzen es alle an. Mitten in deinem schönsten Blumenbeet findest du plötzlich ein paar gesunde, kräftige Dagga-Pflanzen.« Sie sah ihre Nichte an und lachte dann trocken. »Du hast vermutlich erwartet, daß ich Jackson auspeitsche, nicht wahr?« Und, seufzend in der Art von jemandem, der sich schon häufiger so verteidigen mußte, setzte sie hinzu: »Du wirst schnell merken, daß das Verhältnis zwischen Schwarz und Weiß in Südafrika eben nicht schwarzweiß ist.« Sie aß weiter, ihre Wut wie weggeblasen.
In der Küche lärmte Jackson scheppernd mit den Töpfen. Herausfordernd, fand Henrietta. »Was hat es mit Schwarz und Weiß zu tun, wenn ein Hausdiener seine Arbeit nicht ordentlich macht und obendrein frech ist? Das läßt doch kein Arbeitgeber der Welt durchgehen!«

Gertrudes Nacken wölbte sich wie der eines sich aufbäumenden Pferdes. »Das verstehst du nicht.«
»Dann erkläre es mir doch!«
Gereizt warf die ältere Frau ihre Gabel hin. »Das ist zu komplex. Wenn du erst einmal ein paar Jahre hier gelebt hast, wirst du wissen, was ich meine.«
Ihr Mann grinste bösartig. »Was sie meint, liebe Henrietta, ist, daß sie, wenn sie Jackson rauswirft, entweder die Hausarbeit selbst machen muß, und das wäre natürlich undenkbar. Eine weiße Madam rutscht nicht auf den Knien und schrubbt den Boden! Oder sie muß sich einen neuen Boy oder ein Girl suchen. Beides ist mühsam und stört beim Tennisspielen.«
Ein Blitz erhellte neonweiß die wütend verzerrten Züge Gertrudes. Ihre Antwort ging in krachendem Donner unter. Henrietta zuckte zusammen. Bisher waren die Tage brütend heiß gewesen, brannte eine grelle, weiße Sonne aus einem tiefblauen Himmel, ätzte alle Konturen überscharf und zog den Horizont als klaren, harten Strich.
»Hast du Angst vor Gewitter?« fragte ihr Onkel hoffnungsvoll.
Henrietta lachte. »Nein, ich liebe das Wetter hier, nur in Hamburgs grauer Einheitssoße werde ich depressiv.« Nach etwas mehr als einer Woche in seinem Haus kannte sie seine boshafte Art.
Mit großem Vergnügen brachte er andere in Verlegenheit, stellte sie bloß und machte sich dann mit einem süffisanten Lächeln über sie lustig. Es hatte ihn zu einem einsamen Mann gemacht. Die Freunde, die jeden Nachmittag auf der Veranda saßen, Unmengen von Tee tranken, Gurkensandwiches aßen und diskutierten, waren Gertrudes Freunde. Sie hockte dann mittendrin, rauchend, lächelnd, mit temperamentvollen Gesten erzählend.
Die ersten harten Getränke erschienen, noch bevor die Son-

ne tief stand. Henrietta konnte sie bis spät in die Nacht reden und argumentieren hören. Onkel Hans war dann längst im Bett, denn das Leben auf der Farm erwachte schon mit Sonnenaufgang, und jeder Tag war hart und anstrengend.
Sie ging auf die Veranda. Der weite Himmel war schwarz, Blitze sprangen von Wolke zu Wolke, entluden sich, vielfach verästelt, mit ohrenbetäubendem Zischen in apokalyptischen Explosionen. Ihr Abbild brannte sich in ihre Netzhaut. Der Regen begann nicht langsam mit großen, sanften Tropfen, sondern unmittelbar, als wäre dort oben ein Damm gebrochen, das Wasser fiel als dichter Vorhang herunter. Innerhalb von Minuten war aus dem Garten ein See geworden. Reißende Flüßchen stürzten sich die Gehwege hinunter, strudelten um die Wurzeln der Bäume, wuschen die rote Erde aus und trugen sie hinunter zum Meer. Ihr Onkel unterbrach seinen Streit mit seiner Frau. Er stand auf und spähte hinaus. »Hai-Wetter.«
»Hai-Wetter?« Henrietta glaubte, nicht richtig gehört zu haben.
»Hai-Wetter«, nickte er. »Die Haie jagen am liebsten nach einem großen Regen in den aufgewühlten, trüben Schlammwolken der Küstengewässer. Schwimmen ist dann viel zu gefährlich.« Streitlustig wandte er sich an Gertrude. »Das Schwimmbecken wird wieder überlaufen. Hat Jackson den Abfluß gereinigt?«
»Gesagt hab ich es ihm«, schnappte Gertrude.
»Aber hast du auch kontrolliert, ob er es gemacht hat?«
»Das kannst du schließlich ja auch mal machen!«
»Jackson ist dein Hausboy!«
»Um Himmels willen, da schwimmt eine Schlange!« schrie Henrietta. Ein Blitz erhellte den Garten. »Sie ist grün, ist sie gefährlich?«
»Wenn sie grau-schwarze Flecken an der Seite hat, nicht«,

antwortete ihr Onkel über die Schulter, »wenn nicht, könnte es natürlich eine grüne Mamba sein oder eine Bomslang. Sie werden von den Zuckerrohrfeldern heruntergespült. Sei vorsichtig, wenn du nachher zum Rondavel gehst.«

Das Reptil hatte sich in den freigespülten Wurzeln des alten Jacarandasbaums verfangen und glitt, ohne die Blätter zu bewegen, hinauf in die Krone. Dort wickelte sie sich um einen armdicken Ast und zog ihre kraftvollen, geschmeidigen Muskeln zusammen. Kein noch so starker Sturm würde sie jetzt herunterschütteln. Ihre schwarze, gespaltene Zunge schmeckte die Luft ihrer Umgebung. In dem zuckenden Licht der elektrischen Entladungen sah Henrietta, wie die Schlange, offensichtlich zufrieden mit ihrem Zufallsquartier, ihren großen, stumpfnasigen Kopf in eine Schlinge ihres glänzenden, nassen Körpers duckte, der von reinem Grün war.

So abrupt, wie es begonnen hatte, fiel das Unwetter in sich zusammen. Der Sturm verzog sich grollend aufs Meer, tobte dort noch eine Weile über dem tiefschwarzen Horizont und beruhigte sich dann allmählich. Nur gelegentlich war noch ein tiefes Rumpeln zu hören, als würde sich eine Herde Elefanten unterhalten. Die Sonne brach durch die Wolkenwand, und die Welt schimmerte unter einem Tuch von glitzernden Wassertropfen. »Afrika! Ist es nicht wunderbar?« Kleine Wasserfontänen spritzten hoch, als sie mit ein paar Tanzschritten über den überschwemmten Rasen wirbelte.

Gertrude schickte ihr einen mißgelaunten Blick über den Rand ihrer Lesebrille. »Warte nur, bis die Mücken kommen.« Sie schloß die feinmaschigen Moskitotüren.

Und sie kamen, kaum daß es dunkel war. Sie erhoben sich in Schwärmen aus den Niederungen in die feuchtigkeitsgeschwängerte Luft, und sie waren furchtbar hungrig. Lüstern stürzten sie sich auf Henriettas nackte Arme und Beine. Bald war sie mit walnußgroß angeschwollenenen Stichen übersät. Sie saß unter dem Vordach ihres Rondavels, versuchte ihr Englisch mit Hilfe eines Agatha-Christie-Krimis aufzupolieren. Abwesend kratzte sie sich, bis die Stiche bluteten.

Aus dem Nichts kommend stand Jackson in dem spärlichen Licht der einzelnen gelben Glühbirne. Er bückte sich, brach das dicke, fleischige Blatt einer am Boden rankenden Pflanze, deren herrliche, orchideenrosa Blüten sich zur Nacht geschlossen hatten, und quetschte ein wenig Saft heraus. Er träufelte die Flüssigkeit auf einen stark geschwollenen Stich auf ihrem Arm. Es stach, und sie zuckte zurück, aber allmählich verschwand der unerträgliche Juckreiz, ihre Haut kühlte ab. »Oh, Jackson, das ist ja phantastisch! Wie heißt die Pflanze?«

»Itch-me-not«, antwortete er todernst mit einem Funkeln in der Tiefe seiner dunklen Augen, »Juck-mich-nicht.«

»Kennst du alle Pflanzen, Jackson?«

»Yebo, Madam, alle. Und ich weiß auch um ihre Heilkräfte von meiner Großmutter. Sie war eine Sangoma. Sie konnte alles heilen und kannte viele Zauber. Sie war eine sehr mächtige Frau.«

Sie war ungeheuer beeindruckt. *Afrika!*

Der Schwarze hielt ihr ein flaches Döschen auf seiner hellrosa Handfläche hin. »Madam muß etwas gegen die Kratzer tun, sonst gibt es Natal-Geschwüre. Wir nennen sie so, weil es etwas mit Natals Klima zu tun hat. Es ist heiß und feucht hier, wie in einem Gewächshaus. Wunden heilen nicht, sie eitern schnell und vergiften das Blut. Ich habe Madam ein Muti mitgebracht.«

Ehrfurchtsvoll tupfte sie sich auf jeden Kratzer ein wenig von der Salbe. »Was ist ein Muti?«

»Unser Wort für Medizin der Sangomas.«

»Diese Creme hier? Ist das ein Rezept deiner Großmutter?«

»Nein«, antwortete Jackson, ohne eine Miene zu verziehen. »Es ist eine Antibiotikum-Salbe aus Madams Medizinschrank.« Er lachte das breite, spontane Lachen der Afrikaner, dieses herrliche Lachen, das tief aus dem Bauch kommt, dieses Geräusch schierer Lebensfreude, das Henrietta einhüllte in Wärme und Licht und das wie ein Versprechen für die Zukunft war. Das Weiß seiner Augen und die weißen Zähne leuchteten. Dann verschluckte ihn die Nacht.
Zaubermedizin und Antibiotikum friedlich nebeneinander. *Afrika!* Lächelnd schlief sie ein. Es wurde eine unruhige Nacht, denn sie hatte vergessen, die Moskitofenster zu schließen. Die Geckos an den Wänden kicherten, und ihre Bäuche füllten sich mit Mücken und wurden prall und so schwer, daß sie ihren Halt verloren und mit einem leisen Klatschen herunterplumpsten. Sie hörte sie lachen und rascheln und tat kein Auge zu. Erst die ersten heißen Sonnenstrahlen vertrieben die gierigen kleinen Insekten, und die Geckos verschwanden in Mauerritzen und hinter den Bildern und hielten ihren Verdauungsschlaf. Auch sie schlief endlich erschöpft ein.

Die laute Stimme ihres Onkels weckte sie. »Gertrude, ich hole den Fisch«, brüllte er, »Henrietta, kommst du mit zum Strand?«
Sie setzte sich auf. Zum Strand! Minuten später, die Haare noch naß von der hastigen Dusche, sprang sie zu ihm in den Jeep. Es war warm und sehr windig, und alle Farben waren klar und kräftig.
»Jeden Sonnabendmorgen kaufe ich frischen Fisch von den Brandungsbooten am Strand«, sagte ihr Onkel. »Die Jungs fahren im Morgengrauen hinaus, dorthin, wo gerade die Fische stehen, und angeln. Vom Tuna über Barracuda und die großen Tiefseefische bringen sie alles mit.«

Sie parkten wieder unter den sturmzerfetzten Blättern der hohen, vielstämmigen Bananenstaude. Das Schild in ihrem Schatten war ihr letztes Mal nicht aufgefallen.
»Durchgang zum Strand. Nur für Weiße«, las sie laut. »Wieso nur für Weiße?« fragte sie.
»Weil Schwarze hier nicht erlaubt sind.«
»Ja, aber wieso nicht?«
»Weil sie schwarz sind!«
»Aber das ist doch albern, das ist doch kein Grund!«
»Es ist das Gesetz.« Er ging rasch durch den dämmrigen Baumkronentunnel über einen ausgetrampelten Pfad den hier dicht mit blau blühenden Trichterwinden bewachsenen, steilen Dünenabhang hinunter zum Strand.
Henrietta folgte ihm. »Das klingt ja wie ›Für Hunde verboten‹!« schrie sie trotzig hinter ihm her.
Er blieb stehen. »Richtig, für Hunde ist es auch verboten. Wir haben unsere Strände, die haben ihre Strände, und laß dir gesagt sein, die sehen aus wie Müllhalden. Rede nicht diesen rührseligen Unsinn, daß alle Menschen gleich sind. Eingeborene sind primitiv und dreckig und ungebildet und lassen alles verkommen. Außerdem wollen die mit uns sowenig zu tun haben wie wir mit ihnen. Wir dürfen in ihren Reservaten auch nicht wohnen, warum sollten wir ihnen also erlauben, sich in unseren Vororten aufzuhalten?«
Für Momente erschien ihr die Sonne schwächer, die Luft kühler. »Reservate! Ich dachte, die seien nur für Tiere.«
Aus zusammengekniffenen Augen sah er sie an. »Mein liebes Kind, du begibst dich hier auf gefährliches Pflaster. Ich rate dir dringend, deine Ansichten zu ändern. Sonst bist du schnell als liberal abgestempelt und mit einem Fuß im Gefängnis.«
Ihr blieb die Luft weg. »Gefängnis? Nur für Worte?«
»Nur für Worte! Um zu verhindern, daß denen dann Taten

folgen, also sieh dich vor!« Er sah auf seine Uhr. »Ich geh auf ein Bier in die Oyster Box.« Er deutete auf zwei parallele, blauschwarze Felsbarrieren, die im spitzen Winkel gegen die Brandung ins Meer hinausliefen, dazwischen spiegelglattes Wasser. »Das ist Granny's Pool. Wir nennen es Großmutters Schwimmbad, weil das Wasser hier flach ist und viel ruhiger als draußen. Gegen zwölf landen dort die Boote. Wir treffen uns dann.« Er musterte ihre winterweiße europäische Haut. »Paß auf, daß du nicht verbrennst, die afrikanische Sonne ist mörderisch.« Er stieg die Steinstufen vom rot-weißen Leuchtturm hinauf zum Oyster Box Hotel, das sich, flach und langgestreckt, oben an die Dünenkrone schmiegte. Sein Schritt war schwer, sein Nacken, negerbraun mit tief eingekerbten Querfalten. Farmerhals. Immer gegen die Elemente gebeugt.

Wütend schleuderte sie einen Stein ins Meer. »Ich werd' nie so wie ihr!« schrie sie gegen das Brüllen der Brandung, »nie!« Sie lief barfuß, Turnschuhe in der Hand. Ein Röhren und Orgeln umfing sie, der starke Seewind fegte ungehindert über die weite Strandfläche, zerrte ihr die Bluse von den Schultern. Sie sah sich um. Die wenigen Menschen am Strand verloren sich in der grandiosen Weite, schmale, kleine Silhouetten in der blendenden, weißen Strandwelt. Drei Jungen angelten auf den meterhohen Felsen in der donnernden, schäumenden Gischt. Immer wieder bogen sich ihre schweren Brandungsangeln wie Flitzbogen, und ein wild zappelnder, silberglänzender Junghai landete am Strand, wo er sandpaniert langsam verendete. Sie zählte vierundzwanzig sandverkrustete Fischleichen. Mainas zankten sich lautstark um die Köderreste. Irgendwann waren die Vorfahren dieser seidig braunen Stare an Bord eines Schiffes aus Indien hier angekommen und hatten sich über das ganze Land verbreitet. Henrietta hatte sich gleich in sie verliebt. Laut und frech waren sie, mit einem angeberischen, aufreizenden Gang, und wenn es darum ging, einen Leckerbissen zu stehlen, näherten sie sich unerschrocken den Menschen bis auf kürzeste Entfernung.

Ein Kribbeln am Fuß lenkte sie ab. Ein winziger, fast durchsichtiger Fisch driftete durch das klare, handwarme Wasser und kitzelte ihre Zehen mit kleinen Bissen. Sie sank fasziniert in die Knie, das Donnern der Brandung entfernte sich und tauchte ein in eine kleine Zauberwelt.

Der winzige See zwischen den Felsen war kaum so groß wie eine Badewanne und nicht einmal so tief. Unter Wasser wuchsen seltsame Gewächse in nie gesehenen Formen und Farben. Gekräuselte Blätter in zartem Burgunderrot, daneben Beeren in Kobaltblau und ein Haufen leuchtender Türkise in altgoldener Fassung. Wie glitzernder Sternenstaub driftete ein Schwarm mikroskopisch kleiner Jungfische im sonnendurchfluteten Wasser. Verzaubert lauschte sie dem Flüstern und Wispern der Felsen untereinander. Als sie sich aufrichtete, umfing sie wieder das Tosen der Brandung, der Wind fuhr ihr in die Haare, es roch feuchtwarm nach Seetang und Meer. Salzkristalle überkrusteten ihre Haut, machten sie heiß und rissig, ihre Finger juckten vom Nesselgift der Seeanemonen.

Die Morgensonne floß über das Meer wie flüssiges Platin. Unaufhörlich rollten die langen Wellen auf den Strand zu, der im flimmernden Gegenlicht nach Norden verschwamm, im Süden durch die Perlenkette der weißen Gebäude an Durbans kilometerlanger Strandpromenade begrenzt wurde. Die Wogenberge hoben sich, ihr Kamm wurde gläsern grün, und brachen. Donnernd warfen sie sich auf die Felsen, saugten und rüttelten gierig an allem, was darauf lebte. Wieder und wieder hoben sich die Wellen, brachen, seufzten, rollten zurück, und da kam schon die nächste. Hypnotisch.

Sie balancierte über den muschelbewehrten Grat des nächsten Felsens. In dem tiefen Felsenteich unter ihr lag ein Stapel Autoreifen versenkt. Seepocken verkrusteten die Oberfläche und hatten sie allmählich in ein Gebilde verwandelt, das dorthin gehörte. Im Kreis der Reifen, im glasklaren Wasser berührt von einem Sonnenstrahl, tanzte ein filigranes Zauberwesen einen Schleiertanz, zeitlupenlangsam. Ein Laut des Entzückens fing sich in ihrer Kehle. Es war ein kleiner Fisch, ein Rotfeuerfisch, der seine durchsichtigen Schleierflossen weit ausgefächert in der sanften Bewegung des Wassers wiegte. Er drehte sich und rüschte und kräuselte seinen Flossensaum, zog die Schleier über die Augen und flirtete wie eine Flamencotänzerin. So wiegte er sich allein und selbstvergessen in seinem kleinen Universum, unberührt von der lauten, gefährlichen Welt hinter der Felsbarriere. Ihr stiegen die Tränen in die Augen. Ihr Paradies. *Tanze, mein Prinzchen, tanze!*

Angezogen von den wehenden Flossen, schwamm ein winziger Jungfisch neugierig näher. Die hervorstehenden Augen des Tänzers rollten nach vorn, erfaßten das Fischchen, und blitzschnell schnappte er zu und verschluckte ihn, schlug eine anmutige Kapriole und tanzte ungerührt weiter, die Giftstacheln auf seinem Rücken weit gespreizt.

Afrika! Fressen oder gefressen werden. Sie schlenderte in den auslaufenden Wellen in Richtung Granny's Pool. Auf dem nassen, glänzenden Sand blieb, von einer Wellenzunge dorthin getragen, eine daumengroße, kobaltblaue Qualle zurück, durchsichtig wie aus hauchfeinem Glas geblasen, exquisit anzusehen. Die nächste Welle hob sie an, spülte sie an ihren Fuß. Meterlange Tentakel schlangen sich um ihren Knöchel, stachen sie wie tausend Nadeln. Sie schrie auf vor Schmerz und schleuderte die Qualle weg. Zornigrote Quaddeln begannen auf ihrer Haut zu sprießen. Vor ihr lief ein Kleinkind, nüßchenbraun mit kupfergoldenen Locken, und griff juchzend nach einem dieser Teufelsdinger. »Nein!« schrie sie und riß das Kleine weg. »Nein!«

Und da war schon eine junge Frau mit kupfergoldenem Lockenkopf und nahm das Kind in den Arm. »Danke«, lächelte sie. Ein bezauberndes Lächeln mit gekrauster Nase und tanzenden Sommersprossen auf honigfarbener Haut. »Ich hatte nicht gemerkt, daß der Wind gedreht hat. Es ist Bluebottle-Wind, da muß man aufpassen.«

»Bluebottle-Wind?«

Die junge Frau, kaum älter als sie selbst, hielt ihr Baby locker auf der Hüfte und strich ihm die naßgeschwitzten, kupfernen Locken aus dem Gesicht. Ihre Bewegungen waren graziös. An ihren Fingern funkelten mehrere Ringe, ein erbsengroßer Diamant schoß weiße Blitze. »Ja, immer bei Nordoststurm werden die Bluebottles angeschwemmt. Für Samantha hier könnten sie tödlich sein. Sehr junge oder alte, schwache Menschen können schnell einen Kreislaufkollaps bekommen.« Ihr Blick streifte Henriettas Fuß. »Oje, das muß weh tun. Hast du Antihistamincreme da?«

Henrietta lächelte hilflos. »Ich weiß nicht einmal, was das ist.«

»Komm, ich reibe dir das ein.« Wieder dieses strahlende Lächeln. »Ich heiße Florentina, von Florenz. Meine Eltern haben dort ihre Flitterwochen verbracht.« Sie lachte auf, ihre grüngesprenkelten braunen Augen sprühten, »ich kann wohl froh sein, daß sie nicht nach Paris gefahren sind. Wer es mit mir verderben will, nennt mich Flo, meine Freunde nennen mich Tita, und das ist meine Tochter Samantha. Bist du auf Urlaub hier?«

»Nein, ich bin richtig eingewandert. Ich heiße Henrietta.« Sie folgte ihr in den Schatten eines großen, geblümten Sonnenschirms.

»Eingewandert? Wie aufregend! Von wo?«
»Deutschland, Hamburg – das ist oben in Norddeutschland.«
»Klingt kalt«, lachte die junge Südafrikanerin.
»Das ist es auch. Kalt und grau, zumindest sehr oft.«
Eine gemütliche, dicke schwarze Frau, rosa Arbeitskittel mit passendem rosa Kopftuch, setzte zwei schwere Papiertüten unter dem Schirm ab und nahm die juchzende Samantha in den Arm.
»Gladys, hast du alles bekommen?«
»Ja, Madam, alles.« Aus einem Picknickkorb nahm sie ein schneeweißes Tischtuch und deckte, den Korb als Tisch benutzend, eine kleine Tafel, komplett mit Silberbesteck und Porzellanteller.
Tita machte eine einladende Handbewegung. »Leiste mir doch Gesellschaft beim Lunch. Du kannst mir von Hamburg erzählen und warum du ausgewandert bist. Mein Mann Neil ist Journalist, vielleicht kann er eine Geschichte über dich schreiben.«
Draußen auf dem Meer tauchten mehrere winzige Motorboote auf. Sie kamen aus dem blendenden Licht, tanzende Schemen in der grellen Helligkeit. Eine Menschentraube sammelte sich um Granny's Pool. Auf den Treppen des Oyster Box Hotels erschien auch schon Onkel Hans.
»Ich würde wirklich sehr gern bleiben, aber mein Onkel wartet, er will ein paar Fische von den Brandungsbooten kaufen.«
»Schade.« Tita wühlte in ihrer Strandtasche. »Hier, meine Nummer. Ruf mich an, dann treffen wir uns bei mir zum Tee.«
Einfach so. Wie leicht war hier alles, wie freundlich die Menschen! Das Gefühl berauschte sie. Schnell schrieb sie die Telefonnummer der Farm auf und gab sie der neuen Freundin.

»Oh, die kenne ich, das ist Carla Tresdorfs Nummer – du mußt die Cousine aus Deutschland sein?« Fragend hob Tita die Brauen.
»Stimmt, das bin ich.« Jeder schien hier jeden zu kennen!
»Wie interessant. Ruf mich gleich am Montag an.«
Glücklich lief Henrietta den Strand hinunter zu Granny's Pool. Sie drehte sich mehrfach um und winkte, bis sie die beiden nur noch an ihren kupfergold glühenden Haarschöpfen erkennen konnte. *Bluebottle-Wind. Das vergesse ich nie mehr, ganz sicher nicht.*
Weit draußen, in der langen Dünung des Indischen Ozeans, kreisten die Boote hinter der Brandung, eins löste sich aus dem Kreis und ritt auf dem Kamm der Welle auf die Küste zu. Im Bug stand ein Mann in der Pose eines Gladiators in seinem Streitwagen. Er trug, wie sein Partner im Heck, eine signalorangefarbene Schwimmweste. Am Eingang von Granny's Pool schwang das Boot in eine scharfe Linkskurve, pflügte ein paar Meter gefährlich quer durch die Brecher. Die Menschenmenge um sie herum wich zurück, jemand zog sie von der Wassergrenze zur Seite. Pfeilschnell, mit brüllenden Motoren schoß das Boot durchs flache Wasser, bohrte sich mit dem Bug in den Sand, wo sie eben noch gestanden hatte. Die Menge schloß sich sofort um das Boot.
»Hallo, Bill!« brüllte Onkel Hans, »was Anständiges dabei?«
Bill, Mitte Dreißig, tiefbraun gebrannt, struppige hellblonde Haare, Stiernacken, mächtige Armmuskeln, klatschnasses T-Shirt über Jeans, die kniekurzen Hosenbeine ausgefranst. Ein Klotz von einem Mann. »He, Hans, Snoek haben wir heute und ein paar ›Cudas‹.«
»Leg mir zwei schöne Snoeks beiseite!«
»Okay, Mann!« Er und sein Partner, ebenso kräftig und ebenso blond, zogen das Boot mit einem Jeep weiter auf den Sand.

Ein paar halbwüchsige Jungen sprangen ins Boot, eine einfache Kunststoffschale mit zwei riesigen Motoren, und bewunderten die aufgetürmten Fischleiber, keiner davon kleiner als ihr Arm.
»Mann, sieh dir das mal an!«
Ein flachsblonder, braungebrannter Bengel mit einem verwegenen Grinsen stemmte einen Thunfischkopf hoch, dessen Körper hinter der Brustflosse abgerissen war. Mit einem Durchmesser von mindestens vierzig Zentimetern und einer Länge von einem halben Meter war der Kopf für den Jungen fast zu schwer. »Was ist passiert, Bill?« ächzte er.
»Hai hat ihn erwischt.« Bill schien von der wortkargen Sorte.
Ein Hai? Henriettas Augen flogen zurück zu den Überresten des riesigen Thunfischs, und jetzt erkannte sie auch deutlich die ausgezackten Zahnspuren.
»Ein Hai hat ihn einfach durchgebissen? Gibt es hier viele Haie?« Ihre Stimme stieg.
»Oh, es wimmelt von ihnen da draußen«, antwortete ihr Onkel. Er grinste auf eine Weise, die ihr gar nicht behagte. »Erst kürzlich haben Fischer einen Zweitausendpfünder gefangen.«
Ihr sackte das Blut in die Beine. »Zweitausend Pfund? Tausend Kilo! Der muß ja so groß wie ein Rhinozeros gewesen sein!« Eine Gänsehaut prickelte auf ihren Armen. *Haie! Afrika!*
»Oh, mindestens!« Er zog einen schlanken Fisch mit tiefblau glänzendem Rücken am Schwanz hoch. »Der ist auch für mich, Bill.«
Dieser holte ein paar Bier und eine Cola für Henrietta. Dankbar kühlte sie ihre mittlerweile glasig angeschwollenen, infernalisch juckenden Finger an der eiskalten Coladose. Der Blasenkranz um ihren Knöchel, da wo die Bluebottle sie er-

wischt hatte, stach, als attackiere sie jemand mit glühenden Messern, ihre Schultern brannten.
Bill wog die Fische, die sich Hans ausgesucht hatte, einzeln mit einer Handwaage und nannte nach kurzem, angestrengtem Kalkulieren mit ausdrucksvoller Mimik den Preis.
»Bill, der ist nie und nimmer neun Pfund! Meine Tochter war acht Pfund bei der Geburt, und die war größer!« protestierte Hans.
»Eh«, machte Bill und inspizierte die Waage. »Mann, Donnie!« schrie er dann ohne jede Verlegenheit, »das ist die Touristenwaage, du Idiot, hol mir die richtige!« Sechs Pfund wog der Fisch dann.
Hans Tresdorf grinste zufrieden und wischte sich mit dem Handrücken den Schaum vom Mund. »Du hast Sonnenbrandblasen«, bemerkte er mit einem Blick auf Henriettas Schultern. »Ich hab dich gewarnt. – Nun, wer nicht hören will, muß fühlen«, setzte er hinzu, und sie hörte das ferne Echo ihres Vaters, »dann sitzt die Lektion wenigstens. Geh heute nicht mehr in die Sonne.«
»Das wird leicht sein.« Bill zeigte aufs Meer hinaus. Am äußersten Horizont, über dem Mosambik-Strom, stand klar abgegrenzt eine blauschwarze Gewitterwand. Blitze zuckten dramatisch. Eine gleißende, weiße Sonne verwandelte das Meer davor in flüssiges Blei. Er beschattete seine Augen. »Das kommt rüber.«
Die anderen Brandungsboote jagten in schneller Folge über die Wellenkämme und landeten knirschend auf dem Sand, verfolgt von der Gewitterfront, die hinter ihnen wie ein schwarzer Vorhang über den Himmel zog. Die erste Sturmböe fegte übers Meer und wirbelte Sonnenschirme über den Sand, peitschte die Palmen bis zum Boden. Wellen türmten sich zu Bergen, der Schaum auf ihren Kämmen flog wie sturmzerfetzte Fahnen.

»Henrietta! Komm, wir müssen los, sonst schwimmen wir weg!« Onkel Hans eilte über den leergefegten Strand, die drei Fische trug er an den Kiemen zusammengebunden.
Und dann öffnete sich der Himmel. Wie ein Wasserfall stürzten die Regenmassen herunter. Die Welt wurde silbrig, die Sichtweite betrug keine zehn Meter. Köstlich kühl rann die Nässe über Henriettas verbrannte Haut. Irgendwo hinter dem Regenvorhang ertönte eine Autohupe. Sie lief durch ihn darauf zu, fühlte sich unsichtbar, seltsam geschützt, wie in einem Kokon. Sie lief, den Kopf in den Nacken geworfen, und wäre am liebsten immer weiter gelaufen, weiter, die Küste Afrikas entlang, gen Norden, bis ans Ende im Irgendwo.
Doch Onkel Hans hupte noch einmal, lang und anhaltend.
»Wo bleibst du denn?« fuhr er sie wütend an, als sie endlich, durch die tiefen Pfützen watend, das Auto erreichte.
Das ohrenbetäubende Hämmern des Regens auf dem Autodach jagte ihren Herzschlag hoch. Sie duckte sich unwillkürlich. Knietief strudelte das Wasser die abschüssige Straße hinunter, abgerissene Zweige und Blätter, Schlamm und kleinere Steine türmten sich rasch zu einem Damm vor den Jeep.
»Sieh dir das an!« brüllte ihr Onkel, »nun muß ich uns erst wieder freischaufeln. Nächstes Mal komme sofort, wenn ich dich rufe!« Fluchend, knallrot im Gesicht, schaufelte er das angeschwemmte Treibgut vor dem Jeep weg.
Sie hörte ihn nicht einmal. Das Naturschauspiel da draußen, das Wilde, Ungezügelte dieses Landes nahm sie restlos gefangen. Giftschlangen, Haie, Raubtiere, glühende Farben, nichts war sanft und gemäßigt, nichts verwaschen und grau. Die Natur prunkte und prahlte, schleuderte Blitze, versengte das Land mit Sonnenstrahlen wie aus Feuer, ertränkte es in Wolkenbrüchen von sintflutähnlichen Ausmaßen. Sie entfaltete sich in ihrer ganzen gewaltigen Herrlichkeit, und nachts hüllte sie sich in ein blausamtenes Tuch, so weich, so sanft,

daß alle Kreaturen Frieden fanden. *Hier weiß ich, daß ich lebendig bin.* Ihr Herz floß schier über. Die verbrannte Haut ihrer Schultern hatte mittlerweile große, pralle Blasen gezogen, die Kniekehlen schmerzten infernalisch. Aber sie fühlte sich wunderbar und lebendig, voll überschüssiger Energie. Etwas Unbeschreibliches lag hier in der Luft, in dieser herrlichen, sammetweichen süßen Luft, die sich so leicht atmete und wie prickelnder Champagner schmeckte.

Dann war es plötzlich vorbei. Die Sonne brach durch, und die Erde dampfte. Die Dächer der Häuser glänzten wie mit Hochglanzlack überzogen, an den Pflanzen zitterten Milliarden funkelnder Regentropfen. Für einen Moment war es ganz still, ohne einen Laut, ehe ein Baumfrosch, stockend zuerst, sein klares Lied anstimmte. Nach und nach fielen Hunderte in dieses Flötenkonzert ein, und die Luft vibrierte mit ihrer Lebensfreude.

»Steig ein«, befahl ihr Onkel schwankend. Sein Atem roch stark nach Bier und Whisky, seine Augen waren gerötet und glasig. Offensichtlich war er sturzbetrunken. Mit schleuderndem Heck jagten sie davon. »Hoppla!« brüllte er und wieherte.

Kurz vor der Farm zerplatzte mit saftigem Platsch eine große, geflügelte Ameise auf der Windschutzscheibe und hinterließ einen buttrigen, schmierigen Klecks, die hauchzarten, silbrigen Flügel blieben kleben. »Verflucht, die Termiten schwärmen!« Onkel Hans warf den Scheibenwischer an. Er zog eine milchige Spur. Dann regnete es Termiten. Bald blieben die Wischer knirschend stehen, und es wurde dunkel im Auto. Der Jeep rumpelte auf die matschige Böschung der Einfahrt und legte sich schräg. Sie stiegen aus. »Der Swimmingpool wird schön aussehen«, knurrte Onkel Hans, zusehends nüchterner. Er behielt recht. Auf der Wasseroberfläche des Schwimmbeckens schwappte eine zusammenhängende

Decke von mehreren Zentimetern der Insekten. »Jackson!« brüllte er.

Wie es seine Art war, stand dieser plötzlich neben ihnen. Nach einer halben Stunde trug er drei große Eimer mit Termiten weg. Hans Tresdorf zertrat ein paar Übriggebliebene. »Ich hasse diese gierigen kleinen Bastarde«, sagte er mit Inbrunst, »sie fressen uns das Haus unterm Hintern weg. Letztes Jahr haben sie einen riesigen Kaffirboom umgelegt, der uns die großen Fenster zertrümmert hat. Hat mich ein Vermögen gekostet.« Hinten im Garten knatterte ein Feuer wie Maschinengewehrschüsse. Er lauschte. »Der frißt die wie geröstete Erdnüsse«, murmelte er.

»Jackson *ißt* die Termiten?« Henrietta traute ihren Ohren nicht.

»Ja, mit Salz und Pfeffer, sehr nahrhaft, Protein, weißt du.« Zu ihren Füßen lagen die zertretenen Insektenleiber, zartgelb, von buttriger Konsistenz, einige wanden sich noch in Todeszuckungen. Mit Salz und Pfeffer! Ein bißchen viel Afrika?

Zweites Kapitel

Sonntag lastete eine Hitzedecke über dem Land und erstickte jedes Geräusch. Henrietta döste im Schatten der Bougainvilleae. Ihre Gedanken trieben im Niemandsland zwischen Schlaf und Tagtraum, flogen hin und her zwischen den Kontinenten. Hinter ihren geschlossenen Lidern drehte sich ein Kaleidoskop von Bildern, und sie versuchte eine Verbindung von dem kalten, grauen Land, das sie erst vor so kurzer Zeit verlassen hatte, zu der Hitze und den prangenden Farben ihrer neuen Umgebung herzustellen, noch immer nicht sicher, welches ihre Wirklichkeit war.

Das Telefon klingelte in der Tiefe des hitzedämmrigen Hauses, und Jacksons rauhe, schläfrige Stimme drang in ihr Bewußtsein. »Miss Henrietta!«

Sie richtete sich auf. Das Oberteil ihres knappen Bikinis rutschte, blitzschnell bedeckte sie sich mit einem Handtuch. »Man darf sie nicht reizen, denk dran«, lautete die Anweisung von Tante Gertrude, »es sind und bleiben Wilde.«

Das schwarze Gesicht über ihr war ohne jegliche Reaktion. Er reichte ihr das Telefon. »Wir holen dich um halb drei ab«, flötete Glitzy durch das Rauschen einer schlechten Verbindung. »Bis dann.« Eine dreiviertel Stunde später schoß sie am Steuer eines kleinen buckligen Autos rasant die Auffahrt hoch, enthusiastisch verfolgt von einem zähnebleckend grinsenden George.

Henrietta sprang auf den Beifahrersitz. »Wohin fahren wir?«

»Virginia, Duncan wartet schon auf uns«, erklärte ihre

Freundin und überholte einen ausgeklapperten alten Straßenkreuzer, der, überquellend von schwarzen Menschen, regelmäßig mit dem Chassis auf der Straße aufschlug und jedesmal eine funkensprühende Spur zog. »Kafferntaxi«, fauchte Glitzy und hupte wütend.

Henrietta schwieg betreten und sah hinaus. Üppig wucherndes Grün, weiße Häuser in blumengefüllten Gärten, dazwischen die Brandung. Dann bogen sie nach links ab. Bevor sie begriff, wo sie sich befanden, parkte Glitzy schon vor einer niedrigen Halle, stieg aus und lief auf ein kleines, einmotoriges Flugzeug zu.

»Hallo, Henrietta, Mummy wartet schon mit dem Tee!« Duncan schwang sich breit grinsend von einem Flügel herunter. Er bot, ganz in Weiß, einen eleganten Anblick. »Willkommen an Bord.«

Ein Flugzeug? »Ich verstehe nicht, wo wohnt ihr denn?«

»Nördlich von hier. In Zululand. Es ist zu umständlich und heiß mit dem Auto. Mummy vergißt immer irgend etwas beim Einkaufen, und wenn der Zucker alle ist, gibt es keinen Laden in der Nähe. Deswegen hat Daddy das Flugzeug angeschafft.«

»Ihr *fliegt* nach Durban, nur um Zucker zu kaufen?«

Glitzy lachte und rückte ihren toupierten, lackierten Haarturm zurecht. »Na klar, man kann schließlich nicht verlangen, daß wir Tee ohne Zucker trinken. Komm, steig ein.«

Henrietta versuchte zu verkraften, daß es hier Leute gab, die da, wo sie Fahrrad fahren würde, ein Flugzeug benutzten. Welche Dimensionen! Vor ihren Augen tauchte das stolze Gesicht von Papa auf, als er mit dem himmelblauen, gebrauchten Volkswagen nach Hause kam. Ein Flugzeug! Sie zog ihren engen Rock hoch und kletterte die dreistufige Metalleiter hinauf, und dann rasten sie mit dem durchdringenden Geräusch eines attackierenden Wespenschwarmes die

Startbahn hinunter. Die kleine Maschine drehte die Nase nach Norden und folgte in etwa fünfhundert Metern Höhe der Küstenlinie. Links sattgrünes, hügeliges Land, rechts tiefblaues Meer mit weißen Schaumkronen. Glitzys endloser Redestrom spülte über sie hinweg, sie hörte ihr kaum zu, so sehr faszinierte sie die lichterfüllte Welt, in der sie schwebten. Unter ihnen tauchte ein breiter grellweißer Strand auf. Dichter grüner Busch wucherte bis auf den Sand.

»Tongaat Beach«, deutete Glitzy hinunter, »Indergebiet.«

»Indergebiet? Heißt das, daß Weiße dort nicht schwimmen dürfen? Wie schade, es ist ein wunderschöner Strand.«

»Welch eine eigenartige Frage!« sagte Glitzy verblüfft. »Von dieser Seite habe ich das nie betrachtet. Inder müssen Tongaat Beach benutzen. Inder dürfen nicht an unsere Strände. Ich nehme an, daß Europäer an ihren Strand dürfen. Aber wer will schon mitten in einem Haufen indischer Bälger am Strand liegen? Einzeln habe ich ja nichts gegen sie, aber sie treten immer in Horden auf. Entsetzlich, der Dreck und Lärm und alles.«

Henrietta sah hinunter. Der Strand, der sich schimmernd in der Ferne auflöste, lag friedlich und vollkommen menschenleer bis auf zwei einsame Fischer dort, wo die Wellen den Sand leckten. »Glitzy, es ist fast kein Mensch da unten!«

Ihre Freundin zuckte eigensinnig mit den Schultern. »Ich sag' dir, wenn die kommen, kommen sie in Horden, das weiß doch jeder.«

Sie stiegen höher und flogen landeinwärts über die blaugrünen Hügel Zululands. Hie und da waren größere Flächen gerodet, und strohbedeckte, halbkugelförmige Hütten wuchsen in einem Hexenkreis wie Pilze aus der roten Erde.

Afrika! Henrietta seufzte glücklich.

»Zulu-Kral!« Duncan stellte die Maschine auf den Kopf und stieß hinunter wie ein Falke auf der Jagd. Der Motor heulte, und die Erde kam in alarmierender Geschwindigkeit näher. Als er Henriettas panischen Ausdruck sah, lachte er und fing das Flugzeug in einer flachen Kurve knapp hundert Meter über einer solchen Siedlung ab. Winzige Spielzeuggestalten kamen aus den Hütten gerannt. Duncan grüßte mit wackelnden Tragflächen. »Die Familie arbeitet für uns, ich kenne sie alle.« Dann zog er hoch in das endlose Blau des Himmels, und ihr Magen fand seinen angestammten Platz wieder.

Wenige Minuten später landeten sie auf einer roten Sandpiste im Busch. Brütende Hitze schlug ihnen entgegen, kein Lüftchen rührte sich hier, weit vom Meer entfernt, und kein Dunstschleier milderte die brennende Sonne. Sie stiegen um in einen Jeep, die offene Ladefläche nur geschützt durch ein Sonnendach aus Segeltuch. In rascher Fahrt verfolgten sie einen schmalen holprigen Sandweg, der sich durch die Zuckerrohrfelder wand. Aus einer Haarnadelkurve heraus öffnete sich die Landschaft, sie befanden sich am Fuß eines langgezogenen Hügels. Er war geformt wie eine gigantische Endmoräne, auf dessen höchstem Punkt ein rosafarbenes Haus stand. Säulen trugen das Eingangsportal, und Dutzende kleiner Türmchen und Erker überzogen bizarr seine Fassade wie Seepocken einen Felsen. Der Effekt war pures Hollywood.

Glitzy verfolgte Henriettas Blick und kicherte. »Daddy konnte sich nicht zwischen einem Schloß und einem Südstaatenlandsitz entscheiden. Weißt du, so wie Twelve Oaks. So hat er beide kombiniert. Außerdem war er mal auf den Bermudas, da sollen alle Häuser rosa sein. Als junger Mann ist er durch die ganze Welt gezogen, ich denke, wir können noch von Glück sagen, daß er unserem Haus kein vergoldetes Pagodendach verpaßt hat.«

Ein weißgekleideter Schwarzer öffnete ihnen das weißlackierte Portal. »Miss Glitzy, Master Duncan – Madam wartet schon.«

»Hallo, Nelson, ist Daddy auch da?« Nelson nickte, und sie stöhnte. »Dann gibt es heute abend wieder Kudu. Ich hasse Kudu! Daddy hat eine Wildfarm«, erklärte sie, »die alten Tiere schießt er ab, und wir müssen sie essen, zäh und faserig, wie sie sind.«

Die Eingangshalle war hoch und kühl und hell. Hohe Räume, hohe Fenster, zu tiefem Honiggold polierte Möbel, das Parkett eine Schattierung heller. Überall in Silberkübeln verschwenderische Blumensträuße in zarten Pastellfarben. An der Stirnseite öffneten sich hohe Glastüren auf die Terrasse zu einem atemberaubenden Blick. Über sanft gewellte Rasenflächen, über die Kronen von blühenden Bäumen hinaus auf das weite, sonnenbeschienene Land. Henrietta war beeindruckt. »Wo endet eurer Land?«

»Da hinten, irgendwo hinter den Hügeln.«

Die Hügelkette begrenzte den Horizont.

»Himmel«, flüsterte die junge Deutsche überwältigt, »ein Königreich!«

Unter der breiten, flachen Krone eines uralten Jacarandas, die das Sonnenlicht zu einem goldgesprenkelten Grün filterte, saß eine Gruppe Menschen. Für einen Moment glaubte Henrietta, in ein Gemälde von Renoir zu treten. In zierlichen Korbsesseln saßen drei Damen in fließenden, gerüschten Kleidern aus spinnwebfeiner, geblümter Seide, vollendet mit kurzen Handschuhen und breitkrempigen Sonnenhüten aus gesteiftem Organza mit Stoffblumenbouquets. Sie schienen aus einem anderen Jahrhundert zu stammen, hätten besser in einen sanften englischen Garten gepaßt als in diesen kraftstrotzenden, farbenfreudigen hier unter der afrikanischen Sonne. In ihrer Mitte ein Herr in heller Tropenkleidung. Man las und unterhielt sich. Als sie der jungen Leute gewahr wurde, erhob sich die weißhaarige Frau neben ihm. Sie war von mütterlicher Gestalt und streckte Henrietta beide Hände

entgegen. »Du mußt Henrietta Tresdorf sein, willkommen. Ich bin Melissa Daniels.«
Henrietta sah hinunter in die blauen, lächelnden Augen und fühlte sofort Zuneigung zu dieser Frau. »Guten Tag, Mrs. Daniels, vielen Dank für die Einladung.« Sie überreichte ihr einen Biedermeierstrauß aus rosa Röschen in einer Manschette von tiefgrün glänzenden Anthurienblättern. Er stammte aus Gertrudes geheiligtem Rosenbeet. Blumenläden schien es in diesem Land nicht zu geben.
Melissa Daniels lächelte mit großem Charme. »Bitte nenne mich Melissa.« Sie nahm die Rosen entgegen. »Wie entzückend von dir, ich liebe Rosen! Nun komm, meine Liebe, lerne die Familie kennen. Dirk, das ist Henrietta Tresdorf, mein Mann Dirk.«
Die Aura des wahren Mannes umgab Dirk Daniels, des Eroberers, der seine Liebste auf dem Rücken eines feurigen Rappens davonträgt. Groß und massig, saß er zurückgelehnt in dem Korbstuhl, die Beine breit und fest auf dem Boden. Die Ähnlichkeit mit seinem Sohn lag in den hellen Augen und dem kantigen Kinn. Aber das war auch schon alles. Duncan erschien schmal und elegant gegen die imposante Figur seines Vaters, fast zierlich. Es fiel ihr schwer, diesen Mann mit den eleganten, femininen Räumen des Hauses in Beziehung zu bringen.
Er erhob sich. »Guten Tag, kleine Lady«, lächelte er. Sein dichtes Haar war eine schlohweiße Mähne, die Haut tiefbraun gegerbt. Der zu seinen Füßen kauernde riesige, löwengelbe Hund spannte die Muskeln, hob den Kopf von den Pranken und knurrte –, leise, aber die Warnung war unmißverständlich. »Ruhig, Simba«, befahl Mr. Daniels. Der Hund verstummte, fixierte sie aber unverwandt mit seinen Bernsteinaugen. »Nur keine Angst vor Simba zeigen, kleine Lady. Angst riecht er, das löst Aggressionen in ihm aus.«

Etwas in seinem Ton und in seiner Haltung bewirkte, daß Henrietta sich wieder wie ein kleines Mädchen fühlte, und es verdroß sie. Melissa führte sie zu den zwei älteren Damen. Ängstliche, ältliche, verknitterte Gesichter wandten sich ihr zu, unberührt von der Sonne, ähnlich wie ein Ei dem anderen. »Meine Cousinen, Mary und Ann Deare. Sie sind für eine Weile zu Besuch aus Schottland gekommen.«
Die breitkrempigen Hüte wippten auf und nieder. »Wir freuen uns, Ihre Bekanntschaft zu machen«, wisperten Mary und Ann mit hohen, dünnen Stimmchen. Simbas bernsteingelber Blick löste sich von Henrietta und glitt hinüber zu ihnen. Er ließ sie theatralisch erschauern, und sie drückten sich tiefer in ihre Korbsessel.
Ein flaches Klatschen lenkte Henriettas Aufmerksamkeit in den tiefen Schatten des alten Jacaranda. Zusammengekauert hockte ein uralter Mann mit einer Fliegenklatsche in der Hand in einem kunstvollen Korbstuhl.
»Das ist Pops, Mummys Vater«, flüsterte Glitzy, »sieh dich vor, er ist bissig und hat heute noch nicht gefrühstückt.« Sie kicherte.
»Henrietta«, stellte Melissa vor, »das ist mein Vater, Angus Ferguson. Sprich etwas lauter, er ist ein wenig schwerhörig.«
»Nur, wenn es ihm paßt«, murmelte Glitzy ungezogen.
Henriettas Augen gewöhnten sich an das Dämmerlicht unter den herabhängenden Zweigen. Der Mann, den sie Pops nannten, war klein und vertrocknet. Seine Knochen schienen nicht mit Fleisch gepolstert zu sein, ein Skelett, das von einer bräunlich-vergilbten Pergamenthaut überzogen war. Er war völlig kahl, aber ein grauweißer, struppiger, an den Enden gelblicher Schnurrbart hing wie ein Vorhang über seinen Mund und die untere Gesichtshälfte. Das einzig Lebendige an ihm waren seine Augen. Jettschwarz, funkelten sie wie polierte Steine tief in den Augenhöhlen. Er hatte etwas von ei-

nem Faun, einem boshaften, durchtriebenen Waldgeist. Die Fliegenklatsche hielt er locker quer über seine Knie gelegt.
»Pops«, sagte Melissa mit ihrer sanften Stimme, »das ist Henrietta Tresdorf. Sie ist die Nichte von Hans Tresdorf.«
Diese Augen! Sie bohrten sich in die ihren, es lag kein Willkommen darin, keine Freundlichkeit dem Gast gegenüber.
»Guten Tag, Mr. Ferguson«, sagte sie und versuchte ein Lächeln. Nichts. Nur dieser Blick, der sie abtastete. Hilfesuchend drehte sie sich zu ihrer Freundin um, als Angus Ferguson endlich antwortete. »Was sind Sie? Eine Hunnin, eine Deutsche?« Seine Stimme klang heiser und verschleimt, aber überraschend stark für den ausgezehrten, alten Mann. »Ich hasse alle Hunnen – ihr seid alle Nazis – ihr habt meinen Sohn ermordet.« Blitzschnell, wie die vorgeschleuderte Zunge eines Chamäleons, zuckte seine Hand mit der Fliegenklatsche und ein kleiner, gelber Schmetterling fiel zerdrückt auf den Boden. »Ich hasse Gelb«, kicherte Pops, »dummes Tier.«
Als hätte er sie geschlagen, stand sie wie angewurzelt, konnte keine Worte finden. Niemand sprach. Der kleine Falter verendete. Sie hob ihn vorsichtig hoch. »Er ist tot«, flüsterte sie, »warum? Es war doch nur ein kleiner Schmetterling, der niemandem etwas zuleide getan hat.«
»Ach, Mitleid hat sie mit einem Tier«, höhnte der Alte, »wo war denn dieses Mitleid, als ihr die sechs Millionen Juden vergast habt – oder wollen Sie mir erzählen, daß es nur drei Millionen waren?«
Sie fuhr zurück. Daß seine Stimme so hart und schneidend aus diesem vertrockneten, zusammengeschrumpften Körper kommen konnte!
Sie blickte in die Runde. Niemand kam ihr zu Hilfe. Was machte den alten Mann, dieses vertrocknete Bündel Mensch, so mächtig, daß sich alle hier vor ihm duckten, selbst der im-

posante Dirk Daniels? Sie richtete sich auf, verschränkte die Arme, stand breitbeinig da, das Feuer der Jugend in ihren Augen. »Was werfen Sie mir vor, Mr. Ferguson? Ich bin zwanzig Jahre alt, bei Kriegsende war ich knapp fünf Jahre. Ist die Schuld erst getilgt, wenn die Kriegsgeneration ausgestorben ist? Wir werden ein neues Deutschland aufbauen, eines, in dem solche Greuel nie wieder geschehen können. Im übrigen kamen die Hunnen aus Ostasien, nicht aus Deutschland!«

Der Alte schlug zornig mit der Fliegenklatsche auf den Tisch. Eine blauschwarze Schmeißfliege blieb verkrümmt liegen. »Deutschland, was ist das? Ihr seid doch nur ein Kunstgebilde mitten in Europa, wo jeder Straßenköter seine Marke hinterlassen hat«, höhnte er und ließ wieder sein heiseres, keuchendes Lachen hören. »Eure Generation ist von Nazis geboren und von Nazis erzogen. Wie wollt ihr ein neues Deutschland aufbauen?«

Sie hielt seinem Blick stand. »Wir sind wachsam und lassen nicht zu, daß es je vergessen wird!«

Gehässig verzog er seine Lippen. »O ja, aus der Entfernung von ungefähr achttausend Meilen, denn Sie sind ja hier und nicht dort. Sie haben es sich leichtgemacht, Sie sind weggelaufen. Feigling!«

Sie wich vor ihm zurück. *Weggelaufen! Es stimmte.* Sie wollte der Scheinheiligkeit, der muffigen Enge entkommen. Und bei jedem, der über fünfunddreißig war, fragte sie sich unwillkürlich, was er wohl getan hatte in diesen entsetzlichen Jahren von 1933 bis 1945. Sie blickte in glatte, satte Gesichter und sah dahinter die Gesichter der Konzentrationslagerinsassen. Sie hörte in der Schule über die Experimente an Häftlingen und bekam Angst, zum Arzt zu gehen. Ihren Traum Afrika vor Augen, entschied sie, unbehelligt von anderer Leute Vergangenheit durch ihr Leben zu gehen. Ihre eigenen Erfahrungen sollten ihre Vergangenheit werden, so, als liefe

sie allein über ein weites Feld mit Neuschnee, die Spur ihrer Schritte klar und in einer geraden Linie. Sie hatte das beschlossen, lange bevor die Sache mit David passierte.
»Und wovor bist du davongelaufen, Angus Ferguson, als du ohne einen Pfennig in dieses Land kamst, damals vor sechzig Jahren?« Eine neue Stimme, klar und kräftig.
Henrietta wirbelte herum. Unbemerkt von allen war eine schlanke, hochgewachsene alte Dame auf die Terrasse getreten. Sie maß sicherlich einen Meter achtzig und hielt sich trotz ihres offensichtlich hohen Alters gerade wie ein Stock. Sie war ganz in Schwarz gekleidet. Ein schwarzer Strohhut warf tiefe Schatten auf ihr aristokratisch geschnittenes Gesicht. In ihren beachtlich großen Ohren funkelte je ein makelloser, erbsengroßer Diamant. »War da nicht etwas mit einem Mann in Glasgow, der in einer Kneipenprügelei so schwer verletzt wurde, daß er starb? Totschlag nannten es die Behörden.«
Der alte Angus zog sich in sich zusammen wie eine aufgeschreckte Schlange. Sein Kopf verschwand zwischen den knochigen Schultern, seine schwarzen Augen sprühten Wut und Haß.
Die alte Dame, nach einem kurzen, stummen Blickaustausch mit ihm, hob verachtungsvoll ihr Kinn. Dann wandte sie sich Henrietta zu. »Sie müssen die junge Tresdorf sein«, sagte sie auf deutsch mit unverkennbar schleswig-holsteinischer Färbung, »ich bin Luise von Plessing. Halten Sie sich fern von dem alten Teufel hier. Er ist boshaft und hinterhältig.«
»Von allen Hunnen, die ich das Unglück habe zu kennen«, knurrte Angus, »hasse ich dich am meisten, Luise von Plessing.«
Ein Lächeln erhellte das faltige Gesicht der alten Dame, ihre blauen Augen blitzten amüsiert aus einem Strahlenkranz tiefer Falten. »Das rührt daher, daß ich dich genau durchschaue

und mich deine niederträchtigen Spielchen kaltlassen. Du weißt, daß du mich nicht einschüchtern kannst.«
Melissa, die dem Wortwechsel schweigend mit deutlicher Unruhe zugehört hatte, schien sich auf ihre Rolle als Gastgeberin zu besinnen. »Luise, meine Liebe, wie schön, daß du kommen konntest.« Sie ergriff beide Hände der alten Dame. »Du hast Henrietta nun schon kennengelernt. Henrietta, Mrs. von Plessing wohnt ganz in der Nähe deines Onkels.«
Henrietta war verzaubert von dieser Frau, die eine ruhige Würde und Güte ausstrahlte, deren Art von einem solchen Charme war, daß die Jahre von ihr abfielen, sobald sie sprach. »Es freut mich sehr, Sie kennenzulernen.« Sie deutete einen Knicks an. Luise von Plessing war eine Person, bei der ihr das ganz natürlich erschien.
»Ich hoffe, Sie besuchen mich bald einmal. Sie werden mir immer willkommen sein. Ich kenne Ihre Familie recht gut.«
Eine alte, schwarze Frau, rosa Kittelschürze und rosa Kopftuch, brachte rotgoldenen Tee in durchscheinenden, chinesischen Porzellantassen. Dazu gab es warme Scones, köstlich hell und locker.
»Mavis, wir brauchen noch Tee. Fülle die Kanne bitte auf.« Melissa sprach, ohne das schwarze Hausmädchen direkt anzusehen.
»Ja, Ma'am«, antwortete diese und nahm die silberne Teekanne. Sie ging langsam und schwerfällig, belastete ein Bein deutlich stärker, was ihr einen schaukelnden Gang gab.
»Mavis wird alt«, bemerkte Duncan.
»Mavis wird fett und faul«, berichtigte sein Vater. »Du wirst dich bald nach einem neuen Mädchen umsehen müssen, Melissa.«
»Kommt gar nicht in Frage, noch schafft sie die Küche, und du weißt, sie kocht hervorragend. Grace und Nelson machen die schwere Putzarbeit. Mavis ist ein guter Kaffir, vom alten

Schrot und Korn. Die jungen Dinger sind mir zu aufsässig und faul.«
Angus Ferguson, geräuschvoll seinen Tee schlürfend, mischte sich ein. »Das sind Stadtkaffirs, die Tsotsies, ohne Verbindung zu ihren Stammesgemeinschaften. Ich sag' euch, wenn Verwoerd da nicht hart durchgreift, ist das der Anfang vom Ende!« Er nahm sein Gebiß heraus und reinigte es sorgfältig von Essensresten. Es hatte einen dunkelgelben Farbton angenommen, wie antikes Elfenbein. »Man müßte die Paßgesetze verschärfen!«
»Dann können wir ja gleich wieder Stadttore einrichten, wie im mittelalterlichen England«, murmelte Duncan aufmüpfig.
»Was sind Paßgesetze?« flüsterte Henrietta Glitzy zu, »Pässe braucht man doch nur an der Landesgrenze.«
»Nein, die Eingeborenen müssen alle einen Paß tragen, und nur die, die eine spezielle Erlaubnis haben, dürfen in die weißen Städte.«
Henrietta schwieg einen Augenblick nachdenklich. »Mit Eingeborenen, meinst du da die Schwarzen?«
»Natürlich.«
»Aber du bist doch auch hier geboren.«
»Das ist etwas ganz anderes. Wir sind Europäer.«
»Glitzy, ihr seid Afrikaner!«
»Das sagst du besser nie wieder!«
Henrietta verschleierte ihren Blick. »Gut. Also warum dürfen sie nicht in die Städte?«
»Weil sie Kaffirs sind und das Gesetz es so will.«
»Das versteh ich nicht!«
»Wenn du etwas länger hier lebst, wirst du das schon noch verstehen.« Dirk Daniels sprach in einem strengen Ton, der klarmachte, daß es ihr nicht geziemte, über dieses Thema zu diskutieren.
Dieser Satz! Er war ein Knüppel, um ihre Fragen totzuschla-

gen. Was verbarg sich ihrer Beobachtung? Sie war kaum zwei Wochen im Land, und dieser Satz verfolgte sie, hing als dunkle Wolke am makellosen Himmel ihres Paradieses.
»Komm, ich zeig dir das Haus und den Garten!« Glitzy zog sie energisch hoch. »Sag mal, kannst du reiten?«
Henrietta ließ sich ablenken. »O ja, ich kann sogar springreiten, ich hab Stunden in einem Aufsatzwettbewerb des ältesten Reitclubs in Hamburg gewonnen.« Sie lächelte in der Erinnerung.
»Na, prima«, sagte Glitzy erfreut, »komm mit, ich leih dir ein Paar Reithosen. Welche Größe hast du?« Ihr Zimmer war rosa. Rosa Bettdecke, rosa getönte Wände, rosa geblümte Gardinen. Glitzy warf die Türen zu einem eingebauten Schrank auf und riß Kleidungsstücke heraus. Dort flogen ein paar Hosen, hier landete ein Rock, bis sie triumphierend eine knallenge Reithose hochhielt. »Hier, mir ist sie zu klein, aber dir«, sie warf einen neidischen Blick auf Henriettas schmale Hüften, »dir paßt sie bestimmt. Welche Schuhgröße hast du?«
»Ich kann doch auch barfuß reiten …«
»Es ist besser mit Stiefeln, falls wir absteigen. Hier ist Schlangenland, das ist zu gefährlich. Mummys Stiefel werden dir passen.«
Henrietta war begeistert. In Hamburg hatte ihr Taschengeld nur für Turnschuhe und Blue jeans gereicht, deren Hosenboden sie ungeschickt mit Leder verstärkt hatte. Sie bückte sich, um ihrer Freundin beim Aufräumen zu helfen. Das Zimmer sah aus, als hätte ein Tornado darin gewütet.
»Ach, laß das, dazu ist Grace da«, wehrte Glitzy ab und ließ achtlos ihre Shorts auf den Fußboden fallen.
Die Ställe lagen weit ab vom Haus, noch hinter dem von einer Hibiskushecke geschützten Swimmingpool, verdeckt durch einen meterhohen Bambushain, der mit seinen ge-

fräßigen Wurzeln einem kleinen, langsam fließenden Bach allmählich das Leben abwürgte. An die Ställe war eine Art Garage angebaut. »Die Dienerquartiere«, erklärte Glitzy kurz. »Du reitest Grenadier, er ist relativ friedlich.«
Grenadier stellte sich als schwarzglänzender Traum in Pferdegestalt heraus, elegant wie ein Hannoveraner mit einer breiten, muskulösen Brust. Henrietta rieb die empfindliche Stelle hinter seinen Ohren. »Na, du Prachtstück, was bist du für ein schöner Kerl.« Grenadier rollte ekstatisch mit den Augen und blähte seine Nüstern. Er war weich im Maul und gemütlich wie ein Sofasessel. Als sie ihm ein paar Rückwärtsschritte abforderte, schlug er erstaunt mit dem Kopf, gehorchte schließlich, drückte seinen Widerwillen aber durch heftiges Schwanzpeitschen aus.
»Er liebt blonde Frauen.« Glitzy saß auf einer temperamentvollen, zart gebauten Stute, die ständig herumtänzelte, aber nicht nervös, sondern offensichtlich aus schierem Überfluß an Lebensfreude. Kaum berührte ihre Reiterin ihre Flanken mit den Hacken, schoß sie vorwärts. Grenadier richtete ein Ohr auf Henrietta aus, das andere nach vorn, und trabte freudig hinter seiner Stallgenossin her.
Henrietta badete in der offensichtlichen Anerkennung der Familie, als sie im Schritt an ihnen vorbeizogen. *Hacken runter, Schultern zurück, Kinn hoch und Hände zusammen.* Wie heute tönten ihr die Befehle ihres Reitlehrers in Hamburg, des alten ehemaligen Obersts, der sie damals gedrillt hatte, in den Ohren. Sie wölbte graziös ihren Hals und blickte kokett zur Familie hinüber. Ein kleiner Schwarm Perlhühner, der in Melissas Beeten herumkratzte, stieg gackernd direkt vor Grenadier hoch. Er machte einen Satz und galoppierte im Kreis. Sie verlor die Steigbügel, fiel auf seinen Hals und blieb dort festgeklammert hängen. Ihr Hintern hüpfte unkontrolliert auf und ab, ihr Gesicht lief krebsrot an vor Scham.

Dirk Daniels lachte schallend, die schottischen Cousinen kicherten, Melissa lächelte.
»Hier sitzt man eigentlich auf einem Pferd, man hängt nicht«, höhnte eine unbekannte männliche Stimme hinter ihr.
Gedemütigt und wütend auf sich selbst, fuhr sie herum, zischend wie eine gereizte Kobra. Aber dann vergaß sie ihre Worte, ihre Wut verdunstete. Vor ihr stand ihr Traummann. Dichte hellblonde Haare fielen ihm ins Gesicht, das unter der brennenden afrikanischen Sonne die Farbe von dunklem Butterkaramel angenommen hatte. Sein Lächeln ließ ihr die Knie weich werden und das Blut wie Sekt in den Adern prickeln. Und dann seine Augen! Sie sah nur diese Augen. Leuchtend hellblau in einem Kranz von dunklen Wimpern, hielten sie ihren Blick und machten sie willenlos, als sei sie hypnotisiert. Weißes, bauschiges Hemd, Athletenhüften in engen, cremefarbenen Jodhpurs, ein strahlender, junger Burt Lancaster in der Rolle eines Freibeuters. Er hielt die Zügel einer bildschönen, kastanienbraunen Stute, eines großrahmigen Tieres, trotzdem reichten seine ausladenden Schultern bis auf eine Handbreit an die des Pferdes heran.
Sie verspürte ein unbändiges Verlangen, die länglichen Grübchen neben seinem Mund zu küssen. Flüchtig drängte sich Wolfgang in ihre Gedanken, von dem sie sich am letzten Abend in Hamburg verabschiedet hatte. Mittelgroß, mittelbraune Haare, braune Dackelaugen in einem blassen Gesicht, mittelmäßig in der Schule und mittelmäßig sportlich, aber ein seelenvoller Künstler auf der Geige und empfindsam wie seine Geigensaiten. Er hatte geweint, als sie ging. Anfänglich war sie verliebt in ihn gewesen. Er sah so romantisch und so geheimnisvoll traurig aus, wenn er seiner Geige sehnsuchtsvolle Töne entlockte. Immer häufiger jedoch ging er ihr auf die Nerven mit seiner ständig zur Schau getragenen Seelen-

pein, seinen schwülstigen Liebesschwüren, die sich wie Sirup über sie ergossen. Seine Küsse und Liebkosungen schmeckten eigentlich immer ein wenig fade, wie aufgewärmter Kaffee. Außerdem glaubte er daran, daß ein Mädchen jungfräulich in die Ehe zu gehen hatte.

»Hallo«, sagte dieser Traummann und lächelte sie strahlend an, »ich bin Benedict Beaumont.«

Wolfgangs Gesicht verblaßte im Nebel der Vergangenheit. Sie brachte noch immer kein Wort hervor. Sterne tanzten vor ihren Augen, ihr Herz jagte, das Atmen fiel ihr schwer.

»Hat die Katze deine Zunge gefressen?« spottete Benedict und schwang sich mit einer fließenden Bewegung mühelos in den Sattel, »oder verstehst du kein Englisch? Ich bin der Verlobte von Carla Tresdorf, du mußt Henrietta sein. Wir sind vorhin aus Cape Town gekommen. Unsere Farm liegt nicht weit von hier.«

Der Himmel verdunkelte sich, die Sterne erloschen, die Welt stürzte ein. Cousine Carlas Verlobter! Sie haßte Carla, oh, wie sie Cousine Carla haßte! Sie benötigte alle Kraft, um sich zusammenzureißen. »Hallo«, brachte sie schließlich heiser hervor. Ihr Blick flatterte hilflos herum, ihr Gesicht glühte, sie fürchtete ernstlich, ihre Fassung zu verlieren und sich lächerlich zu machen. Grenadier entdeckte plötzlich ein saftiges Büschel Gras, das sich zwischen den Clivien breitmachte. Schwungvoll streckte er seinen schönen Kopf vor und zog dabei seine völlig unaufmerksame Reiterin aus dem Sattel. Zu ihrem größten Entsetzen fand sich Henrietta zum zweiten Male an seinem Hals hängend wieder.

Benedict warf den Kopf zurück und brüllte vor Lachen. »Ist das der neueste Stil, oder hast du noch nie auf einem Pferd gesessen?« Er wischte sich die Lachtränen aus den hinreißenden Augen.

Sie schluchzte vor Wut und Scham. Sie haßte sie alle, besonders aber diesen rüden, eingebildeten Kerl, der da vor ihr auf seiner Stute herumtänzelte, sie auslachte und es fertigbrachte, sie nur mit einem Blick aus seinen unglaublichen Augen zu einem Häufchen bibbernden Verlangens zu reduzieren. Sie schoß ihm einen mörderischen Blick zu und zwang sich dann zu einem zähnebleckenden Lächeln. »Ich reite sonst nur auf wilden Stieren«, fauchte sie. Vor ihr wand sich der rote Sandweg über ebenes Gelände für mindestens einen Kilometer, bevor er im Zuckerrohrfeld verschwand. »Versuch doch, mich einzuholen!« schrie sie und grub Grenadier ihre Hakken in die Seite. Er machte einen mächtigen Satz vorwärts, aber dieses Mal war sie vorbereitet. Sie stellte sich in die Steigbügel und schmiegte ihren Kopf an den glänzenden Pferdehals. Grenadier fegte in gestrecktem Galopp über den von der Sonne steinhart gebackenen Sand. Hinter sich hörte sie Glitzy etwas rufen, war aber noch viel zu wütend, um hinzuhören. Eine grüne Wand aus meterhohen Zuckerrohrhalmen flog an ihr vorbei. Grenadiers Hufe donnerten, ihr Blut raste. Benedict war ihr dicht auf den Fersen, weißer Schaum fleckte die Brust seiner kastanienbraunen Stute. »Go, Grenadier, go!« schrie sie, und Grenadier streckte sich noch einmal. Er schien zu fliegen. Und dann, nach der Kurve, war der Weg plötzlich zu Ende.
Ein Holztor, Stacheldraht, stramm eine Handbreit über der obersten Latte gespannt, blockierte den Weg. Daneben knäulte sich eine große Rolle Stacheldraht und schloß die einzige Lücke, durch die man auf die andere Seite hätte gelangen können. »O, mein Gott«, stöhnte sie unwillkürlich. Grenadier zu zügeln, ihn zum Stehen zu bringen, dafür war es zu spät. »Hilf mir, Grenadier!« schrie sie und nahm die Zügel zurück. Das große Pferd stieg hoch, zog gehorsam seine Vorderbeine an, und sie kamen sicher auf der anderen Sei-

te auf. Am ganzen Körper vor Erregung und Erleichterung flatternd, ließ sie ihn ausgaloppieren.
Glitzy war noch nicht zu sehen. Benedict, seine Aufmerksamkeit durch ihren spektakulären Sprung abgelenkt, wartete zu lange, und dann war es zu spät, um sein Pferd auch zu dem Sprung zu zwingen. Blitzschnell, in letzter Sekunde half die Stute sich selbst. Sie setzte sich auf ihre Flanken, steckte den Kopf zwischen die Beine und kam, beide Vorderbeine steif über den harten Sand rutschend, einen Meter vor dem Tor zu stehen. Ihr Reiter segelte mit dem Schwung der ursprünglichen Geschwindigkeit elegant aus dem Sattel über ihren Hals und landete mit gespreizten Armen und Beinen in dem Stacheldrahtknäuel. Er brüllte wie ein Stier.
Glitzy, die fast fünfzig Meter hinter ihm gewesen war, zügelte ihr Pferd rechtzeitig und sprang ab. »Das geschieht dir recht«, schrie sie den stöhnenden, aus vielen kleinen und größeren Wunden blutenden Benedict an, »du weißt doch, daß hier ein Tor ist! Hör auf zu brüllen, wir holen dich hier schon raus.« Unbeeindruckt von seinem Gejammer, wandte sie sich Henrietta zu, ihre Miene finster. »Mach so etwas nie wieder. Du kennst Afrika nicht, das ist hier kein Park in Deutschland. Du hättest ebensogut einem Nashorn gegenüberstehen können, und das ist gefährlicher als so ein kleiner Haufen Stacheldraht! Ist Grenadier in Ordnung?«
»Ja«, antwortete Henrietta, beschämt über ihren kindischen Streich. »Es tut mir leid, daß ich ihn gefährdet habe.«
Glitzy war besänftigt. »Okay, okay – hilf mir mal hier.« Sie kniete vor Benedict, der unter seiner Sonnenbräune alle Farbe verloren hatte. Er biß die Zähne zusammen, daß seine Wangenmuskeln wie Stränge hervortraten, als sie begann, ihn Stachel für Stachel zu befreien. Henrietta kniete neben ihr und hielt seinen rechten Arm fest, um zu verhindern, daß der Stachel, der die äußere Handkante vom Finger bis zum

Handgelenk aufgeschlitzt hatte, sich noch tiefer in das blutige Fleisch grub. Endlich war er bis auf seine Hand frei. »So, jetzt beiß die Zähne zusammen«, befahl Glitzy und grinste böse, »ein Indianer kennt keinen Schmerz!« Langsam zog sie das dreifache Stachelknäuel mit den geschliffenen Spitzen aus seiner Hand.

Sein Blut stürzte über Henriettas Arm. Ein warmes, intimes Gefühl. Die Berührung traf sie wie ein elektrischer Schlag. Sie erschauderte und legte ihr gefaltetes Taschentuch als Druckverband auf sein Handgelenk und knotete die Enden fest. »Kannst du gehen?« Besorgt versuchte sie, ihn zu stützen.

Grob stieß er sie zurück. »Ich bin doch kein Baby«, knurrte er und schleppte sich zu seinem Pferd. Glitzy hielt die Stute, und er schwang sich hinauf. Stöhnend preßte er seine verletzte Hand gegen die Brust. Im Schritt ritten sie zurück zum Haus, Benedict in der Mitte, flankiert von den beiden Mädchen.

Dirk Daniels war aufs höchste amüsiert. »Sieh da, der Held kehrt aus dem Krieg zurück, mit zwei Jungfrauen als Eskorte.«

Melissa erfaßte die Situation sofort. »Ich rufe Dr. Mac an, Bennys Hand muß genäht werden, und er braucht eine Tetanusspritze.«

»Dr. McLeod ist ein Original«, erzählte Glitzy während der Fahrt zum Arzt, »ständig kaut er Tabak, seine Zähne sind schon ganz braun, sieht aus wie ein verwitterter alter Baumstamm und spricht einen Dialekt aus dem schottischen Hochland, den kaum einer versteht, aber er hatte immer Lutschstangen für uns Kinder.«

Doch Dr. Mac war nicht da. Dafür stand eine zierliche junge Frau in der Tür seiner Praxis. Große, schwarze Kirschaugen, dunkle, glatte Haare wie ein Seidenvorhang bis zu den Hüften und eine zarte, cremige Porzellanhaut. »Ich bin Dr.

Anita Alessandro, Dr. McLeod ist in Schottland. Ich vertrete ihn.«

Benedict wischte sich bei diesem Anblick die Leidensmiene aus dem Gesicht und grinste, wenn auch mit Mühe. Er hielt ihr seine Hand hin, aus dem durchgeweichten Taschentuchverband lief das Blut seinen Arm hinunter. »Das ist nichts, ein kleiner Kratzer«, krächzte er und wölbte angeberisch seine Brust vor.

Die junge Ärztin quittierte sein Gockelgehabe mit einem amüsierten Glitzern in ihren sinnlichen Augen. »Legen Sie sich bitte hin.« Sie deutete mit dem Kinn auf die lederbezogene Liege.

»Wozu? Ich bin doch kein Weichling!«

Dr. Alessandro lächelte fein und nahm eine lange, gebogene Nadel von ihrem Instrumententablett. Benedict wurde weiß und sank auf die Liege. »Was machen Sie denn da?« ächzte er schwach.

»Die Wunde muß genäht werden.« Vorsichtig drückte sie die tiefe Tasche, die an der Handkante hinunter aufklaffte, zusammen.

»Aber doch nicht bei lebendigem Leib, so ganz ohne Narkose!« Er fing an zu schwitzen und zeigte das Weiße seiner Augen, wie ein ängstliches Pferd.

Dr. Alessandros Lippen zuckten. »Das ist doch nichts, nur ein kleiner Kratzer«, gab sie ihm seine Worte zurück, »die paar Piekser halten Sie doch sicher auch so aus.« Ihre dunklen Augen verspotteten ihn.

Er knirschte mit den Zähnen, fiel fast in Ohnmacht, er atmete ganz flach und schnell, aber kein Laut kam über seine Lippen, als die schöne, junge Ärztin mit zierlichen Stichen gekonnt seine Hand vernähte. Henrietta hätte ihr am liebsten die Augen ausgekratzt.

❖

»Ihr glaubt ja nicht, wen Dr. Mac als seine Vertretung eingestellt hat!« rief Glitzy, zurück auf der Farm. »Eine feurige Italienerin, weiß der Himmel, wo er die aufgetrieben hat. Benny, der Dummkopf, hat sich, nur um ihr zu imponieren, seine Hand ohne lokale Betäubung nähen lassen. Männer!« Sie verdrehte die Augen himmelwärts.

»Ich habe deinen Vater angerufen«, sagte Melissa, »er kommt mit dem Landrover und einem Boy, um dich und Ruby zu holen. So, und nun setz dich hierher. Mavis hat dir einen starken, süßen Tee gemacht.« Sie stellte eine Cognacflasche vor ihn. »Ich denke, ein wenig davon kannst du jetzt gebrauchen.«

»Du mußt noch eine Menge lernen, mein Junge«, schnappte Benedicts Vater kurze Zeit später, während er Ruby untersuchte, »dich wie ein Hampelmann an der Strippe manipulieren zu lassen. Lächerlich! Als nächstes läßt du dir einen Arm abschneiden, nur weil dich ein hübsches Mädchen dazu herausfordert. Wann wirst du endlich erwachsen? Du bist vierundzwanzig Jahre alt, in deinem Alter hab ich schon die Farm geleitet, und zwar allein!« Die tiefen Sorgenfalten um seinen Mund wurden noch schärfer, seine Nase trat spitz aus dem ausgezehrten Gesicht.

Henrietta musterte Michel Beaumont. Groß, hager und leicht gebeugt, seine Muskeln standen wie Stricke unter der geschrumpften, sonnengegerbten Haut hervor. Die bläuliche Blässe unter seinen eingesunkenen Augen ließ auf eine tiefe Erschöpfung schließen. *Er sieht nicht gesund aus.* Und dann sah sie es, unter seinem Haaransatz hinter dem Ohr, wie eine tödliche Krake, dieses schwarze, warzenartige Geschwür. Aggressiv und bösartig wirkte es. Seine Hand kam hoch und berührte vorsichtig die intakte Haut um das Geschwür herum. Es schien ein Reflex zu sein.

Benedict zog ein mürrisches Gesicht. »Oh, bitte, Daddy –!«

»Was heißt hier ›Oh, bitte, Daddy‹! Es ist dir peinlich, die Wahrheit hier vor anderen zu hören, nicht wahr?« Michel Beaumont streifte ihn mit verbittertem Blick. »Du bist ein Versager, Benedict, mein Sohn, du bist leichtsinnig und verantwortungslos! Wer macht jetzt den Transport nach Johannesburg, kannst du mir das sagen?« Seine Hände bebten vor Zorn, als er behutsam die Vorderläufe seiner Stute betastete. Dann übergab er die Zügel dem drahtigen, kleinen Schwarzen, der geduldig wie ein Schatten neben ihm wartete. »Bring sie nach Hause, Isaac, aber langsam.«

Dirk Daniels nahm seine Zigarre aus dem Mund. »Was ist, Mick, brauchst du Hilfe? Ich könnte dir einen Fahrer leihen – aber was ist denn mit Thomson, ist der nicht abkömmlich?«

Mick Beaumont antwortete nicht gleich. Er wippte auf seinen Fußballen und biß sich auf die Lippen. »Ich hab ihn entlassen müssen«, antwortete er tonlos, sein Nacken steif wie bei einem störrischen Pferd, »ich kann ihn nicht mehr bezahlen. Mein«, er holte gequält Luft, »mein Kaffee-Experiment ist fehlgeschlagen.«

»Oh, Michel, das tut mir leid!« Luise von Plessing legte ihm spontan die Hand auf den Arm, »du warst doch so zuversichtlich.«

Für einen Moment wirkte er zutiefst niedergeschlagen. »Der letzte Sommer war zu feucht und zu heiß für Kaffee. Die Pflanzen sind fast alle eingegangen. An den wenigen, die noch stehen, verfaulen die jungen Bohnen, bevor sie reifen können.«

»Tut mir verdammt leid, alter Junge«, knurrte Dirk Daniels mit gerunzelter Stirn, »gibt es irgend etwas, was ich tun kann?«

Mick Beaumont versuchte ein Lächeln. Es geriet zu einer mitleiderregenden Grimasse. »So ist das Leben, ich werd's

schon schaffen. Komm, Benedict, wir fahren. Guten Tag allerseits.«
»Schrecklich«, seufzte Melissa, als der Jeep außer Sichtweite war, »wenn ich das schwarze Ding da an seinem Hals sehe, wird mir ganz übel. Ich wünschte, er würde es mit einem kleinen Halstuch bedecken. Nicht gerade angenehm für uns, das sehen zu müssen.«
»Oh, Mummy«, rief ihre Tochter, »Mick hat ein Melanom, und es bringt ihn um. Was erwartest du – die steife Oberlippe und den ganzen antiquierten Unsinn?«
»Diamanta!« brüllte ihr Vater.
»Nun, Kind«, sagte Melissa spitz, »man sollte seine Probleme für sich behalten und nicht anderen aufdrängen.«
»Oh, Melissa, sei nicht so entsetzlich britisch«, bemerkte Frau von Plessing. »Der schwarze Krebs frißt ihn auf. Kann uns allen passieren, das weißt du, unsere Sonne ist mörderisch.« Sie rückte ihren Hut zurecht.
Henriettas Kopfhaut prickelte. Der schwarze Krebs, tödliche Sonne. *Ist denn nichts in Afrika sanft und harmlos?*
Dirk schüttelte verständnislos den Kopf. »Wahnsinn! Kaffee in Natal! Viel zu naß, viel zu heiß. Sein ganzes Geld hat er in das Projekt gesteckt!« Er kaute auf seiner Zigarre, rollte sie im Mund herum. »Wahnsinn«, wiederholte er, »er muß praktisch bankrott sein, der arme Kerl, aber er war schon immer ein Dickschädel. Das bretonische Rhinozeros wird er ja nicht umsonst genannt.«
»Kannst du ihm nicht helfen, Daddy?« fragte Duncan.
»Schwierig, schwierig«, er wiegte seinen mächtigen Schädel, »sein Stolz, weißt du. Aber ich denke, ich werde ihm ein Angebot für Ruby machen. Sie hat großes Potential, ich wollte sie schon immer haben, jetzt wird er mein Angebot wohl nicht mehr ablehnen können.« Zufrieden grinsend, zog er Simba spielerisch an den Ohren.

»Unsinn, viel zu nervös«, krächzte Pops, »laß die Finger davon!« Es schien ein Befehl zu sein.
»Nun, wir können ja darüber reden«, lenkte Dirk hastig ein, »man sollte es sich überlegen, es ist ein gutes Tier.«
»Sie ist zu nervös, sag ich dir!« grollte Pops und hieb mit erstaunlicher Kraft die Fliegenklatsche auf den Stamm des alten Jacaranda. Ein kleiner Gecko fiel mit herausquellenden Eingeweiden leblos zu Boden.
Henrietta fuhr angewidert hoch. Die Familie duckte sich. Luise von Plessing schob ihren Sessel geräuschvoll schurrend zurück, stand wortlos auf, war mit zwei, drei Schritten neben dem alten Mann. Sie entriß ihm die Klatsche und schlug ihm rechts und links damit ins Gesicht und warf sie in weitem Bogen ins Gebüsch. »Ich muß jetzt gehen«, sagte sie ruhig zu Melissa. Sie drehte sich zu Henrietta. Ein liebenswürdiges Lächeln zerknitterte ihr Gesicht. »Besuchen Sie mich nächste Woche, Henrietta. Ich werde Ihnen William mit dem Wagen schicken. Dirk, bring mich bitte zum Wagen!«
Pops zitterte vor Wut, zischte und brabbelte vor sich hin, Speichel rann ihm übers Kinn. Der Abdruck der Klatsche brannte rot auf seiner Haut. Die schottischen Cousinen duckten sich bebend in ihre Sessel und hechelten wie verängstigte Tiere. Glitzy grinste, aber so, daß ihr Großvater es nicht sehen konnte. »Nelson!« brüllte Pops heiser, »bring mich hinein, Boy!« Nelson erschien im Laufschritt und hob den alten Mann, der nichts zu wiegen schien, in seinen kräftigen Armen in den Rollstuhl und schob ihn ins Haus.
Die Unterhaltung danach tröpfelte zäh. Um halb acht zog die Nacht sachte eine dunkle Satindecke über den glühenden Himmel. Die Baumfrösche erhoben einer nach dem anderen ihre Stimmen, die Moskitos stiegen in dunklen Wolken aus ihren Tagesverstecken und fielen gierig über jeden Quadratzentimeter bloßer Haut her. Es wurde Zeit, die Farm zu ver-

lassen. Glitzy überraschte sie am Steuer eines schneeweißen Volkswagens mit blutroten Polstern. »Ich muß zurück in die Uni, da brauch ich mein Auto. Die haben noch keine Landebahn.« Sie grinste ironisch. Sie fuhr wie von Teufeln gejagt, und Henrietta war froh, als sie endlich mit einem mächtigen Ruck vor dem Haus ihres Onkels zum Stehen kamen. Es war hell erleuchtet. Glitzy knallte mit der Autotür. »Carla scheint wieder dazusein. Ich komme besser mit und beschütze dich vor dem Piranha.«

Henrietta musterte sie befremdet. *Piranha?*

Sie betraten den Innenhof. Eine junge Frau erhob sich. Sie war eine Vision von Eleganz, wie sie da im sanften Schein der Glaskuppellampen stand. Schweres, kastanienbraunes Haar, hochgesteckt zu einer komplizierten Frisur, eine glänzende Locke ringelte sich in den schlanken Nacken. Das enganliegende perlmuttrosa Futteralkleid betonte eine perfekte Figur. Schmale Taille, sanfte Hüften und erstaunlich üppige Brüste. Ihre Haut war zart gebräunt und klar und von seidigem Schimmer. Perlzähne glänzten zwischen feingeschwungenen, halbgeöffneten Lippen. Das Bemerkenswerteste an der jungen Frau jedoch waren ihre Augen. Silbergrau, lagen sie eingebettet in hohen Wangenknochen wie zwei kühle Bergseen im Morgennebel. Sie lockten verführerisch, hielten aber gleichzeitig jedes Gegenüber auf Abstand. Ein Gesicht, wie von Botticelli gemalt. Unschuldig und schön, aber etwas verderbt, ein Hauch von Dekadenz, wie die zweite Elfe von rechts in seinem Bild ›Frühling‹.

»Hallo, ich bin Carla«, sagte das exquisite Geschöpf und reichte ihr lasziv die Hand. Der Verlobungsdiamant funkelte aufdringlich.

Sie fühlte sich wie ein Bauerntrampel neben einer Prinzessin. Sie dachte an Benedict, und ihr Herz zerbrach. Vorsichtig nahm sie die dargebotene Hand, so zerbrechlich wirkte sie,

und zuckte zurück, als Carla mit sehnigen, tennisgestählten Fingern ihre Finger schmerzhaft zusammenpreßte. »Guten Tag, Carla« stotterte sie, »wie schön, daß ich dich endlich kennenlerne.«
»Mr. Kappenhofer hat Carla und Benedict in seinem Flugzeug nach Durban mitgenommen und sie dann von seinem Chauffeur nach Hause bringen lassen.« Tante Gertrude atmete schwer vor Stolz und Wichtigkeit. Verklärt himmelte sie ihre Tochter an.
Carla legte ihr eine Hand auf den Arm, eine feingliedrige, zarte Hand, und murmelte: »Mama, bitte, das interessiert doch keinen. Obwohl ich sagen muß«, seufzte sie, »so ein klimatisierter Rolls-Royce ist doch recht willkommen an so einem heißen Tag.«
Glitzy kicherte, vollführte eine gezierte Drehung um ihre eigene Achse, hob ihre rechte Hand, als hielte sie diese einem Galan zum Handkuß hin. »Meine Güte, wie vornehm«, säuselte sie affektiert.
Carlas goldene Haut wurde augenblicklich von einem tiefen Rot überzogen, für einen kurzen Moment sprühten ihre Augen weißglühende Funken. Dann senkten sich die schweren, silbrig getönten Lider, und als sie ihren Blick wieder freigaben, war er kühl und distanziert wie vorher. Eine beeindruckende Darbietung von Selbstkontrolle.
Diamanta Daniels grinste spöttisch, herausfordernd. »Benedict muß sehr neugierig auf Henrietta gewesen sein, er hat sich sofort auf Ruby geschwungen und uns auf der Farm besucht«, stichelte sie.
Carlas Kopf kam hoch, ihre Haltung wurde wachsam. Ein Sturm kräuselte die Oberfläche der silbrigen Bergseeaugen.
»Du weißt ja«, bohrte Glitzy vergnügt weiter, »daß er noch nie einer Herausforderung widerstehen konnte – schon gar nicht der von einem schönen Mädchen.«

Henrietta beobachtete nervös, wie die wütende Röte langsam die Wangen ihrer Cousine färbte und der Vulkan zu kochen begann. Sie hatte das Gefühl, einem Duell beizuwohnen. Hektisch versuchte sie, Glitzy zu bremsen. Vergebens.
»Erst hat er sich von Henrietta zu einem Wettrennen herausfordern lassen, der Dummkopf, und Ruby hat ihn dabei in einen Stacheldrahthaufen abgeladen. Wir haben ihn dann herausgeklaubt und zu Dr. Macs Vertretung gebracht, einer hinreißenden Erscheinung namens Dr. Anita Alessandro. Typ Kirschaugen, Schmollmund, lange, dunkle Haare und eine Figur wie eine Porzellanpuppe. Stell dir vor, dann hat der Idiot sich seine Hand ohne Betäubung nähen lassen, nur um Dr. Alessandro zu beeindrucken. Na, du kennst Benny ja, er fällt immer wieder auf die gleichen Frauen herein.« Mit einem zufriedenen Katzenlächeln beobachtete sie die Wirkung ihrer Worte.
Carla bebte und sprühte Funken. Henrietta zog sich ein paar Schritte aus der Schußlinie zurück. Onkel Hans versteckte sein Lächeln hinter der Hand, Tante Gertrude jedoch griff frontal an. »Wir wissen doch alle, wie eifersüchtig du auf Carla bist.« Anzüglich lief ihr abschätzender Blick über Glitzys füllige Figur.
Aber diese lachte nur noch lauter. »Oh, die meisten Männer mögen ihre Blondinen üppig. Bye-bye, meine Lieben – ich ruf dich an, Henrietta, halt die Ohren steif!« Eine Kiesfontäne spritzte unter ihren Reifen hoch, und weg war sie.
Carla sog hektisch an einer Zigarette, lief erregt und steif vor Wut im Patio hin und her, ihre Absätze spielten einen Trommelwirbel auf den Fliesen. Die Luft, die sie umgab, knisterte.
»Kind, reg dich nicht über diese dumme Pute auf, sie ist doch überhaupt nicht sein Typ. Denk doch nur daran, wie fett sie ist!«
Ihre Tochter schwang herum, starrte ihre Mutter aus blitzen-

den Augen an und drückte mit heftigen Stößen ihre Zigarette in einem Aschenbecher aus. »Pops liebt sie abgöttisch, und er hat das Geld«, sagte sie dann lapidar. Ihre Mutter schwieg und beugte ihren Kopf, wie in einem Schuldeingeständnis. Henrietta wünschte sich weit weg. Unauffällig ging sie zur Tür.

Aber Carla merkte es. »Und du«, fuhr sie zu ihr herum, offensichtlich erfreut, ihre Wut an ihr auslassen zu können, »hast dich unmöglich benommen! Was muß die Familie Daniels von dir gedacht haben? So benimmt sich keine Dame in diesem Land. Es ist besser, wenn du das bald lernst.«

»Immer bis zehn zählen, bevor du antwortest«, sagte Großmama immer, »eine Dame verliert nie die Contenance.« Henrietta schloß die Augen und zählte. »Es tut mir leid«, sagte sie, bei zwanzig angelangt, »ich meinte es als Scherz; daß sich dein – Verlobter«, sie erstickte fast an dem Wort, »dabei verletzt hat, ist mir natürlich besonders unangenehm. – Er war aber sehr tapfer«, setzte sie hinzu, sah aber sofort, daß sie einen Fehler gemacht hatte.

Carla, die ihr nur bis zum Kinn reichte, trat so dicht an sie heran, daß sie durch ihr klebrig-süßes Parfum die Zigarette in ihrem Atem riechen konnte. »Laß die Finger von Benedict«, zischte sie, ihre Augen schmale, helle Schlitze, perlweiße, scharfe Zähnchen blitzten, »er gehört mir!« Mit dem letzten Wort stieß sie ihr Kinn vor.

Henrietta sprang zurück. Für ein paar irreale Sekunden befürchtete sie, gebissen zu werden. Sie schwang herum und rannte wie gehetzt zum Rondavel, riß sich dort die verschwitzten Kleider vom Leib und fand erst zu sich, als das lauwarme Wasser der Dusche an ihr herunterrauschte. *Hier bleib ich nicht länger, ich muß so schnell wie möglich einen Job finden. Und eine Wohnung.*

Sie wurde von Gefühlen geschüttelt, die sie noch nie erlebt

hatte. Ihr Herz sang, Schmetterlinge tanzten im Magen, eine seltsame, süße Schwäche lähmte ihre Glieder. Dann kam der Gedanke an Carla, und sie stürzte in einen Abgrund schwarzer Verzweiflung. Benedict und Carla, hämmerte es in ihrem Kopf. Carla, ihre Cousine. In dieser Nacht träumte sie von Benedict. Er schwang sich in gebauschtem, weißem Rüschenhemd und enganliegenden Hosen, unerreichbar für sie, durch die Wanten eines Clippers. Als Galionsfigur ringelte sich eine zierliche Schlange mit Menschengesicht und einer kastanienbraunen Haarkrone und Augen aus Diamanten. Sie warf sich herum und stöhnte im Schlaf, kämpfte sich durch ihre Träume, wachte immer wieder auf, bis sie schließlich aufstand und in dem Korbstuhl vor dem Rondavel auf den Sonnenaufgang wartete.

Drittes Kapitel

Am nächsten Morgen drückte eine weißgraue, tiefhängende Wolkendecke auf Natal und hielt die feuchtheiße Luft unter sich gefangen. Schimmel blühte auf Büchern und Lederschuhen, jede schnelle Bewegung verursachte einen Schweißausbruch. Henrietta fand Carla und Gertrude im Schatten des Flamboyants beim Elfuhrtee. Letztere starrte mit einem Gesichtsausdruck in ihre Teetasse, als schwämme darin eine besonders große Kakerlake. »Jackson!« schrie sie schrill, »komm her, diese Milch ist sauer!«

Für eine ganze Weile passierte gar nichts. Dann kündigte langsames Schlurfen das Kommen von Jackson an. Gemütlich schlenderte er hinaus auf den Innenhof. »Madam hat gerufen?«

»Die Milch ist schlecht, warum paßt du nicht besser auf?«

Jackson nahm die zierliche, silberne Milchkanne, steckte seine Nase hinein und sog die Luft zischend ein. »Die Milch ist gut«, stellte er fest und sah Tante Gertrude unter halbgeschlossenen Lidern an. Seine dunkle Haut glänzte fettig, alte Pockennarben erschienen als Kraterlandschaft.

»Widersprich mir nicht immer, Dummkopf, die Milch ist sauer, sie ist ja schon geronnen!« kreischte Gertrude und tupfte sich erregt mit der Serviette den schweißnassen Hals, »und steck deine Nase gefälligst nicht in unser Essen. Bring sofort frische Milch!«

Jacksons Mundwinkel zuckten in einem unterdrückten Lächeln. »Keine Milch mehr da. Tut mir leid.« Er fingerte, wie

verlegen, an seinem blauen Arbeitskittel. Die obersten Knöpfe waren ausgerissen, und ein löcheriges, graugewaschenes Unterhemd war zu sehen.
Gertrude lief krebsrot an. »Warum hast du mir das vorhin nicht gesagt, als ich einkaufen ging?«
Der Zulu hob die Lider, Triumph glitzerte in seinen Augen, ein amüsiertes Grinsen legte seine oberen Zähne frei. »Vorhin hatten wir noch Milch.« In sich hinein kichernd, verschwand er in der Küche.
Gertrude kochte vor Wut. Sie atmete laut, ihr Busen wogte. »Und bring deine Uniform in Ordnung! Es ist eine Schande, wie du wieder herumläufst, verdammter Kaffir!« gellte sie.
Carla schickte einen ungeduldigen Blick gen Himmel. »Oh, Mutter, laß dich doch nicht immer wieder von dem Kaffir provozieren! Merkst du denn nicht, daß er es nur darauf anlegt? Ich wette, er hat einen ganzen Liter frischer Milch in der Küche.«
»Ach, Quatsch«, fauchte ihre Mutter, »der ist einfach dumm, wie alle Kaffern.«
»Dumm?« dachte Henrietta, »bauernschlau mit einem herrlichen Sinn für Komik, listig, ein geschickter Ränkeschmied. Das alles bestimmt – aber dumm?« Warmherzig hatte er sich ihr gezeigt, beschützend und besorgt um sie. Sein spontaner Humor war umwerfend. Keinem hier schien das aufzufallen. »Sie sind wie dumme Kinder«, sagte auch Papa immer, »sie lachen ständig, tanzen und singen bei jeder Gelegenheit, auch wenn es ihnen schlechtgeht. Außerdem haben sie keinen Sinn für Pflicht und Arbeit.«
»Und sie klauen«, empörte Mama sich dann regelmäßig, »eines Tages verschwanden auf unserer Farm Papas Lackschuhe, die besten mit den breiten Ripsschleifen, die so teuer gewesen waren. Nun, ein paar Tage später sahen wir einen verdreckten, alten Eingeborenen in Papas Lackschuhen durchs

Dorf stolzieren! Seine breitgelatschten Plattfüße paßten nicht in die Schuhe, so hatte er einfach die Sohlen abgetrennt! Ich meine, das zeigt doch, wie dumm und primitiv die sind. Schuhe ohne Sohlen!«
»Lackschuhe im Urwald?« fragte Henrietta ungläubig.
Papa sah sie streng an. »Man hat ja schließlich ein gewisses Niveau aufrechtzuerhalten, besonders im Urwald.«
»Wir zogen uns natürlich immer zum Essen um«, erklärte Mama.
Gertrude, jetzt ruhiger, fächelte sich mit der Morgenzeitung Luft zu. »Wir sind von Lady Rickmore zum Tee in die Oyster Box eingeladen.«
Carla stand hastig auf. »Ich muß hinüber zu Benedict, ein bißchen Händchen halten, weißt du. Er erwartet mich zum Lunch.«
»Oh.« Gertrude verzog enttäuscht ihr Gesicht. »Schade. Henrietta, mach dich fertig, wir fahren gleich.« Zehn Minuten später erschien sie, weiße Handschuhe zum dottergelben Flatterkleid und breitkrempigen, weißen Tüllhut. »Ich hole eben die Post.« Sie ging zu dem schmiedeeisernen Postkasten. Er stand unter den ausladenden Zweigen des alten, wilden Mangobaumes in einem Teppich roter und rosa Impatiens. Sie schloß die Tür auf und griff hinein.
Henrietta sah, daß der oberste Brief leicht bebte, etwas darunter bewegte sich, und dann glitt er zur Seite. Die Schlange war borkenbraun gesprenkelt und lag aufgerollt auf einem Gartenkatalog und züngelte mit gespaltener, schwarzer Zunge. Wie in Zeitlupe sah Henrietta Gertrudes geöffnete Hand zugreifen, sah, wie die Schlange ihren diamantförmigen Kopf zischend zurückzog, wie eine losgelassene Sprungfeder vorschnellte und mit weit aufgerissenem rosa Rachen zuschlug.
»Nein!« schrie sie und stieß ihre Tante zu Boden. Die Schlange segelte, den Rachen immer noch weit aufgerissen,

vom eigenen Schwung getragen über deren Kopf hinweg und landete auf Henriettas Fuß. Mit einer Bewegung schleuderte sie das Tier ins Gebüsch.

»Oh, mein Gott«, schluchzte Gertrude, »oh, mein Gott, sie hat mich fast erwischt!« Sie zitterte am ganzen Körper, der Tüllhut rutschte ihr verwegen tief in die Stirn. »Wo ist das Biest hingekrochen?« quiekte sie. »Es ist wichtig, wir müssen wissen, wo es ist, wir müssen es umbringen.«

»Sie ist mir auf den Fuß gesprungen, ich hab sie dort hinten ins Gebüsch geschleudert. Sie wird sich verkrochen haben.«

Gertrude erhob sich mühselig auf zitternden Beinen. Ihre Augen suchten unablässig den Boden ab. »Jackson muß hier alles abschneiden. Alles! – Jackson!«, schrie sie, »komm sofort her!«

»Yebo, Madam«, antwortete eine tiefe Stimme direkt hinter ihnen. Da stand er und wischte seine Hände an seinen Hosen ab.

»Wie oft muß ich dir noch sagen, daß du dich nicht immer so anschleichen sollst. Ich krieg deinetwegen noch einen Herzinfarkt! Dummer Kaffir!« Ihre Stimme kippte als Reaktion auf den Schock. »Und sieh, was passiert ist, nur weil du die Pflanzen nicht ordentlich zurückschneidest und das Unkraut wuchern läßt. Eine Schlange hat mich fast erwischt. Schneid hier alles ab, hörst du, alles!« Ihre Hand beschrieb einen großen Kreis.

Der Schwarze drehte seinen Kopf langsam im Halbrund. Sein schläfriger Blick glitt über die üppigen Impatiens, die Clivien unter den Bäumen und Büschen, die unordentlich ineinander verhakten und verfilzten Ranken der Bougainvillea, die den kleinen Abhang wie ein schäumender, roter Wasserfall hinunterstürzten, hinauf zu der Krone des alten Mangobaumes. »Alles«, fragte er, »wegen einer Schlange?«

»Alles«, fauchte Gertrude, die seinem Blick nicht gefolgt war.

Er seufzte ergeben, den Kopf gesenkt, doch Henrietta entging das amüsierte Funkeln in seinen Augen nicht. Sie sah ihm nach. Er wiegte sich in den Hüften, federte in den Knien, wirbelte die Schürze wie einen Propeller. Er schien in bester Laune. Sie wurde das unbehagliche Gefühl nicht los, daß er etwas im Schilde führte.
Gertrude, ihre Kleidung geordnet, den Hut befestigt, fuhr nun die gewundene Küstenstraße hinunter nach Umhlanga Rocks. Sie tankten bei Sam's Tankstelle. »Sam, du glaubst es nicht«, rief sie, während der Tankstellenboy ihren Tank auffüllte, »das Biest schoß aus dem Briefkasten, Giftzähne, groß wie Säbel, mindestens einen Inch lang waren die Dinger – also, wenn meine Nichte Henrietta hier nicht so schnell reagiert hätte ...« Sie schüttelte sich theatralisch.
Beeindruckt pfiff Sam durch die Zähne. »Du hast wirklich einen Schutzengel gehabt.« Er beäugte Henrietta mit schiefgelegtem Kopf. »Einen sehr hübschen, muß ich sagen.« Er war untersetzt und knorrig, wie der Stamm eines alten Olivenbaumes, sein runder Schädel, Gesicht, Hals und Hände, überall wo seine Haut der Sonne ausgesetzt war, war sie tiefbraun gebeizt. Sein Gesicht glich einer verschrumpelten, braunen Zwetschge mit schwarzen, neugierigen Spatzenaugen. »Hallo, Miss Henrietta, hoffentlich gefällt es Ihnen bei uns. Wir brauchen junges Blut.« Er stieß ein eigentümlich hohes, heiseres Kichern aus. »Gertrude, sag Hans, daß er etwas verpaßt hat. Ich bin heute vor Sonnenaufgang mit dem Boot draußen gewesen, wollte mal sehen, wo die Barracudas stehen. Als die Sonne über den Horizont kam, sprang ein Mantrarochen. Riesig, sag' ich dir, der größte, den ich je gesehen habe. Mindestens acht Fuß von Flügelspitze zu Flügelspitze. Er sprang dreimal, gegen die aufgehende Sonne, wie in einem verdammten Hollywoodfilm! Ich schwöre dir, ich hab ihm direkt in die Augen gesehen, so nahe war er.«

Henrietta musterte den kleinen Mann erstaunt. Er wirkte uralt. In Deutschland saßen uralte Menschen im schwachen Sonnenlicht zusammengesunken auf Parkbänken oder gingen mühselig an Stöcken humpelnd spazieren, aber sie fuhren sicherlich nicht mehr mit kleinen, schnellen Motorbooten, die wie Derwische auf den Wellen tanzten, auf das rauhe Meer hinaus zum Tiefseefischen. »Wie alt ist Sam?« fragte sie, als sie davonfuhren.

»Wird neunzig Jahre nächstes Weihnachten.«

Neunzig! Ihre Nichte schwieg beeindruckt. Es mußte an dem Klima hier liegen. Immer warm, angenehm, keine Winterkälte, die in die Knochen kroch und allen Lebenswillen nahm, keine dunkle Jahreszeit, die auf die Seele drückte. Hier war ewige Sonne, heiß, gleißend, hell, das Symbol des Lebens. Sie atmete tief und verzückt. Ja, sie hatte die richtige Entscheidung getroffen, hier war das Paradies, hier lohnte es sich zu leben.

Vor ihnen fuhr ein klappriger alter Lastwagen. Auf seiner Ladefläche stand ein großer Weidenkorb. Ein kleiner, schwarzer Katzenkopf schob den Deckel hoch, der winzige Körper folgte. Das Kätzchen plumpste herunter, fiel über die Kante der Ladefläche und kugelte direkt unter Gertrudes Wagen. Diese bremste scharf. Henrietta sprang aus der Tür und verschwand unter dem Auto, kaum daß es stand. Einen Moment später tauchte sie wieder auf, staubbedeckt, das Kätzchen behutsam an ihre Brust gedrückt. Es saß ganz still in ihrer Hand. Sie streichelte das glänzende Fell, das sich unter ihrer behutsamen Berührung langsam glättete.

Der Fahrer des Lastwagens stieg aus. Ein abgerissener, ärmlich wirkender älterer Mann, struppige, weiße Borstenhaare, struppiger, weißer Backenbart. Er lachte und zeigte seitlich eine Zahnlücke. Mit zwei Fingern tippte er an seinen khakifarbenen Schlapphut. »Gertrude.«

Sein kurzärmeliges Khakihemd hatte nur zwei Knöpfe, und die knielangen Hosenbeine endeten in ausgefaserten Fransen.

»Guten Tag, Bob«, grüßte Gertrude, »das hier ist meine Nichte, Henrietta Tresdorf – Henrietta, das ist Bob Knox.«

Bob Knox verneigte sich leicht und berührte wieder mit zwei Fingern seinen Hut. »Miss Henrietta.«

»Guten Tag, Mr. Knox.« Sie hielt ihm das piepsig maunzende Kätzchen hin. »Es hat sich nichts getan.«

»Möchten Sie es behalten?« Wieder zeigte er seine Zahnlücke, seine himmelblauen Augen verschwanden in Lachfältchen.

Das Kätzchen knabberte sanft an ihrem Zeigefinger, streckte sich schnurrend. Da packte sie ein Gefühl, tief aus ihrem Inneren, ein Instinkt, der mit der Hilflosigkeit, der Verletzbarkeit des kleinen Wesens in ihrer Hand zu tun hatte und mit ihrer Zukunft hier. Sie fühlte ihre Füße fest und sicher auf dem Erdboden, seine Wärme prickelte unter ihren Fußsohlen. Ein Energiestrom schoß in ihr hoch und überflutete ihr Gesicht mit glühender Röte. Sie hätte die Welt umarmen können. Vorsichtig legte sie ihre gewölbte Hand über das Kätzchen. Vertrauensvoll rollte es sich in der sicheren, warmen Höhle zusammen. Sie wandte ihre leuchtenden Augen dem alten Bob zu.

»Unsinn, Bob«, fuhr Gertrude unwirsch dazwischen, »wir haben genug Katzen auf der Farm. Henrietta, gib das Vieh zurück.«

Diese setzte das kleine Tier wieder in den Korb. »Was haben Sie mit den Kätzchen vor?« Sie wurde von dem schrecklichen Verdacht geplagt, daß Mr. Knox die Kätzchen beseitigen wollte, wie das manche mit unerwünschten Katzenwürfen machten.

Er lächelte, als hätte er ihre wirkliche Frage sehr wohl ver-

standen. »Ich werde sie verschenken. Ich war eben beim Tierarzt und habe sie impfen lassen. Diesen kleinen schwarzen Teufel aber werde ich behalten, und wenn Sie eines Tages Ihr eigenes Haus haben, werde ich Ihnen ein Junges von ihr schenken.« Er grinste, tippte wieder zwei Finger an seinen Schlapphut. »Bis bald, Miss Henrietta.«
Sie sah ihm nach. »Der arme alte Mann, was macht er? Wo wohnt er? Kann er so viele Katzen überhaupt ernähren?«
Gertrude lachte schallend. »Bob Knox? Machst du Witze? Bob Knox ist der reichste Mann weit und breit. Ihm gehört so gut wie alles hier. Wenn er Geld braucht, verkauft er ein paar Hektar Land, baut ein kleines Einkaufszentrum oder ein Hotel und ist schon wieder ein paar Millionen reicher.«
Henrietta warf einen ungläubigen Blick auf das Vehikel hinter ihnen. »Warum läuft er dann so herum, so abgerissen, und fährt ein so altes, kaputtes Auto?«
»Bob? Oh, das macht ihm Spaß, er hält nicht viel von Äußerlichkeiten.« Sie lächelte maliziös. »Was hast du denn erwartet? Einen Rolls und goldene Manschettenknöpfe?«
Henrietta schwieg verunsichert. Genau das hatte sie erwartet, gestand sie sich ein. Wie kurios. In Hamburg, da fuhr man, sobald man meinte, es sich leisten zu können, einen Dreihunderter Mercedes und kaufte Kleidung bei Horn am Jungfernstieg. In Hamburg, da konnte man genau erkennen, wieviel jemand hatte und was er war. Es gab da untrügliche Gradmesser. Kaschmir-Twinset, zweireihige Perlenkette, Schottenrock und marineblauer Blazer aus bestem Tuch. Unauffällig, gediegene Qualität, teuer. Klare Verhältnisse.
»Ich muß zu Connor's Store.« Gertrude stieg aus und bahnte sich zielstrebig ihren Weg durch eine Gruppe Schwarzer auf dem schmalen Bürgersteig. Ihr Schritt wurde nie langsamer, sie änderte nie ihre Richtung. Sie ging einfach weiter, als sei der Weg frei. Eine immens dicke schwarze Frau, ihr Baby mit

einem Tuch auf ihren Rücken gebunden, watschelte ihnen entgegen. Henrietta trat auf die Fahrbahn, um ihr Platz zu machen. Die andere Frau wich im selben Moment ebenfalls dorthin aus, und sie stießen zusammen.

Die Schwarze stolperte. »Sorry, sorry, Madam.« Aufgeregt zeigte sie das Weiße ihrer Augen. Das Baby auf ihrem Rücken weinte.

Henrietta fing sie auf. »Nein, nein, es war meine Schuld.«

Gertrude fuhr mit schneidender Stimme dazwischen: »Du hast rechtzeitig vom Bürgersteig herunterzugehen, wenn Europäer kommen, das weißt du doch!«

»Ja, Madam«, flüsterte die junge Frau mit der samtbraunen Haut, ihr Blick unter gesenkten Lidern hin und her flakkernd, und schlich sich davon.

Das weiße Mädchen sah ihr nach. Sie schätzte, daß sie wohl ein paar Jahre jünger war als die andere Frau. »Warum soll sie mir ausweichen, Tante Trudi? Sie trug ein Kind, und sie ist älter als ich.«

»Sie ist ein Kaffir. Und nenn mich nicht Tante Trudi, das ist ordinär«, antwortete Gertrude und verschwand in Connor's Store.

Henrietta blieb stehen. Welch eine merkwürdige Gesellschaft, die weiße wie die schwarze. Warum ließ sich eine erwachsene Frau diese Behandlung gefallen? Vor ihr stiegen zwei Inderinnen aus einem großen, teuer aussehenden Wagen. Die Junge half der viel Älteren. Beide waren in hauchfeine, schillernde Saris gewickelt. Der golddurchwirkte Bordürensaum verdeckte ihre Füße, wehte und flog, sie schienen zu gleiten, ohne den Boden zu berühren. An ihren zarten Handgelenken klirrten unzählige Goldreifen, in einem Nasenflügel funkelte ein großer Diamant. Die junge Inderin war von klassischer Schönheit. Stolz trug sie ihren Kopf mit dem schweren, blauschwarzen Haar, das im Nacken zu einem

kunstvollen Knoten geschlungen war. Eine junge Zulu in blauer Hausmädchenuniform ging, beladen mit Einkaufstaschen, hinter ihnen. Zwei Damen der besten Gesellschaft beim Einkaufsbummel, begleitet von ihrem Hausmädchen.
»Wie ist das mit den Indern?« fragte sie ihre Tante, die eben aus dem Laden trat, »ihre Hautfarbe ist braun, also sind sie, rein optisch, nicht als weiß zu bezeichnen.«
Gertrude schien belästigt durch diese Frage. Sie zuckte mit den Schultern. »Offiziell sind sie Asiaten, aber genaugenommen sind sie natürlich auch Kaffern.«
»Aber sieh doch, die beiden Damen dort. Sie sind doch offensichtlich Damen der Gesellschaft, kultiviert ...«
»Sie sind dunkel ... oder?«
Das waren sie ohne Zweifel. Dunkel. Ihre Haut hatte den tiefen, satten Goldton von Teak. Beneidenswert, fand sie. Dann kam ihr ein Gedanke. »Was sind denn Japaner und Chinesen? Dunkel sind die doch nicht.«
»Oh, hör auf! Du wirst kaum mit solchen Leuten in Berührung kommen. Ich weiß es nicht einmal genau. Chinesen sind, soweit ich weiß, Asiaten, wie die Inder, aber Japaner gelten als Weiße.«
Ihre Nichte lachte ungläubig. »Aber das ist doch idiotisch!«
Die Lippen ihrer Tante wurden schmal. »Mein liebes Kind, wenn du hier in diesem Land leben willst, dann achte seine Gesetze. Und so sind unsere Gesetze nun einmal, ohne sie wird unser Land von denen verschluckt. Wenn du länger hier lebst, wirst du das schon verstehen. Und nun Schluß mit dieser Diskussion!« fauchte sie und strebte ihr voraus durch die Drehtür des Oyster Box Hotel in die dämmrige Empfangshalle, die kühl und hoch war. Sie nickte dem livrierten Inder an der mahagonigetäfelten Rezeption zu. Eine antike chinesische Vase mit mehr als fünfzig langstieligen rosa Anthurien prangte auf dem polierten Tresen.

Sie gingen hinaus auf die verglaste, sonnendurchflutete Terrasse. Es war Teestunde. An kleinen Tischen saßen Damen mit Hüten und ordentlich gesteckten Locken und tranken mit zierlichen Bewegungen ihren Tee. Ältere, grauhaarige Herren in blauen Blazern mit Goldknöpfen und hellen Hosen, militärisch getrimmten Schnauzern in roten Gesichtern, schwadronierten in näselndem Englisch. Bewegungslos wie eine Statue aus schwarzem Onyx stand an jeder Säule ein Kellner.
Gertrude steuerte einen Tisch vor der letzten Glastür an. Eine Dame von imposanter Statur hatte dort Platz genommen. »Patty, meine Liebe, ich hoffe doch, ich komme nicht zu spät«, flötete sie und küßte die Luft neben ihrem Ohr. »Das ist Henrietta, meine Nichte; Henrietta, das ist Lady Rickmore.«
Die Angesprochene, groß, füllig, der graumelierte, rötliche Lockenwust zu einer dicken Rolle gezwungen, blickte streng unter ihrem grünen Hut hervor. »Gertrude, endlich!«
Henrietta streckte die Hand aus. »Guten Tag, ich freue mich, Sie kennenzulernen.«
Lady Rickmore ignorierte ihre Hand und nickte nur hoheitsvoll. »Nun, meine Liebe, wie gefällt es Ihnen hier?«
Verlegen zog sie ihre Hand zurück. »O gut, sehr gut, danke.«
Eilig schlängelte sich Liz Kinnaird durch die Tischreihen. »Entschuldigt, daß ich mich verspätet habe. Franks Pfleger wurde mal wieder nicht allein mit ihm fertig.«
»Wie geht es ihm?« fragte Gertrude.
»Schlechter. Es wird immer schwieriger.«
»Ich versteh nicht, warum ihr ihn nicht in ein Heim gebt«, näselte Lady Rickmore.
»Wenn du eins davon von innen gesehen hättest«, antwortete Liz heftig, »würdest du so etwas nicht sagen. Sie würden ihn mit Beruhigungspillen vollpumpen und einfach verwahren. Ich hab mit einer Klinik in der Schweiz Kontakt aufgenom-

men. Sie sollen mit einer neuen Gehirnoperation große Erfolge gehabt haben! Ihr werdet sehen, er wird wieder ganz gesund! – er muß«, setzte sie inbrünstig hinzu, »er ist doch unser Sohn, alles, was wir haben.«
»Hat er immer noch diese Wutausbrüche?« fragte Gertrude. »Ich entsinne mich, daß er dir einmal den Arm gebrochen hat.«
»Seit er aus dem Koma aufgewacht ist, kann er seine Gliedmaßen nicht mehr kontrollieren, das macht ihn wütend! Er kann doch nichts dafür.« Liz' Stimme schwankte.
»Oh, ich bin sicher, alles wird gut werden«, schloß die aristokratische Lady das Thema nachdrücklich und neigte sich Henrietta zu. »Wie ich höre, sind Sie in Schwarzafrika geboren worden, Portugiesisch-Guinea, nicht wahr? Wie interessant! Sie müssen in Ihrer Jugend schon sehr viel erlebt haben.«
»Ich war leider noch viel zu klein«, rief Henrietta, »aber mein Vater hat mir die aufregendsten Geschichten erzählt. Da war der Tag, ich war noch ein winziges Baby, als eine riesige Ratte versuchte, mir die Kehle durchzubeißen.« Sie blickte dramatisch in die Runde, und die Damen machten passende entsetzte Geräusche. Dann sprudelte es nur so aus ihr heraus, die Worte strömten wie ein Wasserfall, eine Geschichte ergab sich aus der anderen. Die drei Damen, von eiserner Höflichkeit, hörten zu und nickten, nippten an ihrem Tee, und nur manchmal seufzte eine von ihnen, und ihr Blick traf den der anderen Damen.
»Oh, zur Hölle«, rief Henrietta in ihrer Begeisterung, »wäre ich nur älter gewesen, welche Abenteuer hätte ich erleben können!«
»Henrietta!« kreischte ihre Tante geschockt, »du fluchst?«
In das Schweigen hinein legte Lady Rickmore in einer unnachahmlichen Geste ihre beringte Hand auf Gertru-

des Arm. »Machen Sie sich nichts daraus, meine liebe Freundin! Bedenken Sie, sie ist aus den Kolonien, dazu noch aus einer portugiesischen Kolonie.« Ihre Stimme war daunensanft. Und Gertrude senkte den Kopf, als trüge sie eine schwere Last.

Henrietta lachte laut. »Ist das ein Verbrechen hier? Aus den Kolonien zu kommen? Ich sehe mich als weiße Afrikanerin. Außerdem war Südafrika doch auch eine Art Kolonie.«

Ihre Tante zuckte zusammen und hob mit einem Da-seht-ihr-was-ich-ertragen-muß-Ausdruck die Lider und lächelte gequält. Lady Rickmore ließ ein Lachen hören, klar wie eine Silberglocke. »Aber, meine liebe Henrietta, gelegentlich sind natürlich auch ganz ordentliche Leute in die Kolonien gegangen, wirklich brillante Menschen, meist die schwarzen Schafe guter Familien. Tatsächlich sind einige meiner besten Freunde in den Kolonien gewesen.« Sie lachte wieder ihr klingendes Lachen, tätschelte Henriettas Hand und tauschte unter der Hutkrempe amüsierte Blicke mit den anderen beiden Damen.

Henrietta drehte an ihrem Wappenring, unbewußt, wie immer, wenn ihr Selbstverständnis Bestätigung brauchte. Jedes Mitglied der Tresdorf-Familie bekam ihn zum 18. Geburtstag.

»Du kommst aus einer sehr alten Familie, einer deiner Ahnen war Kreuzfahrer«, erklärte Papa mit stolzem Blick an ihrem 18. Geburtstag.

Bis in alle Ewigkeit galoppierte der ferne Vorfahre auf einem feurigen Rappen als strahlender Held durch ihre Vorstellung, schwarzhaarig und blauäugig, wie der Roland aus ihrem alten Sagenbuch, mit stolz wehenden Federbüschen und fliegender Standarte.

Trotzig warf sie ihren Kopf in den Nacken.

»Mein liebes Kind«, sagte Tante Gertrude später im Auto ärgerlich, »du solltest dich befleißigen, nicht auf andere Leute einzureden, schon gar nicht immer von dir selbst reden. Und du hast geflucht! Ein nicht wiedergutzumachender *faux pas* in der hiesigen Gesellschaft. Mir scheint, ich werde dir einiges an Manieren beibringen müssen. Es wundert mich, daß dein Vater das vernachlässigt hat.«

Henrietta drehte ihren Ring, dachte an ihre Kinderstube und schluckte die Antwort hinunter. Sie erreichten die Farm in gespanntem Schweigen. Ein Horde kreischender Affen begrüßte sie mit einem Hagel überreifer Avocados. Schwungvoll fuhr Gertrude zum Kücheneingang – und trat mit einem Aufschrei so hart auf die Bremse, daß Henrietta mit der Stirn auf dem Armaturenbrett aufschlug. Als sie sich aufrichtete, sah sie es auch.

Der große, schöne, alte Mangobaum, der sich wie eine luftige Basilika seit vielen Jahrzehnten über das Haus wölbte, lag am Boden. Sein Stamm war in drei Teile zersägt, seine Zweige bedeckten wie ein riesiges Zelt aus grünen Blättern fast die ganze Hoffläche. Die meterlangen, abgeschnittenen Bougainvillearanken dazwischen leuchteten wie blutende Wunden. Wo sie einmal wuchsen, standen nur noch Stümpfe. Der üppige, rosarote Impatiensteppich war zerfleddert, zertreten und zerfetzt, als hätte eine Herde wütender Elefanten alles plattgewalzt. Für einen Moment waren beide Frauen zu sehr geschockt, um zu reagieren, dann fing Gertrude Tresdorf an zu schreien. Sie schrie für eine volle Minute, ohne daß Henrietta irgend etwas verstehen konnte. Sie lief dunkelrot an und mußte endlich nach Luft ringen. »Jackson«, kreischte sie dann, »Jackson, komm sofort her! Ich bringe ihn um, ich schwör's!« Sie schluchzte, Tränen strömten ihr die Wangen herunter.

Das Blätterzelt wackelte wild, und Jackson tauchte auf, sein nackter, schweißüberströmter Oberkörper über und über

gesprenkelt mit grünen Blätterstücken. »Madam hat gerufen?« Seine Augen funkelten aufreizend.
Mit einem unartikulierten Knurrlaut ging Gertrude auf ihn los. Sie brach einen kräftigen Ast des Mangobaumes ab und schlug blindlings auf den Schwarzen ein. »Ich bring dich um, du verdammter Kaffir, ich bring dich um!« Völlig von Sinnen, prügelte sie auf ihn ein und fluchte und stöhnte dabei. Sie traf seinen Kopf, die Schultern und das Gesicht und brachte ihm eine stark blutende Platzwunde bei.
Jackson senkte seinen Kopf, zog die kräftigen Schultern hoch. Mit gekreuzten Armen schützte er sich gegen die Schläge. Henrietta gelang es endlich, ihrer wild um sich schlagenden Tante den Ast zu entwinden, nicht ohne selbst ein paar Schläge abzubekommen. Jackson ließ die Arme sinken und hob seinen Blick zu den beiden Frauen.
Henrietta erschrak zutiefst. Der glühende Haß, die schiere Mordlust in seinen blutunterlaufenen Augen traf sie wie ein Schlag. Seine Hände geballt, daß die muskelbepackten Arme zitterten, verbreitete sich seine rasende Wut in sengenden Wellen um ihn. Er war plötzlich riesig, bedrohlich. Das Erschreckendste jedoch war, daß er keinen Unterschied machte zwischen ihr und Tante Gertrude, er schien Henrietta gar nicht zu erkennen. Von plötzlicher Angst gepackt, zog sie ihre Tante hastig in die Küche und schloß die Tür.
»Der Mangobaum stand hier schon, als wir das Haus bauten«, schluchzte diese, am ganzen Körper zitternd, »ich bring den Bastard um!« Sie stürzte wieder zur Tür.
Henrietta fing sie ab. »Du hast ihm doch gesagt, er soll hier alles abschneiden, wegen der Schlangen.«
»Aber doch nur das Unterholz«, schrie Gertrude, »und das weiß er ganz genau. Er hat es nur aus Bösartigkeit getan, er weiß, wie sehr er mich damit trifft, das – Schwein!« Das Wort schien das schlimmste Schimpfwort ihres Vokabulars zu sein.

»Was ist denn hier los?« fragte Onkel Hans schroff, der gerade vom Patio in die Küche kam.

Schnell schilderte Henrietta ihm den Vorfall. »Er wird es sicher mißverstanden haben.«

»Jackson? Ganz bestimmt nicht! Der wußte genau, was er tat. Jetzt hab ich es aber endgültig satt, den Kaffir schmeiß' ich raus! Wenn ich ihn nicht vorher totschlage!« Seine Nackenhaare sträubten sich, Hals- und Oberarmmuskeln schwollen an. Mit wenigen Schritten war er an der Küchentür und riß sie auf.

»Laß ihn, Hans«, sagte da Gertrude überraschend, ihre Stimme noch ganz belegt mit Tränen, »ich hab ihn schon verprügelt!«

»Bist du verrückt? Willst du ein Messer zwischen die Rippen haben?« Mit ungläubiger Wut starrte er seine Frau an.

»Unsinn, Jackson tut mir nichts!«

»Der Kaffir tanzt dir doch ständig auf der Nase herum!«

»Das ist meine Sache, sonst ist er ganz in Ordnung.« Sie wischte sich mit einem Küchenhandtuch ihr erhitztes Gesicht ab und ordnete ihre Haare. »Vermutlich hat er wieder Dagga geraucht.« Der Gedanke schien ihr zu gefallen. Ihre Miene erhellte sich. »Ich werde nachsehen.« Sie lief über den Patio in den unteren Teil des Gartens und bahnte sich einen Weg durch ein kleines Maisfeld, kaum größer als zwanzig mal zwanzig Meter. Sie machte viel Krach dabei, klatschte in die Hände, stampfte mit den Füßen. Es dämmerte Henrietta, daß sie mit dem Lärm Schlangen zu vertreiben suchte. Bald zeigten nur die wild wackelnden Maispflanzen an, wo sie sich befand. Henrietta folgte ihr verdutzt.

»Ha!« tönte sie triumphierend aus der wogenden Mitte des Feldes. »Ha! Wußte ich's doch!« Über die Spitzen der fast zwei Meter hohen Maisstauden flogen herausgerissene Grünpflanzen mit langen, spitz gezahnten Blättern. Rechts und links flogen die Pflanzen, bis sich ein beachtlicher Haufen angesammelt hatte. Dann kämpfte sich Gertrude durch den Maiswald, erhitzt und verdreckt, ihre blonden Locken wüst um ihr rotes Gesicht, aber in sichtlich besserer Laune. Sie warf ein großes Bündel derselben Pflanzen auf den Haufen und trampelte mit teuflischem Vergnügen darauf herum, bis die zerdrückten Blätter sich zu einem schmierigen Brei mit der Erde vermischten. Auf Knien liegend, schaufelte sie dann mit bloßen Händen ein Loch, schob den Haufen hinein, häufte Erde darüber und stampfte alles fest. Dann warf sie die Arme hoch und vollführte einen Triumphtanz über dem Pflanzengrab. Ihr gelbes, erdverschmiertes Kleid flog um ihre plumpe Gestalt, die Schuhe hatte sie von sich geschleudert. »Ha!« schrie sie noch einmal und schnalzte mit den Fingern. Es klang wie eine Fanfare.

An der Peripherie ihres Gesichtskreises bemerkte Henrietta die massige Figur von Jackson und erschrak. Blut aus vielen kleinen Wunden lief ihm über das Gesicht, tropfte auf seine Schultern und wand sich in glänzenden Rinnsalen über seine Brust. Doch das mörderische Glühen in seinen Augen war erloschen, die Spannung aus den Schultern gewichen. Passiv sah er zu, wie die weiße Frau seine Dagga-Pflanzen vernichtete. Auf seltsame Weise, fühlte Henrietta, schien er zu akzeptieren, was da passierte.

Auch Gertrude hatte ihre Wut verloren, wirkte eigenartig zufrieden. Sie schwang ihre Hüften, straffte ihre Schultern und ging dicht an Jackson vorbei, mit leicht zurückgelegtem Kopf sah sie ihm geradewegs und unverwandt in die Augen.

Henrietta hätte schwören können, daß der Anflug eines Lächelns in seinen Mundwinkeln zuckte. Ein Gleichgewicht schien wiederhergestellt. Verwirrt und verunsichert blieb sie zurück. *Afrika!*

❖

»Letitia Beaumont hat uns zum Dinner eingeladen.« Gertrude wedelte ein paar Tage später hocherfreut mit einem Büttenumschlag. »Benedicts Tante, sie gehört zu den Top ten in der Durbaner Gesellschaft«, erläuterte sie Henrietta.
»Wie schön! Ich werde mein weißes Kleid anziehen.«
Carla drehte sich zu ihr herum. »Du bleibst hier. Wie ich höre, läßt dein Benehmen sehr zu wünschen übrig«, höhnte sie. »Du mußt dich in Lady Rickmores Gegenwart unmöglich aufgeführt haben. Ich will mich vor Benedicts Familie nicht blamieren!«
Henrietta explodierte, und sie war nicht wählerisch mit ihren Ausdrücken. Sie schrien sich an wie zwei Fischweiber.
»Du könntest wirklich etwas mehr Dankbarkeit zeigen«, giftete Gertrude, »daß wir dich hier bei uns aufgenommen haben und versuchen, dir das Benehmen beizubringen, das dir die Türen zu der hiesigen Gesellschaft öffnet.«
»Ich verzichte auf eure sogenannte Gesellschaft«, zischte Henrietta, weißglühend vor Wut, »ihr schwänzelt doch nur um Geld herum und richtet euch nach den verstaubten Maßstäben obskurer englischer Möchtegernadliger! Ich kann mit Messer und Gabel umgehen und bin stubenrein, das reicht hier allemal! Und für meinen Aufenthalt bei euch zahle ich schließlich!« Dann konnte sie sich nicht beherrschen, eins draufzusetzen. »Und paß du nur auf«, grinste sie ihre Cousine an, »daß dein Benedict sich nicht wieder in einen Stacheldrahthaufen setzt und der schönen Dr. Alessandro in die zarten Hände fällt.« Befriedigt drehte sie sich auf den Hacken um und entfloh ins Rondavel.

❖

»Du mußt da raus«, sagte Tita Robertson kategorisch. Sie lagen in Liegestühlen auf der schattigen Terrasse des großen,

luftigen Hauses der Robertsons. Es war stickig heute, die kochende Hitze, unter tiefhängenden Wolken gefangen, strahlte glühend von den Steinmauern zurück. »Carla ist ein Miststück, glaub mir. Sie ist geldgierig und würde alles, aber auch alles tun, um in die High-Society aufzusteigen. Benny Beaumont ist ihre Fahrkarte dazu. Uralter Burenadel. Seine Familie ist, glaube ich, schon mit Jan van Riebeck herübergekommen, Hugenotten, weißt du. Aber total pleite. Er braucht Geld, denn der Lebenswandel, den er liebt, liegt weit über seinen Verhältnissen. Sein Vater fällt von einer Pleite in die andere. Nun hat Bennys Cousine auch noch meinen Cousin geheiratet, und meine Familie ist unanständig reich, der Geldadel dieses Landes sozusagen.« Sie sagte das ganz unaffektiert, fast entschuldigend. »Jeder, der Carla da in die Quere kommt, spielt mit seiner Gesundheit.«
»Was – was willst du denn damit sagen?«
Ihre Freundin sah sie überrascht an. »Ach, du meine Güte, hast du dich etwa in den schönen Benedict verliebt?« Die grünen Augen glitzerten. »Oh, là, là, sieh dich vor, daß Carla nichts merkt.«
»Was kann sie schon tun?«
»Oh, die schüttet dir glatt Rattengift in den Tee!«
»Komisch, Glitzy nannte sie einen Piranha. – Kennst du Diamanta Daniels?«
»Natürlich, hier kennt jeder jeden. Glitzy und ich sind schon ewig befreundet. Wir waren zusammen im Internat in Lausanne.«
»Lausanne, Schweiz?« Nur Deutschlands Reichste konnten ihre Töchter dorthin schicken.
»Natürlich. Tolle Zeit! Glitzy blühte auf, endlich! Die ganze Familie zittert doch vor den Gemeinheiten von Pops, der Mumie.«
»Ist er so schlimm, wie er sich gibt?«

»Schlimmer! Seit Glitzys Vater den größten Teil seines Vermögens durch eine Fehlspekulation verlor – er hat fast sein ganzes Geld in irgendeiner Mine versenkt, die sich dann als bodenlos herausstellte – hält Pops seine knochigen Finger fest auf dem Familienvermögen. Aber er liebt Glitzy. Ich sah sie neulich in einem neuen Auto. Vermutlich küßt sie ihm dafür jeden Tag die Füße.« Tita glitt vom Rand des Schwimmbeckens in das spiegelglatte Wasser und tauchte ab. Wie ein goldener Pfeil durchmaß sie das Becken, ihr Abbild zersplittert durch die Wellenbewegungen. Geschmeidig stieg sie am anderen Ende aus dem Wasser, von der perlenden Nässe in eine kostbare, diamantbesetzte Skulptur in Goldbronze verwandelt, kupferne Haare, naß und glänzend an den Kopf geschmiegt.

Kindergeschrei drang aus dem Haus, Gladys trug die kleine Samantha heraus, verschwitzt und rotbäckig vom Mittagsschlaf.

Tita nahm ihre Tochter in die Arme. »Gladys, bereite ihr Essen, ich füttere sie heute selbst. Dann leg mir die Sachen für heute abend hin und laß mir um sechs ein Bad ein. – Und schick Moses zu mir!«

Kurz darauf erschien ein Schwarzer. Breite Schultern unter einer weißen Jacke mit kleinem Stehkragen. Er trug Sandalen. »Madam?«

»Moses, eine der Bodenvasen im Billardraum ist zerbrochen. Ich werde sie dir vom Gehalt abziehen.«

»Der Wind hat die Tür aufgeweht, Madam«, protestierte er.

»Das wird dich lehren, sie in Zukunft festzustellen.«

Seine Kinnbacken mahlten, als kaue er auf Worten herum. Nach kurzem schweigendem Kampf schlug er die Augen nieder.

»Geht es deiner Tochter besser? Hat mein Arzt sie gesund gemacht?« fragte Tita, während sie mit Sammy spielte.

Er hob die Lider. »Ja, Madam, danke, Madam.«
»Sag ihm, er soll mir die Rechnung schicken, und nimm deiner Tochter ein paar Mangos von uns mit. Sie braucht jetzt Vitamine.« Sie wandte sich Henrietta zu. »Moses ist eigentlich ein guter Boy, aber ungeschickt wie alle Eingeborenen. Neil behauptet zwar, es hätte nichts damit zu tun, daß er ein Schwarzer ist, er ist eben einfach ein ungeschickter Mensch, aber das ist natürlich Unsinn. Jeder weiß, daß alle Eingeborenen ungeschickt sind. Neil als Journalist ist prinzipiell gegen alles, besonders gegen meine Meinung, die Regierung und gegen die Apartheid.« Sie seufzte. »Er ist schrecklich idealistisch. Deswegen liebe ich ihn auch so, weil mir das völlig abgeht.«
Henrietta sah an ihr vorbei. Moses war stehengeblieben, den Kopf zur Seite geneigt, als lausche er. »Tita, ich glaube, Moses kann dich hören«, wisperte sie.
Tita lachte. »Und wenn schon, es ist doch die Wahrheit. Also, wo waren wir stehengeblieben?«
»Daß ich mich vor Carla vorsehen soll …«
»O ja, richtig. Du brauchst als erstes einen Job, damit du auf eigenen Beinen stehst – kannst du irgend etwas Besonderes?«
Henrietta nahm nachdenklich einen Schluck Cola. Was konnte sie schon Besonderes?
Das Abitur hatte sie sich ertrotzt. Sie brauchte das Abitur, denn sie wollte Medizin studieren und nach Afrika gehen und neue Heilmethoden für die großen Tropenkrankheiten finden. Wie sonst sollte sie Geld verdienen, um dort leben zu können?
»Abitur?« nörgelte Mama damals. »Du heiratest doch irgendwann, dann ist das nur vergeudete Zeit und hinausgeworfenes Geld.«
»Lerne etwas Praktisches, dann hast du dein ganzes Leben etwas«, knurrte Papa. »Sekretärin oder Krankenschwester,

das sind doch ordentliche Berufe. Krank werden die Menschen immer. Außerdem sind deine Zeugnisse ja nicht gerade berühmt, du würdest es doch nicht schaffen. Also keine Diskussion mehr.«

Das genügte. Sie setzte sich hin, büffelte und präsentierte ihren Eltern ein Zeugnis, mit dem sie spielend ihre Versetzung in die Oberstufe schaffte. Mama machte aus ihrer Mißbilligung keinen Hehl, Papa verlegte sich auf bissiges Sticheln. Ihre Leistungen wurden noch besser, und das Sticheln machte widerwillig Stolz Platz. Der große Tag kam, und sie legte ein glänzendes Abitur hin. Nun konnte sie Medizin studieren, vielleicht sogar in Afrika, und den Menschen dort helfen. Sie sah sich schon in Lambarene bei Albert Schweitzer, und ihr Herz floß über.

Ein einziger Satz von Papa machte ihre Träume zunichte.

»Studieren? Davon hab ich nichts gesagt. Wo denkst du hin? Weißt du, was das kostet? Du hast schließlich noch einen Bruder!«

»Dann arbeite ich eben nebenbei!« schrie sie unter Tränen.

»Kommt gar nicht in Frage. Es ist schließlich an der Zeit, daß du etwas zum Haushalt beiträgst. Du gehst ins Büro, und damit basta!« Er klemmte sein Monokel ins rechte Auge. Übergroß und grotesk verzerrt starrte es sie an.

»Du kannst mich nicht zwingen! Ich will studieren, ich habe ein Recht darauf.«

Papa wurde nicht einmal laut. »Solange du deine Füße unter meinen Tisch steckst, tust du, was ich sage. Du bist noch nicht volljährig, du wirst also gehorchen.« Er ließ sein Monokel in den Schoß fallen. Die Unterredung war beendet.

Drei Tage heulte und bettelte sie. Es half nichts. Im Schnellkurs mußte sie Steno und Maschine lernen und ihr Englisch aufpolieren. Heimlich besuchte sie einen Spanischkurs, einfach um einen Nutzen aus acht Jahren Lateinbüffeln zu haben. Spanisch fiel ihr leicht. In diesem Kurs lernte sie David kennen. David, ein Meter neunzig athletische Eleganz, edles, klassisch geschnittenes Gesicht, seelenvolle braune Augen und ein Lächeln, das ihr die Knie weich werden ließ. Er war gleichzeitig urkomisch und sehr einfühlsam, liebte Mozart, Satchmo und die französischen Impressionisten. Sein Vater war Diplomat, eine Tatsache, die Mama dazu veranlaßte, ihn am Sonntag zum geheiligten Nachmittagskaffee mit Apfelkuchen zu bitten.

Der Besuch wurde zu einem Desaster. Sie hatte vergessen, tatsächlich schlicht vergessen, zu erwähnen, daß David tiefschwarz war und aus Abidjan stammte. Es schien ihr nicht wichtig.

Ihre Mutter bekam einen akuten Migräneanfall und zog sich nach den ersten sprachlosen Minuten nach Davids Ankunft mit einem Kissen über dem Kopf für drei Tage ins verdunkelte Schlafzimmer zurück. Ihr Vater, nach donnerndem Schweigen, zitierte sie allein in seine Bibliothek. Als sie herauskam, war sie schneeweiß, ein rot angeschwollener Handabdruck glühte auf ihrer Wange. »Komm, David, wir gehen«, sagte sie tonlos.

»Du bleibst hier!« brüllte ihr Vater.

Sie ignorierte ihn, das hatte sie noch nie gewagt. Sie nahm Davids Hand und verließ einfach das Haus. Das Zuklappen der Haustür hinter ihr beendete ihre Kindheit. In dieser Nacht kehrte sie nicht nach Hause zurück, sondern blieb bei einer Freundin. Ihr Vater stand schon in der Tür, als sie am nächsten Abend durch das Gartentor trat. Er packte sie wortlos am Arm und schob sie vor sich her ins Wohnzimmer. Dort saß ihre Mutter, tragische Miene, Tränenspuren, zerknülltes Taschentuch. »Hure«, zischte sie, »ich steck dich ins Kloster, wie Cousine Bertild! Sie war aufsässig und trieb sich mit Männern herum! So wird es dir auch ergehen.«

Henrietta mußte unwillkürlich schlucken. Mama kam aus Regensburg und hatte nach dem frühen Tod ihrer Eltern einige Jahre in einer Klosterschule verbracht. Es mußte sehr schlimm für sie gewesen sein, denn ihre Geschichten von vergitterten Zellen, kahlrasierten, stoppeligen Köpfen junger Mädchen, die aufsässig gewesen waren, hatten Henriettas Kindheit begleitet. Diese Drohung zeigte, wie sie die Sache empfand.

»Setz dich!« befahl ihr Vater. »Ich habe mit meinem Bruder gesprochen, in vier Wochen fliegst du hin und wirst mindestens ein Jahr dort bleiben. Du wirst dort entweder deiner Tante im Haushalt helfen oder dir eine Stellung suchen, das bleibt dir überlassen. Nach einem Jahr sehen wir weiter. Ich erwarte von dir, daß du dann fließend Englisch sprichst.«

Sie saß bewegungslos, zu verblüfft, um überhaupt einen klaren Gedanken zu fassen. Vaters Bruder? Hans oder Diderich? Nur Hans war verheiratet. Und Hans Tresdorf lebte in Natal, Südafrika – Afrika! Ihr Herz sprang, ein Adrenalinstoß zuckte durch ihren Körper. »Onkel Hans«, fragte sie atemlos, »und Tante Gertrude?«

»Ja, der wird dir dann schon beibringen, daß man mit Eingeborenen nicht verkehrt.«

Afrika! Sie mußte alle Selbstbeherrschung aufwenden, um nicht jubelnd im Zimmer herumzuhüpfen. Südafrika zwar, nicht Schwarzafrika, weit weg von ihrer Insel, aber es war Afrika, und Natal sei, wie Tante Gertrude, die vor Jahren für ein paar Wochen in Hamburg bei ihnen weilte, erzählte, üppig grün und von leuchtenden, ungebrochenen Farben, gesäumt von einer endlosen Küste von wilder Schönheit. Zwar herrsche dort meist feuchte Hitze, berichtete sie, manchmal sei das ganz unerträglich, aber so sei es eben in Afrika. Plötzlich meinte Henrietta süßes Gras und diesen rauchigen, vertrauten Duft zu riechen, und deutlich hörte sie dunkle, weiche Stimmen. Ein tiefes, ruhiges Glück stieg in ihr hoch, wie eine warme Flut. Sie durfte heimkehren, und dann würde ihre Suche zu Ende sein. Die letzten vier Wochen in Deutschland wurden zu den schönsten ihres bisherigen Lebens. Sie tanzte durch die Tage, und nachts träumte sie von Afrika.

»Also, dein Englisch ist ja wirklich gut«, riß Tita sie aus ihren Gedanken, »einen netten, kleinen kontinentalen Akzent hast du, aber das ist in Ordnung, hier hat fast jeder einen. Ich werde mit Dad reden, der kennt Tausende von Leuten, der wird schon was finden.«

Und ihr Dad fand etwas.

»Tresenschwalbe oder Büromaus«, stichelte Carla beim Essen.

Henrietta ignorierte sie. Sie konnten sich nicht im selben Raum aufhalten, ohne sich gegenseitig an die Kehle zu gehen.

Gertrude ließ den Suppenlöffel sinken. »Sie haben dir tatsächlich einen Job angeboten? Na, ich muß sagen, du hast Glück.«

»Wieviel kriegst du?« fragte ihr Onkel, Tomatensuppe am Kinn.

»Sie haben mir fünfzig Rand geboten, aber das ist zuwenig. Ich brauche mindestens sechzig Rand, und das hab ich verlangt. Sie wollen es sich bis Montag überlegen.« Heute war Freitag, und das Wochenende würde lang werden. Sie brauchte diese Stellung. Sechzig Rand würden knapp für eine kleine Ein-Zimmer-Wohnung und ein spartanisches Leben reichen. Mit weniger konnte sie nicht überleben.

»Bist du wahnsinnig?« schrie Gertrude entgeistert. »Wir haben eine schlimme Rezession, Tausende von Arbeitslosen, keine Jobs, und du stellst Forderungen! Du bist doch nicht einmal Südafrikanerin, sondern nur eine Einwanderin!« Sie

warf ihren Löffel auf den Teller, blutrote Tomatensuppe schwappte aufs Tischtuch. »Also, immer kannst du auch nicht hierbleiben, so dicke haben wir es auch nicht. Ruf sofort diese Leute an und akzeptiere ihre Bedingungen!«
Hans Tresdorf rieb sich seinen Nasenrücken mit zwei Fingern, eine Angewohnheit, die sie von ihrem Vater kannte. Er tat es immer, wenn ihm etwas unangenehm war. »Gertrude, werde nicht peinlich. Friedrich zahlt immerhin sechs Rand monatlich für das Rondavel und vier für das Essen! Aber«, wandte er sich Henrietta zu, »ich denke, sie hat recht. Was ist das für ein Job? Wer sind die Leute?«
»Chefsekretärin und rechte Hand des Chefs bei Africonnex …«
»Bei van Angeren? Wie kommst du denn an den heran? Und da müßtest du ja ziemlich gut Spanisch sprechen.«
»Der Vater meiner Freundin hat mir geholfen, außerdem bin ich ganz gut in Spanisch.«
»Und wer ist der Vater von dieser – wie heißt sie? Ich wußte gar nicht, daß du eine Freundin hast«, fragte ihre Tante spitz. »Wo hast du die denn aufgegabelt?«
»Ich habe sie am Strand kennengelernt. Sie heißt Tita Robertson, ihr Vater heißt Julius Kappenhofer …« Weiter kam sie nicht.
»Julius Kappenhofer!« fauchte Carla, schneeweiß geworden, und Onkel und Tante sahen sie wie vom Donner gerührt an. Henrietta, die genau wußte, was in ihren Köpfen vorging, genoß ihren Triumph schweigend.

❖

Das war vor drei Monaten gewesen. Mr. van Angeren zahlte ihr die geforderten sechzig Rand, und die Arbeit machte ihr überraschenderweise Spaß. Mit ihrem Boß verstand sie sich

prächtig. Rasch überhäufte er ihren Schreibtisch mit allem, was ihn bisher an seiner Lieblingsbeschäftigung, Handeln, Beziehungen knüpfen, Geschäfte abschließen, gehindert hatte.
Er handelte mit allem, vom Hafenkran bis zu chinesischen Miniaturen. Wer etwas suchte oder etwas verkaufen wollte, wandte sich an Mr. van Angeren.
»Du brauchst ein Auto«, entschied er, nachdem sie schon wieder zu spät gekommen war, weil Mr. Moreton, der sie jeden Morgen mitnahm, mal wieder verschlafen hatte. Öffentliche Verkehrsmittel gab es nicht.
»Ich kann nicht fahren«, rief sie.
»Dann lerne es, aber schnell! Das ist hier lebenswichtig. Du bekommst einen Kredit von mir und kaufst ein hübsches kleines Auto und bist fortan immer pünktlich. Bitte einen netten Menschen, dir das Autofahren beizubringen. Fahrschulen gibt es hier nicht. Man klebt sich ein großes Schild mit einem L für Lehrling ans Auto, damit alle eine großen Bogen um einen machen, und los geht's. Die meisten überleben es.« Er grinste spitzbübisch.
Ein gütiges Schicksal wollte es, daß Benedict anwesend war, als sie von ihrem Dilemma erzählte. »Hat einer von euch Lust, mir das Fahren beizubringen?«
Der Frage begegneten die anwesenden Tresdorfs mit Schweigen. Während sie noch überlegte, wen sie bitten könnte, grinste Benedict seine Verlobte provozierend an. »Ich helf dir gerne, Henrietta. Du wirst sehen, bald fährst du besser Auto, als du reitest.«
Benedict! Der Himmel öffnete sich, die Engel jubilierten, und ihr Herz schlug gegen die Rippen wie die Schwingen eines gefangenen Vogels. Carla, die mit angezogenen Beinen auf dem Sofa saß, richtete ihren Oberkörper jetzt kerzengerade auf, drehte den Kopf und fixierte Henrietta mit einem un-

mißverständlichen Blick. Die Ähnlichkeit mit einer gereizten Kobra war groß. Aber Henrietta sah nur Benedict.
Himmlische zwei Wochen folgten. Jeden Tag für mehr als eine Stunde Schulter an Schulter mit ihm in demselben Auto zu sitzen, seine Stimme zu hören, seinen Geruch einzuatmen, das war die reine Glückseligkeit. Sie lernte sogar Autofahren dabei und bestand die Prüfung. Als sie jubelnd ihren Führerschein hochhielt, küßte er sie zur Belohnung auf die Wange und dann auf den Mund, ganz flüchtig nur, aber die zarte Berührung seiner Lippen kam einem Stromschlag gleich, Sterne tanzten vor ihren Augen. Die Atmosphäre zwischen Cousine Carla und ihr kühlte während dieser Zeit auf sibirische Temperaturen ab.
Sie kaufte sich einen todschicken, knallroten Mini, quetschte Tita, Neil und Samantha hinein und lud sie zu einem Picknick nach Shaka's Rock ein. Zum Sonnenuntergang saßen sie auf dem schroffen, hohen Felsen, wo Shaka, der legendäre Zulu-König, seine harschen Urteile vollstrecken ließ.
»Ziemlich drastisch«, sagte Neil, »Shaka hat die armen Kerle hier einfach runterwerfen lassen, sie starben aufgespießt auf den messerscharfen Felsen. Den Rest besorgten die Haie. Manchmal lebten sie noch, wenn die freßgierigen Biester ihr grausiges Werk begannen.« Er grinste. »Die Verbrechensrate soll unter Shakas Herrschaft praktisch auf den Nullpunkt gesunken sein.«
»Hör auf, Neil, Henrietta wird schon ganz grün!« Tita nahm Sammy und kletterte vom Felsen. »Ich bin nächste Woche zur Vernissage von Esias-Bosch-Keramiken in Monkforts Galerie eingeladen. Du kommst mit, Henrietta. Mach dich hübsch, volle Kriegsbemalung, es sind tolle Männer da, einige davon sogar unverheiratet. Zieh irgendeinen umwerfenden Fummel an!«
Henrietta lachte. Typisch Tita, ständig auf der Jagd nach ei-

nem Mann für sie. Aber sie gehorchte. Da sie keinen Cent übrig hatte, entwarf und nähte sie ein Kleid, mühsam Stich für Stich mit der Hand. Schlicht, weiß, schulterfrei – vom Ausschnitt bis zum Saum prangte eine dramatische Schwertlilie in leuchtenden Blautönen – mit einer leichten, kurzärmeligen Jacke.

»Ich bin eifersüchtig«, kommentierte Tita, »alle Männer werden dir zu Füßen liegen.«

Als Dank für ihre Freundschaft hatte sie ihr einen kleinen Sommerpullover gestrickt, ganz einfach, ohne Schnörkel. Der Clou war die Farbe. Sie mischte verschiedene Garne und erzielte ein schillerndes Blaugrüngold, das Titas Hautton und ihre flammenden Haare zum Glühen brachte.

»Henrietta!« flüsterte Tita, »wie absolut himmlisch!« Sie trug ihn heute zur Vernissage.

Es war ein wunderschöner Apriltag, klar und ruhig, wie die Apriltage an der Küste von Natal so häufig sind, fast windstill mit angenehmen Temperaturen. Sie fuhren in dem roten Mini nach Durban und näherten sich auf der festgefahrenen Sandstraße, pockennarbig, voller tiefer Schlaglöcher, die sich etwa dreihundert Meter über dem Meer zwischen den Zuckerrohrfeldern entlangschlängelte, von Norden her den ersten Häusern von Umhlanga Rocks. Träumerisch blickte Henrietta über das üppig grüne Land, das sich in langen, sanften Wellen zum Indischen Ozean neigte, hinunter auf den Ort und hinaus auf das endlose Meer.

»Paß auf«, schrie Tita, »da liegt was auf der Straße!«

Henriettas Blick schnappte zurück, sie bremste hart und stieg aus. Mitten auf der Fahrbahn lag ein großes Holzschild im Staub. ›For Sale‹ stand darauf, zu verkaufen, und darunter eine Telefonnummer. Sie spähte durch blühende Ranken in die wuchernde Wildnis.

Links, etwas unterhalb des Fahrdamms, entdeckte sie im Gestrüpp eine niedrige, hölzerne Gartenpforte, dahinter, verklebt mit modernden Blättern, ein grün angelaufenes, weit heruntergezogenes Blechdach. Das kleine, weiße Haus darunter war in seinem tiefen Schatten kaum auszumachen. Auf dem Dach hatte eine winzige Kapuzinerkresse einen Platz zum Überleben gefunden. Die seidigen, goldorangefarbenen Blüten berührten etwas in ihr. Dieses zerbrechliche Pflänzchen bohrte seine haarfeinen Wurzeln unaufhaltbar in die winzigen Witterungsrisse in dem Blech. Pflanzenteile, Erde und Feuchtigkeit würden sich ansammeln, ihm Nahrung und Halt bieten. Nach nicht allzu langer Zeit würde das Blech porös werden an dieser Stelle, zerbröseln und schließlich einbrechen. Und so würde die kleine Kapuzinerkresse, die sie leicht zwischen Daumen und Zeigefinger zerquetschen konnte, ein Dach aus solidem Blech im Überlebenskampf besiegen. Sie atmete tief durch und nahm den Garten in sich auf. Die rote Erde, die durch das Grün schimmerte, die würzige, warme Feuchtigkeit, die von ihr aufstieg, der Schwarm Schmetterlinge dort auf den gelben Blüten, der Parfumduft des niedrigen Frangipanibaumes am Zaun, der sie umschmeichelte. Ihr Herz begann zu klopfen, das Blut stieg ihr in die Wangen.

»Ja«, dachte sie, »das ist es, danach hab' ich gesucht. Hier werde ich mein Wurzelgeflecht hinunterschicken und es fest verankern.« Das Pflänzchen ihrer Sehnsucht hatte endlich seinen Platz in Afrika gefunden.

»Henrietta, was machst du da?« schrie Tita ungeduldig aus dem Autofenster, ihre kupfernen Haare verschwitzt.

Henriettas Augen leuchteten. »Bitte, komm her, Tita, ich muß mir das ansehen, ich brauch' dich dabei!« Sie ging auf die niedrige, hölzerne Gartenpforte zu.

»Bist du verrückt, was interessiert dich diese Bruchbude?«

»Ich glaube, hier werde ich leben!«

Das war zuviel für Tita. Trotz ihrer hohen Pfennigabsätze sprang sie aus dem Auto und hüpfte auf Zehenspitzen hinter ihr her. Henrietta öffnete mit erwartungsvoller Neugier die niedrige Pforte. Bei der Berührung zerfiel das Holz, und Tausende von Ameisen schwärmten über ihre nackten Arme. Mit kräftigen Zangen verbissen sie sich blitzschnell in ihrer Haut, die Ameisensäure brannte in unzähligen kleinen Wunden.
»Tita, hilf mir, die fressen mich auf!« schrie sie hysterisch.
Ihre Freundin lachte. »Keine Angst, das sind nur Termiten, die sind nur gefährlich, wenn du aus Holz bist.«
Sie gingen in den Garten hinein. Großblättrige tropische Pflanzen wucherten bis in die breiten Kronen der Bäume und ließen das Sonnenlicht in grüngoldenen Flecken auf dem roten Boden tanzen, zwei leuchtendgelbe Webervögel turnten an den Halmen eines dichten Bambusbusches. Auch auf dem leicht abschüssigen, steingepflasterten Weg hatten die Pflanzen begonnen, sich ihren Grund zurückzuerobern. Dann, als sie die lappigen Blätter einer Bananenstaude beiseite schob, sah sie es. »Sieh nur!« wisperte sie verzückt. Vor ihnen stand ein Haus, ein winziges Haus mit einer auf Pfeilern ruhenden Holzveranda, einem Geländer aus gitterartigem Zaungeflecht, an dem die weiße Farbe abblätterte. Abseits lugte das Dach eines Gartenhäuschens durch das dichte Grün. Vorsichtig gingen sie die Treppe hinauf und betraten den warmen, rauhen Holzboden der Veranda, die sich unter dem tiefhängenden Dach um das ganze Haus zog. Kräftige Schlingpflanzen krochen das Geländer hoch, umschlangen die hölzernen Pfeiler, die das Dach trugen. Mit gierigen grünen Fingern griffen sie nach den Dachsparren. In wenigen Wochen würde das Haus mit einem Blättertuch zugedeckt sein. Hier und da huschte ein Gecko davon, bedrohlich aussehende Riesenwespen mit herunterhängendem, schwarzgeringeltem Hinterleib stiegen auf, monströse Tausendfüßler

marschierten in Kolonnen über die Bohlen. Unbehaglich bewegte sie ihre Schultern. »Schlangenland«, murmelte Tita. Die Fenster des kleinen Hauses waren dort, wo Regentropfen Staub gesammelt hatten, mit Schmutz verkrustet. Links neben der ehemals weißlackierten Haustür befand sich ein Raum, den sie an Hand eines primitiven Spülsteins als Küche identifizierten. Rechts neben der Tür sahen sie durch ein winziges, fast blindes, mit einer Spitzengardine aus Spinnweben verhängtes Fenster in einen kleinen Raum, in dem ein Holzkasten stand; an der Wand hing ein verrostetes Waschbecken.
»Oje, ein Plumpsklo.« Tita rümpfte die Nase, als könne sie den Inhalt riechen.
Henrietta strebte weiter auf der Veranda zur vorderen Seite des Hauses. Es stand auf abfallendem, mit Felsbrocken übersätem Grund. Die Vorderfront ruhte auf Pfeilern, die etwa eineinhalb Meter maßen. Hier gab es zwei Zimmer mit Blick auf das Meer, den jedoch ein schwerer, sonnendurchschienener Pflanzenvorhang versperrte, der alles in ein geheimnisvolles grünes Licht tauchte. Mit bloßen Händen riß sie ein Loch hinein und erweiterte es, bis es die Größe eines Bullauges hatte. Tita war ihr gefolgt, vorsichtig Abstand zu den verschmutzten Wänden haltend. Gemeinsam schauten sie hindurch. Eingerahmt von Ranken, die grüne Küste wie ein blaues Band säumend, glitzerte und funkelte der Ozean. In der Ferne zog ein weißer Dampfer seine Bahn. Wind war aufgekommen, und auf der unendlichen, blausilber schimmernden Fläche erschienen wie hingetupft weiße Schaumkronen. Es mußte Ebbe sein, denn das Geräusch der unsichtbaren Brandung hinter der Felsbarriere vor Umhlangas Strand war hier nur ein fernes Wispern. Für eine atemlose Minute starrten sie schweigend auf das grandiose Panorama unter ihnen.

»Es hat ein Plumpsklo«, sagte Tita endlich.
»Das ist mir egal, ich setz' mich auch in den Garten, wenn ich dabei diesen Ausblick habe.« Henriettas Stimme schwankte vor Aufregung. Ihre Jacke klebte auf der Haut, und sie hängte sie an die Dachsparren, wo sie sich im Wind blähte wie die Fahne eines Eroberers, der aller Welt mit dem Hissen seines Banners seinen Anspruch auf dieses Territorium kundtat. Dann riß sie die restlichen Ranken herunter. Nun glitt ihr Blick über blühende Baumkronen ungehindert hinunter zum Meer und die Küste hinauf und hinunter, die sich im schimmernden Dunst der Ferne verlor. Es war sehr still. »Gleich fang ich an zu heulen«, wisperte sie und zog zwei alte Korbsessel von altmodisch geschwungener Form aus der Tiefe der Veranda, wischte den Schimmel ab und breitete für die zögernde Tita ein Taschentuch auf dem durchgesessenen Sitz aus. Sie lehnte ihren Kopf an die schadhafte Rückenlehne und schloß die Augen. Wie im Traum sah sie das Haus von den gierigen Tentakeln der Pflanzen befreit, frisch gestrichen, schneeweiß außen und innen. In den glänzenden Fenstern spiegelte sich der gezähmte, üppige Garten.
»Henrietta, es ist verdammt ungemütlich hier, und außerdem kommen wir zu spät!«
Diese öffnete widerwillig seufzend die Augen und sah Tita an, ihre Schultern zusammengezogen, wie immer, wenn sie Sorgen hatte. »Woher soll ich bloß das Geld nehmen?«
»Bist du wahnsinnig? Willst du diese alte Bruchbude etwa kaufen? Hast du den Garten gesehen, das Plumpsklo, das Loch, das sich Küche nennt?«
Sie sah Tita an, ein kleines Lächeln saß in ihren Mundwinkeln. »Das verstehst du nicht. Hier werde ich leben, und irgendwie muß ich das Geld auftreiben. Betteln, stehlen oder borgen! Ich hatte nie ein eigenes Zimmer. Als meine Eltern

mit mir vierundvierzig aus Afrika nach Deutschland zurückkehrten, zogen wir zu Großmutter nach Lübeck. Sie hatte ihr Haus bei einem Bombenangriff verloren und lebte in einer Wohnung in einem Mietshaus. Wir waren froh, bei ihr unterschlüpfen zu können, und sie brauchte keine Fremden aufzunehmen. Jeder, der ein paar Quadratzentimeter Platz hatte, bekam nämlich Flüchtlinge einquartiert. Ich hab' mit meinem kleinen Bruder im Ankleidezimmer geschlafen. Es war nicht mehr als ein etwas größerer Schrank. Als ich zehn war, zogen wir nach Hamburg. Unser Kinderzimmer dort maß ganze acht Quadratmeter. Mein Vater brauchte eine Bibliothek für seine vielen Bücher, und wir Kinder bekamen den kleinsten Raum im Haus. Fast zehn Jahre haben mein Bruder und ich da geschlafen, gespielt und Schularbeiten gemacht.«
Ihre Freundin schwieg einen Moment betroffen. »Du bist total verrückt, aber ich glaube nicht, daß das Haus teuer sein wird. Bedenke das Plumpsklo! Außerdem scheint es schon sehr lange leer zu stehen. Du kannst ja die Nummer, die auf dem Schild steht, anrufen. Aber jetzt komm endlich, wir kommen jetzt schon zu spät!«

❖

»Sechshundert Guineas.« Die schweren Lider über den schwarzen Augen hoben sich, und Mr. Viljoen, der Makler, musterte die junge Frau, die auf dem Stuhl vor seinem Schreibtisch Platz genommen hatte. Seine fleischige Nase zuckte, als wittere sie etwas. Er strich sich über seinen glänzenden, üppigen Schnurrbart und wartete.
Henrietta machte eine schnelle Kalkulation im Kopf. Eine Guinea war ungefähr zwölf Mark. »Also siebentausendzweihundert Mark!« rief sie. »Das ist zuviel, das kann ich mir nicht leisten. Oder kann ich es vielleicht mieten?«

Mr. Viljoen schüttelte kategorisch den Kopf. »Unmöglich, ich will das Haus los sein.«
Sie stand auf. »Es war wohl eine verrückte Idee. Tut mir leid, aber das ist völlig unerreichbar für mich.« Sie machte einen Schritt zur Tür, als sie der Makler stoppte.
»Einen Moment, vielleicht gibt es doch einen Weg. Wieviel verdienen Sie denn?«
Sie sank zurück auf den Stuhl. Hoffnung rauschte durch ihre Adern, aber sie bemühte sich, eine unbewegliche Miene zu zeigen.
»Denk dran«, hatte Neil, Titas Mann, ihr als Rat für die Verhandlung mitgegeben, »erst wenn beide Seiten jammern, ist es ein guter Preis.« Mr. van Angeren hatte ihr Gehalt bereits von sechzig auf fünfundsiebzig Rand erhöht. Sie atmete einmal durch. »Sechzig Rand«, log sie. Ihr Ton machte die Antwort zu einer Frage.
Nun lächelte Mr. Viljoen unter seinem schwarzen Schnurrbart mit großen quadratischen Zähnen, die weiß gegen seine ziemlich dunkle Haut waren. »Wenn Sie mir monatlich dreißig Rand geben, gehört das Haus Ihnen. Eine Art Mietkauf.«
Sie rechnete blitzschnell. Dreißig Rand für das Haus, fünf Rand für das Auto – blieben vierzig Rand zum Leben, Haus ausbauen, Möbel kaufen etc. Ihr Herz begann zu hämmern. Es würde gehen, knapp, und sie würde für lange Zeit immer eben an den roten Zahlen vorbeischrammen, aber – sie holte tief Luft – es müßte gehen. Sie sah hoch und schüttelte den Kopf. »Das ist zuviel. Zwanzig Rand und Gesamtpreis fünfhundert Guineas.« Sie zwang sich, ganz still zu sitzen. Die Knöchel ihrer Hand auf der Stuhllehne waren weiß, und ihre Augen leuchteten fiebrig.
»Miss Tresdorf, haben Sie ein Herz, wovon soll ich leben? Der Eigentümer wird das nie akzeptieren!« Viljoen strich

sich erregt mit beiden Händen über den Kopf. Seine schwarzen, drahtigen, fest gekräuselten Haare knisterten unter seiner Handfläche.
Henrietta stand wieder auf und ging zur Tür. »Es tut mir leid, ich kann mir einen größeren Betrag einfach nicht leisten. Auf Wiedersehen, Mr. Viljoen.« Das sagte sie laut, schweigend aber zählte sie die Schritte bis zur Tür. *Sag ja, nun sag doch schon ja!*
Der Makler trommelte sichtlich ärgerlich mit seinen Fingern auf der Schreibunterlage und sah ihr nach. Er wartete, bis sie die Tür geöffnet hatte. »Oh, verdammt noch mal, kommen Sie schon zurück! Fünfhundert Guineas und fünfundzwanzig Rand!«
Gewonnen! »Vierhundertfünfzig Guineas und fünfundzwanzig Rand«, schoß sie zurück und zitterte wie Espenlaub. Der Preis war sensationell für ein Haus in Umhlanga, wenn auch im ›wilden‹ Teil. Sie wagte nicht zu atmen.
Viljoen wedelte ärgerlich mit den Händen. »Oh, Sie können es haben, Sie kosten mich den letzten Nerv, aber Sie haben es. Solche Leute wie Sie ruinieren mich zwar, aber ich will den alten Kasten loswerden.« Er zog ein Formular hervor, füllte einige Positionen aus und erfragte dann ihre persönlichen Daten, prüfte die Vollmacht, die sie sich von ihren Eltern hatte besorgen müssen, um sich ein Auto kaufen zu können, da sie mit zwanzig Jahren hier nach dem Gesetz noch nicht geschäftsfähig war. Die Vollmacht lautete auf allgemeine Geschäftsfähigkeit. Glücklicherweise, den Kauf eines Hauses hätte Papa nie geduldet. Und dann unterschrieb sie. Sie war wie betäubt.
Viljoen stand auf, streckte seine Pranken aus und ergriff ihre widerstrebenden Hände. »Gratuliere! Wir sind froh, Einwanderer wie Sie zu bekommen. Tolle Leute, die Deutschen. Großartiger Mann, Hitler. Wünschte, wir hätten ihn hier,

und er würde ein paar Atombomben auf die Schwarzen werfen. Würde das Problem aus der Welt schaffen, und zwar endgültig. Willkommen!« Seine klebrige Überschwenglichkeit schwappte über ihr zusammen.
Hastig entzog sie ihm ihre Hände. »Danke«, stammelte sie, ergriff den Vertrag und floh aus dem Büro. Kaum war sie an der frischen Luft, entlud sich ihre Spannung in einem Jubelschrei. Den Kopf zurückgeworfen, wirbelte sie in einem übermütigen, ekstatischen Freudentanz über den kleinen Vorplatz. So registrierte sie nur unterbewußt, daß Mr. Viljoen seine großen Zähne in einem triumphierenden Grinsen entblößte, als er den Vertrag in seinem Safe einschloß.

❖

»Das Donga-Haus?« rief Tante Gertrude und vergaß, weiter Tee einzuschenken. »Na, du hast Mut!« Sie lachte ungläubig.
»Donga-Haus? Was ist das?«
Tante Gertrude widmete sich ganz dem Füllen ihrer Teetasse. »Oh, es ist auf einer Art Rinne gebaut, nennt man hier Donga.«
»Oh, daher.« Henrietta fand es lustig, daß ihr Haus – *ihr Haus!* – im Volksmund einen Namen hatte. Weiteres dachte sie sich nicht dabei. So sicher war sie sich in ihrer Entscheidung, so erfüllt von Tatendrang, so laut klang die Zukunftsmusik in ihren Ohren, daß sie das mühsam kaschierte Erstaunen, das versteckte Lächeln, die ungläubigen Blicke, die ihre Neuigkeit bei allen Freunden hervorrief, auf den Umstand bezog, daß sie sich als Frau an dieses Vorhaben wagte, und dem Namen Donga-Haus keine weitere Bedeutung beimaß. Ihr war längst bewußt, daß in der zutiefst chauvinistischen Männergesellschaft Südafrikas, dem Land der Pioniere, eine Frau als ein zartes, flatterhaftes Spielzeug galt, dem kein

ernsthafter Gedanke über die schwerwiegenden Dinge des Lebens zugetraut werden konnte. Einer Frau mit eigener Meinung, die über den Kochtopfrand schaute und mehr als Kindererziehung beherrschte, das Tagesgeschehen der Welt begriff, einer Frau, die einen logischen Gedankengang entwickeln konnte und, ganz schlimm, diesen auch kundtat, begegneten Südafrikas weiße Männer mit tiefstem Mißtrauen und allen Anzeichen von Unsicherheit und Angst.
Erst das Erschrecken von Glitzy, die Verlegenheit von Melissa und besonders Pops' hämisches Grinsen machten sie stutzig. Der geknurrte Rat dann von Dirk, auf jeden Fall die Stützen, auf denen das Haus ruhte, genau prüfen zu lassen und eine Mauer oberhalb des Hauses zur Straße hin zu bauen, erfüllte sie mit einer unterschwelligen Unruhe.
Er schickte ihr einen Bauingenieur, der sich aus Gefälligkeit die Stützen genau ansah. »Die sind völlig in Ordnung, aber die Mauer sollten Sie bauen lassen. Hier ist die Adresse eines Maurers. Reeller Kerl, zieht einen nicht über den Tisch. Sagen Sie ihm, daß ich ihn empfohlen habe.«
Auf diese Weise lernte sie Sandy Millar kennen, einen drahtigen jungen Mann aus Yorkshire, dessen Dialekt sie kaum verstand. Aber das spielte keine Rolle, da er ohnehin sehr wortkarg war. Sie verstanden sich auch so prächtig. Ihre Unruhe legte sich. Zu ihrem Entzücken entdeckte er sehr bald, daß ihr Plumpsklo mit einer Klärgrube verbunden war. Nachdem er einige Rohre erneuert hatte, installierten sie als erste große Investition ein weißblinkendes Toilettenbecken. Sandy montierte den Wasserkasten an die frisch gelegten Rohre. Für ihre erste Sitzung nahm sie sich viel Zeit. Das anschließende Plätschern und Rauschen bereitete ihr großes Vergnügen, und sie richtete ihr Klo als ersten Raum richtig wohnlich ein. Ihr Geld reichte gerade noch für ein Waschbecken und eine Dusche, die nicht mehr war als eine geflieste

Vertiefung mit Abfluß im Boden, davor ein himmelblauer Duschvorhang.
»Mein Badewohnzimmer«, nannte sie es stolz und hängte ein kleines Bücherregal an die Wand, sie hatte es selbst gezimmert, und es war ihr ganzer Stolz. Sie kaufte sich einige Heimwerkerbücher und studierte sie nun eifrig an diesem gemütlichen Ort und wurde von Tag zu Tag kundiger und geschickter.
»Mir fehlt ein T-Stück für die Wasserleitung«, rief sie Sandy zu, »ich fahr zu Gerald's.« In Mr. Gerald's Hardware-Store bekam man alles, von einem Stück Draht über Wasserrohre und Spülbecken bis zu Taucherausrüstungen, wenn man sich endlich durch das Chaos seiner ganz eigenen Ordnung gekämpft hatte. »Ein T-Stück, für meine Wasserleitung«, erklärte sie geduldig noch einmal, und als sie sein zweifelndes Gesicht sah, zeichnete sie es mit wenigen Strichen auf. »Hier, das meine ich!«
Mr. Gerald sah die junge Frau an. »Ein T-Stück, sind Sie sicher? Fahren Sie lieber noch einmal nach Hause, und fragen Sie Männe.«
»Männe?«
»Na, Ihren Mann, kleine Frau ...«
Sie verlor die Fassung. »Ich will ein T-Stück, und wenn Sie zu dämlich sind, das zu kapieren, fragen Sie jemanden, der es weiß«, schrie sie mit sich überschlagender Stimme, »ich weiß sehr genau, wovon ich rede! Nur zu Ihrer Information, ich bin nicht verheiratet, ich brauche keinen Mann, ich kann für mich selbst denken!« Schwer atmend hielt sie inne. *Vollidiot!*
Mr. Gerald starrte sie mit gerunzelter Stirn an. »Sie müssen die verrückte Deutsche mit dem Donga-Haus sein«, murmelte er schließlich kopfschüttelnd, »das ist etwas anderes.« Sie bekam ihr T-Stück.
Sandy lachte. »Mädchen, was glaubst du denn, du bist doch

das Gesprächsthema Nummer eins in jeder Bar in der Umgebung.«

Für einige Zeit danach hatte sie stets das Gefühl, wenn sie durch Umhlanga ging, einem Spießrutenlauf ausgesetzt zu sein. Aber sie gewöhnte sich daran, daß sich die Leute nach ihr umdrehten und ihr mit den Augen folgten und dann ihre Köpfe zusammensteckten. Bald merkte sie es nicht einmal mehr.

Viertes Kapitel

Tagsüber sorgte sie dafür, daß Mr. van Angeren ungestört seinen Geschäften nachgehen konnte, doch in jeder freien Minute schuftete sie in ihrem Haus. Sie schleppte Farbtöpfe in Gallonengröße heran, führte die Ziegelstein- und Stahlnagelwährung ein, das heißt, ein Lippenstift kostete sie hundert Stahlnägel. Sie verzichtete auf Lippenstift und viele andere Sachen, hauptsächlich auf das Mittagessen. Bald hatte sie kein Gramm Fett mehr auf den Knochen, und Muskelstränge traten hervor, wo sie nie welche vermutet hätte. Sie akzentuierten ihren Körper, so daß sie, verstärkt durch ihren neuen, abgestuften Kurzhaarschnitt, eher dem David von Michelangelo ähnelte als der Venus von Milo. Erst spätnachts fuhr sie auf der Sandstraße, die sich durch wogende Zuckerrohrfelder schlängelte, todmüde zur Farm zurück.

Sie hatte sich angewöhnt, immer eine Kanne Tee auf dem kleinen Campingkocher warm zu halten, den ihr Cori geschenkt hatte, denn fast jeden Tag kamen Freunde oder neue Bekannte vorbei, beladen mit allerlei Gerät für den Haushalt. Angefangen von ein paar Bechern, einem Haufen unterschiedlicher Besteckteile, bis zu einem verstaubten, unbenutzten Waschbecken und einem entsetzlich häßlichen, aber urgemütlichen Ohrensessel in Weinrot.

Zusammen mit Sandy besserte sie den Dielenfußboden im Haus aus, strich die Wände weiß und ersetzte angefaulte Holzteile. Abends war die Arbeit mühselig, denn das Haus hatte noch keinen Strom, und der flackernde Schein der Gas-

lampen und Kerzen täuschte ihre Wahrnehmung und ermüdete sie. Ende Juli blieb so viel auf ihrem Konto übrig, daß sie mit einem kleinen zusätzlichen Kredit endlich Elektrizität legen konnte. Es reichte auch noch für ein paar neue Fensterrahmen. Sie entfernten die alten Fenster zum Meer hin und vergrößerten den Durchbruch, bis die vorgefertigten Metallrahmen für die neuen Glasflügeltüren paßten.
An diesem Tag arbeitete sie nicht mehr. Sie saß in den weit geöffneten Glastüren in einem der nunmehr weißlackierten und reparierten Korbstühle und blickte träumend in den Garten. Ihr Zeichenblock lag auf ihren Knien. Sie hatte den Rasensprenger angestellt, denn es war ein windiger, trockener Tag gewesen, voller Staub, der ihr noch in den Augenwinkeln saß. Winzige bunte Vögel flirrten durch den schimmernden Tropfenregen, und die Strahlen der sinkenden Sonne verwandelte sie in fliegende Edelsteine. Sie war hundemüde, alle Knochen taten ihr weh, und ihr Kontoauszug war eine Katastrophe, doch sie fühlte sich leicht und glücklich.

❖

Die Tage verschmolzen ineinander, langsam verging auch der August, und der September kam mit schweren, grauen Wolken und feuchtwarmen Stürmen. Auf ihrem Konto herrschte Ebbe, und ihr Kredit war total erschöpft. So richtete sie in dieser Zeit hauptsächlich den Garten her, der sie keinen Pfennig kostete, denn Melissa, die unerklärlicherweise von einem schlechten Gewissen geplagt zu sein schien, und Tita und Luise von Plessing überhäuften sie mit Ablegern und jungen Pflanzen aus ihrer eigenen Anzucht. Es war Frühling. Der knorrige Kaffirboom, der im Winter alle Blätter verloren hatte, blühte. Wie kleine orangerote Krönchen schwebten die Blüten in seinen kahlen Ästen. Der schmale Weg zum

Haus wurde von einem Spalier junger Bauhinias gesäumt, deren schmetterlingszarte weiße Blüten die perfekte Illusion blühender europäischer Obstbäume vermittelten. Nach und nach legte sie einige Felsen unter der dünnen, roten Erdkrume frei und wuchtete sie herum, bis sie harmonisch zueinander gruppiert waren wie in einem japanischen Ziergarten. Es war Schwerstarbeit, ihre Hände wurden schwielig, und sie fiel abends körperlich völlig erschöpft ins Bett. Morgens hatte sie größte Schwierigkeiten, rechtzeitig wach zu werden. Vorsorglich stellte sie ihren Wecker in eine Blechschüssel.
Aber heute nützte selbst dieser Höllenlärm nichts. Erst als George, seinem morgendlichen Vergnügen frönend, den Postboten laut brüllend die Auffahrt hinunterjagte, kam sie zu Bewußtsein. Entsetzt bemerkte sie die Uhrzeit. In Windeseile machte sie sich fertig und rannte hinüber zum Haus, wo Gertrude und Carla beim Frühstück saßen. »Ich bin furchtbar spät dran«, keuchte sie und kippte schnell eine Tasse Kaffee hinunter. Er schmeckte scheußlich wie immer. Eilig klatschte sie fingerdick Erdnußbutter und Marmelade auf zwei Weißbrotscheiben und klappte sie zusammen. Sie kaute noch, als sie die gewundene Straße zur Hauptstraße hinunterraste. Es regnete und war kühl, kaum sechzehn Grad, und sie fror. Der Regen fiel aus einem einheitlich bleigrauen Himmel, nicht tobend und gewalttätig, wie die Sommergewitterstürme, sondern leise, gleichmäßig und nicht sehr ergiebig. Die Wochen vorher war es sehr trocken gewesen, ungewöhnlich für August, und durch die vom Meer herübergewehte Salzschicht waren die Straßen glitschig, wie mit Glatteis überzogen.
Ihre Hinterräder rutschten, als sie vor der Haarnadelkurve bremsen mußte. Es war die Stelle mit den verwilderten Mangobäumen, Überreste einer alten Farm. Die Bäume bebten vom Geschrei der Vögel, die sich um die Früchte zankten.

Einen farbenprächtigen Turako hatte sie dort erst letzte Woche gesehen. Ihr Blick glitt suchend hinauf zu den Baumkronen.
In diesem Moment knallte ihr Auto auf ein Hindernis, es wurde dunkel vor der Windschutzscheibe, und der Wagen schlingerte außer Kontrolle. Entgeistert starrte sie in ein panisch aufgerissenes Auge, das sie erst nach einigen Sekunden als das eines kleinen Kalbes identifizierte. Es lag quer über ihrer Kühlerhaube auf dem Rücken, die Beine steif in die Luft gestreckt. Sie trat mit ganzer Kraft auf die Bremse, erwischte in ihrem Schreck das Gaspedal und schoß quer über die Straße, Wasser spritzte, der Mini pflügte durch den flachen Graben, rammte mit dem Kühler in die gegenüberliegende schlammige Uferböschung und blieb dort stecken, Heck in der Luft, die Hinterräder drehten frei. Durch den Schwung war das Kalb gegen die Frontscheibe gedrückt worden, das weiche Maul am Glas breitgequetscht, seine Zunge zog eine schmierige Schleimspur. Ein grotesker Anblick.
Das Kalb und sie sahen sich an. Plötzlich gab das Kalb einen hohen, schrillen Schrei von sich, mehr empört über diese unwürdige Attacke als verängstigt, rutschte strampelnd vom Auto herunter und raste davon, Augen wild rollend, Schwanz steil in die Höhe gereckt. Bis zur Bewegungslosigkeit geschockt, blieb Henrietta in ihrem Sitz. Ein heftiger Schmerz klopfte an ihrer Stirn. Ihre tastenden Finger fühlten ein walnußgroßes Horn. Schwankend stieg sie aus und versank prompt bis zu den Knien im muddigen Grabenwasser. Regen strömte stetig aus den niedrigen, lastenden Wolken, lief ihr kalt übers Gesicht. Ihr kleiner roter Liebling hatte die Nase in den Matsch gebohrt und die Hinterbeine in die Luft gestreckt. Den Kühler zierte eine Delle von Badewannendimension. Ratlos rüttelte sie am Auto. Nichts! Sie hing fest.

Mist, verdammter!

Weit und breit kein Mensch, kein Haus, geschweige denn ein so europäischer Luxus wie eine Telefonzelle. Und die Kosten? Ihr Budget war durch das Haus bis zum äußersten strapaziert, diese Möglichkeit hatte sie einfach nicht bedacht. Sie setzte sich an den Straßenrand und wollte sich gerade einem lustvollen Tränensturm hingeben, als sie das Tuckern eines asthmatischen Motors hörte.

Und dann, majestätisch und irgendwie nicht von dieser Welt, zuckelte ein schwarzer, uralter Rolls-Royce um die Haarnadelkurve, kam keuchend zum Stehen, und ein junger Mann stieg aus. »Kann ich Ihnen helfen, Madam?« Er verbeugte sich höflich.

Sie hätte ihn küssen können. »O ja, bitte!«

Ihr Retter war mittelgroß, eher zierlich, und von sehr gepflegtem Äußeren. Italiener oder Franzose, urteilte sie, denn sein Englisch war eher britisch als südafrikanisch, mit einem Akzent, den sie nicht einzuordnen vermochte. Er krempelte die Ärmel hoch und arbeitete ohne Rücksicht auf seinen makellosen, hellen Safarianzug, und nach einer Viertelstunde stand ihr rotes Prachtstück wieder auf der Straße. Sie sahen sich an und lachten. Matsch bedeckte sie überall, vermischte sich mit dem Regen und schlängelte sich in braunen Rinnsalen an ihnen herunter. Er strich sich seine tropfnassen schwarzen Haare aus dem Gesicht und hinterließ eine braune Schlammspur auf seiner blassen, fast gelblichen Haut. Der Motor sprang tatsächlich sofort an. Selig streckte sie dem jungen Mann die Hand hin. »Was hätte ich nur ohne Sie tun sollen! Ich bin Henrietta Tresdorf ...«

»Tony dal Bianco ...«

Italiener also, wie interessant. Sie lächelte strahlend.

Er versuchte, die verbogene Kühlerhaube zu schließen. Vergeblich. Sie sprang immer wieder auf. »Sie wird beim Fahren hochschlagen, das ist zu gefährlich. Ich bringe Sie zu einer Werkstatt.«

Und so geschah es. Er schleppte sie zu Sam's Autowerkstatt, wo sie sich noch einmal überschwenglich bedankte. »Darf ich – ich meine, kann ich ...« Sie wurde rot und stotterte. Mit einem Blick streifte sie den Rolls und seine zumindest ursprünglich tadellose Erscheinung. Sie konnte ihm doch unmöglich Geld anbieten. Dann hatte sie eine Idee. »Darf ich Sie und –«, mit den Augen suchte sie einen Ehering, »und Ihre Frau am Sonnabend zum Tee einladen?«

Ein Lächeln strahlte aus seinen seltsam olivgrünen Augen. »Ich werde gerne kommen, danke, Miss Tresdorf ...«

»... Henrietta!«

»Danke, Henrietta.«

Sie gab ihm rasch die Adresse und Instruktionen, wie er zur Farm gelangen würde. »Bis Sonnabend dann, um vier.«

Der Regen sammelte sich in der schlammgefüllten Beule auf der Kühlerhaube und spritzte auf der Fahrt gegen die Windschutzscheibe, so daß sie fürchtete, sich auf ihren Tastsinn verlassen zu müssen, aber sie kam, wenn auch viel zu spät, heil ins Büro.

Am Sonnabend wartete sie an der Einfahrt auf Tony dal Bianco. George hatte wieder seinen schlechten Tag, und ein schlechtgelaunter George war mehr, als sie irgend jemandem zumuten wollte.

Er kam allein. »So schnell konnte ich nicht heiraten, um meine Frau mitbringen zu können.« Er grinste charmant und überreichte ihr ein kleines Päckchen.

Es knisterte verheißungsvoll. Sie lächelte ihn an. In diesem Moment trat Carla aus dem Haus. Sie blieb stehen, als sie Henrietta und Tony sah. Ihr Blick haftete auf seinem Gesicht.

»Carla, das ist Mr. dal Bianco, der mich aus dem Graben gerettet hat. – Meine Cousine Carla Tresdorf.«

Carla stand ganz still, nur ihr Blick flackerte zwischen ihnen hin und her und kehrte immer wieder zu dem Tony dal Biancos zurück.
»Guten Tag«, sagte dieser, aber er lächelte nicht.
Irgend etwas ging hier vor, das spürte Henrietta, aber sie verstand es nicht. Carlas Ablehnung stand zwischen ihnen wie eine Mauer. Die feinen Härchen auf ihren Armen richteten sich auf, als sei die Luft um sie herum elektrisch aufgeladen. Mit wachsender Unruhe blickte sie von einem zum anderen.
»Der Bediensteteneingang ist hinten«, sagte Carla mit eisigem Hochmut, drehte sich auf den Hacken herum und stakste davon.
Henrietta war sich sicher, nicht richtig verstanden zu haben. Doch ein Blick auf Tony dal Biancos eingefrorene Miene sagte ihr, daß sie sehr wohl richtig gehört hatte. »Spinnst du?« schrie sie hinter Carla her. »Wie kannst du wagen, meine Freunde zu beleidigen!«
Tonys Pupillen weiteten sich, schwarz und leidenschaftlich brannten seine Augen in dem bleichgewordenen Gesicht. Er schien sie nicht wahrzunehmen. Sie fuhr zurück. Solchen Haß hatte sie schon einmal gespürt, damals, als Tante Gertrude Jackson verprügelt hatte. Instinktiv legte sie ihm ihre Hand auf den Arm. »Tony, es tut mir entsetzlich leid. Sie hat es sicher nicht so gemeint.«
Er nickte, und sie gingen schweigend zum Rondavel, wo sie auf der Terrasse für drei den Tisch gedeckt hatte. Nervös öffnete sie mit fliegenden Fingern sein Päckchen. Ein hauchzarter Seidenschal, spinnwebfein, schwebte auf den Boden und blieb liegen, leuchtend, wie eine exotische Blüte. »Oh, ist der schön!« rief sie. »Danke, Tony. Doch eigentlich wollte ich mich doch bei Ihnen für meine Rettung bedanken!« Ihr fehlten plötzlich die Worte, und Schweigen trennte sie wie eine Wand.

Sein Blick wanderte an ihr vorbei ins Rondavel. Ihr Zeichenblock lag auf dem kleinen Tisch, und einige Aquarelle von Bougainvillearanken, Vögeln und eine Federzeichnung einer Mungofamilie hatte sie mit Heftzwecken an die Wand gepinnt. »Haben Sie das gemalt? Das ist gut.«
Dankbar für ein Thema, sprang sie auf. »Möchten Sie die Zeichnungen sehen?« Sie ging ihm voraus ins Rondavel. »Ich liebe Tiere und Blumen, ich kann mich nicht satt sehen …«
Nun lächelte er doch. »Das ist offensichtlich …«
Weiter kam er nicht. Die angelehnte Tür wurde aufgetreten, und zwei Männer in khakifarbener Uniform standen mit gezogener Pistole im Rondavel. Henrietta schrie auf. Einer der Männer, auf seiner Oberlippe saß wie mit Tinte gemalt ein schmales, tiefschwarzes Menjoubärtchen, packte Tony dal Bianco und warf ihn gegen die Mauer. Er schlug mit dem Kopf auf, gab jedoch keinen Laut von sich. Wie willenlos blieb er an die Wand gepreßt stehen, unbeweglich.
»Was soll das, was wollen Sie?« schrie Henrietta.
Der zweite Mann schob sie beiseite, ging zum Bett, schlug die Decke zurück und befühlte das Laken. Inzwischen tastete der andere Tony nach Waffen ab. Mit gesenktem Kopf ließ er es geschehen. Henrietta stand schreckensstarr daneben.
Ein Zittern stieg in ihr hoch. Es begann in ihrem tiefsten Inneren, verbreitete sich in Wellen, es schüttelte sie, daß ihre Zähne klapperten wie Castagnetten.
»Dreh dich um, Kaffir!« befahl der mit dem Oberlippenbart.
Kaffir? Wen meint er?
»Er ist ein Kaffir, haben Sie das nicht gewußt?« fragte der Kerl, der ihr Bett befühlte, mit triefendem Spott in der Stimme. »Und mit einem Kaffir zu schlafen ist ein ernstes Verbrechen – das wissen Sie doch, oder haben Sie noch nichts vom Immorality Act gehört?«
»Nein, was ist das?« Sein schmieriges Grinsen, das schleimi-

ge Gefühl seiner anzüglichen Blicke schwemmte plötzlich eine so überwältigende Wut über sie hinweg, daß es ihr die Luft nahm, und das Zittern hörte abrupt auf. »Nehmen Sie Ihre Hände von meinem Bett!« schrie sie und sprang vor.
Der Polizist lachte und fing sie ab. Sie schrie wieder und kämpfte gegen seinen festen Griff. Er zog sie enger an sich. Plötzlich stand Carla hinter ihm. »Carla, was geht hier vor? Bitte hilf mir!« keuchte sie. Aber Carla glitt aus ihrem Blickfeld und verschwand.
»Na, wenn du es mit einem Kaffir machst, könnten wir doch auch mal!« Die Bewegung, die er machte, war eindeutig und obszön.
Sie riß sich los, scharfe Angst und die dumpfe Vorahnung von etwas Schrecklichem, Unbegreiflichem drückte ihr die Luft ab.
»Du kommst mit«, befahl der Schwarzhaarige und legte Tony dal Bianco grob Handschellen an, »wir werden dir schon austreiben, dich an weiße Frauen heranzumachen! Und Sie, Miss, sind besser vorsichtig in Zukunft und nehmen nicht jeden mit in Ihr Zimmer! In diesem Land kann das gefährlich werden.«
Stumpf starrte sie ihn an. Wie schmutzig das klang. »Wir haben doch nur Tee getrunken –«, begann sie und ärgerte sich sofort über den Versuch, sich zu verteidigen, »– ich meine, ich kann doch jeden mit auf mein Zimmer nehmen, den ich will …«
»O nein, Miss, keine Kaffern, das ist gegen das Gesetz.«
»Was heißt hier K …«, sie verschluckte sich an dem Wort, »Kaffir?« brachte sie mühsam heraus.
»Dieser Junge hier ist ein Farbiger, das sieht doch jeder!« Er packte ihn an der Kette der Handschellen und zog ihn hinaus.
Sie sah Tony ins blasse Gesicht, in die olivfarbenen Augen,

die den ihren auswichen, und fand keine Antwort. Hilflos mußte sie mit ansehen, wie er grob zu dem Polizeiauto, einem kleinen Lieferwagen mit vergittertem Rückteil, gestoßen wurde. »Oh, Tony«, schluchzte sie, »es tut mir leid – ich hab' nicht – ich wußte nicht …« Sie brach ab und hob flehend ihre Augen zu seinen.
Er sah sie an aus leeren, toten Augen, Resignation und unendliche Traurigkeit lagen in seinen Zügen. »Es ist in Ordnung«, flüsterte er und wandte sich ab. Sein Körper war zusammengesunken. Er hatte sich gefügt, der Macht unterworfen. Er ließ mit sich geschehen. Das Polizeiauto fuhr ab, Tonys schmale Gestalt schwankte als jämmerliche Silhouette hinter den Gittern.
Völlig verstört rannte sie auf der Suche nach der Familie ins Haus. Sie fand sie im Eßzimmer. Sie standen, Köpfe zusammengesteckt, und redeten leise miteinander. Ihre Blicke folgten dem entschwindenden Polizeiauto. »Helft mir«, rief Henrietta hilfesuchend, »es ist etwas Furchtbares passiert!«
»Das kann man wohl sagen«, antwortete Onkel Hans, seine Miene unerklärlich kalt und abweisend, »was fällt dir eigentlich ein, einen Farbigen mit in dein Zimmer zu nehmen? Hat es dir dein Vater nicht beigebracht? Mit Kaffern läßt man sich nicht ein!«
»Ich versteh' das nicht!« Ihre Stimme überschlug sich. »Wovon redet ihr? Tony dal Bianco ist Italiener!«
»Italiener!« schnaubte Gertrude verächtlich. »Dem ist vielleicht mal ein Italiener durch den Stammbaum gelatscht und hat seinen Namen hinterlassen. Aber der ist eine gute Portion Inder, eine Prise Kapmalay vielleicht …«
Es klang wie ein Kochrezept. »Woher willst du das wissen?« Henrietta war so erregt, daß ihr die Stimme versagte.
»Das sieht man doch«, sagte Carla abfällig.
Henrietta rief sich Tonys Gesicht ins Gedächtnis. *Man sieht*

es? »Ich kann es nicht sehen!« protestierte sie. »Und wenn schon! Wir haben doch nur Tee getrunken.«
»Nicht in meinem Haus, hörst du«, zischte ihre Tante, »was du später in deinem Haus treibst, ist deine Sache. Hier benimmst du dich gefälligst.«
Die drei standen wie eine unüberwindliche Mauer. Eben wollte sie sich resigniert abwenden, als sie offenen Triumph in Carlas halbgeschlossenen Augen blitzen sah. Da erinnerte sie sich wieder daran, was ihr in der Aufregung entfallen war, das flüchtige Auftauchen von Carla vor ihrem Rondavel. Und nun wußte sie, was passiert war. »Du warst es, nicht?« fragte sie, äußerlich ganz ruhig. »Du hast die Polizei geholt, denn wer sonst wußte, daß Mr. dal Bianco bei mir war? Warum, Carla, was hab ich dir getan? Nur weil Benedict mir Fahrstunden gegeben hat? Hast du Angst, ich schnapp ihn dir weg?«
Volltreffer! Carlas Augen sprühten. Das ist es also, dachte sie, nichts als die Rache eines von Eifersucht zerfressenen Mädchens.
Hans Tresdorfs verständnisloser Blick flog von seiner Tochter zu seiner Nichte. Dann warf er die Hände in die Luft. »Frauen!« knurrte er und verdrehte die Augen, wie Männer das in solchen Momenten tun, und ging hinaus.
»Du treibst dich mit Kaffern herum«, fauchte Gertrude, »ich werde mit deinem Vater reden müssen! Er wird entsetzt sein.«
Henrietta sackte das Herz buchstäblich in die Hose.
»Warte du nur, bis Papa nach Hause kommt«, hatte Mama oft gedroht und ihm brühwarm Henriettas Missetaten erzählt.
»Komm mit in die Bibliothek!« sagte er dann in diesem furchtbaren Ton, der sie zu einem jämmerlichen Häufchen Angst reduzierte.

Sie mußte den Rock hochheben und sich vornüber beugen. »Das wird dich lehren, frech zu deiner Mutter zu sein!« Er schlug mit seinen muskulösen, krückengestählten Armen im Takt zu seinen Worten.
Dann, als sie siebzehn war, passierte es. Diesmal prügelte er so auf sie ein, seine Hiebe trafen ihren Rücken und Nacken, daß sie plötzlich keine Luft mehr bekam. Todesangst stieg in ihr hoch und mit ihr eine ungeahnte Kraft. »Hör auf, hör sofort auf!« schrie sie ihm ins Gesicht, »wage nicht, mich noch einmal zu schlagen!« Ihr Herz hämmerte vor Angst vor dem, was nun kommen würde, aber zu ihrem maßlosen Erstaunen ließ ihr Vater seine Hand sinken. Ihre Blicke verhakten sich, und nach einem schweigenden Duell zwang sie sich, sich umzudrehen und zu gehen.
Aufrecht, mit kerzengeradem Rücken, erinnerte sich Henrietta mit Genugtuung. »Ich bin fast einundzwanzig Jahre, was soll er schon sagen?« Damit war für sie das Thema beendet.
Aber Carla ließ nicht locker. »Kaffernhure«, zischte sie.
Da war es aus mit ihrer Selbstbeherrschung. Bis aufs Blut gereizt, holte sie aus und schlug Carla mit solcher Wucht ins Gesicht, daß diese mehrere Schritte zur Seite stolperte. Der Abdruck von Henriettas vier Fingern stand rot auf ihrer bleichen Wange. Sofort tat es Henrietta leid, und sie machte einen Schritt auf Carla zu. Diese wich zurück, stieß gegen den Eßtisch und tastete mit der rechten Hand haltsuchend hinter sich. Ihre Oberlippe war hochgezogen, die Perlzähne standen spitz hervor, aus ihrer Kehle kam ein fauchender Laut.
Henrietta ließ die Arme sinken. »Carla –!« Da kam Carlas Rechte im Schwung hinter ihrem Rücken hervor, ein Steakmesser umklammernd, und stach zu. Henrietta drehte sich instinktiv, das Messer senkte sich tief in ihren linken Arm, genau in Herzhöhe. Sie schrie auf, und Gertrude schrie auch.

Carla stand da, das blutverschmierte Messer zum nächsten Stich erhoben, das Gesicht eine verzerrte Grimasse, die Augen aufgerissen und starr.
Alarmiert von den Schreien, stürzte Onkel Hans herein. Er erfaßte die Situation sofort, packte die Handgelenke seiner Tochter und drückte zu. Mit einem Schmerzenslaut ließ diese das Messer fallen. Es klirrte auf die Fliesen. »Verschwinde!« befahl er und schleuderte sie zur Tür. Ohne einen Blick rückwärts rannte Carla davon, Gertrude folgte ihr. Schwer atmend sah er Henrietta für ein paar Momente an, seine Brauen zusammengezogen, die blauen Augen stürmisch. »Wann ist dein Haus fertig?« fragte er schließlich.
»Ich weiß nicht genau«, stotterte sie. Diese Frage hatte sie nicht erwartet. Ihr Arm schmerzte heftig, Blut tropfte auf die Fliesen. *Sie hätte mich fast getötet, wenn ich mich nicht gedreht hätte, wäre ich jetzt tot!*
»Ich meine, wann kannst du hier aus- und dort einziehen?« Das Blut leckte warm an ihr herunter, schwarze Flecken tanzten vor ihren Augen. »Ich brauche noch einen Herd und ein Bett, dann könnte ich zumindest dort übernachten«, wisperte sie.
»Das Bett aus dem Rondavel kannst du mitnehmen, einen Herd werde ich dir liefern lassen. Ich möchte, daß du in fünf Tagen hier raus bist.« Eiskalt sein Ton, unerbittlich seine Miene. »Jackson kann dir beim Umzug helfen. Das wäre dann wohl erledigt.« An der Tür drehte er sich noch einmal um. »Oh, bis dahin ist es wohl besser, wenn du die Mahlzeiten im Rondavel einnimmst. Jackson wird sie dir bringen. Er kann dich auch jetzt zum Arzt fahren.«
Sie nickte wie betäubt. Dann war sie allein. Langsam, vorsichtig ihren blutenden Arm haltend, schwankte sie ins Rondavel und sank aufs Bett, das noch so war, wie der Polizist es hinterlassen hatte. Über das, was er da gesucht hatte, wagte

sie nicht nachzudenken. Ekel und Schock schüttelten sie wie ein Fieberanfall.
So fand sie Freddy. Jackson hatte ihn abgefangen, als er Avocados abholte. »Was ist passiert?« Grimmig folgte er ihrem Bericht. »Dieses Miststück! Du mußt sie anzeigen!«
Aber dazu war sie nicht imstande. »Sie ist meine Cousine!«
»Sie hätte dich töten können. Du kannst hier nicht bleiben.«
»Kannst du mich zu Tita Robertson bringen?«
»Gut, ich werde Jackson noch zwei Mann aus meiner Fabrik mit unserem Lastwagen schicken. Die können den Umzug machen.« Fürsorglich band er ein Handtuch um ihren Arm und lieferte sie kurze Zeit später bei Dr. Alessandro ab. Ihr Arm fest verbunden in einer Schlinge, ihr Hinterteil schmerzend von einer Tetanusspritze, brachte er sie dann zu Tita. »Noch einen Rat, Henrietta, sieh dich vor. Die Polizei kennt dich jetzt, und mit denen ist nicht zu spaßen. Der Immorality Act, das Gesetz, das eine intime Beziehung zwischen Weißen und Andersfarbigen unter Strafe stellt, ist eins ihrer Hobbys.«
Als ihr die Bedeutung seiner Worte klar wurde, stand sie Momente starr vor Schreck. *Polizeibekannt, sie!* Sie rannte in Titas Arme und berichtete ihr von dem Vorfall, unterbrochen von den Weinkrämpfen eines verzögerten Schocks.
»Dieses niederträchtige, falsche Luder!« kommentierte ihre Freundin und zwang sie, eine explosive Mischung von übersüßem Kaffee mit einem großzügigen Schuß Whisky zu trinken. »Bestes Mittel gegen Schock und kaputte Nerven. Runter damit!«
Sie gehorchte. »Woran hat Carla gleich erkannt, daß Tony nicht – nun ja, weiß ist?« fragte sie, als sie wieder Luft bekam. Ihre Freundin zuckte hilflos mit den Schultern. »Der Schnitt der Augen, eine leichte Verfärbung der Lippen, eine bestimmte Krause der Haare, ein Unterton in der Hautfarbe –

ich kann es dir nicht genau erklären. Ich weiß nur, daß wir das hier alle sehen können. Wenn du länger hier bist, wirst du es auch auf Anhieb erkennen.«

Henrietta hoffte inständig, daß ihr Blick nie so voreingenommen werden würde.

Höchst besorgt, rief sie ein paar Tage später Tonys Nummer an.

Eine Frau meldete sich. »Sie wagen es, hier anzurufen«, zischte sie, »wissen Sie, was die mit ihm gemacht haben? Ihretwegen? Sie haben ihn verprügelt, sie haben ihm Elektroden an seine Geschlechtsteile geklemmt und Stromstöße durchgejagt ...«

»O nein!« Henrietta hatte Mühe zu atmen. »Das darf doch nicht wahr sein.«

»Vier Tage lang haben sie ihn gequält, dann haben sie ihn auf die Straße geworfen«, fuhr die Frau unbarmherzig fort, »er muß noch dankbar sein, daß er nicht im Gefängnis geblieben ist. Und alles Ihretwegen, Sie weißes Flittchen! Rufen Sie hier nie wieder an, lassen Sie uns in Frieden!« Die Leitung wurde unterbrochen.

Henrietta rannte ins Klo und erbrach sich. Sie fand, daß sie mit niemandem darüber reden konnte, auch nicht mit Tita und Neil. Die Farbe der großen Beule auf ihrer Stirn wechselte von Violett zu Grün, verblaßte dann mit Gelbtönen und verschwand schließlich ganz. Aber noch Jahre danach blieb die Stelle empfindlich, und der leichte Schmerz hielt die Erinnerung an diesen Vorfall lebendig. Es blieb ihr ein seltsam wehmütiges Gefühl einer verpaßten Gelegenheit, eines unerfüllten Bedürfnisses.

❖

Zwei Tage später zog sie um. Jackson und Freddys Arbeiter hatten im Handumdrehen alles aufgeladen. Glitzy, Duncan,

Neil und Tita, alle kamen, um zu helfen. Moses schleppte einen bis zum Rand gefüllten Picknickkorb heran, genug, um eine Armee zu versorgen. »Falls wir hungrig von der Arbeit werden«, verkündete Tita fröhlich.

Glitzy brachte Nelson und Grace mit, ein junges, graziles Mädchen, dem die naive Lebensfreude aus dem runden braunen Gesicht strahlte. Melissa schickte vier Stühle und einen antiken Tisch. »Er ist alt und schäbig«, kommentierte Glitzy abfällig.

Sie war überwältigt. »Glitzy, er ist aus dem letzten Jahrhundert!«

»Eben drum!«

Alle arbeiteten wie die Galeerensklaven, und Titas Einschätzung der Menge der benötigten Verpflegung erwies sich als knapp ausreichend. Der Abend war sehr warm und still für September, den Monat der Frühlingsstürme an der Küste. Es wurde eine ausgelassene Party bis tief in die samtweiche Nacht. Auf dem Verandageländer flackerte eine Kette von vielen Kerzen und tauchte alles in einen warmen Goldton. Cori kam irgendwann hereingeweht, Sirikit auf der Schulter, in ihrem Kielwasser ein schläfriger Freddy. Das champagnerfarbene Haar floß ihr wie ein Wasserfall den Rücken herunter. Ein Parfum von Remy Martin umgab sie. Sie küßte die Luft neben Henrietta. »Sei froh, daß du aus dem Schlangennest raus bist.« Sie drückte ihr einen Stapel Seidenbettwäsche in die Arme. »Gott, ist mir heiß«, stöhnte sie und umschlang Freddy wie eine Würgeliane. Neid stach Henrietta. Unvernünftigerweise hatte sie gehofft, daß Benedict auch kommen würde.

Plötzlich hatte Duncan eine Gitarre in der Hand. Das Kerzenlicht bewegte sich kaum, über ihnen glitzerte ein Sternenhimmel mit diamantener Prächtigkeit. Die Gitarrentöne fielen wie klingende Regentropfen in die Stille. Keiner sprach, jeder lauschte der sehnsuchtsvollen Melodie. Mit sanfter Stimme begann Tita zu singen. Leise summten die anderen mit. Die jubelnde Stimme von Grace kam aus dem Dunkel und übernahm die Führung, mit vollen, seidigen Tiefen und brillanten Höhen. Resonant wie Baßgeigen, fielen Moses und Jackson ein. Alle folgten. Ein Rhythmus, elementarer als ihr Herzschlag, ergriff ihre Körper, sie begannen sich zu wiegen. Die hölzerne Veranda bebte unter dem Stampfen nackter Füße. Im weichen Kerzenschein nahmen die Tänzer Konturen an. Jackson, Grace, Nelson und Moses. Cori glitt von Freddy herunter und wirbelte wie ein blasser Mondstrahl über die Veranda, Arme hochgereckt, den Kopf zurückgeworfen, schlängelte sie sich in der sinnlichen, lebensprühenden Musik. Ihre weiße Haut glänzte gegen die braunen Körper.

Die Welt war heil, hier, in diesem Moment, ohne Sprung. Henriettas Herz drohte zu bersten, sie war erfüllt von einem großen, wehmütigen Glücksgefühl, einer Sehnsucht, die sie hinaufzog zu den Sternen. Tränen stiegen ihr in die Augen und liefen über. Sie rannen ihre Wangen hinunter, ohne daß sie es fühlte. Erst sehr viel später, als das Mondlicht schon blasser wurde, ging sie ins Bett, doch sie war körperlich zu erschöpft und seelisch zu aufgewühlt, um gleich schlafen zu können. Wenn es einen Gott gibt, hier hatte sie ihn gespürt, heute, in ihrer ersten Nacht in ihrem Haus. Nun war sie wirklich allein, die Nabelschnur zerschnitten.

❖

Ein paar Tage später lud William, der baumlange Zulu, Faktotum und Beschützer der alten Frau von Plessing, zwei kleine Sofas mit pastellfarbenen Chintzbezügen ab. Mr. Knox stand kurz darauf mit einem Korb vor der Tür, aus dem ein

schwarzes Kätzchen mit himmelblauen Augen hervorlugte. »Ihr Name ist Katinka«, grinste er, »sie ist die Tochter der kleinen Katze, die Sie damals gerettet haben.«
Henrietta hob das Kätzchen heraus. Schutzsuchend schmiegte es sich in ihre Hand. »Ich werde gut auf sie aufpassen«, strahlte sie, »vielen Dank.« Als sie diesen Abend einschlief, lag Katinka zusammengerollt am Fußende ihres Bettes. Im Halbschlaf der frühen Morgenstunden fühlte sie ihre pulsierende Wärme in ihrer Halsgrube. Sie lächelte und schlief wieder ein.
Nach und nach vervollständigte sich so ihr Haushalt, so daß sie kaum etwas zu kaufen brauchte und ihren ganzen Verdienst in die Renovierung stecken konnte. Sie versuchte ohne Kühlschrank auszukommen. Sie stellte die Milchflasche in feuchte Tücher gehüllt an einen schattigen Platz, wo ein ständiger Luftzug herrschte. Ihre kleine Fleischportion hängte sie in einem Plastikbeutel unter den Wasserhahn und ließ das kalte Wasser darübertropfen. Die Milch stockte zu Dickmilch, und schon nach wenigen Stunden schien sich das Fleisch von allein zu bewegen. Angeekelt starrte sie auf die weißlichen, schwarzköpfigen Fliegenmaden, die sich gierig durch ihr Abendessen fraßen. Schleunigst kratzte sie ihr letztes Bargeld zusammen und kaufte einen uralten, asthmatisch vor sich hin röchelnden Eisschrank, der Unmengen von Strom schluckte und im Nu einen dicken Eispanzer im Innenraum aufbaute. Doch ihr Essen überlebte wenigstens ein paar Tage.
Und dann, Anfang Oktober, nach einer Reihe von heißen, windstillen Tagen, an denen sich selbst die Vögel Kühle suchend tief in das Blättergewirr der Bäume duckten, kam der Regen. Nicht laut und tosend, sondern leise und weich. Gleichmäßig aus der schweren, grauen Wolkendecke rauschend, ging er über dem Land nieder. Es war früher Abend,

sie stand auf der Veranda an der Vorderfront, trank eine Tasse Kaffee und sah hinaus in die silbrige Welt, in der sie das einzige Lebewesen zu sein schien. Büsche und Bäume verloren sich hinter dem Regenvorhang, das Meer, der Horizont waren ausgelöscht. Die tiefen Rinnen und Furchen, die das Land in ihrem Rücken zerschnitten, füllten sich allmählich mit Wasser. Henrietta lauschte der Regenmelodie und ahnte nichts von dem Unheil, das sich hinter ihr zusammenbraute.

Gegen Viertel vor sieben, es war schon dunkel, stürzten sich die Fluten auf ihr Grundstück, rissen Boden und Büsche mit sich, das Wasser, gierig alles verschlingend, fand mühelos seinen angestammten Weg unter der dichten Pflanzendecke, hob einen Großteil davon ab, unterspülte locker liegende, kleine Felsbrocken und erreichte schnell das Haus. Büsche fingen sich an der Eingangstür, Steine, Geröll und Sand setzten sich fest und bildeten einen Wall. Das Wasser stieg und preßte mit ungeheurer Kraft gegen die alte Tür. Mit einem Knall brach sie schließlich auf, krachte auf den Boden. Eine halbmeterhohe Schlammwelle stürzte auf Henrietta zu. Starr vor Schreck, konnte sie nur hilflos ans Verandageländer geklammert zuschauen, wie das schlammige Wasser durchs Wohnzimmer und über die Veranda in den Garten floß. Sie fühlte, wie die Pfeiler, auf denen ihr Haus ruhte, attackiert wurden, spürte, wie das Haus zitterte und schwankte. Für Minuten hing sie wie gelähmt am Geländer.

Dann fraß sich das Wasser zu den Elektrokontakten durch, und es wurde pechschwarz um sie herum. Sie tastete sich über die Geröllhaufen in den Garten. Das gurgelnde Wasser war lauwarm und roch faulig. Ein sich windender, länglicher Schuppenkörper berührte ihren nackten Arm. Eine Schlange? Sie schrie auf, aber der bleiche Schein der Straßenlaterne fiel auf eine große Eidechse. Oben am Straßenrand erinnerte sie sich an die quer zu ihrem Grundstück verlaufende Furche, die sie zu einem ableitenden Damm ausbauen konnte. Auf Händen und Füßen, wie ein Riesenwurm, kroch sie im Schlamm durch die Dunkelheit bis zur Gartenpforte, drückte diese mühsam auf und begann zu schaufeln.

Das Licht flackerte, und für einen Moment stand sie vollends im Dunkeln, da ging die Lampe an dem wild schwankenden Mast wieder an. Mit bloßen Händen kratzte sie Steinbrocken aus dem Schlamm, stapelte ausgerissene Büsche dagegen und baute so einen kleinen Deich. Sie arbeitete wie besessen. Längst hatte sie den Punkt der totalen Erschöpfung hinter sich gelassen, längst war alles, was sie tat, roboterhaft. Nur die sie völlig beherrschende Angst um ihr Haus, ihren Hort der Freiheit, um alles, was sie auf dieser Welt besaß, half ihr weiterzumachen.

Das Wasser, das kniehoch über die Straße stürzte, zögerte und sprang dann in seinen neuen Abfluß, und der Druck der Regen- und Geröllmassen auf ihr Haus verminderte sich, der Wasserspiegel im Haus sank. Sie tastete sich in die Küche. Schwindelig vor Erschöpfung, lehnte sie im Schein einer Kerze am Schrank und würgte ein Stück trockenen Brotes herunter. Das Blut rann ihr aus vielen Kratzern. Die Mülltonne, die auf den Wogen dümpelnd bis ins Wohnzimmer geschwommen war, kam an einer Wand zum Stehen, neigte sich langsam und kippte um. Der Deckel sprang ab, der verrottete Inhalt verbreitete sich und mit ihm ein Schwarm schwarzer Fliegen, der gefräßig über ihre Wunden herfiel. Sie sah hinunter auf den schwarzen, krabbelnden Pelz, sah, wie die Insekten ihre Rüssel in ihr Blut tauchten, sich daran labten, und brach zusammen. Ekel und Erschöpfung entluden sich in einer verzweifelten Tränenflut. Sie warf sich, naß, verschlammt, blutend, wie sie war, auf ihr Bett.

Als sie wieder zu sich kam, war es draußen heller. Schiefer-

graue Wolken mit regenschweren Hängebäuchen hingen über dem Land. Es tröpfelte nur noch, der Deich hatte gehalten, und das Wasser war aus dem Haus abgelaufen. Aber dort, wo einmal ihr Garten war, gluckerte ein Flüßchen, und eine solide Mauer aus Geröll und Astgewirr türmte sich auf der Straßenseite gegen die Veranda.
Das Geräusch eines sich nähernden Wagens drang in ihr Bewußtsein. Ächzend stand sie auf und bahnte sich mühsam einen Weg durch den Schutt. Ein uralter buckliger Mercedes, glänzend weiß, hielt vor ihrem Haus, und Frau von Plessing stieg aus. »Gott sei Dank, daß dir nichts passiert ist«, rief die alte Dame, »erstaunlich, das Haus steht auch noch. Wir hatten befürchtet, daß es diesmal doch weggeschwemmt wird.«
»Diesmal?« fragte Henrietta tonlos. *Diesmal?*
Frau von Plessing sah sie bestürzt an. »Du weißt doch, daß dein Haus über einer Donga gebaut wurde?«
»Einer Donga«, wiederholte sie verständnislos. »Ja.«
Die alte Dame starrte sie entgeistert an. »Willst du damit sagen, daß dich niemand gewarnt hat?« Ihr Ausdruck zeigte, daß sie die Antwort auf Henriettas bleichem Gesicht las. »O diese Halunken, Viljoen und Angus Ferguson, dem hat es nämlich gehört! Eine Donga ist eine Art von ausgewaschener Wasserrinne, die sich nur bei sehr starken Regenfällen füllt, das Wasser der Umgebung aufnehmend, wenn es anderweitig nicht schnell genug versickern kann. Dann allerdings kann die Rinne einen reißenden Sturzbach führen. Man kann eine Donga zuschütten und ein Haus darauf bauen, durch die Bodenformation der weiteren Umgebung wird das Wasser immer seinen alten Weg finden. Dieses Haus ist als Donga-Haus bekannt. Ich habe nichts gesagt, als ich hörte, daß du es gekauft hast, da ich annahm, du wüßtest das und es wäre deine Entscheidung gewesen, das Risiko einzugehen.« Mitfühlend blickte sie die junge Frau an. »Auf Dauer wirst du das

Haus nur mit sehr teuren, umfangreichen Maßnahmen retten können.«
Ein bodenloser schwarzer Abgrund tat sich unter ihr auf, und sie wäre in den Schlamm gesunken, hätte sie Frau von Plessing nicht mit einem erstaunlich kräftigen Griff gehalten. Alle hatten sie es gewußt, Gertrude, Hans, die Daniels – alle. Sie erinnerte sich an das schmierige Grinsen des Maklers, hörte das hämische Lachen von Pops und wußte nun, warum die Daniels ihr gegenüber ein schlechtes Gewissen hatten. Plötzlich überfiel sie eine unbändige Wut, und wie immer gab Wut ihr Kraft. »Ich werde mich nicht mit eingekniffenem Schwanz davonschleichen, jetzt erst recht nicht«, tobte sie, »außerdem ist es ganz einfach«, sie sah die alte Dame an, »es ist wirklich sehr einfach. Ich habe einen Vertrag unterschrieben und muß zahlen. Ich muß es schaffen. Es ist alles, was ich habe.«
»Du kommst jetzt erst einmal mit!« Frau von Plessing hielt die Autotür auf. »Ein gutes Frühstück und eine heiße Dusche wirken meist Wunder. In der Zwischenzeit kann William ein paar Leute organisieren und mit dem Aufräumen beginnen.«

❖

Es kostete sie all ihre Kraft und jeden Cent, den sie besaß, um das Haus überhaupt zu reinigen und einen wasserabweisenden Damm bauen zu lassen. Das kleine Gartenhäuschen war zwar fast einen Meter hoch mit Schlamm und Geröll angefüllt, aber die Mauern zeigten keine Risse, es schien auf solidem Untergrund zu stehen.
Glitzy bat sie zerknirscht um Verzeihung. »Pops hat uns verboten, dich zu warnen, und keiner hatte dann den Mut dazu.«
Henrietta nickte. Was sollte sie auch sagen. Dirk Daniels, der es vermied, ihr ins Gesicht zu sehen, schickte ein paar seiner

schwarzen Farmarbeiter und Material und ließ zusätzliche Stützen unter ihrem Haus hochmauern. Trotzdem flößte ihr jede regenschwere Wolke Angst ein. Die Nässe sickerte durch die Zimmerdecke ins Wohnzimmer, genau an der Stelle, wo die kleine, tapfere Kapuzinerkresse ihre Wurzeln in die Risse des Blechdachs gebohrt hatte. Ihr geliebter Ohrensessel wurde dabei völlig durchweicht und begann höchst unangenehm zu riechen.
Der wirkliche Schaden kam unmerklich. In der ständig herrschenden Feuchtigkeit an der Küste konnten ihre Sachen kaum trocknen. Bald überzog ein Schimmelpilzrasen ihren Ohrensessel, die Bücher quollen auf, ihre Wäsche bekam Stock- und Schimmelflecken, alle Türen verzogen sich, und auf jedem ihrer Schuhe wuchs ein grünlicher Pelz. Sie war verzweifelt. Sie borgte sich Ventilatoren. Daraufhin schoß ihre Stromrechnung in astronomische Höhen, und ihr Bankdirektor bat sie zu einem persönlichen Gespräch. Sie ging auf Diät und strich Nescafé zugunsten von Wimperntusche. An der Kasse des Supermarkts rutschte ihr ein Pfund Reis so mit durch. Sie behielt es. Ein paar Nächte quälten sie Vorstellungen von Polizisten mit klobigen Stiefeln und Gefängnis, aber sie behielt den Reis. Tag und Nacht ließ sie Fenster und Türen offenstehen, und in dem entstehenden Luftzug begannen ihre Sachen endlich zu trocknen. Nachts war sie zu müde, um Angst vor Eindringlingen zu verspüren. Sie schlief wie ein Stein.
Als Glitzy sie Anfang November zu ihrer Geburtstagsparty einlud, stürzte sie in Depressionen. Sie hatte so viel abgenommen, ihre Figur so verändert, daß nichts aus ihrem ohnehin sehr leeren Kleiderschrank paßte. Verlangend streifte sie durch die Läden. Sie probierte ein billiges Baumwollfähnchen an und dachte an den Reis. Wie in Trance rollte sie das Kleid im Schutz der Umkleidekabine zu einer kleinen Wurst.

»Paßt es?« trillerte die Verkäuferin und zog den Vorhang auf. Sie ließ das Kleid fallen, als wäre es glühendes Eisen. Traurig saß sie abends auf ihrem Bett. Plötzlich erinnerte sie sich an eine von Mamas Geschichten.

»Wir haben einfach die Samtgardinen genommen, damals in Lübeck, nach dem Krieg«, hatte sie erzählt, »er mußte den Tamino singen und hatte kein Kostüm. Himmel, war der Mann schön!« Sie seufzte. »Er wohnte während des Gastspiels bei Frederike. Es wurde ein voller Erfolg. Sie bekam neun Monate später eine entzückende Tochter. Ihr Mann war ja in russischer Gefangenschaft, weißt du.«

Samtgardinen! Sie hatte keine Gardinen, keine Tischdecken, nichts, was man zweckentfremden konnte. Sie strich übers Laken. Dabei spürte sie die feine Stoffqualität. Feinstes Leinen, leicht vergilbt vom Alter, denn es stammte aus Großmamas Brautschatz. Schnell riß sie es vom Bett und drapierte es um ihre schmale Figur, trägerlos mit weitschwingendem Rock. Es reichte! Mit angehaltenem Atem zerschnitt sie das alte Leinen, fieberhaft stichelte und fältelte sie, und sie schaffte es rechtzeitig.

»Wo hast du dieses Kleid her?« rief Glitzy. »Es sieht toll aus!«

Als der Abend vorüber war, hatte sie drei Aufträge für genauso ein Kleid.

»Ich habe noch eine alte Nähmaschine«, sagte Luise von Plessing, »ich brauche sie nicht mehr.« Sie brachte sie selbst vorbei. Blankgeputzt und frisch geölt, trug sie William wie eine Opfergabe vor sich her. »Sie gehörte meiner Tochter. Sie lebt nicht mehr. Ich freue mich, wenn ich dir damit helfen kann.« In Frau von Plessings Stimme schwang etwas, das dem Kind Henrietta das Gefühl gab, gestreichelt worden zu sein. Impulsiv bedankte sie sich mit einem Kuß auf die weiche, faltige Wange. Erschrocken über sich selbst, instinktiv auf Abwehr gefaßt, trat sie dann rasch einen Schritt zurück. Ehe sie jedoch eine Entschuldigung stammeln konnte, legte Luise von Plessing ihr sanft die Hand an die Wange und lächelte dieses unbeschreiblich anziehende Lächeln. Sie spürte die Handfläche warm und liebevoll auf ihrer Haut, und aus unerfindlichen Gründen schossen ihr die Tränen in die Augen. Zaghaft lächelte auch sie. Dann war der Moment vorbei, aber die Wärme in ihrem Herzen blieb.

Fünftes Kapitel

Das Geld, das sie für die Kleider bekam, war wichtiger für sie als jeder Cent, den sie bei Mr. van Angeren verdiente. Als sie einen hinreißenden, unerreichbar teuren Sommerpullover in einem vornehmen Laden entdeckte, investierte sie in ein paar Stricknadeln und dünnes Baumwollgarn. Erst den vierten Pullover konnte sie selbst tragen. Die anderen wurden ihr von ihren Freundinnen und deren Müttern und wiederum deren Freundinnen aus den Händen gerissen.

Ihr Bankkonto erholte sich leicht, und sie konnte sich wieder Nescafé leisten. Sie wagte sogar, von einer Waschmaschine zu träumen, denn ihre Wäsche wusch sie bisher, indem sie alles in der Badewanne einweichte und dann, dabei ein Buch lesend, so lange darauf herumwanderte, bis die Haut an ihren Füßen weiß und schrumpelig wurde. Das Auswringen hinterher baute zwar ihre Armmuskeln auf, bescherte ihr aber auch stechende Rückenschmerzen. Unüberwindlich schien das Zeitproblem. Sechzehn Stunden arbeitete sie jeden Tag und schaffte doch nicht alles.

Das Problem aber löste sich auf eine höchst unerwartete Weise. Eines Sonntags Ende November klopfte es an ihrer Tür. Vor ihr stand breit grinsend ein junges, schwarzes Mädchen. Es fehlte ihr der rechte Vorderzahn, was ihrem Grinsen eine gewisse Verwegenheit gab, und aus ihren großen Gazellenaugen sprühte eine solch ansteckende Fröhlichkeit, daß sie strahlend zurücklächelte.

»Hallo, Madam«, kicherte die Schwarze und verbarg die Zahnlücke hinter einer Hand, »Sie brauchen ein Mädchen.«
Henrietta starrte sie an. Das Unheimliche war, daß sie tags zuvor zu demselben Schluß gekommen war. Sie brauchte jemanden, dringend. »Kannst du nähen«, fragte sie atemlos, »oder stricken?«
»Yebo, Ma'am.«
»Was nun, nähen oder stricken?«
»Nähen.« Wieder dieses ansteckende Grinsen.
»Wo hast du das gelernt?«
»In der Fabrik, Ma'am.«
Besser und besser. Die langweilige Näharbeit auf jemanden abwälzen zu können, welch eine herrliche Vorstellung. »Wie heißt du?«
»Sarah, Nkosikazi.«
Wieviel sollte sie dem Mädchen an Bezahlung anbieten, und wo sollte sie wohnen? In dem kleinen Gartenhäuschen war zwar eine rostige Dusche und ein Plumpsklo, aber ohne Geld konnte man daraus keine menschliche Behausung machen. Aus der Traum! Sie schüttelte den Kopf. »Es tut mir leid, Sarah, ich habe keinen Khaya für dich.«
Sarah grinste wieder. »Da ist ein Khaya, ich habe ihn gesehen.«
»Das Gartenhäuschen, ja, aber es ist nicht in Ordnung.«
»Jackson sagt, es ist gut.«
Jackson! Sie lächelte in sich hinein. Die Buschtrommel schien hier tatsächlich zu funktionieren. »Sieh es dir an, dann wirst du selbst sehen daß es unbewohnbar ist.«
Sarah warf einen flüchtigen Blick ins Gartenhäuschen. »Ist okay.«
»Aber Sarah, ich hab kein Geld, es in Ordnung zu bringen!«
»Kein Problem«, meinte die schwarze Perle, »macht Jackson.« Sie schien zu kurzen, prägnanten Sätzen zu neigen.

Und so zog Sarah bei ihr ein. In welchem Verwandtschaftsverhältnis sie zu Jackson stand, war nicht herauszufinden.
»Mein Vater«, sagte Sarah.
»Meine Nichte«, sagte Jackson.
Auf ihre nachdrücklichen Fragen hin bedachte sie Sarah mit einem langen Blick aus den Augenwinkeln. »Bruder meines Vaters, also auch mein Vater.«
Mit zwei Freunden und Sarah räumte Jackson das Gartenhäuschen leer. Ihre Hilfe wurde lachend abgewehrt, so kochte sie einen großen Topf mit Gemüse und Fleisch. Zur Mittagszeit gesellten sich zwei weitere Mädchen hinzu, und bald erfüllte ihr helles Lachen, klar und hoch, wie das Singen von Geigen, und das dunkle, rauhe der Männer, voll und weich wie Sahne, die warme Luft. Henrietta, den Kochtopf in der Hand, verharrte und hörte ihnen zu. Eins der Mädchen trällerte eine Melodie, die anderen nahmen sie auf, machten sie zum Refrain. Jackson und seine Freunde ahmten im tiefen Baß den eindringlichen Rhythmus von Trommeln nach, ein drängender, pulsierender Rhythmus, der Henrietta ins Blut ging. Sie schlich auf Zehenspitzen näher und spähte um die Ecke. Sarah in ihrem königsblauen Kittel tanzte, Knie gebeugt, Hintern herausgestreckt, und balancierte dabei ein Bündel Wäsche auf ihrem Kopf. Die anderen, aufgereiht zu einer Kette, die Männer mit nackten Oberkörpern, die jungen Frauen in bunten Hausmädchenuniformen, sangen und wiegten sich, während sie sich im Takt Sarahs Habseligkeiten zuwarfen, einer dem anderen, und im Khaya stapelten.
Henrietta trat um die Ecke, und die Schwarzen verstummten. Sie lächelte und machte einen Schritt auf sie zu. Sechs Paar braune Augen blickten sie an, keiner sprach. Sie setzte den Topf ab, blieb mit hängenden Armen stehen. Feuchtwarmer Erdgeruch, vermischt mit dem süßen Duft des Frangipanis, stieg ihr in die Nase, ein Schwarm Mainas stolzierte auf dem

Dach des Gartenhäuschens herum und schimpfte. »Ich möchte mitmachen«, sagte sie, »ich gehöre doch dazu, hier ist Afrika.« Aber sie sagte es auf deutsch, ganz leise, und dann ging sie, von einer unerklärlichen Schüchternheit befallen. Sie fühlte sich als Eindringling. Später, allein auf der Veranda, lauschte sie den fröhlichen Stimmen der jungen Afrikaner und wußte nicht, wie sie den tiefen Graben zu ihnen überqueren sollte.

Neugierig öffnete sie am nächsten Morgen die hellgrüne Brettertür des Khayas. Durch ein winziges Fenster hoch unter der Decke fiel nur wenig Licht. Verblüfft hielt sie inne. Sarahs Bett, ein Eisengestell mit einer klumpigen Kapokmatratze, balancierte prekär auf kleinen Ziegelsteintürmen etwa einen Meter über dem Steinboden. »Sarah, wozu hast du dein Bett so hoch gestellt?«

Sarahs Haut schluckte alles Licht. Nur das Weiße ihrer Augen leuchtete. »Tokoloshe«, wisperte sie kichernd. Ihre Hände verbargen ihre untere Gesichtshälfte, die herrlichen Augen unter den dichten aufgebogenen Wimpern funkelten.

»Tokoloshe? Was ist das? Ein Tier?«

»Nein, doch kein Tier«, Sarah lachte die unwissende Weiße aus, »nein, nein, kein Tier.« Sie bog sich vor Lachen, so als wüßte jeder, wer der Tokoloshe ist. »Es ist ein Geist, so hoch«, ihre flache Hand schwebte in einem Meter Höhe, »er ist ziemlich böse.«

»Aber es gibt doch keine Geister, Sarah!«

Die Antwort war wieder verschämtes Kichern. Henrietta gab ihr die Decke und ging. Es hatte keinen Sinn, weiter zu fragen.

»Der Tokoloshe!« rief Tita später am Telefon, »o Henrietta, das ist der destruktivste kleine Bastard, den es in Südafrika gibt. Er ist für alle Mißgeschicke verantwortlich. Gegen den ist kein Kraut gewachsen!«

»Wann sehen wir uns?«
»Neil fliegt nach Johannesburg. Wir haben also sturmfreie Bude, komm doch gleich, ich mache uns etwas Leckeres zu essen.«
Aber sicher, dachte Henrietta sarkastisch, Gladys würde ihnen etwas Leckeres zu essen machen. Madam würde auf ihrem Hinterteil sitzen und sich vom süßen Nichtstun erholen!
Gladys öffnete ihr die Tür. »Madam, willkommen!«
»Der Mäher ist ruiniert!« hörte sie Neil brüllen. »Wo ist Moses?«
»Reg dich ab«, kam Titas spöttische Stimme, »kauf einen kaffernfesten Rasenmäher, den auch ein Schwarzer nicht kleinkriegt, dann gibt's kein Problem.«
Sie ging den Stimmen nach und fand ihre Freunde am Schwimmbecken. Neil, ungewohnt im hellgrauen Anzug, war puterrot angelaufen. »Florentina, ich kann nicht glauben, daß du das gesagt hast, mit dieser Geisteshaltung …«
»… werden Millionen Menschen in diesem Land kleingehalten«, seufzte Tita. »Kommt jetzt wieder die Leier von den unterprivilegierten Eingeborenen und daß alles nur unsere Schuld ist? Ich kann's nicht mehr hören! Weißt du, was Daddy immer sagt? Einer, der wirklich will, schafft es auch!« Sie kippte einen großen Cognac.
»Verwöhntes Balg! Du weißt doch überhaupt nicht, wovon du redest. Du hast noch nie einen Finger krumm gemacht.« Neil warf sich türknallend in sein Auto und jagte mit aufheulendem Motor davon.
»Wo bleibt dein Vortrag, auf wessen Rücken Daddy sein Geld verdient?« schrie sie ihm wütend nach. Dann sah sie Henrietta. »Hallo, tut mir leid, aber Neil macht mich rasend. Dauernd hält er seine Tiraden gegen Apartheid und Regierung, stochert im Dreck, tritt einflußreichen Leuten auf die Zehen. Auf Daddy hackt er ständig herum, kapiert aber

nicht, daß nur dessen Name ihn vor ernsten Konsequenzen schützt. Ich hab' Angst um ihn.«
»Angst? Wer könnte ihm denn so gefährlich werden?«
Tita lachte trocken. »Das weiße Südafrika ist unermeßlich reich, aber nur weil wir Millionen von Schwarzen haben, die für uns arbeiten, die all die glitzernden Diamanten, das Gold aus der Erde buddeln. Wer sonst würde viertausend Meter unter der Erdoberfläche bei fünfzig Grad Hitze, direkt am Eingang zur Hölle, durch Felsentunnel kriechen, in denen das Wasser von den Wänden leckt, die staubige Luft nach Schwefel stinkt und hinter jeder Biegung der Tod lauert, um für einen Hungerlohn Gold aus den Felsen zu sprengen? Gold, das Millionen Rand wert ist. Nach Arbeitsschluß kratzt man ihnen den Staub unter den Zehennägeln hervor, der durch seinen Goldgehalt mehr wert ist als ihr Lohn! Kein Weißer wäre so blöd. Es geht also um Geld, nichts weiter. Keiner will teilen, und es gibt Leute, die dafür sorgen, daß ihnen keiner in die Suppe spuckt.«
»Tita, du gibst ihm ja recht!«
»Natürlich, verdammt noch mal!« Verdrossen starrte sie in ihr Cognacglas. »Aber wie stellt er sich das vor? Sollen wir denen einfach die Herrschaft übergeben? Die würden alle Weißen abschlachten, uns Frauen vergewaltigen. Das Land würde in Blut ertrinken.«
Henrietta schwieg entschlossen.
»Du hast keinen Grund, dich aufs hohe Roß zu setzen. Eure Nazis haben die Juden zu Millionen enteignet, haben ihnen Besitz und Häuser gestohlen. Bist du sicher, daß das Haus, in dem du in Hamburg gewohnt hast, nicht einer jüdischen Familie gehört hat, die im KZ gestorben ist?« Ihre grünen Augen funkelten aggressiv.
»Tita, ich hab kein Wort gesagt«, bemerkte sie sanft.
»Ich kann doch sehen, was du denkst. Ich besitze ein riesiges

Haus, jeder Handschlag wird mir abgenommen, ein paar hunderttausend schwarze Arbeiter sorgen dafür, daß unsere Familie in Geld schwimmt. Du hast recht, mein Leben ist herrlich, weil ich weiß bin. Ich kann das nicht alles einfach aufgeben. Wir müßten das Land verlassen, niemand in der Welt will uns haben. Du kannst deine Koffer packen und zurück nach Deutschland fliegen!« Sie erhob sich, schwankte. »Ich brauch einen Cognac. Ich glaube, ich werde mich betrinken. Gladys«, schrie sie, »bring mir eine neue Flasche Cognac!«

»Du hast doch schon einen sitzen.«

»Hör auf, die Lehrerin zu spielen. Wo ist Sammy?« Sie nahm die Flasche Remy, die ihr Gladys auf einem Tablett reichte.

»Ich hab sie ins Bett gebracht, Madam.«

»Mami!« Ein Kinderstimmchen, irgendwo aus dem Garten.

»Ins Bett?« Tita stellte die Flasche hin. »Das war doch Sammy!« Sie schob Gladys aus dem Weg und lief ins Kinderzimmer. Das Bett war leer. »Sie muß im Garten sein.« Beide spähten aus dem Fenster.

In der Mitte des Schwimmbeckens trieb Sammy, ihre Augen unter Wasser waren weit geöffnet, das Gesicht knallrot angelaufen. Sie paddelte wie ein Hund mit Händen und Füßen, schaffte es aber nicht, den Kopf über Wasser zu bekommen.

»O mein Gott!« Tita riß das Fenster auf. »Sammy!«

Moses, der hinter der Hecke, die das Schwimmbad abschirmte, vorbeischlurfte, hob den Kopf bei diesem Schrei, sah Sammy, war mit wenigen Sätzen am Pool und stürzte sich hinein. Er landete direkt neben der Kleinen und ging unter wie ein Stein.

»Er kann nicht schwimmen«, wimmerte Tita und rannte los. Die beiden Frauen liefen durch die langen Gänge des weitläufigen Hauses, die Treppen hinunter, durch den vorderen Garten, über den gepflasterten Platz unter dem Mangobaum,

sie sprangen über niedrige Hecken, Dornen zogen blutige Spuren auf ihren Beinen, zerrissen die Kleidung. »Sammy!« schluchzte Tita. »O mein Gott, Sammy.«
Moses stand auf dem Grund des Schwimmbads, der Wasserspiegel einen halben Meter über ihm. Mit gestreckten Armen, die Augen zugepreßt, Zähne gebleckt, hielt er Sammy hoch, so daß ihr Kopf aus dem Wasser ragte.
»Mami«, hustete die Kleine, »ich kann schwimmen!«
Tita hechtete aus vollem Lauf ins Wasser, ergriff ihre Tochter, reichte sie Henrietta, die hinterhergesprungen war, und tauchte hinunter zu Moses. Sie packte ihn am Kragen und zog ihn ins flache Wasser. Keuchend, wasserspuckend hing er am Rand.
Henrietta stand auf dem Rasen und hielt Sammy an den Beinen. Sanft massierte sie den geblähten Bauch. Zu ihrem Staunen erbrach die Kleine kein Wasser, sondern brachte nur einen ungeheuren Rülpser hervor. »Sie hat Luft geschluckt, Tita, sie muß unter Wasser einfach die Luft angehalten haben!«
Wortlos nahm Tita ihre Tochter, strich ihr die nassen Locken aus dem Gesicht. »Mein Baby«, flüsterte sie, jetzt stocknüchtern, »mein Kleines.« Sie legte ihr das Ohr auf die Brust. »Es rasselt nichts in der Lunge«, sagte sie, »aber ich rufe doch den Arzt. Das kann die übelsten Lungeninfektionen geben.« Sie kniete neben Moses, der mit einem schwachen Grinsen zu ihr hochsah. »Kannst du laufen, Moses?« Als er nickte, half sie ihm die Stufen hoch aus dem Wasser. »Leg dich ins Bett, ich komme gleich zu dir. Der Arzt wird auch gleich kommen.« Ihre Hand ruhte auf seinem Arm. »Mein Leben lang werde ich dir das nicht vergessen, Moses.«
Sammy trug keinen Schaden davon. Moses erholte sich bei voller Bezahlung für zwei Wochen in seinem heimatlichen Kraal. Tita richtete ein Konto zur Erziehung seiner Kinder

ein, und Neil schrieb eine Geschichte über ihn. Für ein paar Tage wurde er zu einer Art Held. Man belobigte ihn, reichte ihn herum, er durfte sogar in der Küche des Bürgermeisters einen Kaffee trinken.

Sechstes Kapitel

Sarahs bemerkenswerte Persönlichkeit füllte das Haus, ihr Lachen, nach dem Henrietta süchtig wurde, erhellte ihre Tage. Ihr Wesen sprühte aus ihren ausdrucksvollen Augen. Senkte sie ihre Lider, entspannte sie ihre Gesichtszüge, verschwand sie wie hinter einer Mauer, und Henrietta konnte sie nicht mehr erreichen. Sie besaß die Weisheit und den unendlichen Reichtum von überliefertem Wissen ihres Volkes, das ursprünglicher war, näher am Leben als die Europäer. Sie war eine fertige Person, die wußte, wer sie war, woher sie kam, erkannte Dinge und Zusammenhänge instinktiv, die Henrietta erst lernen mußte. Sie schien Henriettas Stimmungen zu spüren, bevor diese sichtbar wurden, und reagierte so, daß diese erst Wochen später merkte, wie sie manipuliert wurde. Ihre Schulbildung war spärlich, aber sie sog Wissen auf wie ein Schwamm. Den Eigenheiten der Weißen jedoch begegnete sie mit offenem Spott.

»Madam«, rief sie, »was ist mit diesen Fischen?« Gebannt beobachtete sie die bunten Guppies in Henriettas neuem Süßwasseraquarium. »Noch ziemlich klein sind die«, stellte sie fest.

Henrietta streute Futter ins Wasser. »Die werden nicht größer.«

»Da brauchen wir aber noch eine Menge mehr davon, bevor es ein Mittagessen wird«, antwortete Sarah mißbilligend.

»Ich will die Fische nicht essen, nur ansehen. Sie sind hübsch.«

Wie schon öfter wurde sie mit jenem Blick aus schwarzen Augen konfrontiert, schräg aus den Augenwinkeln unter halbgeschlossenen Lidern. Wer sich Fische hält, die nur Geld kosten und die man nicht essen kann, muß verrückt sein, sagte der Blick deutlich, aber was kann man anderes erwarten, es sind eben Weiße! Kopfschüttelnd in sich hineinglucksend, trollte sich die Schwarze.

Sie lernte schnell, und Henrietta brachte ihr Stricken bei und konnte ihr bald die kniffligsten Muster anvertrauen.

Jede Woche stellte sie ihr Mehl, Zucker, Tee, Salz und Gemüse in abgepackten Portionen hin, Fleisch kaufte sie ihr jeden zweiten Tag frisch.

»Sonst versorgt sie ihre ganze Familie, und du hast keine Kontrolle«, warnte Tita. »Mehr braucht sie nicht, da mußt du streng sein.«

Trotzdem stieg Henriettas Zuckerverbrauch auf sagenhafte fünf Pfund pro Woche. Sie stellte die junge Schwarze zur Rede.

»Ich mag Zucker«, murmelte ihre schwarze Perle und ließ ihren Blick vage nach draußen schweifen.

»Das sind zwanzig Pfund im Monat! Du wirst fett werden wie ein Schwein und nicht mehr laufen können!«

Sarah seufzte irritiert, ließ Schrubbürste und Wischtuch sinken, mit denen sie den Küchentisch attackiert hatte, und entfernte sich ohne ein weiteres Wort, ihr Schritt ungewohnt schwer.

Henrietta sah ihr bestürzt nach. Hoffentlich würde sie ihr nicht weglaufen! Zwei Stunden später jedoch stand Sarah wieder in der Küche, und auf dem Tisch stapelten sich acht Pfundpakete Zucker. »Sarah, wo kommen die her?«

Wieder dieser schräge Blick aus den Augenwinkeln unter den Wimpern hervor, ein leises, ungeduldiges Schnalzen mit der Zunge. »Hab' sie gefunden.«

Und damit hatte es sich, der Zuckerverbrauch sank auf erträgliche sieben Pfund im Monat.
Sarah schien ein etwas anderes Zeitgefühl zu haben. ›Morgen‹ war für sie ein flexibler Begriff. Von ihren Besuchen in ihrem heimatlichen Kraal kehrte sie dann zurück, wenn der Besuch beendet war. Am ersten Freitag im Dezember schickte Henrietta sie zum Einkaufen. Sie kehrte nicht zurück.
Zwei Wochen später stand sie, schwarze Ringe unter den Augen und einige frische Verletzungen im Gesicht, morgens singend in der Küche und machte ihre Arbeit. Henrietta verlangte eine Erklärung. Sarah schwieg, hantierte überlaut mit den Töpfen und zog ein Gesicht, das deutlich zeigte, daß sie nicht wußte, wo das Problem lag. Sie war wieder da, war das nicht genug?
Henrietta gab auf. Aber lachen mußte sie doch. *Oh, Sarah!*
Ohne viel Federlesens übernahm Sarah auch den Haushalt. Morgens weckte sie Henrietta laut und vergnügt mit einer Tasse Kaffee und deckte den Frühstückstisch. Danach machte sie schnell das Haus sauber. Mit den Ecken stand sie ziemlich auf dem Kriegsfuß, aber Henrietta war sich im klaren darüber, daß niemand perfekt war, und machte nicht zuviel Aufhebens davon. Beim Staubwischen trällerte die junge Zulu eine rhythmische Melodie und schwang ihr ausgeprägtes Hinterteil im Takt. »Ich bin Bee-bop-Königin«, rief sie stolz, stampfte und drehte sich und ließ dabei ein hohes, durchdringendes Trillern hören. »Meine Mutter nannte mich itekenya – Tanzfloh!« Sie hüpfte hoch in die Luft und lachte glücklich.
Unwillkürlich ahmte Henrietta ein paar der Schritte nach, was Sarah mit einer Lachsalve auf dem Küchenfußboden zusammenbrechen ließ. Sie warf sich auf den Boden und schrie vor Lachen. »Nein, Madam – so!« Sie zeigte ihr eine schnelle

Schrittfolge. Die beiden jungen Frauen tanzten und wirbelten durch die Küche, Sarah trillerte und stieß anfeuernde, helle Schreie aus, Henrietta, hochrot unter ihrer Sonnenbräune, klatschte in die Hände, stampfte die Füße, ihre Zähne blitzten weiß in ihrem glühenden Gesicht.
Ein Klopfen an der Tür unterbrach sie. Rasch ordnete Henrietta ihre verschwitzten Haare. Melissa Daniels kam, um ihr Kleid abzuholen.
Sarahs Essen brodelte auf dem Herd. Sie hob den Deckel und schnupperte mit gekrauster Nase. Kohl, Hammelfleisch mit viel Knoblauch, der Geruch war durchdringend. Sie zögerte. Wie Melissa kamen dieser Tage häufiger ihre Kundinnen ins Haus. Sarah setzte ihr Essen morgens auf und ließ es Stunden köcheln, und der Geruch zog in intensiven Schwaden durch das ganze Haus. Es mußte sein. »Sarah, laß die Küchentür nach draußen offen, es riecht sehr nach deinem Essen, und koche in Zukunft abends. Dies ist ein altes Haus, da dringt der Geruch durch alle Ritzen.«
»Madam mag den Geruch nicht?« Sarahs Ton war ausdruckslos.
»Nein, Sarah, nicht sehr.«
»Okay!« Sarahs Gesicht wurde zu einer ausdruckslosen Maske, still nahm sie ihren Kochtopf, alle Fröhlichkeit schlagartig ausgelöscht, und verschwand. Beschämt sah ihr Henrietta nach.
»Himmlisch, Henrietta«, rief Melissa etwas später und drehte sich in dem eleganten Kleid aus schwarzem Leinen, »absolut himmlisch! Ich fühle mich wieder schlank! Du wirst einmal reich werden. Ich möchte dich zu unserer Weihnachtsparty einladen, dann kann ich dich allen meinen Freundinnen vorstellen.«
Weihnachten erfüllte sie ihr Versprechen. »Das ist Henrietta, sie ist ein Genie«, erzählte sie ihren Freundinnen, »seht

nur!« Sie drehte eine kleine Pirouette. »Sie zaubert Kilos weg!«
Selbst Lady Rickmore, die ihren walzenförmigen Leib in ein himmelblaues Duchessekleid gezwängt hatte und einer blau glänzenden Leberwurst ähnelte, war geneigt, Interesse zu zeigen. »Ich werde bei Ihnen doch nur – hm – Europäer antreffen, nicht wahr?«
Henrietta drehte ihren Wappenring, dachte an ihr Haus und lächelte süß. Als die Weihnachtsnacht den heißen Strahlen der Morgensonne wich, hatte sie eine beachtliche Sammlung von Visitenkarten in ihrer Tasche und den Terminkalender der nächsten Woche ausgebucht. Es war ihr schönstes Weihnachtsgeschenk.
Das Haus der Daniels war voll, das Wetter ruhig und klar und sehr heiß. Die Jugend traf sich am Schwimmbecken, die älteren Herrschaften fächelten sich unter dem Jacaranda Kühlung zu. Derweil stand Mavis, die alte Köchin, umwabert von Bratenschwaden am Herd und schwang ihre Kochlöffel wie Dressurpeitschen. Ihre beiden Töchter waren zur Verstärkung mitgekommen und schnippelten, rührten und köchelten. Der Herd war seit drei Tagen ununterbrochen in Betrieb, der Eisschrank quoll über. In zwei Badewannen, gefüllt mit Eisstücken, stapelten sich Schüsseln mit Salaten, Süßspeisen, Platten mit kaltem Fleisch und appetitlichen weißen Langustenschwänzen. Dazwischen driftete Melissa in hauchfeiner, fließender Seide, unberührt von der Hitze, und gab mit sanfter Stimme Anweisungen.
Gegen sechs deckten Nelson und Grace die langen Tische unter den schweren Zweigen des alten Jacaranda, in denen Hunderte von kleinen elektrischen Glühbirnen im sanften Abendwind schaukelten. Weiße, gestärkte Tischdecken, blitzendes Silber, funkelndes Kristall, als Begleitmusik zum Dinner die Geräusche der afrikanischen Nacht. Um acht war es

dann soweit. Die Damen schwebten in schulterfreien Abendkleidern heran, die Herren trugen Dinnerjacket oder Smoking. Es war sehr festlich und angesichts brütender achtundzwanzig Grad im Schatten und weit über neunzig Prozent Luftfeuchtigkeit eine schweißtreibende Angelegenheit. Zwei Dutzend Kinder rannten johlend herum und stopften sich am Buffet bis zum Bersten voll. Ihre Eltern sammelten sie dort auf, wo sie umgefallen und eingeschlafen waren, legten sie in den Gästebetten ab, wie die Sardinen Kopf an Fuß. Als der Abend fortgeschritten war, stampfte Mr. Kinnaird wieder vergnügt klatschend seinen Zulutanz, und gegen zwei Uhr nachts sprangen die ersten Gäste mit Kleidern ins Schwimmbad. Es war ein durch und durch gelungenes Fest.
Lediglich Pops war nicht in weihnachtlicher Stimmung. Er saß wie ein bösartiger, verschrumpelter Kobold in seinem Stuhl, ermordete Fliegen und kicherte meckernd, als er Henrietta sah. »Na, ist das Haus schon weggeschwemmt, deutsches Mädchen?«
»Nein, ist es nicht und wird es nicht!« Sie setzte ein provozierendes Lächeln auf.
Ein Zischlaut entwich seinem zahnlosen Mund. Er zog den Kopf zwischen die Schultern und schlug erregt mit der Fliegenklatsche auf die Stuhllehne. Henrietta lächelte zufrieden und ignorierte ihn.

❖

Überraschend erschien Luise von Plessing am zweiten Weihnachtstag im Donga-Haus mit einem Satz Stahlkochtöpfe. Sarah öffnete ihr, und sie richtete einige Worte in Zulu an sie. Sarah antwortete mit einem breiten Lächeln und ausladenden Gesten, reagierte dann aber mit zunehmendem Ernst. Frau von Plessing verabschiedete sich von ihr wie von einer Freundin. »Die arme Frau«, bemerkte sie zu Henrietta, »sie

macht sich große Sorgen um ihre Mutter. Sie hat es mit der Lunge. Es geht ihr sehr schlecht.«
Betroffen wurde Henrietta klar, daß sie nicht einmal gewußt hatte, ob Sarahs Mutter noch lebte. Sie nahm sich vor, Sarah für ein paar Tage freizugeben, damit sie ihre Mutter besuchen könnte. »Ich werde versuchen, Zulu zu lernen«, sagte sie zu Luise und führte sie auf die Veranda.
»Es ist unerläßlich, daß wir ihre Sprache sprechen können«, sagte die alte Dame, »denn können wir nicht mit ihnen reden, werden wir sie nie verstehen, und das ist lebensnotwendig für uns. Unsere Zukunft ist untrennbar mit ihnen verbunden, wenn wir in Afrika überleben wollen.« Träumerisch blickte sie über die Baumkronen in die Ferne. »Welch ein herrliches Fleckchen Erde. Wir hatten eine große Farm mitten im Herzen von Zululand, mehrere hundert Hektar fruchtbares grünes Land.« Sie lächelte Henrietta an. »Als ich in dieses Land kam, lernte ich erst Zulu, dann Englisch. Jeden unserer Arbeiter kannte ich und seine Familie auch. Sie lebten noch in den traditionellen Stammesverbänden und hatten einen festen, beneidenswerten Familienzusammenhalt. Selbst die kleinen Kinder hatten ganz vorzügliche Manieren.« Sie horchte in sich hinein. »Es war eine wunderbare, unschuldige Zeit, in der alles seine Ordnung und jedes Ding seinen Platz hatte.« Sie schwieg. Laute aus dem Garten wurden hörbar. Sanftes, weiches Zulu, schläfrige Vogelstimmen. Es war dieser Friede um sie, dieses Gefühl, daß alles im Gleichgewicht war.
»Das Paradies«, wisperte Henrietta.
»O ja, das war es. Aber es ist lange her, sehr lange.« Sie reichte Henrietta eine kleine Schachtel. »Ich möchte, daß du das trägst. Du wirst den Sinn verstehen.«
Henrietta hob eine Münze an einer langen Goldkette heraus, eine Half Crown mit dem Abbild von George V. In die Mün-

ze war das Kreuz des Südens in Diamanten eingelassen, der größte funkelte im Schnittpunkt.
»Ich habe es von meinem Mann bekommen, nachdem wir hier gelandet waren. Es bedeutet mir sehr viel.« Sie legte ihre Hand auf Henriettas, die sagen wollte, das ist zuviel, das kann ich nicht annehmen. »Sag nichts, Henrietta, ich habe keine Familie mehr. Du machst mir damit eine große Freude.«
Es dauerte eine ganze Weile, bis Henrietta wieder sprechen konnte, ohne daß ihre Stimme schwankte.

❖

Aus Hamburg war ein Paket mit einer Blechdose mit Mamas wirklich leckerem Spritzgebäck, mit Lebkuchen von der Tante aus Nürnberg und einem Silberbesteck für zwei mit dem Wappen der Tresdorfs gekommen. »Das Junggesellenbesteck unserer Familie«, schrieb Papa, »ich bekam es von meinem Vater.« Es lag schwer und kühl in ihrer Hand, blankgeputzt und blinkend bis in die letzten Windungen der Gravur. Sie saß vor dem geöffneten Paket und dachte an ihre Eltern und ihren Bruder, stellte sich den Weihnachtsbaum mit den bemalten Wachsengeln und dem kleinen Silbervogel auf der Spitze vor. Sie konnte das Trommeln des Regens gegen die Fensterscheiben hören, sah die kahlen Äste sich im schneidend kalten Winterwind biegen, sah die gebeugten Menschen in dunklen Mänteln mit blassen Gesichtern. Aber sosehr sie sich auch bemühte, die Gesichter ihrer Familie entglitten ihr. Ihr Bruder war da, schmal und hochaufgeschossen, ihr Vater, massig in seinem Ohrensessel, die Zigarettenspitze in der Hand. Ihre Mutter vor dem Herd mit der Weihnachtsgans, ihr Rücken krumm von ständig unterdrücktem Groll, angetan mit Schürze, ihre Frisur von einer Duschhaube aus Plastik vor den Küchendämpfen geschützt. Henrietta spürte ihre Unzufriedenheit, aber sie konnte ihr Gesicht nicht erkennen. Betroffen wurde ihr klar, daß sie nichts fühlte, kein Heimweh, keine Sehnsucht, sondern nur Erleichterung und eine nie zuvor gekannte Freiheit. Rasch schloß sie die Geschenke in den Schrank. Jetzt war es noch zu früh, um darüber nachzudenken.

❖

Am 1. Januar 1961 wurde sie einundzwanzig. Um vierundzwanzig Uhr in der Silvesternacht stand sie allein auf ihrer Veranda. Weit draußen auf Reede lagen Schiffe, geschmückt mit Lichterketten. Einundzwanzig. Volljährig! Frei! Sie zerriß die Geschäftsfähigkeitserklärung ihrer Eltern in winzig kleine Stücke und streute sie als Konfetti in den dunklen Garten. Sie blitzten einmal auf und verschwanden. »Prost.« Sie hob ein Glas Sekt und grüßte ihr Spiegelbild im Fenster. »Auf die Freiheit und die Zukunft! Und Erfolg«, setzte sie hinzu. Draußen stiegen die Raketen von den Schiffen hoch in den blauschwarzen Himmel und explodierten zwischen den Sternen und sanken goldglitzernd wie der Schweif einer Sternschnuppe ins Wasser und erhellten die Küste und das Meer, verwandelten sie zu einer flimmernden Traumlandschaft. Die süß duftende Nacht legte sich um sie, Afrikas Melodie stieg in den Himmel. Sie schloß ihre Augen und überließ sich ihren Träumen.

Siebtes Kapitel

In den letzten Tagen des Januars faßte sie allen Mut zusammen und kündigte Mr. van Angeren. »Ich muß es wagen«, erklärte sie, »ich werde zwei Nähmaschinen und eine Strickmaschine kaufen und noch zwei Näherinnen einstellen. Ich habe genug Aufträge, um drei oder vier Monate überleben zu können.«

Der Direktor ihrer Bank, der Barclay's Bank in Durban North, reagierte mit Panik. Er zitierte sie zu sich und eröffnete ihr, daß der Kredit, den er ihr gewährt hatte, ab sofort fällig sei. »Ich kann es mir nicht leisten, den Kredit länger laufen zu lassen, ich bin ja kein Wohlfahrtsunternehmen.« Er setzte sich mit selbstgerechter Miene in seinem Stuhl zurück und sah Henrietta über den Rand seiner Brille an.

»Sie«, sagte diese eisig, jeder Zoll ihres gespannten Körpers ein Abbild ihrer Großmutter, kerzengerade, Kinn gehoben, eine unbewußte Arroganz im Blick, obwohl ihr zum Heulen zumute war, »Sie sind nur ein Angestellter dieser Bank, ein kleiner Filialleiter mit einem kleinen Gehalt, der sich hier aufpustet. Ich werde meine zukünftigen Geschäfte einer anderen Bank anvertrauen, hier fühle ich mich nicht angemessen behandelt.« Sie stand auf, und es gelang ihr, nicht zu zeigen, wie verzweifelt sie war. »Einen Scheck zum Ausgleich meines Kredites bekommen Sie in den nächsten Tagen.« Sie ging zur Tür. Sie machte kleine Schritte und hielt dabei die Luft an. Schon streckte sie die Hand zur Klinke, da räusperte er sich. Sie stoppte.

»Oh, kommen Sie zurück, Miss Tresdorf, vielleicht können wir einen Weg finden.« Er schürzte sein rotes Mündchen zwischen seinen Hängebacken. »Sie sind wirklich eine sehr hartnäckige junge Frau.« Er lehnte sich zurück und tastete sie mit den Augen ab. »Und eine recht attraktive! Je, nun, Miss Tresdorf, wie wäre es mit einem Dinner, ja, ich denke, das wäre passend. Ein Dinner! Das könnte mir helfen, meine Bilanzen in einem anderen Licht zu sehen. Ich kenne da ein nettes Lokal, klein und verschwiegen. Gute Küche, muß ich sagen, der Lammsattel ist wunderbar, ein bißchen viel Knoblauch, aber wirklich ganz, ganz wunderbar.« Er entblößte seine Zähne und klickte bei jedem ›ganz‹ mit einem Fingernagel dagegen.

Das Geräusch kratzte über Henriettas Nerven, seine Worte klebten wie Schleim an ihr. Wortlos drehte sie sich um und ging.

»Glauben Sie bloß nicht, daß Sie irgendwo sonst Geld kriegen, Sie Flittchen!« schrie er hinter ihr her.

Sie preßte die Hände über die Ohren, lief durch die gläserne Schwingtür hinaus blindlings über die Straße, hörte nicht auf zu rennen, bis sie ihr Auto erreichte. In nur sechs Minuten schaffte sie es nach Umhlanga Rocks. Sie parkte unter der alten Banane und lief zum Strand, zu dem großen Felsen vor dem Leuchtturm. Sie nannte ihn ihren Felsen, denn hier oben, unter ihr die tosende Brandung, vor ihr der weite, schimmernde Ozean, über ihr der afrikanische Himmel, hier oben fand sie zu sich selbst. Wie eine Ertrinkende kroch sie hinauf. Sie kauerte sich zusammen. Woher sollte sie das Geld nehmen, den Kredit abzulösen, wovon sollte sie leben?

Sie sah hoch. In dem gischterfüllten Raum über der tosenden Brandung flatterte ein afrikanischer Eisvogel mit schwarzweißgeflecktem Gefieder. Der Seewind trieb sein Spiel mit ihm, warf ihn hin und her. Aber wild flatternd, im Wind rollend, spähte er unbeirrt nach Beute, stieß immer wieder hinab in das schäumende Meer, bis er mit einem großen, zappelnden Fisch wieder hochkam. Ein hartnäckiger kleiner Bursche, der nie aufgab.

Nie aufgeben!

Sie rutschte vom Felsen, fuhr nach Hause, suchte hastig alle Unterlagen zusammen, die ihren Kredit und das Haus betrafen, und kehrte nach Durban North zurück. Kurz darauf stand sie vor dem Manager der Standard Bank, der größten Bank am Platze.

Mr. Smythe hörte ihr aufmerksam zu. Ebenso aufmerksam studierte er ihre Unterlagen, überflog die Aufstellung ihrer Aufträge, prüfte die Rechnungen, die belegten, welche Reparaturen und Verbesserungen sie an ihrem Haus vorgenommen hatte. Hauptsächlich aber hörte er ihr zu. Sie redete sich in Begeisterung, malte ein glühendes Bild von ihren Zukunftsaussichten, baute mit Worten ein weißes Schloß aus ihrem Haus. Als sie schwieg, nahm er seine Brille ab und ließ seinen Blick über sie gleiten. »Ist das eins Ihrer Kleider?«

Verwirrt blickte sie an sich herunter. Ein einfaches Kleid aus schwarzer Baumwolle, ärmellos, mit einem gestickten Schmetterling in schimmernden Blautönen auf der Schulter. Der knöchellange, weite Rock war bis zwei Handbreit oberhalb des Knies geschlitzt. Zu gewagt? »Ja«, flüsterte sie unsicher.

»Sie bekommen den Kredit«, sagte er und setzte seinen Namenszug unter den Kreditvertrag.

Sie konnte es kaum fassen. Als sie wieder in der blendenden Helligkeit der Nachmittagssonne stand, warf sie den Kopf in den Nacken und stieß einen Schrei aus.»Ja«, schrie sie und streckte die Faust hoch. Aus den Augenwinkeln nahm sie die schockierten Gesichter einiger Damen wahr. Egal, ihr Ruf als die verrückte Deutsche mit dem Donga-Haus hielt das aus.

Es war, als wäre ein Damm gebrochen. Die Ideen flogen ihr zu, ihr Stift jagte über das Papier, sie arbeitete Tag und Nacht, bis zum Umfallen. Dann, im April, fand sie Fatima, eine junge Inderin, eines jener ätherischen Wesen, die, eingehüllt in einen schimmernden Sari und mit einem kleinen Diamanten im Nasenflügel, einer Märchenprinzessin glichen. Sie war Schneiderin, und ihre geschickten Finger setzten ihre Entwürfe perfekt um.

Es gab nur ein Problem, und das war Sarah. Ihre Fröhlichkeit war wie weggewischt. Haßerfüllt vor sich hin brabbelnd, verfolgte sie Fatima mit schwarzen, schwelenden Blicken. In der Küche knallte sie mit dem Geschirr herum und ließ schon mal etwas fallen, ruinierte ein schon fertiges Kleid, indem sie einfach das Bügeleisen darauf stellte, eingeschaltet natürlich. Bei ihrer Strickerei ließ sie die Maschen reihenweise von den Nadeln rutschen.

Henrietta war ratlos. Sie brauchte Fatima, und sie brauchte Sarah. Jedem Versuch, mit ihr zu reden, begegnete diese mit gesenkten Lidern und verschlossenem Gesicht, ihre Antworten waren einsilbig und monoton. Sie kam einfach nicht an sie heran. Indessen passierten Fatima alle möglichen kleinen Mißgeschicke. Kaffee ergoß sich über ihren Sari, ihre Stoffschere verschwand, das Kleid, an dem sie gerade arbeitete, wies plötzlich einen Riß auf. So konnte das nicht weitergehen. Sie starrte Sarah ins rebellische Gesicht. »Bitte, Sarah, sag mir, was los ist!«

»Nichts, Madam.« Wieder dieser gequälte Blick eines getretenen Hundes, wieder dieser obstinate Zug um den breiten Mund.

»Na, dann eben nicht«, schnappte sie ungeduldig und lud einen Stapel Strickmuster auf Sarahs Tisch ab. »Hier, die neuen Modelle. Ich brauche sie nächste Woche.« Sarah betrachtete den Stapel, und ihr Blick wurde abwesend. Nachmittags

dann, nach der Mittagspause, war sie verschwunden. Henrietta brach vor Wut in Tränen aus und schrie Fatima an, als die mit einem geringschätzigen Zug um ihren schönen Mund bemerkte, daß alle Schwarzen eben unzuverlässig und dumm seien.
Wütend setzte sie sich an die Strickmaschine und schob den Schlitten über das stählerne Nadelbett, hin und her, so schnell sie konnte, bis sie völlig erschöpft abends abbrechen mußte. Ihr rechter Arm hing herunter wie ein nutzloser Klumpen Fleisch, die Muskeln brannten unerträglich. Diese verdammte Sarah! Sie schleppte sich in die Küche, ignorierte das schmutzige Geschirr und die Kakerlaken, die raschelnd davonstoben, aß zwei Bananen und fiel ins Bett.
Am nächsten Morgen stand sie um sechs auf und zwang sich verbissen weiterzumachen. Am Abend des zweiten Tages wußte sie, daß sie es allein nicht schaffen würde. Sie ging hinüber zu ihrer Nachbarin Beryl Stratton. »Ich brauche ein Mädchen, Sarah ist abgehauen.«
Beryl verdrehte die Augen. »Es ist immer dasselbe mit den Kaffern!« Sie rief Dorothy, ihr Hausmädchen, und berichtete ihr von Henriettas Dilemma.
Dorothy nickte. »Hab's gehört. Ich schick' ein Mädchen.«
Am nächsten Morgen hörte sie im Traum Sarahs Singen und Trillern. Widerwillig wachte sie auf. Das Singen klang weiter. Sie sprang aus dem Bett und rannte in die Küche. Da stand Sarah, wie selbstverständlich, und bereitete des Frühstück.
»Wo warst du, Sarah?« Sie hatte Mühe, ihre Erleichterung zu verbergen. Wo immer Sarah gewesen war, sie mußte erfahren haben, daß sie ein neues Mädchen suchte, und die Eifersucht hatte sie zurückgetrieben.
»Frühstück ist sofort fertig, Madam! Ich hab eine Pawpaw für Sie geerntet, sie ist ganz reif und süß«, antwortete diese und ignorierte ihre Frage völlig.

Oh, Sarah! Sie verdrehte hilflos die Augen und ging glücklich und zufrieden unter die Dusche.
Zwei Tage später gesellte sich ein Umfaan, ein halbwüchsiger Junge namens Maxwell, zu ihrem Haushalt. »Madam braucht einen Gärtner«, informierte er sie und trat von einem Fuß auf den anderen, während er seine Mütze auf dem Kopf hin- und herschob.
»Ich kann dir nur vier Rand zahlen«, protestierte sie schwach.
»Ist in Ordnung«, murmelte er, drückte sich an ihr vorbei und trollte sich zum Khaya. Zehn Minuten später kroch er Unkraut rupfend unter ihren Büschen herum.
»Ein Shangane«, knurrte Sarah geringschätzig, »Katzenfresser!«
Aus unerfindlichen Gründen haßte sie Maxwell und verfolgte ihn mit Verachtung, stieß ihn herum, schlug ihn sogar. Ständig schrie sie ihn an. »Du dämlicher Kaffer!« hörte Henrietta sie eines Abends kreischen, und dann zerbarst etwas klirrend auf den Fliesen. Wütend stürmte sie in die Küche. Maxwell kroch aufgeregt über den Boden und klaubte die Splitter einer Tasse auf. Verschreckt starrte er zu seiner Arbeitgeberin hinauf, zischte und klickte leise und senkte dann seinen Kopf. Sarah grinste hämisch.
Auf dem Abtropfbrett lagen zerhackt die Fleischknochen für sein Abendessen, daneben das schwarz angelaufene Messer ihres silbernen Junggesellenbestecks. Die Schneide wies tiefe zackige Scharten auf. Entsetzt nahm sie es in die Hand. »Verdammt, Maxwell«, schrie sie, die zerbrochene Tasse vergessend, »du hast mein bestes Messer ruiniert!« Sie fuchtelte mit dem ramponierten Messer dicht vor seinem Gesicht herum. »Was zum Teufel hast du dir dabei gedacht? Sieh es dir an! Es ist mein kostbarstes Messer.«
Ungläubig huschte sein Blick über die mattschwarz angelau-

fene Klinge. »Es ist ein altes Messer«, sagte er, »ich wollte nicht eins von den anderen, den guten nehmen.«
Stumm sah sie ihn an. Es war tatsächlich ein altes Messer, sah nach nichts aus. In der Erfahrung Maxwells, eines Jungen direkt aus dem Kraal, war alt gleich wertlos. Woher sollte er wissen, daß es mehr wert war als alle anderen aus rostfreiem Stahl zusammen? Wie sollte sie ihm den Unterschied klarmachen? Sie schluckte ihre Verärgerung. »Nun gut, Maxwell, es ist nicht deine Schuld. Ich werde dir ein Hackmesser kaufen.« Als sie den Raum verließ, jaulte er auf. Sie drehte sich um. Sarah holte aus, verpaßte ihm eine schallende Ohrfeige und setzte mit einem gezielten Fußtritt in seinen Hintern nach. Sie trennte die beiden. »Sarah, hör sofort auf, hier wird niemand geschlagen!«
»Der Katzenfresser hat es nicht besser verdient«, fauchte diese mit einem bösen Seitenblick auf den auf dem Boden kauernden Maxwell, der sich seine blutende Nase in seinem ausgeblichenen Hemd abwischte. Er zog zischend seine Oberlippe hoch, große, kräftige Schneidezähne entblößend. Seine geduckte Haltung und das giftige Zischen gaben ihm etwas Tierhaftes, Gefährliches. Sarah hob ihren Fuß zu einem weiteren Tritt.
»Sarah! Hör auf! – Maxwell, geh in den Khaya, wasch dich und komm dann zu mir, ich werde dir ein Pflaster aufkleben. Sarah, komm mit mir!« befahl sie und ging voraus ins Bad. Kaum zwei Meter war sie gegangen, als Sarah durchdringend aufschrie. Sie wirbelte herum. Maxwell kniete noch am Boden, in seiner rechten Hand sein Handwerkszeug, die kleine rote Unkrautgabel, die Zinken blutverschmiert. Sarah hüpfte auf einem Bein und hielt sich die rechte Wade und stieß mit jedem Atemzug diesen hohen, ohrenzerfetzenden Schrei aus. Blut quoll zwischen ihren Fingern hervor.
»Jetzt ist aber Schluß!« brüllte Henrietta. »Gib mir die Un-

krautgabel, sofort!« befahl sie Maxwell in einem Ton, den eine energische Mutter ihrem ungezogenen kleinen Sohn gegenüber anschlagen würde. Es mußte wohl eine Saite in ihm berührt haben, denn er änderte seine Körperhaltung, die Spannung löste sich, und sein Kopf fiel vornüber. Schwerfällig richtete er sich auf und reichte ihr die Unkrautgabel.
»Geh in dein Zimmer und bleib da«, wies sie ihn an und packte dann die kreischende Sarah am Arm. »Reiß dich zusammen, du hast selbst schuld.« Sie untersuchte die Wunde. Zwei ordentliche kleine Löcher, wie von den Fängen einer Schlange, reichlich blutend, aber nicht sehr tief. »Du wirst es überleben«, bemerkte sie trocken. »Setz dich, ich hol' den Verbandskasten.«
»Ich töte dich, du dreckiger Katzenfresser!« schrillte Sarah dem davonlaufenden Maxwell nach.
»Du hältst jetzt den Mund, du hast selbst schuld! Weswegen hast du ihn geschlagen?«
Verstockt malte Sarah Kreise mit dem gesunden Fuß. »Er ist ein Shangane, einer, der Katzen frißt, ein Dreck unter meinen Fußsohlen. Ich bin eine Zulu. Ich bringe ihn um!« Sie hob ihre Augen, und Henrietta mußte kurz an schwelende Kohlen denken. »Er ist da gegangen, wo er nicht hätte gehen dürfen«, bedeutete ihr die Zulu vieldeutig. Mehr war aus ihr nicht herauszukriegen.
»Das ist kein Grund!« Langsam stieg Henrietta die Wut in den Kopf. Frustriert zog sie Sarah etwas gröber hoch, als sie beabsichtigte. Das Mädchen stöhnte unterdrückt, krampfte sich zusammen und legte ihre Hand auf den Bauch, oberhalb des Nabels, in einer Geste, die Henrietta sofort erkannte. Seit Anbeginn der Dinge legten werdende Mütter ihre schützende Hand auf diese Art auf das wachsende Leben in ihrem Bauch.
»Sarah, du bekommst ein Kind!« rief sie.

»Nein, Madam.« Sarah wandte ihr Gesicht ab und malte schiefe Kreise mit dem Zeh in den Sand, einen neben den anderen.
»Sarah, ich werf dich deswegen nicht raus, aber ich muß es wissen! Wie weit bist du?«
Sarah mied ihren Blick, scharrte mit den Füßen, druckste herum. »Sechs Monate«, wisperte sie dann.
Sechs Monate! Nun bemerkte sie das durchgedrückte Kreuz, die Verlagerung des Schwerpunktes. Wo hatte sie nur ihre Augen gehabt? Sechs Monate! Jetzt war Juli, also würde das Baby irgendwann im Oktober kommen.
»Wer ist der Vater?«
Sarah senkte ihre Lider und preßte ihren Mund zusammen.
Henrietta seufzte. Unmöglich, sie jetzt auf die Straße zu setzen. Aber einer der beiden mußte gehen, und das war Maxwell.
»Bleib hier, Sarah, ich komme gleich wieder. Wir müssen miteinander reden!«
»Yebo, Madam.« Das Zulumädchen sah nicht auf.
Maxwell kauerte auf seinem Bett, die Unterarme lagen auf seinen Knien, der Kopf hing zwischen den Schultern. Es gab ihr einen Stich von Mitleid, aber sie konnte diese beiden Kampfhähne nicht nebeneinander im Haus haben. Es war einfach zu gefährlich. »Es tut mir leid, Maxwell, aber du mußt gehen. Jetzt sofort.« Sie stählte sich für eine Auseinandersetzung.
Aber Maxwell nickte nur und zog einen alten, zerfledderten Koffer ohne Schloß unter dem Bett hervor. Er war bereits fertig gepackt, er hatte also nichts anderes erwartet.
Um so besser! Sie reichte ihm seinen ausstehenden Lohn.
Er nahm das Geld und ging wortlos an ihr vorbei. In der Tür drehte er sich um. »Sie hat mich geschlagen, ich werde sie erst töten«, sagte er, ganz ruhig, »und dann Madam.« Damit

ging er, eine schmale Gestalt mit dünnen Schultern, fast noch die eines Kindes, die sich unter der Last des Koffers beugten, und nackten Füßen, die zu groß waren für die spindeligen Beine. Verdrossen kehrte Henrietta in ihre Küche zurück, machte sich einen Pulverkaffee. Sie beschloß, seine Warnung nicht ernst zu nehmen. Er war schließlich kaum mehr als ein Kind. Viel wichtiger war die Frage, woher sie jetzt einen Gärtner nehmen sollte. Eigentlich hatte sie vorgehabt, Sarah für die nächste Zeit als Strafe den Garten machen zu lassen, aber eine im sechsten Monat schwangere Frau – das war unmöglich.

»Du mußt sie rauswerfen«, riet Melissa Daniels, »sonst hast du das Balg hinterher auf dem Hals.«

»Aber wovon soll sie denn leben, sie bekommt doch keinen Job in diesem Zustand?« protestierte Henrietta.

»Die finden immer irgendeinen Platz, wo sie unterkriechen können, die haben riesige Familien. Da sorgt einer für den anderen.«

Henrietta fühlte so etwas wie Neid. Sie sehnte sich nach familiärer Wärme und Sicherheit. Wohin könnte sie sich in Not schon flüchten? Nicht zu ihren Eltern, das würde schon ihr Stolz verbieten. »Ich kann das nicht. Maxwell habe ich schon hinausgeworfen, aber Sarah in ihrem Zustand …«

»Nun, du mußt es wissen, meine Liebe, aber denk an meine Worte! Du wirst es bereuen. Im übrigen solltest du dann wenigstens von ihr verlangen, daß sie dir einen Ersatzgärtner sucht.«

Sie folgte diesem Rat, und fünf Tage später stand Joshua vor der Tür. Alles an ihm war riesig, rund und riesig. Ein Körper wie ein Weinfaß mit einer kahlen Fußballkugel als Kopf und Händen wie Vorderschinken mit runden, riesigen Wurstfingern. Verdattert musterte sie ihn. Ihre erste Regung war, ihn abzulehnen. Sie fühlte sich solcher Körperfülle nicht gewachsen. Allein seine Oberarme hatten den Umfang ihrer eigenen Oberschenkel. »Joshua«, begann sie unsicher.

»Yebo, Ma'am«, antwortete er in cremig-rauchigem Baß und lächelte mit großen weißen Zähnen. Den Ausschlag aber gab der Ausdruck seiner Augen. Er beäugte sie, so schien ihr, mit der liebevollen, nachsichtigen Neugier eines sanften Riesen für sein Junges.

»Okay, Joshua, du kannst bleiben«, hörte sie sich zu ihrem Erstaunen sagen, »aber du kannst hier nicht schlafen, wir haben nicht genügend Platz.« Sie hatte Tita versprechen müssen, daß der neue Gärtner nicht bei ihr auf dem Grundstück wohnen würde.

»Du bist eine Frau und wohnst allein. Es ist einfach zu gefährlich. Versprich es mir!« hatte ihre Freundin gefordert.

»Yebo, Madam, danke, Madam«, strahlte dieser, tat trotz seiner Körperfülle einen eleganten, kleinen Schnalzer und folgte Sarah zur kleinen Abstellkammer, in der die Gartengeräte aufbewahrt wurden. Es stellte sich heraus, daß in diesem großen, bärenstarken Kerl ein winziges Männchen wohnte, das Angst vor Spinnen hatte und zitterte, wenn ein Gewitter aufzog. Das einzig wirklich Große an ihm jedoch war seine Stimme. Fortan war ihr Garten erfüllt mit rhythmischen Gesängen. Joshuas vibrierender Baß, tief und resonant, gab den Rhythmus vor, erzählte die Geschichte. Sarah spielte mit der Melodie, ihre Stimme klar und hell wie Flötentöne. Etwas in Henrietta erkannte den Rhythmus, den Herzschlag Afrikas. Er pulste durch ihr Blut, füllte ihr Herz, und ihre Seele wurde leicht und schwang sich der Sonne entgegen.

❖

Wie jeden Morgen, kurz bevor die Sonne feurigheiß aus dem Meer stieg, fuhr sie heute an den Strand von Umhlanga. Die baumgesäumten Straßen im Ort lagen noch still, nur gelegentliches Gelächter, unverkennbar aus schwarzen Kehlen, unterstrich die Stille. Auf den Büschen glänzte die Nachtfeuchtigkeit, Datura und Brunfelsia dufteten betörend. Sie lief an der Wassergrenze am Strand und war sich jeder Sinneswahrnehmung bewußt, ihre Haut spürte den leichten, lauen Wind und den grobkörnigen Sand aus zerriebenen Muschelschalen unter ihren Füßen. Der Himmel über dem ruhig atmenden Meer schimmerte für kurze Zeit in jener unbeschreiblich kostbaren Farbe der Innenseite einer Austernschale. Seidiges Perlmutt, silbern mit einem Hauch von Rosa, eine Vorahnung auf die ersten Strahlen der Sonne, die noch unter dem Horizont stand.

Warmer, kräftiger Seetanggeruch stieg ihr aus dem nassen Sand in die Nase. Weit draußen dümpelten ein paar Wellenreiter auf den langen, lautlos heranrollenden Wogen. Auf den Felsen warteten die ersten Angler geduldig auf die Beute des frühen Morgens. Sie rauschte auf den Wellenkämmen dahin, ihr Körper gespannt wie ein Bogen, ein Singen in ihrem Herzen und ein Jubelschrei auf ihren Lippen. Doch auch in der größten Verzückung über den verwegenen Ritt vergaß sie nie die dunklen Schatten, die in der dämmrigen Tiefe auf Beute lauerten, und blieb deswegen stets in der Nähe des Strandes.

Als der strahlende Widerschein am silbrigen Himmel zeigte, daß die Sonne in wenigen Minuten aus dem Ozean emportauchen würde, saß sie auf ihrem Felsen. Über ihr und um sie herum nur endloses Meer und endloser Himmel, kein Mensch drängte sich in ihr Blickfeld. Hier schwiegen die Stimmen ihrer Vergangenheit, hier sah sie nur die Gegenwart und die Zukunft, in den ersten gleißenden Sonnenstrahlen lag sie klar vor ihr, wußte sie, wer sie war und wohin ihr Weg sie führte. Dieser berauschende Moment war eine Droge für sie, und sie litt wie eine Süchtige an den Tagen, an denen Sturm und Regen ihr diesen Moment verwehrten.

Strotzend von frischgetankter Energie, sprang sie zu Hause aus dem Wagen. Der Duft von frischgebrühtem Kaffee kitzelte ihre Nase, der Frühstückstisch war auf der Veranda gedeckt. Ein Brief lag neben der Kaffeekanne. »Wer hat den gebracht, Sarah?« rief sie.

Sarah drehte den Brief in den Händen, ihr schwarzes Gesicht mißtrauisch. »Weiß ich nicht, hab' ich nicht gesehen. Wir müssen einen Hund haben, Madam, damit hier nicht jeder reinkommen kann!«

Der Brief war ohne Absender, kurz und sehr häßlich. »Einmal war wohl nicht genug«, stand da, »wir dulden kein Kaffernbordell! Geh dahin zurück, wo du herkommst, Kaffirbootie!«

Carla! Das war alles, was sie denken konnte. Außer den Robertsons wußte sonst niemand von dem Vorfall um Tony dal Bianco. Nur Carla und die Familie. Für einen Moment rasten ihre Gedanken unkontrolliert, sie hörte wieder das Hämmern an der Tür, Poltern von Polizistenstiefeln auf den Fliesen, grobe, laute Stimmen. Panik stieg wie eine Welle in ihr hoch, sie umklammerte die Tischplatte, spürte das Holz kühl unter ihrer schweißnassen Handfläche. Mit geschlossenen Augen versuchte sie der versunkenen, anderen Welt zu entkommen, die sie mit den Tentakeln ihrer Erinnerungen festhielt. Sie zwang sich, tief zu atmen. Allmählich ebbte die Panik ab, sie nahm ihre Umgebung wieder realistisch wahr, blockierte jeden Gedanken an die Urheber des Briefes. Sie konzentrierte sich auf ihre Wut, daß jemand in ihrer Abwesenheit durch ihren Garten in ihr Haus gegangen war und diesen Schmutz abgeladen hatte. Sie schüttelte sich. Es war, als kröchen schleimige Finger über ihre Haut. Sie zerriß den Brief in kleine Schnipsel.

Ein paar Stunden später stand Chico in ihrer Küche, pechschwarz, goldene Markierungen, übergroße Pfoten, die auf die künftige Größe des jungen Dobermanns schließen ließen. Temperament und Angriffslust funkelten aus seinen Augen. Er schloß sofort Freundschaft mit Katinka. Sie jagten Geckos und Kakerlaken und schliefen zusammen in einem Korb vor Henriettas Schlafzimmertür.

❖

Am neunten Oktober morgens um halb drei wurde sie durch ein Stöhnen geweckt. Im Moment des Aufwachens wußte sie nicht, was sie geweckt hatte und wo sie sich befand. Ihre Augen gewöhnten sich langsam an das schwache, bläuliche Licht des wolkenverhangenen Mondes. Dann hörte sie es wieder. Ein langgezogenes Stöhnen. Es schien aus der Küche zu kommen. Sofort blitzten die Bilder eines Horrorszenarios durch ihren Kopf. Sie sah von Chico zerfleischte Einbrecher blutüberströmt auf dem Küchenfußboden sterben, die Körper von Chico zerfetzt, oder, von denselben Einbrechern niedergemetzelt, Sarah in ihrem Blut. Zitternd schwang sie ihre Beine auf den Boden. Dann hörte sie Sarahs Stimme. »Madam, ich sterbe!« Und dann wieder dieses Stöhnen. Angstvoll rannte sie zur Küche, spähte, fest an die Wand gedrückt, vorsichtig hinein. Sie konnte niemanden erkennen und schaltete das Licht an. Sarah saß in eine Ecke gedrückt auf dem Boden, schweißnaß, ihre Haut die Farbe von nasser Asche, weit aufgerissene Augen. Sie krümmte sich und stöhnte lustvoll. »Es kommt gleich, Madam«, japste sie, »es will raus.«

Das Kind! Um Himmels willen, Sarah bekommt gerade hier auf meinem Küchenboden ihr Kind.

Blinde Panik ergriff sie. Was um alles in der Welt sollte sie tun? Dunkel erinnerte sie sich an die Geschichten von

Großmutter. »Du brauchst viel heißes Wasser und saubere Leinentücher«, hörte sie ihre Stimme, »für das Blut, weißt du.«
Entsetzt starrte sie auf Sarah. Blut! Vor ihrem geistigen Auge ergossen sich Ströme von Blut über den Boden. »Bleib ganz ruhig, Sarah«, schrie sie, »ich rufe Dr. Alessandro.«
»Wie ist der Abstand der Wehen?« fragte die schlaftrunkene Stimme der jungen Ärztin, die vor kurzem Doktor Macs Praxis gekauft hatte.
»Einen Moment«, stammelte sie, raste wieder zu Sarah und starrte fest auf ihre Armbanduhr, während ihre Hand auf dem Bauch der wimmernden jungen Frau lag, um die Kontraktionen zu fühlen. »Zwanzig Minuten«, rief sie dann atemlos ins Telefon. Keine Antwort. »Dr. Alessandro? Hallo? Sind Sie noch da?«
»Hm«, machte diese, und sie wußte, daß die Ärztin einfach wieder eingeschlafen war. Nur das jetzt nicht, wo man sie so dringend brauchte! »Die Wehen sind alle zwanzig Minuten!« rief sie sehr laut.
Nun stöhnte die Ärztin. »Und deswegen rufst du an? Bring sie ins Krankenhaus – das dauert noch Stunden!« Geklapper und ein Klicken beendete das Gespräch.
Sarah jammerte und stöhnte, gelegentlich schrie sie kurz auf. Henrietta fühlte sich furchtbar allein gelassen. »Sarah, steh auf, ich bring' dich ins Krankenhaus!« Sie zerrte an der zusammengekrümmten Schwarzen, redete ihr gut zu, und schließlich lag Sarah auf dem Rücksitz ihres Autos, und sie jagte den Highway hinunter nach Durban. Mit kreischenden Reifen hielt sie vor dem Addington Hospital. »Schnell«, rief sie zwei Pflegern zu, die sich bereits eine Bahre gegriffen hatten, »sie bekommt ein Baby!«
Einer der Pfleger öffnete die Autotür. »Das ist ja 'n Kaffir, Mann.« Er knallte fluchend die Tür wieder zu. Beide scho-

ben mit einem bösen Blick auf Henrietta die Bahre leer wieder weg.
»Was soll das heißen?« Sie geriet in Panik. »Warum nehmt ihr sie nicht mit?«
»Kaffern gehören hier nicht her, Madam«, sagte der eine eisig, »die gehören ins King Edwards zu den anderen Kaffern, obwohl ich nicht weiß, warum Sie soviel Aufhebens machen. Die kriegen ihre Kinder doch wie die Karnickel.« Er machte eine obszöne Geste, lachte und drehte sich weg.
Mistkerle! Kochend vor Wut, stieg sie ins Auto und fuhr nach Congella ins King Edwards, angetrieben von den gelegentlichen schrillen Aufschreien von Sarah. Die Vorstellung, hier im Auto ein Baby entbinden zu müssen, brachte sie dazu, alle Geschwindigkeitsbegrenzungen zu brechen. Der Pfleger im King Edwards, ein baumlanger Schwarzer in einer hellblauen Uniform, herrschte Sarah auf zulu an. Mühselig kroch diese von dem Sitz und schleppte sich, grob von dem Pfleger am Oberarm gepackt, wimmernd und stöhnend ins Gebäude. Immer wieder zwang sie eine Wehe zum Stehen. Im Eingang wandte sie sich um. »Bitte, Madam«, flehte sie.
»Komm, komm«, schnappte der Pfleger ungeduldig, »du bist nicht krank, du kriegst nur ein Kind, das ist die natürlichste Sache auf der Welt, also stell dich nicht so an.«
Sarah rollte ihre aufgerissenen, schmerzerfüllten Augen. »Madam«, bettelte sie mit bebender Stimme.
Widerstrebend folgte ihr Henrietta in eine Art Bahnhofswartehalle. Sie war weiß gekachelt bis unter die Decke, und entlang der Wand waren Plastikstühle montiert. Stumm starrte sie auf das menschliche Elend vor sich. Jammern, Schreie, zermalmte, leblose Gestalten, blutverschmierte Wunden. An den Wänden der Gänge standen, Fuß an Kopf, schmale Pritschen, vielstimmiges Stöhnen hallte durch die Korridore,

nicht sehr laut, aber ständig, wie das gequälte Seufzen des Windes in der Takelage eines großen Windjammers. Es stank bestialisch. Faulig, verrottet, nach Schweiß und Erbrochenem. Zwischen den Tragen patrouillierten, ein anderes Wort fand sie dafür nicht, schwarze Pfleger, die mit den Kranken umsprangen, als seien sie Gefängnisinsassen. Ab und zu kam ein weißer Arzt, im Mundwinkel eine unaufhörlich qualmende Zigarre, und warf einen flüchtigen Blick auf die Patienten. Berührte er sie, tat er es mit unerklärlicher Brutalität und Härte. Dazwischen hockten und lagen diejenigen, für die keine Pritsche mehr übrig war. Angehörige saßen herum, redeten laut durcheinander, rangen die Hände, wischten ihren Kranken Blut und Schweiß ab.

Auf einer Trage kauerten zwei Kinder, etwa zwei und drei Jahre alt. Dem Jüngeren rann das Blut aus einer Kopfwunde über das Gesicht, es floß als Bächlein über seinen Nasenrücken in die Augenhöhle und von dort aus zum Mundwinkel. Der Kleine steckte seine Zunge heraus und saugte es schlürfend ein. Niemand kam, um ihm das Blut abzuwischen, niemand kam, um die Kinder zu trösten. Impulsiv beugte sie sich zu ihnen hinunter. Der Kleine mit der Kopfwunde hob mit allen Anzeichen von Angst abwehrend seine Arme und wimmerte. Sie hielt in ihrer Bewegung abrupt inne. *Der kleine Kerl hat Angst vor mir; Angst vor der weißen Frau!* Mitleid trieb ihr die Tränen in die Augen. Leise murmelte sie Trostworte, Worte wie ein sanfter, warmer Strom, der den Kleinen liebkoste. Langsam senkte sich der Arm, und zwei riesige mandelförmige Augen mit dichten, aufgebogenen Wimpern blickten sie an. Vorsichtig begann sie, das Blut abzutupfen, und dann wagte sie es, ihre Hand an seine Wange zu legen und ihn zart zu streicheln. Wie seidig die schwarze Haut sich anfühlte, wie fein. Der Kleine, sichtlich erschöpft von seiner Verletzung, schmiegte sein Gesichtchen in die Hand der weißen Frau. Sie lächelte. Plötzlich wurde sie unsanft zur Seite geschoben.

»Was wollen Sie von meinem Sohn?« Eine weibliche Stimme, aggressiv.

Sie fuhr herum. Vor ihr stand eine schwarze Frau, hager mit tiefen violetten Ringen unter den entzündeten Augen. Eine blutunterlaufene Schwellung zog sich von ihrer Stirn über die Wange bis zum Kinn. »Lassen Sie ihn zufrieden«, zischte sie, nichts weiter als eine Mutter, die zum Schutz ihres Kindes kam.

Henrietta erkannte das. »Das Blut lief ihm herunter«, sagte sie beruhigend, »ich wollte es ihm nur abtupfen.«

Die Frau drängte sich an ihr vorbei, zog die Köpfe der beiden Kinder an ihre magere Brust, hielt ihre Körper mit ihren sehnigen Armen. Sie sagte nichts, sie sah die weiße Frau nur an. Ihr Blick aber war wie ein Stoß, der Henrietta zwei, drei Schritte rückwärts machen ließ.

»Gute Besserung«, flüsterte sie und streckte wie sehnsüchtig ihre Hand der Frau entgegen. Aber diese senkte ihren Blick, verschloß ihr Gesicht. Henrietta wandte sich ab. Ihr Schritt wurde schleppend, als trüge sie schwere Wassereimer. Gefiltert durch ihre schwärmerische, empfindsame Seele, schien das feindliche Verhalten der Frau ihr persönlich zu gelten, als wäre etwas an ihr, das der Schwarzen Abscheu einflößte. Ihrer weißen Haut war sie sich in diesem Moment nicht bewußt.

Der Pfleger drehte sich zu ihr um. »Madam, Sie können jetzt nichts mehr tun, es geht ihr gut, gehen Sie am besten.« Seine Haltung, der Blick und auch der Ton seiner Worte waren nicht freundlich. Er machte deutlich, daß sie, die Weiße, hier nicht hingehörte. Er zog und trug die wimmernde Sarah mehr, als daß sie selbst ging.

❖

»Es war fürchterlich, Tita, als fände hier ein Krieg statt«, berichtete sie, als sie, um sich abzulenken, für eine schnelle Tasse Kaffee bei ihrer Freundin vorbeischaute, »warst du schon einmal da?«
»Ganz bestimmt nicht! Was hattest du da eigentlich zu suchen?«
»Sarahs Baby kam. Es ging ihr furchtbar schlecht.«
Tita bedeutete Gladys mit einer Handbewegung, neuen Kaffee zu brauen. »Es wäre besser gewesen, du hättest ihr gekündigt. Du mußt drauf bestehen, daß sie das Kind zu ihren Verwandten gibt.«
»Aber sie muß es doch sicher noch stillen!«
»Oh, du bist unverbesserlich! Wie ich dich kenne, hast du schon Windeln besorgt.« Tita sah ihr ins Gesicht und lachte. »Wußte ich's doch. Komm, ich hab noch ein paar Sachen von Sammy für Sarah.«

❖

Am nächsten Tag, spät am Vormittag, stand Sarah wieder vor der Tür, erschöpft und grau im Gesicht. In ihren Armen trug sie, in ein weißes Tuch fest eingewickelt wie eine kleine Mumie, ihr Baby.
»Sarah!« rief Henrietta überrascht, »ich dachte, du würdest noch einige Tage im Krankenhaus bleiben.« Neugierig schob sie das Tuch, das das kleine braune Gesichtchen bedeckte, beiseite. »O wie süß, Sarah, was ist es, und ist alles in Ordnung?«
Der Hauch eines Lächelns huschte über das Gesicht der jungen Mutter. »Es ist ein Mädchen, Madam, es ist gesund. Ich nenne es Imbali, denn es ist wie eine kleine Blume.«
»Imbali! Welch ein hübscher Name! Darf ich sie halten?« Behutsam hob sie das winzige Wesen hoch. Imbali lag überraschend schwer und warm in ihren Armen. Mit einem leisen

Maunzlaut drehte sie das Köpfchen und bohrte es gierig in ihre Brust.

Ihre Mutter lächelte. »Ich muß sie stillen, Madam.«

Henrietta folgte ihr in den Khaya. Dort stand ein rotlackiertes Kinderbettchen, ein großer Stapel Babykleidung, zwei Pakete Frotteewindeln und Handtücher lagen auf Sarahs Bett. »Das Bettchen und die Kleidung sind von Missis Robertson, der Rest ist von mir.« Erwartungsvoll beobachtete sie die junge Schwarze.

Sarah streifte die Geschenke mit einem flüchtigen Blick unter gesenkten Wimpern. »Ist in Ordnung.« Ohne Umstände holte sie eine pralle braune Brust hervor und schob sie Imbali in den Mund, die sofort gierig zu saugen begann. Ihr Gesicht nahm einen abwesenden Ausdruck an, sie schien Henrietta vergessen zu haben.

Enttäuscht und verletzt rief Henrietta später Tita an. »Ich hatte eigentlich Freudenausbrüche erwartet!«

»Mach dir nichts draus, die Bantus sind so. Sie sehen ein Geschenk als Beleidigung an. Du verlangst nichts dafür, also ist es für dich ohne Wert. Du mußt sie dafür arbeiten lassen.«

»Meine Güte, wie kompliziert.« Henrietta ließ den Hörer sinken. Da war sie wieder, die unsichtbare Mauer. Man sah sie nicht, konnte sie nicht fühlen, aber sie war da. Nachdenklich und ein wenig traurig ging sie in die Küche, um sich einen Kaffee zu machen. Doch die Kaffeedose war leer. Sie öffnete die Küchentür. »Sarah, warum ist kein Kaffee da?« schrie sie unnötig gereizt zum Khaya hinüber.

Sarah kam widerwillig in die Küche geschlurft, knallte heftig mit den Küchenschranktüren, schüttelte dann demonstrativ die leere Kaffeedose. »Kein Kaffee da«, verkündete sie vorwurfsvoll.

»Das sehe ich auch! Aber gestern war noch genügend da. Also, wo ist der Kaffee?«

Sarah rollte ihre ausdrucksvollen Augen gen Himmel, seufzte. »Weiß nicht. Der Tokoloshe.«
Sie explodierte. »Sarah, hast du ihn genommen? Antworte!«
»Madam?« Ein dümmlicher Ausdruck senkte sich über das schwarze Gesicht, der ihr sattsam bekannte sture Zug legte sich wie eine Klammer um die aufgeworfenen Lippen.
»Verdammt, Sarah, du kannst alles haben, du sollst nur fragen, das weißt du doch. Komm mir nicht mit dem Tokoloshe. Hier.« Sie fischte einen Ein-Rand-Schein aus der Tasche. »Hol mir Kaffee bei Connor's, und beweg deinen Hintern!«
Sarah nahm das Geld und trollte sich.
Verdammter Kaffir! Kaum hatte sich dieser Gedanke in ihrem Kopf gebildet, saß sie kerzengerade. Schamröte stieg ihr ins Gesicht.
»Siehst du, ich hab's dir prophezeit«, spottete Tante Gertrude.
Als Sarah nach einer langen Stunde zurückkehrte, füllte sie ihr ein Beutelchen Kaffee ab. »Ich werde dir jeden Monat eine Dose Kaffee kaufen. Wenn du mehr brauchst, frag mich bitte.«
»Yebo, Ma'm«, antwortete ihre schwarze Perle, merklich fröhlicher, und bald zog anregender Kaffeeduft durchs Haus.

❖

Der Rest des Jahres 1961 verging rasch. Weihnachten feierte sie mit den Robertsons, die auch eine kleine Party zu ihrem zweiundzwanzigsten Geburtstag am 1. Januar gaben und sie mit einem neuen Herd überraschten.
Anfang Februar 1962 entschied der Gemeinderat, um die Touristenindustrie anzukurbeln, Hainetze zu installieren. Henrietta ließ sich bei ihrem nächsten Besuch von Neil erklären, wie sie funktionierten.

»Die Netze hängen in einer Entfernung von ungefähr dreihundert Metern parallel zur Küste von Bojen einige Meter hinunter«, er skizzierte auf einem Zeitungsrand mit ein paar Strichen, was er meinte, »oben, an den Seiten und unten sind sie zum Meer offen. Die Theorie ist nun, wenn ein Hai auf diese Seite der Netze gerät, überfällt ihn Panik, er schwimmt blindlings ins Netz, bleibt hängen und stirbt, denn er muß sich ständig bewegen, sonst erstickt er.«

»Und das wissen die Haie auch?« fragte sie trocken.

Er grinste. »Das hoffe ich sehr. Aber ehrlich gesagt, sind mir die Netze in dieser Form auch nicht geheuer. Ich kann dir nur raten, auch weiterhin nur in der Nähe des Strandes oder in Granny's Pool zu schwimmen und gar nicht ins Wasser zu gehen, wenn die Flüsse nach einem starken Regen Schlamm ins Meer tragen. In den trüben Gewässern scheinen die Haie am liebsten zu jagen.«

Sie nickte. »Haiwetter. Davor hat mich schon Onkel Hans gewarnt.«

Kurz danach schrieb die Gemeinde, man habe gehört, daß sich eine große Anzahl Schwarzer regelmäßig in ihrem Haus aufhalte. In einer Wohngegend sei das nicht erlaubt.

Woher wissen die das? Der anonyme Brief?

Eine Woche nur gab man ihr Zeit, und sie hatte Glück. In Mount Edgecombe, der ehemaligen Zuckerrohrfarm, einem winzigen Ort, bestehend aus wenigen ebenerdigen Gebäuden, fand sie am Rande einer großen, sonnigen Lichtung im Eukalyptuswald einen kleinen Bungalow. Er hatte nur einen großen Raum, eine primitive Küche und eine ebenso primitive Toilette. Sie teilte ein Büro mit einer Regalwand ab und füllte sie mit Stoffballen in allen Regenbogenfarben. Trotz der niedrigen Miete brachten sie der Umzug und die monatlichen Unkosten an den Rand ihrer finanziellen Möglichkeiten.

»Ich brauche mehr Kunden«, klagte sie Tita Ende März, »ich müßte eine Modenschau veranstalten, aber ich habe kein Geld.«

»Das Durban July!« rief Tita. »Der Höhepunkt der Rennsaison, gesellschaftlich der wichtigste Tag im Jahr. Alle Damen sind schon in Panik, weil nichts Passendes in ihren Kleiderschränken hängt! Du führst die Kleider selber vor!«

»Bist du wahnsinnig, ich werde über meine Füße stolpern und flach auf mein Gesicht fallen!«

»Unsinn, ich mache mit, Cori und Glitzy bestimmt auch.« Sie benutzten die Veranda als Laufsteg, und es wurde ein ungeheuer erfolgreicher Nachmittag. Die Damen verloren jegliche Hemmungen. Henrietta starrte konsterniert auf Dutzende Damen der ersten Gesellschaft, die sich fast nackt, erhitzt, Frisuren ruiniert, begierig durch den Kleiderberg wühlten. Als die letzte ging, tanzte sie mit Tita durchs Haus. Es wurde ein Wendepunkt in ihrer Karriere. Mit dem prall gefüllten Auftragsbuch fuhr sie zu Mr. Smythe von der Standard Bank und redete derart überzeugend auf ihn ein, schwärmte so begeistert von ihrer Zukunft, daß Mr. Smythe, ein leises Lächeln um seinen strengen Mund, ihr einen Überziehungskredit gewährte, der ausreichte, um zwei von Fatimas Cousinen einzustellen, zwei weitere Nähmaschinen anzuschaffen und genügend Stoffe zu kaufen, um die laufenden Aufträge zu erfüllen.

Achtes Kapitel

Es wurde Mai, alle Pflanzen atmeten auf nach der Sommerhitze und begannen zu wuchern. Auch die letzten Narben der Flut verschwanden unter einem dichten Pflanzenteppich. Ihre Tage waren ausgefüllt mit Arbeit und ließen ihr keine Freizeit. Nur ihr morgendliches Rendezvous mit der aufgehenden Sonne hielt sie eisern ein.

Als sie einen Überschuß von fünfzig Rand auf ihrem Konto hatte, erlaubte sie sich, an einem Sonnabend auszuschlafen. Ein nachdrückliches Klopfen weckte sie. Widerwillig knurrend kroch sie aus dem Bett und öffnete die Tür.

Benedict stand grinsend vor ihr. »Hallo, Henrietta.«

Fassungslos starrte sie ihn an. *Benedict.* Eben hatte sie noch von ihm geträumt, der Gedanke an den wollüstigen Traum trieb ihr sofort die Röte ins Gesicht! »Hallo«, stammelte sie.

»Ich habe hier einen Brief für dich, der versehentlich bei uns abgegeben wurde.«

Sie drehte den Luftpostbrief herum. Der Absender war eine New Yorker Adresse. Befremdet öffnete sie ihn. Es waren nur wenige Zeilen, offensichtlich von einem Rechtsanwalt, mit denen er ihr mitteilte, daß ihr Onkel Diderich tödlich verunglückt war. »Mein Onkel Diderich, der Bruder meines Vaters, ist tot.«

»Ich weiß«, nickte Benedict, »Carla hat es mir vor einer Woche erzählt. Hat dir Gertrude nichts gesagt?«

Sie schüttelte den Kopf. Onkel Diderich, ihr heimlicher

Held! Erst vor vier Wochen hatte er einen Besuch in Südafrika angekündigt. Traurigkeit überfiel sie. Ein Bindeglied zu ihrer Vergangenheit war für immer zerbrochen. Der Brief glitt ihr aus der Hand zu Boden.

Benedict bückte sich. Als er ihn aufhob, rutschte ein weiteres Blatt heraus. Flüchtig streifte er es mit einem Blick, stutzte und las ungeniert weiter. »He, Henrietta!« rief er ganz aufgeregt, »ich glaube, du erbst da was.«

»Kaum. Bei Onkel Diderich gibt es nichts zu erben, er war ein ganz armer Mann. Börsendiener, oder so etwas.«

»Börsendiener?« Seine Stimme erkletterte die Tonleiter. »Dein Onkel muß schwerreich gewesen sein – hier, lies das mal.«

Der Brief war auf englisch, und er besagte in trockenen Worten, daß sie, Henrietta Maria Tresdorf, als Alleinerbin des verstorbenen Diderich Hermann Tresdorf genannt war. Darunter stand, nüchtern aufgelistet, die Summe eines langen, farbigen Lebens:

1 Ledersäckchen, Inhalt:

Diamanten, gesamt ca. 80 Karat
Saphire, gesamt ca. 120 Karat
Smaragde, gesamt ca. 400 Karat
Opale, schwarze, Boulder, Matrix
gesamt ca. 600 Karat
1 Haus, 380 qm, doppelstöckig,
Gartenhaus, Schwimmbad,
in Long Bay, Tortola, British Virgin Islands,
Treuhandfonds zur Deckung der laufenden Kosten
Wertpapiere, Aktien, Konten –
Wert 500 000 Dollar, valutiert am
30. April 1962

Als Vermögensverwalter war ein Mr. John Mueller eingesetzt. Er war angewiesen, das Vermögen bis zu ihrem siebenundzwanzigsten Geburtstag für sie zu verwalten und ihr bis zu diesem Zeitpunkt einen monatlichen Unterhalt von 300 Dollar zu zahlen. Die Summe sollte regelmäßig dem aktuellen Lebenshaltungsindex angeglichen werden. Miss Tresdorf möge bitte umgehend mitteilen, ob sie die Erbschaft akzeptiere. Sie sah Benedict an. »Was heißt das?« flüsterte sie.

Benedict mußte sich räuspern. »Das heißt, Baby, du schwimmst in Geld, du bist reich!«

Sie lächelte ein blasses, zaghaftes Lächeln. »Reich?« fragte sie ungläubig. »Reich?«

»Reich, Baby!« schrie er, warf die Arme um sie und schwang sie durch die Luft. »Und kannst dich in Geld suhlen!«

»Der arme Onkel Diderich«, stammelte sie, lachte verlegen und brach in Tränen aus. Es war einfach zuviel. Sie lehnte sich an ihn und heulte ihm das weiße T-Shirt naß.

Er zog sie fest an sich. Seine Hand streichelte ihre nackte Schulter. »Ist ja gut«, murmelte er immer wieder, »ist ja gut.« Behutsam wischte er ihre Tränen weg, dann beugte er sich herunter und küßte sie. Seine Hand glitt von ihrer Schulter hinauf zu ihrem Nacken, die andere lag auf ihrer linken Brust, warm und fest.

Das Schluchzen blieb ihr vor Überraschung in der Kehle stecken. Eine Sekunde stand sie noch spröde und steif, da streichelte er ihre Lippen mit seiner Zunge, ganz zart und leicht. Ein köstliches Kribbeln schoß ihre Nervenbahnen entlang bis in die Beine, ihr Herz sprang gegen die Rippen. Als er ihr Ohrläppchen zärtlich zwischen seine Lippen nahm, jagte ein Schauer durch sie hindurch.

»Laß die Finger von Benedict«, zischte Carla, »er gehört mir!« Der Verlobungsring funkelte aggressiv.

Sie schloß die Augen, schloß die Gegenwart aus und die Vergangenheit. Carlas Stimme ertrank im Strudel ihrer Gefühle. Seine Lippen wanderten ihren Hals entlang. »Du mußt diesem Mister Mueller sofort antworten«, flüsterte er.
Sie tauchte aus unendlichen Tiefen hoch, verwirrt, ihr Verstand weigerte sich, die Situation nüchtern zu sehen. Ein Haus auf Tortola, British Virgin Islands, wo immer das sein mochte, Edelsteine, ein Taschengeld, hoch genug, um ihre Geldsorgen zu beenden. Das Vermögen, das sie an ihrem 27. Geburtstag erwartete, war zu unwirklich, zu weit weg. Wieviel war der Dollar wert? Vier Mark oder vier Mark fünfzig? Schwindelerregend. Es war zuviel auf einmal, der Brief und Benedicts Küsse. Überrumpelt und unsicher, wußte sie nicht mehr, welchem Gefühl sie trauen konnte. Sie wand sich aus seinen Armen. »Ich muß jetzt allein sein. Bitte erzähle niemandem von dieser Erbschaft. Versprich es!«
Er küßte sie lange und nachdrücklich, ehe er zögernd ging. Sie flüchtete sich hinunter zum Strand auf ihren großen Felsen. Stimmengewirr füllte ihren Kopf.

»Du bist reich«, rief Benedict. Dann hatte er sie geküßt.

»Sie hat mehr Geld«, fauchte Carla und meinte Glitzy Daniels.

»Er ist total pleite, er braucht immer Geld.« Tita!

»Du kennst doch seinen Typ!« Glitzy lachte sie aus. »Kirschaugen, Schmollmund, lange, dunkle Haare und eine Figur wie ein Porzellanpüppchen.«

Das Blut stieg ihr in den Kopf. Natürlich hatte er sie nur wegen des Geldes geküßt, was denn sonst? Carlas zierlicher Schönheit war sie nicht gewachsen. Verzweiflung packte sie, ihre Gedanken jagten im Kreis. Doch auch jetzt taten das Atmen des Meeres, der weite Horizont, der Wind ihre Wirkung. Sie wurde ruhiger, ihr Gedankenchaos ordnete sich. Sie erlaubte sich, an das Geld zu denken. Dreihundert Dollar im Monat! Genug, um das Dach von Grund auf zu erneuern.

Eine Waschmaschine wurde erschwinglich und, am wichtigsten angesichts des nahenden Sommers, endlich ein Eisschrank, der nicht Eisberge im Inneren aufbaute und nach außen leckte. Mit dieser Größenordnung konnte sie gedanklich umgehen.
»Dear Mr. Mueller«, schrieb sie dann abends, und plötzlich erschien ihr alles absurd, sicher hatte sich jemand einen Scherz erlaubt. Sie schickte den Brief zwar ab, aber sie nahm sich vor, die ganze Sache zu vergessen. Zu ihrem größten Erstaunen kam nach zwei Wochen ein sehr freundlicher Brief von Mr. Mueller, in dem er um ihre Kontonummer und um Anweisungen, die Haushälterin des Hauses auf Tortola betreffend, bat. Diderich Tresdorf hatte versäumt, diesbezügliche Verfügungen zu treffen. Wenn er, Mueller, sich erlauben dürfte, ihr einen Rat zu erteilen, würde er Rosebud, die Haushälterin, behalten. Sie sei eine Seele von Mensch, sehr zuverlässig, und ihr Jamaican Chicken besonders erwähnenswert.
Rosebud – Rosenknospe – wie entzückend! Sie schrieb sofort ihre Zustimmung, froh, daß ihr siebenundzwanzigster Geburtstag noch so weit entfernt war und sie bis dahin keine Entscheidungen über den größeren Teil des Vermögens zu treffen hatte. Es erschien ihr alles unwirklich. Als jedoch im Juni die erste Überweisung die Habenseite ihres schwindsüchtigen Kontos mit einem komfortablen Polster ausstattete, Mr. Smythe, der Bankmanager, ihr plötzlich ein strahlendes Lächeln schenkte und sie zuvorkommend zur Tür brachte, begann sie es langsam zu glauben.
Als erstes ließ sie von Sandy das Dach erneuern. Die kleine Kapuzinerkresse löste sie vorsichtig von ihrem Platz und pflanzte sie in einen Kübel. Kaum hatte das Pflänzchen nahezu unbegrenzt Platz und Nahrung für seine Wurzeln, begann es zu wuchern und blühen, daß es eine Pracht war.

»Sie sollten Gitter vor den Fenstern anbringen lassen, schließlich wohnen Sie hier allein«, riet der kantige kleine Yorkshiremann.
»Gitter? Um Himmels willen, dann wohne ich ja in einem Gefängnis, das könnte ich nicht ertragen. Hier wird schon keiner einbrechen, hier ist nichts zu holen.«
Sandy, dessen deftige Finger geschickt ein genau zugeschnittenes Stück Holz in die Lücke einfügten, wo er vorher das verrottete Teil des Verandageländers herausgenommen hatte, lächelte mit mildem Spott. »Sie sind so unendlich viel reicher als jeder Schwarze. Sie haben ein Dach über dem Kopf, ein Auto, Sie haben jeden Tag zu essen, und Ihre Kleidung ist nicht aus dritter und vierter Hand. Glauben Sie mir, Sie sind reich!«
Sie sah ihn aufs höchste erstaunt an. Soviel auf einmal hatte Sandy noch nie geredet. »Chico paßt schon auf mich auf«, beruhigte sie ihn. Doch ihre Nächte wurden unruhiger, unbekannte Geräusche hielten sie wach. Sie begann, Chico morgens zu füttern, sonst schlief er, vollgefressen, nachts fest und tief. Lautlos patrouillierte der große Hund nun nachts durchs Haus.

❖

Benedict Beaumont kam fast täglich, und oft schlief er nachts bei ihr.
»Paß bloß auf, daß du kein Kind kriegst«, warnte Tita, »nimmst du die Pille?«
»Pille?«
»Willst du mir erzählen, daß du keine Antibabypille nimmst?«
Henrietta schüttelte peinlich berührt den Kopf. Sie war so offene Gespräche nicht gewohnt. Über so etwas redete man nicht, zumindest nicht in ihrer Familie.

»Bist du wahnsinnig?« kreischte Tita. »Das überläßt man doch nicht den Männern, und schon gar nicht Benedict Beaumont, Verantwortung ist für den ein Fremdwort. Es gibt jetzt eine Antibabypille, ich sag' dir, das ist die Antwort auf die Gebete jeder Jungfrau!«

Sie besorgte sich die Wunderpille, hochrot vor Verlegenheit. Zu ihrem Entsetzen nahm sie drei Kilo zu, und ihr Busen wuchs um eine ganze Größe.

»Besser als ein uneheliches Kind«, kommentierte Tita lakonisch. Sie machte deutlich, daß sie nicht allzuviel von Benedict hielt.

Henrietta lachte sie aus. »Du kennst ihn nicht, er liebt mich wirklich. Und ich liebe ihn!« Sie liebte ihn so, daß es ihr fast den Verstand raubte, obwohl seine Ansichten über die Rolle der Frau sie befremdeten. Frauen bekamen Kinder, sorgten für ihre Männer und machten sich schön. Intelligenz war für ihn keine Eigenschaft, die einer Frau zugebilligt werden konnte. Der Tatsache, daß sie ihre eigene Firma aufbaute, begegnete er mit herablassendem Spott und machte klar, daß er keiner Frau zutraute, auch nur das Haushaltsgeld selbst verwalten zu können.

Er liebt mich, er wird sich ändern, tröstete sie sich und träumte von ihrer gemeinsamen Zukunft. »Hast du es Carla gesagt?« fragte sie ihn, als sie abends in seinen Armen lag.

»Oh, Carla«, antwortete er und sah in die Ferne, »zur richtigen Zeit werde ich es ihr schon erzählen. Wart's nur ab.«

Sie wartete. Geduldig.

❖

Das Wetter in diesen Frühlingswochen war durchaus gemäßigt und erlaubte gutes Arbeiten. Obwohl es jetzt schon wieder auf den Sommer zuging und die ersten schwülen Tage auf den Arbeitsenthusiasmus ihrer Mädchen drückten, war sie mehr als zufrieden. Sie sah hoch. Heute würde es wohl einen der ersten richtig heißen Tage geben. Sie trank schnell die dritte Tasse Kaffee und erhob sich vom Frühstückstisch, um die Post zu holen.

»Henrietta! Bist du schon wach?« Beryl Strattons Stimme schrillte aufgeregt durch die Morgenstille. Sie lehnte ihre wild schwingenden Brüste über den Gartenzaun.

»Was ist, ist etwas geschehen? Komm rein!«

Beryl gab ihr eine Zeitung. »Vorderseite, sieh es dir an! Ich bin völlig fertig mit den Nerven.«

FAMILIE IN STÜCKE GEHACKT! schrie die Überschrift.

POQO SCHLÄGT ZU!

Mit sensationslüsternen Worten beschrieb der nachfolgende Text die grausigen Einzelheiten. Auf einer entlegenen Farm in der Nähe von East London, an der Grenze zu Natal, war die Familie eines Farmers von einem Trupp Schwarzer überfallen und mit Pangas, den Hackschwertern der Zulus, in Stücke gehackt worden. Es wurde rekonstruiert, daß das Jüngste der drei Kinder, die zweijährige Jenny, im Arm ihres Vaters, der sie zu schützen suchte, mit einem Schlag zweigeteilt wurde.

Kreidebleich starrte sie Beryl an. »Wer macht so etwas?« Sie mußte ihre Unterlippe mit den Zähnen still halten.

»Diese militanten schwarzen Schweine von POQO oder PAC, was weiß ich! Vielleicht auch vom Speer der Nation, Umkhonto we Sizwe, wie sie sich nennen«, sie spuckte die Zuluwörter förmlich aus, »das sind Mandela und seine Genossen, die, die in der letzten Zeit die Strommasten und Polizeistationen in die Luft gesprengt haben. Ich kann die nie auseinanderhalten, auch wenn Edward immer versucht, mir das zu erklären. Wer uns am Ende abschlachtet, macht doch keinen Unterschied. Edward sagt, das ist der Anfang vom Ende, er gibt Südafrika keine fünf Jahre mehr, dann versinken wir in einem Blutbad! Du lebst hier alleine, sei vorsichtig! Ich jedenfalls werde jetzt schießen lernen.« Damit ging sie.

Benommen, wie unter Schock, führ Henrietta zum Postamt. In den meisten Gärten arbeiteten wie jeden Tag schwarze Gärtner. Einige hoben den Kopf und starrten sie feindselig an, ihre Gesichter unergründliche Ebenholzmasken. *Oder bilde ich mir das ein?* In der Post drängten sich die Menschen dunkler Hautfarbe wie immer vor dem Schalter »Nicht-Europäer«, aber heute drückte ein schweres Schweigen die Menge nieder. Kein fröhliches Lachen, kein Durcheinander der Stimmen, nur lastende Stille. Oder ist es die ungewohnte Hitze, die alle müde und lethargisch macht? Mit gesenktem Blick leerte sie ihr Postfach, das sie vor einiger Zeit angemietet hatte, und floh nach draußen, durch den Eingang für Weiße natürlich, und war froh, daß es dort kein Gedränge gab. Warum stehen heute so viele Schwarze herum? Warum drehen die uns den Rücken zu und tuscheln mit zusammengesteckten Köpfen? Oder waren die immer so, hatte sie das nur nicht bemerkt?

Sie blieb wie angewurzelt stehen. Wir und die! Nun war es ihr also passiert. Nun hatte sie in ihren Gedanken diese unsichtbare Barriere gebaut. Nie hätte sie das von sich geglaubt! Es war also möglich, obwohl ihr diese Haltung im tiefsten Inneren fremd und zuwider war, daß sie die äußeren Umstände derart beeinflußten, daß diese Gedanken sie urplötzlich aus dem Nichts ansprangen.

»Das wirst du schon verstehen, wenn du erst länger hier lebst«, sang der unsichtbare Chor ihrer weißen Freunde. Deutlich hörte sie Gertrudes hämisches Lachen.

Als sie begriff, daß alle ein wenig recht hatten, schlich sich tiefe Trauer in ihr Herz, und diese trug einen gleißenden, flackernden Flor von Panik.

Benedict machte nicht viel Federlesens. Er legte einen Revolver auf den Tisch. Er lag da, mattschimmernd schwarz, tödlich aussehend, in sich schon eine Bedrohung. »Hier«, sagte er kurz, »du lernst jetzt schießen. Wir fahren zur Lagune, und ich bringe es dir bei.«

Wie betäubt nahm sie die schwere Waffe. Sie lag glatt und kühl in ihrer Hand und war so schwer, daß es ihr den Arm hinunterzog. Sie sollte damit schießen. Auf Menschen? »Ich kann das nicht, Benny, wirklich nicht.«

»Red keinen Unsinn, wenn einer versucht, dich umzubringen, wirst du es schon können. Außerdem sieh die praktische Seite. Du hast hier soviel Schlangen, die kannst du dann erschießen, das ist einfacher und gefahrloser, als sie zu erschlagen.«

Sie hatte keine Wahl, er bestand darauf. So lernte sie mit einem Revolver umzugehen, lernte ihn zu laden, den Hahn zu spannen und abzufeuern. Nach einiger Zeit hatte sie auch den Rückschlag unter Kontrolle. Zu ihrem Entsetzen fand sie heraus, daß sie ein Talent zum Schießen hatte, ihre Treffsicherheit nötigte selbst Benedict Lob ab. »Den trägst du jetzt immer mit dir herum. Ich habe Angst um dich, mein Liebling, ich will dich nicht verlieren.« Er küßte sie, und sie fühlte sich wunderbar, beschützt und umsorgt. »Denk dran«, warnte er, »vertraue Sarah nicht, die sind alle gleich. Ein Leben gilt ihnen nichts, die bringen dich um, wenn du zwischen ihnen und einer Flasche Whisky stehst.«

»Doch nicht Sarah, Benny, ich kenne sie gut, sie mag mich.«

»Glaub mir, du kennst sie nicht«, fuhr er sie ungeduldig an, »du weißt nichts von ihr, nur das, was sie dir erlaubt zu sehen. Wenn sie ausgeht, weißt du, mit wem sie zusammen ist? Sie kann entweder in irgendeiner Kirchenveranstaltung sein oder bei einer Versammlung vom Speer der Nation. Sei nicht so vertrauensselig! Wenn du erst einmal länger hier lebst ...«

»Oh, hör schon auf«, rief sie und hielt ihm den Mund zu, »ich will es nicht mehr hören!« *Doch nicht Sarah!* Aber sie verbarg die Waffe vor Sarah, und sie sagte ihr nicht immer, wann sie plante wegzugehen oder wann sie allein zu Hause sein würde. Der Revolver begleitete sie von nun an überallhin. Das Gewicht der Waffe, die sie hinten an einem schmalen Gürtel, meist verborgen unter einem losen Oberteil, trug, wurde vertraut. Das Metall nahm ihre Körperwärme an und lag warm und fest, Schutz verheißend, an ihrem Rückgrat. Sie fühlte sich nackt, wenn sie ihn einmal vergaß. War sie nachts alleine, lag er unter Bennys Kopfkissen. Im Auto verstaute sie ihn im Handschuhfach. Nach einiger Zeit legte sie ihn, diskret in einer Tasche verborgen, auf den Beifahrersitz, geladen und griffbereit.

Ihr Verhältnis zu Sarah änderte sich nicht, zumindest an der Oberfläche. Sie lachten zusammen, arbeiteten zusammen, aber wie ein Tropfen Wasser, der seinen Weg durch einen Mauerriß findet, sickerte allmählich ein gewisses Mißtrauen in ihre Gedanken. Nicht so ausgeprägt, als daß es diesen Namen verdiente, eigentlich nur eine Vorsicht, für alle Fälle. Danach gefragt, schloß sie nicht mehr so vehement aus, daß ihr, vielleicht nicht von Sarah, aber durch sie Unheil drohen könnte. Ihre Beziehung hatte ihre Unschuld verloren. Das helle, strahlende Licht, in dem sie diesen Teil ihres Lebens sah, war etwas schwächer geworden.

❖

Freitags fuhren sie ins Autokino. Dort traf man sich. Es war eins der beliebtesten Wochenendvergnügen neben Rugby und Cricket. Eltern packten ihre Kinder, vom Säugling bis zum Teenager, in die üblichen, geräumigen Kombis, und dann ging es ab ins Drive-in. Kaum angekommen und glücklicher Inhaber eines guten Platzes und eines intakten Lautsprechers, reihten sie sich ein in die Schlange vor der Imbißstube, um Unmengen Hamburger, in Tomatenketchup ertränkter Hot dogs und Gallonen von Limonade und Cola zu kaufen. Keinen Alkohol, den gab es nur in speziell lizenzierten Läden, also brachte jeder mindestens einen Karton Bier in Dosen mit. Das Autokino hatte als Treffpunkt eine große gesellschaftliche Bedeutung. Es war dunkel, und die Autositze bequem. Durbans Jugend nutzte die Gelegenheit und fiel enthusiastisch und ausgehungert übereinander her. Jedes zweite Auto bebte und quietschte in den Federn. Blickte man über die Autodächer hinweg, hatte man den Eindruck einer Versammlung kopulierender Käfer.

Heute waren sie etwas spät dran, und die Reklame lief bereits. Benny hakte den Lautsprecher ein, sog schmatzend an einer Dose Bier und lümmelte sich in den Sitz. Gegen den hellen Himmel, der noch die schon untergegangene Sonne reflektierte, ganz oben auf den Stahlsäulen rechts und links der riesigen Leinwand, entdeckte Henrietta die Schattenrisse zweier Männer mit Maschinengewehren. »Benny, da oben sitzen Männer mit Gewehren, was ist los?«

»Merkst du das jetzt erst? Das sind Soldaten, die uns gegen Terroristen bewachen.« Seine freie Hand knetete ihren Busen, mit der anderen hielt er die Bierdose. »Keine Angst, die schießen hervorragend!«

Sie war sprachlos. Terroristen! Waren sie gefährdet, hier? Sie sah sich um. Kinder tobten herum, Leute standen an ihre Autos gelehnt, tranken, aßen, lachten. Picknickkörbe wurden geöffnet, Klappstühle im Halbkreis aufgestellt, aus dem Nachbarauto drang helles Stöhnen. Partystimmung. Das Autokino lag draußen vor der Stadt, weit und breit keine Häuser, kein freundliches Licht. Nur der grelle Strahl des Filmprojektors zerschnitt die Dunkelheit, der Widerschein des Filmes zuckte über die Gesichter und wurde von den Autofenstern reflektiert. Hinter dem Stacheldrahtzaun, der das gesamte Gelände umschloß, war inzwischen Nacht, pechschwarze, undurchdringliche, afrikanische Nacht. Der Chor der Nachttiere, der sich mit der Filmmusik mischte, erfüllte sie heute nicht mit Frieden. Sie erwischte sich dabei, daß sie ängstlich auf andere Geräusche achtete, lauschte, ob der Chor nicht plötzlich abbrach, gestört von der Gegenwart eines Eindringlings. *Terroristen?* Verstohlen holte sie den Revolver aus dem Handschuhfach und legte ihn griffbereit unter ihren Sitz. Sie gestand sich nicht ein, damit zu akzeptieren, daß die Waffe sie vor anderen Menschen schützen sollte, daß sie bereit war, damit zu schießen. Auf Menschen. Sie lehnte sich zurück. Sie fühlte sich so einfach sicherer.

In der Pause holte Benny Hot dogs und Cola. »Keine Chips mehr da«, sagte er und warf sich in seinen Sitz. Er packte eben seinen Hot dog aus, als die Tür aufgerissen wurde.

»Benedict!« Eine weibliche Stimme wie ein Peitschenknall.

Er drehte sich um und wurde blaß. »Verdammt!«

Henrietta sah sein Gesicht und blickte beunruhigt hoch. Sie stand da, schwarzes T-Shirt, schwarze Hose, eine Rachegöttin. Die silbrigen Augen funkelten wie Eiskristalle, ihr angespannter Körper vibrierte so, daß die umgebende Luft in Schwingungen zu geraten schien. »Carla!« flüsterte Henrietta.

»Benedict, was machst du hier, ich denke, du bist in Johannesburg?« Selbst Carlas Stimme erinnerte an klirrende Kälte.

Benedict war ausgestiegen. Sein Mund hing offen. Henrietta sah die Hot-dog-Reste zwischen seinen Zähnen. *Johannesburg?* Sie zog die Brauen zusammen. *Wieso Johannesburg?*

Carla glitt heran, stand dicht vor ihm. Henrietta ignorierte

sie. »Du hast mir gesagt, du fährst nach Johannesburg! Was machst du hier?« Es war keine Frage, es war ein Frontalangriff.
»Carla«, stammelte Benedict, »reg dich nicht auf – das heißt, es ist etwas dazwischengekommen – ich meine – das hier ist alles zufällig, wirklich.« Er verhedderte sich jämmerlich.
Die Worte erreichten Henriettas Ohren, doch sie verstand ihren Sinn nicht. Sie erlebte die Szene wie durch ein verkleinerndes Fernrohr, distanziert, so als beträfe sie die ganze Sache nicht. Kleinigkeiten bemerkte sie. Schweißperlen, die sich, eine nach der anderen, auf seiner Stirn bildeten, als entsprängen sie einer Quelle, der winzige Fleck Eiscreme auf seinem Kragen. Der Blick, den ihm Carla zuwarf, hatte ihn sofort zum Schweigen gebracht. Er stand da, rot im Gesicht, die Schultern nach vorn gebeugt, und krümmte sich wie ein Wurm. Sie hätte nie geglaubt, daß ihr etwas so weh tun konnte wie der Anblick seines sich krümmenden Rückens. Als sie ebenfalls ausstieg, fuhr Carla zu ihr herum. »Ich habe dich gewarnt, laß deine Finger von Benedict, er ist mein Verlobter! – Benedict, du kommst mit.«
Henrietta sah an ihr vorbei in Benedicts Gesicht. Es gelang ihr, seine Augen mit den ihren festzuhalten. Unter ihrem ruhigen, unverwandten Blick richtete er sich etwas auf. Sie sagte nichts, sie sah ihn nur an. Er schwitzte ziemlich stark, und die Nässe rann ihm in den Kragen, der schon einen dunklen Rand hatte. Er räusperte sich, vermied jeglichen Blickkontakt mit den beiden Frauen. »Ich muß Henrietta nach Hause bringen, sie hat kein Auto hier.«
»Die kann zu Fuß gehen oder per Anhalter fahren!«
»Das – geht nicht, Carla, ich bringe sie nach Hause und ruf dich dann an.« Seine Stimme schwankte.
»Ich erwarte dich später auf der Farm. Wage nicht, wieder eine Ausrede zu finden!« stieß Carla drohend hervor, ging zu

einem Auto weiter vorn, in dem einige junge Leute saßen, riß die Tür auf und warf sich hinein. Sie hockte da, Kopf aggressiv gesenkt zwischen hochgezogenen Schultern, wie ein bösartiger, schwarzer Geier.

Benedict zerrte Henrietta zurück ins Auto.

»Wann wirst du es ihr sagen?« brachte sie endlich heraus, als sie schon fast vor ihrem Haus angekommen waren.

»Ich sag's ihr, ich verspreche es. Es ist nicht leicht, wir waren fast zwei Jahre verlobt, vergiß das nicht!«

Sie stieg aus. »Nein, komm nicht mit hinein. Sag es ihr, Benedict, sag es ihr bald, am besten heute abend, denn so halte ich es nicht mehr aus.« Dann ging sie, ohne zurückzusehen.

»Ich werd es tun, ganz bestimmt. Ich versprech's!« hallte seine Stimme über dem Motorengeräusch.

❖

Aber dazu kam er nicht. Das verhängnisvolle Ereignis, das unter sein bisheriges sorgloses Leben einen Schlußstrich setzte, passierte kurze Zeit später, als er nach einer Party bei Henrietta übernachtete.

Die Polizei rekonstruierte später diesen Tag:

Sonnabend, der dritte November 1962 war ein stürmischer, kühler Tag. Gegen acht Uhr abends ging Mick Beaumont, Benedicts Vater, in den Stall zu seinem Lieblingspferd Ruby, kletterte auf eine Leiter, schlang ein Seil über einen Stallbalken, knüpfte am anderen Ende eine Schlinge, legte sich diese um den Hals und schoß sich mit seiner alten Armeepistole in den Mund. Ruby schrie und stampfte vor Angst und Schreck, und es gelang ihr, die niedrige Stalltür zu zerschlagen. Wie von Furien gehetzt, galoppierte sie davon.

Benedict kehrte erst gegen zehn Uhr morgens auf die Farm

zurück. Als er die Tür aufschloß, klingelte das Telefon. Dirk Daniels war am anderen Ende. »Hier passiert gleich ein Unglück, Benny! Ruby steht bei uns auf dem Rasen und frißt Melissas Blumen. Melissa sucht schon mein Schrotgewehr. Du weißt, wie sie sich mit ihren Blumen hat! Habt ihr Ruby noch nicht vermißt? Wo ist dein Vater? Sie scheint sich die Vorderläufe leicht verletzt zu haben. Am besten kommst du gleich rüber und holst sie ab.«

Mißmutig machte sich Benedict auf die Suche nach seinem Vater. Ihm war überhaupt nicht danach, jetzt auf die Daniels-Farm zu fahren und Ruby abzuholen. Als er ihn endlich fand, weigerte er sich erst innerlich, ihn zu erkennen. Dann übergab er sich hilflos. Er klammerte sich an den Pfosten von Rubys Stall und würgte und brach, bis nur noch grüne Galle kam. Dann schleppte er sich zum Telefon.

Nachdem die Polizei zweifelsfrei festgestellt hatte, daß es Selbstmord war, stand er allein vor dem ungeordneten Wust von Papieren, die sein Vater ihm hinterlassen hatte. Dirk Daniels und sein Buchhalter kamen von der Farm herüber, um ihm zu helfen. Was sie dann gemeinsam fanden, war eine Katastrophe. Auch das letzte Experiment, von dem sich sein Vater so viel versprochen hatte, war fehlgeschlagen. Doch was ihm wohl das Rückgrat gebrochen hatte, war der Brief seines Arztes, den Benedict in den Unterlagen fand, der ihm in wissenschaftlicher Terminologie mitteilte, daß sein Krebs im Endstadium und inoperabel sei, und ihm riet, seine Angelegenheiten zu ordnen. Michel Beaumont fand nicht mehr die Kraft, das zu tun. Er brachte sich um.

Benedict stand vor den Trümmern seines Lebens. Die Farm war total verschuldet. Um überhaupt überleben zu können, hatte sein Vater seit einiger Zeit heimlich Land verkauft. Die Geier warteten schon, denn es war gutes Land.

»Ich liebe diese Farm«, sagte Benny zu Henrietta, die stumm

seine Hand hielt, und die Tränen standen ihm in den Augen, »ich werde sie nie verkaufen, es ist mein Land, hier bin ich aufgewachsen. Ich will nie woanders leben, ich kann es nicht.«

»Ich kauf' dir Ruby ab, dann hast du wenigstens etwas zum Leben für die nächste Zeit«, bot ihm Dirk Daniels an, ließ dabei seine begehrlichen Augen über Rubys glänzende Flanken gleiten und über ihre Kruppe hinweg über das weite Land. Benedict bat sich stotternd Bedenkzeit aus.

Nach der Beerdigung, als alle gegangen waren, standen Henrietta und er allein vor dem alten Farmhaus. Sein Arm lag um ihre Schultern, sie schmiegte sich an ihn. Der Tag war grau, nur weit draußen auf dem Meer zeigte ein blendender Silberstreifen, wo die Sonne stand.

»Ich liebe dich«, flüsterte er, »ich möchte dich heiraten.« Er umschlang sie ganz fest. »Bitte sag ja, ich könnte es nicht ertragen, wenn du nein sagst«, bettelte er, seinen Mund in ihren Haaren.

Und Henrietta, die das ganze vergangene Jahr von diesen Worten geträumt hatte, sie herbeigesehnt hatte wie nie zuvor etwas im Leben, sank ihm glückselig in die Arme. Ihre hartnäckige innere Stimme warnte ungehört.

Benedict streifte ihr einen zauberhaft altmodischen Ring seiner Großmutter über den Finger, winzige Perlen und Diamanten um einen weißen Opal, der in seiner Tiefe goldgrüne und rosa Reflexe hatte. Sie wurde rot vor Glück.

Obwohl sie abgemacht hatten, noch mit niemandem darüber zu sprechen, mußte sie es einfach Tita und Neil erzählen. Ihre Freundin reagierte sehr ernst. »Ich hoffe, du hast dir das gut überlegt! Die Farm ist ruiniert, Benedict hat keinen roten Heller, bitte, sei ganz sicher, daß er nicht dein Geld und deine Zukunft heiratet. Du bist eine sehr erfolgreiche Geschäftsfrau mit brillanten Aussichten.«

»Oh, Tita, red keinen Unsinn!« Verliebt drehte sie ihren Ring.
»Es gibt einen Weg, das herauszufinden«, warf Neil ein, »sag ihm, daß du auf Gütertrennung bestehst. Das mußt du sowieso; wenn du in Gütergemeinschaft verheiratet bist, hätte dein Mann praktisch Verfügungsgewalt über dein gesamtes Geld.«
Henrietta schwieg betroffen. Niemand außer Benedict wußte von der Erbschaft, niemand konnte ahnen, wie sehr der Verdacht sie erschütterte. Bedrückt fuhr sie nach Hause. Noch an demselben Abend redete sie mit ihm darüber. Sein schneeweißes Gesicht und schockiertes Schweigen stachen ihr ins Herz. »Es ist doch wirklich nur wegen meiner Firma! Sonst kann ich nicht einmal einen Scheck allein unterschreiben.«
»Ich verstehe dich nicht«, antwortete er endlich, »die Basis einer Ehe sollte Gemeinsamkeit sein. Hast du denn kein Vertrauen zu mir?« Er schien zutiefst gekränkt, und sie bekam sofort Gewissensbisse. Wie konnte sie nur so gefühllos und mißtrauisch sein! Ihre innere Stimme jedoch ließ nicht locker. *Es ist doch nur eine Formalität. Er muß doch wissen, daß alles, was meins ist, auch seins sein wird. Warum also unterschreibt er diesen albernen Vertrag nicht?* Diesen Abend schickte sie ihn nach Hause, sie wollte allein sein. Bis spät in die Nacht saß sie und sah hinaus aufs Meer, das schiefergrau unter einem Sturmhimmel lag. Als sie gegen halb drei Uhr morgens endlich ins Bett ging, hatte Benedict gewonnen.
Tita gab ihr die Adresse eines Anwaltes und den Rat, sich dort genau zu informieren. Sie legte die Adresse in die Kommode zu den Briefen ihrer Eltern. Am nächsten Tag verlobten sie sich, und sie schob ihre Zweifel beiseite. Die Zukunft würde schon alles regeln. Benedict liebte sie. Das war die Hauptsache.
»Laß uns irgendwo feiern, nur wir zwei allein«, murmelte er abends im Bett, und sie buchte drei Tage in der Zululand Sa-

fari Lodge im Hluwhluwe Game Reserve, im Herzen Zululands. Es war ihr Verlobungsgeschenk. »Freitag fahren wir.« Sie lächelte aufgeregt. *Meine ersten Ferien in Südafrika, und das als Verlobte von Benedict!*
»Drei Tage!« Er verzog sein Gesicht. »Nun, besser als gar nichts. Wir werden dein Auto nehmen müssen, meins hat Getriebeschaden!«

❖

»Liebling, ich habe meine Kamera vergessen«, rief Benedict, Minuten bevor sie losfahren wollten, »ich fahre eben mit deinem Auto zur Farm. Bin sofort wieder zurück!«
»In Ordnung, aber mach zu, unsere Zeit ist kostbar!«
Sekunden später riß ihr ein markerschütternder Schrei den Kopf hoch. Im ersten Moment erkannte sie Bennys Stimme nicht einmal, so unmenschlich klang das Schreien. Sie raste nach draußen. Benedict hing, den Oberkörper über dem Vordersitz, halb in ihrem Auto, halb draußen, schlug um sich und schrie und schrie und schrie.
Sie beugte sich über ihn. »Benny …«
Seine Schreie zerflossen in einem Wimmern. Er hörte auf, um sich zu schlagen. Er lag auf dem Bauch, das Gesicht weggedreht, seine Augen fest zugekniffen, die Lippen von den Zähnen zurückgezogen. Seine linke Hand lag verkrampft neben seinem Kopf, die Finger verkrümmt. Er zitterte, vom Kopf bis zu den Fußspitzen zitterte sein ganzer Körper wie Espenlaub. Es war ein erschreckender Anblick. Sie streckte die Hand nach ihm aus, nur die Fingerspitzen, als sie im Schatten seiner Armbeuge eine Bewegung zu sehen meinte. Sie hielt inne, aber da war nichts. Sie legte ihre Hand auf seine, um dieses gräßliche Zittern zu stoppen. Seine Finger waren heiß und feucht unter ihren.
»Nicht«, wimmerte er, »nicht.«

»Benny, Liebling, was ist geschehen? Dreh dich …« Das Wort blieb ihr im Hals stecken. Ein kühler, starker, glatter Körper bewegte sich unter ihrer Hand. Vor ihren entsetzten Augen wand sich ein graubrauner Schlangenkopf, diamantförmig und fast handtellergroß, zwischen ihren Fingern hervor. *Eine Puffotter!* Ihr Herz blieb stehen. Sie schrie gellend, sprang zurück, stolperte und fiel hintenüber. Die Schlange kroch langsam und ohne Hast unter Benedicts Körper hervor und glitt vom Autositz auf den Boden. Es gab ein trockenes, schabendes Geräusch. Sie wölbte ihren gedrungenen Hals und züngelte aufmerksam die Luft. Henrietta lag auf dem Bauch, auf gleicher Höhe mit der Schlange, kaum einen Meter von ihr. Die schönen schwarzen Augen waren starr auf sie gerichtet. Sie war so nahe, daß sie durch die halbgeöffneten, harten Schuppenlippen bis in den rosa Schlund blicken konnte. Eine ringförmige, frisch vernarbte Verletzung zog sich um die Kehle des Biests.

Zu ihrem unbeschreiblichen Entsetzen fand sie, daß sie kein Glied rühren konnte. *Beweg dich, du mußt ihm helfen!* Vergebens! Sie lag wie gelähmt. Das Reptil zog die kräftigen Muskeln seines armdicken Körpers zusammen und schob sich noch ein wenig auf sie zu. Sie konnte sich nicht rühren! Benedict stöhnte und begann sich aufzurichten. Henrietta sah, daß die Schwanzspitze der Puffotter über seinem Fuß lag. »Benny«, flüsterte sie gepreßt, voll irrsinniger Angst, eine unbedachte Bewegung könnte die Schlange reizen, »rühr dich nicht, bleib ganz still.« Ihre Augen fest auf das Tier gerichtet, um jede Reaktion wahrzunehmen, schob sie, Zentimeter für Zentimeter, ihren Körper mit den Armen von der Schlange weg. Chico bellte, sie hörte es wie durch Watte. In der nächsten Sekunde kam er durch das Gartentor gestürmt. Instinktiv schien er zu wissen, welche Gefahr von der Schlange ausging. Vorderpfoten in den Sand gestemmt, Hin-

terteil hoch, Ohren zurückgelegt und Zähne gebleckt, sprang er wütend bellend um sie herum, wahrte aber immer einen Sicherheitsabstand, eben außerhalb des Aktionskreises der Schlange.
Das Biest schwang seinen wuchtigen Kopf herum, fixierte den neuen Gegner und züngelte. Und nun konnte sich Henrietta wieder bewegen. Sie sprang hoch. Flüchtig streiften ihre Gedanken den Revolver. Sie spürte das Zittern ihrer Hände. Unmöglich! Die Kugeln würden eher Benny treffen. Am Rande ihres Gesichtskreises entdeckte sie Sarah hinten im Garten. »Sarah, hol mir die große Forke und den Spaten, schnell!« Die Schwarze verschwand. Am Straßenrand lagen einige Steine. *Zu klein!* Verzweifelt sah sie sich um. Spaten und Forke umklammernd, näherte sich Sarah wieder, zögerte, verharrte aber etwa zehn Meter von ihr entfernt. »Sarah, komm her, gib mir die Geräte!«
Sarah schüttelte nur den Kopf, rollte wild mit den Augen und blieb stehen. Henrietta erkannte, daß es nutzlos war, Sarahs Angst vor Schlangen war viel zu groß. Die Schlange immer im Auge behaltend, ging sie rückwärts auf das schlotternde schwarze Mädchen zu, deren Haut einen blaugrauen Ton angenommen hatte, und nahm die Geräte. Chico umsprang die wütend zischende Puffotter immer aufgeregter, stieß mit seinem Kopf vor, Zähne entblößt, aber blieb doch gut einen halben Meter außerhalb ihrer Reichweite.
Von hinten schlich sie sich an die Schlange heran, holte tief Luft, und wie ein Torero zum tödlichen Stoß, rammte sie die Gartenforke auf den Schlangenkopf nieder, schwang den Spaten mit aller Kraft und trennte den Kopf glatt von dem sich obszön windenden, dicken Körper. Die Puffotter riß ihren Rachen im Todeskampf weit auf. Voll Schrecken starrte Henrietta auf die riesigen Giftzähne, die wie gebogene Säbel hervorstanden. Mit dem Spaten schleuderte sie den Schlan-

genkopf weg, kickte den hin und her schlagenden, blutenden Körper aus dem Weg. »Sarah, komm her, hilf mir!« schrie sie. Sarah rührte sich nicht. »Die Schlange ist tot, komm her, verdammt noch mal!« Das Mädchen kroch heran, und zusammen zogen sie Benedict vorsichtig aus dem Auto.

Nun sah sie die parallel liegenden Nadelstiche auf seinem rechten Handgelenk. Wäßriges Blut sickerte unaufhörlich aus der Bißstelle, die umgebende Haut war schwarzbläulich verfärbt und blasig geschwollen. Er schlotterte unkontrolliert, seine Haut war grau und kalt vor Schock. Gemeinsam mit Sarah schaffte sie es, ihn auf den Rücksitz zu legen. Sie fuhr, wie sie noch nie in ihrem Leben gefahren war. Wild hupend jagte sie über jede Kreuzung. Sie verfluchte Afrika, sie verfluchte die grausame Natur, sie verfluchte die Tatsache, daß es hier keine öffentlichen Telefone gab, keine Möglichkeit, Hilfe zu holen. Durban mit dem Addington Hospital war zu weit, sie mußte in die Praxis von Dr. Alessandro nach Umhlanga. Sie wünschte, daß der alte Dr. Mac noch praktizierte, aber er hatte vor rund einem Jahr die Praxis an die junge Ärztin übergeben. Dr. Mac war alter Afrikaner, er würde wissen, was bei Schlangenbissen zu tun war. Aber Dr. Alessandro? Sie kam aus dem Großstadtdschungel Mailands. Unaufhörlich hupend raste sie die Hauptstraße nach Umhlanga hinein und hielt quietschend vor der Praxis. Es war ein geschäftiger Freitagmorgen in Umhlanga. »Bitte, helft mir«, schrie sie schrill, »bitte, kann mir jemand helfen!« Sofort liefen mehrere Leute auf sie zu, Dr. Alessandro erschien in der Tür.

»Er ist von einer Puffotter am Handgelenk gebissen worden!« rief sie ihr zu.

»Bringt ihn rein«, befahl diese und lief in die Praxis.

Zwei kräftige junge Männer, einer davon der lokale Verkehrspolizist, hakten Benedict rechts und links unter und trugen ihn mehr, als daß er selber ging. Seine Augen waren halb geschlossen, die umgebende Haut bläulichgrau. Sein Unterkiefer zitterte. Grünlichgelber Speichel tropfte ihm aus dem Mund.

»Eine Puffotter?« fragte der Polizist zweifelnd. »Sind Sie sich da sicher?«

»Ganz sicher, ich hab sie erschlagen.«

»Merkwürdig«, murmelte er verwundert, »Puffottern lieben dichten Busch. In besiedelten Gebieten kommen sie nicht vor.«

Als Henrietta hinter den Männern durch die Tür zum Behandlungsraum treten wollte, wurde sie so heftig beiseite gestoßen, daß sie gegen die Wand fiel. Mit einem wilden, schrillen Vogelschrei stürzte Carla herein und warf sich über Benedict, der bereits auf der Behandlungsliege lag. »Benny, Benny – o Benny ...« Sie legte ihren Kopf auf seine Brust und schluchzte.

»Machen Sie Platz«, schnappte Dr. Alessandro und zog eine Spritze auf. »Rufen Sie einen Krankenwagen, und sagen Sie im Addington Bescheid«, befahl sie ihrer Sprechstundenhilfe. Sie schien genau zu wissen, was zu tun war.

Carla umklammerte noch immer den mit geschlossenen Augen daliegenden Benedict. Gewaltsam zog sie der junge Polizist von ihm weg. »Kommen Sie, Sie sind hier nur im Weg.«

Sie schrie und kämpfte, schlug nach ihm, bis sie Henrietta erblickte, die noch immer an der Wand lehnte. »Du«, zischte sie mit so viel Gift und Vehemenz, daß diese sich duckte. »Du ...«, sie rang nach Luft »Wie kommt Benny in dein Auto? Kannst du mir das sagen? Wieso ist Benny dein Auto gefahren?« Sie packte Henrietta am Blusenausschnitt und schüttelte sie. »Antworte mir, warum bist nicht du gefahren?« Sie bleckte ihre Zähne wie ein Raubtier.

Henrietta starrte sie verblüfft an, momentan von Benedict abgelenkt. »Er hatte seine Kamera vergessen, und sein Auto ist kaputt …« Sie hielt Carlas Handgelenke umklammert.
Diese riß sich los. »Wieso Benny – wieso nicht du? Es war dein Auto, in dem die Schlange war, wieso Benny …?« Sie schlug ihr mit dem Handrücken ins Gesicht. Ihr Verlobungsdiamant hinterließ einen blutigen Riß auf Henriettas Wange. Beim Anblick des Blutes verlor Carla alle Kontrolle über sich und ging wieder auf sie los. »Was wollte er bei dir, du Schlampe, er ist mein Verlobter!«
Henrietta stand ganz still. Der Diamantring. Benedicts Verlobungsring, sie trug ihn noch immer. Alle Geräusche schienen sich zu entfernen, ihr Blickfeld war eingeengt, so daß nur noch Carlas haßerfülltes, verzerrtes Gesicht vor ihr war.
»Woher weißt du das?« fragte sie langsam mit glasklarer Stimme. »Woher weißt du, daß die Schlange in meinem Auto war? Ich habe kein Wort darüber gesagt!«
Totenstille senkte sich über den Raum. Carla stand schwer atmend da. Ihr weißes Kleid war mit Henriettas Blut verschmiert, die dunklen Haare hingen wirr um ihren Kopf.
Der junge Polizist, der gerade hinausgehen wollte, drehte sich um. »Das müssen Sie mir erklären, Ma'am.« Er ergriff Carlas Arm.
»Fassen Sie mich nicht an! Nehmen Sie Ihre Pfoten weg!«
»Ganz ruhig.« Der junge Mann in Uniform hakte sein Funkgerät vom Gürtel und begann hineinzusprechen. Dann führte er Carla, die sich noch immer heftig wehrte, mit geübtem Griff hinaus.
Henrietta schlug das Herz plötzlich bis zum Hals. Sie sah hinüber zu Benedict. *Aber er hat doch die Verlobung gelöst, das hat er mir doch versprochen!* Carla? War sie so rasend vor Enttäuschung und Eifersucht, daß sie – mit einer Schlange? Das

war doch nicht möglich! Sie weigerte sich, das zu glauben. Draußen hörte sie die ruhige Stimme des Polizisten und die schrille, aufgeregte von Carla. Kurz darauf kamen noch zwei andere männliche Stimmen dazu.

Dr. Alessandro erschien neben ihr, eine Tasse mit heißem Kaffee in der Hand und eine Tablette. »Hier, Henrietta, trink das und nimm die Tablette, du hast einen Schock.«

Wie auf Kommando gaben Henriettas Knie nach, und sie fiel in den Stuhl, der neben Benedict stand. Der Kaffee war heiß und sehr süß. Sie nahm ihren ganzen Mut zusammen. »Wird Benedict – wird er überleben?« Sie wagte nicht, die Ärztin dabei anzusehen, so sehr fürchtete sie die Antwort.

Deren Stimme war kühl und professionell. »Ich habe alles getan, was ich konnte. Er hat eine Chance. Es besteht jedoch große Gefahr, daß er seine Hand verliert. Puffottern haben zytotoxisches Gift, ein Gift, das das Gewebe zersetzt. Das Blut koaguliert. Das gebissene Glied stirbt meistens ab. Eine Komplikation zusätzlich ist großer Blutverlust durch ausgedehnte innere Blutung.«

»O mein Gott«, flüsterte Henrietta und beugte sich dann über ihn. Er schien sehr benommen zu sein, auf seinem Arm breiteten sich große, blutunterlaufene Flecken aus. Sie küßte ihn voller Angst. Dann kam der Krankenwagen. »Kann ich mitfahren?« bat sie.

Die Männer mit der Krankentrage schoben sie zur Seite. »Nein, wir haben keinen Platz.« Ein paar Minuten später war der Krankenwagen mit Benny auf dem Weg nach Durban ins Addington-Krankenhaus.

Die Praxistür wurde geöffnet, und zusammen mit dem jungen Verkehrspolizisten trat ein anderer Mann ein. Er war in Zivil. »Cooper, CID«, stellte er sich vor, »Kriminalpolizei. Sie sind Henrietta Tresdorf und haben Mr. Beaumont hergebracht?«

Sie nickte. Ihre hellen Haare fielen ihr ins Gesicht, das totenbleich war unter der Sonnenbräune.
»Sind Sie sich absolut sicher, daß Sie nicht erwähnt haben, daß die Schlange in Ihrem Auto war?«
Sie sah ihn an. Lange. Ihre Gedanken überschlugen sich. Sie war sich hundertprozentig sicher, daß sie es nicht gesagt hatte. Das aber würde heißen, daß Carla ...! Sie mochte den Gedanken nicht zu Ende denken. Hatte sie es aber doch gesagt und diese Tatsache in der Aufregung vergessen, könnte sie Carla ins Gefängnis bringen. Wegen Mordverdacht. Unschuldig.
»Unschuldig«, höhnte Tony dal Bianco, »die und unschuldig?«
»Nun, Miss Tresdorf?«
Sie vergrub ihr Gesicht in den Händen und versuchte durch das Dröhnen in ihrem Kopf sich zu erinnern, was sie gesagt hatte. Blitzschnell zogen Bildfolgen vor ihrem geistigen Auge vorbei. Sie sah Benedict, tot, sein Arm dunkelgrün, aufgeplatzt, mit gelben Gangrän-Blasen überzogen. *Das hat mir gegolten, nicht Benny, mich wollte sie töten!* Dann war da Carla im Gefängnis, ein winziges Betonloch als Zelle, vergitterte Fenster hoch unter der Decke, und dahinter, bevor sie es verhindern konnte, sah sie einen Galgen.
Sag schon ja, dann bist du sie los!
Bist du verrückt? Sie ist meine Cousine!
Du hast selber schuld, stell dich nicht so an!
Sie würgte. Dann zwang sie sich, hochzusehen. Sie hatte eine Entscheidung getroffen. Langsam schüttelte sie den Kopf. »Absolut sicher bin ich mir nicht.«
Kurz danach rannte Carla über den kleinen Platz, sprang in ihr Auto und raste mit quietschenden Reifen in Richtung Durban davon.
»Wer Carla in die Quere kommt, spielt mit seiner Gesundheit«, warnte Tita, »die schüttet dir glatt Rattengift in den Tee!«

»Ich habe dich gewarnt«, zischte Carla, damals im Drive-in.
»Piranha«, rief Glitzy.
Henrietta preßte die Hand über die Ohren.

❖

Die Krankenschwester im Addington war freundlich, aber bestimmt. »Mr. Beaumont schläft, Sie können jetzt nicht zu ihm. Kommen Sie morgen, dann wissen wir mehr, und Sie werden ihn vielleicht sehen können. Seine Verlobte mußten wir auch nach Hause schicken.« Sie wandte sich wieder ihrer Patientenkartei zu.

»Ich bin seine Verlobte«, erwiderte sie bittend.

Die Schwester hob den Kopf, ihr Blick streifte demonstrativ Henriettas Ringfinger, an dem der zierliche Opalring von Benedicts Großmutter saß. »So«, sagte die Schwester, und es war deutlich, daß sie an den funkelnden Verlobungsdiamanten Carlas dachte, »das behauptet die andere Dame auch. Ich schlage vor, Sie einigen sich, wer von Ihnen seine Verlobte ist. Die darf dann morgen kurz zu ihm.«

Henrietta blieb nichts weiter, als nach Hause zu fahren. Allein und mit schwerem Herzen.

Zwei Tage später saß sie an seinem Bett. Er hatte überlebt, aber noch kämpften die Ärzte um seine rechte Hand. Seine Haut hatte einen fahlbleichen Unterton bekommen, unter seinen Augen lagen tiefe graue Ringe. »Sie weiß es noch nicht, nicht wahr?« flüsterte sie, »du hast es ihr nicht gesagt. Warum, Benny, erklär es mir, bitte!«

Er schüttelte den Kopf. »Ich kann es einfach nicht«, preßte er schließlich gequält hervor, »nicht jetzt. Ich weiß nicht, ob ich meine rechte Hand behalten werde, ich weiß nicht, ob ich die Farm verlieren werde, ich weiß nicht, wie mein Leben weitergehen soll.«

Sie sah, daß er jetzt seine Kraft zum Überleben brauchte, und schwieg.
»Bitte, flieg für mich nach Johannesburg. Der letzte Landverkauf, den mein Vater getätigt hat, ist noch nicht amtlich, meine Unterschrift fehlt noch. Hier hast du meine diesbezügliche Vollmacht. Ich brauche das Land, es ist fast ein Drittel der Gesamtfläche. Die Farm wird zu klein, um rentabel zu sein. Geh zu Dan Stafford, unserem Anwalt in Johannesburg, und versuche alles, um den Verkauf rückgängig zu machen. Er hat noch keine Handlungsvollmacht von mir, sonst würde ich dich nicht darum bitten.«
Sie flog am nächsten Tag nach Johannesburg. Vom Flughafen aus nahm sie ein Taxi zum Büro des Anwalts. In der Innenstadt, zwischen Rathaus und dem Hauptpostamt, gerieten sie in eine Demonstration. Tausende bewegten sich auf das Rathaus zu, alle schwarz, kein weißes Gesicht darunter. Sie konnte nicht erkennen, was auf den Plakaten stand. »Wogegen demonstrieren sie?« fragte sie den weißenTaxifahrer.
»Keine Ahnung, gegen irgendwas, die Muntus haben ja immer was, wogegen sie demonstrieren. Es geht ihnen besser als allen anderen Kaffern in Afrika, aber sie demonstrieren. Undankbares Pack!«
»Muntus? Was heißt das?«
»Na eben Muntu, Kaffer. Heißt, glaub ich, Mensch in ihrer Sprache. Dann kann es ja auch kein Schimpfwort sein, nicht?« Er lachte böse.
Gebannt beobachtete sie das Geschehen.
Eine merkwürdig friedliche Atmosphäre lag über der Menge, kein lautes Wort war zu hören, nur ein Summen vieler Stimmen. Ihnen gegenüber stand eine Wand blaugekleideter, bis an die Zähne bewaffneter Polizisten, durchweg junge Burschen, die ihre Gewehre schußbereit quer vor dem Körper hielten.

Eine rauhe Stimme erhob sich. Die ersten Töne von Nkosi Sikelel'i-Afrika, der Freiheitshymne der Schwarzen, schwebten über den Menschen. Alle fielen ein. Der rhythmische Gesang schwoll an, die in den vorderen Reihen begannen sich zu wiegen und zu tanzen. Sehnsuchtsvoll stieg die schöne Melodie in den Sommerhimmel, inbrünstig sangen die Menschen. Henrietta bekam eine Gänsehaut. *Gott schütze Afrika!*
Die Polizeihunde, bösartig aussehende Rottweiler, zerrten bedrohlich knurrend an ihren Leinen, die Pferde der berittenen Polizisten tänzelten nervös. Singend erreichten die Schwarzen die Polizistenmauer, und Henrietta hielt den Atem an. Die Schwarzen streckten noch einmal die Fäuste in den Himmel. *Nkosi Sikelela!* Dann falteten sie ihre Beine und setzten sich auf die Straße, friedlich, geduldig, der Stoizismus jahrelangen Leidens in ihren Gesichtern.
Ihr Taxi ruckte, der Fahrer fand eine Lücke zwischen den Autos, und die nächste Häuserecke verwehrte ihr den Blick auf die Szene vor dem Rathaus. Die eindringliche Melodie des Freiheitsliedes der Schwarzen Südafrikas brannte sich in ihr Gedächtnis.
Dan Stafford, der Anwalt, lächelte milde. »Meine liebe junge Dame, es ist ganz ausgeschlossen, daß wir von diesem Verkauf zurücktreten, es wäre nicht gentlemanlike.«
Henrietta studierte ihn. Korpulent, das rote Gesicht eines Genießers, weiße Haare, babyblaue Augen und ein ständiges Lächeln. Sie mochte den Mann nicht. »Ich möchte mit dem Käufer, Mr. Simms, sprechen, ich habe es Benedict versprochen.«
»Ich kann wirklich nicht verstehen, wieso Mr. Beaumont ausgerechnet Sie geschickt hat.« Mürrisch griff er zum Telefon.
Sie fröstelte. Die Klimaanlage des Büros war auf Tiefkühltemperatur eingestellt, die Luft in den Räumen staubtrocken, unangenehm. Dan Stafford schien Mr. Simms, einen mittel-

großen Mann um die Vierzig, breites Haifischgrinsen, heller Anzug mit gepolsterter Schulterpartie, gut zu kennen. »Miss Tresdorf, die Bevollmächtigte von Mr. Beaumont. Sie will den Kauf rückgängig machen. Ich hab' ihr gesagt, daß das natürlich unmöglich ist.«

»Miss Tresdorf«, eine Geste, ein Blick zu Dan Stafford, »ah, sehr erfreut, darf ich Ihnen zu Ihrer Verlobung gratulieren!«

Henrietta starrte ihn sprachlos an. Woher wußte dieser Mann von ihrer Verlobung?

Jetzt schien auch Mr. Stafford zu verstehen. »Miss Tresdorf! Natürlich! Bitte vergeben Sie mir. Auch von mir Glückwünsche zu Ihrer Verlobung. Möge Ihrer beider Verbindung eine lange und fruchtbare sein.« Er ergriff enthusiastisch ihre Hand und lächelte sie gönnerhaft an. »Das ändert natürlich alles. Ich denke, ich spreche in Mr. Simms Sinne, daß wir – äh«, er verbesserte sich, »daß er nicht auf dem Verkauf besteht.« Wieder dieser stumme Blickkontakt zu Mr. Simms, der beifällig nickte. »Ich denke, er wäre bereit, Abstand davon zu nehmen.«

Mit einem unguten Gefühl im Magen wartete sie auf seine nächsten Worte.

»Natürlich sind da die – ähem – Unkosten. Sie liegen bei, Mr. Simms korrigieren Sie mich, wenn ich falsch liege, circa dreißigtausend Rand?« Mr. Simms nickte.

»Dreißigtausend Rand«, wiederholte sie tonlos, schockiert. »Das ist ein Vermögen.«

Dan Stafford lächelte breit. »Nun ja, meine liebe junge Dame, Mr. Simms hat natürlich schon Pläne mit dem Land, Vorbereitungen getroffen, Märkte erforscht, das kostet, Miss Tresdorf, das kostet!«

Sie schüttelte den Kopf. »Das ist unmöglich, Mr. Beaumont hat die dreißigtausend Rand nicht ...«

Der Haifisch grinste. »Aber Miss Tresdorf, wir würden doch

jederzeit einen Schuldschein mit Ihrer Unterschrift nehmen – Ihr finanzieller Hintergrund genügt uns vollauf.«
Er hatte es ihnen gesagt! Er hatte ihnen von der Erbschaft erzählt und weiß der Himmel, wem sonst noch. Es tat so weh, als hätte er sie mit einer anderen Frau betrogen. Sie stand auf, beide Männer sprangen von ihren Stühlen, ganz gentlemenlike. »Es tut mir leid.« Ihre Stimme war trocken und hart. »Ich kann das nicht allein entscheiden, ich muß erst mit meinem Verlobten sprechen.«
Mr. Stafford zog ihr zuvorkommend den Stuhl zurück. »Natürlich, natürlich, das verstehen wir doch. Fliegen Sie nur zu Ihrem Verlobten, kleine Lady, wir haben Zeit.«
›Wir‹ haben Zeit, hatte er gesagt, und Henrietta hatte es wohl gehört. Sie nahm sich vor, Benedict zu raten, einen anderen Anwalt einzuschalten, dieser schien seine Interessen nicht so wahrzunehmen, wie er sollte. Sie trat auf die Straße, um sie herum brüllender Verkehr, bestialischer Gestank nach Auspuffgasen und Benzin. Die staubige Mittagshitze fing sich zwischen den Hochhäusern. Sie rief ein Taxi heran, und zwei Stunden später landete sie in Durban. Ohne Umweg fuhr sie ins Krankenhaus. Carla saß an seinem Bett. Henrietta hielt die Tür zu dem Krankenzimmer auf. »Verschwinde, Carla, ich muß mit Benedict reden!«
Carla fuhr herum, wollte sich auf sie stürzen. Doch etwas in Henriettas Miene, ihrer Haltung, die aufrecht war mit sehr geraden Schultern, ließ Carla das Zimmer wortlos verlassen.
»Warum hast du Mr. Simms von meiner Erbschaft und unserer Verlobung erzählt? Wem hast du es noch gesagt? Hast du dir das so gedacht – mein Geld und dann Carla im Hintergrund?« Sie war so wütend, daß ihr die Stimme wegrutschte.
»Aber, Henrietta, Liebling, wie kannst du so etwas sagen?« Mitleidheischend streckte er seinen bandagierten rechten Arm nach ihr aus. »Du verstehst das alles falsch.«

Sie wich zurück. »Ich will eine Antwort, Benedict!«
Er versuchte, sie in den Arm zu nehmen. Seine Kleidung roch nach Krankenhausdesinfektionsmitteln, aber seine Haut war vertraut, der Geruch stieg ihr in die Nase und machte ihr die Knie weich, wie ein Glas süßen Weins.
»Bitte, Benny, sag mir, woran ich bin.« Sie schmiegte ihr Gesicht in seine Halsgrube und schloß die Welt draußen aus. Der schmale Ring an ihrem Finger schnitt ihr ins Fleisch. Carlas Porzellangesicht schob sich in ihr Gedächtnis. *Verdammt!* Sie löste sich von ihm und trat einen Schritt zurück. »Benedict?«
Er runzelte die Stirn. »Ach, stell dich nicht so an, ich wußte nicht mehr ein und aus, die Gläubiger saßen mir im Nacken. Wenn ich den Teil der Farm verkaufe, ist der Rest wertlos.«
»Du hast mich nicht einmal gefragt!«
»Ich hab dich immerhin gebeten, meine Frau zu werden.« Sein Ton war vorwurfsvoll, auftrumpfend. »Ich biete dir schließlich den Namen Beaumont und eine herausragende gesellschaftliche Stellung, da ist es wohl selbstverständlich, daß wir alles gemeinsam besitzen. Eine Frau ohne Geld kann ich mir doch gar nicht leisten!«
Noch nie in ihrem Leben hatte sie sich so erniedrigt, so benutzt und so schmutzig gefühlt. Sie stand auf und zog ihren Verlobungsring vom Finger. Ihre Hände waren feucht, er rutschte leicht herunter. Behutsam legte sie ihn auf die Bettdecke und verließ den Raum, ganz leise, sah auch nicht zurück, als er sie rief. Die Tür fiel hinter ihr ins Schloß. Sie ging einfach aus seinem Leben.

❖

Für Tage verkroch sie sich in ihrem Haus, wollte keinen sehen, konnte nichts essen, bekam nur Flüssiges hinunter. Am

vierten Tag marschierte Tita durch die Tür, wies Sarah an, ein leichtes Omelett zu machen, und zwang Henrietta zu essen. »So, und nun raus mit der Sprache!«
Stockend begann Henrietta, dann brach ein Damm, und sie schluchzte die ganze Geschichte heraus, nur die Sache mit der Erbschaft verschwieg sie. »Bitte sag jetzt nicht, ich hab's dir doch gesagt! Ich könnte es nicht ertragen!«
»Ach, Unsinn! Ich werde dich schon auf andere Gedanken bringen. Wir machen wie jedes Jahr Ding-Dongs-Day ein Picknick in Mtunzini.«
»Wo ist Mtunzini«, heulte Henrietta, »und wer ist wir?«
»Mtunzini liegt an der südlichen Küste von Zululand. Es kommen Glitzy, Duncan, irgendein Cousin mütterlicherseits von ihnen, der gerade zu Besuch ist, Cori und Fred, ein paar Leute, die du nicht kennst, einige, die du kennenlernen solltest, und Neil, Samantha und ich. Es kommen nicht Carla oder Benedict. Wir fahren ganz früh morgens, nehmen den Grill mit und machen ein Picknick in den Dünen am Meer.«
»Klingt wunderbar, danke.« Henrietta lächelte unter Tränen. »Und was ist Ding-Dongs-Day?«
Tita hob belehrend den Zeigefinger. »Als angehende Südafrikanerin solltest du das wissen. Dingaan's Day, der 16. Dezember, an dem ein paar hundert Buren am Nkome-Floß zwölftausend Zulus, die Armee des Zulu-Königs Dingaan, vernichtend geschlagen haben. Die Zulus waren mit Assegais, das sind kurze Wurfspeere, und Knobkerries bewaffnet. Die sehen ganz harmlos aus. Lange Stöcke«, Tita zeigte mit ihren Händen etwa achtzig Zentimeter an, »so etwa, mit einem Kugelkopf, aus einem Stück aus schwerem Holz geschnitzt. Eine fürchterliche Waffe in ihren Händen. Sie werfen ihn, er dreht sich in der Luft um die eigene Achse, und treffen mit der Kugel den Kopf ihres Feindes. Der zerplatzt dann wie eine reife Tomate. Aber die Buren hatten Gewehre, und Din-

gaans Armee hatte keine Chance. Am Ende des Tages färbte das Blut von mehr als dreitausend Zulus das Flußwasser rot. Fortan hieß der Fluß Nkome nur noch Blood River. Die Buren sind furchtbar stolz auf diese Tat. Die englischen Südafrikaner nennen es den Ding-Dongs-Tag, weil sie keine Liebe für ihre burischen Landsleute hegen.«

»Oh.« Vor Henriettas innerem Auge türmten sich Berge von blutigen schwarzen Leibern. »Wie furchtbar!«

»Nun, das ist lange her, 1838 war das. Laß uns das Picknick besprechen. Jede Frau bringt einen selbstgemachten Salat, etwas Fleisch und die Männer eine Flasche.«

Ihr kamen sofort wieder die Tränen. »Ich werde also Salat, Fleisch und Flasche mitbringen, wenn ich schon keinen Mann habe.« Sie schniefte voller Selbstmitleid.

»Nun werde nicht melodramatisch und albern. Ich werde mich unter den begehrenswerten Junggesellen umsehen, du brauchst dringend Abwechslung. Vergiß Benedict, er ist es nicht wert, daß du seinetwegen heulst.«

Aber es tat noch zu weh, sie konnte noch nicht darüber nachdenken. So schob sie Benedict Beaumont erst einmal hinter eine seelische Mauer und nahm ihr tägliches Leben wieder auf. Sie vergrub sich in ihrer Arbeit und saß bis tief in die Nacht über ihren Entwürfen. Die neue Kollektion war fast fertig. Sie war zufrieden mit sich selber. Die neuen Jacken waren wirklich gut gelungen. Sie streckte sich und ging in die Küche, um sich ein Glas Wein zu holen. Es klirrte. Ohne das Licht einzuschalten, blieb sie stehen und lauschte. Ein bläulichsilberner Streifen Mondschein lag auf dem Boden. In diesem Moment huschte ein Schatten über den Lichtstreifen. Sie hielt den Atem an, denn gleichzeitig hörte sie katzenleise Schritte, dann ein schleifendes Geräusch. Woher? Ihr stockte der Atem. Es war jemand im Haus! *Verdammt, die Verandatür ist offen und Chico im Bad eingesperrt!*

Vorsichtig schlich sie sich ins Schlafzimmer, öffnete mit fliegenden Händen ihre Nachttischschublade und hob den Revolver heraus. Das Metall war glatt und noch warm von der Tageshitze. Ein Zittern unterdrückend, spannte sie den Hahn und glitt zur Tür. »Sarah?« flüsterte sie. In die tiefe Stille kam als Antwort ein Knarren. Ein Dielenbrett. Im Wohnzimmer!
Geräuschlos schloß sie die Schlafzimmertür und sank in den kleinen Stuhl am Fenster. Ihre zitternden Hände waren kaum imstande, die schwere Waffe zu halten, geschweige denn, damit zu zielen. Sie packte den Revolver mit beiden Händen, klemmte ihn zwischen ihre Knie, zielte einfach auf die Tür und wartete. Für keine Sekunde machte sie sich klar, daß sie vorhatte, jeden Menschen, der sich durch diese Tür Zutritt zu ihrem Schlafzimmer verschaffte, zu erschießen. Alles an ihr war jetzt Instinkt. Ihre Sinne überscharf, sie witterte wie ein Tier, die kleinsten Geräusche donnerten ihr in den Ohren, ihre Augen glühten im Dunkel.
Der Türgriff wurde sacht heruntergedrückt, die Tür bewegte sich aus dem Rahmen. Ein schmales Band fahlen, diffusen Mondlichts erschien, wurde allmählich breiter, und dann stand er vor ihr. Seine rechte Hand schwang hoch, ein langes Messer blinkte und fuhr auf sie nieder.
Wie von selbst krümmte sich ihr Zeigefinger, der Schuß löste sich mit ohrenbetäubendem Knall, der Rückstoß warf ihr die Arme hoch. Das Messer ritzte ihren linken Oberarm. Sie fühlte es kaum. Ein gurgelnder Schrei, dann ein dumpfer Fall, der die Dielenbretter zum Beben brachte. Sie ließ den Revolver zu Boden fallen. Für eine Ewigkeit saß sie da, das einzige Geräusch war das rasselnde, mühsame Atmen und leise Wimmern des Einbrechers. Ihre Nervenleitungen zwischen dem gedanklichen Befehl, aufzustehen und Hilfe zu holen, und dessen Ausführung durch ihre Gliedmaßen schienen gestört zu sein. Sie konnte sich einfach nicht rühren.

»Madam?«
Wie ein Windhauch erreichte das Wort ihre Ohren. Sie hob den Kopf. »Sarah?«
»Yebo.«
»Oh, Sarah – lauf zu Madam Beryl. Sie soll die Polizei holen.«
Gegen ihre sonstige Gewohnheit rannte Sarah.
Nach langen Minuten vernahm Henrietta eine männliche Stimme. »Henrietta? Wo bist du?«
Edward Stratton! Gott sei Dank! »Hier, im Schlafzimmer. Sei vorsichtig, da liegt jemand.«
In der nächsten Minute ging das Licht an. Für lange Sekunden war sie fast blind, tanzten Lichtblitze vor ihren Augen, dann, allmählich nahm der stöhnende Schatten auf ihrem Schlafzimmerboden Formen an. Ein junger Schwarzer, der mit abgewandtem Gesicht zusammengekrümmt auf der Seite in einer glänzenden Blutlache lag, ein langes Messer neben sich.
»Henrietta, verdammt, du bist verletzt!« Edward Stratton, hochgewachsen, elegant, englisch bis in die Knochen, der ehemalige Kommandeur einer Spezialeinheit in Kenia.
Sie schüttelte den Kopf. »Nein«, krächzte sie, »es ist nur ein Kratzer. Aber ich«, sie mußte schlucken, »ich hab auf ihn geschossen.« Als sie diese Worte gesagt hatte, wurde ihr erst ihre Bedeutung bewußt. »O mein Gott, ich hab auf einen Menschen geschossen, Edward, ich hätte ihn töten können, stell dir das vor! Das ist ein Verbrechen! – Mir wird übel«, stöhnte sie plötzlich und schwankte.
»Beryl!« brüllte Edward Stratton, »nimm Henrietta mit zu uns, sieh zu, daß sie sich hinlegt, und mach ihr einen Tee mit viel Zucker. Mit Brandy. Dann rufe die Polizei und eine Kaffernambulanz!«
Beryl, ihr rundes, freundliches Gesicht bleich und geschockt,

stützte Henrietta. »Komm, Liebes, das hier ist Männersache.«
Henrietta befreite sich sanft. »Nein, ich habe auf ihn geschossen, ich muß das hier ausbaden. Werde ich ins Gefängnis kommen?«
»Bist du verrückt? Er hat versucht, dich zu erstechen! Sieh dir das Messer an!« Er hob es auf. Die lange Klinge blinkte teuflisch. Mit einem Fuß drehte Edward den Verletzten so um.
»Maxwell!« schrie Henrietta. »Um Himmels willen.«
»Kennst du ihn?«
»Er war mein Gärtner. Ich hab ihn entlassen. Er hat Sarah im Streit mit einer Unkrautgabel verletzt. Er drohte, Sarah und mich umzubringen. Ich hab es nicht ernst genommen. Er ist noch so jung.«
»Da hast du es. Das war Notwehr, mach dir keine Sorgen. Du hast seinen Oberarm getroffen. Er ist zerfetzt, der Knochen ist zerschmettert, aber der heilt wieder. Hast du einen Nylonstrumpf?« Er band den Strumpf stramm um den Oberarm direkt unter dem Schultergelenk und drehte das Ende zu einem Knebel. »So, das sollte genügen. Laß mal deinen Revolver sehen.«
Henrietta hob ihn vom Boden hoch, er war plötzlich so schwer, daß er ihr den Arm herunterzog.
Edward Stratton schnappte die Kammer heraus und kippte die verbleibenden fünf Patronen auf seine Handfläche. »Wer hat ihn geladen?« fragte er scharf.
»Benedict, als er sie mir gab. Warum?«
»Sieh dir das an.« Er hielt ihr eine Patrone hin. In die blanke Nase war ein tiefes Kreuz gekerbt. »Kein Wunder, daß Maxwells Arm fast abgerissen ist. Benny wollte sichergehen und hat daraus ein Dumdum-Geschoß gemacht. Das stoppt einen Kaffernbüffel.« Als er Henriettas verständnislosen Blick auf-

fing, verzog er grimmig sein Gesicht. »Durch die gekerbte Spitze hat es keinen glatten Schußkanal, sondern zerfetzt innen alles und verursacht ein faustgroßes Ausschußloch. Irgendwo am Rumpf ist das tödlich. Maxwell hat Glück gehabt.« Er lud die Waffe und hielt sie ihr hin.

Henrietta wurde fahlweiß. Sie starrte den Revolver an, als sei er eine schwarze Mamba. »Ich kann das Ding nicht mehr anfassen«, flüsterte sie rauh, »nie wieder.« Sie schlief nicht mehr diese Nacht.

Sarah fand sie morgens um sechs Uhr am Küchentisch vor einer Tasse kalten Kaffees hockend. Die Schwarze holte Rindsknochen für ihr Mittagessen aus dem Eisschrank. »Ich hätte ihn töten sollen«, knurrte sie und zerhackte die Knochen, »gleich damals. Er ist ein Tsotsie, ein Straßengangster. Ein Shangane-Tsotsie«, fügte sie mit finster rollenden Augen hinzu, »das sind die schlimmsten.« Sie schwang das Hackmesser und trennte mit einem mächtigen Schlag den Beinknochen durch. Es knirschte und krachte, als der Knochen zersplitterte. Sarah hatte außerordentlich kräftige Hände.

❖

»Notwehr«, urteilte der Polizist in Durbans Hauptpolizeirevier, »das Schwein hat Glück, daß es noch lebt. Bitte unterschreiben Sie hier, Miss Tresdorf. Sie werden noch in seinem Prozeß aussagen müssen, aber das wird erst in einiger Zeit sein. Sie werden benachrichtigt. Der wird wohl baumeln.«

Sein Schreibtisch war alt und fleckig, mit tiefen Furchen in dem weichen Holz. Eine Ameise kroch darüber. Die Sonne, die durch das vergitterte Fenster schien, malte ordentliche kleine Quadrate auf die Holzoberfläche. Der Füllfederhalter des Polizisten kratzte über das Papier. Nebenan hackte je-

mand auf einer Schreibmaschine. Das Rauschen des Verkehrs schwoll und ebbte wieder ab, ein Hintergrundgeräusch, das sie in seiner Gleichmäßigkeit nur unterschwellig wahrnahm. Sonst war es merkwürdig still.
Baumeln. Hängen. Am Halse, bis daß der Tod eintritt. Sie würgte, verschluckte sich, hustete. Wie in Trance unterschrieb sie das Protokoll. Dann fand sie sich auf der Straße wieder. Erstaunt stellte sie fest, daß hier das Leben ganz normal weiterlief. Die Sonne schien, obwohl ein gelber Himmel und auffrischender Wind von einem nahenden Sturm kündete, Mainas stritten sich, laut schwatzend drängten sich einige in farbenprächtige Schals gehüllte Zulufrauen an ihr vorbei, weiße Geschäftsleute in Hemdsärmeln pfiffen hinter einer Gruppe lachender junger Mädchen her, die wie bunte Papierfetzen im Wind zwischen den Hochhäusern die Smithstreet hinunterwirbelten. Henrietta setzte Fuß vor Fuß, zögernd und unsicher. Irgendwann fand sie in der West Street eine Telefonzelle und rief Tita an.
Tita reagierte sofort. »Da ist ein Café an der Ecke gegenüber dem Rathaus, setz dich rein, ich komme!« Dreißig Minuten später war sie da. »Du armes Ding«, murmelte sie und strich ihr die Haare aus dem Gesicht. »Du kommst jetzt zu mir, und dann wird erst einmal etwas gegessen.«
Henrietta lächelte schwach. Typisch Tita, Nahrungsaufnahme war für sie ein Allheilmittel. »Ich werd' damit nicht fertig, Tita, ich, Henrietta Tresdorf, habe auf einen Menschen geschossen, und nur, weil ich nicht richtig gezielt habe, ist er noch am Leben. Ich wäre fast zur Mörderin geworden. Das Schlimmste ist, ich habe erst geschossen und dann darüber nachgedacht.«
»Jetzt hör einmal zu, Henrietta. Dieser Maxwell hatte die volle Absicht, dich zu erstechen. Danach hätte er Sarah und wahrscheinlich auch Imbali getötet. Du hast nicht nur dein,

sondern auch Sarahs und Imbalis Leben gerettet. Rede also keinen Unsinn!«

Sie nickte. *Ich habe dich verstanden, liebe Freundin, aber ich habe Angst vor meinen Nächten, ich habe Angst, wer mich in meinen Träumen heimsuchen wird, denn dann bin ich allein.*

Ein Zeitungsjunge kam herein und schrie seine Schlagzeile heraus. »Demonstranten in Johannesburg singen Nkosi Sikele'i-Afrika! Protestmarsch endet in Gewalttätigkeiten.«

Henrietta kaufte ein Exemplar. Die anfänglich friedliche Demonstration der Schwarzen in Johannesburg war in Gewalttätigkeiten umgeschlagen, nachdem die Polizei auf die Demonstranten mit Gewehrkolben eingeprügelt hatte, denn das Singen von Nkosi Sikele'i-Afrika war in der Öffentlichkeit verboten. Es stelle eine Bedrohung der öffentlichen Sicherheit dar, hieß es.

Bedrohung? Diese friedlich singenden Menschen, die sich angesichts der knurrenden Hunde und der schußbereiten Gewehre hingesetzt hatten? Betroffen starrte sie auf das Foto neben dem Artikel. Ein paar Schwarze, die Fäuste hochgereckt, die Münder wie zu einem Schrei geöffnet, Unterschrift »Der schwarze Mob beim Angriff«.

Sie erinnerte sich genau. Es war der Moment, kurz bevor sich die Menge auf den Boden setzte. Es war ihr, als hörte sie wieder dieses Lied, diese wunderschöne friedliche Melodie und sah die Menge tanzen. »Tita, das ist eine Lüge, das stimmt einfach nicht«, empörte sie sich, »sie waren ganz friedlich! Sie haben nur gesungen und getanzt. Das hier«, sie schlug auf die Seite, »das hier ist glatt gelogen! Wenn jemand brutal war, war es die Polizei!«

»Nicht so laut, um Himmel willen«, zischte Tita, »laß das bloß niemanden hören! Du mußt dich geirrt haben. Ich kann mir nicht vorstellen, daß sie in der Zeitung eine Lüge verbreiten, und die Polizei weiß schon, wie man mit denen umgeht.« Sie sah ihre Freundin liebevoll an. »Sei etwas vorsichtig, Henrietta, es gibt zu viele Fallstricke, die du nicht kennen kannst, zu viele Menschen, die böse und hinterhältig sind. Du bist keine Südafrikanerin, noch nicht, und viele hier haben die Ansichten mancher Einwanderer satt und bekämpfen sie mit allen Mitteln. Wir haben eine Vereinigung in Südafrika, geheim und ziemlich exklusiv, den Broederbond. Sie sind sehr mächtig und sitzen überall. Sie haben ein Ziel, das ist ein weißes Südafrika. Wer oder was ihnen nicht in den Kram paßt, wird unterdrückt. Wer ihnen in die Quere kommt, wird hier nicht mehr froh.«

Das Ungeheuer rührte sich in der dunklen, schmutzigen Tiefe, nur träge und ganz kurz, aber nun wußte Henrietta, daß es existierte. Sie schwieg schockiert. War da ein Unterton in Titas Worten? Nein, nicht Tita, ganz bestimmt nicht Tita! »Vielleicht habe ich mich geirrt, vielleicht sind die schwarzen Demonstranten am Schluß doch gewalttätig geworden.« Sie sagte es mehr, um sich selber zu überzeugen. Doch etwas in ihr zwang sie, sich der Wahrheit zu stellen. Die Zeitung hatte eine Lüge gedruckt, die von der Regierung als Grundlage für die Knebelung des größten Teils der Bevölkerung benutzt wurde. Wie ein störendes Sandkorn in einer Auster setzte sich das Wissen in ihr fest. Sie versuchte, es langsam mit einer Lage Vergessen nach der anderen zu bedecken. Aber es blieb ein Fremdkörper und schabte die Stelle wund. Sie heilte nicht mehr. Zurück blieb ein Schmerz, eben unter der bewußten Wahrnehmungsschwelle, hartnäckig und störend, aber nicht so stark, daß sie das Bedürfnis hatte, etwas dagegen zu tun. Das Leben ging weiter, und das tägliche Leben in Umhlanga war für einen Weißen das Paradies auf Erden. Es fiel ihr immer leichter, den kleinen Schmerz zu vergessen.

Es war schon spät, als sie über die sanft gewellten Hügel nach

Hause fuhr. Ihr Gartenweg lag dunkel im Schlagschatten der mondbeschienenen Büsche. In Sarahs Khaya brannte Licht. Gutturales Stimmengemurmel erfüllte die stille Nachtluft. Sie sah auf die Uhr. Zehn Uhr abends, und Sarah hatte offensichtlich noch Männerbesuch. Ohne weiter zu überlegen, lief sie den schmalen Weg zum Khaya. »Sarah!«
Das Gemurmel verstummte sofort. Sie hörte schnelle Schritte, Rascheln, jemand lief durch die Büsche. Ein Mann stand plötzlich vor ihr. Dunkle, intelligente Augen musterten sie aus dem schwarzen Gesicht. Er hob sein Kinn und lächelte. Da sah sie es ganz deutlich. An seinem Hals, von einem Ohr zum anderen, klaffte eine kaum verheilte Narbe. Jemand mußte versucht haben, ihm die Kehle durchzuschneiden. Dann war er weg, ohne Geräusch, wie vom Boden verschluckt. Lautlos wie ein Dschungeltier.
»Madam?« Sarah knöpfte sich im Gehen ihren Kittel zu.
»Wer war der Mann, der mit der Narbe?«
Sarah sah sich vage um, ihre Lippen schlaff. »Kein Mann mit einer Narbe hier.«
»Sarah, ich hab ihn deutlich gesehen.«
Sarah schüttelte den Kopf und rief ein paar Worte in Zulu. Die Büsche teilten sich. Ein junger Schwarzer stand vor ihnen. Verlegen drehte er seine Mütze auf dem Kopf. »Guten Abend, Madam.« Ein breites, weißes Grinsen, freundliche Augen, muskelbepackte Arme. Eindeutig keine Narbe unter seinem Kinn. Hatte sie sich getäuscht?
»Das ist John, mein Bruder.« Sarah hielt ihre Lider gesenkt.
»Bruder?« Sie glaubte kein Wort, wußte aber, daß es nutzlos war, zu argumentieren. »Guten Abend, John. Du kannst Sarah besuchen, aber bei Einbruch der Dunkelheit mußt du gehen, verstanden?«
»Yebo!« Er klickte noch ein paar rasche Worte in Zulu, hob seine Hand zum Gruß und ging fort in die Nacht.

»Merk dir das, Sarah, kein Besuch nach Einbruch der Dunkelheit!«
»Ja, Madam.« Sarah verschwand in ihrem Khaya.
Es waren zwei Männer gewesen, sie war sich sicher, und der mit der Narbe war von einem anderen Kaliber als die Schwarzen, mit denen sie bisher in Berührung gekommen war. Seltsamerweise hatte sie keine Furcht gefühlt, nicht einmal Unbehagen. Von dem Mann mit der Narbe war nichts Bedrohliches ausgegangen.

❖

Was Maxwell betraf, kam es nie zu einem Prozeß. Neil hörte es von seinem Informanten. Maxwell, der sich von dem Schuß in den Arm einigermaßen erholt hatte, starb Anfang Dezember nach einer Prügelei im Gefängnis. Es gab keine offizielle Verlautbarung über seinen Tod. Er hörte einfach auf zu existieren.
Nur in ihren Träumen lebte er weiter. Fast jede Nacht erschien er ihr, blutüberströmt, mit einem bluttriefenden, langen Messer in der Faust. Nach der dritten durchwachten Nacht verschrieb ihr Anita Alessandro ein leichtes Schlafmittel. »Du mußt zur Ruhe kommen, du tust dir keinen Gefallen, wenn du durch Schlaflosigkeit gesundheitlich völlig herunterkommst.«
Gehorsam nahm sie eine Tablette, schlief wie ein Stein und wachte mit einem Kater auf. Sie wankte in die Küche, um zu frühstücken. Zu ihrem Erstaunen war Sarah noch nicht da. Nichts war vorbereitet. Endlich, mehr als eine Stunde verspätet, erschien die Schwarze. Ihre eingesunkenen, umschatteten Augen verrieten eine kurze, unruhige Nacht. Henrietta nahm an, daß sie gefeiert hatte. Sie sagte nichts, sah nur nachdrücklich auf ihre Uhr. Als Sarah aber immer wieder verschwand

und die Arbeit liegenblieb, stellte sie die junge Schwarze zur Rede.
»Imbali ist krank, Madam, sie hat die ganze Nacht gespuckt und gebrochen, es lief aus ihr heraus, bis nichts mehr in ihr war. Ganz grüner Saft. Aber nun ist sie ruhig und schläft.«
»Oh, das tut mir leid. Warum hast du nichts gesagt? Nimm dir den Nachmittag frei. Hat sie etwas getrunken?«
»Nein, Madam, sie wollte schlafen. Sie kann nachher trinken.«
Es war ein heißer Tag, windig mit dem Geruch von brennendem Zuckerrohr in der Luft. Oben in den Hügeln schwelte noch eins der abgeernteten Felder. Ein plötzlich aufkommender Wind entfachte einen Funkenregen, der auf ein anderes Zuckerrohrfeld übersprang. Obwohl das Zuckerrohr jetzt im Sommer in frischem Saft stand, lagen noch genug von den trockenen Stengeln der letzten Ernte dazwischen, um ein heißes Feuer zu nähren. Seitdem war die Luft trocken und kratzte im Hals. Eine Luft, in der man Durst hatte. »Sarah, ich möchte mir Imbali ansehen. Ich mache mir Sorgen.«
Sarah trocknete ihre Hände an der Schürze ab und führte sie wortlos in ihr Zimmer. Imbali lag in ihrem Kinderbettchen auf dem Rücken. Henrietta fühlte ihre Wange mit dem Handrücken. Heiß und trocken. Ihre Augen waren tief in die Höhlen gesunken, ihre Lippen rissig, sie atmete nur flach. Mit zwei Fingern nahm sie eine Hautfalte und hob sie an. Sie blieb stehen. »Sarah, wir müssen Imbali schnell zu einem Doktor bringen, sie braucht dringend Flüssigkeit.«
»Aber Madam, bitte, sie schläft …«
Sie hob die Kleine hoch, sie lag erschreckend leicht in ihren Armen. »Sarah, schnell, wir haben keine Zeit, Babys sterben so schnell an Austrocknung!« Sie lief zum Auto. Vor der Praxis Dr. Alessandros nahm sie Sarah Imbali ab und stieß die Tür zum Wartezimmer auf. »Schnell, Joanna, ich muß sofort

zu Dr. Alessandro! Der Kleinen hier geht es schlecht.« Als sie den Widerstreit in Joannas teigigblassem Gesicht angesichts Imbalis Hautfarbe sah, wurde sie wütend. »Joanna, Sie bringen mich jetzt sofort zu Dr. Alessandro«, fauchte sie, »dieses Kind ist in Lebensgefahr!«

Die Ärztin erschien in der Praxistür. »Was ist hier los?«

Sie streckte ihr Imbali entgegen. »Es geht ihr sehr schlecht, sie hat die ganze Nacht Brechdurchfall gehabt.«

Die Ärztin warf einen Blick auf das Kind und eilte in ihren Behandlungsraum. »Den Tropf!« schnappte sie in Joannas Richtung. Sekunden später kam diese mit dem fahrbaren Tropf angerannt. »Ist die Mutter da?« rief Dr. Alessandro. »Sie soll bitte herkommen.«

Eine junge weiße Mutter saß im Warteraum, auf den Knien einen kleinen Jungen, ein ziemlich fettes Kind mit weißblonden Locken. »He, ich war zuerst da«, rief sie zornig, »warten Sie gefälligst, bis Sie an der Reihe sind, und erst recht mit einem Kaffernbaby!«

Sarah hielt einen winzigen Moment inne, senkte ihren Kopf. Dann ging ein Ruck durch ihren Körper, und sie ging in den Behandlungsraum, ihren Kopf trotzig und stolz auf ihren Schultern.

Henrietta starrte die Frau verständnislos an, hoffend, daß sie sich verhört hatte. Aber der gereizte Zug um den vollen, eigensinnigen Mund der anderen belehrte sie eines Besseren. »Sie blöde, gefühllose Kuh!« sagte sie langsam, kaum ihre Wut im Zaum haltend. »Das Kind liegt praktisch im Sterben, und Sie wagen es, so etwas zu sagen! Was würden Sie machen, wenn Ihr Kind hier im Sterben läge? Würden Sie sich hinten anstellen? Bestimmt nicht! Sie würden mit Recht verlangen, daß man Ihr Kind sofort behandelt.« Erregt rannte sie im Raum umher, um ihre weißglühende Wut loszuwerden. Dann schob sie ihr Gesicht ganz dicht vor das der jungen Mutter. »Ich wünsche Ihnen, daß hier die Schwarzen eines Tages die Oberhand gewinnen, und das wird passieren, ihr könnt nicht mit knapp fünf Millionen Weißen fünfundzwanzig Millionen Schwarze für immer unterdrücken. Und an dem Tag, denken Sie dann daran, was ich Ihnen jetzt sage, an dem Tag werden Sie fühlen, was diese schwarze Frau eben gefühlt hat, und es wird dann zu spät sein, es wiedergutzumachen!« Sie trat auf die kleine Galerie vor der Praxis. Zwischen den Häusern schimmerte das Meer. Ein Schiff fuhr durch die Lücke, sein Kielwasser glitzerte in der Sonne. *Es hat keinen Zweck, ich komm' mit der Mentalität hier nicht zurecht, ich schaff' das nicht!*

Kurz darauf kamen Sarah und die Ärztin aus dem Behandlungsraum. »Ich behalte Imbali heute hier«, sagte Anita. »es war wirklich in allerletzter Minute. Gut gemacht, Henrietta!«

»Wird sie wieder ganz gesund? Sie ist so winzig. Sie war sehr leicht bei ihrer Geburt, wird ihr das nicht schaden?«

»Nein, mach dir keine Sorgen, sie wird wieder gesund.« Sie winkte die Mutter mit dem fetten Jungen herein, die schäumend vor Empörung an Henrietta vorbeirauschte und sie dabei fast umrannte.

Sarah ging schweigend die Treppe herunter. Sie sagte auch im Auto nichts. Aber als sie zu Hause ausstiegen, sah sie Henrietta in die Augen. »Ich danke Ihnen, Nkosikazi. Ich schulde Ihnen ein Leben.« Damit drehte sie sich um und verschwand in ihrem Zimmer. Henrietta fühlte, daß das ein Schwur war, nicht nur eine Redewendung.

Als sie Imbali abends abholten, war der Unterschied deutlich. Ihre Haut war nicht mehr faltig, sondern wieder prall und seidig, ihre Augen glänzten, sie schrie vor Durst. Sarah gab ihr im Auto sofort die Brust, und das zufriedene Schnaufen und Schmatzen des kleinen Wesens erfüllte das Wageninne-

re. Henrietta konnte kaum ihre Augen von dem Baby nehmen. Über Sarahs Gesicht rannen Tränen, sie schluchzte nicht, sagte kein Wort. Ganz still fielen sie aus ihren Augen, die groß und leuchtend auf ihrem Kind lagen. Henrietta drehte sich weg. Dieser Moment gehörte der jungen Mutter allein.
Imbali wurde wieder ganz gesund und der Sonnenschein im Haus, zutraulich wie ein Kätzchen.

Neuntes Kapitel

Am sechzehnten Dezember stand Henrietta bei Tagesanbruch auf. Tita und Neil holten sie ab. Ein tiefblauer Himmel wölbte sich über Zululand. Die Sonne trocknete den zarten Dunstschleier, bis nur noch ein paar schneeweiße Wölkchen dahinsegelten. Auf den Sandbänken der Tugelamündung landete eine Flotte weißer Pelikane, fächerte die Flügel und füllte, rhythmisch im Takt einer unhörbaren Musik ihre Köpfe duckend, ihre großen Schnabelsäcke mit Fisch. Kraniche stolzierten durch den Uferschlamm. Sie erreichten als erste Mtunzini und fuhren durch den niedrigen, windgepeitschten Busch ans Meer.

Cori, Sirikit auf der Schulter, Freddy und deren Freunde folgten innerhalb von Minuten. Sie packten Picknickkörbe aus, stellten Sonnenschirme auf, legten Luftmatratzen und große Badetücher auf den Sand. Cori setzte Sirikit ab und spielte hingebungsvoll mit Sammy, die einen entzückenden dottergelben Sonnenhut und winzige Turnschuhe trug. Glitzy und Duncan mit ihrem Cousin schienen sich zu verspäten.

Henrietta kletterte auf die mit spärlichem Gras bewachsene, flache Sanddüne und war überwältigt. Vor ihr lag als glitzernder, funkelnder Diamantenteppich der Indische Ozean. Die Sonne stand zu dieser frühen Stunde noch im Osten über dem Meer. Es wehte nur ein leichter Wind. Der Ozean rollte in langen, majestätischen Wellen an den Strand, der sich im Norden und Süden in der blendenden Unendlichkeit auflöste. Sie warf sich ins Wasser. Es spritzte hoch, die Luft um sie herum war erfüllt von tosender, weißer Gischt. Sie lachte und tauchte unter den Brechern durch, wurde vom nächsten Wellenkamm hochgeschleudert. »Kommt auch rein!« rief sie den anderen zu, die am Strand hin und her liefen. »Es ist herrlich!« rief sie in den Wind und tauchte weg. Ziemlich weit draußen, hinter den sich brechenden Wellenkämmen, dort wo sich das Meer hob und senkte und sog, kam sie in einem Wellental wieder hoch. Eine der kleinen Figuren am Strand stürzte sich ins Wasser. Wer es war, konnte sie nicht erkennen. Sie spielte selbstvergessen in den Wellen, tauchte, ritt auf den Wellenkämmen, ihr Kopf leicht und frei. Dann drehte sie sich auf den Rücken und dümpelte, das Gesicht zur Sonne, in einem Wellental und träumte.

Über ihr rollte ein Wasserberg auf sie zu. Sie öffnete die Augen. Ein pfeilschneller, torpedoförmiger Schatten, mindestens drei Meter lang, schoß durch die durchsichtige, grüne Krone, zerschnitt die Wasseroberfläche mit einer scharfen, schwarzen Flosse. Sie begriff erst gar nicht, was sie da gesehen hatte, dann fuhr es wie ein elektrischer Schlag durch sie hindurch. Ein Hai? Um Himmels willen, ein Hai! Instinktiv öffnete sie den Mund zu einem Schrei, gleichzeitig brach die Welle über ihr, Salzwasser geriet in ihre Lungen. Sie wurde unter Wasser gezogen, schlug mit der Schulter auf den Meeresgrund, bevor sie hochgesogen und von der Welle ausgespien wurde. Sie schrie, schluckte Wasser, spuckte, schrie wieder.

Die nächste Welle ergriff sie, wirbelte sie herum. Plötzlich packte sie etwas wie eine Eisenklammer am Oberarm und zerrte sie in rasender Geschwindigkeit durchs Wasser. Sie geriet völlig in Panik. Schreiend schlug sie um sich, versuchte zu entkommen, jedes Mal, wenn sie ihren Kopf über Wasser bekam, schrie und schrie sie. Dann traf sie ein Schlag hinter dem Ohr und alles wurde hell und leicht und dann dunkel. Als sie röchelnd und spuckend wieder zu sich kam, lag sie flach auf dem Bauch am Saum der auslaufenden Wellen. »Ein Hai«, keuchte sie und hustete, »da war ein Hai!«

»Wenn Sie vorhatten, sich umzubringen, war das ein guter Versuch«, bemerkte eine tiefe Stimme, die ihr vage bekannt vorkam, »Sie wären fast ertrunken!« Bayerisches Deutsch in Afrika?

Erstaunt machte sie eine halbe Drehung und sah zu ihm hoch. Sie erkannte ihn sofort an seinen Augen. Ungewöhnlich violettblau unter den nassen, schwarzen Haaren. Damals im Flugzeug war er noch winterblaß gewesen, jetzt war er tiefbraun gebrannt, aber der schläfrige, leicht spöttische Blick war derselbe. Sie setzte sich abrupt auf. »Sie! Was machen Sie hier?«

»Willkommen unter den Lebenden!« grinste er. »Ich bin nur vorbeigekommen, um Sie aus dem Wasser zu ziehen!«

»Das war ziemlich leichtsinnig«, knurrte Freddy, »du hast Glück gehabt, daß du in eine Schule spielender Delphine geraten bist. Es hätte ein Hai sein können, hier gibt es keine Netze, keine Strandwacht, und es ist eine der gefährlichsten Küsten Südafrikas. Was zum Teufel hast du dir dabei gedacht?«

Sie sah verlegen in die Runde ihrer Freunde. »Das Wasser war so herrlich, die Sonne, ich konnte einfach nicht widerstehen.«

Ihr Retter reichte ihr eine Hand und zog sie mit einem Ruck auf die Füße. Er lächelte, seine unglaublichen Augen blitzten.

»Heißen Sie zufällig Roland?« fragte sie atemlos und sah ihn mit triumphierend flatternder Standarte auf seinem Rappen in den Sonnenaufgang galoppieren.

»Roland?« Ein befremdeter Blick aus diesen gefährlichen

Augen. »Nein. Ich bin Ian Cargill, ein Cousin von Duncan und Glitzy.«
»Henrietta Tresdorf«, stammelte sie, »danke – und es tut mir leid.« Ein Cousin von Duncan und Glitzy, der Bayerisch sprach? Ein scharfer Schmerz klopfte hinter ihrem Ohr. Sie befühlte die Stelle.
Er sah es und zog ein zerknirschtes Gesicht. »Du hast dich so gewehrt, daß du uns fast beide hinuntergezogen hast – da hab ich einmal kurz zugeschlagen.« Er war ins Englische gewechselt.
Sie schüttelte sich wie ein nasses Kätzchen, die Wassertropfen flogen wie Perlen von ihrer sonnengebräunten Haut. Wieder spürte sie seinen festen Griff und die rasende Geschwindigkeit, mit der er sie durchs Wasser gezogen hatte. Welche Kraft er hat! Sie sah ihn verstohlen an. Alles an ihm strahlte Stärke aus. Wie ein Felsen stand er da, als könne ihn kein Sturm verrücken. Und dann diese Augen! Faszinierend – nein, hypnotisch! Er war viel größer als Benedict, sie schätzte ihn auf gut eins neunzig, nicht so massig, eleganter, eher wie ein Leichtathlet. Benedict! Plötzlich wurde ihr bewußt, daß es nicht mehr schmerzte. Sie lächelte in seine Augen, ein strahlendes Lächeln. Es würde ein wunderschöner, unvergeßlicher Tag werden.
Sie behielt recht. Auf der Heimfahrt saß sie in Duncans Wagen, hinten neben Ian, und er hielt ihre Hand. Sie glühten von dem Tag in der Sonne, ihre Haut war salzverkrustet. Beide waren sie ein wenig beschwipst, obwohl sie keinen Alkohol getrunken hatten. Duncan setzte Henrietta vor ihrem Haus ab, Ian stieg mit aus. Er grinste. »Ich komm schon allein nach Hause, zur Not nehme ich Henriettas Auto.«
Sie lächelte. Ihr war eine andere Möglichkeit eingefallen.
Es wurde ein verzauberter Abend. Es war, als würden sie sich schon seit Ewigkeiten kennen. Sie beendete oft einen

Satz, den er begonnen hatte, und ihre Körper erkannten einander. Sarah, die am nächsten Morgen ins Schlafzimmer kam, um die Vorhänge zurückzuziehen und den Morgenkaffee zu servieren, blieb einen kurzen Moment überrascht stehen, verschwand dann und kehrte wortlos mit zwei Tassen zurück. Später saßen sie auf der Veranda und frühstückten. Selbst Katinka und Chico schienen etwas Besonderes zu spüren, denn Katinka, die scheue Katinka, die niemanden außer Henrietta an sich heranließ, hüpfte Ian auf den Schoß und rollte sich schnurrend zusammen. Henrietta lachte laut und glücklich.
Zwei Tage und zwei Nächte berührten sie einander, flüsterten miteinander, ihre Finger ertasteten einander. Sie tauschten ihre Gedanken so intensiv, daß der eine das aussprach, was der andere dachte. Am Ende schwiegen sie miteinander, aneinandergeschmiegt, die Hände verflochten. Henrietta dachte an nichts, sie fühlte und lebte nur in diesem Moment. Eine große Erschöpfung hatte sie ergriffen, als wäre sie gelaufen und gelaufen und nun angekommen, am Ende des Weges, an ihrem Ziel. Die Datura vor ihrem Haus duftete narkotisch. Für den Rest ihres Lebens versetzte sie der sinnliche Duft der weißgerüschten Engelstrompeten zurück in diese zwei Tage.
»Eigentlich heiße ich Ian Cargill-Nicolai, aber ich habe herausgefunden, daß der Name meinem Liebesleben sehr abträglich ist.«
»Oh?« Sie schmiegte sich in seine Arme.
»Ja, ehe ich meinen Namen aufgesagt hatte, tanzte meine Angebetete längst mit einem anderen davon. Dieses Mal wollte ich sichergehen und wählte die kurze Version.«
»Nicolai – Nicolais gab's in Lübeck und Umgebung.«
»Meine Mutter kommt aus der Gegend. Johanna Nicolai.«
»Johanna? Ich erinnere mich, daß da ein fürchterlicher Skan-

dal war. Großmama redete häufig davon, obwohl das alles vor dem Krieg passiert sein muß. Lübecker Patriziertochter brennt mit einem schottischen Bauern durch. War das deine Mutter?«
»Bauer?« Die schwarzen Augenbrauen wölbten sich amüsiert. »Doch, man könnte ihn so nennen.«
»War er's nicht?«
Ian lächelte, und das Verlangen, seine Mundwinkel zu küssen, überwältigte sie. »Du wolltest von deinem Vater erzählen«, erinnerte sie ihn eine ganze Weile später.
»Nun, er erbte von Großvater, dem älteren Bruder von Onkel Dirks Vater, einige Ländereien in Schottland, die genügend abwarfen, daß er ein angenehmes Leben führen konnte, ohne sich über sein täglich Brot Gedanken machen zu müssen. So widmete er sich seinen beiden Leidenschaften, Pferden und Segelschiffen. Als er eine Werft an der Ostsee besuchte, um sich ein neues Boot bauen zu lassen, traf er meine Mutter. Sie verliebten sich unsterblich, sehr zum Mißfallen ihrer Eltern, die alles versuchten, diese Verbindung zu verhindern. Die beiden ließen sich nicht beirren, sondern entwischten nach Paris und heirateten dort. Trauzeugen waren ein Flic und die Besitzerin des Bistros, wo sie täglich ihren Kaffee tranken.«
»Wie herrlich romantisch«, seufzte Henrietta, ihr Gesicht in seine Hand geschmiegt. Sie lagen in Liegestühlen auf der Veranda, es war bereits später Abend. Das Holzkohlenfeuer, auf dem sie Lammkoteletts gegrillt hatten, glühte noch.
»Ja, sie blieben ihr Leben lang ein Liebespaar.« Er lächelte in der Erinnerung. »Mummy wurde immer entsetzlich seekrank und litt so gottserbärmlich, daß Dad das Segeln stark einschränkte, dafür aber Fliegen lernte. Meine Mutter war so begeistert, daß sie heimlich ebenfalls Flugstunden nahm und meinen Vater zu Tode erschreckte, als sie vor seinen Augen in

ein Flugzeug stieg und ein paar Runden drehte. Er bekam fast einen Herzinfarkt!«

»Kauften sie sich dann ihr eigenes Flugzeug?«

»O ja, das war unausweichlich. Sie bereisten damit die Welt. Sie flogen von Ort zu Ort, von einer exotischen Insel zur anderen. Sie landeten in der Wüste, auf Urwaldpisten und einmal auf einer Landstraße. Nie passierte etwas.« Er sah hinaus aufs Meer. »Im Februar 1958 flogen sie wie jedes Jahr nach Mallorca zur Mandelblüte. Es war ein klarer, schöner Tag, ruhig, kein Sturm auf der Strecke, keine Nebel oder Turbulenzen. Sie kamen nie an. Ich war gerade einundzwanzig.« Er seufzte. »Es war viel zu früh, ich kannte sie nur als Kind, ich wollte sie als Erwachsener noch so viel fragen.«

»Hat man sie je gefunden?«

»Nein, nicht einmal Teile ihres Flugzeuges. Deswegen denke ich manchmal, sie fliegen immer noch da oben herum, verliebt, verrückt, und versessen auf das nächste Abenteuer.«

»Sie müssen faszinierend gewesen sein, ich hätte sie gern kennengelernt.« Sie dachte an ihre Eltern.

»Einmal noch nach Afrika, nur einmal noch raus«, seufzte Papa sehnsüchtig jedesmal, wenn in der Ferne des Hamburger Hafens eine Schiffssirene ihren Abschied heulte, verfolgte jedes Flugzeug, bis es in den Wolken verschwunden war.

»Bloß nicht«, sagte Mama dann immer weinerlich, »die Hitze, all die Krabbeltiere, kein fließend Wasser, die schmutzigen Eingeborenen. Gönn mir doch das bißchen Leben hier, das ist schon jämmerlich genug.«

Ein tiefes Mitleid mit ihren Eltern überfiel sie. Sie sah Papas zerfurchtes, graues Gesicht, die nie gestillte Sehnsucht in seinen Augen. »Meine Eltern haben ein hartes Leben gehabt. Meine Mutter ist ängstlich geworden und bitter. Ich weiß nicht, ob sie je glücklich waren, ob sie Träume hatten. Hast du Träume?«

Er sah auf sie hinunter, wie sie in seinem Arm lag, das Gesicht ihm zugewandt, die blauen Augen riesig, die vollen Lippen leicht geöffnet.
»O ja!« Sein Mund berührte ihren, die Datura duftete berauschend, ein riesiger, orangefarbener Mond stieg in den Himmel. Sie schloß die Augen.
Die ersten Strahlen der aufgehenden Sonne malten den Himmel rosa, als sie sich träge räkelte. »Und dein bayerischer Akzent?«
»Ich bin in München geboren, zufällig, meine Eltern waren gerade auf der Durchreise. Ich hielt mich nicht an den Zeitplan und erschien drei Wochen zu früh.«
»Eine ganz beachtliche Frühgeburt«, gurrte sie und preßte sich der Länge nach an seinen muskulösen Körper. »Aber man assimiliert doch nicht den örtlichen Akzent durch seine Geburt!«
»Oh, immer wenn die beiden in der Welt herumflogen, steckten sie mich in ein Internat am Tegernsee. Sie hatten sehr romantische Erinnerungen an den Tegernsee.«
Am dritten Tag kehrten sie in die Welt zurück. Sie fuhren zum Postamt, um zu telefonieren. Henrietta ging vor, während Ian das Auto parkte. Der Apparat in der Zelle war außer Betrieb, aber im Postamt gab es weitere Telefone. Es war dämmrig in dem Gebäude, das dunkle Holz der Wände und der dunkelrote Steinfußboden schluckten alles Licht. Es gab zwei Schalter, beide vergittert. Vor dem Schalter »Nicht-Europäer« wand sich die Menschenschlange bis zur Tür. An dem Schalter mit dem Schild »Nur Europäer« stand kein Mensch. Der Beamte starrte blicklos und gelangweilt in die Ferne. »Sie müssen warten«, sagte er, »das Telefon ist besetzt.«
»Aber das andere ist doch frei«, wandte sie ein.
»Das ist das Telefon für Eingeborene, das wollen Sie doch

sicher nicht benutzen.« Er verzog die Gesichtsmuskeln, zustande kam ein schmieriges Lächeln.
»Das macht mir nichts, ich hab' es eilig.« Sein Blick daraufhin ging ihr durch und durch und erinnerte sie an die Hände des Polizisten, der ihr Laken abgetastet hatte, als sie Tony dal Bianco verhafteten. Ein Schauer lief ihr über die Haut. Sie verstummte, wartete, bis das andere Telefon frei war, und haßte sich dafür.
Als sie endlich mit Fatima sprach, tat sie, gemessen an der Menge der Arbeit, die sich auf ihrem Schreibtisch türmte, etwas Tollkühnes. Sie schloß kurzerhand die Fabrik zwischen Weihnachten und Neujahr und gab den Mädchen Urlaub. Ian rief seinen Arbeitgeber an und nahm sich bis zum 2. Januar frei, unbezahlt. Übermütig vor Glück, liefen sie hinaus in den Sonnenschein.
Wenn sie später an diese Zeit zurückdachte, sah sie alles nur in hellen, strahlenden Farben, fühlte nur Wärme. Tatsächlich gab es kurz vor Weihnachten eine kühle Periode mit schweren, grauen Wolken und kalten Winden, die vom Kap hochheulten. Für sie beide aber war es eine lichterfüllte, leuchtende Zeit, und noch nach Jahren spürten sie die Wärme, wenn sie sich anschauten, und sahen den Widerschein des Lichts in ihren Augen. Weihnachten kam, das Wetter klarte auf der Rückseite des Tiefs wieder auf, und es wurde sehr heiß.
»Laß uns ein paar Langusten fangen und grillen«, schlug Henrietta vor, »ich hab' eine Lizenz.« Auf dem Weg zum Strand kauften sie bei Mister Gerald's Taucherbrille und Flossen für Ian.
Die See lag sehr glatt nach dem Sturm, die Ebbe sank ganz ungewöhnlich tief. Henrietta streifte sich ihre Flossen und die genoppten Handschuhe über. »Pack sie am dicken Teil der Fühler. Sie haben rasiermesserscharfe Stacheln auf dem

Kopf, die darfst du keinesfalls berühren, sonst schneidest du dir die Hände in Streifen.«

Die erste Languste sprang ihm wild flappend aus der Hand. Er hechtete hinterher, stolperte über seine Flossen, schlug lang hin und landete mit der Nase in einem kleinen Felsenteich zu Füßen einer immens fetten schwarzen Frau. Henrietta ertrank fast vor Lachen. Wie ein mißgelaunter Geier hockte die Schwarze auf dem Felsen inmitten einer Gruppe kichernder junger Zulumädchen. Als er sich aufrappelte, beäugte sie ihn böse und bellte gebieterisch eine Reihe Kommandos in Zulu. Die Mädchen verstummten sofort und stiegen zwischen den Felsen ins Wasser, barfuß, aber sonst vollbekleidet, um den Kopf gewundene, bunte Kopftücher. Mit einem groben Meißel, eine armlange Eisenstange, die vorne keilförmig abgeflacht war, hackten sie Austern von den Felsen und legten sie in einen Jutesack, den sie mit einem Strick um ihren Bauch befestigt trugen.

»Old Ida und ihre Austernmädchen«, flüsterte Henrietta, »sie ist eine von nur zwei Leuten, die eine kommerzielle Lizenz für Felsenaustern besitzen, eine Legende an der Nordküste.«

Die Mädchen fielen über die Felsen her, hackten, ihre Köpfe dabei im Takt auf und ab wippend, die Austern aus ihrem steinernen Bett, wie ein farbenfreudiger, hungriger Vogelschwarm, der die Felsen leer pickte. Erst als die Flut schon so hoch war, daß sie nach den Austern tauchen mußten, holte Old Ida sie mit einer Handbewegung an Land. Jede leerte ihren Sack auf einen Haufen und zählte dann die Austern, mißtrauisch von Old Ida kontrolliert, wieder in den Sack zurück, hob ihn auf den Kopf und schritt davon, mit schwingenden Hüften und der Haltung einer Königin.

Mit sechs Felsenlangusten und drei Dutzend dunkelblau glänzenden Miesmuscheln kehrten Henrietta und Ian zum Haus zurück. Die Sonne ging hinter den Hügeln unter, tauch-

te ihre Welt in ein unirdisches Licht. Sie standen eng umschlungen auf der Terrasse, seine Wange an der ihren. »Ich kann ohne dich nicht mehr leben, das weißt du, nicht wahr?«
Sie lachte glücklich. »Ja, ich weiß. Ich werde dich auch nicht mehr gehenlassen.« Ein atemloses Singen lag in der Luft. »Ist dir klar, daß wir uns eben verlobt haben? Richtig verlobt?« wisperte sie.
Er schloß sie in seine Arme, sein strahlendes Gesicht ganz dicht vor ihrem. »Ich fragte mich schon, wann du es merken würdest!« Er hielt ihr eine kleine Schachtel hin. »Mach sie auf.«
Ein Sonnenstrahl traf ihre Augen. Der Diamant funkelte in seinem samtenen Bett, rosa überhaucht wie ein Splitter von der Morgenröte. Dann lagen ihre Lippen auf seinem Mund, und die Worte, die sie flüsterten, waren nur für sie beide bestimmt.
Viel später, der Mond glitzerte schon auf dem Meer, klopfte Sarah an, um sich zu verabschieden. Henrietta hatte ihr für die Weihnachtstage freigegeben. »Ich gehe jetzt, Madam«, verkündete sie. Dann hielt sie inne, ihr Blick sprang von Henrietta zu Ian, zurück zu Henrietta. Sie warf den Kopf zurück und lachte tief in der Kehle, ihre Augen tanzten. »Ich sehe, daß Madam glücklich ist«, sagte sie in ihrer schönen rauhen Stimme, »er ist ein guter Mann, Nkosikazi. Ihr werdet viele Kinder haben.« Ihr Lachen schwebte noch im Raum, als schon die Gartenpforte klappte.
Sie sahen sich an. »Wir müssen ja sehr offensichtlich sein«, bemerkte Henrietta trocken. Sie hob ihren Ringfinger, der Stein sprühte Feuer im Mondlicht. »Trägst du so etwas immer in deiner Hosentasche, nur für den Fall, daß du einer geeigneten Frau begegnest?«
»Ich hatte Glück, ich fand den Ring auf Anhieb, an dem Morgen, als wir im Ort telefonierten.«

»Du bist aber wirklich mutig. Da kannten wir uns doch erst zwei Tage!«
Seine violettblauen Augen funkelten. »Ich kenne dich schon seit drei Jahren, und so lange suche ich nach dir. Seit unserem gemeinsamen Flug habe ich in jeder Frau nur dich gesehen.«
Benedicts Gesicht tauchte flüchtig im Hintergrund auf, verblaßte aber gleich wieder. »Ich hab das nicht so schnell gemerkt«, sagte sie verlegen, »ich muß blind gewesen sein.«
»Du meinst Benedict Beaumont?«
Röte kroch ihr ins Gesicht. »Woher weißt du das? Ich hab' noch keine Zeit gehabt, dir davon zu erzählen.«
»Ich weiß es seit etwa zwei Wochen, ich hab' dich in Johannesburg auf dem Flughafen gesehen. Ich bestach die Stewardeß am Schalter, daß sie mir deinen Namen gab. Als ich hörte, daß du in Umhlanga wohnst, rief ich Duncan an. Der Rest war einfach. Der Tag in Mtunzini war nur unsertwegen geplant.« Er beobachtete lächelnd den Widerstreit der Gefühle auf ihrem Gesicht.
»Aber was hättest du gemacht, wenn er mitgekommen wäre?«
»Ihn ertränkt vermutlich!«
Sie hatte sich noch nie so beschützt, so sicher gefühlt. Sie wußte erst jetzt, daß das wahre Glück nicht laut und überschwenglich war, sondern tiefer Frieden, das Wissen um die Ewigkeit und ein Jubilieren der Seele. Die weichen Knie, das hämmernde Herz, das Singen und Tanzen, das war Verliebtheit, nur für den Augenblick, nicht für ein ganzes Leben.

❖

Schon Tage vor Weihnachten hatten sie im Postamt ein Gespräch nach Hamburg angemeldet, um der Familie ein frohes Fest zu wünschen. Nun hatte sie Neuigkeiten.
Um elf Uhr morgens kam ihr Gespräch durch. Sie nahm den

Hörer. »Durban ruft Johannesburg«, die Stimme des lokalen Postbeamten, »Johannesburg ruft Salisbury, Johannesburg ruft Salisbury.« Eine weibliche Stimme, etwas entfernt. Danach, immer schwächer, verschiedene Stimmen. »Salisbury ruft Nairobi, Nairobi bitte kommen – Nairobi hier, Nairobi ruft Paris ...« So ging es die ganze lange Strecke über fast zehntausend Kilometer, bis sie die Stimme ihres Vaters hörte. »Tresdorf hier!«

»Papa«, rief sie aufgeregt, »hier ist Henrietta! Ich möchte euch allen ein frohes Weihnachtsfest wünschen!« Minutenlang tauschten sie Neuigkeiten aus. »Papa, ich habe mich verlobt«, sagte sie dann mit klopfendem Herzen und enger Kehle, »ich bin so glücklich!«

»Kennen wir ihn?« fragte ihr Vater gedehnt.

»Nein, er ist ein Cousin der Daniels und, stell dir vor, der Sohn von Johanna Nicolai – erinnerst du dich an sie?«

Sein Schweigen knisterte in der Leitung. Ihr Herz jagte. »So«, sagte Papa endlich, »gute Familie.«

Da wußte sie, daß es in Ordnung gehen würde. Gute Familie, dieses Prädikat war das höchste, das er zu vergeben hatte. Plötzlich konnte sie über die Kontinente hinweg ihre Gesichter erkennen, sah sie lächeln, sah, daß sie frohe, stolze Mienen hatten. »Ich bin so glücklich«, stammelte sie unter Tränen, »ich schreibe euch.«

Ian küßte ihr die Tränen weg. »Nun, gab es wilde Freudenschreie?«

Sie schüttelte den Kopf. Ihre Familie und Freudenschreie? »Nein, zu Freudenschreien neigen sie wirklich nicht.«

❖

Zum Weihnachtsdinner waren sie auf die Daniels-Farm eingeladen. »Werden wir es ihnen sagen?« fragte Henrietta.

»Meinst du, daß wir es verheimlichen können?«
»Oh, Henrietta«, schrie Glitzy begeistert, als sie ihre Verlobung, schüchtern Hand in Hand stehend, bekanntgaben, »willkommen in der Familie!«
»Werdet glücklich, Kinder«, hauchte Melissa. Henrietta fühlte sich eingehüllt in eine dezente Wolke von ›Joy‹ und Herzlichkeit, die sie nie erwartet und in ihrem Leben so auch nie kennengelernt hatte. In Norddeutschland war das alles förmlicher und distanzierter, Körperkontakt immer eher lau und flüchtig.
Pops hockte in seinem Stuhl im Schatten der Pergola. Rhythmisch schlug er mit der Fliegenklatsche auf den Tisch und betrachtete seinen Großneffen sauertöpfisch. »Von allen Mädchen auf dieser Welt mußt du ausgerechnet diese Hunnin heiraten?«
»Allerdings, Pops, und ich hoffe, du wirst sie so gern haben wie ich. Sie ist etwas ganz Besonderes.«
Der alte Mann kratzte mißmutig seinen kahlen Kopf. »Hatte gedacht, daß ich das Donga-Haus an eine Dumme losgeworden bin«, knurrte er, »jetzt ist es wieder in der Familie. Dumme Sache!«
»Schenk uns die Rückzahlungen zur Hochzeit, Pops, damit kannst du dann dein Gewissen beruhigen.«
»Bin ich der Weihnachtsmann?« brabbelte Pops mißgelaunt.
Es wurde ein langer, unvergeßlicher Abend.
»Ich mag noch gar nicht an den zweiten Januar denken«, flüsterte Henrietta nachts in seinen Armen. »Wie geht es dann weiter?«
Er lag auf dem Rücken, ihren Kopf auf seiner Brust. Das Mondlicht flutete in das Zimmer. »Das ist ein Problem. Eigentlich wollte ich in vier Wochen wieder zurück nach Schottland und mich dort in eine Fabrik einkaufen. Mein Bruder Patrick ist der Farmer in der Familie, ein sehr guter

übrigens. Ich hab keine Ader dafür. So hat er die Ländereien übernommen, und ich bekomme ein kleines Einkommen daraus. Wo möchtest du leben?«
»Hier! Stell dir nur den ewigen Regen und Nebel in Deutschland und Schottland vor!«
Er grinste erleichtert. »Dann muß ich hier etwas finden, wovon wir leben können.«
Onkel Diderichs Erbschaft! Wie würde er damit umgehen? Würde er verletzt sein, wollen, daß sie nur von seinem Geld lebten? Oder würde er sich voller Freude ihres Geldes bedienen, um seine beruflichen Ambitionen zu verwirklichen? »Da ist noch etwas, was ich dir nicht erzählt habe.«
»Beichte alle deine Sünden, Liebling, ich vergebe sie dir im voraus. Restlos.«
»Ich bin nicht das, was du denkst«, sagte sie gequält.
Amüsiert starrte er sie an. »Warte, sag es nicht – du bist ein Wesen von einem anderen Stern.«
»Oh, Ian, es ist viel schlimmer«, rief sie, »ich hatte einen Onkel, Onkel Diderich, und der ist gestorben. Er hat mir entsetzlich viel Geld hinterlassen. Ich kriege es erst, wenn ich siebenundzwanzig bin, aber dann bin ich das, was man reich nennt.« Unsicher sah sie ihn an.
Er legte sein Gesicht in ernste Falten. »Das ist ja ganz furchtbar! Ich kann natürlich keine Frau heiraten, die selber Geld hat, das wäre katastrophal für mein Selbstbewußtsein!« Als er ihre entsetzte Miene sah, brach er lachend zusammen. »Du bist doch ein Dummerchen. Ich hab deinen Blick, mit dem du mich im Flugzeug aufgespießt hast, nicht vergessen. Ich habe meine Hormone im Zaum, nie wieder werde ich von männlicher Überlegenheit auch nur zu träumen wagen. Ob du Geld hast oder bettelarm bist, ist mir völlig egal. Ich heirate dich, doch nicht das Geld! Es ist wunderbar für dich, Liebes, und ganz einfach, wir heiraten mit Gütertrennung,

und du wirst dein Geld in deine Firma investieren. Außerdem werde ich dich bis zu deinem siebenundzwanzigsten Geburtstag durchfüttern müssen!«

Sprachlos vor Glück, fiel sie ihm in die Arme. Wie hatte sie zweifeln können? Sie kuschelte sich an ihn, hüllte sich ein in seine Wärme und Kraft. Sie war glücklich, so glücklich wie noch nie in ihrem Leben. *So wird es sein, wie jetzt, wir beide zusammen, für immer.* Sie lehnte ihren Kopf zärtlich an seine Schulter und schloß die Augen, sicher in dem Gespinst ihrer Liebe. Danach schliefen sie traumlos, bis die Sonne sie weckte.

Am ersten Januar feierten sie abends in der Oyster Box ihren dreiundzwanzigsten Geburtstag. Austern gab es und Langusten und zum Schluß eine Baisertorte mit Vanilleeis und Ananasfüllung. Sie speisten bei Kerzenlicht unter dem sternenfunkelnden Nachthimmel, die Zikaden sangen, der Ozean atmete ruhig, und Frangipaniduft umschmeichelte sie.

»So wird es immer sein«, flüsterte Ian, »unser ganzes Leben lang.«

Der zweite Januar kam, unausweichlich. Jede Minute dieses Tages kosteten sie aus, ständig berührten einander, redeten leise, die Außenwelt war ausgeschlossen, es gab nur sie zwei. Sie bewegten sich wie unter einer Glasglocke, ihre Liebe umgab sie wie ein Strahlenkranz. Fremde Leute auf der Straße grüßten sie und lächelten sie an. »Wie soll ich bloß ohne dich atmen?« fragte Henrietta mit Tränen in den Augen.

Zärtlich küßte er ihr die Tränen aus den Augenwinkeln. »In weniger als zwei Wochen bin ich wieder bei dir«, tröstete er, »und dann wissen wir schon mehr.«

»Zwei Wochen!« stöhnte sie verzweifelt. »Wenigstens habe ich im Büro ein Telefon.«

Sie versprachen sich, jeden Tag anzurufen, jeden Tag zu schreiben, an bestimmten Zeiten am Tag aneinander zu denken. Trotzdem brach ihr fast das Herz, als sie seinem Flugzeug nachsah, das in dem tiefblauen Himmel bald nur noch ein winziger strahlender Punkt in der Unendlichkeit war. Einsamer als je zuvor in ihrem Leben, fuhr sie ins Büro. Hungrig stürzte sie sich auf den Papierhaufen, der sich auf ihrem Schreibtisch stapelte.

Freitag, zurückgekehrt aus Mount Edgecombe, saß sie auf der Kante ihres Bettes und fühlte den Druck des einsamen Wochenendes vor sich. Tita und Neil waren in Kapstadt und besuchten Kappenhofers in deren Ferienhaus. Ferienpalast, verbesserte sich Henrietta, nach den Fotos zu urteilen. Glitzy könnte sie anrufen. Glitzy. Endloses Geschnatter über Mode, abwesende Freundinnen und Männer. Bloß nicht! Ihre Liebe zu Ian war noch zu privat, noch zu jung und zart, als daß sie sie den bohrenden Fragen der scharfzüngigen, neugierigen Glitzy aussetzen wollte. Ihr Blick fiel auf ihren Kleiderschrank. Den könnte sie aufräumen! Sie stand auf und öffnete die Tür. Das Chaos in den Fächern dämpfte ihre guten Vorsätze erheblich. Sie fischte eine Seidenbluse heraus, die Ian besonders liebte. Plötzlich warf sie in hektischer Eile ein paar Kleidungsstücke in ihren kleinen Koffer. Als sie wieder zu sich kam, saß sie im Auto und war auf dem Weg zum Flughafen. Vier Stunden später stand sie vor dem weißen Apartmenthaus in Johannesburg und las das Namensschild: Ian Cargill. Sie hob einen zitternden Knöchel und klopfte.

Für immer erinnerte sie sich an den Blick aus seinen Augen, für immer fühlte sie den Druck seiner Arme um sie. Nachdem sie sich ganz von neuem entdeckt hatten, ihre Hände jedes Stückchen Haut gestreichelt, lagen sie satt voneinander und herrlich träge auf seinem Bett. »Wie lange?« fragte er endlich.

»Montag nachmittag«, sie streckte sich genießerisch, »eine Ewigkeit.« Sie lag mit dem Kopf in seiner Halsgrube und war

restlos, in höchstem Maße, ekstatisch glücklich. »Was wollen wir mit unserer Ewigkeit anfangen?«
»Morgen früh fahren wir hinauf nach Afrika, es gibt da einen Stausee, Loskop Dam, nördlich von Johannesburg, zwei, drei Stunden über ein paar wilde Sandstraßen. Wir grillen Lammkoteletts und schwimmen im See.«
»Ich liebe dich so«, stöhnte sie und schlang ihre Beine um seine Hüften, »außerdem schmeckst du gut ...«
Er lachte tief in der Kehle, seine Lippen wanderten über ihre geschlossenen Augenlider, machten wollüstige Station bei ihrem Mund. »Du auch.«
Draußen wechselte der Himmel von Azurblau zu durchsichtigem Türkis, das Feuer der sinkenden Sonne glühte über dem Horizont. Die Nacht kam, schnell und ohne Dämmerung. Indigo wich Tintenschwarz, und ein Netz von blinkenden Lichtern bedeckte die Hügel von Johannesburg.
Johannesburgs Innenstadt war von überwältigender Häßlichkeit. Kein Baum, kein Strauch, nicht einmal Unkraut wuchs in den auf dem Reißbrett phantasieloser Stadtväter entstandenen Straßen, die einfach im Schachbrettmuster rechtwinklig zueinander liefen. Die klaustrophobisch in den Himmel wachsenden Hochhäuser nahmen ihr die Luft zum Atmen. Der Kontrast der Schlagschatten der Hochhäuser zu den grellen Sonnenflecken blendete sie, das Echo der Zeitungsjungen, die ihre Schlagzeilen herausschrien, die hupenden Autos, die sich, Stoßstange an Stoßstange, durch die sechsspurigen Straßen schoben, der Gestank der bläulich über ihnen hängenden Auspuffgase betäubte ihre Empfindungen. In der Nachmittagshitze drängten sich Menschen aller Hautfarben auf den Gehwegen.
Doch über allem schwebten Flötentöne von einer Art, wie sie sie noch nie zuvor vernommen hatte, eine schrille, fröhliche Melodie von hohen, tanzenden Tönen. Ein paar kleine

schwarze Jungen, keiner von ihnen älter als zehn Jahre, hüpften herum, bliesen virtuos auf umfunktionierten Fahrradpumpen. Sie lachten voller überschäumender Lebensfreude, diese kleinen Kobolde, ließen ihre Flöten singen trotz ihrer zerrissenen Kleidung, ihrer offensichtlichen Armut.
»Pennypipers«, rief Ian, »die gehören zu Jo'burg!«
Sie warf ihnen eine Handvoll Münzen zu, und noch lange hörte sie die Flöten, auch als sie schon viel zu weit entfernt waren. Aber vielleicht täuschte sie das Echo in den Straßenschluchten.
In den nördlichen Vororten wurden die Straßen zu Alleen mit dichten Baumreihen, die Grundstücke wurden größer, prächtige Villen lagen weit zurück in üppigen Gärten. Der würzige Geruch frischgemähten Grases hing allenthalben in der Luft, und das sanfte Rauschen der Rasensprenger begleitete sie. Bald fuhren sie aus dem lichten Baumschatten in die brutale, knisternd-trockene Hochsommerhitze des Highvelds. Northcliff Hill erhob sich schemenhaft hinter dem Hitzeschleier, und vor ihnen dehnte sich endloses, mit dorrendem Gras überzogenes, welliges Land. Der letzte Tropfen Feuchtigkeit wurde ihnen aus den Poren gesogen und verdunstete sofort. Sie tranken literweise und blieben dennoch durstig.
Knatternd ratterten sie mit siebzig Stundenkilometern über die Waschbrettoberfläche der mehr als hundert Meter breiten Sandstraße. »Es gibt nur zwei Geschwindigkeiten hier«, schrie Ian, »entweder so langsam, daß du jede Welle ausfährst, oder so schnell, daß du nur die Wellenkuppen berührst. Beides macht seekrank und rüttelt die Knochen durcheinander.« Die Staubwolke, die sie aufwirbelten, stand noch kilometerweit hinter ihnen in der leeren Landschaft.
Gegen elf Uhr parkten sie im Eukalyptuswald, der bis zum Ufer des Loskop-Dammes wuchs.

Henrietta streckte dankbar ihre schmerzenden Glieder. »Himmel, ist das heiß, laß uns schwimmen!« Sie beluden sich wie die Packesel und gingen die zweihundert Meter zum See. Auf einer kleinen Lichtung zwischen den Bäumen stellten sie ihre Sachen ab. Verheißungsvoll glitzerte der nahe See durch den Busch. »Das Wasser ist herrlich«, rief sie und watete bis zu den Knien hinein.

Bald zischten die Lammkoteletts auf dem Grill, und der Wein kühlte in schmelzenden Eiswürfeln. Ian wendete die gerösteten Brotscheiben, sie saß im Bikini neben ihm, ihren Kopf an seiner Schulter. Der See lag spiegelglatt, nur in Ufernähe kräuselte sich die Wasseroberfläche sanft. Lautloses, glitzerndes Kielwasser zog ihren Blick an. Die Sonne blendete, und sie schloß ihre Lider zu Schlitzen.

Aus dem Kielwasser wurde ein baumstammlanges Objekt. Dann tauchten plötzlich zwei hühnereigroße Augenhöcker auf, und Augen fixierten sie, schöne Augen, klares Gelbgrün, die Lidspalte schmal und starr.

Dann explodierte die Welt. Das Krokodil brach wie ein Vulkan durch die Wasseroberfläche, seine zähnestarrenden Kinnladen zu einem tödlichen Grinsen geöffnet. Henriettas gesamtes Gesichtsfeld wurde ausgefüllt von dem angreifenden Reptil. Sie schrie nicht, sie begriff gar nicht, was geschah. Mit einer einzigen, fließenden Bewegung riß Ian sie hoch und schleuderte sie mit übermenschlicher Kraft ein paar Meter hinter sich. Die furchterregenden Kinnladen schnappten mit dem Geräusch einer zufallenden Autotür ins Leere. Ian packte den glühenden Grill und warf ihn auf das Tier, das sich brüllend aufbäumte und mit einem gewaltigen Schwanzschlag im See verschwand.

»O mein Gott«, krächzte Henrietta, »was war das?«

Ian atmete schwer. »Ein sehr hungriges Krokodil.« Er nahm sie besorgt in den Arm. »Bist du verletzt?«

Sie schüttelte den Kopf. »Nur mein Herz hat aufgehört zu schlagen.« Ihr Blick fiel auf ein Schild, das am Boden lag. »Vorsicht, Bilharziose«, las sie entsetzt, »Vorsicht, Krokodile. Picknicken strikt verboten!« Sie ließ das Schild fallen. »Bilharziose! O mein Gott, ich war im Wasser! Hoffentlich hab ich mich nicht infiziert!«

Hastig packten sie wieder zusammen und rannten wie von Furien gehetzt durch das Unterholz. Am Straßenrand sahen sie einen kleinen Wegweiser, der die Existenz eines Hotels mit Swimmingpool ganz in der Nähe verkündete. »Gott sei Dank«, seufzte sie, »alles, was ich jetzt möchte, ist ein erfrischendes, sicheres Bad im Pool.«

Das Hotel duckte sich unter alten Jacarandas, ein weißes, einstöckiges Gebäude mit rotem Blechdach und einer breiten, überdachten Veranda mit herrlichem Schatten. Ein kleiner Sandweg führte zu dem Schwimmbad, das verlockend türkis in der Sonne lag. Henrietta warf sich ein Handtuch über die Schulter und lief hin. Ein zwei Meter hoher Zaun trennte das Becken und die kleine Liegewiese davor von dem übrigen Gelände. Am Tor hing ein Schild. »Schwimmen sonntags verboten« stand da. Fassungslos drehte sie sich zu Ian um. »Ich glaub das nicht, sieh dir das an.«

Ian las es und brüllte vor Lachen. »Entweder wir werden von der Sonne gekocht, von Krokodilen verspeist, oder Bilharziawürmer fressen uns Löcher in die Darmwände, bis wir Blut pinkeln! Ich hoffe, daß wir wenigstens sonntags hier essen dürfen«, keuchte er.

Auf der Veranda saßen ein älteres Paar und ein bulliger Mann in Hemdsärmeln mit einer dicken Zigarre im Mund. Es schienen die einzigen weiteren Gäste zu sein. Sie bestellten ein üppiges Mahl, und am Ende mieteten sie, müde von dem reichlichen Essen und matt von der Hitze, ein Zimmer für ein paar Stunden, stellten sich eine halbe Stunde unter die lauwarme Dusche, probierten dann voller frischer Energie das Bett und stellten sich wieder unter die Dusche. Danach hatten sie erneut einen Bärenhunger. »Welch ein herrlicher Tag«, seufzte Henrietta, als sie über die Sandstraße heimwärts ratterten, »welch ein perfekter afrikanischer Tag!«

Doch Montagnachmittag kam unausweichlich. Als sie im Flugzeug saß und unter ihr die Stadt im Hitzedunst verschwand, wußte sie, daß von nun an ein Teil von ihr immer bei ihm sein würde, ohne ihn würde sie nie wieder ein Ganzes sein.

❖

»Ah, das junge Glück.« Gertrudes Stimme, schneidend gehässig. Henrietta, die am Obststand von Mr. Connor eine Ananas ausgewählt hatte, zuckte zusammen. »Hallo, Tante Gertrude.«

Gertrude hob ihre Hand hoch. Henriettas Verlobungsdiamant fing die durch die staubigen Fenster gefilterten Sonnenstrahlen ein und warf sie funkensprühend zurück. »Nobel, nobel, das muß ich Mister Cargill lassen. Er wirft mit der Wurst nach der Speckseite.«

»Was willst du damit sagen?«

»Nun, du bist doch eine erstklassige Partie, nicht wahr? Wie hast du das eigentlich hingekriegt? Oder wie erklärst du dir, daß Carla nichts von Diderich bekommen hat, ganz zu schweigen von seinem eigenen Bruder, deinem Onkel Hans.«

»Tante Gertrude …«

»Laß mich ausreden! Wir haben gewartet, daß du zumindest anbietest, die Erbschaft zu teilen, aber du willst dir ja wohl alles unter den Nagel reißen. Wir denken daran, das Testament anzufechten! Mach dich auf etwas gefaßt!« Sie rauschte an Henrietta vorbei, ließ ihr keine Gelegenheit zu antworten.

Wütend raste sie nach Hause und rief Ian an. »Sie hat kein Recht!« schrie sie, krebsrot vor Wut. »Und Benedict, dieser Bastard hat allen davon erzählt! Ich wünschte, Onkel Diderich hätte das Geld dem Tierheim vermacht!«
»Reg dich nicht auf, Liebling, das ist nur eine leere Drohung. Vergiß es einfach. Sie können nichts machen, das Geld steht nur dir zu. Außerdem dauert es noch Jahre, ehe du die Erbschaft antreten kannst. Bis dahin vergiß die ganze Sache!«

❖

Freitag, der 11. Januar 1963, war der Tag, an dem Ian wiederkommen würde, das einzige Datum, das für sie existierte. Ihre Telefonrechnung im Büro stieg sprunghaft. Sie litt an permanentem Schlafdefizit und arbeitete die Nächte durch. Aber auch eine Ewigkeit geht irgendwann zu Ende, und der Morgen des elften Januar zog herauf, stickig mit regenschweren Wolken, die sich schon früh leerten. Sie stand schon um sechs auf der Veranda und starrte hinaus in den rauschenden Regen. *Ian!* Ohne Vorwarnung überfiel sie die Erkenntnis, daß sie ihn noch nicht einmal einen vollen Monat kannte.
»Drum prüfe, wer sich ewig bindet«, predigte Großmama.
Laßt mich endlich in Frieden, ich werde schon alleine mit meinem Leben fertig. Sie fingerte an ihrem Verlobungsring und schloß die Augen. Sofort schob sich sein Gesicht vor ihren inneren Blick, sie fühlte seine Hände, hörte seine Stimme. Ihre Sehnsucht war so stark, daß sie ihn sogar riechen konnte. Das Blut schoß ihr in den Kopf, die Welt um sie herum lag in strahlendem Licht. Laut singend duschte sie sich, tanzte durchs Haus, scherzte mit Sarah. Sogar Joshua, der sonst in seiner eigenen Welt lebte, seine Gefühle nur in seinem Gesang ausdrückte, schien zu merken, was vor sich ging. Nach dem Wolkenbruch ging er in den Garten und kam mit einem

Armvoll Bougainvilleazweigen in die Küche. »Für Master Ian.« Er grinste schüchtern.
Er sollte gegen sechzehn Uhr landen, um drei stand sie am Flughafen. Über dem Rollfeld flimmerte die Januarhitze. Das dämmrige Flughafengebäude wimmelte von Menschen. Schweiß, Gewürze, Essensgeruch mischten sich, die Luft war zum Schneiden dick. Es erinnerte mehr an einen Bazar als an eine Wartehalle. Eine indische Familie verabschiedete zahlreich und geräuschvoll einen Verwandten, die Frauen in bunten Saris und klirrendem Goldschmuck, die Männer in engen Safarianzügen aus knitterfreiem Polyester, hellblau oder beige. Ihre Kinder waren bezaubernd, bildhübsch mit riesigen dunklen Augen und zartem, kupferbraunem Teint. Weiße Geschäftsleute, alle braungebrannt mit offenen Hemdkragen, standen in einer Gruppe. Laut und aufschneiderisch erzählten sie von ihren Geschäften. An der breitbeinigen Haltung des einen und den ihm zugewandten Gesichtern der übrigen war die Hackordnung klar zu erkennen. Auf einer Bank saßen drei alte, rosa gepuderte Ladies, geschützt von großen Hüten, die knochigen Schultern in dünnen, geblümten Seidenkleidern abweisend nach vorn gekrümmt.
Die einzigen schwarzen Personen waren zwei in blaue Overalls gekleidete Männer, die den Boden wischten. Sanft klatschten ihre nackten Füße auf den Steinen, sie schoben Bananenschalen, Zigarettenkippen, Papierstückchen vor sich her, alles, was Menschen so wegwerfen. Eine riesige Kakerlake, schon träge von dem überall ausgelegten Gift, krabbelte über den Dreckhaufen. Ihre Köpfe hielten die Männer gesenkt, Blickkontakt hatten sie mit niemandem, ihre Körpersprache war nur die Reaktion auf die Umwelt. Sie machte sie so gut wie unsichtbar.
In der Menge entdeckte sie die Kinnairds. Tom schob Frank, der mit weit offenem Mund schlief, im Rollstuhl. Speichel

rann ihm übers Kinn. Zwei Träger folgten ihnen mit mehreren Koffern.

»Hallo, Liz, wo wollt ihr denn hin?«

»Oh, Henrietta, guten Tag. Wir fliegen in die Schweiz. Frank soll dort in einer Spezialklinik behandelt werden.«

Aufheulende Motoren elektrisierten Henrietta. Die Maschine aus Johannesburg war gelandet. »Alles Gute, Liz, Tom, ich muß los!« Die Maschine rollte aus, die Gangway wurde herangefahren, und die Crew schwang die schweren Türen nach außen. Ohne Hast kamen die ersten Passagiere die Treppe herunter.

Er mußte sich ducken, und ihr wurde erneut bewußt, wie groß er war. Mit Kopf und Schultern überragte er die Menge. Seine dunklen, kurzen Haare glänzten in der Sonne wie ein Nerzfell. Ihr wurde die Kehle trocken, als er auf sie zukam. Für eine Sekunde sah sie ihn stumm an, ertrank in seinen magnetischen Augen, dann flog sie ihm in die Arme, und es dauerte eine Weile, bis sie wieder Luft bekam. »Oh, ich hab dich so vermißt«, wisperte sie und küßte ihn noch einmal.

Um sie herum teilte sich die Menge, Gesichter wandten sich ihnen zu, lächelten das Lächeln, das die Menschen für kleine Kinder und Verliebte aufsparen, das die Gesichter erhellt und das noch lange in ihren Augen glänzt. Die beiden waren in sich selbst versunken und bemerkten nichts. Schließlich gingen sie engumschlungen zum Wagen. Er warf seinen Koffer auf den Rücksitz und verstaute seine langen Beine irgendwie unter dem Armaturenbrett. »Diese rollenden Einkaufswagen sind wirklich nicht für meine Größe gemacht, ich muß mir ja die Knie hinter die Ohren klemmen, fahr bloß vorsichtig!«

»Dann mußt du aber deine Hand da wegnehmen«, lachte sie glücklichs und entfernte seine feste, warme Hand von ihrem Oberschenkel, »sonst landen wir im Graben.«

Sie bog ab auf die Schnellstraße nach Umhlanga. Seine Hand

lag in ihrem Nacken, sanft rieb er seinen Daumen über die zarte Haut. Sie fühlte ihre Haut unter seinen Fingern feucht werden. Genüßlich bog sie ihren Hals und schloß die Augen.
Der Wagen schlingerte. »Um Himmels willen, Liebling, laß das, wir kommen sonst nicht lebend nach Haus.«
Wundersamerweise schaffte sie die Rückfahrt ohne größeres Mißgeschick. Joshua stand im Garten, ein weißes Grinsen spaltete sein Gesicht. Sarah war Herrin der Lage. Würdevoll öffnete sie die Tür. »Willkommen, Master! Tee, Master?«
Ian lachte und faltete sich aus dem niedrigen Autositz. Er fischte drei Geldscheine aus der Hosentasche und drückte sie Sarah in die Hand. »Hier, Sarah, ihr werdet ja jetzt doppelt soviel Arbeit haben. Verteile es, wie es dir richtig erscheint.«
Sarahs Würde zerschmolz in einem erfreuten Kichern. »Danke, Master, danke.« Sie nahm die Geldscheine mit beiden Händen entgegen, wie es richtig war. Es hieß, sieh hier, ich will dir nichts Böses, meine Hände sind waffenlos.
Ian schloß Henrietta in seine Arme und trug sie ins Haus. Im Schlafzimmer setzte er sie ab. »Endlich zu Hause«, flüsterte er und küßte sie aufs Ohrläppchen. Ein herrlich wollüstiger Schauer durchlief sie. Seine Lippen wanderten unter dem Ohrläppchen ihren Hals hinunter. Sie gab einen Laut wie ein schnurrendes Kätzchen.

❖

»Ich möchte etwas besprechen«, verkündete er beim Frühstück.
»Was ist das?« Henrietta lächelte ihn verliebt an.
»Ich möchte dich heiraten«, sagte er, gar nicht sehr laut.
Sie setzte sich kerzengerade auf und ließ ihren Verlobungsring in der frühen Sonne funkeln. »Ich dich auch, aber mir ist so, als hättest du mich das schon mal gefragt.«

Er grinste, seine veilchenblauen Augen blitzten. »Ich meine jetzt, hier. Ich hab das Bedürfnis, zu sagen: ›Das ist meine Frau!‹«
»Oh.« Das Blut stieg ihr in die Wangen und brachte ihr Gesicht zum Leuchten. Sie setzte sich auf seinen Schoß. »O ja«, gurrte sie, »wann – heute? Oder jetzt gleich?«
Er grinste. »Nein, mein Schatz, aber wie wäre es mit Freitag, dem 25. Januar, kannst du noch so lange warten?«
»Eine Woche!« seufzte sie. »Wer wird Trauzeuge?«
Sein Grinsen wurde breiter. »Ich dachte an Neil und Tita und Duncan und Glitzy. Und ich habe vorsichtshalber ein paar Freunde ins Oyster Box Hotel eingeladen.«
Sie bekam kaum Luft vor Aufregung. »Was soll ich bloß anziehen?« jammerte sie und flatterte auf der Veranda herum wie ein orientierungsloser Falter. Ian brüllte vor Lachen. Sie rannte hinein und holte ihren Zeichenblock. »Ein Etuikleid, denke ich«, murmelte sie konzentriert, »mit einer Jacke.« Sie skizzierte ein paar Minuten, die Zunge fest zwischen den Zähnen. »Hier, gefällt dir das?«
»Sensationell«, murmelte er, aber es war nicht klar, was er meinte, sie oder das Kleid. Zart berührte er ihre Halsgrube mit seinen Lippen. Sie stand ganz still. Seine Lippen bewegten sich auf ihrem Hals, warm, weich, fordernd. Sie bog ihren Hals. Irgendwann fiel ihr Kleid auf den Boden, sie stiegen darüber hinweg, ineinander versunken. Er hob sie hoch und trug sie hinüber ins Schlafzimmer. »Schließ die Vorhänge«, stöhnte sie.

❖

»Ich muß meine Eltern anrufen«, sagte sie viel später. Seit ein paar Tagen hatte sie eine Gemeinschaftsleitung, die sie sich mit drei anderen, unter anderem Beryl, teilte.
Glitzy kicherte, als sie es hörte. »Henrietta, sei bloß vorsich-

tig, was du in Zukunft am Telefon sagst, alle drei hören sicher mit! Auf der anderen Seite ist so eine Partyline eine höchst unterhaltsame Sache. Man braucht eigentlich keine Tageszeitung mehr.« Und tatsächlich geriet sie mehrfach in Beryls Gespräche und war so fasziniert, daß sie nicht immer sofort auflegte. Einmal unterbrach Beryl ihren Redefluß plötzlich. »Henrietta, bist du das?« fragte sie nach einer kleinen Pause. Diese legte mit vor Scham hochrotem Gesicht so sanft wie möglich auf. Danach war sie sehr vorsichtig, horchte auf das hohle Echo, das ihr zeigte, daß noch jemand in der Leitung war, und sprach mit Ian nur auf deutsch in kryptischen Umschreibungen und Andeutungen. Sie meldete das Gespräch für den Nachmittag an.

Die Verbindung war schlecht. »Papa, wünsch mir Glück, wir werden nächste Woche heiraten!« rief sie mit schwankender Stimme. Es knisterte in der Leitung, ferne Stimmen eines anderen Gespräches kreuzten das ihre, atmosphärische Störungen verzerrten es. Ihr Vater schwieg. Sie wartete. »Hast du mich verstanden, Papa? Wir werden nächste Woche heiraten!« Ihr Herz begann fühlbar zu klopfen. Nervös wand sie die Telefonschnur um ihren Zeigefinger. »Papa?«

Er räusperte sich. »Was heißt heiraten?« Es klang aggressiv, und sie konnte nicht verhindern, daß sich ihr Magen zusammenkrampfte.

»Wir werden am 25. Januar heiraten, im Standesamt«, wiederholte sie, und ihr Herz war seltsam schwer.

»Ach, gibt es so etwas da?«

»Natürlich«, antwortete sie erstaunt.

»Wir sind Lübecker, und bei uns wird in der Marienkirche geheiratet und im Schabbelhaus gefeiert«, sagte Papa. Sie konnte hören, daß er rauchte. »Das wird ordentlich geplant, mit Anzeigen und schriftlichen Einladungen. So wird das bei uns gemacht. Hier hat alles seine Ordnung.«

»Heiraten«, zischte Mama aus dem Hintergrund, »in irgendeinem Kaff in Afrika, wie eine Negerin aus dem Busch!«
»Werdet ihr kommen? – Bitte!«
»Wie stellst du dir das vor, so kurzfristig? So schnell kann ich nicht disponieren.« Eine Pause, dann gedehnt: »Außerdem müssen wir erst über die Sache mit der Erbschaft sprechen, Henri.«
Henri. Henrietta sagte nichts. Sie schob ihre Hand in die von Ians. Warm und sicher, geborgen wie ein Vögelchen im Nest, lag sie in seiner Handfläche.
»Du hast uns zwar von Diderichs Hinterlassenschaft erzählt, wir waren jedoch pikiert, daß wir von anderen hören mußten, wie groß dieses Vermögen ist. Du hast vergessen, zu erwähnen, daß es ein Millionenbetrag ist, liebe Tochter. Ich sehe es zum Beispiel als selbstverständlich an, daß du unsere Flugpassagen bezahlst. Meine Tochter ist Millionärin, es ist eine Schande, daß ich darum bitten muß.«
Sie antwortete noch immer nicht. Ein großer, leerer, schmerzender Raum drückte ihr innerlich die Luft ab.
Ian, der sein Ohr dicht an den Hörer gepreßt hatte, nahm ihn ihr ab. »Schwiegervater«, sagte er ruhig, »Henrietta erbt erst, wenn sie siebenundzwanzig ist. Bis dahin hat sie kein Geld, nur einen relativ geringen monatlichen Betrag. Wenn dir jedoch die Kosten für die Reise zuviel sein sollten, werde ich natürlich dafür aufkommen.«
»Das ist nicht der Sinn der Sache.«
»Nein?« fragte Ian. »Was denn? Du vergißt, daß wir bald verheiratet sind, von nun an tragen wir alles gemeinsam. Henriettas Erbschaft hat überhaupt nichts mit euch zu tun. Sie hat das Geld von Diderich geerbt, und was sie damit macht, ist ihre Sache. Sie bekommt schon genug Druck von Gertrude und deren Familie.«
»Was hat die damit zu tun?« hörten sie Mama empört rufen.

»Sie ist genau wie du die Frau von Diderichs Bruder«, knurrte Ian. »Es ist an der Zeit, daß das aufhört. Henrietta bekommt die Erbschaft erst in ein paar Jahren, und bis dahin möchte ich, daß ihr sie von jetzt ab wegen des Geldes in Frieden laßt.«
Plötzlich war Henrietta alles zuviel. »Ich hab's satt!« schrie sie ins Telefon und wehrte Ians beruhigende Geste ab. »Ich hab Diderich nicht darum gebeten! Er war dein Bruder! Wenn er mir das Geld hinterlassen hat und nicht euch, wird er seine Gründe gehabt haben! Woher soll ich jetzt das Geld für eure Flüge nehmen? Ihr benehmt euch wie Schmarotzer! Entschuldigt euch sofort, sonst breche ich jeden Kontakt mit euch ab. Sofort!«
Die Welt hörte auf sich zu drehen. Papa sog zischend Luft durch die Zähne. Ein Warnsignal aus ihrer Kindheit. Henrietta wartete, daß bei diesem Geräusch der blanke Schrecken wie in ihrer Jugend in ihr hochkröche. Aber nichts passierte. Sie sah in ihren Gedanken nur einen alternden Mann, hager, die Haut faltig, weil sein Lebenssaft allmählich eintrocknete, die Haare schütter und die früher so ausladenden Schultern knochig und gebeugt. »Überleg dir gut, was du sagst, ich meine es ernst.« Ihre Stimme war klar und fest. Bruchstücke von Kindheitserinnerungen spülten hoch, das Gefühl des Ausgeliefertseins, Kleinseins, der Ohnmacht des Kindes gegenüber den allmächtigen Erwachsenen. Die Leitung sang und rauschte.
Endlich antwortete Friedrich Tresdorf. »Es ist gut, min Deern, nicht nötig, sich aufzuregen. Ich werde schreiben.«
»Das ist doch …«, stammelte Mama erstickt.
»Halt den Mund, Magda!« hörte sie Papa, dann legte er auf. Ungläubig lächelnd legte sie den Hörer hin. Papa hatte nachgegeben. Zum ersten Mal in ihrem Leben. Jetzt war sie wirklich erwachsen.

❖

Am Montag klingelte das Telefon. Die Stimme war heiser, die einer Kettenraucherin. »Ich bin Elaine, eine Freundin von Tita. Ich habe so viel von Ihnen gehört, Henrietta, daß ich Sie und Ian kennenlernen möchte, er soll ja zum Anbeißen sein.« Sie kicherte. »Freitag feiern wir unseren zehnten Hochzeitstag mit einer großen Party. Ich erwarte Sie um acht. Tita kennt den Weg.«
Überrascht und erfreut dankte Henrietta. Die Adresse war im alten Teil von Westville, in dem die Grundstücke nach Hektar bemessen wurden, die Häuser, in große smaragdgrüne Flächen von sprichwörtlichem englischem Rasen gebettet wie Juwelen in Samt, aussahen wie Tudorschlösser und die Eigentümer mehr Geld besaßen, als sie je ausgeben konnten. So eine Einladung war, abgesehen von der Gelegenheit, neue Freunde zu gewinnen, für sie beruflich Gold wert.
Das Haus lag hell erleuchtet in einer weiten, dunklen Parklandschaft, mindestens fünfzehn Autos blockierten die Zufahrt. ›Tutti frutti‹ zerhämmerte die Stille der Nacht. Ihre Gastgeberin war eine Platinblondine mit Lederhaut und unzähligen auseinanderlaufenden Sommersprossen. Sie war sicherlich einen Meter achtzig, klapperdürr und trug ein rosa Hängekleidchen. Diamanten perlten an ihr herunter wie Tropfen nach einem Sommerregen. Sie klimperte mit künstlichen Wimpern, schwarz und dick, wie Fliegenbeine. Neben ihr stand ein Korb, in dem mehrere Schlüssel lagen. »Also, meine Süßen, jede Dame legt ihren Schlüssel in den Korb, und jeder Herr nimmt beim Abschied einen heraus.« Ihr Atem roch nach Alkohol. »Damit steht das Programm für die Nacht fest.« Sie kicherte, aber ihre Augen klebten an Ian.
Der ließ seinen schläfrigen Blick einmal über die Dame laufen. »So? Wie amüsant. Feiern wir heute nicht Ihren Hochzeitstag?«
»Ja«, hauchte sie rauh, »den zehnten. Finden Sie nicht, daß

Abwechslung die Liebe jung hält?« Sie wölbte ihre knallroten Lippen.
»Oh, absolut! Liebling, leg deinen Schlüssel in den Korb.«
Entsetzt starrte sie ihn an. Das konnte niemals sein Ernst sein.
»Mach nur«, sagte er. Seine Mundwinkel zuckten.
Zögernd und befremdet legte sie ihren Schlüssel hinein.
Im selben Moment nahm er ihn wieder heraus. »Vielen Dank für die nette Party, aber wir müssen jetzt wirklich gehen. So einem Nachtprogramm kann ich nicht widerstehen. Komm, Liebes.«
Henrietta lachte laut auf. Tita, die eben angekommen war, hörte sie. »Na, das klingt ja richtig nach Partystimmung, darf ich teilhaben?« Dann sah sie den Korb mit den Schlüsseln. Ihre Brauen zogen sich zusammen. »Oh, Elaine, wie geschmacklos, mußt du denn alles mitmachen?«
»Wir wollten sowieso gerade gehen, warum kommt ihr nicht mit?« schlug Ian vor. »Laßt uns ins Popote fahren und eine Party zu viert feiern.«
Sie ließen ihre angetrunkene Gastgeberin stehen, die ihnen ein paar wütende Beleidigungen hinterherschrie und sich an die Brust eines eleganten, braungebrannten Mannes warf. Er reichte ihr kaum bis zur Schulter und hatte Mühe, sie aufrecht zu halten.
»Elaine ist so schrecklich gewöhnlich«, sagte Tita, »aber Peter, ihr Mann, ist völlig abhängig von ihr, sie hat das Geld.«
Ein Mann in hellem Jackett kam hinter den parkenden Autos hervor. »Hey, Ian, Mann, es ist gut, dich zu sehen.« Ian verschluckte sich fast, als er ihm herzhaft auf den Rücken schlug. Der Mann grinste breit über sein sommersprossiges Gesicht, rotbraune Augen verschwanden in Lachfalten, schütteres, rötlichblondes Haar stand als Kranz um seinen Schädel. Sei-

nen breitschultrigen, bulligen Körper balancierte er mit erstaunlicher Leichtfüßigkeit.
»Peter, was machst du denn hier? Ich denke, du sitzt in Kapstadt. Ich wollte dich eigentlich in diesem Monat besuchen!«
»Oh, das ist richtig, aber das ist mein Hochzeitstag, der da gefeiert wird. Ich hatte Befehl, dabeizusein!« Er lachte dröhnend und beobachtete seine Frau in den Armen des eleganten jungen Mannes, dessen hellblonde Haare im Mondlicht schimmerten. »Sonst hab' ich einen Stellvertreter!« Ein anzügliches Grinsen.
»Marais, natürlich! Doch es ist ein nicht unüblicher Name hier.« Ian schüttelte ihm kräftig die Hand. »Henrietta, das ist Pete Marais, einer meiner ältesten südafrikanischen Freunde. Ich bin mit seinem kleinen Bruder in Cambridge gewesen. Wir haben uns seit einer Ewigkeit nicht mehr gesehen. – Pete, das ist meine zukünftige Frau, Henrietta Tresdorf.«
Sie fühlte den prüfenden Blick, das Abschätzen, mit dem Pete ihre Person erfaßte. Offensichtlich gefiel ihm, was er sah, denn er streckte ihr strahlend seine Hand hin. »Sie können sich gar nicht vorstellen, wie sehr ich mich freue, Sie kennenzulernen. Sie müssen eine ganz besondere Frau sein, wenn Ian Ihretwegen seinem Junggesellenleben entsagt.«
Seine Hand war feucht und klebrig, aber es war ja ein heißer Tag gewesen. Seine ganze Art war offen und unkompliziert, und ein plötzliches, wenn auch sehr vages, ungutes Gefühl ignorierte sie, irritiert über sich selbst. »Ich freue mich auch«, antwortete sie, als Kompensation vielleicht etwas übertrieben herzlich.
»Ich bin noch einen Tag in Durban. Ich treffe einen Mann, mit dem ich über eine Filiale in Natal verhandeln will. Ruf mich morgen an, Ian, dann können wir uns sehen. Wir haben viele Jahre aufzuholen. Jetzt muß ich mich da drinnen wieder blicken lassen.«

Ian hielt ihn zurück. »Pete, warte mal, ich muß mal kurz mit dir reden. Entschuldige mich, Henrietta, ich bin gleich wieder da.« Die beiden Männer gingen etwas abseits, und Henrietta sah, wie Ian auf Pete einredete, dieser plötzlich interessiert hochblickte, mehrmals nickte, und als sie sich dann trennten, hatte sie das deutliche Gefühl, daß sie zu einer Übereinstimmung in einer wichtigen Sache gekommen waren. Erwartungsvoll sah sie Ian entgegen.
Er legte seinen Arm um sie. »Stellt euch vor, Pete will hier eine Filiale eröffnen, er braucht jemanden, der die hiesige Niederlassung leitet. Einen Ingenieur.«
»Was ist sein Geschäft, Ian?« fragte Neil.
»Er hat ein Patent auf eine spezielle Methode, glasfaserverstärkten Kunststoff zu formen, und baut Boote. Sein größtes ist eins von den kleinen Seenotkreuzern, die praktisch unsinkbar sind. Wir wollen untersuchen, welche Einsatzmöglichkeiten es sonst noch gibt, und dann eine Fabrik aufbauen. So, Kinder, jetzt wird gefeiert. Ich lade euch ins Popote zu einem Festessen ein!«
Sie hatten Glück, noch einen Tisch zu bekommen. Die Klimaanlage blies mit Eisschranktemperatur ihren Nacken hinunter. Henrietta fröstelte in ihrem trägerlosen Futteralkleid, und Ian hängte ihr sein Jackett über die Schultern. Hinter ihnen öffnete sich die Tür zur Straße, ein Schwall feuchtwarmer Luft, die nach Seetang und Fäulnis roch, wehte herein. Ein indischer Zeitungsjunge in der Uniform der *Daily Mail* bot die Frühausgabe der Zeitung an. »Fünf Terroristen verhaftet«, rief er mit heiserem Stimmchen, »Todesurteile gefordert.«
Neil, blasse Haare, blasse Augen, blasse Haut, auf den ersten Blick nicht bemerkenswert, aber der plötzlich den Raum zu füllen schien, wenn die Leidenschaft und Liebe für sein Land, für seinen Beruf aus seinen Augen glühte, winkte ihn

heran. Schweigend studierte er die Überschriften. »Schlimme Sache«, sagte er schließlich. »Unser Land geht einen gefährlichen Weg. Wir können nicht Millionen Menschen radikal unterdrücken, ihnen alle Rechte nehmen, und erwarten, daß das Land friedlich bleibt. Alles, was Mandela fordert, ist das Recht für alle Schwarzen, als gleichberechtigte Bürger in dem Land ihrer Vorfahren zu leben. Wäre ich schwarz, würde ich auch Bomben werfen. Wußtet ihr, daß es unter den zum Tode Verurteilten keine Weißen gibt?«

»Neil, leise!« Tita legte ihm die Hand warnend auf den Arm. Er schüttelte ihre Hand ab. »Die Regierung will Sondergesetze einführen. Sie können dann jeden auf einen Verdacht hin verhaften und neunzig Tage im Gefängnis verschwinden lassen, ohne daß er das Recht auf irgendwelche Kontakte zur Außenwelt hat, nicht einmal zu einem Anwalt. Die Ultrakonservativen gewinnen immer mehr an Einfluß. Der Broederbond wird immer stärker, und BOSS, das Büro für Staatssicherheit, wird immer mächtiger.«

Henrietta sah hoch. »BOSS? Büro für Staatssicherheit? Jetzt verstehe ich! Kürzlich war ich beim deutschen Konsul. Er führte ein Telefongespräch in meinem Beisein und beendete es mit den Worten: ›So, ich bin fertig, habt ihr alles gut verstanden? – Boss hört immer mit‹, sagte er dann zu mir, und damals hab ich nicht begriffen, was er meinte.« Sie sah Neil an. »Sein Telefon wird abgehört, nicht wahr?« Wie eine glühende kleine Kugel manifestierte sich Angst in ihrer Magengegend.

Neil leckte seinen Löffel ab. »BOSS ist überall, steckt seine Nase in alles, weiß alles. Wie die Gestapo. Bist du ihnen einmal aufgefallen, gibt es eine Akte über dich. Dann kannst du machen, was du willst, sie wissen es schon vorher.«

Tita schoß ihm einen warnenden Blick zu. »Oh, Neil, nun erschreck Henrietta nicht so. Sieh sie dir doch einmal an, sie ist

ja ganz grün. Solange du kein Kommunist oder so etwas bist, interessiert sich niemand für dich, Henrietta!«
Henrietta schwieg betroffen. »Was heißt ›oder so etwas‹?« fragte sie schließlich.
»Sie meint«, erklärte Neil, »im weitesten Sinne Leute, die sich nicht an unsere Gesetze halten. Da aber unsere Gesetze häufig idiotisch, vor allem menschenverachtend und kriminell sind ...«
»Neil, sei vorsichtig!«
»... menschenverachtend und kriminell sind«, fuhr er vehement fort, »ist es nicht schwierig, mit den Gesetzen in Konflikt zu geraten. Ihr Einwanderer könnt euch meist nicht vorstellen, daß eine kleine Freundlichkeit einem Schwarzen gegenüber genügt, um als Kaffernliebling, als Kaffirbootie, abgestempelt zu werden. Das wiederum genügt, um dich in Schwierigkeiten zu bringen. Es gibt soviel Neid hier, soviel Denunziantentum. Wenn ich Gladys abends einmal irgendwohin fahre, weil es zu Fuß zu weit oder zu gefährlich ist, muß sie immer hinten im Wagen sitzen. Sonst hab ich schnell eine Anzeige unter dem Immorality Act am Hals. Irgendein Nachbar sieht mich immer, und es gibt genug, die mich nicht leiden können.«
Das war es also. Das Monster fletschte seine Zähne, und ihr sträubten sich die feinen blonden Härchen auf ihren Armen.
»Ich werde vorsichtig sein«, versprach sie, mehr sich selbst.
Tita warf die Serviette hin. »Ich will kein Dessert mehr. Laßt uns zu Hause noch einen Wein trinken und etwas reden. Gladys wird sich freuen, sie ist allein mit Sammy. Moses ist seit Tagen verschwunden, ich werd mir einen neuen Hausboy suchen müssen.«
Die anderen stimmten niedergedrückt und wortlos zu. Ihre Partystimmung war verflogen.
Ian zahlte schweigend die Rechnung, und sie traten hinaus in

die stickige Nacht. Im Rinnstein lag eine tote Ratte und stank bestialisch. Etwas, was an ihr genagt hatte, huschte als Schatten von ihr weg. Es raschelte, ein Tier fiepte hoch und angstvoll. Ein schwankendes Straßenlicht spiegelte sich in einer öligen Pfütze, hinter ihnen war ein Schlurfen zu hören, wie von langsamen, vorsichtigen Schritten. Schnell liefen sie zu ihren Autos.

❖

Das erste, was sie hörten, als sie die Auffahrt hochfuhren, waren diese entsetzlichen Schreie. Titas Haus lag in tiefster Dunkelheit, nur ein Fenster im oberen Stock war hell erleuchtet. In dem grellen Rechteck stand ein großer, muskulöser Mann, der ein strampelndes Kind an seinen ausgestreckten Armen aus dem offenen Fenster hielt. Es schrie und schrie in hohen, durchdringenden Stößen.

»O Gott, Ian, das ist Sammy! Was geht da vor?« Henrietta sprang aus dem Wagen.

Tita rannte schon auf das Haus zu. »Sammy!« schrie sie gellend.

»Hilfe, Neil!«

Sammy stieß noch immer diese schrillen, hohen Schreie aus. Sie hing kopfüber über dem Abgrund.

»Tula wena«, brüllte der Mann im Fenster heiser, »sei leise, weißes Baby, oder ich töte dich!«

»Moses«, flüsterte Neil geschockt, »es ist Moses! Halt, Moses, nicht!« brüllte er.

Moses zuckte zusammen, öffnete seine Hände, und Sammy fiel in die Tiefe. Tita schaffte es nicht ganz. Ihr Kind stürzte zwei Meter vor ihr zu Boden. Für atemlose Momente war kein Laut zu hören, die Szene erstarrte zu einem Tableau.

Neil lief auf das Haus zu. »Ich bring dich um, du mörderischer schwarzer Kaffernbastard«, brüllte er und hob im Lau-

fen einen scharfkantigen, faustgroßen Stein hoch, hielt ihn wie einen Dolch zum Todesstoß, »ich hack dich in Stücke!«
»Neil, nicht! Warte!« Ian raste zum Wagen, griff durchs offene Fenster, holte den Revolver aus dem Handschuhfach und folgte Neil mit langen Sätzen.
Neil brüllte wie ein Stier und verschwand im Haus. Heisere, tiefe Schreie von Moses mischten sich mit Gladys' schrillem Kreischen. »Neil, hör auf, du bringst ihn um!« Ians kraftvolle Stimme!
Tita schien nichts zu hören. Sie wimmerte leise und sank vor dem regungslosen Körper ihrer Tochter auf die Knie. Sammy lag wie leblos in der Gardenienhecke. Ihr Mund hing offen, Blut lief aus einer Kopfwunde und verklebte ihre Haare. Sie war leichenblaß, ihre Augen waren geschlossen.
Lautloses Schluchzen schüttelte Tita. Bebend berührte sie mit den Fingerspitzen die Wange ihrer Tochter. »Sammy«, wisperte sie, »oh, mein Liebling.« Ihre Stimme brach, ihr Kopf sank nach vorn.
Sammys Lider flatterten, hoben sich, aus riesigen Augen blickte sie ihre Mutter verständnislos an. »Mummy?« Sie hustete.
Titas Kopf schnappte hoch.
»Mummy, es tut weh.« Sammy streckte ihr die blutverschmierten Ärmchen entgegen.
Mit unendlicher Zärtlichkeit und einem Ausdruck auf ihrem Gesicht, als hätte sie eben ein Wunder erlebt, hob Tita ihr Kind hoch. Sprechen konnte sie offensichtlich nicht.
Henrietta kniete neben ihr. »Halt sie still, Tita«, sagte sie und prüfte rasch mit sanftem Fingerdruck ihre zarten Glieder. »Nichts, oh, Tita, sie hat Glück gehabt. Ich glaube, sie hat nichts gebrochen. Laß sie uns ins Haus bringen.«
Ein schwarzgekleideter, schwarzhäutiger Mann brach durch die Büsche, stoppte, starrte sie aus glasigen, blutunterlaufe-

nen Augen an, frisches Blut lief aus einem langen Schnitt von seiner Stirn. In jeder Faust trug er einen silbernen Leuchter.
»Ian!« schrie Henrietta, »Hilfe!«
Der Schwarze verschwand in der Dunkelheit.
Sie fanden Neil und Ian in der Eingangshalle. Überall, auf dem Fußboden, an den Wänden, klebte Blut. Ian umklammerte Neil von hinten, der schwer atmend über Moses gebeugt stand. In seiner erhobenen Hand hielt er noch den Stein, dessen Spitze rot und naß glänzte. Er hatte seinen Fuß auf Moses' Schulter gesetzt. »Dafür schlag ich dir den Schädel ein, du schwarzer Bastard«, wisperte er heiser.
Moses lag da, seine rechte Hand, sein Gesicht zur Unkenntlichkeit zerschlagen, und rührte sich nicht. Nur seine Augen schienen zu leben. Gladys kauerte unverständliches Zeugs jammernd am Boden.
»Nein«, sagte Tita leise, »Liebling, sie lebt. Sammy lebt.«
Er hob seinen Kopf, sah seine Frau und seine Tochter an, für lange Momente offensichtlich ohne zu begreifen, was er sah. Tita legte ihm eine Hand an die Wange. »Laß ihn, dafür ist die Polizei da. Leg den Stein hin.«
»Daddy«, piepste Sammy, »Daddy, hab' Angst.«
Neil öffnete seine Hand, der Stein fiel zu Boden, und er brach zusammen. Er zuckte, als läge er im Kampf mit unsichtbaren Dämonen. Eine Art Krampf schüttelte ihn. Er schlang seine Arme um seine Familie, und es dauerte Minuten, bis das Zucken aufhörte.
»Gladys, mach Tee, eine große Kanne, viel Zucker, und bring eine Flasche Cognac!« befahl Ian. »Henrietta, bring die drei ins Wohnzimmer. Ich ruf den Arzt und die Polizei.«
»Er ist bis obenhin voll mit Dagga«, sagte der Polizist und legte Moses Handschellen an, auch an die verletzte Hand. Er stieß ihn mit Fußtritten vor sich her. »Dafür wirst du hängen, du Kaffernschwein!«

Neil, der schneeweiß und schweißgebadet auf der Couch saß, Sammy in seinen Armen, erhob sich schwankend. »Lassen Sie ihn«, sagte er leise, »behandeln Sie ihn wie einen Menschen.«

»Das ist kein Mensch, das ist ein Kaffir«, höhnte der Polizist, »Mann, der hat Ihre Tochter aus dem Fenster geschmissen! Dafür würde ich den Kerl mit meinen eigenen Händen in Stücke reißen!« Er zerrte an den Handschellen. Moses schrie auf.

»Hören Sie auf!« brüllte Neil. »Er bekommt seine gerechte Strafe, aber hören Sie auf, ihn zu mißhandeln!«

»Scheißliberaler!« brummte der Polizist und trat Moses vorwärts.

Sammys Wunden waren wie durch ein Wunder nur oberflächlich, meist Risse, die sie sich durch den Sturz in die Gardenienhecke zugezogen hatte. Außer einem leichten Schock hatte sie nicht einmal eine Gehirnerschütterung. Später, sie schlief längst, saßen die Freunde noch lange zusammen auf der Terrasse. Neil starrte lange dumpf in sein Glas. »Sag's schon«, knurrte er dann.

»Was?« fragte Tita erstaunt.

»Das weißt du genau! Ich bin genauso wie alle anderen. Moses ist für mich auch nur ein Kaffir, kein Mensch, sonst hätte ich nicht so reagiert. Ich habe mich selbst belogen. Ich bin ein Betrüger.«

»Red keinen Unsinn«, sagte Ian, »es ist völlig in Ordnung, den Mann zu hassen und ihm den Tod zu wünschen, der deine Tochter aus dem Fenster wirft.«

Neil schüttelte starrsinnig den Kopf. »Du verstehst das nicht. Ich hab' das nicht über mich gewußt. Ich habe eine Lüge gelebt. Wenn ich mich im Spiegel sehe, sieht mich ein Fremder an. Ich finde mich nicht. Ich habe mich verloren.«

Tita schmiegte sich an ihn. »Du bist endlich menschlich geworden, damit erlaubst du mir, auch ein Mensch mit Fehlern zu sein. Das macht mich glücklich.«

Ian stand auf. »Wenn du diese Seite von dir akzeptierst, wirst du andere Menschen gerechter beurteilen. Wenn du sie verdrängst, wird es dich zerreißen.« Er grinste. »Hör auf mich, ich bin älter als du. Betrink dich, geh mit Tita ins Bett oder hack Holz, aber krieg diese Wut auf dich aus dem System.«

»Ich werde Moses den besten Anwalt besorgen …«

»Der wird ihn nicht vor dem Galgen retten können.«

Neil sah seinen Freund an. »Ich werde alles, aber auch alles unternehmen, um zu verhindern, daß Moses gehängt wird. Hast du seine Pupillen gesehen? Er hat Dagga geraucht. Einen Weißen würde man nicht hängen.« Fiebriges Feuer funkelte in seinen Augen, sein Gesicht war gerötet. »Er hat Sammy damals unter Einsatz seines eigenen Lebens gerettet. Das wird auch ihn retten!«

»Das ist mein Neil«, murmelte Tita schläfrig, »ein Ritter der Tafelrunde. Edel, hilfreich und gut.«

Ein blasses Lächeln huschte über sein Gesicht. »Vergib mir, ich kann nicht anders.«

»Ich weiß«, seufzte Tita, »ich weiß. Paß nur auf, daß keiner von uns Schaden nimmt.«

❖

Noch einmal trennten sich Ian und Henrietta, aber dieses Mal war es nur für wenige Tage. Es gab so viel für sie zu tun, daß die Tage flogen. Sie ließ Schlafzimmer und Badezimmer als Überraschung für Ian renovieren. Aber wie das so ist im Leben, paßten dann die Vorhänge nicht mehr, und der ausgebesserte Dielenfußboden schrie nach einem flauschigen Teppich. Bisher stand ihr Schreibtisch im Wohnzimmer. Um Platz zu schaffen, brach Sandy Millar vom Schlafzimmer eine

Tür zum südlichen Teil der Veranda durch, verglaste diese komplett und legte den gleichen sandfarbenen Teppichboden wie im Schlafzimmer. Der zusätzliche Raum war schmal und lang, etwa zwei Meter fünfzig mal acht Meter fünfzig, aber eignete sich wunderbar als Arbeitszimmer. Durch eine weitere Tür konnte man es von der Straßenseite der Veranda her betreten. So brauchte sie Besucher nicht durchs Haus zu führen. Dienstag abend spät sah sie die Rechnungen durch, als es klopfte, ein weicher, kurzer Trommelwirbel. Befremdet spähte sie aus dem Küchenfenster. In letzter Zeit waren so schwere Überfälle in der Gegend geschehen, daß sie vorsichtig geworden war. Hinter jagenden Wolken kam der Mond hervor und glänzte auf einem blonden Kopf und breiten Schultern. *Benedict!* Ihr Herz begann hart gegen ihre Rippen zu klopfen. Was wollte er? Was gab es noch zwischen ihnen? Sie öffnete die Tür. »Benedict?«
Seine weißen Zähne glänzten in seinem schattigen Gesicht. »Guten Abend, Henrietta Darling, darf ich reinkommen?«
Sie trat wortlos zur Seite. Als er sie in die Arme nehmen wollte, wich sie ihm geschickt aus. »Laß das, Benedict, ich mag das nicht.«
»O Baby, hab dich nicht so, sieh mal, es tut mir entsetzlich leid, was passiert ist, wenn ich dich verletzt haben sollte, bitte ich dich inständig um Verzeihung. Bitte sag, daß du mir verzeihst.« Er ergriff ihre Hand mit der seinen, an der zwei Finger fehlten nach dem Biß der Puffotter. Bevor sie sich wehren konnte, küßte er sie mit weichen, feuchten Lippen.
Sie entriß ihm ihre Hand. »Benedict, laß das! Was ist los, was willst du von mir?«
Zu ihrem Entsetzen fiel er vor ihr auf die Knie, ergriff wieder ihre Hände und versuchte, sie erneut zu küssen. »Henrietta, Liebling, mein Schatz, ich liebe dich, bitte, bitte verzeih mir.«

Es war ihr nur noch peinlich, jedes andere Gefühl war tot. Mit zusammengezogenen Brauen sah sie hinunter auf ihn und überlegte, wie sie ihn schnellstens loswerden konnte. Wie hatte sie je das Greinen in seiner Stimme überhört, das Kriecherische in seiner Haltung nicht gesehen? Sie mußte blind und taub gewesen sein. »Benedict, bitte – es hat keinen Zweck mehr.« Sie versuchte, ihn hochzuziehen.
Forschend sah er ihr ins Gesicht, schweigend, seine Augen wanderten über jeden Zentimeter. Was er dort sah, ernüchterte ihn offensichtlich, denn er stand kommentarlos auf. »Ich hab' gehört, du hast einen Neuen. Da hast du dich ja schnell getröstet, muß ich sagen. Ich dachte, du liebst mich, aber das war ja wohl gelogen. Na, mein Typ warst du ja eigentlich nie so richtig –«, sein Blick berührte sie körperlich, »zu groß, zu – blond«, seine Augenbrauen schossen hoch, als er sah, wie sie zurückzuckte, »ich mag meine Frauen eigentlich klein und zierlich, weißt du, mit schwarzen Haaren und sanften Augen, und feminin müssen sie sein, sie müssen ihren Platz kennen, den Mund halten können, wenn es um Männersachen geht. Aber es gibt da ja Kompensationen, nicht?« Er grinste auf eine unangenehme Art. Grob nahm er ihre Hand, drehte sie, daß ihr Verlobungsring Feuer sprühte. »Ein wenig ordinär, nicht wahr?«
Sie öffnete die Tür. »Raus«, sagte sie ganz ruhig, obwohl es sie ungeheure Mühe kostete, »verschwinde und komme nie wieder.«
Er schlenderte an ihr vorbei, aufreizend, drehte sich in der Tür um, inszenierte einen Kratzfuß. »Good bye, Mylady, ich denke, das wirst du einmal bereuen.« Die Tür fiel hinter ihm ins Schloß.
Schwer atmend lehnte sie dagegen. Ihre Knie zitterten, ihr Herz jagte. *Oh, Ian, beeile dich und laß mich nie mehr allein!* Spontan sprang sie ins Auto und rief ihn aus der Telefonzelle

vor dem Postamt an. Den Impuls, ihn von ihrem neuen Telefon aus anzurufen, unterdrückte sie. Was sie ihm zu sagen hatte, war nicht für Beryls neugierige Ohren bestimmt.

Am zweiundzwanzigsten Januar kehrte Ian zurück. Er sprintete über das Rollfeld, warf seine Koffer auf den Boden und schwenkte sie durch die Luft. »Es hat geklappt, Liebling, wir haben es geschafft. Pete und ich haben uns geeinigt! Ich werde Geschäftsführer seiner Fabrik in Durban, wir werden den Vertrag in Kürze unterschreiben. Ich habe mir aber ausbedungen, daß ich parallel meine eigene Firma gründen und etwas für uns allein aufbauen kann. Was ich machen werde, weiß ich noch nicht, ich werde mich in Ruhe hier umsehen.«

»Hast du den Vertrag von einem Rechtsanwalt prüfen lassen?«

»Pete und ich sind alte Freunde, und sein Anwalt scheint mir sehr gut zu sein, wozu also unnötige Kosten verursachen.«

Sie seufzte anbetend. Er war mit seinen siebenundzwanzig Jahren viel erwachsener und welterfahrener als sie. »Ich bin so stolz auf dich!« Sie grinste ungezogen. »Jetzt müssen wir als erstes ein neues Bett kaufen, meins hat in den letzten Wochen ziemlich gelitten!«

Ians Bruder Patrick kam erst am Abend des vierundzwanzigsten Januar an, dem Tag vor der Trauung. Er war kleiner als Ian, aber das waren viele, vierschrötig mit einem breiten Kreuz, das von körperlicher Arbeit zeugte. Aus seinem wettergegerbten Gesicht, das die Farbe einer Walnuß angenommen hatte, lachten ihr aus einem Kranz von weißen Fältchen die unwahrscheinlich blauen Cargill-Augen entgegen. Er war ihr auf Anhieb sympathisch. Er nahm sie fest in die Arme, küßte sie herzhaft rechts und links auf die Wange und boxte Ian in die Rippen. »Gut gemacht, kleiner Bruder!«

Hinter seinem breiten Rücken tauchte eine zierliche rotblonde Frau auf, ihre Bewegungen und Gesten lebhaft und

schnell, blitzende blaue Augen und ein lachender, roter Mund, der legendäre englische Teint makellos. Sie trug ein Kleid in Apricottönen aus mehreren Schichten flatternden Chiffons. Der Kontrast zu ihrem bodenständigen Mann hätte nicht größer sein können. »Das ist Moira, meine Frau.« Patrick legte seinen Arm um sie.
»Endlich noch eine Frau in der Familie«, trillerte diese, »willkommen. Du mußt mir alles, aber auch alles über deine Modefirma erzählen. Dein Kleid ist phänomenal!«
Sie ist ganz reizend, dachte Henrietta, die eigentlich eine nüchterne Schottin in Tweeds und Gummistiefeln erwartet hatte, metaphorisch gesprochen. Ihr Blick glitt über die zierliche Figur ihrer neuen Schwägerin. »Für dich würde ich gern mal ein Kleid machen.«
»Um Himmels willen«, stöhnte Patrick, »das kann ich mir sicherlich nicht leisten!«
Sie küßte ihn. »Ich näh' mein Namensschild außen auf das Kleid, dann kann ich sie als Reklame abschreiben, und es kostet dich keinen Penny!«

❖

Das Magistratsbüro in Durban war kühl und roch nach Bohnerwachs. Staub flimmerte in den Strahlen der Morgensonne, die aus einem zart verschleierten Himmel durch die vergitterten Fenster schien. Das Büro konnte die gleichzeitige Verwendung als Gerichtsraum nicht verleugnen. Der Magistrat, ein schmalbrüstiger Mann mit armeekurzem, streng gescheiteltem Haar, lächelte und entblößte nikotinverfärbte Zähne. Patrick, Moira, die Robertsons und Glitzy und Duncan nahmen als Zeugen auf der schmalen Holzbank im Hintergrund Platz.
Henrietta und Ian standen, sich fest an den Händen haltend, wie vor einem Richter vor dem erhöhten Schreibpult des Ma-

gistrats. Die Zeremonie war so kurz und so nüchtern, daß sie hinterher auf dem Vorhof stand und nicht glauben konnte, daß durch diese paar dürren Worte ihr Leben für immer verändert wurde, daß sie von jetzt an nicht mehr als Henrietta Tresdorf, sondern als Mrs. Ian Cargill-Nicolai bekannt sein würde.

Ian machte ihr es dann nachdrücklich klar. Er küßte sie so ausgiebig, daß Neil und Duncan in Anfeuerungsrufe ausbrachen. Dann steckte er ihr einen breiten, gehämmerten Goldring auf ihren rechten Ringfinger. »So«, sagte er, seine tiefe Befriedigung war deutlich, »nun hab' ich dich! Jetzt läufst du mir nicht mehr davon!«

Als sie nach Hause zurückkehrten, warteten Sarah, Imbali auf dem Arm, und Joshua an der Gartenpforte. Stampfend, klatschend, lachend drehte sie sich in einem wilden Freudentanz, ihr hohes Trillern stieg schrill in die stille Luft, untermalt von Joshuas cremigem Baß. Henrietta und Ian standen unter dem strahlenden afrikanischen Himmel, ihr Kopf an seiner Schulter. Bougainvillearanken wiegten sich im Wind, winzige Vögel flirrten zwischen den leuchtenden Blütenbüscheln. Über ihnen zog ein Schwarm schneeweißer Ibisse gen Norden. Sie sprachen nicht, es war überflüssig.

Es wurde ein triumphales Fest. Die Glasveranda der Oyster Box war ein kitschiger, prächtiger Traum, Kerzen überall, ein Meer von Rosen, zartrosa Damastdecken, blinkendes Silber, die hohen Rundbogenfenster waren weit geöffnet, von dem sanft atmenden Meer wehte ein feuchtwarmer Seetanghauch herüber. Sie feierten übermütig bis in die frühen Morgenstunden. Bill Haley brüllte ›Rock around the Clock‹, Henrietta schleuderte ihre Schuhe weg und legte mit Ian einen Rock 'n' Roll hin, der alle zu Begeisterungsstürmen hinriß.

»Ich bin sicher, daß keine Bandscheibe mehr an ihrem Platz ist!« kicherte sie, als sie endlich ins Bett sanken.

»Wollen wir sie wieder geraderücken?« flüsterte Ian, und seine Augen glitzerten.

❖

Seit Neil einen Anwalt für Moses besorgt hatte, passierten beunruhigende Dinge. Tita bekam anonyme Anrufe, ihr Hund wurde vergiftet, die Reifen von Neils Auto zerstochen. Heute jedoch schien Schlimmeres passiert zu sein. Tita hielt mit quietschenden Reifen vor Henriettas Haus. Erregt kam sie auf die Terrasse. »Hier, sieh dir das an!« Sie warf einen braunen Umschlag auf den Tisch.

Es war ein Foto. Tita vor ihrem Schminktisch, Sammy spielte zu ihren Füßen. ›Sie haben eine bezaubernde Familie, passen Sie gut auf sie auf‹ war quer über das Bild geschmiert. »Es ist in unserem Schlafzimmer aufgenommen. Jemand ist auf unser Grundstück in den privatesten Bereich vorgedrungen.

Henrietta lief es kalt über den Rücken. »Was macht ihr?«

»Daddy besteht darauf, daß wir bewaffnetes Sicherheitspersonal auf dem Grundstück haben.«

»Was sagt Neil?«

»Neil?« Tita zog ihre Augenbrauen zusammen. »Neil verbeißt sich immer mehr in die Geschichte. Er ist wie besessen. Das hat längst nichts mehr mit Moses zu tun. Er ist im Krieg mit sich selbst. Er haßt den Teil in sich, der in Moses nichts anderes sieht als einen brutalen Wilden. Er kann es sich nicht verzeihen, daß er die Tat nicht von der Hautfarbe des Täters trennen kann. Es ist für ihn zur fixen Idee geworden, daß er Moses vor dem Galgen retten muß.«

❖

Moses' Gerichtsverhandlung wurde für den 19. März 1963 angesetzt und dauerte zwei Tage. Das Presseaufgebot war groß, denn es hatte sich herumgesprochen, daß Julius Kappenhofers Schwiegersohn den Anwalt des Mannes bezahlte, der versucht hatte, seine Tochter zu töten. Der Prozeß machte Schlagzeilen.

»Schuldig oder nicht schuldig?« fragte der Richter.

Moses stand auf und drehte sich um, bis er Tita und Neil zwischen Henrietta und Ian entdeckte. Er hob seine rechte Hand. Sie hatte nur noch drei Finger, und Neil zuckte zusammen. »Es tut mir leid, Madam«, flüsterte Moses, sehr undeutlich, denn ihm waren in der Haft alle Vorderzähne ausgeschlagen worden. Danach sprach er nicht mehr. Während des ganzen Prozesses saß er bewegungslos wie aus schwarzem Stein gehauen auf der Anklagebank.

Sein Anwalt beschrieb, wie er Sammy gerettet hatte. Er ließ einen Gutachter aufmarschieren, der Moses Unzurechnungsfähigkeit attestierte, da er von simpler Natur sei. Allein die Tatsache, daß er, um Sammy zu retten, ins tiefe Wasser sprang, obwohl er nicht schwimmen konnte, beweise das. Obendrein hatte er Dagga geraucht und war in diesem Zustand von ein paar Tsotsies unter Druck gesetzt worden, bei seinem Arbeitgeber einzubrechen.

Der Staatsanwalt nannte Moses einen gemeingefährlichen Verbrecher und forderte die Todesstrafe. Moses' Anwalt hielt ein trockenes, kraftloses Plädoyer und bat um eine milde Gefängnisstrafe. Der Richter, irritiert von dem Presserummel, verurteilte Moses zu zwanzig Jahren, die er im Zentralgefängnis Pretoria verbüßen sollte.

Neil brüllte seine Empörung heraus und bekam prompt eine Ordnungsstrafe von einhundert Rand. Hitzig wandte er sich an Moses' Anwalt.

»Hören Sie, Mr. Robertson«, seufzte dieser und entfernte seine Perücke, »das ist wirklich das Beste, was ich für den Mann herausschlagen konnte. Übrigens, falls Sie mal wieder einen Strafverteidiger brauchen, rufen Sie mich auf keinen Fall an.«

Fotos von Tita und Sammy erschienen in jeder Zeitung im Land, daneben eins von Moses, auf dem er besonders schwarz und brutal aussah.

Nach einer Flut von anonymen Anrufen mußten die Robertsons ihre Telefonnummer ändern. Tita flüchtete sich für Tage zu Henrietta, während eine Horde Fotografen vor ihrem Haus herumlungerte. Neil schrieb einen flammenden Artikel über die Überlebenschancen schwarzer Häftlinge und forderte ein Wiederaufnahmeverfahren für Moses. Sein Chefredakteur rief ihn zu sich.

»Der Feigling hat mich in die Sportredaktion versetzt«, fluchte Neil, als er seine Familie abends bei Henrietta abholte. »Mich! Ich kenn' ja nicht mal die Kricketregeln!« Kopf gesenkt, Schultern hochgezogen, rannte er auf der hölzernen Veranda herum. »Ich werd's denen zeigen. Ich schick den Artikel nach London!«

»Bist du verrückt«, zischte Tita, »willst du uns noch mehr in Gefahr bringen?«

»Hör auf, den Kopf in den Sand zu stecken! Wir sitzen auf einem Pulverfaß. Oder glaubst du, daß dreieinhalb Millionen Weiße fünfzehn Millionen Schwarze und zwei Millionen Inder und Farbige für immer unterdrücken können?«

»Es ist genug, Neil. Du hast Moses vor dem Galgen gerettet, nun hör auf, das Gewissen der Nation zu spielen!«

»Zwanzig Jahre Pretoria Central, Tita, das ist ein Todesurteil! Robben Island wären dagegen Arbeitsferien! Er stand unter Rauschgift, andere haben ihn unter Druck gesetzt. Ich hol' ihn da raus! Jetzt hast du mal Gelegenheit, etwas anderes zu sein als Julius Kappenhofers Tochter, aber du bist zu feige dazu!«

»Bastard!« Tita warf ihm ihr gefülltes Weinglas an den Kopf.

Es zerbarst auf dem Boden.
»Verwöhntes Balg!« brüllte er.
Tita sprang auf. »Ian, könntest du Sammy und mich nach Hause fahren? Du«, sagte sie zu Neil, »kannst dir erst mal ein Hotel suchen!« Wie Kampfhähne standen sie sich gegenüber.
Ian drückte Tita auf einen Stuhl. »Jetzt ist aber Schluß! Ich seh nicht zu, wie sich unsere besten Freunde völlig zerstreiten. Ihr setzt euch jetzt hin, und wir reden darüber. So geht das nicht weiter!«
»Halt dich da raus, alter Junge«, knurrte Neil aggressiv.
Ian richtete sich auf, und der Raum wurde kleiner. »Hinsetzen!« sagte er ruhig.
Bockig warf sich Neil in einen Stuhl.
Plötzlich legte Tita ihre Arme auf den Tisch, verbarg ihr Gesicht darin und brach in Tränen aus. Henrietta erschrak. Noch nie hatte sie Tita weinen sehen. Für kurze Zeit war nur das rauhe Schluchzen zu hören.
»Kannst du nicht verstehen, daß ich einfach Angst habe?« flüsterte sie. »Wenn du so weitermachst, kann auch Daddy dich nicht mehr schützen. Ich werde immer Angst haben müssen, um dich, um Sammy, um uns.«
»Siehst du das nicht etwas dramatisch?« fragte Ian vorsichtig.
»Ihr habt ja keine Ahnung«, fuhr sie hoch, »ihr seht doch nur die Oberfläche dieses Landes. Unseres wunderschönen, herrlichen, paradiesischen Landes«, setzte sie leise hinzu. »Ich habe das Gefühl, unter dem Boden unter mir ist heiße Lava. Ich muß leichtfüßig und vorsichtig gehen, sonst breche ich ein, und die Hölle verschlingt mich. Ich kann so nicht leben!« Sie sah ihren Mann ruhig an. »Ich bin nicht sehr tapfer, weißt du.«
»Tita, wovon redest du?« rief Henrietta.
»Von dem Krieg in unserem Land.«
»Krieg?« Henrietta hob spöttisch ihre Braue. »Tita, du weißt

doch gar nicht, was das ist! Krieg ist für euch die Zeit, als ihr keine Kaugummis kaufen konntet!«
»Es ist nicht wie euer Krieg, Henrietta«, sagte Neil ruhig, »keine klaren Fronten, keine erkennbaren Feinde. Jeder Weiße in diesem Land entscheidet für sich, auf welcher Seite er steht. Du kannst es keinem ansehen, keinem trauen. Es gibt kein gemeinsames Schicksal, das die Nation vereint.« Er kniete vor seiner Frau, hielt ihre Hand. »Titalina, Liebling, ich verspreche dir, vorsichtig zu sein, nichts ohne dein Wissen zu tun. Aber unser Land braucht eine Chance. Kannst du damit leben?«
Tita lächelte, ein bezauberndes, herzerweichendes Lächeln. »Dann laß uns nach Hause gehen.« Zärtlich hob er seine Tochter in die Arme, und sie verließen fest aneinandergeschmiegt das Haus. Tita drehte sich noch einmal um, küßte Ian herzhaft. »Paß gut auf ihn auf, Henrietta, er ist etwas ganz Besonderes.«
»Ich glaub es nicht«, sagte Henrietta, als sie allein waren, »ich will es nicht glauben. Sie dramatisieren! Hier gibt es keinen Krieg. Es ist das friedlichste Land in der Welt.« Flehentlich sah sie Ian an. »Sie übertreiben doch, oder?«
»Wenn Neils Zahlen stimmen, wird das nicht so bleiben. Tita hat recht, unter dem Boden unter unseren Füßen fließt glühende Lava. Wir müssen leichtfüßig und vorsichtig gehen, sonst brechen wir in diese Glut ein.«
»Und die Hölle verschlingt uns«, ergänzte sie und fröstelte.

❖

In Pinetown fand Ian eine freistehende, lichtdurchflutete Halle. Das Grundstück war verwildert, Steine lagen herum, der rostrote, kahle Boden leuchtete sonnenverbrannt durch das spärliche, harte Kikuyugras. Die nächsten Wochen war er vollauf damit beschäftigt, Maschinen auszusuchen und zu bestellen. Ungelernte Arbeiter zu finden war nicht schwierig, jeden Morgen stand ein Haufen von ihnen vor dem Fabriktor. Eine bunte Mischung, Schwarze verschiedener Stämme, indische Muslims und Hindus, Farbige. Auch Weiße, die natürlich eine höhere Stellung erwarteten, sie waren ja schließlich weiß, nicht wahr? Er mußte zwei von ihnen als Fahrer einstellen, denn der Beruf des Lastwagenfahrers war für Weiße reserviert. »Stell dir vor, Farbige dürfen hier keine Lastwagen fahren«, empörte er sich, als er mittags anrief, »die sind total verrückt hier.«

»Honey, vorsichtig, nicht übers Telefon!« Sie redeten noch einen Moment leise. »Ich liebe dich«, flüsterte sie, und ein Glanz lag auf ihrem Gesicht, wie der Widerschein eines Sonnenaufgangs. Er kam meist erst später am Abend, und sie nutzte die Zeit, neue Verkaufsstrategien zu planen. Ihre Kollektion sollte nächste Woche auf der Johannesburger Rand Easter Show, der großen Ostermesse, gezeigt werden, allerdings nur auf Kleiderpuppen. Die etablierten Modefirmen hatten verhindert, daß sie als Neuankömmling gleich eine Schau bekam.

»Mach dir nichts draus«, tröstete Tita, »Neid ist der beste Gradmesser für Erfolg.«

Rand Easter Show, zum ersten Mal vor internationalem Publikum! Eine neue Fabrik wuchs vor ihrem inneren Auge, schon konzipierte sie eine Werbekampagne. Hartes Klopfen an der Eingangstür riß sie aus ihren Träumen. Unmutig öffnete sie.

Zwei Männer in Polizeiuniform standen vor ihr, ein Weißer mit Uniformmütze, der Schwarze barhäuptig mit einem schweren Knüppel in der Hand. Der Weiße tippte mit dem Finger an die Mütze. »Guten Morgen, Madam. Ich bin der hiesige Bantuinspektor.« Sein Blick glitt an ihr herunter und

dann über ihre Schulter in die Tiefe des Hauses, so als suche er etwas. »Sie beschäftigen eine Person namens Sarah Nyembezi.« Es war eine Feststellung, keine Frage.
Vorsichtig nickte Henrietta, unsicher, wo das Problem lag. Sarah hatte Papiere. Soweit sie wußte, war alles in Ordnung. »Wir müssen ihr ein paar Fragen stellen.« Der schwarze Polizist schlug sich als Untermalung der Worte im Takt den Knüppel klatschend in die Handfläche, ein eigenartig bedrohliches Geräusch, und wanderte im Haus umher. Zweifellos auf der Suche nach Sarah. Die aber war wie vom Erdboden verschluckt. Eben noch wurstelte sie im Schlafzimmer herum, und nun war sie weg. Ebenso Imbali. Vor ein paar Tagen war Sarah mit frischen Blutergüssen erschienen. Hatte sie sich geprügelt, jemanden verletzt? »Was ist los, Officer?« Er musterte einen Stapel Post auf dem Tisch. Obenauf lag ein Brief aus Thailand mit exquisiten, bunten Briefmarken. »Warte im Wagen auf mich«, befahl er seinem Kollegen mit einer Kopfbewegung. Der schwarze Polizist trollte sich. »Seltene Briefmarken haben Sie da, Madam, wirklich sehr hübsch.«
Sie begriff sofort. »Oh, tatsächlich? Ich bekomme so viele Briefe aus dem Ausland, und da ich keine Sammlerin bin, weiß ich nichts mit den Marken anzufangen. Darf ich Ihnen ein paar schenken?«
Seine Augen funkelten, als er ihre Schätze sah. »Sehen Sie«, sagte er beiläufig, während er die Marken durch eine Lupe studierte, »diese Sarah soll im Supermarkt Käse gestohlen haben. Ihr droht ein halbes Jahr Gefängnis, mindestens. Wenn wir sie erwischen.«
»Ich glaube kein Wort, Sarah haßt Käse!« *Ich ess' keine schlechte Milch, hatte sie gesagt, und den Käse weggeworfen.*
»Nun«, meinte er, »ich habe diese Sarah ja nicht gesehen, vielleicht war unsere Information falsch.« Er betrachtete eine

Marke und schnalzte mit der Zunge. »Welch eine Schönheit!«
»Bitte, nehmen Sie sie, ich freue mich, wenn sie Ihnen gefällt.« Zu ihrem Ärger stolperte ihre Stimme, fing sich dann aber.
Er nahm die Marke und noch zehn weitere. Dann war der Spuk vorbei, eine Autotür klappte, der Motor heulte auf und verlor sich. Sie rief leise nach Sarah. Das arme Mädchen, sie war sicherlich völlig verängstigt! Lautlos öffnete sich die Kleiderschranktür im Schlafzimmer, und Sarah kroch hervor.
»Sie sind weg, Sarah. Du brauchst keine Angst zu haben.« Tröstend legte sie den Arm um die Schwarze.
Sarah schnaubte verächtlich. »Paviane! Vor denen hab ich keine Angst.« Den Kopf in den Nacken geworfen, stolzierte sie davon.
Henrietta blieb die bohrende Frage, wer ihr das eingebrockt hatte? Carla? Sie spürte wieder den kräftigen, kühlen Leib der Puffotter.
»Die schüttet dir glatt Rattengift in den Tee!« Titas Stimme.
»Hör auf!« schrie es in ihr, »hör auf damit, es war Zufall, eine Verwechslung!« Sie kippte hastig ein Glas eisgekühltes Mineralwasser. Das scharfe, eiskalte Prickeln traf ihren Magen, ihr wurde übel, aber es wirkte ernüchternd. Ihre galoppierenden Gedanken liefen langsamer, ordneten sich. Ein halbes Jahr ohne Sarah! Wem würde es nützen, ihr so zu schaden? Höchstens einem Konkurrenten, davon gab es in der Umgebung Durbans nur zwei, und die waren von so empfindsamer Natur, daß sie bei der Vorstellung lächeln mußte. Cecil war eine kleine Viper, aber wirklich hinterhältig und bösartig war er nicht. Seine Waffe war seine geschliffene Zunge und seine unfehlbare Nase für große und kleine gesellschaftliche Skandale. Rudolfo dagegen, ein durchsichtiges, kleines Männchen, zart von Gestalt und Gemüt, brauchte seine ganze

Kraft, um unter der Last seines Lebens nicht zusammenzubrechen. Sein Freund, mit dem harten Namen Flanagan, ein blasser, unheimlicher Kerl von vierschrötiger Statur, neigte eher dazu, einen Widersacher mit einem Fausthieb zu Boden zu strecken, als ihn hinterrücks zu denunzieren. Es war ein Zufall, entschied sie, und damit war die Sache erledigt.

Sie versuchte, Ian anzurufen, der für ein paar Tage nach Kapstadt geflogen war. Aber wie so häufig war die Leitung belegt, Beryl hielt mal wieder eines ihrer Dauergespräche. Frustriert warf sie den Hörer auf die Gabel und fuhr zur Telefonzelle vor dem Postamt im Ort. Aber Ian war nicht zu erreichen, sie war allein mit der Last ihrer Gedanken. Bedrückt machte sie sich auf den Heimweg. Die Straßen waren menschenleer, die Nachmittagshitze schimmerte über dem Asphalt.

Plötzlich brüllte eine Lautsprecherstimme durch die singende Stille. »Hallo, Miss Henrietta, geht es Ihnen gut?«

Der Nachhall brandete wie eine Welle gegen sie, der Schreck traf sie körperlich. Sie trat auf die Bremse.

»Heiß heute, nicht wahr?« schepperte es blechern. »Soll ich Sie zu einem Tee einladen?«

Unruhig suchte sie die Umgebung mit den Augen ab. Auf der anderen Seite der Kreuzung, unter den tiefhängenden Zweigen eines dornigen Akazienbaumes, halb verdeckt, wurde die tieferstehende Sonne von der Kühlerhaube eines Autos reflektiert. Ohne diesen Lichtblitz hätte sie es nicht gesehen, das staubige Beige der Karosserie wirkte als Tarnfarbe. In dem Fahrzeug ohne Polizeimarkierung saß ein weißer Polizist. Er grüßte lächelnd mit zwei Fingern lässig an der Mütze. Versteinert saß sie hinter dem Steuerrad, konnte keinen klaren Gedanken fassen. Wartete er hier etwa auf sie? Wie häufig parkte er, unsichtbar, unter diesem Baum? Beobachtete er sie? Was wollte er? Mechanisch, wie eine Marionette, hob sie ihren Arm zum Gruß, dehnte ihren Mund zu einem Lächeln.

Bloß weg von hier! Mühsam widerstand sie dem Impuls, mit Höchstgeschwindigkeit nach Hause zu rasen. Sie zwang sich, langsam zu fahren. Nur nicht auffallen, kein Mißtrauen erregen. Normal erscheinen. Erst ein paar hundert Meter vor ihrem Haus fiel ihr ein, daß sie keinen Grund, wirklich gar keinen Grund hatte, vor der Polizei davonzulaufen. Sie trat auf die Bremse und ließ den Wagen langsam auf die Kreuzung zurückrollen. Das Auto war weg! Reifenspuren im lockeren Sand bestätigten ihr jedoch, daß es kein Hirngespinst gewesen war.

Für Tage saß das unbehagliche Gefühl zwischen ihren Schulterblättern. Sie ertappte sich, daß sie unterwegs ihre Umgebung sehr genau beobachtete, unbekannte Gesichter in bekannter Umgebung registrierte. Besonders Männer, die kein Ziel zu haben schienen, erregten ihr Mißtrauen. Den weißen Polizisten sah sie Sonnabend wieder. Er trug Zivil und stand vor der Apotheke, scheinbar zufällig. Regungslos lehnte er an der Wand, ein Bein abgewinkelt. Um ihn herum strömte laut und farbig die sonnabendliche Menge. Eben wollte sie sich gesenkten Kopfes an ihm vorbeistehlen, da bemerkte sie seine Augen. Ohne den Kopf zu wenden, erfaßten seine flinken Augen alles. Sie sprangen von Mensch zu Mensch, nicht ein Gesicht entging ihm. Sein Stillhalten verriet sich in den gespannt als Strang hervorstehenden Beinmuskeln als höchste Konzentration. Sie hatte er längst entdeckt und grüßte sie mit einem Nicken.

»Ich glaube, ich werde langsam paranoid«, sagte sie zu Ian, als sie ihn abends vom Flughafen abholte.

»Da bist du in guter Gesellschaft, Paranoia ist hier endemisch. Mach dich bloß nicht verrückt, der Mann wollte sich sicher nur einen Scherz erlauben.«

»Das erklärt aber nicht die Sache mit Sarah.«

»Das war Zufall, verlaß dich drauf!«

Das leuchtete ihr ein. Die Fähigkeit aber, Personen zu erkennen, die nicht ins Bild paßten, die zu ruhig standen und deren Augen zu unruhig waren, die ihre angespannte Wachsamkeit mit lässiger Körperhaltung tarnten, verlernte sie nie wieder. Es irritierte sie, wie eine schlecht verwachsene Narbe.

Zehntes Kapitel

OBWOHL IAN VOLL eingespannt war, rief er mindestens zweimal am Tag an. »Pete kommt nächste Woche aus Kapstadt. Er wird einige seiner Maschinen hierher transferieren, so begrenzen wir die Investition an Barmitteln für das laufende Jahr dreiundsechzig. Wir haben so viele Anfragen, wenn nur die Hälfte davon wahr wird, haben wir schon genug für dieses Jahr verdient!« Sein Ton wurde intim. »Wie geht es dir heute, Liebes?«

»Besser. Es war bestimmt irgendein Virus.« Seit einiger Zeit kämpfte sie mit Übelkeit und gelegentlichem Erbrechen. »Ich habe einen Heißhunger auf saure Gurken, Schokoladenpudding und Curry.«

»Merkwürdige Mischung! Übrigens ein riesiger Sardinenschwarm wird vor der Küste erwartet, der erste seit drei Jahren. Für gewöhnlich erscheinen die Sardinen pünktlich jedes Jahr wie jetzt Anfang Juli. Laß uns morgen zur Tiefebbe zum Strand fahren, es soll ein unglaubliches Spektakel sein.«

Der nächste Tag war feucht und windig, der Strand schwarz mit Menschen. Jeder trug irgendein Gefäß bei sich, Eimer, Schüsseln, Säcke. »Da kommen sie!« schrie ein Junge aufgeregt und rannte in die Wellen. »Seht ihr sie?«

Die Meeresoberfläche kochte, Milliarden silbern blitzende Fische drängten sich von der offenen See zum flachen Wasser vor, um zu laichen. Wie Blitze schossen sie durch die Luft, schlugen ihre Schwänze das Meer zu Schaum. Viele sprangen heraus und landeten nicht im Wasser, sondern auf den lük-

kenlos aneinandergepreßten Rücken der anderen Fische. Sie flappten über die geschlossene Fischdecke, verzweifelt auf der Suche nach einem Loch, um in ihr Lebenselement zurückzukehren. Eimerweise schaufelten die Leute die Fische heraus. Manche zogen einfach ihre T-Shirts aus, verknoteten sie zu einem Sack und füllten sie mit den zuckenden Sardinen.
Auch Ian und Henrietta standen bis zu den Oberschenkeln im Wasser und schaufelten ihre Eimer voll, wie im Rausch. »Wann sollen wir die bloß essen?« stöhnte sie und schleppte ihren Eimer an Land. Sie hatte genug. Andere kippten die Sardinen einfach in flache Sandkuhlen, in denen sie, paniert wie Bratheringe, langsam verendeten. Es stank fürchterlich. Schwärme von Fliegen saßen als schwarze, wimmelnde Kruste auf den toten Sardinen. Ihr wurde hundeelend. Sie setzte sich in den Sand, verbarg ihren Kopf in den Armen und atmete tief durch. Ihre Lungen füllten sich mit dem Geruch der verwesenden Fische, und sie übergab sich in hohem Bogen. Bleich und zittrig watete sie durch die glitschigen Fischmassen zu Ian. »Honey, mir ist so schlecht, ich möchte nach Hause!«
Er legte seinen Arm um sie und führte sie vorsichtig zum Auto. »Ich werde sofort Dr. Tobias anrufen.«
Der Arzt mit den dunklen, ausdrucksvollen Augen in dem überanstrengten Gesicht untersuchte sie, dann legte er seine Hand auf die ihre. »Keine Angst, Mrs. Cargill, ihrem Baby geht es gut.«
»Baby?« fragte sie fassungslos, und dann war Ian schon da, ihm liefen die Tränen über das Gesicht, als er sie in die Arme nahm. »Wir kriegen ein Baby, Liebes, unser Baby.«
»Sie sind schätzungsweise in der zehnten oder elften Woche«, sagte Dr. Tobias, »es geht Ihnen sehr gut, aber es ist eine kritische Zeit, da passiert eine Fehlgeburt ganz leicht.

Also keine schweren Sachen tragen, alles etwas langsamer angehen.«
Ian streichelte ihre salzverkrusteten Haare. »Kein Wunder, daß dir ständig schlecht war, Liebling, die Kleine hat deine Hormone durcheinandergebracht.«
»Kleine?« Sie lächelte schwach. »Vielleicht ist es ein Kleiner!«
Nachts lag sie lange wach. Durch die dünnen Vorhänge fiel ein blasses, geisterhaftes Licht. Ihre Haut schimmerte grünlich. Sie betastete ihren Bauch unterhalb des Nabels, versuchte zu fühlen, ob er sich schon wölbte. Aber ihre Fingerkuppen entdeckten nichts. Für sie war ihr Bauch wie immer. Fest, glatt, ohne fühlbare Wölbung.
Ein Baby!
Ein winziges menschliches Wesen, schon jetzt mit unverwechselbaren Eigenschaften, Ians und ihr Kind, wuchs in ihr.
»Ich liebe dich«, murmelte sie. Es klang wie ein Gebet. Dann schlief sie unvermittelt ein. Als sie aufwachte, zeigte der obere Teil der Tüllgardine den Goldschimmer der aufgehenden Sonne.
»Guten Morgen, Liebling«, sagte seine Stimme leise. Er streckte seine Hand hinüber und suchte ihre. »Geht es dir besser?«
Sie streichelte zärtlich ihren Bauch. »Hallo, Kleines«, wisperte sie.
»Kleines?« fragte Ian, »wer?«
Sie strahlte. »Ich konnte nicht schlafen und hab' mich mit ihm unterhalten, fast die ganze Nacht – ich hab ihm gesagt, daß wir ihn lieben …«
Nun schien Ian zu begreifen. »Ihn?« fragte er neckend.
»Ihn!« bestätigte seine Frau. »Jan.«
»Julia!« berichtigte Ian.
»Nun, gut, Julia oder Jan.« Neugierig befühlte sie ihren

Bauch. »Ob die kleine Wölbung da unten wohl schon das Baby ist?«

Sarah, die eben hereinkam, lachte laut und setzte das Frühstückstablett ab. Spiegeleier, gebratene Würstchen, Schinkenspeck, dampfender Kaffee. »Oh, Madam, das Baby ist noch viel zu klein!« Sie zeigte mit ihren Fingern etwa die Größe einer Erbse, »Sie müssen noch viel essen, damit es größer wird. Madam ist viel zu dünn.« Sie machte ein vorwurfsvolles Gesicht und klickte mit der Zunge. »Der Master verdient doch genug, warum ißt Madam nicht mehr? Afrikanische Männer wollen große, fette Frauen, damit jeder sehen kann, daß sie es sich leisten können, ihre Frauen zu mästen.« Sie drehte sich um und wackelte demonstrativ mit ihrem imposanten, knackigen Hintern.

Henrietta lachte so hart, daß sie sich verschluckte. Sie hustete, inhalierte den Geruch der Spiegeleier mit Speck und übergab sich. »Das kann doch nicht normal sein«, keuchte sie. Sie verkroch sich unter der Decke. Nichts haßte sie mehr, als sich übergeben zu müssen. »Ich rufe Tita an, die muß es ja wissen!«

»Ein Baby?« schrie Tita ekstatisch durchs Telefon, »ich auch!«

»Was heißt das, du auch?«

»Das heißt, daß ich gestern entdeckt habe, daß ich Nummer zwei bekomme. Bleib liegen, rühr dich nicht, ich komme sofort rüber. Mir geht es prächtig, ich spucke bloß alle halbe Stunde!«

»Sie spuckt alle halbe Stunde«, berichtete sie Ian mit einem glücklichen Lächeln. »Du kannst getrost ins Büro gehen, alles ist in Ordnung, Tita kommt gleich. Wir werden wie die Hennen zusammenglucken und unsere Babys ausbrüten. Gib mir einen Kuß, Liebling, du kannst jetzt beruhigt gehen. Ich passe schon auf Jan auf.«

Ian küßte sie hingebungsvoll. »Julia!« sagte er, und sein Lächeln reichte von einem Ohr zum anderen.
Sie legte sich zurück ins Kissen. Sie war froh, ihn so glücklich zu sehen, denn geschäftlich hatte er Sorgen. Seit geraumer Zeit gab es immer häufiger Streitereien mit Pete Marais. Selbstherrlich traf Pete Entscheidungen, machte sich nicht die Mühe, es Ian mitzuteilen, aber hatte ihn mehr als einmal für die Folgen verantwortlich gemacht und behauptet, er habe schließlich alles gewußt. Nun hatte er ihm kürzlich einen Inder, Mr. Naidoo, als Verwalter geschickt.
»Wozu brauchen wir einen Verwalter?« wütete Ian abends, »der Mann steht nur herum und verbreitet Unruhe!« Er rannte aufgebracht auf der Veranda herum. »Ich habe einen Verdacht, obwohl ich mich weigere, das zu glauben …«
Sie legte die Arme um ihn. »Welchen Verdacht, erzähl es mir, dann wird es dir vielleicht klarer.«
Er warf sich krachend in den Korbsessel und starrte hinaus in die indigoblaue Nacht. »Ich glaube, Naidoo ist ein Spitzel, ich glaube, er soll alles, was ich tue und sage, Pete berichten.«
Ihre Kopfhaut begann zu prickeln. »Wie kommst du darauf?«
»Ich kann es dir nicht sagen, es gibt da nichts Bestimmtes – nur so ein Gefühl. Blicke, die ich aufgefangen habe, Telefongespräche, die er abbrach, wenn ich in den Raum kam, Sachen, die Pete plötzlich wußte, obwohl er sie eigentlich nicht wissen konnte.«
Sie erinnerte sich noch genau an das ungute Gefühl, das sie beschlich, als sie Pete Marais kennenlernte. Für einen Moment erschien es ihr, als bewege sich der Boden unter ihren Füßen. Eine Vorahnung legte sich wie ein erstickendes Tuch über sie. Nach Sekunden war der Spuk vorbei.
Aber die Vorfälle häuften sich. Pete lieferte fehlerhaftes Material, das aber trotzdem sein Werksprüfsiegel trug. Ian, da-

durch getäuscht, verarbeitete es. Als bei einigen der daraus gefertigten Bootsrümpfe Risse auftauchten, bestritt Pete, daß das Material das Werksprüfsiegel getragen hatte, und tatsächlich war es auf den Restpartien nicht mehr zu finden.
»Ich konnte die Stellen sehen, wo jemand das Siegel abgekratzt hat«, sagte Ian bitter, »ich weiß nicht, was in Pete gefahren ist! Das einzig Erfreuliche im Moment ist der neue Vorarbeiter Vilikazi. Er ist intelligent und will etwas lernen. Ich bilde ihn mir als Mechaniker aus. Das ist zwar gegen das Gesetz, Schwarze dürfen nicht als Mechaniker arbeiten, aber das macht mich unabhängiger von Pete.«
Es tat ihr weh, daß sie ihm nicht wirklich helfen konnte, sie konnte ihm nur zuhören und vorsichtigen Rat geben. Sie lehnte sich in die Kissen und schloß die Augen.
Erst die laute Stimme ihrer Freundin weckte sie nach einer dreiviertel Stunde. Tita stürzte herein. »Henrietta«, sie küßte sie herzhaft, »das ist ja toll, seit wann weißt du es?« Sie warf sich in den Sessel und streckte ihre Beine aus, ließ die Arme schlaff über die Lehnen hängen und machte ein Geräusch wie ein Fußball, dem die Luft entweicht. »Puh, ist mir übel«, lachte sie, »viel schlimmer als bei Sammy, muß wohl ein Junge werden! Sarah!« schrie sie. »Ich bin am Verdursten!«
»Yebo, Ma'am.« Sarah erschien ungewohnt prompt.
»Wie wär's mit einem klitzekleinen Sekt, Henrietta?«
Ihre Freundin schüttelte den Kopf. »Mir wird schon schlecht bei dem Gedanken.«
Tita seufzte. »Also dann Tee, Sarah, aber bring uns ein paar Kekse, ich muß was im Magen haben, wenn ich wieder spucken muß!« Sie holte Strickzeug hervor und begann, angestrengt Masche für Masche abzustricken. »Ich krieg immer schrecklich merkwürdige Anwandlungen, wenn ich schwanger bin, sonst rühr ich doch keine Stricknadel an.«
»Man sieht's«, amüsierte sich Henrietta, »was wird das?«

Tita drehte ihr Gestrick. »Ich glaube, ein Jäckchen, aber ganz sicher ist es noch nicht. Also, das Thema des Tages: Benedict und Carla haben am letzten Wochenende im Juni geheiratet. Hast du gehört? Es soll eine tolle Hochzeit gewesen sein, Gertrude hat alle Register gezogen.«

»Ja, hab ich. Sie verdienen einander. Wo werden sie wohnen?«

»Auf der Beaumont-Farm. Glitzy hat mir erzählt, die es von Cori hat, daß sie dort ein Golf-Hotel planen. Alle Bankdirektoren Durbans suchen das Weite, wenn sie am Horizont erscheinen. Ein Golf-Hotel! Welch eine Schnapsidee! Wer nach Natal kommt, will sich am Strand in die Sonne legen oder Wellen reiten und tauchen, allenfalls im Busch herumkriechen und Tieren auflauern, aber doch nicht eine kleine weiße Kugel über einen Rasen schieben. Das machen doch nur alte Leute.«

»Die haben meist das Geld. Außerdem ist das Klima da oben nicht so feuchtheiß wie hier und im Winter nicht so stürmisch.« Plötzlich traf sie eine Welle von Übelkeit. Die Hand vor den Mund gepreßt, raste sie ins Badezimmer und übergab sich.

Tita grinste ungerührt, als sie schweißgebadet wieder ins Bett kroch. »Daran gewöhnst du dich schon. Meist ist es nach drei Monaten vorbei, aber eine Freundin von mir hat sich noch im Entbindungszimmer übergeben.«

Sie rechnete nach. Grob geschätzt, noch sechseinhalb Monate, einhundertzweiundachtzig Tage etwa. Jans entzückendes Abbild in ihren Gedanken verblaßte erheblich.

Es wurden präzise zweihundertunddrei Tage, und das letzte Mal übergab sie sich am 18. Januar 1964 auf dem Flur vor dem Entbindungszimmer. Die Schwester, die ihr Bett rollte, ergriff geistesgegenwärtig einen Papierkorb und hielt ihn ihr hin.

»Es könnten Zwillinge werden«, hatte Dr. Tobias während der Routineuntersuchung an diesem Morgen gesagt und sie durch dicke Brillengläser angeblinkt. »Sie haben wirklich sehr viel zugenommen.«
»Zwillinge!« rief Ian konsterniert. Die Emotionen jagten über sein Gesicht wie Wolken über einen stürmischen Himmel. »Um Himmels willen, wie nennen wir Julias Schwester?«
Sie lachte laut los und wollte gerade antworten, da setzte die erste Wehe ein. »Wie wäre es mit Jan?« japste sie.
Erst kam Julia, und dann, nach einer dreiviertel Stunde, kämpfte sich boxend ein rotgesichtiges, zerknautschtes kleines Wesen ans Tageslicht, das sofort mit einer derartigen Lautstärke losbrüllte, daß es einen Moment dauerte, bevor Henrietta die Worte des Arztes verstand. »Es ist ein Junge, Henrietta.«
»Gut gemacht, mein Herz, oh, wie gut hast du das gemacht«, flüsterte Ian, als er einige Zeit später seine kleine Familie sehen durfte, und küßte sie. Dann hob er seine beiden schlafenden Kinder mit unendlicher Behutsamkeit hoch, bewunderte andächtig ihre zarten Glieder. »Laß uns noch viele von ihnen machen, Liebling.«
Henriettas Lächeln fiel etwas schief aus, nicht sehr enthusiastisch. Sie fühlte sich, als hätte sie ein Zehntonner überfahren, und ein Feuer brannte zwischen ihren Beinen, wo Dr. Tobias einen langen, zackigen Riß nähen mußte. Wie alle Eltern seit Beginn der Menschheit entdeckten sie das größte Weltwunder ganz für sich aufs neue. Sie bewunderten verzückt die winzigen Händchen und Füßchen, küßten die unbeschreiblich weichen, vom Schlaf geröteten Bäckchen und berauschten sich an dem süßen, frischen Geruch ihrer Haut. Zärtlich nahm sie ihre Kinder in den Arm, die sofort fordernd ihre Brust suchten. Bald war das einzige Geräusch in

dem hellen, sonnigen Zimmer das leise Schmatzen der gierigen kleinen Münder. Ian hielt Henriettas Hand, ganz fest, und sie liebte ihn mehr als je zuvor für die hilflose Zärtlichkeit, die seine Züge weich machte und seine Augen feucht. Es fiel ihm sichtlich schwer, seine kleine Familie auch nur über Nacht allein zu lassen.

Nächsten Morgen schob Tita ihren Bauch durch die Tür. »O Gott, ich hoffe, dieses Wurm schlüpft bald. Ich fühl' mich fett und aufgedunsen, schrecklich«, stöhnte sie. Überschwenglich küßte sie ihre Freundin und lud einen Stapel Babywäsche ab, einer rosa, einer hellblau. »So, und nun stelle mir Jan und Julia vor!« Mit leuchtenden Augen wandte sie sich den Babys zu.

Schon vor dem Mittagessen tauchte Ian wieder auf, hinter einem gigantischen Rosenstrauß. »Tita. Du siehst aus, als würdest du gleich platzen. Hallo, Liebling!« Er küßte sie vorsichtig, denn Julia und Jan bekamen gerade ihr Mittagessen. »Darf ich sie streicheln, oder fühlen sie sich dann gestört?«

Sie lachte laut. »Diese kleinen Vampire? Bestimmt nicht, die stört gar nichts bei ihrer Mahlzeit.« Sie strich ihm liebevoll über die Wange. »Was ist, Liebling, du siehst besorgt aus.«

»Sarah ist verschwunden.«

»Was heißt das?«

»Ich hab sie zum Gemüsemann geschickt, und sie ist nicht wieder zurückgekommen.«

»Hat sie etwas angestellt, oder hast du sie getadelt?«

»Nein, hab ich nicht, im Gegenteil, ich hab ihr und Joshua zwanzig Rand gegeben, damit sie die Geburt der Zwillinge feiern können.«

»Was hat Sarah gesagt?«

»Danke, Master«, hatte Sarah gesagt und das Geld mit ausgestreckten Handflächen genommen. »Zwillinge?« fragte

sie, während sie das Geld zusammengefaltet in die Schürzentasche steckte.
»Zwillinge«, bestätigte Ian, »Julia und Jan. Meine Frau kommt in wenigen Tagen nach Hause. Wir müssen das Haus auf Hochglanz polieren und überall Blumen hinstellen.«
Sarahs Augen hatten einen abwesenden Ausdruck angenommen. Ihr Blick schweifte durch das Küchenfenster hinaus über die Baumwipfel. »Zwillinge«, murmelte sie. Noch immer abwesend vor sich hin starrend, band sie ihre Schürze ab, legte sie ordentlich über einen Küchenstuhl und ging hinaus.
»Danach war sie verschwunden. Niemand weiß, wohin«, beendete er seine Erzählung.
»Hm«, machte Henrietta und bewegte vorsichtig einen Arm. Unter dem warmen Gewicht von Jan begann er zu kribbeln. »Klingt komisch. Ich befürchte, daß sie uns verlassen hat.«
»Und warum? Sie hat es doch wirklich gut bei uns.«
»Oh, nein, das ist es nicht. Unsere Sarah ist nicht dumm. Sie weiß sicherlich, wieviel Arbeit durch die Zwillinge auf uns zukommt. Sie hat beschlossen, daß sie daran nicht teilhaben möchte.«
»Du meinst, sie ist einfach abgehauen?«
»Das sagte ich schon.«
»So ein Mist! Und was sollen wir nun machen?«
»Oh, macht euch nicht allzuviel Sorgen«, sagte Tita, »ich bin sicher, in kürzester Zeit steht eine Neue vor der Tür. Du kennst doch die Buschtrommel!« Sie küßte Henrietta. »Es würde Sarah ähnlich sehen, daß sie euch sogar jemanden schickt. Ich muß jetzt gehen. Sagt Bescheid, wenn ihr Probleme habt, ein Mädchen zu finden.« Auf dem Weg zur Tür blieb sie plötzlich stehen. Mit einem verklärten Lächeln legte sie die Hand auf ihren Bauch. »Es kommt, dem Himmel sei Dank, es kommt!« Stöhnend sank sie in einen Stuhl und krümmte sich.

Ian rannte hinaus und kehrte kurz darauf mit dem Doktor wieder. Zehn Minuten später wurde Tita auf einer Liege hinausgefahren. »Viel Glück!« rief Henrietta hinter ihr her. »Halte durch!«
Julia öffnete mit einem Schmatzlaut ihre rosigen Lippen, ließ die Brustwarze los und fiel entspannt wie eine kleine Stoffpuppe zurück in den Arm ihrer Mutter und schlief prompt ein.
»Sind sie nicht entzückend?« flüsterte diese verklärt, in die zarte, süße Grube der Natur fallend. Sie streichelte die schlafwarme Wange. »Trotzdem könnte ich Sarah erwürgen! Mich gerade jetzt im Stich zu lassen. Wirst du zurechtkommen, Liebling? Du kannst ja zum Essen gehen, nicht wahr?«
Er lächelte amüsiert. »Ich werd' schon nicht verhungern.«
Und tatsächlich, am Tag ihrer Rückkehr nach Hause stand ein schüchternes schwarzes Mädchen vor der Tür. »Madam braucht ein Mädchen«, erklärte sie mit gesenktem Kopf. »Ich bin Muriel.«
»Hat dich Sarah geschickt?« fragte Henrietta.
»Sarah?« Muriel ließ ihren Blick vage herumwandern.
»Ja – hat dich Sarah geschickt?«
Muriel kicherte hinter vorgehaltener Hand, goldene Lichter tanzten in den dunklen Augen, und Henrietta hatte das ausgeprägte Gefühl, daß sie sich über sie lustig machte. Nicht bösartig, eher so, als sei sie leicht verrückt. Sie fragte nicht weiter. Nach drei Tagen erkannte sie, welch eine Perle Sarah gewesen war. Nichts klappte mit Muriel. Sie war von untersetzter Gestalt und ziemlich übergewichtig. Sie stöhnte bei der Arbeit, und Bücken schien ihr schwerzufallen. Außerdem schwitzte sie sehr stark.
»Sie riecht ungewaschen«, knurrte Ian am dritten Morgen schlechtgelaunt. »Kannst du ihr das nicht sagen?«

Henrietta verdrehte die Augen. »Honey, gib ihr etwas Zeit. Vergiß nicht, wieviel Arbeit ihr hier aufgebürdet wird.«
»Sarah roch nicht.«
Eins der Kinder weinte. Sie schliefen in ihrem Arbeitszimmer. Sie hatte ihren Schreibtisch in eine Ecke gerückt, bunte Tierfiguren und gelbgepunktete Vorhänge aufgehängt. Zwei gelblackierte Bettchen und ein ebenso gelber Schrank machten es zum Kinderzimmer. Als praktisch erwies sich der direkte Zugang vom Schlafzimmer. Nachdem sie Julia gewickelt und beruhigt hatte und sich eben leise aus dem Zimmer stehlen wollte, um wenigstens ihren inzwischen eiskalten Kaffee auszutrinken, brüllte Jan los, und in kürzester Zeit schrien sie im Duett. »Ich liebe meine Kinder«, murmelte sie beschwörend, »auch wenn sie brüllen und ich zusammenbreche, ich liebe sie.« Während der Mittagspause ging sie zum Khaya und brachte Muriel Waschpulver und Seife. Hoffentlich verstand sie den Hinweis!
Die Seife verschwand, Muriels Ausdünstungen nicht. Henrietta seufzte und schickte sie unter die Dusche, Muriel verbrannte prompt das Gulasch. Ihre Kochkünste waren so katastrophal, daß Henrietta auf Ians flehentlichen Blick hin das Kochen wieder übernahm. Muriel quittierte es mit mürrischem Widerwillen. »Alle Madams lassen ihre Mädchen kochen«, brummte sie. Verdrossen schweigend schlurfte sie mit düsterer Miene durchs Haus, knallte mit dem Besen gegen Möbelbeine, klapperte aufreizend mit dem Geschirr und roch.
Am Abend des achten Tages rutschte Henrietta in der Küche aus. Muriel hatte eben gewischt, wie üblich mit zuviel Seife, und der Boden war noch naß und glitschig. Henrietta schlug mit dem Kopf gegen den Ausguß und für einige Sekunden wurde ihr schwarz vor Augen, ein dumpfes Dröhnen blokkierte ihre Ohren. Benommen saß sie für ein paar Minuten

am Boden, ehe sie ins Wohnzimmer schwankte. Dort fand sie Ian. Sie lehnte schweißgebadet in ihrem Sessel. »Honey, ich weiß nicht, was mit mir los ist, ich fühle mich so entsetzlich schwindelig. Ich glaube, ich muß mich gleich übergeben.«
Dr. Tobias kam und stellte eine Gehirnerschütterung fest. »Bettruhe, Henrietta, und zwar streng. Für mindestens eine Woche. Haben Sie eine gute Haushilfe?«
»Ich schick dir Gladys rüber«, bot Tita an, »abends, wenn sie hier fertig ist, kann sie noch für ein paar Stunden zu dir kommen.«
Henrietta verzog das Gesicht. Typisch Tita Robertson, geborene Kappenhofer. Dickie, ihr kleiner Sohn Richard, war einen Tag jünger als die Zwillinge. Sie konnte unmöglich Gladys zumuten, nach einem anstrengenden Tag in Titas Haushalt noch in diesem Tollhaus nach dem Rechten zu sehen.
»Ich werd's schon schaffen«, knurrte Ian und nahm sich für zwei Wochen Urlaub.
Es wurde zu einer Tortur. Da Ians Kochtalent noch weniger ausgebildet war als das der jungen Schwarzen, mußte diese kochen. Es schmeckte gräßlich. Muriel seufzte und ächzte bei jedem Handschlag, kein Lächeln erhellte ihr dunkles Gesicht, ihr stechender Geruch hing in allen Räumen. Frustriert, mit rasenden Kopfschmerzen und einer nicht weichenden Übelkeit, lag Henrietta im Bett. »Was ist nur mit ihr los?« Sie war ratlos.
Sie sollte es nie herausfinden. Nachdem sie, die normalerweise eine Engelsgeduld hatte, sich lautstark über verbrannte Kartoffeln beschwert hatte, verschwand Muriel eine Stunde später und tauchte nie wieder auf.
»Verdammt!« schrie Henrietta und sank zurück in die Kissen. Ihr Kopf schien zu platzen.
»Honey, reg dich nicht auf«, tröstete sie Ian, »ich werde mit

Gladys und Jackson reden. Wir werden ein neues Mädchen finden.«

Erschöpft schlief sie in seinen Armen ein. Morgens um halb sechs weckte sie das wütende Geschrei von Jan, der in wenigen Sekunden seine Schwester aufweckte, die sofort versuchte, ihn an Lautstärke zu übertrumpfen. Stöhnend schlug Ian seine Bettdecke zurück. »Ich hol die beiden, dann können wir vielleicht noch ein bißchen schlafen, während sie frühstücken.«

Aber sie hielt ihn zurück. »Hör mal, sie sind ruhig. Ganz plötzlich!« Sie setzte sich vorsichtig auf und wartete auf den Moment, bis das Zimmer um sie herum wieder aufhörte, sich zu drehen. »Da ist irgend etwas passiert!«

Er drückte sie in das Kissen zurück. »Ich seh nach.« Kurz darauf hörte sie ihn lachen. Sekunden später flog die Tür auf und Sarah kam herein, mit kompetentem Griff Jan und Julia im Arm haltend, die zufrieden an ihren Fäustchen nuckelten. »Guten Morgen, Madam, die Kinder sind hungrig.« Mit diesen Worten ließ sie die beiden in die Arme ihrer Mutter gleiten. »Ich werd' das Frühstück machen.«

Henrietta war dermaßen verblüfft, daß sie kein Wort hervorbekam. Und dann überwältigte sie einfach ein so köstliches Gefühl der Erleichterung und Entspannung, daß sie anfing zu heulen.

»Sie stand einfach in der Tür«, erzählte sie Tita später, neben sich einen starken, dampfenden Kaffee, zu ihren Füßen, in ihren Bettchen die frischgewickelten, zufrieden schlafenden Zwillinge. »Als ich sie fragte, wo sie gewesen sei, meinte sie einfach nur, zu Hause. Woher wußte sie, daß ich sie brauchte? Sie ist in der äußersten Ecke Zululands zu Hause, irgendwo bei Emangusi. Es gibt dort weit und breit kein Telefon und keine Transportmöglichkeit.«

»Sie zahlt eine Schuld bei dir ab«, antwortete ihre Freundin,

»du mußt ihr irgendwann einmal sehr geholfen haben. Jemand hier wird ihr berichtet haben, daß du sie brauchst.«

Eine Schuld? Imbali? Die Sache mit dem Bantuinspektor?

Weise geworden, stellte Henrietta schleunigst ein junges Mädchen namens Gracie ein, das Sarah bei der Hausarbeit half. Sarah trällerte zufrieden durch das Haus, tyrannisierte Gracie und verwöhnte die Zwillinge gnadenlos. Frieden kehrte ein in das kleine weiße Haus am Hang.

Überraschend riefen ihre Eltern an, um zu gratulieren. »Ein Stammhalter, gut gemacht, Deern«, sagte Papa, hörbar stolz. »Du mußt in Afrika sehr auf Hygiene achten«, riet Mama, »ich habe von Gertrude gehört, daß ein Negerkind bei euch wohnt. Das geht natürlich nicht!«

»Mama, das ist Imbali, Sarahs Tochter. Sie liebt die Zwillinge, sie gehört zu uns.« Henrietta stand im Kinderzimmer. Imbali hockte an den Kinderbetten, preßte ihr Gesichtchen gegen die Gitterstäbe und wisperte ein weiches, dunkles Zuluwiegenlied.

»Negerkinder gehören in den Kral«, plusterte Mama sich auf, »man weiß doch nie, welchen Schmutz sie hereintragen. Ich hab da in Afrika immer sehr aufgepaßt, was hätte da sonst alles passieren können! Ich erinnere mich noch gut an die Sache mit Maria. Sie war die Frau unseres Hausboys Malan. Als du geboren wurdest, hatte ich Malaria und war zu schwach, um dich zu nähren. Ich fütterte dich mit verdünnter Ziegenmilch mit Zucker, und es ist mir eigentlich ein Rätsel, wie du überlebt hast und so groß geworden bist. Nun, einmal seh' ich gerade noch, wie Malan mit dir auf dem Arm in die Richtung seines Dorfes läuft. Das war natürlich strikt verboten. Ich holte schnell unser Gewehr, wegen der Schlangen, weißt du, der Busch wimmelte davon, und folgte euch. Er verschwand in seiner Hütte, die am Rand des Dorfes stand. Eine Rundhütte, mit hübschen roten Mustern bemalt und einem weit herunterhängenden Reisstrohdach. Ich mußte mich bücken, um durch die Türöffnung zu treten. Die Lehmwände innen waren ebenfalls mit roten Mustern geschmückt. Es gab eine innere und eine äußere Hauswand, und zwischen den beiden waren Bretter eingemauert und mit Fransenschurzen bedeckt. Das war dann das Bett, und dort hockte Malans Frau Maria, die vor ein paar Wochen ein Kind bekommen hatte. Stell dir vor, da hockte sie, so eine pralle Junge mit riesigen, geschwollenen Brüsten, abstoßend, sag ich dir, und an der einen Brust nuckelte ihr braunes Baby und an der anderen hast du getrunken. Na, ich kann dir sagen, das gab ein Donnerwetter!«

»Warum? Ihre Muttermilch war sicherlich besser für mich als Ziegenmilch mit Zucker.«

»Na, hör mal, das waren Eingeborene!«

Da berührte ein Geruch ihr Gesicht, rauchig, süß wie frisches Gras und warm. Ganz entfernt hörte sie leise, kehlige Stimmen. Tief sog sie den Geruch ein. Nichts, nur der feuchte Babygeruch ihrer Kinder. Es mußte eine Sinnestäuschung gewesen sein. Doch Wärme füllte ihr Herz, eine unerklärliche Freude beschwingte sie. »Ist gut, Mama, ich werde aufpassen«, sagte sie und streichelte Imbali.

Elftes Kapitel

JAN FEGTE MIT einer kräftigen kleinen Pranke seinen gefüllten Teller vom Tisch und stieß einen triumphierenden Brüller aus. Dabei fixierte er seine Mutter mit einem herausfordernden Blick. Diese wischte sich gleichmütig den Karottenbrei aus dem Gesicht. Julia preßte ihren Mund fest zu, legte ihr Köpfchen auf ihre Arme und strahlte ihre Mutter aus seelenvollen Augen an, die so schön waren mit der goldgesprenkelten Iris und dem auslaufenden Türkis an den Rändern. Botticelli mußte Julia in einem früheren Leben gekannt haben. »Sarah, sie mögen keine Karotten«, rief Henrietta ergeben, »mach ihnen Bananenbrei. Ich fahre gleich zu Missis Robertson.«

Sie sah ihre Kinder an. Zwei Engel, zwei bezaubernde kleine Engel, denen sie total verfallen war. Zwei dickschädelige, eigenwillige kleine Teufel, ohne die sie nicht mehr atmen konnte. In rund sieben Wochen war ihr erster Geburtstag. Vor wenigen Tagen hatten sie endlich ihre ersten Schritte allein machen können, nachdem sie, krebsrot vor Ungeduld und Neugier, ihren Po in die Luft gestreckt, flink wie hochbeinige Krebse auf allen vieren durchs Haus gekrabbelt waren. Jetzt strebten sie höhere Ziele an. Sie kletterten auf alles, was sie erreichen konnten.

»Mein Gott«, stöhnte sie, als sie bei Tita am Swimmingpool saß, »ich hab nie geahnt, daß Kinder gemeingefährliche kleine Wilde sind! Völlig unerziehbar! Man kann nur versuchen, ihre Energien in zivilisierte Bahnen zu lenken.« Der Patio hallte wider von dem Gekreisch der Kleinen. Jan und Dickie tyrannisierten die Mädchen.

Es war ein dunstiger Novembertag, warm und feucht. Gladys brachte einen Krug Orangensaft. »Aii, Madam, sie sind groß geworden«, rief sie, als sie Julia und Jan sah, »welches ist der Junge?«

»Der kleine Rüpel da«, lächelte Henrietta. Die Zwillinge waren wirklich schwer zu unterscheiden. Bis auf die Augenfarbe glichen sie sich aufs verwirrendste. »Hast du Kinder, Gladys?«

»Yebo Ma'am, vier. Drei Jungen und ein Mädchen.«

»Wie machst du das nur, Gladys?« fragte Henrietta neugierig, »du bist von morgens bis abends hier und führst diesen Haushalt. Jeden Tag, bis auf Sonntagnachmittag und donnerstags. Und an den Tagen mußt du auch noch Frühstück machen und vorkochen. Wie schaffst du es, deine Familie zu versorgen?«

»Ich komm zurecht«, murmelte Gladys mit einem Seitenblick auf ihre Arbeitgeberin und watschelte ins Haus.

»Hör mal, Henrietta«, sagte Tita scharf, »solche Fragen beunruhigen Gladys nur und setzen ihr komische Ideen in den Kopf. Die kommen schon zurecht, bei denen funktioniert das anders.«

»O Tita, Familie ist Familie, was soll bei denen anders sein? Gladys' Kinder sehen ihre Mutter doch nur selten. Sie wohnt doch schließlich hier bei euch. Das heißt, daß sie ihre eigenen Kinder nur donnerstags und Sonntag nachmittag sieht. Ihr Mann arbeitet in den Goldminen, der ist nur zwei- bis dreimal im Jahr da.«

Tita starrte sie kriegerisch an. »Es ist nicht alles so schwarzweiß, wie ihr immer denkt. So schlecht geht es unseren Schwarzen auch nicht. Hast du gewußt, daß wir das Schulgeld und alle Schulbücher für die Kinder aller unserer schwarzen Angestellten zahlen? Und die Arztrechnungen, damit sie nicht ins King Edwards gehen müssen? Uns Südafrikanern hängt es zum Hals heraus, wenn Einwanderer, und besonders ihr Deutschen, nach kurzer Zeit in unserem Land immer viel besser wissen, wie wir unsere Schwarzen behandeln sollten. Du solltest dich da ein wenig zurückhalten.«

Stille drückte auf sie nieder. Eine Taube gurrte schläfrig im Blättergewirr. »Unser Land, unsere Schwarzen«, hatte Tita gesagt, »wir Südafrikaner, ihr Deutschen.« Henrietta wurde flau im Magen. In letzter Zeit waren Diskussionen, die Politik auch nur am Rande streiften, sehr heikel geworden. Gedanklich und geistig verschanzten sich die Südafrikaner hinter ihrer Wagenburg, um den Feinden zu trotzen, die sie ihrer Meinung nach umzingelten. Seit den Rivonia-Prozessen, an deren Ende unter anderem auch der junge, leidenschaftlich auf seines Volkes Recht auf Selbstbestimmung beharrende Rechtsanwalt Nelson Mandela zu lebenslanger Haft auf Robben Island verurteilt worden war, vermuteten auch liberal denkende Freunde hinter jeder Kritik, die nicht dem Wetter galt, Hetzkampagnen, die an den Grundfesten ihres Seins rüttelten.

»Ich kann nicht begreifen, warum sie ihn nicht aufhängen«, bemerkte Melissa Daniels einmal, ein Bild der Sanftheit und Zerbrechlichkeit in ihrem geblümten Seidenkleid und dem breitkrempigen Sonnenhut, »das ist doch die einzige Sprache, die sie verstehen.«

Henrietta dachte tagelang über diese Worte nach und versuchte das Bild der Melissa, die sie kannte, die sie mit offenen Armen aufgenommen hatte, die ihr half, wo sie konnte, die ihr ein wenig das fehlende Elternhaus ersetzte, mit dem Bild dieser Frau zu vereinbaren, die jedes dieser Worte meinte, die wirklich der Ansicht war, man sollte einen Menschen zum

Galgen führen, ihm die Hände auf den Rücken fesseln, eine Schlinge um den Hals legen, sie hinter dem Ohr verknoten und dann die Falltür unter ihm öffnen und zusehen, wie er zuckend und kickend starb, ihm in die immer stärker hervorquellenden Augen sehend, bis diese brachen. Nacht für Nacht quälten sie danach diese Bilder, die auch Ian nicht wegwischen konnte. Für längere Zeit fühlte sie sich außerstande, die Daniels zu besuchen.

»Ich habe diese Gefühlsduseleien langsam satt«, unterbrach Tita ihre Gedanken, »du und Neil, ihr paßt zusammen. Er ist besessen davon, ein Wiederaufnahmeverfahren für Moses zu erreichen. Außerdem schreibt er ein Buch über südafrikanische Polizeimethoden, dieser Idiot! Er stochert dauernd in einem Wespennest herum, obwohl er mir versprochen hat, vorsichtig zu sein. Es ist nur eine Frage der Zeit, wann er gestochen wird.«

Ein Wachhund schlug an, entfernte Männerstimmen hallten herüber. Kurz darauf erschien Gladys im Laufschritt. »Ma'm, Polizei!«

Tita stand auf. »Was wollen die denn? Ist etwas passiert?«

»Durchaus nicht, Mrs. Robertson.« Der Mann trug einen Safarianzug, keine Uniform. »Van Zyl, CID. Wir möchten uns Ihr Haus ansehen. Begleiten Sie mich bitte.« Er hielt ihr ein Dokument hin.

Tita las es und musterte den Mann kühl. »Was glauben Sie denn dort zu finden?« Ihre Stimme war pures Eis, in ihrer Haltung lag die ganze Arroganz ihrer privilegierten Herkunft.

»Uns interessiert hauptsächlich das Büro Ihres Mannes.«

»Die Wespen greifen an«, flüsterte Tita, nur hörbar für Henrietta.

»Sie kommen bitte auch mit«, sagte van Zyl. »Wie ist Ihr Name?«

»Henrietta Cargill-Nicolai«, antwortete Henrietta. Ein Kribbeln lief ihre Wirbelsäule herunter.
»Ich will meinen Mann und den Anwalt anrufen«, forderte Tita.
»Später, Mrs. Robertson, später.« Mr. van Zyl war mit vier Leuten da, und sie durchsuchten das Haus äußerst gründlich und methodisch. Ihre Ausbeute jedoch war mager. Sie zeigten deutlich ihre Unzufriedenheit. Tita beobachtete sie mit abfälligem Lächeln. Nach zwei Stunden gingen die Kriminalbeamten. Ein paar Aktenordner nahmen sie mit. Tita knallte die Tür hinter ihnen zu. »Das war BOSS!«
»Wie kannst du nur so ruhig bleiben?« fragte Henrietta.
»Weil ich weiß, daß sie hier nichts finden können! So blöd ist nicht einmal Neil! Jetzt muß ich Daddy anrufen.«
Als eine Stunde später Neil mit einem Troß von Anwälten eintraf, verabschiedete sich Henrietta. »Seid vorsichtig, bitte!«
Tita gab ihr einen Kuß. »Mach dir keine Sorgen, Daddy bringt das in Ordnung!«

❖

Später stand Henrietta in der Küche und rührte den Brei für die Zwillinge an. »Sarah, ich möchte dich etwas fragen. Ich habe gehört, alle schwarzen Kinder müssen Schulgeld zahlen, die weißen jedoch nicht. Findest du das gerecht?«
Sarah spülte das Geschirr mit viel Geklapper und rauschendem Wasser. An ihrer Uniform fehlte ein Knopf, und unter dem Arm klaffte ein Riß, durch den der Büstenhalter zu sehen war. Sie polierte einen Teller und schien völlig in dieser Aufgabe aufzugehen. »Es ist in Ordnung«, murmelte sie mürrisch. »Seife ist alle«, wechselte sie unmißverständlich das Thema. Sie drehte die Plastikflasche um und schüttelte sie, um zu zeigen, wie leer sie war.

Da war sie wieder, diese unsichtbare Mauer von Mißtrauen, Anderssein, Ablehnung. »Warum hast du heute keine neue gekauft?« fragte Henrietta, plötzlich unerklärlich gereizt.
»Da war noch welche da«, sagte Sarah aufsässig und ließ das Wasser heraus. Ein großer Teil des Geschirrs stand noch schmutzig in der Spüle.
»Verdammt noch mal, Sarah, so geht das nicht. Das Geschirr muß heute gespült werden. Geh ins Badezimmer und sieh, ob wir noch etwas Spülmittel da haben, sonst leih dir was von Madam Beryl. Oh, und Sarah«, rief sie hinter der Schwarzen her, »näh den Knopf an deine Uniform und repariere den Riß unter dem Arm!«
Sarahs Rücken gab keinerlei Hinweis, ob sie zugehört hatte. Henrietta kriegte eine Sauwut. *Verdammt, sie können einen wirklich auf die Palme bringen!*
»Siehst du«, lachte Tita, »dir geht es auch nicht anders!«
Die Zwillinge hingen satt und müde in ihren Hochstühlchen. Sie brachte sie ins Bett. Ian mußte gleich kommen, und später erwartete sie Beryl und Edward zum Abendessen. Seit Edward für sie als Bürge bei der Aufnahme in den Country Club aufgetreten war, verband sie eine feste Freundschaft mit ihren Nachbarn, obwohl beide mehr als zehn Jahre älter waren. Im Vorbeigehen warf sie einen Blick in die Küche und blieb stehen. Das Geschirr war abgewaschen, die Küche blinkte und blitzte. Sarah saß friedlich am Küchentisch und schälte Kartoffeln. »Hast du Spülmittel von Missis Stratton bekommen?«
Sarah sah sie nicht an. »Es war genug da, nur diese Flasche war leer.« Sie seufzte abgrundtief und schob ihre Unterlippe vor. Das Abbild einer zutiefst und zu Unrecht Gekränkten.
Henrietta verbarg ein Lächeln. Sarahs schauspielerisches Talent war unübertroffen. Sie sah auf die Uhr. Zehn vor acht. Ian war um fast eine dreiviertel Stunde überfällig. Unruhig

blickte sie aus dem Küchenfenster. Kein Auto in Sicht. Eine Zikade schrillte ohrenbetäubend, in der Ferne tosten die Brecher einer hohen Flut gegen die Felsen. Plötzlich klingelte das Telefon.

Es war Ian. »Liebling, hier ist etwas passiert, aber mir geht es gut. Ich bin gleich zu Hause, ich kann jetzt nicht reden.« Seine Stimme brach, und er legte abrupt auf.

Sie lehnte sich gegen das Fenster und zwang sich, tief durchzuatmen. Was konnte da nur passiert sein? Die vierunddreißig Minuten, die vergingen, ehe sie endlich sein Auto hörte, erschienen ihr wie Stunden. Sie rannte den Gartenweg hinauf und flog ihm in die Arme. »Honey, was ist passiert?«

»Mein Büro ist explodiert.« Seine Züge waren wie versteinert, fahle Blässe lag unter seinem tiefen Sonnenbraun.

»Wie bitte?« Sie konnte das nicht richtig verstanden haben!

»Mein Büro ist in die Luft geflogen. Während der Mittagspause, die ich eigentlich immer dort verbringe, nur heute wollte ich schnell ein paar Blumen für dich auf dem Indian Market besorgen. Ich war kaum fünfzig Meter entfernt, als das Büro explodierte. Ich hab ein paar Splitter abgekriegt, aber sonst ist alles in Ordnung. Nur«, er lächelte mühselig, »deine Blumen bekommst du ein anderes Mal.«

»Wie ist das passiert? Was sagt die Polizei?« Eng umschlungen gingen sie langsam ins Haus.

»Die Polizei schließt Brandstiftung nicht aus.«

Entsetzt blieb sie stehen. »Brandstiftung? Du meinst – heißt das, das hat dir gegolten?«

Er nahm ihr Gesicht in seine Hände. »Liebes, jetzt laß uns nicht gleich voreilige Rückschlüsse ziehen. Es kann Brandstiftung sein, es ist aber noch nichts bewiesen. Mir ist nichts passiert, das ist das wichtigste. Laß uns bitte mit niemandem darüber reden, solange wir nichts Genaues wissen.«

»Welch ein Tag!« seufzte sie und erzählte ihm von der Hausdurchsuchung bei Tita. »Sie war bewundernswert. Eiskalt!«
»Daddy Kappenhofer wird's schon richten«, spottete Ian, mit einem bitteren Unterton. Es klingelte. Ihre Gäste waren angekommen. Leise schlossen sie die Tür.

❖

»Es war Brandstiftung«, sagte der Polizist und stocherte enthusiastisch in der stinkenden Asche des Büros herum. »Sehen Sie, Mr. Cargill, hier, das war der Brandsatz«, er hielt ihm einen Flaschenhals mit scharfen, zackig abgebrochenen Rändern hin, in dem noch die verkohlten Reste eines Stückchens Stoff steckten, »eine Art Molotowcocktail. Damit wurde eine hochexplosive Flüssigkeit in Brand gesetzt. Was können Sie uns dazu sagen?« Er war ein kleiner Mann mit tiefen Falten, die seine Mundwinkel umklammerten und auf einen kaputten Magen hindeuteten. In dem dunklen Anzug wirkte er wie ein ältlicher Konfirmand. Er hieß Ackroyd und roch etwas seltsam. Henrietta, die Ian begleitet hatte, hielt sich in seinem Windschatten.
»Wieso ich, was könnte ich denn dazu sagen?« fragte Ian gereizt. Er hatte beide Hände tief in die Hosentaschen gebohrt und rührte mit der Schuhspitze in der Asche herum.
Sorgenvoll blickte Mr. Ackroyd auf die Reste des Molotowcocktails. Er schien sich die Worte abzuringen. »Nun, Sie könnten ja Ihr Büro selber in die Luft gejagt haben, um – äh – zum Beispiel einen Versicherungsschaden vorzutäuschen.«
»Seien Sie nicht albern, Mr. Ackroyd, warum sollte ich das? Ich verdiene meinen Lebensunterhalt mit diesem Laden hier.«
Mr. Ackroyd räusperte sich. »Nun«, sagte er bekümmert,

»ich habe gehört, daß dieser – äh – Laden hier zumindest im Moment nicht sehr gut läuft.«
»Wer sagt das?« Ians schwarze Brauen zogen sich zusammen, seine Augen nahmen die Farbe von Gewitterwolken an.
Mr. Ackroyd wedelte seine blassen, schmalen Hände herum und blinzelte vage. »Nun, wir – äh – haben da so unsere Quellen.«
Mr. Naidoo drückte sich im Hintergrund herum. Als Henriettas Blick seinen traf, huschte ein Grinsen über sein dunkles Gesicht, dann verschwand er. Stirnrunzelnd sah sie ihm nach. Mr. Naidoo, der Verwalter, den Pete Marais geschickt hatte. Der eigentlich keine klar definierte Aufgabe hatte und den Ian nicht haben wollte. *Pete Marais!* Wenn sie nur einen Moment ungestört mit Ian reden könnte!
Mr. Ackroyd schob ein paar verkohlte Konstruktionszeichnungen hin und her. Sie lösten sich in weiße Aschenflocken auf, die in dem leichten Küselwind davondrifteten. »Bitte begleiten Sie mich zum Polizeirevier, Sie müssen mir noch ein paar Fragen beantworten«, sagte er seufzend, als sei ihm das alles zuviel.
»Was soll das heißen«, brüllte Ian los, daß Henrietta vor Schreck einen Satz machte, »bin ich verhaftet?«
Versteinert wartete sie auf die Antwort.
Mr. Ackroyd seufzte und wedelte wieder mit seinen Händen. »O nein, nein, alles nur Routine, keine Sorge.« Er ging zu seinem Auto, ein Wagen ohne Kennzeichnung, und öffnete die Tür. Ein Wolke von Mr. Ackroyds Körpergeruch entwich. Als Henrietta nach Ian einsteigen wollte, hielt er sie zurück. »Nein, Mrs. Cargill, Sie fahren besser nach Hause zu Ihren Kindern. Sicher haben Sie Ihren Mann bald wieder.«
Sie stand einfach da und konnte sich nicht rühren. *Sicher?* Das mußte ein schlechter Traum sein, das konnte unmöglich

in Wirklichkeit passieren. »Woher wissen Sie, daß wir Kinder haben?« stammelte sie.
»Oh«, machte Mr. Ackroyd, wiegte seinen Kopf, wedelte mit seinen Händen, sagte aber sonst nichts.
Ian ergriff ihre Hand durchs Fenster. »Honey, ruhig, Liebling. Ruf Cedric an, und sag ihm, er soll mich im Polizeihauptquartier treffen. Der zuständige Mann heißt Ackroyd. Nimm meinen Wagen, und fahr nach Hause.« Er zog seine Hand zurück, und sie fuhren davon.
Sie sah ihn nur noch als Silhouette im Rückfenster des Polizeiautos. Er drehte sich noch einmal um und winkte. Durch den Tränenschleier verschwammen seine Züge. Sie hatte das Gefühl, gleich ohnmächtig zu werden. Polizei, Gefängnis – o mein Gott!
Als kleines Kind war sie, wenn sie Angst hatte, in Großmamas alten Dielenschrank gekrochen, hatte ein lockeres Brett angehoben und war in die darunterliegende geräumige Schublade verschwunden. Kein Mensch hatte sie je dort gefunden. Mit hängenden Armen stand sie da, den Kopf gesenkt, und versuchte, wieder festen Boden unter den Füßen zu bekommen. Sie wünschte sich in ihr kleines, geheimes Versteck, zusammengerollt, den Daumen im Mund. Aber sie stand noch immer auf dem Fabrikhof an diesem strahlenden Tag, der Wind, aufgeladen mit dem Duft der Frangipani, spielte in ihren Haaren, und ihr Mann saß in einem Polizeiauto und wurde beschuldigt, seine Fabrik in die Luft gejagt zu haben. Es war einfach unwirklich. Plötzlich spürte sie jemanden hinter sich. Sie fuhr herum. Ein Schwarzer stand vor ihr, geölte Haare glänzten in der Sonne, freundliche, dunkle Augen ruhten auf ihr.
Er schluckte, sein Adamsapfel hüpfte auf und ab, so daß die Narbe, die sich über seinen Hals von einem Ohr zum anderen zog, zu grinsen schien. »Machen Sie sich keine Sorgen,

Madam«, flüsterte er, »ich hab ihn gesehen. Ich werde mich um ihn kümmern.«

Sie starrte die Narbe an. Wo hatte sie diese Narbe schon einmal gesehen? »Wen?« brachte sie dann heraus.

Er ging nicht darauf ein. »Geh in Frieden«, sagte er und glitt davon, lautlos und geschmeidig, obwohl er ein muskulöser, großer Mann war. Eben war er hier, dann war er weg, und die Luft hatte sich nicht bewegt. Plötzlich fiel es ihr ein. Der Mann nachts in ihrem Garten, vor etwa zwei Jahren, Sarahs Besucher! Und nun arbeitete er hier. Zufall? Wer war er? Was bedeutete das?

Reiß dich zusammen und rufe Cedric an, Ian braucht dich!

Das verängstigte Kind in ihr gehorchte. Sie lief zu einem benachbarten Bürogebäude und bat, telefonieren zu dürfen. Sie erreichte Cedric sofort. Etwas jedoch hielt sie zurück, ihm zu erzählen, was ihr der Mann mit der Narbe zugeflüstert hatte. Cedric versprach, sofort zum Polizeihauptquartier zu fahren. Dann stieg sie in Ians Auto und fuhr nach Hause. Und wartete. Sie spielte mit ihren Kindern, tauchte ein in ihre kleine Welt und schaltete ihre Gedanken ab. Sie konzentrierte sich ganz auf Julia und Jan, und irgendwie verging der Tag.

Um fünf Uhr klingelte das Telefon, und für einen Moment wirbelten ihr die entsetzlichsten Visionen in grausamen Einzelheiten durch den Kopf. Mit einer übermächtigen Willensanstrengung zwang sie sich, den Hörer abzuheben. »Hallo«, flüsterte sie rauh.

»Ich bin's, Honey, ich komm' jetzt nach Hause. Es ist alles in Ordnung, mach dir keine Sorgen.«

Die Erleichterung traf sie wie eine Faust im Magen. Sie fiel auf einen Stuhl. »Was ist passiert«, brachte sie hervor.

»Gar nichts. Ich hab ein Alibi, das sie nicht erschüttern können. Ich erzähle es dir, wenn ich nach Hause komme. Denk dran, das Telefon ist nicht sicher.« Dann legte er auf.

Sie hob ihre Zwillinge hoch und tanzte mit ihnen durchs Haus. Fünfzehn Minuten später war er zu Hause. Er mußte gefahren sein wie der Teufel. Wortlos fiel sie ihm in die Arme.
»Es gab nur einen Zeitraum, wo der Brandsatz gelegt werden konnte«, sagte er, »und da war ich beim Zahnarzt. Ich hatte niemandem Bescheid gesagt, denn es war nur ein kurzer Termin vorgesehen, doch David Knight fand zwei große Löcher. So dauerte es wesentlich länger. Wer immer diesen Brandsatz gelegt hat, nahm wohl an, daß ich nur kurz aufs Klo gegangen war. Pech für ihn.«
Dann erzählte sie ihm von dem Mann mit der Narbe. »Ich bin sicher, daß ich ihn vor zwei Jahren nachts bei Sarah gesehen habe!«
»Vilikazi. Er ist mein Vorarbeiter. Er kommt aus Eshowe. Hat er nicht gesagt, wen er damit meint?«
»Nein, aber er wirkte wie ein Vulkan vor dem Ausbruch.«
Ian lächelte etwas. »Vilikazi ist ein guter Kerl, wir verstehen uns. Er hat immense körperliche Kräfte und ist ein gefürchteter Straßenkämpfer. Hast du die Narbe gesehen? Ein Andenken an eine dunkle, gefährliche Nacht in Kwa Mashu. Drei Totsies haben versucht, ihm die Kehle durchzuschneiden. Keiner hat überlebt. Aber hat er einmal jemandem seine Loyalität geschenkt, bleibt es auch dabei.«
»Da bin ich beruhigt. Seltsamerweise flößt er mir Vertrauen ein.« Sie schmiegte sich an ihn, sie brauchte die Berührung seiner Haut. »Ich hatte furchtbare Angst, dich nie wieder zu sehen.«
»Liebes, das ist absurd. Vor Gericht hätte sich das alles geklärt.«
»Ich trau' der Polizei hier nicht, man liest so viel über ihre Brutalität. Sie haben so erschreckend viel Macht.«
»Als Weißer bist du einigermaßen sicher, als Schwarzer allerdings möchte ich hier nicht in ihre Mühlen geraten.«

»Trotzdem bin ich zutiefst dankbar, daß du zwei Löcher in den Zähnen hattest. Ich möchte wissen, wer das Feuer gelegt hat! Naidoo? Auf Befehl von Pete?«
Ian schüttelte den Kopf. »Ich kann nicht glauben, daß Pete Marais dahintersteckt. Warum, Honey, welchen Vorteil hätte er?«
»Vielleicht will er den Profit nicht mehr mit dir teilen. Du hast den Markt hier erschlossen, hast die technischen Probleme aus dem Weg geräumt. Er will den Gewinn allein einstreichen!«
»Ich weigere mich einfach, das in Betracht zu ziehen. Ich kenne Pete, ich kann und will mir das einfach nicht vorstellen.«
»Du hast Pete seit vielen Jahren nicht gesehen. Versprich mir, daß, wenn in Zukunft etwas Merkwürdiges passiert, du es unter diesem Aspekt betrachtest.«
»Versprochen«, sagte er und begann, sie zu küssen. »Du bist unglaublich sexy, weißt du das?« murmelte er.
Später saßen sie noch lange engumschlungen auf der Veranda. »Da ist noch etwas«, sagte Ian, »Mr. Ackroyd hat mir in eindringlicher Weise nahegelegt, daß wir die südafrikanische Staatsangehörigkeit annehmen sollten. Dann würde alles leichter sein für uns.«
»Wie ist das zu verstehen?«
»Nun, er hat sich nicht sehr präzise ausgedrückt, aber er kam mehrfach darauf zurück.«
»Hättest du mich vor einem Jahr gefragt, hätte ich sofort zugestimmt. Aber jetzt!« Sie suchte nach Worten, die das schleichende Unbehagen beschreiben konnten, das bisher nur als flüchtiger, dunkler Schatten durch ihre Gedanken huschte und nur als ein unbestimmtes Gefühl der Unruhe zurückblieb. »Ich fühle mich erpreßt.«
»Die Kinder sind sowieso Südafrikaner von Geburt, das weißt du, nicht wahr? Darauf wies er mich auch hin.«

Der Schatten wurde größer. »Die Kinder? Nein, das hab ich nicht gewußt. Du hast einen englischen Paß, ich einen deutschen, ich dachte, sie wären zumindest Engländer.« Sie war zutiefst besorgt. »Das Recht des Staates geht hier über das Recht der Eltern. Weißt du, was das heißt? Die können uns unsere Kinder nehmen, wenn wir einmal ausreisen wollen.« Ihre Blicke trafen sich, entsetzt. »Was sollen wir nur machen?«

»Ich werde den deutschen Konsul anrufen, ich hab seine Privatnummer.« Er griff zum Telefon. »So«, sagte er zufrieden nach einem längeren Gespräch, »es gibt einen Ausweg. Wir beantragen offiziell den Widerruf ihrer südafrikanischen Staatsangehörigkeit beim Innenminister und gleichzeitig eine detaillierte Geburtsurkunde. Auf den normalen Geburtsurkunden sind Vater und Mutter ja nicht aufgeführt – angeblich um uneheliche Kinder zu schützen –, sondern nur, ob das Baby männlich oder weiblich ist und zu welcher Rasse es gehört. Typisch. Das ist das wichtigste hier. Mit dieser Geburtsurkunde bekommen wir deutsche Pässe für unsere beiden, dann sind sie sicher. Sonst unterläge Jan ab seinem vierzehnten Lebensjahr der Wehrüberwachung und dürfte nur noch mit staatlicher Erlaubnis ausreisen und müßte seinen Kriegsdienst hier ableisten.«

»Kriegsdienst! Welch ein perverses Wort! Wir müssen die Urkunden sofort beantragen.«

Das Telefon klingelte. »Henrietta, wie geht es Ian?« Titas besorgte Stimme. »Können wir etwas tun?«

Ein kurzer Bericht über die Explosion war bereits in der Abendzeitung erschienen. »Nein, es ist ihm nichts passiert, dem Himmel sei Dank.« Von dem Verdacht der Polizei sagte sie nichts. Nicht am Telefon. »Was ist aus der Hausdurchsuchung geworden?«

»Oh, alles in bester Ordnung«, antwortete ihre Freundin,

»Daddy spielt mit dem Justizminister Golf. Neil wird nichts passieren.«
»Ich bewundere dich, Tita, ich wäre total in Panik geraten.«
Tita lachte. »Oh, mein Vater ist mit dem halben Kabinett auf Duzfuß. Da kuschen selbst die Bluthunde von BOSS. Außerdem war die Sache wohl mehr als eine Warnung gemeint. Aber Neil wird sich vorsehen müssen. Die Sportredaktion ist genau richtig für ihn. Er ist zwar wütend, daß Daddy wieder alles geregelt hat, aber er beruhigt sich schon wieder.« Sie seufzte. »Er möchte so gerne ein großer Freiheitskämpfer sein, er hat einen Hang zum Heldentum. Geld und Einfluß passen da nicht ins Bild.«
»Tita, auch ein goldener Käfig ist ein Gefängnis! Wenn du nicht vorsichtig bist, wird er immer versuchen auszubrechen.«
»Manchmal, liebe Henrietta, bist du ganz und gar unerträglich deutsch!« zischte ihre Freundin und warf den Hörer auf die Gabel.
Sie lächelte. Es war Titas Art, ihr recht zu geben.

❖

Gleich am nächsten Tag ließ Ian Vilikazi kommen und fragte ihn, was er gesehen hatte.
»Er sah an mir vorbei in die blaue Ferne«, erzählte er ihr abends, »und meinte: ›Es ist besser, wenn Sie das nicht wissen, Boß.‹ Damit klappte er seinen Mund zu wie eine Muschel, und das war's.«
Vier Tage später, sie saß in ihrem Büro und überflog die Lokalseite der *Daily News*, blieben ihre Augen an einer kleinen Meldung hängen. ›Die Leiche eines Mannes indischer Herkunft wurde heute aus dem Hafenbecken gezogen. Trotz schwerster Gesichtsverletzungen gelang es der Polizei, seine

Identität als Mr. Muhammed Naidoo festzustellen. Als Todesursache wurde Ertrinken angegeben.‹ Wie in Trance griff sie zum Telefon. »Honey«, fragte sie, als Ian sich meldete, »Mr. Naidoo ist heute nicht gekommen, nicht wahr?«
Seine Stimme klang erstaunt. »Ja, woher weißt du das?«
»Heißt er zufällig Muhammed mit Vornamen?« Als Ian das wieder erstaunt bejahte, las sie ihm den kurzen Bericht vor. »Ich muß immer an Vilikazis Worte denken. ›Ich werde mich um ihn kümmern‹, sagte er wortwörtlich. Ian, denkst du, was ich denke?«
Sein Schweigen war sehr laut. »Verdammt«, sagte er, »hast du damals Cedric davon erzählt? Nein? Gut! Rede mit niemandem darüber. Wir müssen so tun, als wüßten wir nichts, sonst geraten wir da in etwas, bei dem mir schon mulmig wird, wenn ich nur daran denke!«
Und dabei blieb es. Mr. Naidoo kam nie wieder, niemand erwähnte den Vorfall. Vilikazi war nett und freundlich wie immer und lächelte jedesmal, wenn er Henrietta sah.
Die Sache mit der Explosion wurde, nachdem Ians Alibi feststand, mit überraschender Schnelligkeit als ungelöst zu den Akten gelegt. Die Versicherung sagte ihre Zahlung zu, und Ian ließ sein Büro wiederaufbauen. Vierzehn Tage nach dem Unglück konnte er einziehen.
Das Verhältnis zu Pete Marais verschlechterte sich rapide. Ian rannte überall gegen Mauern. Brauchte er für einen großen Auftrag eine neue Maschine, zögerte Pete die Entscheidung so lange hinaus, daß die Maschine zu spät geliefert wurde und der Auftrag inzwischen an die Konkurrenz vergeben worden war. Ian stand dann da mit der teuren Maschine, aber ohne Auftrag und mußte sich von Pete Marais eine Tirade über Unternehmensplanung anhören.
»Es macht mich krank«, sagte er eines Morgens beim Frühstück, ungewohnt schlecht gelaunt, »ich wünschte, ich könn-

te mich von ihm trennen, aber daran ist vorerst nicht zu denken. Ich bin finanziell der schwächere, der viel schwächere Partner. Ich habe mich selten in jemandem so getäuscht wie in Pete.«

Seine schwarzen Haare sträubten sich. Sie unterdrückte den Impuls, darüberzustreichen. Sie war sicher, sie würden Funken sprühen, so gereizt schien er.

Ein paar Wochen später erhielten sie den Widerruf der südafrikanischen Staatsangehörigkeit der Zwillinge, unterschrieben vom Innenminister persönlich. Daraufhin stellte das Deutsche Konsulat den Kindern grüne Pässe aus, die sie unter normalen Umständen erst mit vierzehn Jahren erhalten hätten. Zutiefst erleichtert legte Henrietta die Pässe in ihren Safe.

Zwölftes Kapitel

Es versprach ein brütendheißer Dezembertag zu werden. Durban schwitzte schon morgens unter einer schwefelgelben Hitzedecke, die einem den Atem nahm und die Menschen reizbar und kribbelig machte. Henrietta rührte in ihrem Kaffee herum. An diesen Tagen ging sogar ihr das Tosen der Brandung, das nie aufhörte, das nie vollkommene Stille zuließ, auf die Nerven. »Laß uns heute abend ausgehen, wir können beide eine Abwechslung gebrauchen.«

Lebhaft hob er den Kopf, ein erfreutes Lächeln im Gesicht. »Gut, daß du das sagst. Vilikazi und Temba, mein Buchhalter, haben ein Iculo i Drama, wie Temba es nennt, ein Gesangsdrama geschrieben. Vilikazi die Musik, Temba den Text. Sie haben mich gefragt, ob wir für den Prospekt Fotos von der Generalprobe machen könnten. Du fotografierst doch so gut, könntest du es machen?«

»Ja, sicher, gerne. Wo ist das?«

»So genau weiß ich das nicht. Wir werden uns bei der Fabrik treffen und dann zusammen hinfahren, wo immer es ist.«

Vilikazi, Temba und vier ihrer Freunde warteten bereits vor der Fabrik und stiegen zu ihnen ins Auto. Temba preßte sich neben Henrietta ans Fenster, die auf der durchgehenden Vorderbank fast auf Ians Schoß gerutscht war, der am Steuer saß. Die anderen fünf quetschten sich irgendwie auf den Rücksitz. Die tiefe Stimme Tembas, die geradewegs aus seinem beachtlichen Bauch zu kommen schien, führte sie durch ein Labyrinth von Abzweigungen, und bald wußten weder sie noch Ian, wo sie sich befanden.

Die Nacht war pechschwarz, Straßenlaternen gab es schon seit einigen Kilometern nicht mehr, über ihnen ballte sich ein Gewitter zusammen. Sehen konnten sie es nicht, aber fühlen und riechen. Die Luft war elektrisch aufgeladen und roch nach Schwefel, aber noch regnete es nicht. Alle Fenster waren heruntergekurbelt, doch auch der Fahrtwind war heiß und feucht. Waschküchenatmosphäre. Im Wageninneren war die Luft zum Schneiden, aber merkwürdigerweise fühlte sie sich wohl. Eingeklemmt zwischen schwitzenden schwarzen Menschen, ihre Haut gegen Tembas Haut gepreßt, die ölig glänzte vor Schweiß, ihren Geruch in der Nase nach Rauch und Erde und etwas, von dem sie wußte, daß sie es kannte aus einer Zeit, lange bevor ihre Erinnerung begann, fühlte sie sich wohl und geborgen. Sie spürte flüchtige Verwunderung darüber, denn für gewöhnlich konnte sie so intensive körperliche Berührung fremder Menschen nicht ertragen.

Der Straßenbelag wurde schlechter, Schlaglöcher, eins neben dem anderen wie Pockennarben, schüttelten sie durch. Dann brach der Asphaltbelag ab, und sie fuhren auf der Wellblechoberfläche einer vielbenutzten Sandstraße. Auf dem Rücksitz herrschte anfänglich Schweigen, dann, langsam und vorsichtig, wie Tiere, die aus ihrer Deckung kamen, antworteten Vilikazi und seine Freunde auf ihre Fragen, lachten über ihre Scherze. Bald erfüllten Lachsalven das Auto, unterbrochen von Bemerkungen in gutturalem Zulu, denen wieder Heiterkeitsausbrüche folgten. Sie wußte, daß die Zulus über sie und Ian lachten. Sie wußte aber auch, daß nichts Verletzendes darin lag.

Endlich hielten sie auf einem kleinen Vorplatz vor einem einstöckigen Gebäude. In überschäumender Stimmung spran-

gen sie aus dem Wagen und wurden sofort von einer kleinen Menschenmenge umringt. Im Licht der noch fernen Blitze eines Gewitters, das sich mit dumpfem Grollen über dem Tal der Tausend Hügel ankündigte, glänzten dunkle Gesichter, schneeweiße Zähne leuchteten.
»Wir sind mitten in Kwa Mashu, und wir sind die einzigen Weißen«, flüsterte Ian auf deutsch, »damit habe ich nicht gerechnet!«
Temba und seine Freunde nahmen sie in die Mitte und geleiteten sie in das Gebäude, das nur aus einer einzigen, langgestreckten Halle bestand. Sie war aus Holz und zu klein für die vielen Menschen, die sich hineindrängten. Es war stickig und roch nach verschwitzten Körpern und Zigaretten, obwohl einen halben Meter unter der hohen Decke mehrere Fenster geöffnet waren. Über allem lag der beißende Rauch der unzähligen Kohlefeuer, die in den Hütten der Township brannten. Strom gab es nur in den Gemeinschaftsräumen.
Temba stand neben Ian. »Sir«, wisperte er, »ich werde Ihnen die Handlung übersetzen. Nach der Pause kann Mrs. Cargill dann fotografieren.« Er, der Buchhalter, und Vilikazi waren die einzigen, die Ian nicht Master nannten.
Eine Gruppe junger Männer lief über eine schmale Seitentreppe auf die Bühne, die völlig kahl und ohne jede Dekoration war. Einige setzten sich auf kleine Hocker, fellbezogene Trommeln zwischen den Knien. Vor sich hin summend, ein paar Tanzschritte ausprobierend, gruppierten sich mehrere Frauen auf der gegenüberliegenden Seite. Ihnen folgte eine junge Frau. Sie trug ein braunes, durchgeknöpftes Kleid, aber kein Kopftuch, und ausgetretene, flache Schuhe ohne Schnürsenkel. Sie stellte sich ganz nah an die Rampe und schloß die Augen. Die Menge verstummte. Langsam holte sie tief Luft und begann zu singen.
Es kribbelte Henrietta den Rücken hinunter, so klar und

schwerelos war ihre Stimme, und doch füllte sie mühelos ohne Mikrofon die Halle.
»Sie ist eine Frau aus Kwa Zulu«, flüsterte Temba neben Ian, »ihr Mann arbeitet in den Goldminen, sie muß vier Kinder versorgen, und er hat seit vier Monaten kein Geld mehr geschickt. Sie will sich jetzt aufmachen und ihn in Egoli, in Johannesburg, suchen.«
Der Chor der Frauen übernahm, sang von den Frauen, die im Feld arbeiten, sang von ihrer Einsamkeit, während ihre Männer zweitausend Meter unter der Erde in den Minen Egolis das Gold aus der Erde kratzten, spielte mit der Melodie, und die rauhen Bässe der Männer erzeugten einen spannungsgeladenen Hintergrund. Die Sängerin warf ihren Kopf zurück und schrie ihr Schicksal heraus, ihre Stimme wurde tiefer, voller, und die Trommeln antworteten ihr. Henrietta hielt den Atem an. Es war, als liefe die Musik wie Wellen durch die Körper der Sänger, sie warfen ihre Arme hoch, wirbelten herum, stampften mit den Füßen. Die Trommler hatten ihre Augen geschlossen, Schweiß rann ihnen in Bächen über die Gesichter. Gelegentlich stießen sie hohe, helle Schreie aus. »Aiii!« schrien sie und lachten, mitgerissen von ihrem eigenen Rhythmus.
»Aiii!« antworteten die Zuschauer und begannen zu tanzen.
Ian und Henrietta standen wie gebannt. Tembas Stimme ertrank in der Musik, aber die Ausdrucksstärke der schwarzen Schauspieler und Sänger genügte, um ihnen die Geschichte zu erzählen.
Nach Egoli machte sich die junge Frau auf und suchte ihren Mann. Es erging ihr schlecht auf ihrem beschwerlichen Weg, ihr Geld wurde ihr gestohlen, und sie hungerte. So mußte sie sich bei einem weißen Farmer verdingen, der sie schlug. »Aber sie erreicht Egoli«, hörte Henrietta Temba sagen, »und als sie ihren Mann findet, hat er eine neue Frau, eine

aus Alexandra, der großen Township in Egoli, und schon zwei Kinder mit ihr.«
Henrietta schlug den Takt mit den Füßen und wiegte ihren Oberkörper, Ian summte laut mit, um sie klatschte und tanzte die Menge, die Frauen stießen hohe, durchdringende trillernde Schreie aus. Die Trommeln zwangen Henriettas Herzschlag in ihren Rhythmus, ihr Puls jagte hoch, und dann klatschte und tanzte sie auch mitten in der dampfigen, wogenden Menge, und nur ihre weiße Haut unterschied sie von den anderen.
In der kurzen Pause ging sie auf die Bühne, um den besten Standpunkt für die Aufnahmen zu suchen. Die Trommler hatten ihre Instrumente stehenlassen, und sie setzte sich vor eine der Trommeln. Ihre Hände streichelten die Oberfläche aus straffgespanntem Fell. Mit der Handfläche schlug sie leicht darauf. Die Trommel antwortete mit einem vibrierenden Ton. Ihre andere Hand hob sich wie von allein von ihrem Schoß, und ihre Finger tanzten über die Membrane. Und plötzlich ergriff ein Rhythmus ihren ganzen Körper, hob ihre Arme, ließ ihre Handflächen, die Spitzen ihrer Finger auf die Trommel schlagen. Sie roch wieder trockenes süßes Gras, roch Rauch, hörte die kehligen Stimmen. Das berauschende Gefühl von Dazugehören hüllte sie ein. *Hier gehöre ich hin.* Traumwandlerisch sicher fand sie den Takt, sie hielt die Augen geschlossen, ihr Körper folgte der Melodie, die in ihrem Kopf dröhnte. Ihr rannen die Tränen über das Gesicht, ohne daß sie sich dessen bewußt war.
Als sie wie aus einer Trance erwachte, hörte sie die Menge im Takt klatschen, hörte ihre Rufe, sah Ian, der unmittelbar unter ihr vor der Bühne stand und klatschte, sein erregtes, strahlendes Gesicht das einzige weiße in einem Meer von schwarzen. Als sie endlich innehielt und aufstand, etwas verlegen, wieder mit ihren eckigen, europäischen Bewegungen,

schüchtern lächelnd über ihren eigenen Exzeß, trampelten, lachten, klatschten alle. »Hey«, riefen sie, »sie hat eine schwarze Seele, wer hätte das gedacht, sie kann es!«
Mit tränenglänzenden Augen lief sie in Ians Arme. Nach der Pause begab sie sich auf die Bühne, seitlich unmittelbar an die Rampe, um Nahaufnahmen der Schauspieler zu machen. Temba war ihr gefolgt, und die Schauspieler versammelten sich wieder auf der Bühne. Die Pause war zu Ende. Eine junge Frau fiel ihr auf, die ihr kleines Kind auf den Rücken gebunden trug und nicht lachte, sondern sie mit ihren Gazellenaugen bannte. Sie sang in dem Chor der Frauen mit.
»Die Frau beschließt jetzt, die andere umzubringen«, flüsterte Temba, »denn die andere hat ihren Mann verhext.«
Auf der Bühne herrschte ein großes Durcheinander, und mehr als einmal mußte Henrietta sich vor dem turbulenten Geschehen in Sicherheit bringen.
»Jetzt bringt sie ihn um«, bemerkte Temba, der Autor, zufrieden. »Mit einem Panga, einem Hackmesser, während er schläft.«
Henrietta fotografierte.
Zwei Männer mit Schlagstöcken ergriffen die Hauptdarstellerin und schleppten sie, brutal auf sie einschlagend, von der Bühne.
»Sie ist verhaftet worden«, erklärte der Autor das Ende des Stücks, »und nun wird sie erst vergewaltigt und dann aufgehängt.«
Die Menge brüllte, wie mit einer Stimme, deutlich unmutig, und Temba schrie einige Worte hinunter. Er hörte sich die Antworten an und lachte sein tiefes, sattes Lachen. »Sie wollen ein gutes Ende sehen, sagen sie, das wirkliche Leben sei hart genug. Ich werde es umschreiben müssen.« Er verschwand hinter der Bühne.
Plötzlich stand die junge Frau neben Henrietta. Sie war ei-

gentlich noch ein junges Mädchen, klein und rundlich prall mit seidiger, dunkler Haut. Sie trug einen buntgemusterten formlosen Kittel, das Tuch, das ihr Kind hielt, hatte lange Fransen. Sie hob ihr breitflächiges, offenes Gesicht zu der weißen Frau. »Madam, helfen Sie mir«, wisperte sie.

Sie war bildhübsch. Henriettas geübtes Auge sah die edle Knochenstruktur unter dem Babyfett. *In einer anderen Gesellschaft wäre sie eine gefeierte Schönheit.* »Wenn ich es kann«, antwortete sie, eigentlich gegen ihren Willen. Sie fühlte einen Sog, der von dieser jungen Frau ausging, eine Intensität, der sie sich lieber entzogen hätte.

»Mein Mann ist verschwunden. Die Polizei kam eines Nachts, und seitdem ist mein Mann verschwunden. Ich habe Angst, daß sie ihn ins Gefängnis gesteckt haben, daß sie ihn dort totschlagen. Niemand will mir etwas sagen. Bitte helfen Sie mir, Madam.«

Sie zog die Brauen zusammen, wie zur Abwehr. »Wie kann ich das, wen sollte ich fragen?« Über die Köpfe der Menschen hinweg entdeckte sie Vilikazi. Er blickte sie unverwandt an, ein leidenschaftlicher Blick, nur an sie gerichtet. Und dann verstand sie. Mr. Naidoo. Er forderte eine Schuld ein. Sie senkte ihre Augen. »Gut«, sagte sie endlich, »ich werde es versuchen. Wie ist sein Name?«

»Cuba Mkize, Madam«, flüsterte das Mädchen und verschwand in der Menge. Henrietta blieb im Widerstreit ihrer Gefühle zurück.

Nachts um zwei verließen sie Kwa Mashu. Temba und seine Freunde quetschten sich wieder zu ihnen ins Auto und begleiteten sie sicher bis zur Fabrik. Die Filme behielt Vilikazi. »Es ist besser so, Madam, wer weiß, wer die Bilder dann im Fotolabor sieht.«

So konnte sie die Bilder dieses Abends nur als Erinnerung mitnehmen. Es war heiß und schwül diese Nacht, das Gewit-

ter hatte keine Abkühlung gebracht. Vom ablandigen Wind über die Hügel getragen, hörten sie kaum wahrnehmbar das Dröhnen dumpfer Trommeln. Ihr unterschwelliger Rhythmus pulsierte in ihrem Blut und ließ sie lange wach liegen.
Sie erzählte Ian von der jungen Frau. »Ich habe keine Ahnung, wen ich fragen könnte. Aber ich bin sicher, daß Vilikazi von mir erwartet, daß ich etwas unternehme.«
»Frag Neil, als Journalist muß er das wissen. Er hat sicher seine Kontakte.«
Am nächsten Morgen erreichte sie Neil in der Redaktion in Durban. »Neil, Henrietta hier, wie geht es dir?«
»Hallo, welch nette Überraschung! Was kann ich für dich tun?«
»Eine junge Schwarze hat mich um Hilfe gebeten, und zwar ist ihr Mann nach einem Polizeieinsatz verschwunden. Keiner gibt ihr Auskunft, wo er ist. Du hast doch deine Verbindungen, wäre es möglich, da etwas in Erfahrung zu bringen? Weißt du, ich bin einem Freund von dieser jungen Frau in gewisser Weise verpflichtet, da möchte ich als Gegenleistung versuchen zu helfen.«
»Hm, wie heißt der Mann?«
»Cuba Mkize.«
Neil bekam einen wilden Hustenanfall, konnte offensichtlich kaum sprechen. »Ich ruf dich gleich zurück«, krächzte er. Dann war die Leitung getrennt.
Minuten später klingelte ihr Telefon. »Nenn meinen Namen nicht«, hörte sie Neils Stimme, »ich rufe aus einer Telefonzelle an. Heraus damit, wo hast du diesen Namen gehört?«
»Wieso?« Sie stotterte. »Von dieser jungen Frau ...«
»Wo hast du die kennengelernt? Ehrlich bitte!«
Sie antwortete nicht gleich. Sie war zutiefst erschrocken von dieser Reaktion und zögerte, von dem Ausflug nach Kwa Mashu zu berichten. »Das erzähl' ich dir lieber persönlich.

Wir kommen heute abend zu euch, ganz kurz nur. Ist dir das recht?«

»Okay – und, liebe Freundin, rede mit niemandem sonst darüber, aber wirklich niemandem, verstanden?« Er legte auf.

»Kommt rein«, sagte er, als er ihnen abends die Tür öffnete. Bevor er sie schloß, warf er einen kurzen, prüfenden Blick auf die Straße. Henrietta verdrehte die Augen. Er schien wirklich paranoid zu sein, wie Tita einmal bemerkte. Diese kam ihnen entgegen, träge wedelte sie sich mit den Händen Kühlung zu. Sie trug nur ein leichtes Hemd über ihrem Bikini. »Kommt bloß mit raus auf die Terrasse. Im nächsten Sommer werde ich Airconditioning einbauen lassen. Ich zerfließe gleich!«

»Scheußlich«, kommentierte Ian, »drinnen wirst du tiefgekühlt und draußen gebraten. Sehr ungesund.«

Neil beteiligte sich nicht an dem lockeren Geplänkel. Seine Miene war todernst, aggressiv. »Sag mal, Henrietta, wißt ihr eigentlich, wer Cuba Mkize ist?«

Sie zuckte die Schultern. »Nein, wissen wir nicht. Sag es uns.«

»Cuba Mkize ist einer der am meisten gesuchten Saboteure, einer der Anführer von Umkhonto we Sizwe, dem Speer der Nation, dem militärischen Flügel des ANC. Woher hast du seinen Namen?«

So erzählte sie ihren Freunden von diesem unvergeßlichen Abend im Kwa Mashu. Tita starrte in ihren Whisky und ließ die Eisstücke kreisen. Neil saß wie versteinert. »Seid ihr völlig verrückt geworden? Was habt ihr euch dabei gedacht?« fragte er endlich.

»Neil, ich hab ein paar Fotos gemacht, was ist schon dabei?«

»Abgesehen davon, daß es für euch lebensgefährlich war, allein in eine Schwarzensiedlung zu gehen – erinnert ihr euch nicht an die weiße Nonne, die sich für die Schwarzen in Kwa Mashu aufopferte und trotzdem von denselben Menschen bestialisch ermordet wurde? Sie ist bei lebendigem Leib in Stücke gehackt worden! Also abgesehen davon, seid ihr dort ohne polizeiliche Erlaubnis gewesen, und das noch nachts. Ihr habt haufenweise Gesetze gebrochen, und zwar die, bei denen die Polizei überhaupt keinen Spaß versteht.«

»Hör mal, alter Junge«, warf Ian ein, »wer soll denen denn davon erzählen?«

»Alter Junge«, spottete Neil, aber er lächelte nicht dabei, »glaubst du wirklich, daß du dort einen unbeobachteten Schritt getan hast? Die haben Spitzel überall! Habt ihr das mit Liz und Tom Kinnaird nicht gehört?«

»Nein. Was ist passiert?«

»Sie kamen aus der Schweiz und sind bei der Landung in Johannesburg verhaftet worden.«

Henrietta sah ihn ungläubig an. »Liz? Machst du Witze?«

»Devisenvergehen. Sie sollen illegal Geld in die Schweiz gebracht haben. Du weißt, das ist schlimmer als Mord in Südafrika.«

»Neil, welchen Grund sollten sie haben?«

»Sie haben Frank in eine Klinik in der Schweiz gebracht. Die Schweizer wollen durch eine ganz neuartige Operation versuchen, seine ursprüngliche Persönlichkeit wiederherzustellen. Um den Klinikaufenthalt bezahlen zu können, ließ Tom offensichtlich einen Prozentsatz jeder Überweisung für Aufträge aus Übersee auf ein Schweizer Konto transferieren. Bei einer Steuerprüfung fiel dem Prüfer auf, daß die Erträge seiner Firma erheblich zurückgegangen sind, während andere dieser Branche florierten, und er bohrte nach.«

»Konnten sie die Klinik nicht offiziell von hier aus bezahlen?«

»Gesetz ist Gesetz. Man darf kein Geld aus dem Land bringen. Es ist überhaupt verboten, Auslandskonten zu haben.«

»Und deswegen kommen Kinnairds ins Gefängnis?« Ihre

Kopfhaut prickelte. *Auslandskonten!* Was war ihr Erbschaftskonto? »Was ist das nur für ein Land!« rief sie unvorsichtig. »Du kriegst einen Maulkorb verpaßt, Liz und Tom, die ihren Sohn retten wollen, werden gezwungen, etwas zu tun, das mit Gefängnis bestraft wird. Das grenzt doch an Diktatur!«

»Hast du endlich begriffen? Genau das meinte ich.«

Allmählich ballte sich ein ungutes Gefühl in ihrem sensiblen Magen. »Was sollen wir nun machen?«

»Hoffen und beten«, knurrte Neil. »Mkize ist bei einer Polizeirazzia angeschossen worden und seitdem verschwunden. Die Polizei sucht ihn fieberhaft, und von mir habt ihr das nicht gehört!« Er sah seinen Freund unter zusammengezogenen Brauen an. »Ian, ich meine das todernst. Muß Gladys einmal nach Kwa Mashu, setze ich sie eine Straße davor ab, ich bin noch nie in Kwa Mashu gewesen.«

Henrietta fing einen Blick von Tita auf, den sie nicht zu deuten wußte. »Als wollte sie ihn Lügen strafen«, erklärte sie Ian, nachdem sie sich verabschiedet hatten und durch die tintenschwarze Nacht nach Hause fuhren.

»Er als Journalist war bestimmt schon heimlich in der Township, ich kenne Neil. Ich bin sicher, daß er sich politisch für sein Land gegen die Regierung engagiert, und es wäre lebensgefährlich für ihn, darüber zu reden. Sein farbloses Äußeres ist da eine ganz hervorragende Tarnung.«

»Also, glaubst du das alles?«

»Ich will es nicht glauben, aber Neil weiß, was er sagt, er neigt nicht zu Phantastereien. Ich sag es Vilikazi, und damit ist für uns die Sache erledigt.«

❖

Am Montag darauf standen Liz und Tom Kinnaird vor Gericht. Henrietta, die sich mit Tita im Gerichtssaal verabredet hatte, hatte vorher noch Besorgungen zu machen und wartete jetzt ungeduldig an der Ampel am Fuße der Weststreet. Sie war spät dran. Ein Wagen glitt an ihr vorbei, hielt wenige Meter vor ihr neben einem hochgewachsenen Inder. Am Steuer saß ein Schwarzer in dunkelblauer Chauffeursuniform. Er hatte ein schmales, langes Gesicht, nicht das runde der meisten Zulus. Der Inder, äußerst elegant in einem hellen Anzug, öffnete die Autotür und stieg ein. Das Licht fiel auf eine junge Inderin, goldbraun und klassisch schön, die ihm entgegenlächelte. Neben ihr saß ein Weißer, loses Hemd über hellen Hosen, Sonnenbrille, sandfarbene Haare, blasse Haut. Er nahm zur Begrüßung die Sonnenbrille ab.

Neil! »Neil?« rief Henrietta erstaunt. »Hallo!«

Der Inder zog die Tür ins Schloß. Der Wagen fuhr davon. Neil hatte sie nicht gehört. Verwirrt sah sie ihnen nach. Hatte sie sich geirrt? Eilig bahnte sie sich einen Weg durch die bunte, quirlige Menge. Sie kam etwas zu spät im Gericht an und mußte auf das Ende der ersten Zeugenvernehmung warten. Es war ein spektakulärer Prozeß. Ganz Durban drängte sich im Gerichtssaal. Neil saß vorne auf der Pressebank. Er trug ein loses Hemd über hellen Hosen, die Sonnenbrille hatte er auf die Stirn geschoben.

Liz bekam eineinhalb Jahre und Tom drei Jahre Gefängnis. Außerdem mußten sie eine hohe Geldstrafe zahlen und das Geld aus der Schweiz repatriieren, wie der Richter es ausdrückte. »Ich weiß wohl«, sagte er in der Urteilsbegründung, »daß Sie es nicht aus Gewinnsucht getan haben. Deswegen verhänge ich nur die Mindeststrafe. Ich muß mich leider ans Gesetz halten.«

»Neil wird einen Artikel über sie schreiben«, flüsterte Tita, »Unterschriften sammeln, eine Diskussion anzetteln. Sie sind schließlich keine Verbrecher.«

Ihr Lebtag vergaß Henrietta nicht die abgrundtiefe Verzweiflung, mit der sich Liz und Tom, beide in Handschellen, nach dem Urteil in einer letzten Umarmung aneinanderklammerten, ehe sie von den Wärtern auseinandergerissen wurden. »Henrietta«, rief Tom, Momente bevor sie in den Katakomben verschwanden, »es ist die Klinik in Gstaad. Du sprichst Deutsch. Bitte kümmer dich um Frank!«

»In Ordnung«, schrie sie ihnen hinterher, »macht euch keine Sorgen!« Den Gedanken an ihr Erbschaftskonto in der Schweiz unterdrückte sie mit aller Macht.

Frank überlebte die Operation, und seine Chancen, wieder völlig hergestellt zu werden, waren hervorragend. Henrietta gelang es, eine Besuchserlaubnis zu bekommen, und erschrak, wie hager Liz geworden war, wie tief ihre Augen in den Höhlen lagen. »Es geht ihm gut, Liz. So gut, daß er bald nach Hause kommen wird! Ich habe einen Brief für dich.« Unbemerkt von der Wärterin schob sie Liz den Brief zu. »Ich war auch bei Tom. Er umarmt dich und bittet dich, durchzuhalten. Er bringt den Wärtern Zulukriegstänze bei, gibt sie aber als schottische Volkstänze aus. Es amüsiert ihn sehr.«

»Gott sei Dank«, lächelte Liz unter Tränen, »ich werde dir das nie vergessen, Henrietta! Jetzt kann ich alles ertragen, der Rest wird ein Kinderspiel. Schottische Volkstänze!« Sie lächelte noch immer, als die Gittertür wieder hinter ihr ins Schloß fiel.

Neils Artikelkampagne war kein Erfolg geworden. Der Chefredakteur hatte sie sehr bald abgesetzt. »Die vorherrschende Meinung der Bevölkerung ist, daß es Kinnairds recht geschieht. Sie hätten Frank auch nach Groote Schuur in Kapstadt bringen können«, knirschte Neil. Er war mit Tita zum Abendessen gekommen. »Der Fall hat leider keinen rassistischen Aspekt, da könnte ich mich so richtig ins Zeug legen.«

»Kontakte scheinst du ja genug zu haben«, bemerkte Henrietta, »oder gehst du mit einer Inderin fremd?«
Neils Gesicht wurde ausdruckslos, ganz still, als sei es zu Stein geworden. »Wie meinst du das?«
Sie lächelte neckend. »Ich habe dich letzte Woche mit einer Inderin in einem Auto gesehen. Sie war sehr schön.«
Tita wandte sich ihrem Mann zu, wartete offensichtlich auf seine Antwort.
»Du mußt dich irren«, meinte er leichthin, »ich kenne keine Inderin gut genug, um zu ihr ins Auto zu steigen.«
»Am Steuer saß ein schwarzer Chauffeur, ein großer, teuer gekleideter Inder stieg zu euch ins Auto. Du trugst eine Sonnenbrille. Ich hab dich genau gesehen.« Dann fing sie Neils Blick auf und erschrak. Es lag eine deutliche Warnung darin, fast eine Drohung.
»War sie sehr schön?« fragte Tita, ihre Stimme höher als sonst.
Plötzlich wußte Henrietta, daß ihre Antwort die Ehe ihrer Freunde zerstören konnte. Sie zwang sich zu lachen. »Ach, Neil, laß dich nicht ärgern! Der Mann war viel älter als du. Verzeih mir, ich wollte dich nur necken.«
»So kann man in Teufels Küche kommen«, lachte nun auch Neil, aber etwas zu laut. Er küßte Tita. »Du weißt doch, daß ich nur auf rote Haare und grüne Augen hereinfalle!« Über ihre Schulter nagelte er Henrietta mit einem Blick fest, der sie zutiefst beunruhigte.
Als sie zwei Tage später die Zeitung in die Hand nahm, sah sie das Bild des Inders auf der ersten Seite, die junge Inderin hinter ihm war unscharf, aber gut zu erkennen. Dr. Ismail Ramnarain, Anwalt von ANC-Mitgliedern, wurde von der Polizei gesucht. Was hatte Neil mit einem indischen Anwalt des ANC zu tun? Auf der gegenüberliegenden Seite war ein weiteres Polizeifoto. Ein Schwarzer. Walter Malope, gesucht

wegen terroristischer Anschläge. Er hatte ein langes, schmales Gesicht. Auf dem Foto trug er keine Chauffeursuniform. Jetzt wurde ihr klar, daß Neil in ernsten Schwierigkeiten war. Sie saß in ihrem Büro in Mount Edgecombe, die Hand auf dem Telefon. Sollte sie ihn anrufen?

Aber dazu kam sie nicht. Er stand plötzlich in der Tür ihres Büros, Hände in den Hosentaschen, Sonnenbrille auf die Stirn geschoben. »Du hast das Bild gesehen?«

Sie nickte. »Ich habe beide Bilder gesehen.«

»Henrietta.« Er suchte nach Worten, seine Augen flackerten.

»Ich weiß schon«, flüsterte sie, »ich darf nichts wissen. Ich darf niemandem etwas sagen.«

Er nickte. »Auch Ian nicht.«

»Dann muß es sehr ernst sein.«

»Menschenleben hängen davon ab.«

»Neil«, sagte sie eindringlich, »wenn ich dich gesehen habe, haben es andere auch. Denk an Tita, denk an dein Versprechen.«

Er stand auf, wippte auf seinen Fußballen. »Ich muß es tun, es geht nicht anders. Tita und die Kinder sind nicht in Gefahr, das verspreche ich dir. Wirst du schweigen?« Seine hellen Augen glühten.

»Und du? Bist du in Gefahr?«

Er zuckte die Schultern. »Wir sind sehr vorsichtig. Wirst du schweigen?« wiederholte er nachdrücklich. »Bitte, Henrietta, tu es für dieses Land, das du auch liebst!«

Dieses Land. Sie fühlte die warme, weiche Brise, die durch das geöffnete Fenster strich, roch, schwer und süß, Frangipani und Zitronenblüten. Zwei Mädchen in traditionellem Zuluperlschmuck schlenderten laut redend und lachend vorbei, ihr langgezogenes, dunkles Zulu wie Musik. In der Ferne lag Durban im Dunst. Ein gleißender Sonnenstrahl durchbrach die Wolkendecke und legte ein glitzerndes Band auf den Ho-

rizont. Ihr Paradies. Ein scharfer Schmerz preßte ihr Herz zusammen. »Gut, ich schweige.«
Er nahm sie in die Arme, drückte sie fest. »Danke.«
Sie blieb zurück, erschöpft und lethargisch, wie nach einer langen Krankheit, ihre Emotionen seltsam träge und flach. Tita gegenüber unbefangen zu erscheinen wurde zu einer übermenschlichen Anstrengung.

Dreizehntes Kapitel

Sie standen über den Eßtisch gebeugt, der mit Grundrißskizzen des Donga-Hauses übersät war. »Liebling, ich muß mein Arbeitszimmer wieder für mich haben, und die Kinder sind jetzt über ein Jahr alt, sie brauchen jeder dringend ihr eigenes Zimmer. Wir müssen anbauen.«

Ian zog zweifelnd die Brauen zusammen. »Honey, ich weiß, wie du dieses Haus liebst, aber wir platzen aus den Nähten. Wir sollten uns nach einem neuen Haus umsehen.«

Sie seufzte. »Du hast recht, aber es fällt mir schwer. Hab ich dir von der Nacht erzählt, als das Wasser den Berg herunterkam?«

Ian grinste. »Häufig genug, daß ich es auswendig kann.«

»Oh.« Sie lachte. »Ich werde also einen Makler anrufen.«

Die ersten Angebote bekamen sie ein paar Tage später. »Westville ist mir nachts zu kalt«, murmelte sie, während sie die Unterlagen durchblätterte, »ich will in Umhlanga bleiben.« Sie vereinbarte einige Besichtigungstermine.

Eineinhalb Wochen danach verließen sie hinter einer ihrer deutlich überdrüssigen Immobilienmaklerin auch das fünfzehnte Haus unverrichteter Dinge. »Was suchen Sie eigentlich?« fragte die Frau gereizt, ihr verspannter Rücken sprach Bände.

»Eigentlich möchte ich lieber selber bauen«, antwortete Henrietta und fing den schreienden Jan ein, »können Sie uns ein paar Grundstücke zeigen?«

Die Maklerin seufzte tief. »Ja, aber ich habe die Unterlagen

nicht hier. Ich werde Sie morgen wegen eines Termins anrufen.«
Sie fuhren auf der Straße durch die Zuckerrohrfelder zurück nach Hause. Plötzlich stieg Ian in die Bremsen. »Komm, steig aus, Liebling. Ihr bleibt im Auto«, befahl er den Zwillingen. Er nahm Henriettas Hand und zog sie einige Schritte den Hang hinunter, der sich hier wie ein Buckel vorwölbte. »Sieh dir bloß diesen Blick an! Man kann fast bis nach Madagaskar sehen – und sieh, dort liegt Durban!« Sie befanden sich etwa achthundert Meter südlich ihres Hauses, aber etwa auf der gleichen Höhe. »Und spürst du den Seewind?«
Sie nickte. Trotz der Februarhitze fächelte er ihr kühl die Haut. Es war so klar heute, daß sie noch in kilometerweiter Entfernung Einzelheiten im äußersten Norden der Küste erkennen konnte. Die Linie, wo Meer und Himmel sich trafen, war scharf gezogen, und die Konturen der Goldenen Meile Durbans standen weiß gegen einen azurblauen Himmel. Ian machte eine grobe Lageskizze. »Ich werde mich morgen erkundigen, wem dieses Land gehört. Vielleicht haben wir ja Glück.«
»Luise von Plessing«, sagte die junge Frau im Gemeindeamt. »Das ist ja eine Überraschung«, rief Henrietta aufgeregt. »Luise«, sagte sie kurz darauf am Telefon, »ich möchte dich zum Essen einladen, aber sieh dich vor, das ist so eine Art Bestechung.«
»Wenn das eine Bestechung werden soll«, lächelte die alte Dame dann Sonnabend abend nach dem herrlichen Obstsalat, der Karottencremesuppe und dem sahnigen Hühnerfrikassee, »ist jetzt die richtige Zeit, es bei mir zu versuchen.«
»Es geht um dein Land, oben am Hang«, sagte Ian.
»Oh«, Luise von Plessing lächelte, »dann laßt mal hören.«
»Wir suchen schon so lange«, erklärte Henrietta, »dann entdeckten wir dein Grundstück. Wir würden dir gern einen Teil

des Landes abkaufen.« Mit klopfendem Herzen wartete sie auf die Antwort.

Endlich antwortete Luise. »Ihr seid nicht die ersten und nicht die einzigen, die gerne mein Land kaufen möchten, tatsächlich seid ihr ganz hinten in einer langen Schlange von Leuten, die über die Jahre bei mir angefragt haben. Ich habe immer abgelehnt.«

Henrietta sank das Herz, aber sie schwieg.

»Jedoch«, fuhr Luise von Plessing fort, und ihr Herz kam aus dem Keller hoch, »jedoch, es ist an der Zeit, daß ich mir überlege, was ich mit diesem Land machen will. Was habt ihr euch gedacht? Wollt ihr vielleicht ein kleines Hotel bauen oder ein paar Häuser, um damit eures zu finanzieren? Das Grundstück wäre ja fast groß genug, um einen Golfplatz darauf zu bauen.«

Unsicher geworden, zögerte Henrietta. »Ich hoffe nicht, daß das eine Bedingung ist«, antwortete sie leise, »wir träumen von einem Haus für uns und einem großen, üppigen Garten, in dem alles wächst, was in Natal gedeiht. Ein Hotel, auch wenn es klein wäre, ist nichts für uns.« Ihre Stimme verlief sich. Bekümmert wartete sie auf das Aus von Luise von Plessing.

Diese lachte in sich hinein, ein befriedigtes, amüsiertes Lachen. »Mein liebes Kind, das letzte, was ich auf meinem Land sehen möchte, ist ein Hotel oder Ferienapartments. Aber alle, die bisher an mich herangetreten sind, hatten solche Pläne. Entweder eine kleine Reihenhaussiedlung – für die jungen Familien, Mrs. von Plessing, die müssen Ihnen doch auch am Herzen liegen – oder ein paar Luxusvillen – eine noble Adresse, Sie werden stolz sein, Mrs. von Plessing. So waren dann die Argumente. Doch diese Immobilienhaie hatten nur ihren eigenen Profit im Sinn. Der letzte wollte ein kleines Hotel mit Tennisanlagen bauen. Er ging so weit, mir zu drohen, wenn ich nicht verkaufen würde.« Sie lachte spöttisch. »Da muß er früher aufstehen. Was soll er mir alten Frau schon antun. Ich habe ein langes Leben und zwei Weltkriege hinter mir, da erschreckt mich nichts mehr.« Sie ließ ihr Kinn auf die Brust sinken und schwieg einen Moment, gedankenverloren in einer vergangenen Zeit. »Er war von einer gewissen burischen Organisation, die ich hasse. Sie haben meinen Mann auf dem Gewissen, das vergesse ich nie.« Ihre gütigen blauen Augen, die immer amüsiert zu funkeln schienen, musterten die jungen Leute mit durchdringender Direktheit. »Nun gut, Henrietta, Ian, laßt einen Plan zeichnen. Wenn er mir gefällt, machen wir einen Vertrag.«

Überwältigt sahen sich die beiden an. »An wieviel Quadratmeter hattest du gedacht, Luise?« fragte Ian vorsichtig.

»Nun, ich will dann alles verkaufen, und das sind etwa acht Morgen, so um die dreiunddreißigtausend Quadratmeter.«

Die Zahl hing im Raum. »Himmel«, flüsterte Henrietta, »das können wir uns bestimmt nicht leisten!«

»Ach, ich denke schon«, meinte Luise von Plessing. »Zeichnet einen Plan, dann reden wir darüber. So, jetzt möchte ich nach Hause gehen. Ich bin eine alte Frau und brauche meinen Schlaf.«

❖

Es wurde ein sehr großes Haus, mit einer luftigen Raumhöhe von fast drei Metern, viel Glas, wenig Holz, wegen der Termiten. »Es ist ein Traum.« Henrietta war hingerissen, als sie die fertigen Pläne ihres Architekten Gianfranco Carini durchsah. Gianfranco war Purist, süchtig nach klaren Formen, er liebte alle Farben, solange sie hell waren, und duldete keinerlei Schnörkel oder Schnickschnack. Sein Konzept, riesige Fenster, mediterran anmutende weiße Fassaden, zwei in-

time Patios, die die verschiedenen Bereiche auf den zwei Ebenen des Hauses trennten, ein Swimmingpool, in den Abhang gebaut, daß man von dort aus nur Himmel und das Meer sehen würde. Es war perfekt.
»Ich hoffe, wir finden einen Goldschatz auf dem Grundstück, denn das klingt alles entsetzlich teuer!« stöhnte Ian.
»Ich habe einen Berg von Aufträgen, und die neue Kollektion läuft wunderbar. Wir schaffen das schon!« Sie blickte ihrem Mann in die tiefblauen Augen, fühlte ihre Haut prickeln und das Blut in ihren Ohren singen. Sie legte ihre Hand auf seine nackte Brust. »Honey.« Ihre Stimme war plötzlich rauh und heiser. Sie beugte sich zu ihm hinunter und legte ihre Lippen auf seine und ertrank in seinem Kuß.
Mit klopfendem Herzen fuhren sie zu Luise von Plessing.
»Kommt rein, ich bin hier hinten!« rief die alte Dame. Sie fanden sie im Garten, auf den Knien, beide Arme bis zu den Ellenbogen in der Erde, und neben ihr stand William und schützte sie mit einem knallgelben Sonnenschirm. »Hallo, meine Lieben, ich bin schon sehr gespannt auf die Pläne.« Sie stand auf, erstaunlich agil für ihr Alter, und wusch sich ihre Arme unter dem Gartenschlauch ab. Kräftige Arme, trotz der faltig hängenden Haut waren deutliche Muskeln zu erkennen. »So, nun laßt mal sehen! William, mach uns einen Tee, und dann wasche die Fenster, ich muß mir schon Löcher hineinkratzen, um etwas sehen zu können.«
William lachte in sich hinein, ein Lachen, dick wie Sahne, und stolzierte, den Schirm noch über sich, davon. Luise studierte die Pläne. »Hm«, brummte sie endlich. »Wie ist das mit dem Garten?«
Henrietta unterdrückte ihre Nervosität, setzte ein Lächeln auf und beschrieb ihr den geplanten Garten.
Ernst hörte die alte Dame zu. »Wundervoll«, strahlte sie dann, »ganz wundervoll. So habe ich es mir vorgestellt. Euch

beiden kann ich mein Grundstück getrost verkaufen. Ihr müßtet mir vertraglich zusichern, tatsächlich nichts anderes aus dem Land zu machen als ein Haus mit Garten für eure Familie. Und nun zum Preis.«
Sie wurden sich einig. Schon vorher hatten sie entschieden, keine Hypothek aufzunehmen. Henriettas Haut kribbelte in Erinnerung an Mr. Brompton, den Bankdirektor.
»Die Fabrik läuft hervorragend, Tendenz steigend. Ich sehe kein Problem«, sagte Ian und küßte sie herzhaft.
»So«, bemerkte Luise von Plessing mit tiefster Zufriedenheit, »jetzt kriegt der Kerl es nicht mehr. Das ist gut.«
Der Nachmittag versank in Glückseligkeit und Sekt.

❖

Der Kerl stand eine Woche später vor Henriettas Tür. »Mein Name ist Hendrik du Toit, ich habe etwas mit Ihnen zu besprechen.« Bevor Henrietta wußte, wie es geschehen war, stand er im Wohnzimmer. Ein zierlicher, überraschend elegant gekleideter Mann, tiefgebräunt, hellblonde Haare, wasserhelle Augen und einen harten Mund in einem Gesicht, so schmal und scharf wie ein Beil. Er setzte sich unaufgefordert in einen Sessel, schlug seine Beine übereinander, betrachtete, wie um sich Inspiration zu holen, seine polierten Fingernägel. »Es geht um das Von-Plessing-Grundstück. Ich möchte es gern von Ihnen kaufen. Ich weiß, was Sie gezahlt haben, ich biete zwanzig Prozent mehr.« Er sprach in einer dünnen, trocknen Stimme.
Schweigen breitete sich aus, Nebengeräusche drängten sich in den Vordergrund. Das Quietschen der spielenden Zwillinge im Nebenraum, das Kläffen von Beryls Zwergpinscher, ein Auto in der Ferne. »Tut mir leid, Mr. du Toit, wir verkaufen nicht«, sagte Ian ruhig.

»Fünfundsiebzigtausend«, unterbrach ihn der elegante Mr. du Toit und nahm eine Zigarette aus einem silbernen Etui, klopfte sie zweimal auf seinen Handrücken und zündete sie an. Er fragte nicht, ob es ihnen angenehm wäre.
»Mr. du Toit«, sagte sie scharf, »wir verkaufen grundsätzlich nicht, egal welchen Preis Sie bieten.«
Er blies den Rauch in einem geraden Strom durch die Nasenlöcher und richtete seine wasserhellen Augen auf sie. »Nun, Mrs. Cargill, jeder hat seinen Preis, und so auch Sie den Ihren. Ich muß nur herausfinden, was er ist. Ich melde mich dann wieder.« Mit einer geschmeidigen Bewegung faltete er sich aus dem Sessel.
»Hast du gehört?« wisperte sie, als er in einen großen schwarzen Mercedes stieg, »Er sagte, ›was‹ unser Preis ist, nicht wieviel. Das jagt mir Angstschauer über den Rücken, genau wie dieser Lackaffe selber.« Ihre Nase stand spitz in ihrem erblaßten Gesicht. »Irgendwo hab ich den Kerl schon mal gesehen! Aber wo?«
»Keine Ahnung, aber der Vertrag ist gültig, den kann keiner brechen. Vergiß ihn!« Er legte tröstend seine Arme um sie.
Noch tagelang meinte sie, den süßlichen Rauch seiner Zigarette riechen zu können. Sie lief durchs Haus wie eine aufgescheuchte Glucke, scharte ihre beiden Kinder um sich und ließ sie nicht aus den Augen. Selbst in die Fabrik nahm sie die Kleinen mit. »Fatima, welche unserer Damen kann ich als Babysitter mißbrauchen?«
Ein schüchternes, sehr junges Mädchen kam aus dem Nähraum. »Hallo, Ma'am«, kicherte sie, rollte ihre Brombeeraugen, knickste, wobei ihr kleiner, draller Körper bebte und wabbelte wie ein Schokoladenpudding. »Man nennt mich Isobel.«
»Isobel, du bleibst da, wo ich euch sehen kann, verstanden? Auf keinen Fall läßt du die beiden aus dem Garten.« Fünf

Minuten später rutschten die drei juchzend über den Boden, und es wurde klar, daß Isobel selbst eigentlich noch ein Kind war. Henrietta ging zu Fatima. »Gib mir bitte einmal ihre Papiere.« Sie suchte das Geburtsdatum. Es war nicht eingetragen. »Wieso?« fragte sie Fatima.
»Sie ist in dem Winter geboren, als kein Regen fiel.« Ein verächtlicher Zug bog die Mundwinkel der jungen Frau herunter. »Die Kaffern sind so primitiv, die kennen keine Zeitrechnung.«
Henrietta überhörte das. »Ersetze Isobel durch eines der anderen Mädchen«, ordnete sie an, vielleicht etwas kurz und barsch, »ich werde sie als Kindermädchen engagieren. Und, Fatima, sieh dir in Zukunft die Mädchen genau an. Isobel ist zu jung.«
Fatima verzog ihr hübsches Gesicht und verließ geräuschvoll das Büro. Henrietta seufzte. Letztlich reagierte Fatima so launisch, daß es das Betriebsklima störte. Sie erklärte Isobel ihre neue Aufgabe und nahm sie am selben Tag mit nach Hause. Grace, die sie kurz nach der Geburt zur Entlastung von Sarah eingestellt hatte, war nach einem dreiviertel Jahr zu ihrer Familie zurückgekehrt. Obwohl sie angab, daß ihre Mutter ihrer Hilfe bedurfte und sie deswegen gehen mußte, wußte Henrietta, daß sie mit Sarah nicht zurechtkam, die sie auf ihre herrschsüchtige Art herumkommandierte. Mit gemischten Gefühlen brachte sie Isobel zu Sarah in die Küche.
»Sarah, das ist Isobel. Ich habe sie eingestellt, damit sie sich um die Kinder kümmert und dir im Haushalt hilft, wenn sie noch Zeit hat.«
Sarah spießte das junge Mädchen mit einem mißtrauischen Blick auf und feuerte ein paar Worte in Zulu auf sie ab.
Isobel senkte ihren Kopf und flüsterte »Yebo.« Abwartend blieb sie stehen, den Blick auf den Boden gerichtet.
Sarah schien das zu gefallen. Sie gab ihr ein knappes Kom-

mando auf zulu, und Isobel trippelte gehorsam hinter ihr her, sammelte das Kinderspielzeug auf und badete später die Kleinen unter der strengen Aufsicht von Henrietta und Sarah. Nie verlor sie dabei ihre fröhliche Art, sie schäkerte und scherzte mit den Zwillingen, die Kinder juchzten vor Vergnügen. Henrietta war begeistert.

»Es beruhigt mich sehr. Seitdem dieser Kerl hier war, hab ich ein ungutes Gefühl«, murmelte sie abends in Ians Armen.

»Schatz, rede keinen Unsinn. Was soll du Toit denn schon machen? Er hat aufgegeben, glaub's mir.«

Sie setzte sich mit einem Ruck auf. Die elegante, schmale Gestalt, das helle Haar! »Elaine«, flüsterte sie langsam. »Auf ihrem Hochzeitstag. Erinnerst du dich?«

»Elaine? Was meinst du?«

»Elaine Marais Liebhaber, du Toit ist ihr Liebhaber!«

Ian starrte sie an. »Du hast recht. Verdammt, welch ein unmöglicher Zufall!«

»Zufall? Pete und jetzt du Toit, ich glaub nicht mehr an Zufall.«

»Laß uns nicht paranoid werden. Außerdem, Vertrag ist Vertrag, er kann nichts machen.«

Doch sobald sie ihre Augen schloß, standen Hendrik du Toit und Pete Marais da und lachten gellend, ihre Gesichter höhnisch verzerrt. Ihre Leiber wurden zu Schlangenleibern, und aus ihren Mündern wuchsen monströse Giftzähne. Henrietta schrie im Schlaf. Ian neben ihr schlief tief und ruhig und hörte sie nicht.

❖

Allmählich gingen die Wochen ins Land, Ostern war vorbei und fast vergessen. Sie hörten nichts mehr von Hendrik du Toit. Sie beruhigte sich, aber er war immer im Hintergrund ihrer Gedanken.

Er kennt Pete Marais!
Werd nicht paranoid!
Sie seufzte. Sie konnte sich einfach nicht davon freimachen. »Isobel, ich fahre eben zur Post, bleib mit den Kindern im Garten.«
»Guten Morgen, Mrs. Cargill«, grüßte der Schalterbeamte, auf einer stinkenden, kalten Zigarre kauend, und wuchtete ein riesiges Paket über den Tresen. »He, Boy!« brüllte er nach hinten, »thata lo Paket ins Auto von der Missus!«
Als sie das Paket zu Hause öffnete, quollen zu ihrem blanken Entsetzen ihre eigenen Kreationen heraus, zusammen mit einem kurzen, präzise formulierten Brief über die Diskrepanz zwischen der Qualität und dem Preis. Der Absender war das prestigeträchtigste Modegeschäft in Kapstadt. Verdammt, seit die Zwillinge ihr Leben übernommen hatten, verließ sie sich verstärkt auf Fatima. Im Dezember erst hatte sie ihr Gehalt erhöht. In letzter Zeit jedoch benahm sie sich oft anmaßend ihr gegenüber und ging verletzend, herablassend und arrogant mit den Mädchen um, so daß immer häufiger eine von ihnen einfach wegblieb. Der gute Lohn, den sie in der Fabrik verdienten, die vielen kleinen Extras, die sie zu der beliebtesten Arbeitgeberin der ganzen Gegend machten, konnten die Mädchen nicht halten. Und daran schien Fatima schuld zu sein. Wütend fuhr sie in die Fabrik.
Sie trat die Schwingtür auf und fegte, die reklamierten Kleider turmhoch auf ihren Arm gestapelt, in Fatimas Büro. Sie öffnete einfach die Arme und ließ die Kleider auf den Boden fallen. »Kannst du mir sagen, wie die hier abgeschickt werden konnten?« Sie riß eins hoch und knallte es auf den Schreibtisch der erschrockenen Inderin. Sie bohrte einen Finger durch eine aufgegangene Naht. »Hier, nennst du das ordentlich genäht?« Ihre Stimme wurde schrill. »Verdammt, Fatima, wie konnte das passieren?«

Die saß einen Moment wie versteinert. Dann sprang sie auf. »Ich bin keine schwarze Hilfsarbeiterin, die Sie so anschreien können!« Bebend stand sie da, ihr hauchfeiner blauer Sari umzitterte sie wie Spinnweben im Wind, die unzähligen Goldreifen an ihren Armen klirrten leise. »Ich bin hier Betriebsleiterin, ich brauche mir das nicht gefallen zu lassen.« Sie riß die Schreibtischschublade auf, kippte den Inhalt in eine Plastiktüte. »Ich gehe, Sie werden schon sehen, was Sie davon haben.«
Sie rannte aus dem Büro und stolperte auf dem staubigen Sandstreifen neben dem Asphaltband der Hauptstraße in Richtung Mount Edgecombe, eine schmale, zierliche Figur, in wogendes, schillerndes Blau gehüllt. Ein verlorener Schmetterling.
Ratlos sah ihr Henrietta nach. *Verdammte Fatima!* Sie nahm zwei Aktenordner und blätterte mit dem Daumen die abgehefteten Rechnungen durch. Auf den ersten Blick schien alles in Ordnung.
Eine kleine, rotgekleidete Gestalt schlüpfte durch ihr Blickfeld. Ein indisches Mädchen in einem roten Sari mit gelber Borte. Sie glitt, verstohlen um sich blickend, um die Ecke des Gebäudes. Sie runzelte die Stirn. Dort war die Hintertür zur Fabrik, und niemand außer den Firmenangehörigen hatte dort etwas zu suchen. Sie öffnete die Tür zu der kleinen Halle, in der mittlerweile sechzehn Mädchen an ihrer Kollektion arbeiteten. Sechs Strickerinnen ratschten monoton den Schlitten über das Bett der automatischen Handstrickapparate, hin und her, und zehn Näherinnen saßen über ihre Maschinen gebeugt. Zwischen ihnen huschte blitzschnell das Mädchen in dem roten Sari.
Der Maschinenlärm verstummte augenblicklich. Mehrere Mädchen, alle Inderinnen, ließen ihre Arbeit sinken, sahen sich an und bewegten sich, aufgeregt in irgendeinem indi-

schen Dialekt schnatternd, hinter dem kleinen Mädchen zur Hintertür. Die schwarzen Arbeiterinnen blickten mit offenen Mündern verständnislos hinter ihnen her.
»Und wo wollt ihr hin, bitte?« fragte sie von der Tür her. Ruckartig flogen sechzehn Köpfe herum und ebenso viele Augenpaare starrten sie verschreckt an. Das kleine Mädchen reagierte am schnellsten. Sie war so schnell zur Tür hinaus, daß ihr Bild für einen Moment reglos im Raum stehenblieb. »Leila«, sprach sie das älteste Mädchen an, »wohin wollt ihr?« Wie auf Kommando senkten die Mädchen ihre Köpfe, und sie blickte nun auf zehn geölte, schwarzglänzende Scheitel. »Leila!«
Leila, ein fettes, älteres Mädchen mit Brille und einem deutlichen Oberlippenbart, hob trotzig ihr dreifaches Kinn. »Fatima hat uns ausrichten lassen, daß uns allen gekündigt worden ist.«
»Unsinn«, antwortete sie heftig, »niemandem ist gekündigt worden, auch Fatima nicht. Setzt euch sofort wieder an die Arbeit.« Ihre ungläubigen Blicke im Rücken spürend, ging sie ins Büro und rief das kleine Mädchen, das, halb verdeckt von einem Oleander, am Straßenrand stand. Schüchtern schwänzelte das Mädchen heran.
»Sag Fatima, ich will sie sprechen.«
Die Kleine eilte die Straße hinunter.
Nach einer Stunde klopfte es, und ein junger Mann in einem hellblauen Safarianzug stürmte in ihr Büro. Er zerrte Fatima so brutal am Handgelenk hinter sich her, daß sie stolperte. »Ich bin Fatimas ältester Bruder«, verkündete er auf eine arrogante, herrische Art. »Sie arbeitet erst wieder, wenn Sie ihr den Lohn für die letzten drei Monate gezahlt haben. Ich informiere sonst die Polizei, daß Sie uns betrügen.« Wut brannte in seinen dunklen Augen.
Bei dem Wort ›Polizei‹ begann ihr Puls hart gegen ihre

Schläfen zu pochen. Sie saß verwirrt, wütend und momentan völlig überfordert, die Situation nüchtern einzuschätzen. »Wie bitte?« krächzte sie.

»Fatima hat seit drei Monaten keinen Lohn bekommen. Entweder Sie zahlen jetzt sofort, oder ich hole die Polizei.« Fatima hinter ihm zitterte wie Espenlaub, ihre Lippen, schwärzlich grau in ihrem aschfarbenen Gesicht.

Urplötzlich überkam sie das Verlangen, ihm in sein arrogantes Gesicht zu schlagen. »Einen Moment!« Sie wählte die Nummer ihrer Bank und ließ sich die genauen Daten der Auszahlungen der letzten Monate geben. Sie knallte sie vor ihm auf den Tisch. »Hier, hier und hier«, sie tippte mit dem Zeigefinger auf die Zahlen. »Das sind die Daten, an denen Fatimas Gehalt ausgezahlt worden ist. Und jetzt verschwinden Sie aus meinem Büro, sonst lasse ich Sie wegen Hausfriedensbruch verhaften! Raus! Du bleibst hier, Fatima!«

Der Mann, der mit zusammengezogenen Brauen die Zahlen studiert hatte, fuhr herum und prügelte unvermittelt auf Fatima ein. Laut schreiend krümmte sie sich unter den Schlägen. Ihr Bruder bewegte seine Arme wie Dreschflegel, ließ seine Fäuste auf ihren ungeschützten Kopf und Körper niedersausen. Ohne zu überlegen, umklammerte Henrietta seine Handgelenke. »Hören Sie sofort auf!«

Sein flammender Blick versengte sie, und sie glaubte, er würde sich auch gegen sie wenden. Aber als sein Blick sich klärte, hielt er schwer atmend inne, senkte den Kopf und trat zurück. »Sorry, Ma'am«, keuchte er.

»Raus!« zischte sie und gab ihm einen Stoß. Er ging. Einfach so, aber seine Fäuste hielt er geballt. »So, und nun zu dir, Fatima! Was wird hier gespielt?«

Die Geschichte, die Fatima dann stockend vortrug, war ebenso banal wie tragisch. Ihre Eltern hatten für sie einen Bräutigam ausgesucht, einen älteren, dicken Mann, der ein Gemüsegeschäft besaß und wohlhabend war. »Er riecht und hat seine erste Frau geschlagen, außerdem«, flüsterte sie, »liebe ich einen anderen.« Monoton, fast unhörbar redete Fatima weiter. Jeden Monat mußte sie ihr Geld zu Hause bis auf ein kleines Taschengeld abliefern. Die letzten drei Monate hatte sie ihrer Familie die Lüge aufgetischt, daß sie keinen Lohn bekommen hatte, weil die Geschäfte schlecht gingen. Das Geld für die Flucht schaffte sie für sich und ihren Geliebten beiseite. Ihre Stimme verebbte, ihre zierlichen Finger spielten mit den Goldreifen. »Ich dachte, wenn ich den anderen Mädchen sage, daß ihnen gekündigt worden ist, würde meine Familie meine Geschichte glauben …«

Sie fühlte sich hilflos. »Was willst du jetzt machen?«

Die junge Inderin verbarg ihr Gesicht in den Falten ihres Saris, und nur die zuckenden Schultern, der bebende Saum ihres Saris zeigten ihre Verzweiflung. Ein rauhes Schluchzen zerriß den schmalen Körper. »Ich kann nicht nach Hause, sie würden mich totschlagen, wenn sie von Jawahal erfahren. Ich bekomme ein Baby«, brach es aus ihr heraus, »ich muß heute noch fliehen.« Tränenüberströmt hob sie ihr Gesicht. »Bitte, verraten Sie mich nicht, helfen Sie mir …«

»Fatima, das kann nicht dein Ernst sein. Soll ich mit deinen Eltern sprechen? Wir leben in den sechziger Jahren des zwanzigsten Jahrhunderts, nicht im Mittelalter.«

Fatima schüttelte langsam den Kopf, ihr schwerer, hüftlanger Haarzopf pendelte im Gegentakt. »Sie würden mich töten, Madam.« Ihre Stimme war flach und tot und ließ keinen Widerspruch zu. Sie wischte sich die Tränen ab, ihr schönes, goldbraunes Gesicht erstarrte zu einer schicksalsergebenen Maske. Sie stand da und erzählte ruhig, daß ihre Familie sie töten würde, und sie schien das nicht in Frage zu stellen, im Gegenteil, sie schien es zu akzeptierten, als hätte das seine Richtigkeit.

Sie dramatisiert, ganz bestimmt, anders kann es nicht sein, dachte Henrietta. Impulsiv schrieb sie einen Scheck aus. Ein doppeltes Monatsgehalt. »Hier, Fatima, alles Gute – sei vorsichtig!«
Der Schatten eines Lächelns huschte über die graufahle Miene der zierlichen Frau. »Ich habe Indra alles beigebracht, was ich weiß. Sie ist ein gutes Mädchen.« Sie glitt zur Tür. »Nehmen Sie sich vor meinem Bruder in acht, Madam, er ist rachsüchtig.« Dann war sie verschwunden. Ein Hauch von Jasminöl schwebte im Raum.
Sie zuckte die Schultern. *Ihr Bruder. Was könnte er mir schon antun? Wir haben keine Berührungspunkte. Er ist Asiate, ich bin eine Weiße.* Dann ging sie in die Fabrikhalle. »Alles in Ordnung«, lächelte sie beschwichtigend, »Fatima ist nur unwohl. Sie hat sich krank gemeldet. Indra, du übernimmst vorläufig ihre Aufgaben.« Diese Notlüge gab dem armen Mädchen etwas Vorsprung. Die Mädchen senkten ihre Köpfe, die Maschinen ratterten, aber verstohlene Blicke flogen von einer zur anderen, und getuschelte Worte summten im Raum.
Sie schloß die Bürotür, griff zum Telefon und schickte ein Stoßgebet zum Himmel, daß nicht Mrs. Ford, sondern Mr. Ford, ihr entzückender, ewig lächelnder Mann, antworten würde. Sie war eine verbissene alte Ziege, ohne jeglichen Sinn für Humor. Glücklicherweise hatte Mrs. Ford eine Passion, und das war Mr. Ford.
»Calique Moden, Beresford Ford hier, was kann ich für Sie tun?« klang die Stimme von Mr. Ford an ihr Ohr. Gott sei Dank! Nach zehn Minuten beendete sie schweißgebadet das Gespräch. Gerettet! Sie blieb Lieferantin für Calique. Erleichtert schloß sie ihr Büro ab. Heute war ihr einfach nicht mehr nach Arbeit. Auch die Mädchen hatten Schluß gemacht und standen jetzt im Schwarm zwitschernd an der Bushaltestelle.

»Guten Tag, Madam«, grüßte eine weiche Stimme aus dem Schatten des Oleanderstrauches. Henrietta fuhr herum. Vor ihr stand die Frau von Cuba Mkize. In der Rechten trug sie eine knallbunte Wolldecke zu einem Bündel geschlungen, auf ihrem Rücken schlief das Baby. Ihr Babyfett war verschwunden, ihre hohen Wangenknochen standen hervor. Sie war schön geworden, aber sehr dünn.
»Hallo«, sagte sie lahm und widerwillig. »Was willst du hier?«
»Ich brauche unbedingt Arbeit.« Mary setzte ihr Bündel in den Straßenstaub. Geduldig stand sie da und sah sie aus diesen verwirrend großen, vertrauensvollen Augen an. »Mein Name ist Mary.«
Verdammt! Henrietta war ratlos. Sie wollte mit Mary Mkize und ihrem Mann nichts, aber auch gar nichts zu tun haben. »Tut mir leid, Mary, ich brauche niemanden. Du mußt es woanders versuchen.«
Der dumpfe Fatalismus, der auch Fatimas Schultern beugte, der den meisten Schwarzen die Augen verschleierte, senkte sich auf Mary. Sie hob ihr Bündel auf und wandte sich mit gesenktem Kopf zum Gehen. Da öffnete das Baby seine riesigen, leuchtenden Augen und begann jämmerlich zu weinen. Seine Mutter zögerte. Ihre Schultern strafften sich. Sie drehte sie sich um. »Ich könnte den Fußboden schrubben. Mein Baby und ich brauchen nicht viel.«
Oh, Ian, was soll ich nur machen? Sieh doch nur das schmale Gesichtchen des Babys und wie dünn Mary Mkize geworden ist.
»Nun gut«, hörte sie sich zu ihrem eigenen Schrecken sagen, »du kannst morgen anfangen.« Verdrossen stieg sie in ihren Wagen. Im Rückspiegel sah sie Mary Mkize und ihr Baby allein am staubigen Straßenrand stehen, und ihr kam der Gedanke, daß die beiden keine Unterkunft für die Nacht hatten.

»Mach dir keine Sorgen«, beruhigte sie Ian, »die finden immer jemanden, bei dem sie unterkriechen können.«
Natürlich hatte er recht, und so wurde Mary Mkize zu einem vertrauten Anblick, wie sie mit ihrem Baby auf dem Rücken den Boden fegte, die Fenster putzte und die dicke Staubschicht, die in einer Textilfabrik täglich von neuem Maschinen und Arbeitstische bedeckte, abwischte. Sie tat es in dem gemächlichen Rhythmus der Afrikaner, der soviel sinnvoller ist in diesem heißen Klima als die Hast und Eile der Europäer. Henrietta fragte nicht, wo sie wohnte, und Mary schwieg sich aus. Es war ihr nur recht, sie wollte möglichst wenig Berührungspunkte mit der jungen Frau haben.
Danach erhöhte sie Sarahs und Isobels monatliche Rationen, kaufte Imbali ein eigenes Bett und beruhigte so ihr Gewissen, obwohl sie sich das nicht eingestand.
»Jabonga gakhulu«, flüsterte Imbali, die bisher zusammengerollt wie ein Kätzchen zu Füßen ihrer Mutter schlief. Sie rannte zu den Zwillingen. Aufgeregt zwitscherten sie in Zulu miteinander, verschwanden im Kinderzimmer, rafften das Bettzeug zusammen und schleppten es hinüber in den Khaya. Neugierig folgte Henrietta ihnen.
»Wir schlafen bei Imbali«, verkündete Jan wichtig.
»Erst müßt ihr aber Sarah um Erlaubnis fragen.«
»Nein«, sagte Sarah heftig, »Imbali, trag das Bettzeug zurück.«
»Aber Umama …!«
»Lalela! Gehorche!«
»Ich habe nichts dagegen«, bemerkte Henrietta.
»Es wäre nicht richtig, Madam.« Sie preßte die Lippen zusammen, drehte ihr den Rücken zu und fuhr fort, Karotten zu putzen. Sie attackierte sie mit dem Messer, daß die Stücke flogen.
Henrietta sah ihre Kinnmuskeln arbeiten, registrierte die ab-

gehackten Bewegungen und zog ihre Hand zurück, die sie schon ausgestreckt hatte, um Sarah zu berühren. »Sarah«, wollte sie sagen, »laß unsere Kinder gemeinsam aufwachsen, sorge dafür, daß die unsichtbare Mauer zwischen uns endlich fällt.« Aber sie tat es nicht. Sie zog ihre Hand zurück. »Mach mir bitte einen Kaffee«, sagte sie und schloß die Tür zu ihrem Schlafzimmer.

Im Juni erhielt sie einen Brief von Frank Kinnaird. Erwartungsvoll öffnete sie ihn. Nachdem sie ihn gelesen hatte, rief sie Neil in der Redaktion an. »Frank Kinnaird, du erinnerst dich? Er kehrt nach Durban zurück und will seine Eltern aus dem Gefängnis holen. Er bittet uns um Hilfe.«

»Will er die Kavallerie rufen und sie mit Kanonen und Granaten befreien?« spottete Neil.

»Er denkt wohl eher an deine Unterstützung mit einem Artikel.«

Neil war skeptisch. »Ich glaube nicht, daß wir etwas ausrichten können. Hat schon beim Prozeß nicht geklappt. Wann kommt er?«

»Dienstag. Ich hole ihn ab.«

»Nun gut, versuchen wir es. Wir treffen uns dann am Flughafen. Ich bringe einen Fotografen mit.«

Die Maschine hatte Verspätung. »Wie ist sein Brief?« fragte Neil, während sie warteten. »Ich meine, ist er okay im Oberstübchen? Letztes Mal, als ich ihn sah, saß er im Rollstuhl, der Speichel lief ihm aus dem Mund, und er grunzte Unverständliches.«

»Seine Schrift ist krakelig«, antwortete sie, »aber der Inhalt sehr eloquent. Doch, ich denke, daß er geistig voll da ist. Aber ob er noch im Rollstuhl sitzt, weiß ich nicht. Wie alt ist er eigentlich?«

»Er hat am selben Tag Geburtstag wie Glitzy, wenn ich mich recht erinnere.«

Sie warteten, bis der letzte Passagier der Swissair an ihnen vorbeigegangen war. Ein Rollstuhlfahrer war nicht unter ihnen.

Der Fotograf verstaute frustriert seine Kamera. »Fehlanzeige! Laßt uns gehen!«

»Henrietta?« fragte eine kräftige, fröhliche Stimme hinter ihnen.

Sie drehte sich um. Der Sprecher war ein junger Mann, etwa Mitte Zwanzig, groß, dünn, durchsichtig blaß, aber seine blauen Augen unter den schwarzen Locken funkelten vor Lebendigkeit. »Ich bin Frank Kinnaird.«

»Hallo«, brachte sie erstaunt hervor. Keine Spur von einer Behinderung!

Er schien ihre Gedanken zu lesen. »Der Rollstuhl ist in der Schweiz geblieben«, lächelte er. Es war ein anziehendes, einnehmendes Lächeln.

»Hi, Frank«, grüßte Neil, »dürfen wir ein paar Fotos machen?«

Der Fotograf dirigierte den jungen Mann in verschiedene Posen. Henrietta bemerkte, daß er den rechten Fuß leicht nachzog. Aber das war auch alles. Die Schweizer Ärzte hatten wirklich ein Wunder vollbracht. Sie konnte kaum erwarten, Liz' Gesicht zu sehen, wenn sie sie mit Frank im Gefängnis besuchte.

»So, und nun holen wir meine Eltern aus dem Gefängnis!« rief Frank enthusiastisch.

»Ich sehe da schwarz«, dämpfte Neil, »sie sind rechtskräftig verurteilt.«

»Oh, das weiß ich. Deswegen sollst du ja ein paar Artikel schreiben, die so richtig auf die Tränendrüse drücken.« Pathetisch hob er seine Hände. »Verzweifelter Sohn kehrt von der Schwelle des Todes zurück, um Eltern zu retten. Das wird eure Auflage erhöhen.« Er biß sich auf die Lippen. »Verdammt, ich hab alles mitgekriegt, ich war hellwach, die ganze Zeit, nur mein Körper gehorchte mir nicht. Ich war so wütend. Ich hing da, sabberte vor mich hin und konnte nichts tun. Wißt ihr, daß ich meiner Mutter in einem Wutanfall mal den Arm gebrochen habe? Und ich konnte mich nicht einmal entschuldigen. Ein Wunder, daß sie mich nicht in ein Heim gesteckt hat! – Sie haben nichts mehr, Neil, kein Haus, kein Geld, keine Zukunft. Nichts.« Er hatte sich in Rage geredet. Seine blauen Augen blitzten, seine Fäuste waren geballt. »Ihre Fabrik ist auch futsch. Einer aus Kapstadt hat sie sich billig unter den Nagel gerissen. Und nun sitzen sie als Verbrecher im Gefängnis. Meine Eltern!« Er atmete schwer. »Sie haben nur noch mich, und ich hol sie da raus, das schwör ich euch!«

Neil hatte nach seinen ersten Worten einen Block herausgeholt und alles fieberhaft mitgeschrieben. Sein Fotograf klickte pausenlos. Dann ließ Neil seinen Bleistift sinken. »Du wohnst erst einmal bei uns, einverstanden?«

Frank nickte. »Gerne.« Er ging zur Gepäckausgabe, um seine Koffer zu holen, der Fotograf folgte ihm.

Henrietta blieb bei Neil. »Siehst du eine Möglichkeit?«

Neil grinste.

»O ja! Ein eindrucksvoller junger Mann, findest du nicht? Tolle Geschichte. Warte ab, was ich daraus mache.«

❖

Nach wenigen Tagen war Frank Kinnaird berühmt. Jeder kannte seine Geschichte. Er konnte sich vor Einladungen kaum retten. Neils Zeitung richtete ein Spendenkonto ein, und alle wohltätigkeitsbeflissenen Damen stürzten sich begeistert auf ihn. Franks erster Besuch bei seinen Eltern im Gefängnis artete in eine Massendemonstration aus.

»Dieser feine, junge Mann, dieser aufrechte Südafrikaner, seht ihn euch an!« schrie einer aus der Menge, der von Neil gut bezahlt worden war, »er ist zurückgekommen, um seine Eltern aus dem Gefängnis zu holen, die nichts weiter getan haben, als ihrem Sohn, ihrem einzigen Kind, die beste ärztliche Hilfe zu ermöglichen. Dafür werden sie wie Verbrecher bestraft!«

Die Menge brüllte.

»Sie haben jeden Cent, den sie besaßen, als Strafe gezahlt – warum sitzen sie noch im Gefängnis?«

Die Menge klatschte und stampfte. Der Druck der Öffentlichkeit auf die Justizbehörden wurde immens.

Zwei Wochen später konnte Frank Kinnaird vor laufenden Kameras seine Eltern vor den Gefängnistoren in die Arme schließen. Kein Auge blieb trocken. Selbst die Gefängniswärter, die die Kinnairds in die Freiheit entließen, wischten sich verstohlen die Tränen ab. Ein paar kräftige junge Männer, auch bezahlt von Neil, hoben die drei Kinnairds auf die Schultern und trugen sie im Triumphzug ins Edwards, wo die Zeitung ein Willkommensbuffet aufgebaut hatte.

Liz und Tom saßen, sich fest an den Händen haltend, zwischen Frank und ihren Freunden, die ausnahmslos erschienen waren, und brachten kein Wort hervor.

»Es ist zuviel, Henrietta«, wisperte Liz endlich, »es ist einfach zuviel!« Sie ließ ihren Sohn für keine Sekunde aus den Augen.

Neil stolzierte herum wie ein Pfau. Mit Frank Kinnairds Geschichte stieg die Auflage seiner Zeitung sprunghaft, und er verhandelte für Frank mit Johnny Rys, dem berühmten Regisseur über die Filmrechte der Geschichte.

Henrietta, die ohne Ian hier war, saß im Edwards neben Tita. »Sieh dir Glitzy an«, flüsterte sie, »täusche ich mich, oder himmelt sie Frank an?«

Die beiden jungen Frauen sahen hinüber zu Diamanta Daniels, die, das Kinn in eine Handfläche gestützt, wie hypnotisiert an jedem Wort Frank Kinnairds hing.
Tita lächelte verträumt. »Oh, ich liebe Happy-Ends«, seufzte sie, »wir haben lange keine Hochzeit mehr gehabt.«

Vierzehntes Kapitel

Als sie nach Hause zurückkehrte, stand Ian im Wohnzimmer, und als er sich umdrehte, wußte sie, daß etwas Fürchterliches passiert war. Sein Gesicht war fahlblaß unter der Bräune, scharfe Linien standen weiß neben seinem fest zusammengepreßten Mund, und seine tiefblauen Augen glühten in verzweifelter Wut. Ian, der jeder Alltagskatastrophe ausgeglichen und opimistisch entgegentrat, schien wie ein Mann, unter dem sich die Hölle aufgetan hatte. Sie legte ihre Arme um seinen Hals und zog seinen Kopf an ihre Schulter, gerade so, wie sie es auch mit Jan machen würde.

»Was ist passiert, Honey? Sag es mir bitte.«

Er löste ihre Hände von seinem Hals. »Setz dich erst mal hin.« Er zog ihr einen Stuhl heran. »Um es kurz zu machen: Pete hat mich aus der Fabrik ausgesperrt. Er hat übers Wochenende alle Schlösser auswechseln lassen und mir per Anwalt unter Androhung von Strafe das Betreten des Geländes verboten. Außerdem verlangt er von mir Schadenersatz für etwas, was er Mißmanagement nennt.«

»Hat er den Verstand verloren?«

»Pete hat mit Absicht einige Partien Rohmaterial mit seinem Werksprüfsiegel versehen, obwohl sie fehlerhaft waren. Wir bekamen Reklamationen. Ich machte Fotos von dem Material und stellte ein Muster sicher. Es passierte wieder, ich stellte Pete zur Rede. Er stritt alles ab und präsentierte als Beweis die Restbestände desselben Materials ohne Werksprüfsiegel.

Die Stelle, wo dieses Siegel abgekratzt worden war, war deutlich zu erkennen. Auch davon hab ich Muster und Fotos. Damit kommt er nicht durch. Ich werde die Fotos vorsichtshalber in Cedrics Kanzlei deponieren. Man weiß nie, was passieren kann.«

»Und was heißt das für uns?«

Ian nahm ihr Gesicht in seine Hände und küßte sie. »Liebes, du bist schneeweiß geworden. Ich weiß, was er versucht. Er will mich um meine Beteiligung bringen. Er versucht, mir diese Reklamationen anzuhängen und dann über eine Klage von Mißmanagement so viel Schadenersatz von mir zu verlangen, wie meine Beteiligung wert ist. Ich denke, dann wird er mir anbieten, die Klage fallenzulassen, wenn er dafür meine Anteile bekommt. Ich bin dann meine Firma, meine Investition und meinen Ruf los. Aber das wird ihm nicht gelingen! Ich werd' mit dem Kerl schon fertig.« Seine gepreßte Stimme zeigte deutlich die Demütigung, die er fühlte, so aufs Kreuz gelegt worden zu sein. »Smithers, mein bester Kunde, hat das fehlerhafte Material gesehen, als es ankam. Wenn er mir hilft, haben wir keine Probleme, sonst kann es brenzlig werden. Er hat es leider sehr geschickt angefangen. Vorläufig hast du einen arbeitslosen Mann am Hals, der obendrein keinen müden Cent hat. Du wirst dir überlegen müssen, ob du noch etwas mit ihm zu tun haben willst.«

»Du Toit, Pete Marais, Fatimas Bruder. Manchmal fürchte ich, daß wir etwas an uns haben, was solche Menschen anzieht«, flüsterte sie an seinem Hals. »Meine Kollektion läuft gut, soll ich dir was leihen, oder willst du bei mir einsteigen?« Nun sah sie erleichtert ein richtiges Lächeln auf seinem Gesicht.

»Ich finde dich toll«, murmelte er, seine Hände glitten über ihre Schulterblätter, hielten inne und wanderten dann zielstrebig dorthin, wo die sanfte Rundung ihrer Brust unter ih-

ren Armen ansetzte, und er begann an ihrem Ohrläppchen zu knabbern.
Ein intimes Lachen stieg aus ihrer Kehle hoch, sie bog ihren Kopf zurück und suchte seinen Mund. »Wenn du mich weiter so vom Arbeiten abhältst, kommen wir nie auf einen grünen Zweig. Ich werde mir überlegen müssen, ob ich mir dich noch leisten kann«, murmelte sie mit ihren Lippen auf seinen.
Ian trat die Schlafzimmertür mit dem Fuß auf und schloß dann ab. »Sicher ist sicher«, flüsterte er, und einen langen Moment später: »Ich bin froh, daß ich dich habe.«

❖

Cedric Labuschagne, wie immer korrekt in einem dunklen Anzug, legte seinen Füllfederhalter auf den Schreibtisch. »Das Problem ist die Zeit. So ein Prozeß dauert. Die Fotos allein genügen nicht, wir müssen Zeugen finden, ich meine richtige Zeugen, keine Schwarzen. Dann werdet ihr erst mal eine Menge Geld an Gerichtskosten vorschießen müssen. Es wird mindestens zwei Jahre dauern, ehe ihr an euer Geld herankommt, und bis dahin kostet es erst einmal noch sehr viel mehr. Das weiß Mr. Marais genau, und er hofft, daß euch auf der Strecke die finanzielle Luft ausgeht.«
»Können wir ihn nicht wegen Betrugs kriegen?« Ian schob ihm mehrere Fotos hin. »Hier ist der unwiderlegbare Beweis. Mein größter Kunde, Mr. Smithers, hat das Material gesehen. Wäre er ein guter Zeuge?«
»Smithers von Smithers & Sons? O ja, der wäre sehr gut.«
Sie besprachen noch ein paar verfahrenstechnische Fragen und verabschiedeten sich bald. Cedric stand auf, als sie gingen. »Ich werde also bei Smithers einmal vorfühlen.«
Ian grinste. »Bei deinen Preisen mach ich das lieber selbst.«

Cedric zog mißbilligend seinen Mund zusammen. »Nun gut, wenn du meinst, daß du mehr Erfolg hast.«

❖

Ende Juli wurde ihre Baugenehmigung erteilt, und nach umfangreichen Rodungen niedrigen Buschwerks auf ihrem Grundstück wurde in der letzten Augustwoche der Grundstein gelegt. »Wir rechnen damit, daß wir im Sommer fertig werden«, teilte ihnen Gianfranco Carini telefonisch mit, »jetzt ist eine erste Anzahlung von zehntausend Rand fällig.«

»Das wird knapp«, stellte Ian nüchtern fest, »ich mußte gerade eine saftige Summe an Cedric zahlen.« Er studierte die Abrechnung des Architekten. »Es gibt nichts, was wir streichen könnten. Wir müssen den Bau vorläufig stillegen.«

»Es gibt noch eine Möglichkeit«, sagte Henrietta, »ich werde Mr. Mueller schreiben, vielleicht kann er mir etwas vorstrecken.«

Es dauerte fast drei Wochen, bis Mr. Mueller antwortete. Er sei zu dem Schluß gekommen, daß ihr Ansinnen durchaus im Sinne ihres Onkels gewesen wäre, schrieb er und bat noch um Auskunft, in welchem Güterstand sie lebten.

»Gütergemeinschaft«, antwortete sie, »auch das Haus ist auf unser beider Namen eingetragen. Es war mein ausdrücklicher Wunsch.« Sieben Tage später zeigte ihr Kontoauszug einen Eingang von zwölftausend Rand. Es war wie im Märchen.

»Gut«, meinte Gianfranco, »jetzt haben Sie erst mal Ruhe.«

Täglich konnten sie nun den Fortschritt ihres Hauses beobachten. Mitte November zogen die Männer die Decken für die Obergeschosse, und das Richtfest rückte näher. Ende November öffnete sich der Himmel, und eine Regenflut ergoß sich über das Land, daß die Abwasserkanäle innerhalb von wenigen Stunden mit Zweigen, Ästen, Geröll und Schlamm verstopft waren. Bäume wurden weggerissen, Häuser unterspült, Hänge brachen und rutschten auf die darunterliegenden Grundstücke, Swimmingpools bekamen durch den Druck der Schlammassen Risse und liefen aus, Häuser standen mehr als einen Meter unter Wasser, durch die Häuser an den Hängen floß ein reißender Strom, trug Schlangen, Ratten und Chamäleons mit, die sich in ihrer Todesnot an Stuhlbeinen und Bettpfosten festklammerten. Es kam zu mehreren lebensgefährlichen Schlangenbissen.

Nachdem Sarah und Joshua angesichts eines vorbeitreibenden Chamäleons schreiend das Weite gesucht hatten, schaufelten Ian und Henrietta verbissen allein die Donga frei. Im Laufe der Jahre hatten Samen dort gekeimt, und nun bedeckte ein dschungelgrüner Teppich von blaublühenden Schlingpflanzen, rosa Impatiens und großblättrigem Unkraut von mehr als einem Meter Höhe die Wasserrinne. Wie damals stürzte das Wasser hinunter und suchte sich seinen angestammten Weg, schäumte und wütete gegen die aufgebauten Barrieren, schleuderte Äste und Geröll dagegen. Am Abend des zweiten Tages änderte sich das monotone Tosen, es rauschte nur noch, wurde leiser, dann konnten sie einzelne Tropfen unterscheiden, und innerhalb einer halben Stunde herrschte Stille, tiefe, köstliche Stille. Der Wasserspiegel fiel, es gurgelte und schmatzte noch ein wenig, aber dann war der Spuk vorbei.

Nach einer unruhigen Nacht in klammen Betten fuhren sie morgens als erstes zum Grundstück. Zwei Straßen davor mußten sie das Auto stehenlassen. Die Wassermassen hatten tiefe Rinnen und Schlaglöcher in die Straße gefressen und sie unpassierbar gemacht.

»O mein Gott!« flüsterte Henrietta und brach in Tränen aus. Ian starrte stumm auf ihr neues Haus. Alle Farbe war aus seinem Gesicht gewichen. An mehreren Stellen des Rohbaus waren die Pfeiler, die die Decken hielten, eingeknickt und die Decken eingebrochen. Die Bauarbeiter standen müßig auf ihre Schaufeln gelehnt, Gianfranco Carini stocherte in den Trümmern mit einem Stock herum. »Oh«, rief er, als er sie erblickte, »böse Sache. Böse und merkwürdig. Sehen Sie.« Er führte sie über die Steinhaufen von einem eingeknickten Pfeiler zum anderen. »Hier, hier und hier.« Er berührte die Stellen mit einem Stock. »Das war nicht die Flut, das hat jemand absichtlich zerstört. Wer will Ihnen Böses, Mr. Cargill?«

Ein Pfau rief. In unmittelbarer Nähe balzten mit ohrenbetäubendem Gekreisch einige Webervögel. Die Sonne schien wieder, jeder Wassertropfen war ein glitzernder Diamant, der Himmel tiefblau mit einer schneeweißen Wolke, die in dem unendlichen Nichts segelte, aber auf Henrietta senkte sich erstickende Schwärze. »Du Toit«, flüsterte sie, »ich wußte es.«

Ian legte den Arm um sie. »Gianfranco, stellen Sie bitte Wachen auf, Tag und Nacht, am besten mit abgerichteten Hunden. Ich hoffe doch, daß dieser Schaden durch die Versicherung abgedeckt ist?«

Gianfranco schüttelte sein Löwenhaupt. »Ich fürchte nicht. Vandalismus und Naturgewalten nicht.«

»Verdammt!« knirschte Ian. Er hob einen Ziegelstein auf, der deutliche Spuren eines Meißels trug. »Gut, dann nehmen Sie, was übrig ist von unserer Anzahlung. Wir müssen sehen, wo wir Geld herbekommen. Aber erst stellen Sie die Wachen auf!«

Henrietta würgte an ihren Tränen. Diese Katastrophe nach den vergangenen zwei Tagen, das war mehr, als sie verkraften konnte. Erschöpfung drückte auf ihre Augen, ihr Kopf schmerzte unerträglich. Niedergeschlagen stieg sie zu Hause aus dem Auto. Die seelische Erschöpfung verschlimmerte ihre körperliche Verfassung bis zu dem Punkt, daß sie sich vor Muskelschmerzen kaum rühren konnte. Eine halbe Stunde später klingelte das Telefon. »Hallo«, antwortete sie, und die Müdigkeit lag auf ihrer Stimme.

»Oh, Mrs. Cargill, hier spricht du Toit.« Der Name fuhr ihr wie ein elektrischer Schlag in die Glieder, ihr Herz stolperte und verdoppelte die Schlagfrequenz. »Wie ich höre«, fuhr die körperlose Stimme fort, »haben Sie etwas Pech gehabt. Es ist ein guter Zeitpunkt, so scheint mir, das Angebot an Sie zu erneuern. Nun allerdings liegt es natürlich etwas unter dem Ursprünglichen, denn jetzt müßte ich ja erst Ihre Ruine entfernen lassen. Ich biete Ihnen fünfundsechzigtausend Rand. Das ist großzügig, Mrs. Cargill, sehr großzügig. Überlegen Sie sich das gut! Ich rufe morgen wieder an.«

Bevor die schockierte junge Frau reagieren konnte, war die Verbindung abgeschnitten. »Ian!« schrie sie, »Ian!« Sie riß die Tür zum Schlafzimmer auf. »Ian«, wisperte sie.

»Liebes, was ist passiert?«

Sie brach in Tränen aus und schluchzte die ganze Geschichte in seinen Hemdkragen. »Bitte, laß nicht zu, daß der Kerl uns kaputtmacht. Ich kann nicht schon wieder Mr. Mueller anschreiben.«

»Dieser Schweinehund«, fluchte er unterdrückt, »ich werde mich selber um Wachen kümmern, und ich werde die Polizei anrufen. Dein anhänglicher Polizist soll da mal etwas häufiger vorbeifahren. Kopf hoch, Kleines, wir lassen uns von dem Kerl nicht unterkriegen. Außerdem gehört das Geld schließlich dir. Du hast sehr gute Gründe, um frühere Auszahlung zu bitten.«

Eine Stunde später hörte sie Ian am Telefon und erschrak über seinen heftigen Ton. »Es ist mein letztes Wort, und Sie sollten wissen, daß die Polizei unser Grundstück überwacht.

Wagen Sie nicht, hier wieder anzurufen!« Er knallte den Hörer auf die Gabel.
»Du Toit?« fragte sie.
Er nickte. »Der läßt uns in Frieden, es ist erledigt. Vergiß ihn.« Er sah auf die Uhr. »Ich muß noch einmal kurz weg. Gegen Abend bin ich wieder hier.« Er küßte sie kurz und heftig. »Du bist einfach zu verführerisch, zieh dir bloß etwas an, ich habe jetzt keine Zeit.«
Den nächsten Tag verbrachte sie vor dem Zeichenblock. Abends ging sie noch einmal durch ihre Fabrikhalle. Vogue hatte Laufstegfotos der Londoner Präsentationen gebracht mit den ersten kniekurzen Röcken. Sie nahm ein Kleid, goldbeige, leichter Glanz, wunderbar passend zu Sonnenbräune, und einem Impuls folgend, schnitt sie den Rock oberhalb des Knies einfach ab. »Kürze alle Röcke auf diese Länge«, wies sie Leila an. »Du machst deine Arbeit gut«, lobte sie lächelnd.
Die rundliche Inderin strahlte, und für einen Moment war sie fast hübsch. Henrietta grüßte in die Runde und verschwand aus der Hintertür. Waschküchenluft schlug ihr entgegen. Seit dem großen Regen vor vier Wochen regnete es fast jede Nacht. Tagsüber hing ein schwerer, grauweißer Himmel über Natal, doch die Hitze der Sonne spürte man selbst durch diese Wolkendecke. Die Regennässe verdunstete rasch, sättigte die ohnehin prallen Wolken, die sich dann wieder über das vollgesogene Land ergossen.
Vor ihrem Haus parkte ein fremdes Auto. Beunruhigt eilte sie ins Haus. Carla saß auf der Veranda. Ihr Anblick versetzte Henrietta einen Schock, von dem ihr Gesicht aber nichts verriet. »Carla! Was willst du?«
»Ich habe etwas mit dir zu besprechen.«
»Ich wüßte nicht, was.«
Carla sah zu ihr hoch und lächelte, aber ihre kühlen, silber-

grauen Augen blieben wachsam. Sie trug ihre kastanienbraunen Haare hochgesteckt als Krone. Ihr zarter, schlanker Hals wirkte zerbrechlich wie ein Blütenstengel. Wie immer war sie sehr elegant gekleidet. »Wie geht es dir?« fragte sie statt einer Antwort, »du siehst gut aus.« Als Henrietta diese Bemerkung nur mit einem Neigen ihres Kopfes quittierte, sonst aber schwieg, seufzte sie diskret. »Nun«, begann sie mit einem verbindlichen Lächeln, »du wirst gehört haben, daß Benedict und ich ein sehr exklusives kleines Golfhotel bauen werden. Es hat sich nun – äh, nennen wir es einmal – ein kleiner Engpaß ergeben in unserer Finanzierung. Wir sind gezwungen, kurzfristig Kapital zu finden. Wir dachten uns«, sie schenkte ihr ein blendendes Lächeln, »daß du vielleicht interessiert wärest, bei uns als Partnerin einzusteigen. Nein, laß mich erst ausreden. Es wäre eine gute Investition. Wir haben von unserem Wirtschaftsprüfer ein paar Zahlen zusammenstellen lassen. Du kannst sie in Ruhe durchsehen. Wir brauchen erst nächste Woche Antwort. Es ist eine Möglichkeit für dich, dein Kapital zu vermehren, glaub es mir. Uns ist es lieber, wenn die Beteiligung in der Familie bleibt.«

Eine Welle der Abneigung und des Zorns überschwemmte sie, Zorn, daß sie gezwungen wurde, Stellung zu nehmen. »Oh, hör schon auf mit dem Süßholzraspeln, Carla, du kennst den Inhalt des Testamentes offensichtlich genau und weißt, daß ich noch nicht über das Geld verfüge.« Plötzlich wischte ein Wutanfall ihre Zurückhaltung weg. »Und wenn ich das Geld hier bar in den Händen hätte, würde ich mich nicht bei euch beteiligen. Ich will mit euch nichts zu tun haben! Verschwinde jetzt, und komme nie wieder!«

Carla rollte sich blitzschnell aus ihrer bequemen Haltung hoch, ihr Gesicht verzerrt, ihre perlweißen Zähne entblößt. »Du geldgierige Schlampe«, zischte sie, und Spucke traf Henrietta am Kinn, »wer weiß, wie du dir das Erbe erschlichen hast! Glaub bloß nicht, daß ich zusehe, daß wir den Bach runtergehen, während du dir mit deinem schottischen Bauern einen Palast baust!« Sie stürmte an ihr vorbei, versetzte ihr dabei einen Stoß, daß sie gegen die Wand stolperte. Sekunden später heulte ein Motor auf.

Immer noch zitternd vor Wut, rief sie Ian an. »Ich hasse sie!« schrie sie. »Ich könnte sie erwürgen!«

»Vergiß Carla«, sagte er, »stell den Sekt kalt, wir haben etwas zu feiern!« Seine Stimme klang sehr glücklich. Als er endlich nach einer Stunde kam, hielt er ihr strahlend ein Papier entgegen.

Sie studierte die Zahlen darauf. »Moment, das ist eine Quittung einer Überweisung – auf mein Konto? Das sind ja zehntausend Rand, woher kommen die?«

»Ich hab über meinen Bruder die Vertretung dieser neuen Mobilkräne bekommen, und das ist die Provision für den ersten Auftrag. Ich hab der Durbaner Hafengesellschaft zwei Kräne verkauft. Kapstadt und East London sollen folgen. Jetzt brauchst du Mr. Mueller nicht um weiteres Geld zu bitten!«

»Du hast mir ja gar nichts davon erzählt.«

»Ich wollte erst sicher sein, daß es klappt, um nicht vor dir als Großmaul dazustehen, der nur leere Versprechungen macht.« Sein Kinn kam hoch, die Schultern waren straff und gerade, sein Kreuz leicht durchgedrückt. Die klassische Haltung des siegreichen Matadors. Er schloß sie in seine Arme und küßte sie. Der Sekt wurde schal und warm.

»Carla war heute bei mir«, sagte sie sehr viel später, »es gibt Schwierigkeiten mit ihrem Golf-Projekt. Sie wollte Geld.«

»Für gewöhnlich fragt man dann die Bank.«

»So ist es. Aber entweder wollen oder können sie es nicht. Ich hab sie rausgeworfen. Sie ruft Reaktionen in mir hervor, die mir sonst fremd sind. Es geht etwas Böses von ihr aus, sie vergiftet alles, was sie anfaßt. Ich werde morgen Cori fragen. Vielleicht weiß sie, warum sie ausgerechnet zu mir kommt.«

Sie luden Cori und Fred zum Sonntagslunch im Country-Club ein. Cori schwebte an Freddys Arm herein. Sie trug ein Kleid, so weit wie ein Zelt, und ein überaus glückliches Lächeln. »Ich bin schwanger«, hauchte sie. »Ich bekomme ein Baby! Stellt euch vor, nach all diesen Jahren hat es geklappt. Ein richtiges Baby.«

Henrietta umarmte sie. »Wie weit bist du?« Erst vor zwei Wochen hatten sie sich am Strand getroffen, da war ihr an Coris zierlicher Figur nichts aufgefallen.

»Im zweiten Monat«, grinste Fred. Unendlich liebevoll half er ihr in einen Stuhl.

»Darf ich dir ein Kissen holen?« fragte Ian ernsthaft, und Henrietta liebte ihn dafür.

Cori stopfte sich das Kissen in den Rücken, nippte Obstsaft und sah in dem weiten Kleid aus wie eine Glucke auf dem Nest. »Ganz einfach«, sagte sie, »Benny sitzen die Gläubiger im Nacken. Er hat mit Schweinebäuchen spekuliert, und davor mit Sojabohnen, obwohl ich wirklich nicht weiß, wie man mit Schweinebäuchen spekulieren kann, und das ist in die Hose gegangen. Nun wollen die ihm entweder die Schweinebäuche vor die Tür legen oder die Sojabohnen oder beides. Ich steig da nicht durch. Eigentlich wollte er die Sojabohnen mit den Schweinebäuchen ausgleichen. Klingt wie Chinesisch für mich. Auf jeden Fall stehen ihm die Schweinebäuche bis zum Hals.«

»Schweinebäuche?« fragte Henrietta stirnrunzelnd.

»Schweinebäuche!«

Ian lachte. »Das ist im Prinzip wie im Lotto. Man schließt sozusagen eine Wette ab, daß, sagen wir, in drei Monaten Schweinebäuche teurer sind als heute. Sind sie es, macht man schnell Riesengewinne, sind sie es nicht, sitzt man mit einer Menge Schweinebäuche da. Quasi legalisiertes Glücksspiel. Spielcasinos sind hier verboten, also geht man an die Warenterminbörse.«

»Sie war schon überall«, sagte Cori, »alle Bankdirektoren Durbans gehen in Deckung, wenn sie naht. Sie muß sehr verzweifelt sein, daß sie zu dir kommt.« Sie aß von ihrem Salat. »Meine Güte, ist mir schlecht«, wisperte sie glücklich.

»Carla und Benny gehen hops«, meinte Freddy mit einer Grimasse, die als leichtes Schmunzeln begann und in einem Gähner endete. Er sank langsam in einen Korbsessel, Beine und Arme von sich gestreckt. Er hatte sich überhaupt nicht verändert. Das Leben schien zu anstrengend für ihn zu sein.

»Wie meinst du das?« Ian streckte seine langen Beine aus.

»Über der Jordan«, sagte Freddy, »pleite.« Er lächelte wieder sein schläfriges Lächeln. »Die werden ihnen die Farm über dem Kopf versteigern. Ich hab Carla schon unser Zelt angeboten.«

Henrietta kicherte bei der Vorstellung von Carla, dem makellosen Porzellanpüppchen, in einem Zelt. »Meinst du das ernst? Ich meine, wirklich Farm weg, Haus weg?«

»Haargenau so. Benedict ist ein Spieler.« Freddy hielt sich erschöpft am Whiskylas fest, »aber ein lausiger Pokerspieler. Ich kann sofort sehen, wenn er versucht zu bluffen. Er hat sich an der Warenterminbörse mit Schweinebäuchen und Sojabohnen gründlich verspekuliert, und jetzt gerät er in Panik. Er müßte den größten Teil seines Landes verkaufen. Dann aber würde Carlas schöner Traum, Königin von Umhlanga zu werden und als Eigentümerin des exklusivsten Golfhotels ihre Fuchtel über der hiesigen Gesellschaft zu schwingen, als Seifenblase davonschweben. Und das wäre mehr, als sie vertragen könnte.« Sein Schnauzer hüpfte auf und ab, wie ein kleines, aufgeregtes Pelztier. »Die geht eher auf den Strich,

um Geld zu verdienen, als daß sie in die Bedeutungslosigkeit abrutscht.«
»Frederick, sie ist meine Schwester!« Cori war empört.
»Muß ein Fehltritt deiner Mutter gewesen sein«, bemerkte ihr Mann ungerührt. »Wieviel wollte sie denn haben?«
»Ich weiß es nicht. Wir haben uns ziemlich gezankt, ich hab sie nicht danach gefragt.«
»Ich glaube, es sind zwischen hundertfünfzigtausend und zweihunderttausend Rand, die ihr noch fehlen«, meinte Cori.
Ian pfiff durch die Zähne. »Sie macht es ja nicht klein und bescheiden, das muß man sagen.«
»Es soll ja auch ein besonderes Hotel werden. Warum investierst du nicht einen Teil deiner immensen Erbschaft in das Hotel? Dann könntest du Carla vorschreiben, was sie zu tun und lassen hätte.«
»Halt dich da raus! Solange ich weder für die Sache mit Tony dal Bianco noch für die Puffotter in meinem Auto eine plausible Erklärung habe, will ich mit ihnen nichts zu tun haben. Leih du ihr doch was, ihr habt doch mehr als genug.«
»Von mir kriegt sie keinen Cent«, knurrte Freddy. »Die nicht. Tu nicht so scheinheilig, Cori, du kannst sie auch nicht ausstehen.«
»Aber Puffottern im Auto! Glaubst du ernsthaft, daß Carla so etwas fertigbringt?«
»Ohne weiteres«, murmelte er und wischte sich den Mund ab. »Das Essen war köstlich, vielen Dank für die Einladung, aber jetzt muß ich nach Hause und mich hinlegen. Essen erschöpft mich immer restlos.« Sie gingen gemeinsam zu ihren Autos. »Carla hat übrigens einen alten Verehrer«, sagte Freddy zu Henrietta, als er den Motor anließ, »einen, der Giftschlangen züchtet.«
Sie erstarrte. »Du meinst, sie hätte sich eine Puffotter mit einem von diesen Hakenstöcken aus dem Käfig angeln kön-

nen?« Um die Kehle der Puffotter lief eine ringförmige Verletzung! Von einem Fanghaken?
Freddys blaßblauer Blick war direkt und kühl. »Richtig!«
Sie stand bewegungslos. Der glatte Schlangenkörper zwischen ihren Fingern, die riesigen, gebogenen Giftzähne, scharf wie Säbel, schwarzblau verfärbte Haut, gelbe Gangränblasen. Ihre Augen weiteten sich in erinnertem Entsetzen. »Sie hat wirklich versucht, mich umzubringen!«
Ian zog sie an sich und hielt sie fest, bis ihr rasendes Herz sich beruhigte und ihre Lippen weich und warm unter seinen wurden.

❖

Der Abend war feucht und mild. Henrietta und Ian gingen noch eine Weile am Strand spazieren. Sie liefen am Rand der auslaufenden Wellen dorthin, wo der Umhlanga-Fluß, umschwirrt von Myriaden von Mücken und Libellen, unter hohem, wiegendem Schilf in seinem seichten, zu einer Lagune ausgeweiteten Flußbett noch ein wenig verweilt, bevor er sich ins Meer stürzt. Ians Lippen schmeckten salzig, Salz verkrustete seine Haut, glitzerte in seinen dunklen Haaren. Sie warfen sich in die Wellen und spielten in der Brandung wie verliebte Delphine, jagten sich, und wenn sie sich fanden, versanken sie, Mund an Mund aneinandergepreßt, in der Gischt. Als die Sonne unter den Horizont sank, begab sich die Natur zur Ruhe. Das Meer atmete ruhig, die Felsen wisperten ihre Geheimnisse, Winkerkrabben huschten gespensterhaft über den dunklen, nassen Sand. Eng umschlungen gingen sie nach Hause zu ihren Kindern.
Sie hörten das Telefon, als sie die Tür aufschlossen. Es war Tita. Mit einer flachen, leblosen Stimme bat sie Henrietta, zu ihr zu kommen. Aufs höchste alarmiert, fuhren sie sofort los. Tita öffnete ihnen. Tiefe Schatten lagen unter ihren Augen.

Henrietta nahm sie in die Arme. »Tita, was ist passiert? Ist etwas mit den Kindern?«
»Neil geht fremd.«
Henrietta lachte los. »Wie kommst du auf diese absurde Idee?«
Tita warf ein Spitzentaschentuch auf den Tisch. »Das hatte er in der Tasche.«
Henrietta hob es hoch. Ein süßliches, schweres Parfum, fremdartig und exotisch. Die junge Inderin? »Hast du mit Neil geredet?«
»Da gibt's nichts zu reden. Er hat eine Freundin. Kommt in den besten Familien vor. Aber ich mag keine Gebrauchtwaren, ich lasse mich scheiden.« Ihr Ton war schnodderig, aber Henrietta sah besorgt, daß ihre Unterlippe zitterte.
»Rede mit ihm«, drängte sie, »du mußt ihn anhören. Es gibt eine Erklärung, da bin ich sicher.« Sie mußte schweigen, sie hatte es Neil versprochen.
»Er ist bis zum Wochenende in der Redaktion des STAR in Johannesburg. Vermutlich hat er sein Flittchen mitgenommen. Ich schick ihm einen Detektiv auf den Hals.«
»Nein, Tita, das wirst du nicht! Ich glaube nicht für einen Moment, daß er dich betrügt«, sagte Ian ruhig, »ruf ihn an. Jetzt!« Er reichte ihr den Telefonhörer.
Titas Hand zitterte. Sie wählte langsam. Als sie das Gespräch beendet hatte, war sie kreidebleich. »Neil ist nicht beim STAR«, sagte sie hölzern, »er ist seit Monaten nicht dort gewesen, und es war auch kein Besuch geplant.«
Henrietta sank auf einen Stuhl, versuchte ihr Entsetzen nicht offensichtlich werden zu lassen. Wo war Neil? Auf dem Boden lag das Spitzentaschentuch. Ein großer, eingetrockneter Blutfleck verkrustete eine Ecke. Neils Blut? »Schweige für dieses Land, das du liebst, und für die Menschen, deren Leben davon abhängt«, hatte er gesagt. Oder hatte er gelogen,

wollte er nur eine banale Affäre vertuschen? Mit einer Inderin? Ständig mit der Polizei auf den Fersen, begierig, ein besudeltes Laken zu finden? Niemals, dachte sie, nicht Neil.
»Er hat mich belogen.« Titas Stimme war dünn und flach. »Alles kann ich ertragen und verstehen, nur das nicht. Das macht er nicht mit mir! Ich rufe Daddy an, er wird einen Detektiv wissen.«
Ein Detektiv! Wie ein hungriger Wolf auf seinen Spuren. Er würde Neil in Lebensgefahr bringen! »Tita, ich bitte dich, unternimm nichts, bevor du mit Neil gesprochen hast.«
Ihr Ton, ihre Körperhaltung mußte mehr ausgedrückt haben als ihre Worte, denn Tita wurde aufmerksam. »Henrietta, verheimlichst du mir etwas? Gibt es etwas, was ich wissen sollte? Es war Neil, den du mit der Inderin gesehen hast, nicht wahr? War sie sehr schön?«
Henrietta wich ihrem Blick aus. Sie stand auf und sah aus dem Fenster. Die Vorboten eines Sturms heulten ums Haus. Die Nacht hinter der Scheibe spiegelte geisterhaft ihr Abbild, dahinter schemenhaft das von Tita. Fünf Jahre waren sie befreundet. Sie hatten zusammen gelacht und manchmal geweint, sie kannte jede von Titas Stimmungen, ihre intimsten Geheimnisse. Auf der einen Seite das Wohl des Landes und ihr Versprechen an Neil, auf der anderen Titas Freundschaft, außer Ian und den Kindern das Kostbarste, was sie besaß. Keine Brücke verband die beiden, nur eine tiefe, unwegsame Schlucht. Es war Zeit, sich zu entscheiden. Es mußte sein. Titas bleiches Gesicht wurde fahl und durchsichtig, als sie sprach. »Ich hatte Neil mein Versprechen gegeben«, schloß sie, »nicht einmal Ian durfte ich etwas sagen.«
»Ich rufe die Krankenhäuser an«, sagte Ian. Nach mehreren Anrufen legte er erleichtert auf. »Nichts. Gott sei Dank, jetzt wissen wir, daß er keinen Unfall gehabt hat.«
»Heute ist unser Hochzeitstag«, wisperte Tita, »wo immer er

ist, er ruft an, und er schickt mir immer Blumen, wenn er nicht da ist. Immer. Ich habe weder einen Anruf noch Blumen bekommen. Es ist ihm etwas passiert. Oder«, ihre Stimme wurde fast unhörbar, »er hat doch was mit dieser Frau. Denk an das Taschentuch.«

»Red keinen Unsinn!« sagte ihre Freundin. Ich hoffe, ich habe recht, dachte sie. ich hoffe, er beweist seine Verachtung der Apartheid nicht auf diese Weise.

»Ich könnte Daddy anrufen«, sagte Tita.

»Zu gefährlich«, sagte Ian, »die Telefone sind nicht sicher. Verdammt, wir können nichts tun!« Frustriert lief er im Raum herum.

Die Zeit dehnte sich. Das hohe Pfeifen des nahenden Unwetters machte die Nacht unheimlich. Tita lag auf dem Sofa, das Telefon auf dem Bauch, Henrietta saß neben ihr. Sie schwiegen. Die große, alte Uhr an der Wand tickte aufdringlich. Tita warf eine kleine Bronzestatue dagegen, sie hörte auf zu ticken, und Stille drückte auf sie nieder.

Das sanfte Klopfen dann fiel wie Hammerschläge in ihr Schweigen. Ian lief zur Tür. Henrietta erkannte die junge Inderin sofort, obwohl sie heute statt eines Saris ein weißes T-Shirt und Jeans trug. Ihre kurzen Haare hingen ungekämmt um ihr schmales Gesicht.

»Also doch!« Tita stellte sich ihr in den Weg. »Wer sind Sie? Verschwinden Sie!«

»Mrs. Robertson, bitte hören Sie mich an. Ihr Mann braucht Sie. Bitte lassen Sie mich rein, ich darf nicht gesehen werden.«

Henrietta hatte plötzlich eine entsetzliche Vorahnung. »Tita, laß sie herein. Bitte.«

Die zierliche Frau schlüpfte ins Zimmer. »Ich bin Mira, die Tochter von Dr. Ramnarain.«

»Dr. Ramnarain? Dem ANC-Anwalt?« fragte Ian.

Mira nickte. »Es gab eine Schießerei heute nacht in Kwa Mashu. Neil wurde verletzt.«
»O nein«, stöhnte Henrietta.
Tita, ihr Gesicht eine weiße Maske, gerahmt von dem Flammenkranz ihrer Haare, stand ganz still. »Lebt er?«
»Ja. Aber er kann nicht dort bleiben.«
»Wie schwer ist er verletzt?«
»Die eine Kugel ging glatt durch die Schulter, Mrs. Robertson, und eine steckte im Oberschenkel. Er hat viel Blut verloren. Ein befreundeter Arzt …«
»Ein Schwarzer?« unterbrach sie Tita.
Mira Ramnarain sah sie kühl an. »Allerdings. Er mußte ihm die Kugel aus seinem Oberschenkel entfernen. Es war eine Kugel aus einem Polizeirevolver.«
»Verflucht, dieser Idiot«, knurrte Ian.
»Sie haben uns quer durch Kwa Mashu gejagt. Neil und zwei andere hat es erwischt. Sie wissen, daß ein Weißer verletzt ist. Sie durchkämmen die gesamte Township nach ihm. Es wird zu gefährlich für ihn, dort zu bleiben. Lebensgefährlich. Für ihn und die Leute, die ihn verstecken.«
»Was macht mein Mann in Kwa Mashu. Geht es um Moses?«
»Es ist besser, wenn Sie es nicht wissen. Wir bringen ihn aus Kwa Mashu heraus, Sie müssen ihn dann übernehmen, und Sie müssen damit rechnen, daß die Polizei auch Sie anhält. Es ist lebenswichtig, daß die nicht merken, daß Neil angeschossen ist.« Sie sprach schnell und leise, als fürchte sie ungebetene Zuhörer. »Der Arzt wird seine Wunden mit einem Lokalanästhetikum betäuben, damit er den Transport übersteht.«
Tita schien Schwierigkeiten zu haben, ihre Worte zu begreifen. »Kann er stehen?« flüsterte sie endlich.
»Oh, Ihr Mann ist zäh, Mrs. Robertson, hart im Nehmen.

Der steht das schon durch.« Abneigung zeichnete ihr braunes Gesicht. »Sie glauben nicht, was Menschen alles ertragen können, wenn sie müssen.« Ihre Augen flammten auf. »Was unsere Leute ertragen müssen! Ohne Betäubungsmittel«, zischte sie, ihre Zähne entblößt.

Tita richtete sich auf. »Das ist wohl kaum meine Schuld«, sagte sie kühl. »Wo können wir meinen Mann abholen?« Alle Überlegenheit ihrer Stellung in der südafrikanischen Gesellschaft lag in dem Blick, mit dem sie dem der Inderin standhielt.

Diese schlug als erste die Augen nieder. »Ich bring Sie hin.« Sie mußten fast drei Stunden an der dunklen Straßenecke warten. Sie sprachen nur wenig, lauschten auf jedes Geräusch. Trotzdem wurden sie von dem leisen Klopfen an der Rückscheibe überrascht. Neil war allein. Kreidebleich, seine Augen dunkel umschattet, stand er vor ihnen. Der Sturm zerrte an seinen Haaren. Seine linke Hand steckte in der Hosentasche, das linke Bein belastete er überhaupt nicht.

»Neil«, flüsterte Tita, berührte ihn aber nicht.

»Laß uns zu Hause reden.« Er sprach sehr leise. »Wir müssen zusehen, daß wir hier wegkommen.« Unbeholfen stieg er ein. Tita glitt neben ihn auf seine rechte Seite. Sein Kopf sank an ihre Schulter, Schweiß glänzte auf seinem Gesicht.

Sie standen drei Kreuzungen weiter auf beiden Seiten. Die Polizeiwagen waren unbeleuchtet, die Männer trugen keine Uniform. »CID, Criminal Investigation Department – Kripo! Steigen Sie aus!« befahl einer, schroff, ohne Verbindlichkeit. Henriettas Knie schlugen aneinander, aber sie hatte sich unter Kontrolle. »Ups«, sagte sie, »ich hab einen klitzekleinen Schwips, Officer.« Sie kicherte.

»Meiner ist überhaupt nicht klitzeklein«, nuschelte Neil undeutlich und lehnte sich an Tita. Sie umschlang seine Taille,

stützte ihn. Er schwankte, er war grau unter der spärlichen Straßenbeleuchtung, aber er brachte ein Lachen fertig.
Die Augen des Polizisten flackerten kurz über sie hinweg. »Ihre Papiere!« Er nahm Ians Führerschein entgegen. »Ich sagte, Ihre Papiere! Ich will alle Ausweise sehen! Von jedem einzelnen.«
Tita griff in Neils Brusttasche, berührte seine Schulter aus Versehen. Er grunzte. Ein Schmerzenslaut, und er reagierte schnell. »Sieh dich vor, ich bin kitzelig«, ächzte er und dehnte seinen Mund zu einem Grinsen.
Ein zweiter Offizier sammelte die Ausweise ein. »Treten Sie vom Auto zurück.« Er schob Tita beiseite. Sie stolperte, zog Neil mit, der sein Gleichgewicht verlor. Ian machte einen Schritt und hielt ihn mit einem Griff, der leicht wirkte. Aber Henrietta sah an seinen gespannten Halsmuskeln, daß er alle Kraft aufwenden mußte, um seinen Freund vor dem Hinfallen zu bewahren. Ihre Tasche entglitt ihren zitternden Händen und fiel auf die Straße. Hastig bückte sie sich. Ihr Lippenstift lag in einer dunklen Lache, und als sie ihn hochhob, tropfte es rot herunter. Sie hatte in eine Blutlache gefaßt. Entsetzt starrte sie auf Neils Hosenbein. Ein großer, nasser Fleck zog sich vom Knie zum Saum, dickflüssige Tropfen fielen auf das Pflaster. Ihr Blick flog zu seinem Gesicht. Es hatte eine leblose, teigige Blässe, die ihr eiskalte Angst einflößte. Verblutete er hier vor ihren Augen? Mit fünf Polizeioffizieren des CID um sie herum? Wenn sie vom CID kamen. Wahrscheinlicher war, daß es Agenten von BOSS waren. Er hat viel Blut verloren, hatte Mira Ramnarain gesagt. Wieviel Blut konnte ein Mensch verlieren, ohne zu sterben? Heimlich wischte sie ihre blutige Hand ab.
Neil hing mehr an Tita, als daß er selbst stand. Die Anstrengung war ihr deutlich anzusehen. Lange würde sie nicht durchhalten, und seine Verletzungen machten es unmöglich,

ihn von seiner linken Seite zu stützen. Ihr wurde übel. *Übel!* Sie krümmte sich, machte Würgegeräusche. »Mein Gott, ist mir schlecht«, stöhnte sie, »Officer, können wir uns wieder in den Wagen setzen?«
Ian sprang ihr zur Seite, hielt sie eng an sich gepreßt. »Mußt du immer soviel trinken?« rief er. »Was ist«, wisperte er, hörbar nur für sie.
»Neil verblutet.« Ihre Stimme war nur ein Hauch. »Sein Bein.«
Er sah hinüber und nickte. »Laß dich fallen!«
Sie verstand. »Mir ist ja so übel«, jammerte sie und rutschte langsam an ihm herunter zu Boden. »Ich will ins Auto.«
Abgelenkt und irritiert sahen die Polizisten zu, so merkten sie nicht, wie Neils Kopf nach vorn fiel und seine Knie nachgaben. Henrietta traf es wie eine Faust im Magen. Doch Tita zuckte hoch, und Neil kam wieder zu sich. Henrietta übergab sich. »Ich muß mich hinsetzen«, wimmerte sie. Die Polizisten sahen sie nicht einmal an. Aufreizend langsam blätterten sie die Ausweise durch.
Es dauerte noch die Ewigkeit von zehn Minuten, bevor sie ihnen endlich die Ausweise aushändigten und den Weg freigaben.
»Himmel, ist der Kerl schwer«, fauchte Tita, »ich kann ihn kaum halten.« Sie starrte Ian an.
Er nickte. Unendlich vorsichtig umschlang er seinen Freund, hob ihn praktisch hoch und trug ihn ins Auto. Henrietta, die bereits auf dem Vordersitz saß, zitterte so stark, daß sie ihre Unterlippe mit den Zähnen halten mußte. Als sie endlich außer Sichtweite der ihnen mißtrauisch nachschauenden Agenten waren, drehte sie sich im Sitz um. »Tita, er verblutet, schnell, wir müssen sein Bein abbinden!« Sie öffnete den Verbandskasten.
»Halt bei der nächsten Telefonzelle!« befahl Tita. »Es ist mir

scheißegal, ob die Telefone sicher sind. Ich brauche einen Arzt, und Daddy wird einen wissen.«

Er wußte einen, und der traf fast gleichzeitig mit ihnen im Haus der Robertsons ein. Er füllte Neils Kreislauf mit Plasma auf. »Ich bleibe heute nacht hier«, knurrte er und untersuchte seine Wunden. »Gute Arbeit, geschickter Mann.« Seine Hochachtung für den schwarzen Arzt war deutlich.

Es wurde eine lange Nacht. Aber als ein schwefelgelber, stürmischer Himmel den Tag verkündete, war Neil außer Gefahr. »Wo ist Mira, ist sie in Sicherheit?« waren seine ersten Worte. Tita, die an seinem Bett gewacht hatte, wurde steif.

Henrietta legte ihr warnend die Hand auf die Schulter. »Sie war hier und hat uns geholt.« Ein winziges, erleichtertes Lächeln quittierte ihre Worte. Sie hoffte inständig, daß er Tita eine Erklärung geben würde. Ihre steinerne Verzweiflung mußte ihm doch offensichtlich sein. Aber Neil schwieg.

»Hör mal, alter Junge, wir hätten gern eine Erklärung.«

Neil hob seine Augen zu Ian. »Ich hab recht gehabt«, grinste er schwach, »Schwarze können sehr geschickt sein. Hast du gesehen, wie Dr. Ngubane mich vernäht hat? Erstklassig!«

Tita stand auf, nahm das Spitzentaschentuch und warf es ihm ins Gesicht. »Wem gehört das? Ich habe es in deiner Tasche gefunden, nachdem Henrietta dich mit dieser Inderin gesehen hat.«

Neil runzelte die Stirn, als hätte er Mühe, ihre Worte zu verstehen. »Du kannst unmöglich annehmen, daß Mira und ich …?« Er mußte die Antwort in ihrem Gesicht gelesen haben. »Bist du völlig verrückt geworden? Vertraust du mir so wenig? Ohne Mira Ramnarain wäre ich tot. Daß ich mich jetzt mit dir streiten kann, verdanke ich Dr. Ngubane und ihr. Das Taschentuch gab sie mir, als ich einmal leichtes Nasenbluten hatte.«

Die Spannung, die Tita versteifte, brach. Ihre Schultern fielen nach vorn, ein Zittern durchlief sie. Sie sank neben ihm auf die Knie. Mit seinem gesunden Arm bettete er ihren Kopf an seine Schulter.

Henrietta zog Ian leise aus dem Zimmer. Es war Zeit zu gehen. Das hier war jetzt etwas, das nur die beiden anging.

Fünfzehntes Kapitel

Es war Mai 1966. Henrietta ließ den Zeichenstift sinken. Sie saß auf ihrem Felsen, der warm und glatt unter ihren nackten Füßen war, und schob ihren breitkrempigen Sonnenhut ins Gesicht. Sie schloß von Sonnenblitzen geblendet die Augen. Da sie nichts mehr sah, nahm sie nun Geräusche wahr, die vorher in dem Rauschen der Brandung und dem Eindruck der Unendlichkeit des Horizonts untergangen waren. Die Seeanemonen auf den Felsen öffneten und schlossen sich und stießen dabei winzige Wasserfontänen aus, ein wispernder Laut. Rücklaufende Wellen saugten Sand mit sich, wie das Einatmen eines Giganten. Hoch darüber schwebten die Schreie der Seeschwalben. Spannung lief aus ihr heraus wie Wasser aus einem Gefäß, und eine tiefe Ruhe breitete sich in ihr aus. Sie spürte jede Pore ihres Körpers. Das Kribbeln der Salzkristalle auf ihrer Haut, die heißen Finger der Sonnenstrahlen, die ihr Gesicht berührten. Trunken vor Glück, sog sie die salzige Luft ein. Dieses Gefühl hatte nichts mit Ian und den Kindern oder ihrem sonstigen Dasein zu tun, es war das Glück, dazuzugehören, ein lebendes Wesen zu sein, ein Teil dieser grandiosen Welt.

Der Wind schlug die Seite ihres Zeichenblockes um, sie öffnete die Augen. Die Skizzen für die Frühjahrskollektion waren fertig. Wie im Rausch hatte sie gezeichnet, Hunderte von Ideen, nur angedeutet, mehr Gedächtnisstützen für sie als fertige Modellskizzen. Sie kletterte von dem Felsen herunter. Es war Zeit, um zu Hause noch etwas zu essen, und dann

würde sie sich für die nächsten Stunden in ihrem Büro einschließen, das Telefon abstellen und Indra strikte Anweisung geben, nur im Notfall zu stören.
Aus Ians Terminkalender ersah sie, daß er wegen irgendwelcher Verträge bei Cedric war. Sie wählte Cedrics Nummer. Seine Vorzimmerdame Charmaine meldete sich. »Meinen Mann, bitte.« Sie sah Charmaine vor sich. Alles an ihr war zuviel. Zuviel Busen, zuviel Po, zuviel Haar und zuviel Make-up. Hochtoupiertes weißblondes Haar, pastöser, blaßrosa Lippenstift auf ihren aufgeworfenen Lippen. Als Ian sich meldete, bat sie ihn, früher nach Hause zu kommen. »Die Kinder sind mit Isobel sonst allein. Ich muß die neue Kollektion auszeichnen und möchte nicht gestört werden.«
»Kein Problem! Viel Erfolg. Ruf an, wenn du fertig bist.«
Beruhigt fuhr sie nach Mount Edgecombe. »Guten Tag, Indra, alles in Ordnung?«
»Außer daß Mary Mkize heute nicht gekommen ist, ist alles okay.« Sie legte ihr ein paar Sachen zur Unterschrift vor.
»Weißt du, wo sie wohnt?«
Indras Schultern zuckten. »Weiß ich nicht, geht mich nichts an.«
Sie nickte. Das war ein Problem, das ohne weiteres bis morgen warten konnte. Dann zog sie die Tür ihres Büros hinter sich zu. Ruhe. Stille. Konzentriert und zügig begann sie, ihre Skizzen in Schnittzeichnungen umzusetzen. Nach zwei Stunden dehnte und streckte sie sich. Jetzt brauchte sie dringend einen Kaffee. Sie öffnete die Tür, um Indra darum zu bitten. Zu ihrem Erstaunen standen zwei fremde Männer im Vorzimmer. Sie wandten ihre Köpfe, als sie herauskam, griffen beide in einer Simultanbewegung in die Brusttaschen und präsentierten ihre Identifikationsausweise.
»CID«, bellte der ältere der beiden scharf. »Mrs. Cargill?« Sein glänzender schwarzer Schnauzer hüpfte beim Reden.

Warum hatte sie plötzlich einen Kloß im Hals, der sie am Reden hinderte? Warum wurden ihr sofort die Beine weich? Mühsam zwang sie sich, in einer normalen Stimme zu antworten. »Ja, bitte, was kann ich für Sie tun?«

»Wir werden Ihre Fabrik und Ihr Grundstück durchsuchen, der Durchsuchungsbefehl folgt. Bei diesem Fall ist Eile geboten. Gehen Sie in Ihr Büro, wir kommen gleich zu Ihnen.« Er schob sie einfach in ihr Büro und schloß die Tür.

Sie sank in ihren Stuhl, keines zusammenhängenden Gedankens fähig. Sie saß einfach da, starrte dumpf vor sich hin, rang ab und zu nach Luft, als ihr rasendes Herz Sauerstoff verschlang. Mit einer bleischweren Hand hob sie den Telefonhörer ab. Vielleicht konnte sie Ian erreichen. Sie hörte jedoch nur das Besetztzeichen. Jemand im Vorzimmer blockierte die Leitung!

Nach einer Ewigkeit öffnete sich die Tür, und der jüngere, glattrasierte, der mit den Pickeln, machte eine befehlende Handbewegung. »Kommen Sie mit, Mrs. Cargill, wir möchten Ihnen etwas zeigen.« Schweigend führte er sie, sie am Oberarm festhaltend, nach draußen. Sie stolperte einmal, aber sein Griff war so fest, daß er sie fing. Sie gingen hinten herum draußen über das dünne Gras, durch das die rote Erde Afrikas leuchtete. Hinten lehnte ein winziger Anbau an der Fabrikwand, vielleicht zwei mal drei Meter groß. Er war leer, dessen war sie sich sicher.

»Mrs. Cargill«, sagte der CID-Mann mit dem Schnauzer, »erklären Sie uns das bitte.« Er öffnete die niedrige Brettertür zu dem kleinen Schuppen. Sie quietschte. Das Geräusch kratzte auf ihren Nerven, und sie bekam eine Gänsehaut. Nachdem sich ihre Augen an das Dämmerlicht drinnen gewöhnt hatten, wußte sie, daß in diesem Raum Menschen gewohnt haben mußten. Eine Matratze lag da, eine zusammengebündelte Decke, Kochgeschirr, ein hölzerner

Hocker vor einem kleinen Petroleumkocher. »Was sagen Sie dazu?«
Ihr Blick folgte seinem ausgestreckten Finger. Scharf sog sie die Luft zwischen den Zähnen ein, als sie begriff, was sie da sah: in der Ecke lag Kleidung, zerrissen, Hose, Jacke, Unterhemd. Sie waren über und über mit Blut verschmiert. Ihre Pupillen vor Entsetzen weit und schwarz, sah sie die Männer vom CID an. »Was ist das?«
»Das wollen wir von Ihnen wissen!«
Ratlos sah sie wieder hinunter auf die blutbesudelten Sachen. »Ich habe keine Ahnung, was hier vorgeht.« Sie mußte sich gegen die Hauswand lehnen. *Ian, o bitte, versuche mich zu erreichen, bitte!* Aber sie hatte ihm gesagt, daß sie ungestört sein wollte. Er würde nicht anrufen, er würde nicht wissen, was hier mit ihr passierte.
»Wo ist Cuba Mkize?« Zwei Augenpaare tasteten ihr Gesicht nach jeder Regung ab, wie Krallen hakten sie sich an ihr fest. *Sie wissen von Kwa Mashu, mein Gott, sie wissen das mit Kwa Mashu! Was soll ich nur tun?* Panik blockierte jeden geordneten Gedankengang.
»Erst bis zehn zählen«, riet Großmama, »dann sagst du nichts, was du hinterher bereust!«
Sie zählte, mit geschlossenen Augen, und die Litanei geriet zu einem Gebet. Langsam atmete sie tief ein, so daß kein Zittern ihre Nerven verriet. »Cuba Mkize?« Dankbar hörte sie, daß ihre Stimme nicht schwankte. »Kenn ich nicht, tut mir leid.«
»Mrs. Cargill, lügen Sie nicht. Sie kennen Cuba Mkize, und Sie kennen Mary Mkize.«
Beide Gesichter waren jetzt dicht vor ihrem. Der ältere der beiden schien Probleme mit der Nasenatmung zu haben, denn er atmete mit geöffnetem Mund, blies die Spitzen seines Schnauzers im Takt hoch. Er mußte etwas Saures geges-

sen haben. Sie zwang sich, ihnen in die Augen zu sehen. Kleine, schwarze, stechende Augen, blank und funkelnd, wie die von Nagetieren. »Ja, Mary kenn ich, die arbeitet für mich. Sie ist heute aber nicht gekommen. Vielleicht ist sie krank.«
»Wo lebt sie?«
»Keine Ahnung.«
Der jüngere packte wieder ihren Oberarm und riß sie herum, bis sie vor der Matratze stand. »Hier hat sie gewohnt mit ihrem Mann, das wissen Sie doch. Geben Sie es zu. Sie haben Cuba und Mary Mkize hier Unterschlupf gewährt. Geben Sie es zu!«
»Weißt du, wer das ist, Cuba Mkize?« hatte Neil gefragt. »Er ist einer der am meisten gesuchten Saboteure hier. Ihr habt haufenweise Gesetze gebrochen. Das bringt euch Jahre im Gefängnis ein.« Sie unterdrückte mit aller Willenskraft ein Stöhnen. »Ich kenne Cuba Mkize nicht«, stotterte sie, »wirklich nicht. Sie müssen mir glauben. Mary bat mich um einen Job. Sie tat mir leid. Sie hat ein kleines Kind.« Der ältere, der einen blutigen Handabdruck auf der weißgekalkten Wand untersucht hatte, sah sie nachdenklich an. »Warum haben Sie denn solche Angst, Mrs. Cargill, wenn Sie Cuba Mkize nicht kennen?« Er hatte ganz dünne, knittrige, gelbe Haut, so als sei er leberkrank. Tiefe Linien zogen sich von der fleischigen Nase zu seinem Mund, der unter dem Schnauzer ein gerader, scharfgezogener Schnitt in seinem Gesicht war. »Antworten Sie!«
Sie starrte auf diesen Mund, der sich öffnete und schloß wie eine Falle, und für einen Moment verweigerte ihr Gehirn den Dienst, und sie verstand kein Wort. Erst als der jüngere sie schüttelte, kam sie zu sich. »Hören Sie mal, Sie kommen hierher, halten mich in meinem eigenen Büro gefangen, durchsuchen alles, drohen mir, sagen mir aber nicht, worum es geht. Wer hätte da keine Angst?« Die Rechtfertigung

klang kläglich in ihren Ohren, aber die aufkeimende Empörung half ihr.

»Sie wollen uns wirklich erzählen, daß Sie nicht gewußt haben, daß Cuba und Mary Mkize hier untergeschlüpft sind?« Die Hand schloß sich um ihren Oberarm wie ein Schraubstock.

Diese schreckliche Stimme! Wie Papas, wenn sie etwas ausgefressen hatte und sie zu ihm in die Bibliothek kommen mußte. Sie wußte dann, was ihr blühte, und einmal machte sie sich vor Angst in die Hose. Sie stand vor ihm, und die Nässe rann ihr warm die Beine hinunter und tropfte auf den Boden. Nur das nicht, o bitte, nur das nicht! Nicht diese Scham, nicht vor diesen Männern! Sie straffte ihre Schultern und versuchte, ihre Panik hinunterzuschlucken. »Ich wußte es nicht, wirklich nicht. Ich weiß nicht, wer Cuba Mkize ist, und wenn Sie es mir nicht sagen, weiß ich nicht, was Sie wollen.« Zu ihrer großen Erleichterung merkte sie, wie sich der Schraubstock an ihrem Arm etwas lockerte.

»Morgen um zehn sind Sie bei uns auf der Polizeistation, und dann werden wir uns noch einmal unterhalten«, befahl der ältere und rieb sich die Magengegend. »Sie können jetzt gehen.«

Sie schwankte, als der jüngere sie losließ. Vorsichtig setzte sie einen Fuß vor den anderen, ängstlich, daß ihre Beine sie nicht tragen würden. Aber es ging gut. Immer schneller entfernte sie sich, bis sie die letzten Meter zum Büro rannte. Sie warf ihre Zeichnungen in eine Mappe und lief ins Vorzimmer. »Die Kerle sind weg, Indra, es hatte etwas mit Mary zu tun. Macht euch keine Sorgen, es ist nichts.«

»Ja, Ma'am.« Indra musterte sie mit unverhohlener Neugier. Sie knallte die Tür zu, warf sich in ihren Wagen und raste die Straße hinunter nach Umhlanga, nach Hause. Das Fenster drehte sie weit herunter, so daß der Fahrtwind ihr die Haare nach hinten riß. Langsam bekam sie wieder Luft. Diese Schweine! Sie zu behandeln, als sei sie eine Verbrecherin. Und Mary Mkize! Sie hätte ihrem ersten Impuls stattgeben und sie wegschicken sollen. Verdammt, wie hatte sie übersehen können, daß das Mädchen offensichtlich die ganzen Wochen da gewohnt hat. Hatte sie es übersehen? Oder übersehen wollen? Sie stürmte ins Haus. »Ian! Wo bist du?«

Ian saß auf der Veranda und las die Abendzeitung. »Na, alles geschafft, Liebling?«

Ihre Beherrschung brach. Sie warf ihm die Arme um den Hals und vergrub ihr Gesicht in der warmen Grube zwischen Schulter und Kinn und heulte sich ihre Angst von der Seele. Als sie sich endlich ausgeweint hatte, völlig geschafft von dem Sturm, der über sie hinweggerast war, berichtete sie, was passiert war. Er hörte zu, ohne sie zu unterbrechen. Mit abwesender Miene streichelte er ihre Haare. »Und die glauben wirklich, daß dieser Cuba Mkize zeitweilig da gewohnt hat? Hast du nichts gemerkt?«

Sie schüttelte den Kopf. »Du weißt doch, dieser Schuppen wird nicht gebraucht. Dort geht nie jemand vorbei, obendrein wird sein Eingang durch ein paar Büsche verdeckt. Ich hatte ihn völlig vergessen. Wer hat mir das eingebrockt, wer haßt mich so? Carla, du Toit – Fatimas Bruder? BOSS? Vielleicht hat Neil doch recht. Sie haben ihre Spitzel überall. Frag bitte Cedric, was wir machen sollen und ob er es für nötig hält, morgen mitzukommen.«

❖

Die Farbe der Wände und der Geruch auf den Korridoren und in den Zimmern, daran würde sie sich immer erinnern und an die Menschen, die dort warteten. Die gebeugten Schultern, die glanzlosen Augen, der Widerschein des grünlichen Gelbs der Wände, das ihre Gesichtsfarbe fahl und kränklich machte, zwei oder drei weiße Gesichter in einem Meer von schwarzen. Schmutzige Handabdrücke, Beweisspuren Tausender Vergessener, Verdammter, zogen sich als Girlande in Schulterhöhe durch die Korridore. Dann der Geruch. Säuerlich und dumpf, der Geruch der Angst, und staubig und moderig, der Geruch der sich überall stapelnden Akten. Henrietta versuchte, nur flach zu atmen. Sie war allein mit Ian. Cedric meinte, daß es nach Schuldeingeständnis aussähe, käme er mit. »Sagt einfach die Wahrheit«, riet er, »die setzt sich schon durch.«

Und gerade die wollte sie unter keinen Umständen preisgeben.

»Laß sie kommen«, warnte Ian, »denk stets dran, gib ihnen nichts in die Hand, gib ihnen keine Informationen, es sei denn, sie fragen dich ausdrücklich danach. Wirst du daran denken? Auch wenn sie mich nicht mit hineinlassen, denk dran!« Er drückte sie, fest und beruhigend.

Sie nickte, zu nervös, um zu sprechen.

»Mrs. Cargill.« Er war der Jüngere, der mit den Pickeln. Auf dem größten klebte ein Stück blutdurchtränktes Toilettenpapier. »Kommen Sie herein –, oh, und Ihr Mann ist auch da. Gut. Bringen Sie ihn mit.«

Erst viel später fiel ihr auf, daß er nicht fragte, wer Ian sei. Er wußte es, er erkannte ihn. Die Tragweite dieser Tatsache jagte ihren Puls noch nachträglich hoch. Ein zerkratzter Schreibtisch, überladen mit Akten, ein hohes, vergittertes Fenster, durch das der herrliche, kornblumenblaue Maihimmel in regelmäßige, rechteckige Segmente zerschnitten wurde. »Gefängnis«, gellte es in ihr. Sie fröstelte.

»Setzen Sie sich«, befahl der CID-Officer und deutete auf einen schmalen Holzstuhl.

Sie setzte sich, sehr gerade. Ihr Rücken berührte nicht einmal

die Lehne. Ian stand hinter ihr. Auf die Aufforderung hin gab sie dann ihre persönlichen Daten zu Protokoll. Der Jüngere saß an der Schreibmaschine und tippte ihre Angaben.
»Sagt Ihnen der Name Vilikazi etwas?« war die erste, überraschende Frage.
»Ja, ich denke schon«, antwortete sie vorsichtig, »ich glaube, einer der schwarzen Arbeiter in der Fabrik meines Mannes hieß so.« *O bitte, laß sie nicht auf Kwa Mashu kommen, bitte nicht.*
»Haben Sie ihn je außerhalb der Fabrik getroffen?«
»Nein«, log sie. Und sie log und log, Frage auf Frage prasselte auf sie ein. Wie zwei Jäger versuchten die beiden sie einzukreisen. Sie kamen von hinten und von der Flanke und auch direkt von vorn: »Wann haben Sie Cuba Mkize zum ersten Mal getroffen?«
»Ich habe ihn nie getroffen, ich kenne ihn nicht.« Das, immerhin, war die Wahrheit. Sie hatte sich jetzt unter Kontrolle, und ihre Antworten, ob gelogen oder nicht, klangen ruhig und überzeugend.
»Die Matratze in dem Schuppen stammt von Ihnen, wir können das beweisen«, sagte der Ältere, der, wie sie erfuhr, van Tondern hieß.
»Von mir?« Sie war ehrlich erstaunt. »Aber unsere Matratzen sind viel größer.«
»Oh? Woher wissen Sie denn, wie groß die Matratze ist?« van Tondern lehnte sich vor, seine schwarzen Augen wie Nadelspitzen. »Haben Sie sie ausgemessen?«
»So kriegst du mich nicht«, beschied sie ihm schweigend. »Das ist leicht zu erkennen«, sagte sie laut, »wir haben ein französisches Bett, fast zwei Meter breit.« Ians Hand auf ihrer Schulter signalisierte mit leichtem Druck Anerkennung.
»Wie lange kennen Sie Mary Mkize?«
»Steht in ihren Arbeitspapieren.«

»Wann, Mrs. Cargill?« Der Jüngere hatte eine widerliche Stimme. Flach und scharf und immer aufgeladen mit einer Drohung.

»Oh, genau kann ich das aus dem Stegreif nicht sagen, aber ich denke, es muß Ende August gewesen sein.« Sie nickte. »Ja, so ungefähr.« Dann wurde sie mutig. »Wer ist dieser Cuba Mkize eigentlich, was hat diese harmlose junge Frau getan?«

Mr. van Tondern spielte sinnierend mit seinem Kugelschreiber. Er tippte ihn auf den Tisch, er tippte ihn gegen die Zähne. Er sah Henrietta an. »Er ist ein gefährlicher, seit langem gesuchter Mörder. Er hat eine weiße Farmersfamilie auf bestialische Weise umgebracht. Hier.«

Er nahm eine Akte, suchte kurz und zog ein Foto heraus und warf es so vor sie hin, daß sie es ansehen mußte.

Es war in Farbe, und ihr Magen rebellierte. »O mein Gott«, flüsterte sie, »waren das die Kinder?«

»Ja, das waren die Kinder.« Die Stimme des Polizeioffiziers war hart. »Zwei kleine Mädchen, vier und drei Jahre alt, und zwei kleine Jungen, der eine, der kein Gesicht mehr hat, war eineinhalb, der andere sechs. Und das –«, wieder flog ein Foto herüber, »und das waren die Eltern. Wie Sie sehen, haben sie keine Köpfe mehr. Die fanden wir draußen auf dem Gartenzaun.«

Henrietta brach weinend zusammen. »O wie furchtbar, welche Bestie tut so etwas?«

»Cuba Mkize«, sagte Mr. van Tondern. Überraschenderweise war seine Stimme nun fast sanft. »Und nun frage ich Sie noch einmal, kennen Sie ihn, wissen Sie wo er ist?«

Sie schüttelte heftig den Kopf, unfähig zu sprechen. »Ich schwör's«, brachte sie schließlich hervor. »Ich schwör's bei dem Leben meiner Kinder, ich kenne ihn nicht, ich habe ihn nie gesehen!«

»Haben Sie oder Mr. Cargill noch Verbindung zu Vilikazi?«
»Nein«, antworteten beide gemeinsam.
»Ich gebe Ihnen den guten Rat, belassen Sie es dabei. Sie können gehen.« Mr. van Tondern legte seinen Kugelschreiber hin und stand auf. Der Jüngere mit den Pickeln hielt ihnen die Tür auf. So schnell sie konnten, liefen sie Hand in Hand durch die Menge im Korridor zum Ausgang, traten in die gleißende Sonne und gingen den schmalen Weg durch den kleinen Vorgarten des Gebäudes auf die Straße. Sie sprachen lange nichts.
»Laß uns irgendwo hingehen und etwas trinken«, schlug Ian endlich vor, »ich kann jetzt noch nicht nach Hause.«
Sie fanden einen Platz auf der Dachterrasse des Biejenkorf. Lange saßen sie schweigend, ihre Finger ineinander verflochten. »Hast du das geahnt?« fragte sie schließlich.
»Nein«, antwortete er grimmig, »wir sind da in etwas sehr Gefährliches hineingeraten. Wir sind unglaublich naiv gewesen.« Er legte seine Hand auf die ihre. »Bitte verzeih mir, daß ich dich da hineingezogen habe, aber ich habe so etwas nicht im entferntesten geahnt.« Er rieb sich seine geröteten Augen. »Diese armen Kinder, diese armen Menschen.«
»Glaubst du, daß sie von Kwa Mashu wissen?«
»Ich denke nicht, wenn sie es uns beweisen könnten, wären wir nicht so glimpflich davongekommen.«
Sie atmete durch. »Mir ist immer noch übel.« Unter ihnen fuhr ein Polizeiauto mit Gefangenen aus der Polizeistation. Es war voll mit Menschen, und sie konnte die Handschellen um die Gelenke der Hände, die sich an den Gitterstäben festklammerten, erkennen. Schwarze Handgelenke, ausschließlich. »Da, gäbe es nicht die Gnade Gottes, würden wir fahren«, flüsterte sie auf Englisch und sah dem Wagen nach, bis er um die nächste Ecke verschwand.
Sie redeten nicht viel während ihrer kurzen Mahlzeit und

fuhren danach gleich nach Hause. »Ich mache mein Büro für heute zu«, sagte Ian, »laß uns mit den Kindern ins Aquarium gehen, Eis und Popcorn essen und die Delphinschau ansehen. Heute brauchen wir uns.«

Am nächsten Morgen mußte sie sich zwingen, nach Mount Edgecombe zu fahren. Betont fröhlich begrüßte sie alle, holte sich von Indra die Post und zog sich in ihr Büro zurück, wo sie erst einmal tief durchatmete. Nur keine Schwäche zeigen! Sie blieb, bis alle abends gegangen waren. Erleichtert nach dem ereignislosen Tag, schloß sie ab und wandte sich zum Gehen. Routinemäßig prüfte sie mit einem Blick, ob alle Fenster geschlossen waren. Ihre Augen blieben am Schuppen hängen, und sie erstarrte. Die Tür stand offen! Beklommen trat sie näher, wagte aber nicht einzutreten. Ein schleifendes Geräusch jagte ihren Puls hoch. Sie hielt den Atem an und rührte sich nicht. Da! Da war es wieder. Und dann ein hohes Wimmern, ganz kurz, dann brach es ab. Aber sie identifizierte es doch. Ein kleines Kind? Mary Mkize? Das durfte doch nicht wahr sein! Entschlossen stieß sie die Tür auf, und da saß sie, auf dem Fußboden, ihre rechte Hand über den Mund des Babys gelegt, dessen riesige, seelenvolle dunkle Augen sie erschreckt anstarrten. »Mary!« zischte sie. »Bist du verrückt geworden, was tust du hier?«

Ihre Augen gewöhnten sich an das Dunkel. Mary war abgemagert, und zu ihren Füßen lagen die blutigen Kleider ihres Mannes. Kurz bevor ihre Augen weiterglitten, registrierte ihr Gehirn, daß es frisches Blut war, kein dunkles, verkrustetes. Ihr Blick schwang zurück. Das Bündel bewegte sich und gab einen Ton von sich, wie das Maunzen eines Kätzchens. Sie bückte sich und schlug das Tuch zurück. Ein herzförmiges, dunkles Gesichtchen, winzig, wie die beiden festgeballten Fäustchen. Ein Baby. Sie zog das Tuch weiter zurück und sah die Nabelschnur. Sie war noch nicht durchtrennt. Ein neuge-

borenes Baby, nur Minuten alt. »Um Himmels willen«, entfuhr es ihr. »Mary!« Gleichzeitig wünschte sie sich, nie den Impuls gehabt zu haben hierherzukommen. Was sollte sie nur machen? Sie konnte unmöglich die junge Frau von hier verjagen, genauso unmöglich konnte diese hierbleiben, denn es wurde noch immer nach ihr gesucht. Sie war hundertprozentig sicher, daß die Fabrik und die Umgebung noch beobachtet wurden. Sie mußte Mary der Polizei melden. Ich muß doch an die Familie denken, ich kann doch nicht anders! verteidigte sie sich vor sich selbst.
Das Neugeborene fiepte leise, Mary sah sie flehentlich an. »Bleib hier«, hörte sie sich sagen, »rühr dich nicht.« Sorgfältig beobachtete sie die Umgebung, bevor sie vom Schuppen in die Fabrik schlüpfte. Dort raffte sie zwei Decken und ein paar saubere Küchentücher zusammen, legte alles, was sie an Nahrungsmitteln finden konnte, hinein und verknotete sie. Wieder prüfte sie, ob sie Auffälliges entdecken konnte, und war nach einer halben Stunde zurück im Schuppen.
Mary hatte inzwischen die Nabelschnur durchtrennt. Durchgebissen, offensichtlich, denn sie hatte Blut an den Lippen. Die Nachgeburt schien auch schon dazusein. Henrietta knotete das Tuch auf und legte es vor die junge Schwarze. »Hör genau zu, Mary. Hier sind saubere Tücher für dein Baby, alles, was ich zu essen finden konnte, und hier«, sie gab der jungen Frau dreißig Rand, »mehr hab ich nicht dabei. Ich kann dir keinen Scheck geben, sie erwischen dich beim Einlösen. Du mußt heute noch von hier verschwinden, hast du verstanden? Am besten gehst du nach Einbruch der Dunkelheit. Diese Fabrik wird beobachtet, also sieh dich vor. Ich hab' dich hier nicht gesehen, ich werde es abstreiten, wenn sie mich fragen. Mehr kann ich nicht tun.« *Verzeih mir, Mary!*
Als einzige Antwort kam ein Nicken. Die großen, schmerzerfüllten Augen hoben sich zu ihren, und die Stimme der jun-

gen Zulu kam wie ein Hauch. »Er hat es nicht getan, so etwas würde er nie tun, er tötet keine Kinder.«
Henrietta nickte und fragte sich, ob Mary Mkize die nächsten Tage überleben würde. Dann ging sie. »Geh mit Gott«, wünschte sie leise auf zulu. Die geflüsterte Antwort klang wie ein Gebet.
»Muß ich jetzt diesen Kerl vom CID anrufen, um ihm zu sagen, daß ich Mary gesehen habe?« fragte sie Ian, als sie nach Hause kam. »Wenn sie die Fabrik beobachtet haben, wissen sie, daß ich sie gesehen habe. Das arme Mädchen hat gerade ein Kind bekommen, ganz allein, da, in dem Schuppen auf dem Zementfußboden. Ich kann sie nicht anzeigen, auch wenn das gefährlich für uns ist.«
»Natürlich, aber wir müssen auch an unsere Kinder denken. Ruf morgen früh an, sag ihnen nur, daß du jemanden gesehen hast. Im Halbdunkel – es ist doch halb dunkel darin?«
»Fast dunkel, der Raum hat keine Fenster.«
»Also in dem Dunkel konntest du nicht erkennen, wer es war, und du bist weggelaufen, weil du Angst hattest. Wie findest du das?«
»Könnte von mir stammen.«
Und so machte sie es. Sie rief Mr. van Tondern an, stotterte und druckste überzeugend herum. »Ich weiß nicht einmal, ob ich mich nicht geirrt habe. Vielleicht war es nur eine Einbildung. Aber auch die kleinste Möglichkeit, diesen Mörder zu fangen, muß genutzt werden.« Sie kreuzte ihre Finger und hielt ihren Atem in den Lungen, bis sie fast platzten.
»Danke, Mrs. Cargill«, kam die kühle Stimme über den Draht, und sie sah wieder diesen Fallenmund vor sich, »das war richtig. Wir werden uns drum kümmern.« Er legte auf.
Sie fiel Ian in die Arme. »Geschafft, sie haben es gefressen. O Gott, bin ich erleichtert. Und nun möchte ich nie wieder etwas von Cuba und Mary Mkize hören und sehen!«

Montag war der Schuppen leer, die blutigen Tücher waren verschwunden. Nichts verriet, daß hier noch vor zwei Tagen ein Kind geboren worden war. *Geh mit Gott, Mary Mkize; wenn es einen gibt, hoffe ich, daß er dich beschützt, dich und deine beiden unschuldigen Kinder.*
Sie spritzte den Schuppen mit dem Gartenschlauch ab, bis das Wasser von den Wänden lief und jede noch so kleine Spur verwischte. Dann verschloß sie die Tür mit einem soliden Vorhängeschloß und ließ die Büsche davor roden. Niemand sollte hier je wieder unterkriechen. Den Blick aus dem Fenster des Büros auf der Polizeistation, durch die dichten Gitterstäbe, den in schmale, senkrechte Segmente geschnittenen Himmel, konnte sie nicht vergessen. Das Kleid, das sie an dem Tag getragen hatte, steckte sie sofort in die Waschmaschine. Es strömte diesen widerlichen, säuerlichen Geruch aus. Es war ihre eigene Angst, die sie da roch, und das machte alles noch viel schwerer erträglich.
»Ich kriege Bauchweh, schon wenn ich eine kleine Notlüge erzählen muß, und renne nie bei Rot über die Straße. Und nun hab ich die Kriminalpolizei angelogen, daß sich die Balken bogen. Ich kann es nicht fassen.« Sie lagen im Bett, eng umschlungen. Was sie nicht aussprach, was sie sich nicht erlaubte auch nur zu denken, war die Tatsache, daß sie um Haaresbreite im Gefängnis gelandet wäre. In einem südafrikanischen Gefängnis.
Ian schien es zu spüren. »Es ist vorbei, Liebling.« Er streichelte sie, bis ihre verkrampften Muskeln weich und locker wurden. Sein Mund war auf ihrer Augenhöhe. Ein fester, kräftiger Mund mit warmen Lippen. Sie reckte sich hoch und küßte ihn, und der Horror der letzten Tage versank in der singenden Nacht.

❖

Im Juli steckte sie mitten in den Vorbereitungen für einen Großauftrag für ein Johannesburger Bekleidungshaus. ›by Henrietta Tresdorf‹ war ein Markenname geworden. »Ich werde anbauen müssen«, sagte sie morgens beim Frühstück zu Ian, »mehr Mädchen einstellen, Maschinen kaufen, ich werde kaum noch Zeit für die Familie haben!« Sie hastete zum Wagen, sie war spät dran heute.

Die Fabrik lag ruhig. *Ruhig und dunkel!* Beunruhigt öffnete sie die Tür zur Halle. Leer und totenstill dehnte sie sich vor ihr. Wo sonst fünfundzwanzig junge Mädchen an den Maschinen standen, ihre hellen Stimmen den Höllenlärm der Strickschlitten noch übertönten, hörte sie nur das Rascheln einer losen Papierseite. Sie rannte durch sämtliche Räume, riß alle Türen auf. Nichts. Keine Menschenseele. Mit fliegenden Händen wählte sie Indras Nummer.

Eine von Indras Schwestern antwortete. »Sorry, Ma'am, Indra ist nicht da, ich weiß nicht, wann sie wiederkommt.«

Vier der anderen Mädchen hatten Telefon, und keine von ihnen war zu sprechen. Sie ließ den Hörer sinken. Was ging hier vor? Ein sanfter kehliger Laut berührte ihr Ohr. Sie sprang auf und ging dem Geräusch nach. Zwei ihrer Zulumädchen hockten in der Sonne dieses kühlen, windigen Wintertages. Sie aßen und redeten leise.

»Jane, was geht hier vor? Wo sind die anderen Mädchen?«

Die Angesprochene, klein, drall, mit blutunterlaufenen Augen, zuckte die Schultern. »Weiß nich.« Sie kaute weiter.

»Jane, sieh mich an. Warum arbeitet ihr nicht?«

Beide Mädchen kicherten, Jane klickte etwas in Zulu, kicherte wieder und senkte ihren Blick.

Wütend starrte Henrietta die Schwarzen an. Sie wünschte sich Fatima zurück, die einen unerschöpflichen Fundus von arbeitswilligen Verwandten zu haben schien. *Fatima. Fatimas Bruder!*

Nehmen Sie sich vor meinem Bruder in acht, er ist rachsüchtig! Fatimas Stimme war ein Hauch, aber sie hörte sie deutlich.
Nervös rief sie Indras Schwester noch einmal an. »Ich brauche dringend Arbeiterinnen, kannst du mir welche besorgen?« Sie blätterte mit dem Daumen durch die Aufträge, die sich auf ihrem Schreibtisch stapelten. Alle Liefertermine für Oktober, also nur noch zehn Wochen. Ohne Indra und die Mädchen nicht zu schaffen.
»Nein, Ma'am, sorry, Ma'am.«
Frustriert knallte sie den Hörer auf. War das Hohn in der Stimme des Mädchens? So kriegt ihr mich nicht klein!
Vier Tage später stand sie in der Fabrik und versuchte, neun Zulumädchen, alles Verwandte von Sarah und Jackson, die nie zuvor eine Fabrik gesehen hatten, im Eiltempo Stricken und Nähen beizubringen. Nach zwei Wochen gab sie auf. Erschöpft und entmutigt, schloß sie in den späten Abendstunden die Fabrik. Als sie in ihren Wagen stieg, bemerkte sie eine schattenhafte Figur, die auf der gegenüberliegenden Straßenseite an einem Baum lehnend die Fabrik zu beobachten schien. Sie schaltete die Scheinwerfer ein und erkannte Fatimas Bruder.
»Er lächelte«, sagte sie tonlos zu Ian, »ich bin sicher, er steckt hinter allem. Er rächt sich, weil er Fatima nicht an diesen reichen Kerl verschachern konnte.«
»Was ist mit Sarahs Cousinen?«
»Sie haben mir kiloweise Strickgarn versaut, ich habe Stunden gebraucht, um die festgefahrenen Schlitten wieder vom Garngewirr zu befreien. Es hat keinen Sinn, die Zeit läuft mir weg, ich schaff es nicht!« Sie hockte zusammengesunken am Küchentisch. »Ich ersticke in Aufträgen, aber wenn ich keine Arbeiterinnen habe, kann ich nicht produzieren, und wenn alle indischen Familien um Verulam sich hinter Fatimas Bruder stellen, hab ich keine Chance.«

Als sie am nächsten Morgen verzweifelt ihre Lieferkontrakte durchsah, erschien ein rundlicher, älterer Inder an ihrer Tür. »Guten Morgen, Madam, ich bin Ganesh Maharaj«, sagte er mit angenehm weicher Stimme, »ich hörte, daß Sie Schwierigkeiten haben. Ich kann Ihnen helfen.«
»Tatsächlich?« Hoffnung stieg in ihr hoch.
»Ich biete Ihnen fünfzehntausend Rand für Ihre Firma«. Er lächelte milde.
Überrumpelt starrte sie ihn an. Diese Möglichkeit war ihr noch nicht in den Sinn gekommen. Die ganze Nacht hindurch diskutierte sie mit Ian. »Fünfzehntausend ist eine Frechheit. Ich habe allein Aufträge für dreißigtausend Rand!«
»Aber keine Arbeiterinnen, sie auszuführen«, bemerkte Mr. Maharaj sanft und zwirbelte seine langen Barthaare.
Sie verkaufte ihre Firma für zwanzigtausend Rand, und sie konnte bei der Unterzeichnung des Vertrages kaum die Tränen zurückhalten. »Jetzt bin ich eine Drohne«, sagte sie mit schiefem Grinsen, als sie mit Ian nach Hause fuhr, »ich werde im Liegestuhl liegen, schmalztriefende Schicksalsromane lesen, dabei Pralinen verschlingen und fett werden wie ein Mastschweinchen.«
»Wenigstens bleibst du als Designerin für deine Marke verantwortlich«, tröstete sie Ian und nahm sie fest in die Arme.
»Wovon sollen wir leben? Das Geld reicht nicht ewig, und Signor Carinis Rechnungen sind wirklich saftig.«
»Ich gehe heute zu Smithers und bitte ihn um seine Aussage bezüglich des Materials. Dann klagen wir gegen Pete Marais auf Schadenersatz, Verdienstausfall und so weiter. Drück mir die Daumen. Ich bin gegen Mittag wieder zurück.«
»Mr. Smithers ist ein honoriger Mann, er wird dir sicher helfen.«
Es kam ganz anders. Ian kehrte erst nachmittags nach Hause

zurück. Krachend öffnete er die Tür. Henrietta, die gerade einen pitschnassen, splitternackten Jan vom Planschbecken ins Kinderzimmer trug, zuckte zusammen. Dann sah sie sein Gesicht und wußte, daß etwas passiert war. Sie reichte Jan an Isobel weiter und folgte ihm ins Wohnzimmer. »Was ist los, Liebling?«

Seine Augen blitzten von unterdrückter Wut. »Smithers kann sich an nichts erinnern. Er hat mir ganz freundlich ins Gesicht gesagt, er wäre nie in der Fabrik gewesen.«

»Der Mistkerl! Das stimmt doch nicht, du hast mir doch von dem Tag erzählt!«

Mit sichtlicher Anstrengung riß er sich zusammen. »Macht nichts, wir schaffen es auch so. Pete Marais wird bezahlen, das verspreche ich dir.«

Aber Cedric Labuschagne machten ihnen nicht viel Hoffnung. »Ohne die Aussage von Mr. Smithers wird es schwer werden, Marais zu beweisen, daß er dich vorsätzlich geschädigt hat. Um ehrlich zu sein, du wirst Mühe haben, zu beweisen, daß du nicht schadenersatzpflichtig bist.«

»Wie bitte?« Ian lehnte sich vor. »Das kannst du nicht ernst meinen. Er will mein Vermögen von mir, völlig unberechtigt. Ich hab' das nicht. Das darf nicht sein.« Er lockerte seinen blaugestreiften Schlips.

Charmaine stöckelte herein und brachte Kaffee. Sie beugte sich über Ian, ihre üppige Brust fiel fast aus dem Ausschnitt. »Kaffee, Mr. Cargill?« flötete sie, Henrietta ignorierend, und klimperte mit ihren schwarzen Wimpern. »Zucker? Milch?«

»Du stimmst mir doch zu?« fragte Ian zwischen zwei Schlucken.

Der Anwalt sah ihn prüfend aus wasserhellen Augen an. Von Ian glitt sein weitgeöffneter Blick zu Henrietta, ruhte einen Moment nachdenklich auf ihr, aber sie merkte, daß er sie nicht wirklich sah. Dann senkten sich seine Lider. »Es tut mir

leid, aber vielleicht solltest du über einen Vergleich nachdenken.«
»Einen Vergleich?« brüllte Ian. »Ich denke nicht daran! Der Kerl betrügt mich, bestiehlt mich, und ich soll mich vergleichen?« Er senkte den Kopf, wie ein Bulle zum Angriff. Henrietta hatte ihn noch nie so wütend gesehen. Die Luft um ihn knisterte. »Und die Fotos, die wir haben?« fragte sie. »Die beweisen doch alles.«
»Fotos?« Cedric sah hoch.
»Wir haben dir doch die Fotos gegeben, die Ian damals aufgenommen hatte. Erinnerst du dich nicht?«
»Dann müssen sie in deiner Akte sein.« Der Anwalt blätterte rasch durch die umfangreiche Akte. »Hier sind sie nicht.«
Verunsichert sah sie ihren Mann an. »Vielleicht haben wir sie im Safe, so genau erinnere ich mich nicht.«
»Ich mich schon«, knurrte er böse, »aber gut, ich sehe zu Hause nach. In der Zwischenzeit, lieber Freund, denk dir etwas aus. Ich bin an einem Vergleich nicht interessiert.« Er warf sein Jackett über die Schulter und stürmte vor Henrietta aus der Tür, vorbei an der aufgeregt piepsenden Charmaine. Was mochte Cedric vorhin gedacht haben, als er ihr diesen eigenartigen Blick zuwarf? Sie war sich sicher, daß er eine Bedeutung hatte, aber welche? Verwirrt lief sie hinter Ian her.
Zu Hause durchsuchten sie sofort den Safe. Die Fotos waren nicht da. Egal wie häufig sie ihre Akten durchblätterten, die Fotos waren nicht im Safe. Ian saß auf seinen Hacken, die Brauen zusammengezogen. »Verdammt, ich hatte recht! Ich möchte wissen, wo diese Fotos sind. Sie sind sehr wichtig für uns. Ohne sie haben wir praktisch keine Chance.«
»Hast du die Negative noch?«
Er sah sie an. »Das ist es ja, auch die hatte Cedric. Ich dachte, das wäre sicherer. Vermutlich hat diese dämliche Charmaine die Sachen verschusselt. Die hat doch nur Stroh unter ihren

Wasserstoffsuperoxydhaaren. Ich kann nicht verstehen, warum er diesen Blindgänger in seinem Büro duldet.«
»Unterschätze Charmaine nicht. Viel an ihr ist Getue. Ganz so blöd, wie sie aussieht, ist sie nicht. Außerdem ist sie in dich verknallt, und das zeigt mir, daß sie eigentlich sehr intelligent sein muß.«
Er lächelte schwach und küßte sie. »Na, gut. Den Blindgänger und das Stroh nehme ich zurück. Leider hilft mir das nicht.«
Die Fotos blieben verschwunden. »Ich hab' außer den Schwarzen keine Zeugen, und das wird knapp. Ich glaube nicht, daß ein Gericht Vilikazi als guten, glaubwürdigen Zeugen ansehen würde.«
»Wirst du einen Vergleich anstreben?«
»Das ist das letzte, buchstäblich das letzte, was ich tun würde. Vielleicht hatte Smithers nur einen schlechten Tag. Ich ruf ihn noch einmal an. – Verdammt«, sagte er kurz darauf, »Smithers ist in Europa. Pech. Es wird Wochen dauern, ehe er wieder da ist.«
Das Telefon klingelte, sie nahm ab. Es war Freddy. »Es ist ein Mädchen«, er war ganz still vor Glück, »und sie ist bildhübsch!«
»Oh, Freddy, wie wunderbar!« Cori hatte die letzten fünf Monate im Bett verbringen müssen, um ihr Kind zu behalten. Freddy umsorgte sie mit einer Liebe und Hingabe, die besonders rührend an ihm wirkte, der sonst nur an sich und seinen Projekten interessiert schien. Cori wurde rund und ruhig, aß Quark, trank Obstsaft und schnitt ihre platinfarbenen Haare auf Schulterlänge ab. Sirikit wurde in den Garten verbannt und entwickelte eine neurotische Beziehung zu Nachbars Dogge, die sie als Reittier zu mißbrauchen versuchte, was bei dieser jedoch auf beißwütige Ablehnung stieß.
Mit einem Armvoll Blumen erschienen sie abends im Kran-

kenhaus. Corinne war erschöpft, aber wohlauf. Mit anrührend schüchternem Lächeln bat sie Henrietta, Patentante zu werden. »Henrietta Frederike Morgan, klingt das nicht wunderbar?«

Die kleine Henrietta hatte kaum Haare, farblose Wimpern und eine Haut, rosig und zart behaart wie ein Pfirsich. Es war unübersehbar, daß Freddy unrettbar in sie verliebt war. »Wie laufen die Geschäfte, Ian?« fragte er, als er sie zur Tür brachte. »Was macht der Prozeß gegen den Marais?«

»Die Antwort auf die erste Frage, danke, sehr gut, die Antwort auf die zweite Frage, leider nicht gut. Ein für mich sehr wichtiger Mann leidet unter akutem Gedächtnisschwund, und Fotos, die mein einziges Beweisstück waren, sind verschwunden. Ich bin sicher, daß ich sie meinem Anwalt gegeben habe, aber der hat sie nicht. Jedenfalls behauptet er das, und so sieht das alles gar nicht gut aus.«

»Gibt es etwas, was ich für dich tun kann?«

»Wenn du etwas über Pete Marais hörst, was uns nützen kann, wäre das schon gut, vielleicht hat er irgendwo Dreck am Stecken.«

»Ich werde mich ein wenig umhören.«

Sechzehntes Kapitel

Neils Verletzungen heilten schnell, Titas seelische Wunden nicht. »Ich kann Leute, die uns Böses wollen, nicht mehr ohne weiteres erkennen«, klagte sie, »das südafrikanische Feindbild ist schwarz. Ich muß jetzt jedem Fremden mit Mißtrauen begegnen, unabhängig von seiner Hautfarbe. Denk an die Drohbriefe, die wir erhalten haben. Mein Leben lang habe ich nur Zuneigung erfahren, Menschen mögen mich. Ich habe das als mir zustehend erwartet. Ich bin Tita Robertson, geborene Kappenhofer, was kann mir schon passieren? Jetzt gilt das alles nicht mehr. Selbst Daddy kann mir nicht mehr helfen.«

Sie saßen auf der Veranda unter dem tiefgezogenen Strohdach eines Rondavels der Safari Lodge. Mit den Kindern, die bereits im Rondavel schliefen, hatten sie den Tag im Busch verbracht. Henrietta lehnte an der Verandabalustrade. Grün und saftig fiel das Land zum Wasserloch ab und erstreckte sich bis in die blaue, dunstige Ferne. Ein unbeschreiblicher Friede lag über der Landschaft. Links, in etwa fünfzig Meter Entfernung, vor dichtem Busch, standen mehrere Zebras bis zum Bauch im hohen Gras, dessen Spitzen von der Sonne zu einem hellen Gelb gedörrt waren. Es wuchs wie eine Landzunge in die weite Fläche mit kurzem Gras. Ein Flußpferd bewegte sich dort gemächlich grasend zum Wasserloch, das im Licht der späten Abendsonne glänzte. In der dichten, meterhohen Bambushecke neben dem Rondavel baute ein Schwarm von Webervögeln ihre kunstvollen Nester. Wie Goldflitter glitzerten sie zwischen den tiefgrünen Halmen. Im Schatten der Schirmakazien lag ein Leopardenpaar, junge Tiere noch, Springboks tänzelten nervös am Wasser. Dan Krock, der weißhaarige Besitzer der Lodge, brachte die Getränke. »Wann wollt ihr essen?«

»Später, Dan«, antwortete Tita abwesend. Sie schien nichts von der Schönheit des Abends wahrzunehmen. »Vor ein paar Tagen stand plötzlich ein Fremder im Garten vor mir, trotz der Wachen«, sagte sie leise. »Und ich geriet in Panik. Ich hab ihm einen Stein an den Kopf geworfen. Er fiel sofort um, glücklicherweise erlitt er nur eine Gehirnerschütterung. Er war nur ein harmloser Zeuge Jehovas auf Missionstour. Vor kurzer Zeit noch hätte ich ihn freundlich ins Haus gebeten und nicht versucht, ihn zu töten. Jetzt trage ich ständig eine Pistole bei mir. Und dann haben wir noch Julius.«

Henrietta kannte Julius. Sie war dabei gewesen, als Neil ihn ins Haus gebracht hatte. Er war ein sehniger Mann, unauffällig und schweigsam mit einem dichten Busch stumpfbrauner Kräuselhaare. »Das ist Julius, unser neuer Hausdiener. Du kannst ihm voll vertrauen«, stellte er ihn Tita vor. Der Mann war ungewöhnlich dunkel, seine Haut hatte einen blauschwarzen Unterton. »Er war lange im Norden«, erklärte Neil. Mehr nicht.

»Er folgt mir und den Kindern auf Schritt und Tritt«, bemerkte Tita, »für den Haushalt habe ich einen anderen einstellen müssen.«

»Ein schwarzer Leibwächter?« wunderte sich Ian. »Hat er einen ANC-Hintergrund?«

»Ich will heute abend nichts mehr von Politik hören«, rief Tita jähzornig, »hört endlich einmal auf damit! Ich will heute so tun, als wäre meine Welt noch heil.«

Ein Unterton in ihrer Stimme, ein Schwanken, alarmierte Henrietta. »Was ist, Tita?«

Tita stieß sie zurück, sprang heftig auf. Die Leoparden unter der Akazie hoben aufmerksam den Kopf, witterten, ihre Muskeln gespannt. »Ich habe Angst, versteht ihr das nicht? Ich fühle mich bedroht, aber die Bedrohung hat keine erkennbare Gestalt.« Mit ausgreifenden Schritten rannte sie auf der hölzernen Veranda umher. »Es gibt nur eine Möglichkeit für mich und die Kinder, dieser Bedrohung zu entkommen.« Ihre Stimme wurde leise und dünn. »Ich muß mich von Neil trennen, scheiden lassen. Je spektakulärer, desto besser. Ich muß mich öffentlich gegen ihn stellen.«

»Was?« Neil sprang auf, packte sie an den Armen, schüttelte sie. »Das kann doch nicht dein Ernst sein.«

Aufgeschreckt stoben die Springboks mit rasenden Bocksprüngen davon. Die beiden Leoparden sprangen beunruhigt auf ihren Schattenbaum und starrten herüber zu den Menschen.

»Welche Wahl habe ich?« schrie sie. »Ich schwebe in ständiger Furcht, daß den Kindern etwas passiert, bekomme bei dem Anblick jedes Polizisten Angstzustände.« Nackte Verzweiflung stand in ihren Augen. »Neil, ich kann damit nicht umgehen, ich habe noch nie vor anderen Menschen Angst haben müssen.«

Henrietta starrte an ihr vorbei zurück in eine andere Zeit. Sie hörte das Poltern schwerer Polizistenstiefel, rauhe Stimmen mit einem harten Akzent, sah Tony dal Biancos verzweifelte Augen. Sie spürte einen kalten Luftzug auf ihrem Rücken. »O ja«, sagte sie, »ich weiß genau, wie du dich fühlst.«

»Was soll ich machen?«

Erstaunt bemerkte Henrietta, wie klein und zierlich Tita wirklich war. Immer war sie ihr groß, schlank und biegsam zwar, aber kräftig vorgekommen. Ihre Schultern waren schmal, von zarter Knochenstruktur, wie die eines Kindes, sie hatte ihre Arme um sich geschlungen und sich darin verkro-

chen. Eine Haltung, die sie von Tita nicht kannte. »Was soll ich denn nur machen?« flüsterte diese.
Hinter ihnen knarrte die Rondaveltür. »Mami, wo ist Dikkie?« Sammy stand da in kurzem, weißem Hemdchen.
Tita hob ihren Kopf. »Er schläft. Geh wieder ins Bett.«
»Tut er nicht. Er ist weg.«
Die Erwachsenen merkten auf. »Da ist er«, rief Henrietta, »da unten!«
Der kleine Dickie rannte durch das kurze Gras den langen Hügel hinunter zum Wasserloch. »Kätzchen!« hörten sie sein Stimmchen weit entfernt. »Kätzchen!«
Einer der Leoparden streckte sich, hob seine Nase und sog die Luft ein, langsam und neugierig glitt er den Baumstamm hinunter.
»O mein Gott!« Tita lief über die Treppe und hetzte ihm nach. Ihr Rock flog, ihre nackten Beine blitzten. »Dickie, komm zurück!« keuchte sie. Sie rannte barfuß durch das kurze, harte Gras.
Dickie war nur noch wenige Meter von dem schützenden hohen Gras entfernt. Henrietta erstarrte. Auch er trug keine Schuhe! Die Gegend war schlangenverseucht. Puffotternland. Puffottern vertrauen ihrer vollkommenen Tarnung, sie flüchten nicht, und beide liefen barfuß!
Die Zebras stoben davon, als Dickie das hohe Gras erreichte und geradewegs hineinlief. Es reichte ihm fast bis zu den Schultern, und bald zeigten nur noch heftig schwankende Halme, wo er sich befand.
Neil sprang über die Balustrade, kam schief auf und sackte mit einem Schmerzenslaut zusammen. Er versuchte, sich aufzurappeln, doch sein Knöchel knickte weg. »Tita!« schrie er, »Oh, Tita, nein! – Ian, versuch Dan und ein paar Gewehre aufzutreiben«, ächzte er, »der Gewehrschrank ist in seinem Büro!«

Ian sprintete ins Haus.
Dickie ließ das hohe Gras hinter sich und näherte sich erschreckend rasch dem Wasserloch, Tita flog über die freie Fläche hinter ihm her. Der Leopard am Boden kauerte mit zurückgelegten Ohren und entblößten Lefzen, der auf dem Baum saß auf seinem Hinterteil und verfolgte mit vorgestrecktem Kopf jede Bewegung Dickies.
»Glaubst du an Gott?« flüsterte Neil rauh.
»Heute wünschte ich es«, antwortete Henrietta und verbarg ihre zitternden Hände.
Dann stolperte der Kleine und fiel, kugelte noch ein paar Meter. Der Leopard ging in Angriffshaltung und schlich einige Meter vorwärts. Tita schrie, Henrietta hörte sie ganz deutlich, sie schrie um das Leben ihres Kindes. »Weg, hau ab, du Biest, zurück!« Der Leopard fauchte. Dickie blieb am Boden sitzen, und als Tita ihn erreichte, sprang der andere Leopard vom Baum und schlich sich von links heran. Die großen Katzen waren kaum sechzig Meter von ihnen entfernt. Henrietta wußte, daß ein angreifender Leopard nur Sekunden brauchte, um diese Distanz zurückzulegen. Sie hörte auf zu atmen.
Tita hob ihren Sohn hoch und stellte sich den Leoparden entgegen. Fauchend legten die Raubkatzen die Ohren an und drückten sich ins Gras. Knurrend entblößten sie ihr beeindruckendes Gebiß und zeigten deutlich Unsicherheit in ihren Bewegungen. Langsam bewegte sich Tita rückwärts, Schritt für Schritt, sehr langsam, ihren Sohn fest an sich gedrückt.
Ein metallisches Klicken neben Henrietta war überlaut in der gespannten Stille. Sie fuhr hoch. Dan und Ian standen da, Gewehre im Anschlag. »Verdammt«, flüsterte Ian. Der Lauf einer Waffe schwang im Bogen von einem Leoparden zum anderen. »Tita kreuzt ständig die Schußlinie!«

Tita zog sich mit Dickie immer schneller zurück, und dann wirbelte sie herum und rannte.
»Lauf, mein Liebling, lauf!« wisperte Neil, »du schaffst es, es ist nicht mehr weit!« Er ballte beide Fäuste, als zerquetsche er etwas.
Ian und Dan schossen gleichzeitig, Erdklumpen spritzten vor den Raubkatzen hoch. Brüllend sprangen die Leoparden senkrecht hoch und rasten, ihre Schwänze steil in die Luft gereckt, davon. Danach war tiefe, absolute Stille. Es war vorbei. Bald hörten sie Titas Keuchen, und kurze Zeit später war sie in Sicherheit. Neil sank in sich zusammen. Henrietta hörte seine Zähne aufeinanderschlagen. Tita hielt ihren Sohn in den Armen, breitbeinig stand sie da vor ihrem Mann, stark und groß, ihre Schultern gerade. Sie lächelte. Er hockte noch am Boden, starrte hoch zu seiner Frau, wollte etwas sagen, brachte es nicht heraus, sondern schlug die Hände vors Gesicht und heulte wie ein kleines Kind.
Sie sank vor ihm in die Knie und zog ihm sanft die Hände weg. »Es ist vorbei, Neil, ich bin wieder da.«
Seine Augen glühten in dem bleichen Gesicht. »Bist du sicher?« Ungehindert rann eine Träne aus einem Augenwinkel. »Ich wußte nicht, daß es solche Angst gibt. Das hast du gemeint, nicht wahr?«
Sie nickte. »Ja«, sagte sie ruhig, »das habe ich gemeint.« Plötzlich kicherte sie. Ein unerwartetes Geräusch in dieser Situation. »Ich habe zwei Leoparden die Zähne gezeigt, da wird mich BOSS nicht mehr erschrecken.« Zärtlich trug sie ihren Sohn ins Bett.
Henrietta hatte mittlerweile Neils blaurot angeschwollenen Knöchel bandagiert. »Er ist nur verstaucht«, verkündete sie fröhlich. Nun saßen sie zusammen in der samtigen Dunkelheit auf der Veranda. Auf dem blankgescheuerten Tisch brannten Kerzen, ihre Flammen standen vollkommen still.

Um sie herum vibrierte der Busch. Eine Hyäne lachte. Unten am Wasserloch, das gespenstisch zwischen den tiefen Schatten der Akazien im Mondlicht schimmerte, bewegten sich massive, dunkle Körper.

»Büffel«, erklärte Dan, der am Holzkohlengrill stand und ihre Steaks wendete. »Später kommen die Löwen.«

Bis tief in die Nacht saßen sie zusammen und redeten. Unten am Wasserloch war das Rascheln von tausend Hufen zu hören, glühende Augen durchbohrten die Dunkelheit, dann der langgezogene Todesschrei eines Tieres. Die Menschen auf der Veranda hoben ihre Köpfe, lauschten einen Moment und redeten dann weiter.

❖

Sie sah ihre Post durch. »Ian, Gertrude wird am dreißigsten September fünfundfünfzig. Wir haben eine Einladung bekommen! Sieht aus wie ein Friedensangebot. Was sollen wir ihr schenken?«

»Ein Futteral für ihren Giftzahn!«

Sie kicherte. »Du bist unmöglich!« Sie fand einen kleinen, exquisiten Meißener Teller. Aber sie konnte ihn ihrer Tante nicht mehr überreichen. Am Vorabend ihres Geburtstages fuhr Gertrude, das Auto mit Geschirr beladen, das sie sich von Melissa Daniels geliehen hatte, bei Dunkelheit auf dem Highway nach Hause. Der sturzbetrunkene Fahrer eines schweren Zuckerrohrtransporters verlor die Gewalt über sein Fahrzeug und rammte frontal gegen Gertrudes Holden.

»Die Steuersäule hat sie aufgespießt«, schluchzte Cori am Telefon, »sie war sofort tot – hoffentlich«, hörte Henrietta sie flüstern.

Es wurde eine große Beerdigung. Die dämmrige, überhitzte Kapelle auf dem kleinen, intimen Friedhof faßte kaum alle Trauergäste. Es war ein stickiger Tag, die Sonne stach aus

einem weißen Himmel, und alle waren erleichtert, nach der Predigt dem Sarg in den luftigen Schatten der Tulpenbäume zu folgen. Carla, die zwischen Benedict und Cori ging, zündete sich eine Zigarette an. Nervös sog sie den Rauch ein. »Wir müssen Mutters Erbe besprechen«, sagte sie.
»Kannst du nicht warten, bis sie unter der Erde ist, du herzlose Hexe?« weinte ihre völlig aufgelöste Schwester.
»Er versäuft Mutters Erbe. Ihr gehörte der größte Teil der Farm«, zischte Carla, »ich hole mir meinen Anteil, koste es, was es wolle. Hör auf zu flennen und tu was, sonst gehst du leer aus.«
Onkel Hans, das Gesicht kittgrau, die Augen wäßrig und entzündet, packte sie am Oberarm. »Mutters Erbe steckt in der Farm, und da bleibt es!« Seine Stimme war leise, doch Henrietta hörte jedes Wort, spürte die Wut dahinter. »Ihr Mädchen bekommt ihren Schmuck zu gleichen Teilen. Auf den Rest müßt ihr warten, bis ich tot bin.«
Carla riß sich los und starrte ihn wütend an. »Das werden wir ja sehen!« Sie zog Benny, der stumm dem Streit gelauscht hatte, zum Grab, die qualmende Zigarette in der Hand. Ihr Vater folgte mit schlurfenden, hölzernen Schritten.
Gertrude wäre aufs höchste geschmeichelt gewesen, hätte sie die illustre Trauergemeinde gesehen, die sich jetzt um ihr Grab zwischen Hibiskus und Bougainvilleen, die üppig blühten, gruppierte. Alle waren da, sogar Letitia Beaumont, die Tante von Benny, todschick im kleinen Schwarzen von Chanel und dicker Perlenkette.
Etwas abseits hatten sich alle schwarzen Hausangestellten und Farmarbeiter versammelt. Jackson jedoch konnte Henrietta nirgendwo entdecken. »Merkwürdig, daß ausgerechnet er nicht da ist«, flüsterte sie Ian zu.
»Vermutlich ist er froh, daß er sie los ist, sie haben sich doch ewig gestritten.«

»Arbeitet Jackson noch für Onkel Hans?« fragte sie Freddy leise.
»Er verschwand an ihrem Todestag, keiner hat ihn wieder gesehen«, antwortete dieser, seine schluchzende Frau stützend. »Übrigens, Ian, ich hab mich ein bißchen über Pete Marais herumgehört. Das einzige, was ich dir sagen kann, ist, daß er ungewöhnlich gute Verbindungen hat. Er spielt Golf mit dem halben Kabinett und geht bei den Vorständen der Banken aus und ein, mit solchen Verbindungen wird es schwer, gegen ihn etwas auszurichten.«
Ian blickte grimmig drein. »Keine gute Nachricht, aber Südafrika ist keine Bananenrepublik, auch hier wird Recht gesprochen.«
Freddy schnaubte höhnisch. »Aber Geld hat immer etwas mehr recht. Das ist einfach so. Geld und Beziehungen. Ich erweise dir einen Dienst, du schuldest mir einen. Das Grundgesetz der Mafia.«
Nach der Zeremonie gingen Henrietta und Ian als letzte. Aus den Augenwinkeln sah sie jemanden im tiefen Schatten der Zypresse warten. Als das Grab verlassen lag, trat er hervor. »Sieh mal«, flüsterte sie, »es ist Jackson.«
Jackson sank auf die Knie und beugte seinen Kopf, seine kraftvollen Schultern sanken zuckend vornüber. So verharrte er. Schweigend beobachteten sie seine stille Gestalt, bis die Biegung der Straße ihn ihren Blicken entzog.

❖

Carla und Cori bekamen keinen Pfennig aus Gertrudes Erbe, erst nach dem Tod ihres Vaters sollten sie erben. Carla ging vor Gericht, und Henrietta wurde als Zeugin geladen.
»Carla hat verloren«, sagte Henrietta und stieg nach der Verhandlung zu Ian in den Wagen. »Sie ist rasend vor Wut.«

Gelangweilt strich ihr Blick über den Bürgersteig. »Die Flamboyants werden bald blühen«, stellte sie fest. Am Straßenrand stand ein alter schwarzer Mann, sein spärlich wachsendes Haar war eisengrau, und eisengraue Fusseln wuchsen ihm am Kinn. Knochige, dünne Gelenke ragten aus seinen Kleidern, die lose um den gebeugten Körper hingen. Henrietta streifte ihn flüchtig mit einem Blick. In diesem Moment hob er den Kopf, und sie sah in Jacksons trübe, blutunterlaufene Augen. »Mein Gott, Ian, das ist Jackson. Er sieht ja furchtbar aus. Halt bitte einmal an.« Sie sprang aus dem Wagen und ging auf den alten Mann zu. »Jackson, was ist passiert?« fragte sie leise.

»Miss Henrietta.« Alles Feuer schien aus ihm gewichen. Nichts erinnerte mehr an den kraftstrotzenden, leidenschaftlichen Mann, den sie kannte.

»Sind Sie krank? Brauchen Sie Hilfe?« Impulsiv nahm sie seine Hand in die ihre. Die Haut war kühl und trocken wie Pergamentpapier, aber aufgerauht und rissig. Ehrliche Arbeitshände.

Langsam schüttelte er seinen massigen Schädel, seine Lippen bewegten sich, aber er verschluckte die Worte.

»Sie arbeiten nicht mehr für meinen Onkel?«

Wieder antwortete er nicht, und sie glaubte, er hätte sie nicht verstanden. »Haben Sie Arbeit, Jackson? Ich bin sicher, daß mein Onkel Sie gerne aufnehmen würde.«

Mit knotiger Hand strich er sich über die Stirn. »Meine Seele ist leer«, grollte er dumpf. Dann wandte er sich ab und ging. Er schlurfte etwas, so als sei er unendlich müde.

»Wenn Sie Hilfe brauchen, kommen Sie zu mir«, rief sie, aber er schien sie nicht zu hören.

»Ich glaube, ihr Tod hat ihm das Herz gebrochen«, sagte sie nachdenklich zu Ian. »Sie waren doch wie Hund und Katze.« Vor sich sah sie den alten Mangobaum, mutwillig niedergemetzelt von Jackson, Gertrudes entsetztes Schreien gellte ihr wieder in den Ohren, sie hörte das Klatschen der Äste auf seinen mächtigen Oberarmen. »Ich war sicher, daß er uns umbringen würde«, sagte sie und erinnerte sich an die Wut, die aus seinen Augen sprühte, »er, der schwarze Afrikaner, der in seiner Kultur eine Frau als unter ihm stehend, seine eigene sogar als sein Eigentum betrachten würde, wurde von einer weißen Frau verprügelt.« Aber dann war die Anspannung aus Jacksons Muskeln gewichen, passiv hatte er der weißen Frau zugesehen, ohne Wut, wie sie seine Dagga-Plantage vernichtete und unter Triumphgeheul auf dem Pflanzengrab tanzte. »Beide waren eigenartig zufrieden danach«, berichtete sie, »als wäre ein Ausgleich geschaffen worden. Gertrude hatte seine Dagga-Pflanzen zerstört, weil er ihren Mangobaum gefällt hatte.« Sie sah ihren Mann verwundert an. »Sie sind Freunde gewesen«, rief sie, »mehr noch, sie konnten ohne einander nicht leben! Warum ist mir das nicht früher aufgefallen? Er hätte Gertrude nie angerührt.«

Zu Hause ging sie in die Küche. Sarah schnippelte Pilze für den Gemüsesalat. »Ich habe Jackson heute gesehen, Sarah, er sieht furchtbar aus. Was ist mit ihm los? Ist er krank?«

»Weiß ich nicht.«

»Er arbeitet nicht mehr bei meinem Onkel, weißt du, warum?«

»Weiß ich nicht.« Sarah schnippelte mit gesenktem Kopf, deutlich schneller als sonst.

»Sarah, bitte sag es mir. Ich möchte ihm helfen.«

»Er ist nach Hause gegangen.« Sie traktierte den Kopfsalat, ein sturer Zug legte sich um ihren Mund. Henrietta seufzte. Sarah drehte ihr den Rücken zu, und ihre hochgezogenen Schultern, die heftigen Bewegungen ihrer Hände, der gesenkte Kopf mit den hervorstehenden Kinnmuskeln sandten alle eine unmißverständliche Botschaft: Frag nicht weiter, weiße Frau, das ist unsere Sache. Du gehörst nicht zu uns, verstehst du das nicht?

❖

Am 20. November 1966 fingen sie Cuba Mkize. Henrietta saß mit der Zeitung in der Hand in der Küche und las die Nachricht. Sie war groß aufgemacht, denn Cuba Mkize war ein wichtiger Mann, ein Staatsfeind, einer, der Kinder bestialisch ermordete. Ein Foto war neben dem Bericht abgedruckt. Es zeigte einen Schwarzen am Boden, das Gesicht in eine große Blutlache getaucht, zur Unkenntlichkeit geschwollen. Er lag mit dem Kopf zwischen den kräftigen Stiefeln der Polizisten wie ein erlegtes Wild. Der eine lachte siegestrunken in die Kamera, den Gewehrlauf auf den Kopf Cuba Mkizes gerichtet, sein Kollege auf der anderen Seite des Gefangenen zeigte mit Zeige- und Mittelfinger das Siegeszeichen. Sie hatten das gefährliche Raubtier zur Strecke gebracht. Sie wußten, sie waren Helden heute.

Von Mary Mkize und ihren Kindern war nicht die Rede. Henrietta ließ die Zeitung sinken. Für einen Moment sah sie, wie Cuba Mkize um sein Leben rannte, angeschossen und blutend und in Todesangst. Über dieses Bild schob sich, wie ein Dia, das Bild der vier ermordeten Farmerskinder und ihrer geköpften Eltern. Angst schnürte ihr plötzlich die Kehle zu, Angst vor dem Abgrund unter ihren Füßen. Durch das Fenster sah sie Isobel mit Jan und Julia spielen, dieses sanftäugige Mädchen aus dem Stamm der Zulu, die sich einmal mit ausgebreiteten Armen vor Jan stellte, als sie, seine Mutter, so wütend mit ihm war, daß sie ihm einen Klaps auf den Po geben wollte. »Erst müssen Sie mich schlagen, Ma'am«, rief Isobel und schützte das Kind ihrer weißen Herrin mit ihrem Körper. Ob sie die Kinder auch vor einem Mann aus ihrem eigenen Volk schützen würde? Der Kernpunkt von Henriettas Angst war, daß sie auf diese Frage keine eindeutige Antwort fand.

»Ich hoffe, sie hängen ihn«, rief Tita heftig, »er ist ein Tier!« Sie standen in der Sonnabendmorgenmenge im Zentrum Umhlangas.

»Seine Leute nennen ihn einen Freiheitskämpfer«, konterte Neil. »Denk an die Französische Revolution und all die geköpften Aristokraten. Es kommt nur darauf an, wer gewinnt. Derselbe Mann ist auf dieser Seite des Strichs ein Terrorist, auf der anderen ein Held.«

»Leise, Neil, nicht so laut!« zischte seine Frau. »Hier weiß man doch nie, wer mithört.«

»Was passiert jetzt mit diesem Mkize?« fragte Henrietta.

»Den hängen sie auf«, antwortete Neil prompt, »am Halse, bis der Tod eintritt.«

Aufgehängt, totgemacht. Sie hörte aus der Vergangenheit die Worte von Onkel Hans, die er damals sagte, am Tag ihrer Ankunft, als diese schreckliche Sache mit dem jungen schwarzen Mädchen passierte. In einem grausamen Kaleidoskop von Bildern zuckte Cuba Mkize am Strick des Henkers, rutschte das schwarze Mädchen blutend von der Autohaube und bettelte mit aufgerissenen Augen stumm um Hilfe.

»Henrietta, was ist? Du bist ja schneeweiß!« Tita boxte sie leicht in die Seite. »Hör mal, der Kerl hat Menschen ermordet, abgeschlachtet hat er sie. Er hat es verdient. Kommt, laßt uns ein Eis essen oder einen Kaffee trinken. Henrietta ist ja ganz grün geworden.«

Sie schüttelte den Kopf. »Heute nicht, Tita.« Sie schob ihre Hand in Ians. »Ich möchte zum Grundstück fahren, ich brauche Luft und einen freien Blick.«

»Jetzt kann ich wieder atmen«, flüsterte sie, als sie auf der Terrasse ihres zukünftigen Hauses standen. Ein kräftiger Seewind strich den Hang hoch, salzig auf der Zunge und gesättigt mit dem Duft von Tausenden von Blüten. Sie schloß die Augen und lehnte sich an ihren Mann. »Mir platzt schier das Herz, wenn ich hier stehe. Nie hätte ich mir vorstellen können, daß es so etwas Schönes gibt. Und nie hatte ich mehr Angst, daß es zerstört werden könnte.«

Ein Auto bremste oben auf der Straße. Beide hoben ihre Köpfe, sie hielt den Atem an. *Hendrik du Toit?* Die in den leeren Räumen hallenden Fußtritte kamen näher. »Buon giorno.« Es war Gianfranco Carini, und sie atmete durch.

»Gianfranco, gut, Sie zu sehen.« Ian begrüßte ihn erfreut. »Können Sie uns ein definitives Datum nennen?«

Signor Carini strich seine pechschwarze Mähne zurück. Er hatte den Kopf eines römischen Feldherrn, mächtig, kühn und edel, darunter ein zierlicher Körper, zwei Größen zu klein. Kleine Füße in Lackschuhen, kleine, weiße, feinnervige Hände. Der Kopf eines Kriegers auf dem Leib einer empfindsamen, männlichen Primadonna. »Drängen Sie mich nicht, drängen Sie mich nicht.« Seine Hände flatterten. »Der Fluß versiegt sonst.«

»Der Fluß?« fragte der bodenständige Ian.

Carini sah ihn gequält an. »Der Gedankenfluß, natürlich, es strömt aus mir, die Ideen. Wenn Sie mich drängen, versiegt er.«

»Ah.« Ian grinste mit der Verständnislosigkeit eines mathematisch denkenden Menschen. »Wann können wir denn mit dem Einzugstermin rechnen?«

Mit allen Anzeichen des Unbehagens bewegte Signor Carini lautlos seine Lippen. »Fünfzehnter Dezember«, brummte er.

»Wunderbar, Gianfranco, Sie sind ganz wunderbar«, rief Henrietta, die Künstler zu nehmen verstand.

»Gab es noch Schwierigkeiten mit der Sicherheit?« erkundigte sich Ian im Weggehen.

Carini verneinte. »Unglaublich, unglaublich das Ganze,

böse, betrunkene Buben!« Sein Haarschopf sträubte sich vor Empörung wie der eines Wiedehopfs. »Aber seitdem ist Ruhe.«
»Gianfranco hat recht, es werden irgendwelche betrunkene Kerle gewesen sein. Es ist jetzt gut zwei Monate her, und es ist nichts mehr passiert. Du Toit hätte nicht so lange stillgehalten.«
Sie schob ihre Hand in seine, ihr war leicht ums Herz. Sicher hatte er recht. Du Toit war ein Hund, der bellte, aber nicht zubiß. »Wir müssen sofort den Vertrag mit den Goldsmiths machen. Sie können Ende Dezember in unser Donga-Haus einziehen.«
Goldsmiths waren ein biederes älteres Ehepaar, Mitte Sechzig, und eigentlich hießen sie Goldschmitt. Er hatte seine erste Familie in Bergen-Belsen verloren, und als er hörte, daß Henrietta Deutsche war, fragte er, was ihre Eltern während des Krieges gemacht hatten.
»Sie lebten weit weg, in Afrika, und da bin auch ich geboren. Ende 1944 kehrten wir nach Deutschland zurück.« Sie war zutiefst dankbar, diese Antwort geben zu können.
Erst dann unterschrieb er.
Einen Tag später flatterte die Klage von Pete Marais auf Schadenersatz ins Haus, und Henrietta brach zusammen. Es war einfach zuviel für sie. Wie Ian vorausgesagt hatte, verklagte er sie auf die Summe seiner Beteiligung plus ein Jahreseinkommen. »Wieviel ist das?« fragte sie mit erstickter Stimme.
»Zuviel«, knurrte er grimmig, »ich muß diese Fotos finden.«
Aber er fand sie nicht, und der Tag des Prozesses zog herauf. Um zehn Uhr sollte die Verhandlung beginnen, und just in diesem Moment entlud sich eins der schlimmsten Gewitter seit langem über der Stadt. Es blitzte und donnerte und goß wie aus Kübeln. »Hoffentlich ist das kein Omen«, flüsterte

Ian und drückte Henriettas Arm. Sie warteten auf dem Flur des Gerichtsgebäudes. Der Regen hatte einen Verkehrsstau verursacht, in dem offensichtlich auch der Richter und Cedric steckten. Beide waren noch nicht anwesend. Das Klickklack von Stöckelschuhen hallte durch die hohen Gänge. Henrietta stieß Ian an. »Da ist Charmaine, was will die denn hier?«

Charmaine, weißblonde Locken, pudelnaß, rannte auf sie zu. »Mr. Cargill, ich hab etwas für Sie.« Sie steckte ihm einen Umschlag zu. Ihr Busen wogte, ihre Lippen waren leicht geöffnet.

Ian riß den Umschlag auf. Ein paar Fotos fielen heraus. »Meine Fotos! Wo haben Sie die her, Charmaine?«

»Gefunden«, flüsterte diese, »zufällig. Bitte sagen Sie niemandem, woher Sie sie haben.«

Ian küßte sie spontan auf die Wange. »Sie sind ein Schatz, Charmaine, ich danke Ihnen.«

Charmaine nickte und hastete nervös in die entgegengesetzte Richtung davon, als der Richter und ihr Chef gemeinsam aus dem knarrigen alten Lift traten.

»Wir haben ihn«, flüsterte ihr Ian zu, »damit gewinnen wir! Du hast recht, Charmaine ist nicht dumm, sie ist wirklich außergewöhnlich intelligent. Und hübsch.«

Sie gewannen den Prozeß. Cedric reagierte konsterniert, als Ian gerade in dem Moment die Fotos aus der Tasche zog, als ein triumphierendes Lächeln über das sommersprossige Gesicht Pete Marais' blitzte, der glaubte, gewonnen zu haben.

»Wo hast du die gefunden?« fragte Cedric mit unterdrückter Heftigkeit.

Ian lächelte. »Oh, du hattest recht, ich hatte sie bei mir zu Hause. Erst heute morgen habe ich sie gefunden.«

Henrietta, die schräg hinter ihnen saß, beobachtete Cedrics Gesichtsausdruck. Sie hatte zumindest gedämpften Jubel erwartet, statt dessen beschlich sie das Gefühl, daß er fast enttäuscht war. Das strahlende Lächeln Ians lenkte sie ab. Vermutlich hatte sie sich geirrt. Warum sollte er sich nicht freuen, schließlich hatte er den Prozeß für seinen Mandanten gewonnen!

Ian ballte die Faust. »Jetzt haben wir ihn!« jubelte er. »Jetzt zieh ich ihm das Fell über die Ohren. Das muß er mir büßen. Cedric, bereite eine saftige Schadenersatzklage gegen Marais vor. Er soll lernen, daß er das mit mir nicht machen kann.«

Der warf seine Akten heftig in die Tasche. »Nicht so hastig, das will gut überlegt sein. Es dauert, und es kostet Geld.«

»Wir werden jetzt unseren Sieg mit einem gepflegten Essen feiern. Wir würden dich gerne dabeihaben.«

»Tut mir leid«, winkte der Anwalt ab, »aber ich muß mich noch mit einem anderen Mandanten treffen. Ein anderes Mal vielleicht.«

»Gut, ich rufe dich morgen an. Komm, Schatz.« Im Eingang des Gebäudes warteten sie auf das Ende des tobenden Gewitters. »Komischer Kerl, Cedric. Knochentrocken. Eigentlich hatte ich ein bißchen Begeisterung erwartet«, sagte Ian.

Ohne sie zu bemerken, hetzte der Anwalt vor ihnen durch den Regenvorhang und sprang in ein eben vorgefahrenes Auto, das aufheulend im Regennebel verschwand. Von einem Schwall Spritzwasser durchnäßt, fuhr Ian zurück. »Verdammt, ich zieh dem Kerl die Kosten für einen neuen Anzug von seiner saftigen Rechnung ab!« Empört bürstete er das Wasser ab.

»Das war Pete am Steuer«, sagte sie langsam, nicht verstehend.

»Du mußt dich irren, das glaub' ich nicht.«

Doch es war Pete gewesen, sie war sich sicher, und Cedric, ihr Anwalt, saß neben ihm. Einen anderen Mandanten wollte er treffen, so hatte er gesagt. Tief in ihr regte sich wieder die-

ses warnende Gefühl, das sie überkam, wenn ihr Instinkt eine Fährte, einen Geruch wahrgenommen hatte, der ihren bewußten Sinnen noch entging. Dann ließ der Regen ein wenig nach, sie retteten sich in ein Taxi, und das Gefühl schlief wieder ein.
Später, wieder zu Hause, hörte sie Ian eine Melodie pfeifen, so fröhlich, so unbeschwert, daß ihr das Herz hüpfte. Vor ihrem inneren Auge erstreckte sich ihre Zukunft, hell und strahlend, sie hörte Kinderlachen und roch den Duft von Blumen und spürte eine Wärme auf ihrer Haut, die von innen kam.

❖

Der Umzug ging schnell. Abends zogen die professionellen Möbelpacker ab, ihre Freunde gingen erschöpft nach Hause. Henrietta und Ian standen allein auf ihrem Patio. Zu ihren Füßen glitzerten die Lichter Umhlangas, weiter nach rechts säumte die Lichterkette von Durbans »Goldener Meile«, der Küstenstraße, den Horizont. Wie ein funkelndes Halsband umschloß sie die Bucht. Der Indische Ozean war nur zu ahnen. Die Brandung zischte und seufzte. Der Abendwind teilte die Wolken, Mondlicht floß über das Meer, und für Momente lag die Fläche wie poliertes Silber vor ihnen. Ian zog sie in seine Arme und wirbelte sie in einem übermütigen Walzer herum, seine Zähne blitzten, seine tiefblauen Augen sprühten Feuer, ihre Füße berührten kaum den Boden. Sie drehten sich, bis ihr war, als würden sie abheben und davonfliegen in den unendlichen Nachthimmel.
Nachts ließen sie die weißen, hauchzarten Gardinen offen. Der Seewind blähte sie nach innen, die Nachtfeuchte kam herein und legte sich wie eine erfrischende Decke über sie. Sie schliefen tief und träumten Träume voller Licht und Schönheit.

Siebzehntes Kapitel

Der Umschlag kam per Kurier am Morgen des 1.1.1967, ihrem siebenundzwanzigsten Geburtstag. Er war dick und braun und enthielt eine Liste aller Werte, die mit heutigem Datum in ihren Besitz übergegangen waren. Von nun an genügte ihre Unterschrift und das Codewort Charlotte, der Name von Diderich Tresdorfs toter Frau, als Sesam-öffne-dich für sämtliche Konten und Bankschließfächer.

Als sie spätabends auf der Terrasse saßen, deren Fliesen die Tageshitze abstrahlten, überflog Henrietta schweigend die Summen. »Mr. Mueller muß ein sehr guter Administrator sein, er hat noch einmal eine große Summe durch Investitionen hinzugefügt.« Sie ließ das Papier sinken. »Seit Jahren weiß ich, daß ich eines Tages in den Besitz dieses Geldes kommen würde. Aber das war abstrakt, wie ein geträumter Lottogewinn. Die Wirklichkeit ist fast erschreckend. Ich fürchte den Zorn der Götter«, setzte sie leise hinzu.

Eine Lachsalve drang aus der Tiefe des Gartens. Ian hob lauschend den Kopf. »Sarah und Isobel können in dieser heißen Nacht auch nicht schlafen, sie scheinen eine Party zu feiern.«

»Sieh bitte einmal nach, wer alles da ist. Es geht einfach nicht, daß die beiden immer eine Horde von Männern zu Besuch haben. Ich glaube sogar, daß einige hier wohnen. Wir kommen in Teufels Küche, wenn der Bantuinspektor unerwartet aufkreuzt. Die Sache mit Mary Mkize steckt mir noch in den Knochen.«

Ian warf sich ein Hemd über und verschwand. Kurz darauf hörte sie die aufgeregten Stimmen der Schwarzen und dann, sehr laut, die von Ian. Bedrohung lag in der Luft. Der Revolver! Sie lief ins Büro.

»Dumdum-Geschosse, die stoppen einen Kaffernbüffel.« Edward Strattons kühle Stimme.

Sie zögerte nicht. Hinten im Safe lag eine Schachtel mit Patronen, deren Spitzen kreuzweise eingekerbt waren. Im Laufen lud sie die Waffe. Der Revolver lag in ihrer Hand mit einer ihm eigentümlichen Schwere und Kühle, die ihr einen erheblichen Grad von Beruhigung verschaffte. Ian stand im Lichtkreis des flackernden Feuers vor Sarahs Khaya, um ihn herum vier Frauen und sechs Männer, bis auf Sarah und Isobel ihr alle völlig fremd.

»Was geht hier vor?« fragte sie und hielt den Revolver gesenkt, aber schußbereit in den Falten ihres überlangen Hemdes verborgen.

»Madam«, begehrte Sarah auf, »das sind meine Freunde, wir sitzen hier nur und reden. Wir haben nichts getan.« Die Schwarze war sichtlich empört. »Darf ich denn keinen Besuch haben?«

»Das schon, Sarah, aber das hier sind einfach zu viel. Du weißt, daß ich Ärger mit dem Bantuinspektor bekomme, wenn jemand davon erfährt. Und jetzt möchte ich deinen Khaya sehen, bitte.« Ihr Ton ließ keinen Zweifel, daß dies ein Befehl war. Murrend öffnete Sarah die Tür, und Henrietta fand, was sie erwartet hatte. Mehrere Matratzen lagen auf dem Boden, Decken, ein paar Kleiderbündel. »Ian, sieh dir das bitte einmal an.«

Er warf einen kurzen Blick hinein. »Sarah, das geht auf keinen Fall, und du weißt das! Hier darf niemand außer dir wohnen, das Gesetz verbietet es! Schick deine Freunde bitte weg.«

Ein Schwall aufgeregten Zulus begrüßte seine Worte. Die Frauen waren besonders wütend und redeten erregt auf Sarah ein. Die Männer sprachen weniger, aber drei waren ziemlich betrunken. Der größte unter ihnen, stiernackig, muskelbepackt, hielt einen Knüppel locker an seiner Seite. Auch Sarah war angetrunken. Sie starrte Ian unter gesenkten Brauen finster aus blutunterlaufenen Augen an. Ihre Haltung hatte etwas Trotziges, Aggressives. Als Henrietta sah, daß der große seinen Knüppel fester packte, spannte sie leise den Revolver.
»Wir tun nichts, wir reden nur«, argumentierte Sarah, »warum kann ich keine Freunde hier haben? Madam hat doch auch eine große Party mit vielen Freunden im Haus gehabt. Warum nicht ich?« Ihr Ton war eigensinnig.
Die anderen standen stumm hinter ihr, und Henrietta sah sich mit einer Mauer von kriegerischen Blicken konfrontiert. Die Schwarzen scharrten mit den Füßen, murrten mit gesenkten Köpfen und scheelen Blicken. Unterdrückte Aggression breitete sich in Wellen um sie aus.
»Verdammt«, zischte sie Ian zu, »sie weiß doch, daß sie es nicht darf! Warum macht sie diesen Aufstand?«
»Sie ist betrunken und will vor ihren Freunden nicht das Gesicht verlieren. Wir müssen vorsichtig sein. Geh am besten rein.«
»Ich bleib bei dir.« Ihre Schultern berührten sich.
»Dann halte dir den Rückzug offen«, sagte er leise auf deutsch, »so daß du die Polizei rufen kannst, wenn es brenzlig wird!«
Mißtrauisch flogen Sarahs Augen vom einen zum anderen. »Wir tun nichts, gar nichts«, rief sie schrill, »wir wollen nur zusammensitzen!« Sie verschränkte herausfordernd die Arme vor ihrer Brust. Der geblümte Kittel klaffte vorne, ihre Brüste schwangen frei. Es schien sie nicht zu kümmern. Schweiß rann ihr in Bächen den Hals hinunter, tränkte den Kragen ih-

res Kleides. Unter ihren Brüsten und Armen breiteten sich große nasse, dunkle Flecken aus.
Henrietta konnte sie riechen. Nicht säuerlich und eher scharf wie eine schwitzende Europäerin, sondern dumpf, erdig, mit Rauch vermischt, aggressiv wie die Ausdünstungen einer Raubkatze. Sie wich zurück. Plötzlich fühlte sie so etwas wie Angst vor der Frau, die seit Jahren in ihrem Haus arbeitete, die auf ihre Kinder aufpaßte, die ihr und der Familie treu diente und, ja, so war es, die eine Freundin geworden war. Es war ihr, als hätte ein vertrautes, dreidimensionales Bild auf einmal eine vierte, unbekannte Dimension bekommen.
Metall blitzte auf. Einer der Schwarzen flippte ein Messer hoch, fing es an der Klinge auf und hob es zum Wurf.
Henriettas Reflexe waren vollkommen automatisch, nicht durch ihren Verstand kontrolliert. Blitzschnell brachte sie ihre Waffe mit beiden Händen in Anschlag. »Laß es fallen«, schrie sie, »lalela!« Sie hielt den schwelenden Blick des Zulus mit weit geöffneten Augen, unverwandt, ohne zu zwinkern, und der Revolver in ihren Händen zielte genau zwischen seine Augen. »Laß es fallen«, wiederholte sie, »sofort, oder ich schieße!« *Dumdum-Geschosse!*
Keiner rührte sich, keiner wagte auch nur zu atmen.
»Lalela!« flüsterte sie heiser. »Gehorche!«
Und der Zulu gehorchte. Wie von einer unsichtbaren Macht gezwungen, senkte er seinen Wurfarm, öffnete die Hand. Das Messer klirrte auf den Boden. Er trat einige Schritte zurück. »Okay, Ma'm, sorry, Ma'm«, murmelte er. »Hamba«, stieß er hervor, »shesha!« Die Muskelspannung der anderen löste sich, sie beugten ihre Köpfe und verließen das Grundstück, einer nach dem anderen, bis nur noch Sarah und eine vor Angst bebende Isobel im Feuerschein standen.
Ian nahm ihr vorsichtig die Waffe ab. »Es ist vorbei«, flüsterte er und sicherte den Revolver. »Sarah, so etwas wird nicht

wieder vorkommen, verstanden?« Seine Stimme war präzise und hart.
»Ja, Master«, maulte die Schwarze mürrisch. Dann setzte sie sich dicht ans Feuer, zog Isobel zu sich herunter. Sie steckten die Köpfe zusammen, wandten den beiden Weißen den Rücken zu.
Henrietta und Ian zogen sich zurück. »Wir müssen aufpassen«, sagte er endlich, »wir müssen sie in der nächsten Zeit ein wenig beobachten.« Er sagte es mit traurigen Augen, und sie wußte, daß auch er diese vierte Dimension gesehen hatte.
»Ich wünschte, ich könnte ihr das Stückchen Land überschreiben, dann könnte sie dort so viele Freunde haben, wie sie wollte.«
»Sei mal ganz ehrlich mit dir selber, würdest du wirklich wollen, daß Sarah das Haus besitzt? Laß es mich einmal ausmalen: Im Nu würden mindestens zwanzig Verwandte und Freunde bei ihr einziehen. Du weißt, daß sie auf Äußerlichkeiten keinen Wert legen. Alles würde verwildern, vielleicht verkommen. Bei den Zwanzig würde es nicht bleiben, der Lärm würde unerträglich werden. Bald wäre der Platz zu klein, und sie würde erneut Forderungen stellen. Es wäre eine Spirale ohne Ende.«
»So schlimm würde es sicher nicht werden.«
»Nein? Wirklich nicht?«
»Oh, Ian, wir werden schon so wie alle hier, ich will das nicht. Ich will nicht, daß sie recht behalten. Ich will nicht!«
Er legte seine Arme um sie. »Ich weiß, Liebling, aber es ist mit den Gesetzen dieses Landes nicht zu vereinbaren. Wir können nichts dagegen tun. Sarah hat es bei dir besser als irgendwo anders. Und das weiß sie sicher auch. Sie wird das hier nicht aufs Spiel setzen. Heute war sie betrunken, und darüber werde ich mit ihr reden.«

Der Vorfall mit Sarah machte ihr mehr Sorgen, als sie zugeben wollte. In den nächsten Tagen merkte sie, daß sie Sarah ständig beobachtete. Ihr Verhältnis war gespannt. Die Schwarze antwortete kurz und mürrisch oder überhörte ihre Anweisungen. Am dritten Tag platzte Henrietta der Kragen.
»Sarah, komm bitte einmal her.«
Die Schwarze schlurfte heran. Henrietta bemerkte, daß ihre Uniform nachlässig gebügelt war und mal wieder ein Knopf fehlte. Sie übersah es vorläufig. »Also, Sarah, was ist los?«
Sarah starrte auf den Boden. »Nichts, Ma'am.«
»Natürlich ist etwas. Bist du krank?«
»Nein, Ma'am.« Mürrischer Ton, mit dem Zeh malte sie Muster auf die Fliesen.
»Deine Freunde können hier nicht wohnen, es ist gegen das Gesetz, das weißt du doch?«
»Ja, Ma'am.« Mit rotgeäderten Augen starrte sie an ihr vorbei.
»Also, was ist los, Sarah?«
»Nichts, Ma'am.«
Langsam stieg Wut in ihr hoch. So kam sie nicht weiter. »Willst du weiter hier arbeiten, Sarah?« Aha, die Augen rollten herum und trafen ihre. Sie hielt dem Blick stand, ohne mit der Wimper zu zucken.
»Ja, Ma'am.« Die Klangfärbung war eine vorsichtige Frage.
»Dann wirst du das tun müssen, was ich sage. Es tut mir leid, aber deine Freunde können nicht bei dir wohnen, verstanden?«
»Ja, Ma'am. Kann ich jetzt gehen, Ma'am?« Auf ihr Nicken hin drehte sich Sarah um und schlenderte zurück in die Küche.
Sie folgte ihr mit den Augen und erwischte sich dabei, daß sie wünschte, die Kraft und die Nerven zu haben, Sarah zu entlassen.

Gertrude lachte in ihrem Kopf. »Jetzt verstehst du, was ich meine. Jetzt bist du lange genug hier. Und du reagierst genauso wie wir!«
»Hab ich was falsch gemacht?« fragte sie Tita am nächsten Tag. »Hätte ich anders reagieren sollen?«
»Unsinn, das war genau richtig. Warte mal ab, in ein paar Tagen ist sie wieder normal, und alles hat sich eingerenkt.«
Sie behielt recht. Nach wenigen Tagen normalisierte sich ihr Verhältnis, zumindest an der Oberfläche. Die Fröhlichkeit jedoch, mit der Sarah ihre Arbeit zu verrichten pflegte, war dumpfem Schweigen gewichen. Henrietta beschloß, die Kinder nur noch im Notfall mit Isobel oder Sarah allein zu lassen.

❖

Am Montag der zweiten Woche im Januar, morgens um fünf Uhr, wurde Cuba Mkize gehängt, und das Land, das weiße Südafrika, klatschte Beifall. In der Zeitung erschien ein Bild von ihm hinter den schwer vergitterten Fenstern des Gefängnisautos, das ihn von der Gerichtsverhandlung zum Zentralgefängnis brachte. Am Rand der Straße stand eine junge Frau, ein Kind, ein kleines Baby, auf den Rücken geschnallt, und eins krallte sich verängstigt in ihrem Rock fest. Die Frau hatte ihren rechten Arm zum Gruß gehoben, ihre Augen waren auf das schattenhafte Gesicht hinter den Gittern geheftet.
»Das ist Mary – Ian, sieh hier, das ist Mary Mkize. Mein Gott, diese arme Frau! Sieh nur, wie dünn sie geworden ist.«
Sie las weiter. Eine Versammlung der Freunde von Cuba Mkize vor dem Gefängnis zum Zeitpunkt der Vollstreckung seines Urteils wurde von der Polizei auseinandergetrieben. Mit abgerichteten Hunden und Knüppeln. Einer schoß in die Menge, und ein halbwüchsiger Junge blieb auf der Strecke. Er lag, seine spindeligen, dürren Beine verdreht, im Staub, die Arme ausgebreitet, als sei er gekreuzigt. Auf dem grob-

körnigen Schwarzweißfoto war sein Gesicht eine schwarze Masse, wo die Polizistenkugel, die ihn in den Hinterkopf traf, wieder ausgetreten war. Hinter ihm eine Mauer von Gewehren, schräg vor die Körper der Polizisten gehalten. Hohe Schnürstiefel, wild entschlossene Gesichter unter tief heruntergezogenen Mützenschilden. Geballte Macht. Breitbeinig, bedrohlich, bereit zum Angriff. Im ganzen Land sei die Polizei in erhöhte Alarmbereitschaft versetzt worden, stand da, weil man Ausschreitungen befürchtete.

In dieser Nacht schlief sie derart schlecht, daß sie gegen drei aufstand und sich auf die Terrasse vor ihrem Schlafzimmer setzte und in den unendlichen Sternenhimmel blickte, bis sich die entsetzlichen Bilder in ihrem Kopf auflösten und ihr hämmerndes Herz sich beruhigte. Seit der Sache mit Mary Mkize und der Durchsuchung ihrer Fabrik konnte sie solche Vorfälle nicht mehr von ihrer Gefühlswelt trennen. Es hatte grundsätzlich ihr Rechtsverständnis verändert, das sich vorher in fest umrissenen Bahnen bewegte, in denen sie sich sicher fühlte. Sie hatte die absolute Gewißheit, daß, solange sie innerhalb dieser Grenzen blieb, ihr nie, aber auch wirklich nie, ein Zusammenstoß mit dem Gesetz passieren konnte. Nun jedoch, in diesem Land, war sie dem Entsetzlichen, einer Gefängnisstrafe, so nahe gewesen, daß sie den Fäulnisgeruch der Zellen hatte riechen können. Den Gedanken an die Todesstrafe konnte sie nicht einmal zulassen. Sie verdrängte ihn so gründlich, mauerte ihn gewissermaßen in ihrem Kopf ein, daß der Abwehrmechanismus schon in Aktion trat, wenn sie nur das Wort las.

Doch im Traum funktionierte dieser Abwehrmechanismus nicht, die Mauer brach ein, und ihr rationales Denken außer Kraft gesetzt, ergoß sich der ganze Horror über sie in einem Strom von realistischen Bildern, den sie im Traum nicht zu stoppen vermochte. Schweißüberströmt und zitternd wachte sie dann irgendwann auf, fand sich meist in den wechselnden Schatten der Nacht nicht gleich zurecht, und wenn Ian nicht von ihrem Stöhnen aufwachte, dauerte es oft eine halbe Stunde, ehe sie sich sicher war, daß sie sich im Bett befand, zu Hause, neben ihrem Mann.

Sie kehrte in ihr Bett zurück. »War es wieder so schlimm?« flüsterte er und bettete ihren Kopf an seine Schulter. Jetzt endlich kam sie zur Ruhe, wichen die quälenden Bilder. Eine feurige Linie malte den Horizont nach und kündete die aufsteigende Sonne an, doch noch lag die Nachtfeuchte in der Luft und erlaubte ihr, noch zwei Stunden traumlos zu schlafen.

Achtzehntes Kapitel

Umhlanga wuchs ständig. Häuser erschienen überall wie Pilze nach einem warmen Regen, und sehr bald konnte sie sich nicht mehr erinnern, wie es dort damals ausgesehen hatte, an dem Tag vor ein paar Jahren, als sie entschied, daß hier ihre Heimat sein würde. Die kleinen Holzhäuser, die am Hang oben über dem Strand klebten, wurden durch Steinbungalows ersetzt. Das große Stück Busch am Ende des Lagoondrives war vor einigen Jahren gerodet worden, und das erste Apartmenthaus stand dort.

Im Ort hatte Mr. Knox vor zwei Jahren ein kleines Einkaufszentrum errichtet, mit einem großen Platz in der Mitte, auf dem Palmen in Kübeln wuchsen. Man traf sich dort, und der kleine Platz füllte sich mit Leben.

»Die Standard Bank hat hier eine Filiale eröffnet. Ich werde mein Konto in Durban North schließen und hier ein neues eröffnen«, teilte Henrietta Ian am Telefon mit. »Gleich heute.«

Sie erledigte schnell ihre Einkäufe bei Sammy, dem Gemüsemann, der seine Waren unter einer ausladenden, flachen Schirmakazie in seinem unverwechselbaren Singsang anpries. Die Sonne warf scharfe, extrem verkürzte Schatten, die Hitzedecke über dem Land dämpfte alle Geräusche. Sie trat in die Bank.

»Sie brauchen die Unterschrift Ihres Mannes für eine Kontoeröffnung, Mrs. Cargill.« Miss Linley hinter dem Schalter befestigte eine graue Haarsträhne in ihrem schweren Dutt

und blickte über den Rand ihrer Brille besserwisserisch auf Henrietta.
»Ich will für mich ein Konto eröffnen, nicht für meinen Mann!«
»Das ist egal, Mrs. Cargill. Sie sind alleine nicht geschäftsfähig, Sie sind in Gütergemeinschaft verheiratet und benötigen für alle geschäftlichen Transaktionen die Unterschrift, das heißt«, lächelte Miss Linley zuckersüß, »die Erlaubnis Ihres Mannes.«
Henrietta starrte sie an. Das konnte doch nicht wahr sein! »Das kann nicht Ihr Ernst sein. Ich bin siebenundzwanzig Jahre alt und habe jahrelang meine eigene Fabrik geführt.«
»Tja«, machte Miss Linley, sichtlich amüsiert, »so ist es nun einmal hier. Laufen Sie lieber und holen sich die Erlaubnis!«
Henrietta fuhr wie von Furien gehetzt nach Hause. Ian war nicht zu erreichen, und impulsiv rief sie Cedric an. »Das kann doch nicht wahr sein, Cedric!«
»Doch«, antwortete er. »Du rangierst rein rechtlich zusammen mit Minderjährigen, Schwachsinnigen und entmündigten Kriminellen. Hätten du und ich Gütertrennung, wäre das etwas anderes. So bist du nicht voll geschäftsfähig. Unsere Gesetzgebung ist nun einmal so! Mach dir nichts draus, so ist das nun einmal.«
Entmündigte, Kriminelle, Schwachsinnige, die Worte hallten in ihrem Schädel. »Und, was soll ich tun?«
»Du kannst dich scheiden lassen und neu heiraten. Ich glaube nicht, daß es genügt, nachträglich einen Gütertrennungsvertrag aufzusetzen, denn ihr habt hier in Südafrika geheiratet.«
»Ich weigere mich einfach, meinen Mann um Erlaubnis bitten zu müssen, ein Konto zu eröffnen!«
»Glaubst du, er würde ablehnen?« Er lachte unangenehm.
»Red keinen Quatsch – entschuldige, Cedric, aber das war eine blödsinnige Bemerkung, dafür solltest du uns besser

kennen.« Sie legte auf. Natürlich würde Ian keine Sekunde zögern! Aber ihn darum zu bitten ging so sehr gegen ihr innerstes Selbstverständnis, daß ihr physisch schlecht wurde. Was wäre, wenn er nur aus Gedankenlosigkeit antworten würde: ›Warum?‹ Noch schlimmer, viel schlimmer, wenn es keine Gedankenlosigkeit wäre und er wirklich mit ihr über die Notwendigkeit des Kontos diskutieren wollte? Dann würde es Streit geben. Unausweichlich. *Er kann doch nicht glauben, daß ich es hinnehme, daß mir eins meiner Grundrechte entzogen wird. Einfach so!* Sie merkte, wie ihr Wut und Frustration langsam die Kehle zuschnürten. Aber es gab offensichtlich keine andere Möglichkeit, als entweder Ian um eine Unterschrift zu bitten oder um die Scheidung. Welch eine Alternative! Kochend vor Wut, machte sie sich daran, die Bougainvillea vorne am Pool drastisch zurückzuschneiden. Sie hackte die Äste ab, riß die Ranken herunter. Erst als sie Ians Auto hörte, hielt sie inne. Sie hatte die Pflanze fast vernichtet.
»Endlich bist du da«, rief sie, »ich muß mit dir reden!«
»Was ist los?« fragte er irritiert, »ist irgend etwas passiert?«
»Und ob!« Außer sich vor Empörung mit ausgreifenden Gesten ihre Worte unterstreichend, berichtete sie ihm. »Ist das nicht unglaublich?«
Er zuckte die Schultern. »Ich finde es eigentlich unglaublich, daß du dich darüber so aufregst. Ist doch nicht tragisch. Oder glaubst du etwa, ich würde dir die Unterschrift nicht geben?« Er hob spöttisch seine schwarzen Brauen. »Das kannst du doch nicht denken!«
Ungläubig starrte sie ihn an. »Nicht so tragisch? Mir meine Grundrechte zu nehmen und mich einzureihen in«, sie äffte die gezierte Stimme Cedrics nach, »Schwachsinnige, Kriminelle und Minderjährige, das findest du nicht schlimm?« Ihre Stimme kletterte hysterisch. »Und Scheidung als Alternative, findest du das auch nicht so schlimm?«

»Gib mir einfach das Formular, und ich unterschreib – und reg dich ab. So ist es nun einmal hier.«
»Verdammt, Ian, es geht um das Prinzip, kapierst du das nicht? Wie würdest du dich fühlen?«
»Henrietta, ich hab einen anstrengenden Tag hinter mir, laß uns das später besprechen. Vielleicht hast du dich dann etwas abgeregt.« Er stand da, entspannt, ein herablassendes Lächeln im Gesicht.
»Ich will mich nicht abregen, ich finde das unmöglich, ich seh' das nicht ein!« schrie sie, hochrot. Sie hätte ihn erwürgen können.
Jetzt änderte sich seine Haltung, wurde abweisend, und auch seine Stimme, die jenen seidigen, beherrschten Ton annahm, der zeigte, wie sehr er sich zusammennehmen mußte. »Hör mal, ich hab die Gesetze nicht gemacht, ich habe dir oft genug angeboten, Gütertrennung zu beantragen. Es ist nicht meine Schuld. Wenn du dich beruhigt hast, können wir darüber reden.« Er drehte sich auf den Hacken herum und schloß die Tür. Laut und vernehmlich.
Wütend lief sie ihm nach und riß die Tür wieder auf. »Ich kann mich ja scheiden lassen, willst du das?« schrie sie unbeherrscht.
Für einen Moment war atemlose Stille. Sie sahen sich in die Augen. Sie sah den Schmerz darin, die Linien, die neben seinen Mundwinkeln erschienen. Ihr stieg die heiße Scham ins Gesicht. Sie warf ihre Arme um seinen Hals. »Es tut mir leid, daß ich so unbeherrscht war, daß ich dich angeschrien habe! Aber es ist so erniedrigend. Kriminelle und Schwachsinnige, stell dir das doch bloß einmal vor!«
»Liebling, ich kann dich verstehen. Hätte ich gewußt, daß Gütergemeinschaft diese Auswirkung hat, hätte ich auf Gütertrennung bestanden. Nun ist es einmal geschehen, und wir müssen damit leben. Du weißt, daß ich anders denke, also

sollte es dir nichts ausmachen. Und nun gib mir dieses verdammte Formular!«
So geschah es. Sie brachte es Miss Linley und erstickte jede Bemerkung mit einem grimmigen Blick. Sie beauftragte Cedric, herauszufinden, ob es eine Möglichkeit gab, dieses Problem mit einem nachträglichen Gütertrennungsvertrag aus der Welt zu schaffen.
»Ich seh' da schwarz«, sagte er. »Allerdings verstehe ich auch deine Aufregung nicht«, bemerkte er herablassend, »es gibt doch keine Probleme zwischen dir und Ian, oder? Ich meine, du kriegst von ihm doch jede Erlaubnis. Das ist doch alles nur Formsache.«
»Typisch! So kann auch nur ein Mann denken, der seine Rechte als ein Geburtsprivileg ansieht. Finde bitte einfach heraus, ob es geht, und sag mir Bescheid.« Sie ging.
Zu Hause rief sie sofort Ian an. »Cedric ist ein Chauvinist, ein typischer südafrikanischer Chauvinist, und das ist die absolute Steigerung, was Chauvinisten angeht!« fauchte sie. »Ich werde mir einen anderen Anwalt suchen. Komm bald nach Hause, ich brauch' dich!«

❖

Mrs. Thistlecombe, die Bibliothekarin, spähte streng über ihre Brille.
»Henrietta, du hast das Buch wieder mit am Strand gehabt. Hier!« Mit einem dünnen, knotigen Zeigefinger wies sie anklagend auf Sandkörner zwischen den Seiten.
Henrietta verbiß sich ein Lächeln. »Ich gelobe feierlichst, daß ich es nie, nie wieder machen werde.«
»Hallo, Henrietta.« Die Stimme neben ihr war attraktiv heiser.
Sie sah hoch und blickte direkt in Carlas kühle graue Augen.

»Hallo, Carla.« Ihr Ton kam dünn und scharf. Carla gegenüber brachte sie keine andere Stimmlage fertig.
»Hast du einen Moment Zeit, Henrietta? Bitte, es ist mir wirklich wichtig.«
Süßlich schweres Parfum stieg ihr in die Nase. Carla bat um etwas? »Was willst du?«
»Mit dir reden. Laß uns zu Flotows gehen.«
»Ich habe wenig Zeit«, sagte sie, als sie Platz nahmen. Es fiel ihr schwer, auch nur in einigermaßen zivilem Ton mit ihrer Cousine zu sprechen. »Was willst du?« Sie mußte husten. Carlas Parfum reizte ihre Schleimhäute.
»Benedict und ich möchten uns mit dir vertragen.« Carla senkte ihren Blick auf ihre schlanken Hände, die ineinander verschlungen auf der marmornen Tischoberfläche lagen. »Wir sind doch Cousinen, Familie, ich möchte mit dir in Frieden leben.«
Sie fand für eine lange Minute keine Worte. Bildsplitter blitzten durch ihre Gedanken. Sie sah wieder das blutige Messer in Carlas Hand, sah den zündelnden Schlangenkopf, hörte ihre haßerfüllte Stimme, als Tony dal Bianco abgeführt wurde.
Carla schien zu wissen, was in ihr vorging. »Es tut mir alles so entsetzlich leid«, flüsterte sie, »ich weiß nicht, was mit mir los war. Bitte sag, daß du mir vergibst.« Die Lider hoben sich über den silbrigen Augen. Mit einer graziösen Handbewegung strich sie ihre glänzende Haarmähne aus dem Gesicht und lächelte flehentlich.
Theater? Henrietta versuchte in dem zartgebräunten Porzellangesicht die wahre Absicht ihrer Cousine zu lesen. »Was willst du wirklich, Carla? Du bist doch so friedfertig wie eine hungrige Raubkatze.«
Aber diese hielt ihren forschenden Blicken stand. »Ich kann ja verstehen, daß du mißtrauisch bist, aber könntest du dich

nicht wenigstens dazu durchringen, mir und Benedict eine Chance zu geben?« Selbst ihre Stimme war sanft und bittend. »Ich bekomme dauernd euretwegen Ärger mit meiner Familie.« Sie lachte auf, ein brüchiger, heiserer, unfroher Laut. »Selbst Benedict und ich haben uns über dich gezankt.«
»Was willst du?« wiederholte Henrietta.
»Ich möchte euch zur Eröffnung meines Golf-Hotels Sonnabend in einer Woche einladen. Das ist unverbindlicher als ein gemeinsames Essen zu viert. Einverstanden?«
Sie antwortete nicht. Über den Hügeln Zululands braute sich ein Unwetter zusammen. Am Abend zuvor hatte ein heftiges Gewitter über der Küste getobt, ungewöhnlich für Ende April. Die Küstenflüsse waren durchgebrochen, auch die Sandbank vor der Lagune nördlich von Umhlanga Rocks wurde weggeschwemmt, und eine lange Zunge rötlichbrauner Flußerde färbte die Brandung. Der Wind war stärker geworden und fegte in Böen über den kleinen Platz, die Palmen in den großen Betonkübeln bogen sich bis zum Boden. Was wollte diese Schlange von ihr und Ian? *Wozu braucht sie uns?*
»Henrietta«, drängte Carla, »werdet ihr kommen?«
»Oh, in Ordnung, wir kommen zur Einweihung, aber alles weitere müssen wir abwarten.«
»Ich danke dir«, hauchte Carla, lehnte sich über den Tisch und küßte die Luft neben ihrer Wange.
Sie fuhr zurück, hob schützend die Hand.
Carla lachte leise. »Keine Angst, ich wollte dich nicht beißen.« Sie stand auf. »Ich freue mich und bin dir dankbar. Am Sonnabend in einer Woche ab vier. Abends gibt es für Ausgewählte ein Essen, zu dem ihr natürlich auch herzlich eingeladen seid. Grüße Ian von mir.« Eine kühle Hand auf ihrem Arm, ein Aufblitzen der unergründlichen Augen, und sie war fort. Nur ihr Parfum hing noch lange in der Luft, haf-

tete an Henriettas Jeanshemd. Sie hängte es auf die Terrasse in den Seewind, um den Geruch loszuwerden. »Am liebsten möchte ich meine Zusage rückgängig machen«, sagte sie zu Ian, »ich werde schon aggressiv, wenn ich Carla nur rieche!«
»Was kannst du verlieren?« argumentierte Ian. »Laß uns hingehen, und dann sehen wir weiter.«
Sie akzeptierte den Vorschlag als vernünftig, und so waren sie nun heute, am Sonnabend eine Woche später, auf dem Weg zu der Einweihung. »Todschick«, kommentierte Ian ihr Kleid.
Sie musterte sich kritisch. Ein kniekurzes Corsagenkleid aus nachtblauem grobem Leinen mit einer schmalen, eleganten Kostümjacke, um ihr Handgelenk eine sehr breite Armspange aus purem, schwerem Gold, die wie eine Manschette saß. »Es ist sehr einfach.«
»Eben. Es hat Klasse.« Er hielt ihr die Autotür offen.
»Meine Güte, sieh dir das an!« rief sie aus, als sie sich der Beaumont-Farm näherten. Ein im Wind knatternder Fahnenwald begrüßte sie. Dahinter versteckte sich etwas wie eine überdimensionale Sahnetorte, komplett mit kleinen Häubchen aus Zuckerguß. »Costas Plenty«, las sie die Inschrift eines großen Messingschildes. »Hat uns einen Haufen gekostet! Himmel, wie peinlich!« Sie parkten neben einem kanariengelben, chromüberladenen Schlitten, dem zwei Paare entstiegen. Die jüngere Dame trug eine Popomanschette aus Glitzerpailletten in Pink und Purpur, die andere umhüllte eine Orgie von rosa Rüschen. »Ich bin völlig falsch angezogen«, kicherte sie.
Ian kam nicht dazu zu antworten. In dem hellerleuchteten Eingangsportal erschien eine goldschimmernde Statue. *Carla!* Goldlamé, griechisch über eine Schulter drapiert, gehalten von einer feurig-blitzenden, mit großen, bunten Steinen besetzten Spange in Form einer sich schlängelnden Viper.

Makellos stiegen ihre Schultern aus der goldenen Kaskade, stolz trug sie ihre dunklen Haare in einer kompliziert gewundenen, glänzenden Krone. »Henrietta, ich freu mich, daß du gekommen bist!« Sie entblößte lächelnd ihre Perlenzähne. »Ian.« Sie hielt graziös ihre Hand hin, an ihrem Ringfinger funkelte der Verlobungsdiamant, scharfkantig und brillant. Es war offensichtlich, daß sie einen Handkuß erwartete.
Ian schüttelte sie herzhaft. »Wir danken für die Einladung.« Carla zuckte leicht zusammen, als der Diamant sich in ihr Fleisch preßte, verlor aber nicht ihr Begrüßungslächeln. Hinter ihr, unglaublich attraktiv in einem weißen Dinnerjackett, stand Benedict. »Henrietta, wie schön, dich zu sehen.« Er hob ihre beiden Hände an seine Lippen. Sein Blick ging jedoch über ihren Handrücken zu Ian.
Triumphierend, herausfordernd? Sie war sich nicht sicher. Sein Atem strich über ihre Haut, sie fühlte seine Lippen, erkannte sie wieder, sein Duft stieg ihr in die Nase und erzeugte doch nichts weiter als Abwehr in ihr. Sie entzog ihm ihre Hände. »Hallo, Benedict«, grüßte sie kühl.
Benedict richtete sich auf und bleckte seine Zähne in einer Grimasse, die ein Lächeln karikierte. »Hallo, wunderbar, euch zu sehen.«
»Dort hinten ist die Bar«, graziös neigte Carla ihren Kopf, »wenn ich unsere Gäste begrüßt habe, werde ich euch das Hotel und den Golfplatz zeigen.« Sie glitt davon, hoheitsvoll, eine goldene Göttin.
In der grellen Abendsonne warfen die Türmchen und Zinnen, Zuckerguß und Sahnehäubchen sozusagen, zackige Schatten auf die ornamentalen Fliesen. Livrierte farbige Kellner huschten, Tabletts mit Getränken balancierend, durch eine animiert plaudernde Menschenmenge. Im Innenhof türmte sich ein Buffet von unanständiger Größe.
Ian pfiff durch die Zähne. »Sie muß einen großzügigen Geld-

geber gefunden haben.« Er nippte an seinem Champagner. »Die Damen scheinen hier ihren Schmuck kiloweise zu kaufen. Und dann diese Kleider! Sieh dir nur diese Rüschenkaskaden dort an.«

»Das ist Mrs. Zementlocken, die liebt solche Kleider.«

»Aber in Lila!«

»Henrietta«, Benedict stand hinter ihr, »komm, ich zeige dir meine Anthurien. Sie sind spektakulär!«

Eine Wolke von Parfum kündigte Carla an. »Gut, dann kann ich Ian ja bitten, sich in unserem Gästebuch einzutragen, Henrietta kann das später nachholen.« Sie nahm Ians Hand. »Komm, Ian«, sie lächelte strahlend, »keine Angst, ich will dich nicht entführen.«

Benedict führte Henrietta über den weiten Platz. Unter einem schirmartigen Flamboyant blühte ein Teppich von Anthurien. »Wunderschön, nicht wahr?« Er streichelte ihre Hand. »Willst du dir nicht doch überlegen, dich bei uns einzukaufen?«

»Nein.«

Seine Hand wanderte ihren nackten Arm hinauf. »Du siehst sensationell aus.«

Sie wischte seine Hand herunter. »Laß es einfach, Benedict, es wirkt nur noch peinlich. Bring mich zu meinem Mann.«

Ian wartete schon auf sie. Irritiert untersuchte er seinen Füller. »Er kleckert, ich muß ihn reparieren lassen.« Sein Zeigefinger und auch der Namenszug im Gästebuch war verschmiert. Über dem I von Ian und dem g von Cargill prangte ein Tintenklecks. »Waren die Anthurien schön?«

»Sehr schön, nur Benedict geht mir auf die Nerven.«

»Hat er dich belästigt? Soll ich ihm eins auf die Nase hauen?«

Sie lachte laut und küßte ihn. »Laß uns bald verschwinden, mir liegt diese Atmosphäre nicht.«

»Ich hab' Hunger, laß uns etwas essen und dann verschwinden.«
»Laß uns verschwinden und woanders etwas essen!«
»Blendende Idee.«
Unauffällig bewegten sie sich zu einem Nebenausgang. Über die Köpfe der anderen Gäste hinweg fing sie Carlas Blick auf. »Carla hat uns entdeckt«, flüsterte sie. Aber diese reagierte nicht. Ihre kühlen Augen bewegten sich zu Ian, dann zurück zu Henrietta. Dann wandte sie sich ab. »Merkwürdig, sie hat gar nicht reagiert.«
»Vielleicht hat sie uns gar nicht gesehen.«
»Doch, sie hat uns gesehen, aber es schien ihr gleich zu sein, daß wir gehen. Vielleicht hat sie erreicht, was sie wollte.«
»Ach wo, sie hat sicher eingesehen, daß alle Mühe bei uns umsonst ist.«
Am Montag blätterte sie in der Zeitung. Auf der Gesellschaftsseite stand an prominenter Stelle ein reich bebilderter Artikel über die Einweihungsparty von Carlas Golf-Hotel. Ihr Blick fiel auf das größte Bild in der Mitte der Seite. Du Toit! »Ian«, schrie sie.
Er sah ihr über die Schulter. »Du Toit! Gut, daß wir nicht dageblieben sind. Mit dem Kerl kann ich nicht in einem Raum atmen.«
»Daher hat sie das Geld, kein Wunder!« Du Toit, geschniegelt und gelackt wie immer, hatte mit Besitzermiene seinen Arm um Carlas Taille gelegt. »Die beiden verdienen einander. Gibt es unter Schlangen eigentlich Kannibalismus?« Sie lachten, aber im Untergrund war dieses bohrende, kalte Gefühl, das sie nicht losließ.

❖

Als im September die ersten Modelle ihrer Sommerkollektion in den Läden erschienen, starrte sie ungläubig in die

Schaufenster. Mr. Maharaj hatte ihre Entwürfe so abgeändert, daß sie sie nicht mehr als ihre eigenen erkannte. »Was soll das?« schrie sie ihn an. »Sie haben jeglichen Stil meiner Kleider eliminiert. Jeder Chic ist weg!«
»Sie verkaufen sich so besser«, entgegnete Mr. Maharaj schlicht und lächelte sein mildes Lächeln.
»Dann müssen Sie auf mich verzichten!« zischte sie.
Sein Lächeln verstärkte sich. Er zog ein Blatt Papier aus der Schreibtischschublade und warf es vor sie hin. »Sie brauchen nur zu unterschreiben.« Er hielt ihr seinen Füllfederhalter hin.
Ungläubig las sie ihre eigene Kündigung. »Sie haben mich absichtlich provoziert«, flüsterte sie. »Sie haben gewußt, daß ich kündige, wenn Sie meine Modelle so verhunzen.«
Er lächelte sein unergründliches asiatisches Lächeln und zuckte die Schultern. Für einen Moment bäumte sie sich innerlich auf. Sie würde es ihnen zeigen, vor den Kadi würde sie die Firma zerren, auf einen dicken Schadenersatz verklagen. Dann senkte sie den Kopf und unterschrieb. Sie warf den Füller auf den Tisch und ging mit soviel Würde, wie sie aufbringen konnte, zur Tür.
»Vergessen Sie nicht«, erreichte sie seine weiche Stimme, »daß ich Ihren Namen gekauft habe.«
Es traf sie wie ein Schlag, und sie stand für wenige Sekunden stockstill. Wie von Fäden gezogen, drehte sie sich langsam zu ihm. »Was heißt das?« preßte sie mühsam heraus.
»Was ich sagte. Ich habe den Namen Henrietta Tresdorf gekauft. Er gehört mir. Sie dürfen ihn nicht mehr benutzen.« Triumph sprühte in den dunklen Augen. »Es ist nur gerecht, Mrs. Cargill, denn, sehen Sie, ich war der Mann, dem Fatima versprochen war.«
Ein glühender Knoten brannte in ihrem Magen. Sie stolperte aus dem Büro, blind für ihre Umgebung. »Er hat mir meinen

Namen gestohlen«, schluchzte sie an Ians Schulter, »mir ist, als hätte er mir einen Teil herausgeschnitten! Warum hat Cedric mich nicht gewarnt?«

»Warum hast du mich nicht gewarnt?« schrie sie kurz darauf ins Telefon. »Du als Anwalt hättest das doch sehen müssen! Ich will meinen Namen wieder. Verklag den Bastard!«

»Das kostet in erster Linie viel Geld und dauert Jahre«, antwortete Cedric frostig, »überleg dir das gut. Die Aussichten sind gering. Es war schließlich Hauptgegenstand des Vertrages, daß sie deinen Namen kaufen. Das muß dir doch klargewesen sein.«

Er hätte ihr ebensogut mit einer Keule über den Kopf schlagen können. »Ich werd's euch zeigen«, schrie sie, »ihr Bastarde, ihr kriegt mich nicht klein! Ich bin Henrietta Tresdorf, es ist mein Name!« Die Wut fraß sich als glühender Knoten in ihrem Magen fest, war ständig da, riß die Narben der vergangenen Jahre und Monate wieder auf. Pete Marais' Verrat, der Brandanschlag, du Toit, Cuba Mkize und nun Fatimas Bruder. Brütend starrte sie auf das Meer hinaus, das ihr düster erschien, drohend, etwas Böses verkörpernd.

Die Landschaft ihres Paradieses hatte sich unwiderruflich verändert.

Sie begann wieder zu malen, in Öl, dunkle, düstere Bilder. Je tiefer sich der Knoten in ihr Inneres fraß, desto düsterer wurden ihre Bilder. Sie malte mit wütenden breiten Strichen drohende, kohlschwarze Wolken. An einem Sonntagmorgen wurde der Druck zuviel. Sie legte mitten im Strich den Pinsel nieder, ging in die Küche, zog eine Schublade auf, nahm ein großes Messer heraus und kehrte in ihr Studio zurück.

Alarmiert rannte Sarah hinter ihr her. »Master!« schrie sie angstvoll und legte ihre Arme schützend um die Zwillinge.

Henrietta trat an ihre Staffelei, packte das Messer mit der Faust und begann, methodisch die Leinwand zu zerschneiden. Danach zerfetzte sie wie im Rausch alle Bilder, derer sie habhaft werden konnte, ehe Ian hereinstürmte und ihr das Messer entwand. Er zog sie fest an sich. Ihr wutsteifer Körper wurde weich, und sie schluchzte in seinen Armen, als bräche ihr das Herz. »Ruhig, mein Liebling, ruhig«, flüsterte er und hielt sie, bis keine Träne mehr kam.

Im Dezember fuhren sie für eine Woche in den wilden Norden vom Krüger-Nationalpark, und Afrika half ihr auch jetzt. Sie fand ihr Gleichgewicht wieder, konnte wieder schlafen, und das Bild, das sie Ian zu Weihnachten malte, hatte leuchtende, ungebrochene Farben.

Neunzehntes Kapitel

Ich muss am Dienstag nach Nelspruit, hast du Lust mitzukommen?« fragte Ian. Es war ein warmer Märzabend, und beide lagen auf dem Bett und lasen.

Henrietta senkte das Buch. »Das ist der Zwölfte. Wann kommst du wieder?«

»Donnerstag. Ich habe Mittwoch spätnachmittags einen Termin und werde es nicht schaffen, abends noch zurückzufahren.«

»Honey, das geht nicht. Ich habe Cori versprochen, auf Klein-Henrietta Mittwoch aufzupassen. Freddy und sie fliegen für den Tag geschäftlich nach Jo'burg.«

»Schade!« Er legte eine Hand auf ihren nackten Schenkel. »Verdammt heiß heute abend, nicht?«

Sie sah das Funkeln seiner Augen und lachte leise. »Viel zu heiß für körperliche Aktivitäten.«

Draußen schrie ein Nachtvogel, die Zikaden schrillten, und dann fielen die Baumfrösche ein, ihre Stimmchen zart und flötend. Die hauchfeinen weißen Gardinen bauschten sich sachte. Über ihnen lachte der kleine Gecko, der hinter dem Hinterglasbild wohnte, das Henrietta von dem Donga-Haus gemalt hatte, und starrte aus neugierigen Knopfaugen herunter.

»Frecher Kerl«, murmelte Ian, seine Lippen auf ihrer Schulter.

❖

Der Anruf kam am Dienstag spätabends. Sie saß allein im Patio unter wippenden Bouigainvillearanken und las. Es herrschte Windstille, und das Wasser des Schwimmbads war wie aus Glas. Der betörende Duft der schneeweißen Daturatrompeten hing in der feuchtwarmen Nachtluft. Beim ersten Zirpen des leisen Signals sah sie automatisch auf die Uhr. Elf Uhr vorbei. Ian? Sie hatten sich eben telefonisch gute Nacht gewünscht. Befremdet hob sie ab.

»Cedric!« rief sie überrascht, als sie die Stimme erkannte, die nur nach ihrem Namen fragte. »Was ist los, daß du noch so spät wach bist?« Cedric Labuschagne pflegte jeden Morgen die aufgehende Sonne korrekt in dunklem Anwaltsgrau zu begrüßen. Dafür ging er mit den Hühnern ins Bett. Eine stadtbekannte Angewohnheit, die sein gesellschaftliches Leben ruinierte.

»Ist er zu Hause, oder bist du allein?« Seine Stimme war unerwartet schroff.

»Allein«, antwortete sie und wartete. Unerklärlicherweise begann sich ein kleiner, heißer Angstknoten in ihrem Magen zu bilden. Cedric war üblicherweise ein in seine eigene Stimme verliebter, geschwätziger Mensch. Er neigte nicht zu kurzen, harten Worten.

»Hör gut zu!« Das war im Befehlston. »Fahr in den Ort, ruf mich von der Telefonzelle dort an. Frag nicht, tu es einfach, und melde dich nicht mit deinem Namen.» Ein Klick, und die Leitung war tot.

Wie in Trance legte sie den Hörer zurück. Sie schwang ihre langen Beine, die seltsam schwer geworden waren, von der Liege und stand auf. Ihre Knie versagten, prompt fiel sie wieder zurück. Schwer atmend, wie nach einem schnellen Lauf, sank sie wieder zurück und schloß die Augen. Eine riesige Angstwelle rollte auf sie zu, drohte über ihr zusammenzuschlagen. Sie atmete tief und zwang sich, Muskel für Muskel zu entspannen, zwang die Panik unter ihren Willen, bis sie aufhörte zu zittern und das Rauschen in ihrem Kopf nachließ. *Was um alles in der Welt ist passiert?* Vorsichtig stellte sie die Beine auf den Boden und erhob sich. Dieses Mal blieb sie stehen. Sie rannte ins Ians Arbeitszimmer, drehte mit fliegenden Händen die Kombination des Safes, fluchte unterdrückt, als sie über die richtige Zahl hinwegrutschte und die Tür blockierte. Dann endlich schwang die schwere Tür mit sattem Schmatzgeräusch auf. Der Revolver, mattschwarz glänzend und tödlich, lag in ein weiches Tuch geschlagen in seinem Kasten. Mit einem geübten Ruck klickte sie die Trommel heraus. Er war geladen. Die Waffe war zu groß für ihre Handtasche, der Handgriff ragte heraus. Auch gut, dadurch war ihr rascher Zugriff gesichert.

Auf Ians Schreibtisch lag, wie immer, wenn er verreist war, ein Zettel mit der Telefonnummer seines Hotels. Die vertraute Handschrift gab ihr momentanen Halt. Sie steckte den Zettel ein und ging leise in den Flur. Chicos Nägel kratzten auf den Fliesen, als er hinter ihr herlief. *Sollte sie ihn mitnehmen?* Sie stand unschlüssig. Es war dunkel und einsam nachts in Umhlanga und nicht ungefährlich. Kein Weißer wagte sich in Südafrika nachts freiwillig auf die Straße, schon gar nicht eine weiße Frau allein. Julia und Jan schliefen um diese Zeit, tief und fest, nach einem weiteren herrlichen Tag in ihrem jungen Leben, vollgestopft mit Aktivitäten. Normalerweise konnte eine Bombe neben ihnen explodieren, ohne ihre Träume zu stören. Die Kinder waren sicher mit Chico. An ihm vorbei kam keiner ins Haus, der nicht dort hingehörte. Mit einem leisen Schnalzer rief sie den großen Dobermann. Sie führte ihn vor die Schlafzimmertüren der Kinder. »Paß auf, Chico, paß gut auf!« flüsterte sie. Sofort richtete er die Ohren steil auf, jeden Muskel seines mächtigen Körpers gespannt, fixierte er sie mit seinen wachen, tiefbraunen Augen.

Nun würde sich der große Hund quer vor die Türen legen, sich nicht von der Stelle rühren und ihre Kinder mit seinem Leben verteidigen. Ein gutes Gefühl.
Die Zeit drängte. Haustürschlüssel, Autoschlüssel, Taschenlampe. Sie mußte es laut vor sich hin sagen, sie konnte sich einfach nicht konzentrieren, nicht einmal auf so banale Dinge. Sie öffnete das Garagentor, und der silberne 280er SE, Ians ganzer Stolz, glitt leise die Auffahrt hinauf. Vor ihr lag still und einsam die Straße, auf beiden Seiten gesäumt von ausladenden Bäumen. Die üppigen, kugeligen Blütendolden der Flamboyants standen als zierliche Scherenschnitte gegen den indigoblauen Nachthimmel. Nach einem heftigen, kurzen Regenguß glänzte die Straße silbrig im wechselnden Mondlicht. Baumfrösche, winzige, bunte Kerlchen in den Kehlen der großen Bananenblätter, sangen ihr trauriges, eintöniges Lied, Zikaden schrillten. Sie liebte diese Nachtgeräusche, den pulsierenden Herzschlag Afrikas.
Aber heute war alles anders. Die Schatten schienen ihr schwärzer und drohender, das Seufzen des Nachtwindes unheimlich, die Leere der Straße furchteinflößend. Sie trat aufs Gas. Das Scheinwerferlicht fegte über den schwarzen Dschungel rechts und links von der Straße, Schatten und Formen tanzten vor ihren Augen, wo keine waren, hier und da glühten die Augen der lautlosen Nachtjäger. In Umhlanga parkte sie unmittelbar vor der Telefonzelle am Postamt. Die Autotür ließ sie offen, die Handtasche mit dem herausragenden Revolvergriff trug sie an sich gepreßt. Cedric meldete sich sofort. »Ich bin es, was ist passiert?« flüsterte sie.
»Was habt ihr politisch gemacht?« Seine Stimme hallte metallisch und körperlos.
»Politisch?« fragte sie verständnislos. »Was soll denn das heißen?«
Ihr Herzschlag stolperte und begann dann hart und viel zu

schnell gegen ihre Rippen zu hämmern. Eine unbestimmte, schwarze Vorahnung kroch in ihr hoch, wie ein dunkler Polyp krallte sie sich in ihr fest, drückte ihr die Luft ab. *Nicht Kwa Mashu, nicht nach all dieser Zeit!*

Seine Antwort schien aus weiter Ferne zu kommen. »Das heißt, Dr. Piet Kruger, der Generalstaatsanwalt, ist hinter euch her. Das heißt, daß euer Telefon abgehört und eure Post kontrolliert wird. Das heißt, BOSS beobachtet jeden Schritt, den ihr macht!«

Sie wirbelte instinktiv herum, suchte die Straße mit den Augen ab. Nichts. Außer wenigen, zügig an ihr vorbeifahrenden Autos, nichts. Sie fiel gegen die Wand der Telefonzelle. *Dr. Piet Kruger!* Allein der Name reichte, um ihr namenlose Angst einzuflößen. Er stand für erbarmungslose Verfolgung, höchst fragwürdige Beweisführung, eingeschüchterte Zeugen. Er erreichte immer das Strafmaß, das er beantragte, und das war immer grausam. Er stand für Verbannung, spurloses Verschwinden. Und für Hängen. Ihr Blut gefror zu Eis. *Mein Gott, Dr. Piet Kruger!* Sie kam gedanklich nicht an dem Namen vorbei, er blockierte sie, wie ein monumentaler Felsblock. »Ich versteh nicht, was meinst du?« Ihr Unterkiefer zitterte so, daß ihre Zähne Trommelwirbel schlugen. Sie preßte sie zusammen, während ihre Gedanken Amok liefen.

»Oh, die haben euch doch schon lange auf der schwarzen Liste. Was erwartet ihr denn? Ihr weigert euch stur, Südafrikaner zu werden, und dann widerruft ihr obendrein noch die südafrikanische Staatsangehörigkeit eurer Kinder. Wie gesagt, was erwartet ihr denn? Dankesschreiben?« Er lachte. Ein unangenehmes Lachen, wie ihr schien, mit einem Unterton von Hohn, den sie sich weigerte zu hören. »Meine Liebe«, fuhr er fort, »seitdem du im Land bist, hast du dich quergelegt, allein über dich existiert eine umfangreiche Akte.«

»Über mich?« schrie sie. »Ich hab doch nichts getan!« Sie begann wieder zu zittern.

Warum sagt er so etwas, warum war sein Ton so feindselig? Er ist doch unser Anwalt und seit Jahren unser Freund. Dann erinnerte sie sich wieder an seinen Gesichtsausdruck bei der Gerichtsverhandlung gegen Pete Marais, als Ian die entlastenden Fotos präsentierte. Er war nicht der eines Freundes gewesen.

»Ihr geltet als subversiv – denk an den Abend in Kwa Mashu!«

Sie bekam nur das Flüstern durch ihre zugeschnürte Kehle. »Subversiv? Was heißt das? Und der Abend in Kwa Mashu, das war doch nur …« Ihre Stimme versagte, und dann traf sie die Bemerkung mit aller Wucht. »Woher weißt du das mit Kwa Mashu und der angeblichen Akte über mich? Woher? Antworte mir!« Das Atmen fiel ihr schwer. Der Boden vor der Telefonzelle schien sich zu bewegen, als hätte sie nicht soliden Asphalt, sondern Treibsand unter den Füßen, der sie unaufhörlich, unbarmherzig zu verschlingen drohte. Cedric, ihr Anwalt und ihr Freund, der alles immer von ihnen wußte. Nur das mit Kwa Mashu, das konnte er nicht wissen. Außer Neil und Tita wußte niemand etwas davon. Sein Schweigen dröhnte in ihren Ohren und dehnte sich ins Unerträgliche.

Endlich kam seine Stimme, eisig und trocken. »Ich weiß es eben. Das muß dir genügen.«

Ihr wurde plötzlich kalt, als stünde sie in einem eisigen Wind, ohne Schutz und Zuflucht.

»Aber diesmal ist es anders«, redete er weiter, »dieses Mal müßt ihr Dr. Kruger persönlich in die Quere gekommen sein. Habt ihr einen Nachbarn geärgert oder geschäftlich jemanden ausgetrickst, der mit ihm befreundet ist? Er ist ein rachsüchtiger Bastard!«

»Ausgetrickst? Wir tricksen doch niemanden aus, und mit unseren Nachbarn haben wir ein sehr gutes Verhältnis!«

Der Anwalt unterbrach sie. »Aber da gab es doch Ärger mit eurem neuen Haus. Was war es?«
Ein Gefühl der Schwäche ließ ihre Knie weich werden. *Hendrik du Toit.* »Da gab es tatsächlich ein Problem«, antwortete sie langsam, »es hatte aber eigentlich nichts mit uns zu tun. Wir kauften das Grundstück von einer alten Dame, die uns verpflichtete, nur ein Haus daraufzubauen und es nie an jemanden zu verkaufen, der es in einen Golfplatz oder ein Hotel verwandeln wollte.«
»Und da war jemand?« Es war eine Feststellung, keine Frage.
»Ja«, gab sie zögernd zu, »da war jemand. Er drohte uns, falls wir nicht an ihn verkaufen würden. Unser Rohbau würde einmal sabotiert, aber seitdem haben wir nichts mehr von ihm gehört.« Das Scheinwerferlicht der vorbeifahrenden Autos huschte gespenstisch durch die Telefonzelle, und für Sekunden starrte sie in ein leichenblasses, verzerrtes Gesicht. Sie schrie auf, dann erkannte sie sich selbst im Spiegelbild.
»Sein Name?«
»Du Toit, Hendrik du Toit«, antwortete sie. Sie horchte angespannt in das plötzliche Schweigen. »Kennst du ihn?«
Seine Worte kamen dünn und scharf, zerschnitten den Kokon ihres beschützten Lebens und zerstörten ihn für immer. »Hendrik du Toit ist der Bruder von Dr. Krugers Frau, ihr Lieblingsbruder. Valerie Kruger ist jung, bildhübsch, und Dr. Kruger liebt sie abgöttisch. Ihr Bruder und sie haben gemeinsam eine Firma, die Hotels baut.«
Ihr wurde schlecht. *Carla und ihr Golf-Hotel, Hendrik du Toits Geld, Valerie Kruger, seine Schwester – die Frau von Dr. Piet Kruger! Pete Marais' Frau und du Toit – Cedric?* Wie bösartig summende Wespen schwirrten die Gedanken durch ihren Kopf. Namen, Zusammenhänge drehten sich in einem Wahnsinnskaleidoskop vor ihren Augen. Sie holte stöhnend Luft. Ein harsches Geräusch in der Stille.

»Um ehrlich zu sein«, fuhr Cedric in dieser seltsam toten Stimme fort, »mein Rat ist, daß ihr so schnell wie möglich das Land verlaßt. Hier habt ihr keine Chance, nicht gegen Dr. Piet Kruger. Vielleicht ist es noch nicht zu spät. Offiziell habe ich noch nichts gehört, ich habe lediglich etwas aufgeschnappt. Mehr kann ich nicht sagen. Und, meine Liebe, sag deinem Mann, ich will damit nichts zu tun haben. Da müßt ihr allein durch.«

»O mein Gott«, stöhnte sie, »kannst du nichts tun, Cedric, du bist doch unser Freund, du kennst uns doch – bitte!«

Es knisterte und rauschte in der Leitung. Sie hörte seine sanften Atemstöße. Er sagte nichts. Dann ein Knacken. Die Verbindung war getrennt.

Und damit begann der Alptraum.

Es vergingen mehrere Minuten, während sie dastand, den Hörer in der Hand, bevor sie sich ihrer selbst wieder bewußt wurde, bevor sie ihren Körper wieder spürte. Mit geschlossenen Augen lehnte sie an der Wand der Telefonzelle, zwang sich, ihre Gedanken zu ordnen. Panik war das letzte, was sie sich jetzt leisten konnte. Sie mußte Ian erreichen. Es zeigte, wie konzentriert sie war, daß sie sich nicht verwählte und auf Anhieb Verbindung zum Hotel bekam. »Mr. Cargill, bitte.«

O bitte, Liebling, sei da, ich brauch' dich so!

»Hallo?« Er hatte offensichtlich schon geschlafen, seine Stimme klang belegt.

Sie wirkte wie ein Beruhigungsmittel. »Honey, ich bin's, ich muß dir etwas sagen, und du mußt ganz wach dafür sein. Steh am besten auf, damit du nicht wieder einschläfst.« Sie hörte Rascheln und ein schurrendes Geräusch.

»So«, bestätigte er, »ich bin wach. Was ist los?«

In wenigen, klaren Worten berichtete sie ihm. »Cedric läßt dir ausrichten, daß er nichts mit der Sache zu tun haben will.«

»Der Mistkerl! – Gut, Liebling, ich komme sofort. In fünf Stunden bin ich da. Bleib zu Hause, und verhalte dich wie immer. Tu so, als seist du sehr überrascht, wenn ich komme. Wenn er recht hat und sie hören uns ab, dürfen sie nicht wissen, was du mir gesagt hast.«
»Glaubst du wirklich, die hören uns in unserem Haus ab? Das kann ich einfach nicht glauben. Unser Telefon vielleicht, aber doch nicht unser Haus. Wir können unmöglich so wichtig sein. Ich hatte den Eindruck, daß Cedric meinte, daß sie unser Telefon abhören.«
Es knackte in der Leitung, und die Stärke seiner Stimme schwankte. »Du hast recht, es hat keinen Sinn, paranoid zu werden. Trotzdem, behalte es im Hinterkopf. Fahr nach Hause, und leg dich ins Bett, ich bin bald bei dir. Ich liebe dich …!«
»O Liebling, ich dich auch, mehr, als ich dir sagen kann. Bitte, sei vorsichtig!« Sie legte auf und fühlte sich unendlich allein in der kleinen, stickigen Telefonzelle, um sie herum fremde Geräusche und tiefe, undurchsichtige Nacht. Das Gesicht ihrer Armbanduhr leuchtete. Kurz vor Mitternacht. Scheinwerfer streiften sie. Sie hob geblendet die Hand. Das Auto wurde langsam, fuhr um den weiten, blumengesäumten Platz und kam zurück. Von plötzlicher Angst gepackt, sprang sie in ihren Wagen und drückte die Sicherungsknöpfe herunter. Ihre zitternden Hände fanden das Zündschloß nicht. Das Auto stoppte direkt vor ihr und blockierte ihren Weg. Ein Mann stieg aus, groß und breitbeinig stand er als Silhouette in dem grellen Licht und kam langsam auf sie zu. Ein Wimmern entfuhr ihr. Es war wie eine Szene aus einer ihrer schlimmsten Phantasien. Der Mann hob die Hand und klopfte hart an ihr Autofenster.
Ihre Finger fanden das Zündschloß, sie schob den Schlüssel hinein und drehte ihn. Der Wagen sprang sofort an. Wieder

klopfte der Mann, diesmal länger. »Öffnen Sie!« befahl er und preßte etwas an die Windschutzscheibe. Im selben Moment schaltete jemand die Scheinwerfer aus. Nach einigen Sekunden Anpassung an die plötzlich veränderten Lichtverhältnisse erkannte sie den Polizisten von Umhlanga, den netten Mr. Millar, der alten Damen half und kleine Kinder herzte. Erleichtert wollte sie eben die Fenster herunterkurbeln, als sie innehielt. *Er ist Polizist!*

»Sie sind hinter euch her, sie beobachten euch«, sagte Cedric.

»Verhalte dich normal«, warnte Ian, »sie dürfen nichts merken!«

Sie zwang ein Lächeln auf ihre Lippen und drehte das Fenster herunter. »Mr. Millar, bin ich froh, daß Sie es sind. Ich konnte Sie im Scheinwerferlicht nicht erkennen!«

Er tippte mit zwei Fingern grüßend an seine Mütze. »Alles in Ordnung, Mrs. Cargill?«

Klang seine Stimme anders als sonst? War sie mißtrauisch? Vielleicht war es eine Fangfrage. *Wieso sollte nicht alles in Ordnung sein?* Sie konnte schließlich herumfahren, wo und wann sie wollte! »Ja«, stammelte sie, »ja, natürlich.«

»Ich meine ja nur, weil es ungewöhnlich für eine Frau ist, nachts hier zu telefonieren – Sie haben doch ein Telefon zu Hause.« Mit einer Taschenlampe leuchtete er einmal den Innenraum ihres Wagens aus. Dann kehrten seine Augen zu ihrem Gesicht zurück.

Sie waren grau und kühl, das hatte sie vorher nie bemerkt. Der Kranz der sie umgebenden Lachfältchen täuschte darüber hinweg, wie kühl sie waren. »Mein Anschluß war gestört«, stotterte sie, nie gut im Lügen, »und ich mußte dringend meinen Mann sprechen.« Verdammt, warum hatte sie das gesagt? Konnte man das nicht nachprüfen? Sie umklammerte das Steuerrad und lächelte ihm ins Gesicht. »Nun muß ich aber wieder zu meinen Kindern, Mr. Millar, ich wünsche Ihnen eine gute Nacht.«

»Gute Nacht, Mrs. Cargill, seien Sie vorsichtig!« Er trat zurück und gab den Weg frei. Im selben Moment trat sie aufs Gas, und der Mercedes schoß vorwärts. Was meinte er, warum sollte sie vorsichtig sein? Eine Warnung? Oder nur ein gutgemeinter Rat? Sie haßte sich dafür, gestottert zu haben. Scheinwerfer blendeten sie im Rückspiegel. Folgte er ihr? Der Wagen zog an ihr vorbei. Ein roter Sportwagen, kein Polizeiauto!

Sie fuhr leise in die Garage. Gegen fünf würde Ian zu Hause sein. Zeit genug, um noch einige Stunden zu schlafen, doch selten war sie wacher gewesen. Dr. Alessandro hatte ihr ein Mittel verschrieben, eigentlich für Rückenschmerzen, das sie aber für Stunden kampfunfähig machte. Kleine hellblaue Pillen. Eine davon, und sie könnte sich für die nächsten Stunden in bewußtlosen Schlaf flüchten. Eine verführerische Vorstellung. Einfach ins Nichts fallen und die Welt vergessen. Aber sie brauchte die Zeit, um ihre Gedanken zu ordnen, um einen Ausweg zu finden. Leise sah sie bei den Kindern hinein. Sie schliefen tief und fest, und Chico lag treulich vor ihren Türen und hatte sich nicht gerührt. Sie ging in die Küche, der große Hund, eifrig mit dem Stummelschwänzchen wedelnd, ihr immer dicht auf den Fersen. Sie würde einen Kuchen backen, dabei konnte sie wunderbar nachdenken. Minuten später vergrub sie ihre Hände in dem warmen, klebrigen Teig und begann zu kneten.

Sie dachte an die Ungeheuerlichkeit, die Cedric vorgeschlagen hatte. Das Land sollten sie verlassen, sofort. Wie verläßt man ein Land, so daß es keiner merkt? Bestellt man einen Möbelwagen und setzt eine Anzeige zur Vermietung des Hauses in die Zeitung? Packte man lediglich ein Köfferchen für jeden und nahm das erste Flugzeug aus dem Land heraus? Und wohin? Und was dann? Sie konnten doch nicht einfach aus dem Haus gehen, die Tür abschließen und aus ihrem bis-

herigen Leben verschwinden. Sie walkte und knetete den weichen, warmen Teig zwischen ihren Handflächen, und langsam dämmerte es ihr, daß Cedric genau das meinte.
Sie mußten fliehen, wie ihre Tante Hildegard, die aus Ostpreußen fliehen mußte. Noch heute erweckten die Geschichten, die diese von der Flucht erzählte, Bilder und Gefühle, die sie mit tiefer Angst erfüllten.
»Wir konnten nur ein paar Sachen auf einen Leiterwagen packen«, erzählte sie, »ein paar Kleider, das Geld, das wir im Haus hatten, und meinen Schmuck. Es war nur ein kleiner Haufen, auf dem deine Cousine und dein Cousin leicht Platz hatten. So zogen wir los, mitten in der Nacht.« Tante Hildegards Gesicht war zerfurcht, von teigiger Farbe und ohne jeden Ausdruck. »Es war kalt und dunkel und die Wege aufgeweicht und sehr beschwerlich, denn es regnete seit Tagen. Wir froren entsetzlich, obwohl ich meinen Pelzmantel über einen zweiten Mantel gezogen hatte. Es schien mir, als würde ich nie wieder warm werden. Klaus und Karin waren noch klein und wußten nicht, was geschah. Nachdem wir zwei Tage und zwei Nächte unterwegs waren, bekam Klaus Lungenentzündung, er war schon immer ein zartes Kind. Es ging dann sehr schnell. Ein paar Tage später wachte ich auf, und sein kleiner Körper war schon steif und kalt in meinen Armen.« Tante Hildegard fröstelte, wie immer. Selbst an heißen Hochsommertagen fröstelte sie, als sei ihr tatsächlich die Fähigkeit abhanden gekommen, je wieder warm zu werden. Cousine Karin zog sich die Masern zu und starb ebenso schnell wir ihr Bruder. »Sie sah aus wie eine Erdbeere mit Pickeln, bevor sie starb«, erzählte Tante Hildegard mit einer erschreckenden, knochenkalten Distanz zu dem Geschehen, »eine Kruste von Pickeln saß auf ihrer roten Haut. Scheußlich.«
Sie mied Tante Hildegard, und für lange Jahre mied sie auch

Erdbeeren. Bis heute mußte sie beim Anblick von Erdbeeren an Cousine Karin denken, die in ihrer Sterbestunde aussah wie eine Erdbeere mit Pickeln.
Ein Schauer durchlief sie. Die feinen Härchen auf ihren Armen standen hoch wie ein Stachelpelz. In der Hitze der afrikanischen Nacht bekam sie eine Gänsehaut. Nordeuropa war jetzt, Anfang März, noch fest im Griff des Winters. Einen Pelzmantel, den sie als Schutz gegen die Kälte tragen konnte, besaß sie nicht. Sie beschloß, zu planen, was sie auf ihrer Flucht unbedingt mitnehmen sollten. Auf einem Schreibblock begann sie, einige Sachen aufzulisten.
Die Nacht wurde lang. Nachdem der Kuchen fertig war, saß sie eine Weile herum, legte sich dann aufs Bett. Übermüdet und seelisch überanstrengt, döste sie unruhig, wurde aber immer wieder von den schrecklichsten Träumen geweckt, bis sie gegen vier in einen erschöpften Schlaf fiel, aus dem sie erst die ruhige Berührung und die dunkle Stimme Ians weckte. Wortlos klammerte sie sich an ihn.
Sie setzten sich in der perlmutternen Morgendämmerung auf die Terrasse vor das Schlafzimmer, aßen Streuselkuchen und versuchten, einen Ansatzpunkt in ihrem Leben zu finden, wo jemand wie du Toit einhaken konnte. Als die Sonne aus dem Meer stieg, gaben sie übernächtigt und erschöpft auf. »Ich bekomme in die ganze Sache keinen Sinn«, grübelte Ian, »wir sind nicht angreifbar. Wir haben keine Schulden, weder bei Personen noch beim Staat. Ich habe nichts getan, was die Aufmerksamkeit der Polizei erregen könnte.«
»Außer Kwa Mashu.«
Er nickte. »Außer Kwa Mashu, aber das ist ziemlich lange her, sie hätten uns früher drangekriegt, wenn sie gewollt hätten.«
»Laß uns Neil fragen.«
Danach schliefen sie ein wenig, eng umschlungen und Trost

in der Nähe des anderen suchend. In der Sekunde des Erwachens, für einen gnädigen Moment, war sie sich sicher, daß es nur einer ihrer Alpträume gewesen war, aber die Mainas auf der Terrasse zankten sich schrill um die Reste des Streuselkuchens, und da wußte sie, daß ihr bisheriges Leben vorbei war. Ihre Schultern fielen nach vorn, aber dann straffte sie ihr Rückgrat und hob ihr Kinn.

»Ich hab' das Haus nach Mikros durchsucht«, sagte Ian, »ich kann nichts finden, also denke ich, daß wir hier sicher sind.«

Trotzdem hatte sie das unangenehme Gefühl, ständig beobachtet zu werden. »Ich werde Neil von Anita Alessandro aus anrufen. Ich brauche ein Rezept, und während Joanne es sich von Anita unterschreiben läßt, kann ich ungestört telefonieren.« Ihr Plan klappte, Neil begriff sofort, und sie verabredeten sich in einer Stunde im Seahaven. Als Joanne mit dem Rezept aus dem Behandlungsraum kam, lag der Hörer wieder auf der Gabel. Sie verließ die Praxis, ihr Herz jagte, aber ihr Gesicht verriet nichts. Ian kam ihr entgegen. »Alles erledigt!« berichtete sie, »obwohl ich mir dabei reichlich lächerlich vorkam, als spielte ich Räuber und Gendarm für Erwachsene. Ich hätte auch von der Telefonzelle aus telefonieren können.«

»Und Hillary, unser wandelndes Tageblatt, hätte wie immer von der Zentrale im Postamt aus zugehört!«

❖

Der Seahaven war ideal für ihr Vorhaben. Jeder, der ohne einen Grund vor dem Restaurant herumstand, fiel sofort auf. Henrietta sah sich um. Außer ihnen saß ein verliebtes junges Pärchen im Restaurant, das sich aus einer Entfernung von zwei Zentimetern in die Augen sah, die Hände ineinander verschlungen, verloren für diese Welt, und sechs Männer,

nach ihren korrekten Anzügen zu urteilen, Geschäftsleute. Drei Damen mittleren Alters, mit Diamanten und Perlen behängt wie Weihnachtsbäume, die nach ihnen das Restaurant betraten, wurden vom Besitzer des Restaurants überschwenglich begrüßt. Offensichtlich Stammkunden. Sie entschieden sich für den Tisch am Fenster hinter der Säule, von dem aus sie den Eingang übersehen konnten, aber nicht im Blickfeld anderer Leute waren. Rechts lag die Länge des Piers vor ihnen, leer bis auf zwei indische Angler, links überschauten sie die Anfahrt zum Restaurant. »Da kommen die beiden schon«, sagte Ian.
Neils dunkelgrüner Sportwagen fuhr langsam auf den Parkplatz, Titas kupferroter Schopf glühte auf. Kurz darauf standen sie neben ihnen. »So, was ist los?« fragte Neil ohne weitere Umschweife, die farblosen Brauen zusammengezogen.
»Gestern bekam ich einen Anruf«, begann Henrietta. Es war still am Tisch, während sie sprach, und der Gesichtsausdruck ihrer Freunde wurde äußerst besorgt. »Würdet ihr das alles ernst nehmen, oder glaubt ihr, wir sollten den Anruf ignorieren? Bitte sagt uns, als Südafrikaner, was wir machen sollen!«
»Auf jeden Fall ernst nehmen«, antwortete Neil kategorisch, »todernst. Ich kenne zu viele Fälle, wo einflußreiche Leute unsere Polizei zu ihren Zwecken manipuliert haben.«
»Wenn ich wüßte, was wir getan haben sollen«, grübelte Ian, »wir haben uns lediglich geweigert, unser Grundstück an Hendrik du Toit zu verkaufen, und das ist ja nun wirklich nicht strafbar.«
»Offene Rechnungen kommen ja nicht in Frage«, fiel Tita ein, »Geld habt ihr ja genug.«
Plötzlich wurde Neil lebhaft. »Die Erbschaftskonten laufen doch auf deinen Namen, Henrietta?«
»Ja – nein, sie sind wohl auf meinen Namen, aber wir haben doch Gütergemeinschaft, und so gehört uns beiden alles.«

Neil schlug wie ein Baseballspieler seine Faust in die Hand. »Das ist es! Damit kann er euch kriegen! Das Geld liegt doch im Ausland fest, stimmt's? Daraus kann man ein Vergehen gegen das Devisengesetz konstruieren, und da ihr Gütergemeinschaft habt, hängt Ian mit drin. Ich glaube nicht, daß Henrietta angreifbar ist. Bei Gütergemeinschaft ist sie nach dem Gesetz nicht geschäftsfähig. Aber Ian können sie für Jahre ins Gefängnis stecken, wenn sie sich richtig Mühe geben. Denkt an Liz und Tom!«
»Welch ein Quatsch«, rief Henrietta aufgebracht, »das Geld stammt doch nicht von hier, es hat Südafrika doch nie gesehen!«
»Oh, für solche Kleinigkeiten interessieren sich die Herren nicht.«
Die Freunde sahen sich an. »Ihr sitzt in der Scheiße«, brachte es Tita auf den Punkt, »und zwar bis zum Hals!«
»So genau wollte ich das gar nicht wissen«, murmelte Henrietta. Draußen türmten sich die Wolken zu phantastischen Haufen, drückten tief hinunter auf die Küste. Windverwehte, zottige Fetzen eines drohenden Sturmes hingen aus ihren schwarzen Bäuchen. Fliegende Wolkenschatten jagten über den Pier, alles, was nicht niet- und nagelfest war, wirbelte herum. Henrietta fröstelte trotz der Wärme. Sie starrte mit weit aufgerissenen Augen durchs Fenster, ohne etwas wirklich zu sehen. Ein Schatten bewegte sich nicht und erregte durch seine Bewegungslosigkeit in der sturmgepeitschten Szene endlich ihre Aufmerksamkeit. Es war ein relativ schmaler Schatten, etwa mannshoch, hinter den rosa Oleanderbüschen. Sie sah genauer hin und erkannte die Konturen eines Mannes. Der Adrenalinstoß durchzuckte sie wie ein Blitz. Waren sie ihnen doch gefolgt?
»Honey, Liebling, was ist los? Du bist schneeweiß geworden!« Ian legte schützend seinen Arm um ihre Schultern.

Sie konnte nur stumm nach draußen deuten. »Da«, krächzte sie schließlich, »dort unter dem Busch.«
»Da steht ein Angler und pinkelt«, sagte Neil, »meinst du den?«
»Pinkelt?« Sie spähte konsterniert nach unten. »Ich dachte, es wäre einer von BOSS!« Es dauerte Minuten, bis sich ihr Puls seiner normalen Rate näherte. »Wie soll ich das nur durchstehen, wenn ich mich schon bei so einer Sache dermaßen aufrege!«
Ian winkte den Ober heran, und sie bestellten. Henrietta schlang ihre Alaskakrabben hinunter und bestellte noch ein Steak. »Tut mir leid, meine Nerven brauchen viel Nahrung!«
»Die beste und sicherste Art, aus dem Land zu kommen, ist der ANC-Pfad«, sagte Neil nach einer Weile.
»Was ist das?«
»Der ANC hat gut ausgetretene, geheime Pfade, jemanden aus dem Land zu bringen.«
»Neil, wie soll ich denn an den ANC herankommen, und warum sollen die mir helfen?«
»Mary Mkize!«
»Was ist mit ihr?«
»Ihr habt ihr geholfen.«
»Und wie soll mir das helfen?«
»Dein schwarzer Vorarbeiter, wie hieß er noch?«
»Vilikazi.«
»Genau der.« Neil zerbröselte ein Stück Brot zwischen den Fingern. «Du wirst sehen, daß er dir helfen wird.«
»Woher weißt du das?«
Neil berührte die frische Narbe an seiner Schulter. »Meine Kontakte sind gut, schon vergessen?« Das Senken seiner Stimme signalisierte deutlich, daß er nicht weiter darüber zu sprechen wünschte.
Gequält sah Henrietta ihre Freunde an. »Wir hätten euch da

nicht mit hineinziehen dürfen, bitte verzeiht, es war egoistisch, aber ich war so verzweifelt, ich wußte nicht mehr, was ich glauben sollte.« Sie kämpfte mit den Tränen.

»Oh, Henrietta, sei nicht albern!« Titas Stimme war rauh. Ihr liebevolles Lächeln, die Geste, mit der sie ihrer Freundin über die Wange streichelte, sagte mehr als Worte. »Und was, bitte, sollen Henrietta und die Kinder machen, während Ian durch den Busch kriecht? Habt ihr darüber einmal nachgedacht?«

»So normal wie möglich weiterleben und dann nach einiger Zeit offiziell auf Urlaub nach Europa reisen.«

Schweigen begrüßte Neils Vorschlag. Henrietta malte Figuren aufs Tischtuch, lauter Vögel mit ausgebreiteten Schwingen. »Was passiert mit unserem Haus und den Möbeln?«

»Die Möbel sind kein Problem, die können wir euch nachschicken. Das Problem ist das Haus.«

»Wir können es ja schließlich nicht per Anzeige in der Zeitung verkaufen.« Ian dachte laut nach.

»Könnten wir es nicht irgendwie auf die Kinder übertragen ...?« Die Vögel auf der Tischdecke waren zum Schwarm geworden. »Ich kann doch nicht einfach die Tür abschließen und gehen. Das bringe ich nicht fertig.« Ihre Stimme kletterte mit einem hysterischen Unterton. »Ich lass' nicht alles, wofür wir gearbeitet haben – und wir haben das Haus bezahlt, nicht Onkel Diderichs Erbschaft –, einfach so stehen, damit dieser Lackaffe du Toit es sich unter den Nagel reißt! Ich will einfach nicht!« Die Anstrengung, trotz ihrer rotglühenden Wut leise zu reden, ließ ihr Gesicht rot anlaufen. »Was ist, wenn sich Cedric irrt oder verhört hat? Dann reißen wir unser Leben auseinander für ein bloßes Gerücht! Honey, ich kann das nicht!« Sie legte ihren Kopf auf die Arme, ihre Schultern zuckten und bebten, aber es war kein Laut zu hören.

»Hältst du es für möglich, daß er sich geirrt hat?« fragte Tita.
»Nein«, Ian streichelte stumm Henriettas Rücken, »was immer ich auch sonst von ihm halte, ich denke nicht, daß er ein unfundiertes Gerücht weitergibt.«
»Ich werde mich einmal diskret umhören, ob ich etwas über euren Anwalt erfahren kann«, bot Neil an, »Cedric Labuschagne, ja?« Neil sah seinen Freund mitleidig an. »Es ist von einigen Anwälten bekannt, daß sie dem Broederbond angehören, und ich weiß von Fällen, wo der eigene Anwalt seinen Mandanten an das Büro für Staatssicherheit verraten hat. Ich hab' ziemlich viele Kontakte, aber ich werde euch nur sagen können, was ich höre, nicht von wem ich es höre.«
»BOSS!« Henrietta hob den Kopf, eine Panikwelle trieb alles Blut aus ihrem Gesicht. »Können wir nicht einfach warten, bis wir offiziell etwas hören?« Im Moment, als sie es sagte, wußte sie, daß es eine dumme Frage war. »Verzeiht«, flüsterte sie rauh, plötzlich total erschöpft, »ich weiß, daß das dumm ist.«
»Ich finde die Idee, das Haus auf die Kinder zu übertragen, sehr gut«, warf Tita ein, »so ist nichts endgültig. Wenn alles ein Irrtum war, habt ihr nichts getan, was gegen das Gesetz wäre, und ihr rettet euer Haus, eure ganze Existenz hier.«
»Gute Idee, Tita«, nickte Ian, »nur wüßte ich nicht, welchem Rechtsanwalt ich hier noch vertrauen kann.«
»Unserem Konsul, Herrn von Dittmar«, sagte Henrietta, Hoffnung in ihren Augen, »der ist Rechtsanwalt. Ich werde zu ihm gehen, ich traue ihm!«
Zwei Tage später waren sie mit Neil bei Granny's Pool verabredet. Er angelte. »Na, schon etwas gefangen?« fragte Ian und hob den Deckel des mit Wasser gefüllten Eimers. »Zwei Shads, wie lecker.« Er richtete sich wieder auf. »Sonst was Neues?«
»Ja, ihr seht euch besser vor eurem rechtsgelehrten Freund

vor. Er, wie schon sein Vater, ist Mitglied im Broederbond. Wundert mich, daß er euch gewarnt hat.«
Zu schockiert, um antworten zu können, setzten sie sich neben ihren Freund in den Sand. Dieser schob Muschelfleisch als Köder über seinen Haken. »Hast du dich mal vor nicht allzu langer Zeit um Aufnahme in die hiesige Handelskammer beworben?«
»Ja.« Ian war erstaunt. »Woher weißt du das? Es hat aber leider aus mir nicht bekannten Gründen nicht geklappt.«
»Ich weiß.« Neil schleuderte den Köder mit kraftvollem Schwung weit ins Meer. »Labuschagne hat deine Aufnahme verhindert.«
»Was? Bist du sicher?«
»Glaub mir, es ist wahr.«
»Dieses Schwein! Ich dachte, Natal wäre rein englisch, und mit einem Vornamen wie Cedric hatte ich ihn eher für einen Nachfahren eines Hugenotten gehalten. Er spricht Englisch mit dem richtigen Akzent. Ich tippe auf Oxford oder…«
»Cambridge.« Neil holte langsam seine Schnur ein. Sie war straff gespannt und sang wie eine Geigensaite. »Das muß ein Großer sein«, murmelte er und gab ein wenig nach. »Er war in Cambridge, um den Feind genau zu studieren. Er hat drei Brüder, alle sind Rechtsanwälte. Jeder sitzt in einer der großen Provinzen. Die Labuschagnes haben ihre Finger in jedem Pudding in Südafrika.«
»Ich habe ihm schon lange mißtraut«, rief Henrietta, »seit dem Prozeß gegen Pete Marais. Als du deine Beweisfotos hervorholtest, hab ich sein Gesicht beobachtet. Er sah enttäuscht aus, er freute sich nicht über den gewonnenen Prozeß. Er wirkte, als hätte er ihn verloren. Ich hab mein Gefühl, daß zwischen ihm und Pete Marais eine Beziehung bestand, damals verdrängt.«
»Du hast richtig beobachtet, Henrietta.« Neil sah hinüber zu

ihr. »Das war das zweite, was ich euch sagen muß: Er hält siebzig Prozent Firmenanteile einer Tochtergesellschaft, die Marais gehört.«

»Das ist doch ein klassischer Interessenkonflikt! Das muß doch strafbar sein.«

»Vergiß es!« Ians schwarze Brauen trafen sich fast über der Nasenwurzel, seine Augenfarbe hatte sich stürmisch verdunkelt. »Okay, Neil, Vilikazi hat sich bei mir gemeldet. Alles, was in der nächsten Zeit passiert, werde ich dir eines Tages erzählen. Wir sehen uns heute vorläufig zum letzten Mal, ich will euch nicht da mit hineinziehen. Paß auf Henrietta und die Kinder auf, bis sie abfliegt, bitte!« Er sah seinem Freund ins Gesicht.

Für einen entsetzlichen Moment hatte Henrietta die Vision, schwarzgekleidet mit den Kindern an seinem Grab zu stehen. Der Boden schien sich unter ihr zu öffnen, die Kehle war wie zugedrückt. *»O Gott, bitte hilf mir«*, flehte sie schweigend. Der Satz hallte wider in ihrem Kopf, mit hohlem Klang wie in einem Kirchengewölbe, wie aus weiter Ferne schien sie Chorgesänge zu hören, ein Requiem, und die Eiseskälte einer Gruft strich an ihr hoch. Sie konnte nichts sagen, sie konnte nur ihren Mann mit weit aufgerissenen Augen anstarren. Es durfte ihm nichts passieren. »O Honey«, schluchzte sie und warf sich in seine Arme.

»Liebling, es wird alles klappen, hörst du? Ich werde es schaffen! In zwei Wochen sind wir wieder zusammen und in Sicherheit. Möchtest du zu deinen Eltern?«

»O nein, bloß nicht.« Sie konnte ihre Mutter hören. »Wo Rauch ist, da ist auch Feuer«, war einer ihrer Lieblingssprüche, und: »Die Obrigkeiten werden schon wissen, was sie tun.« Nein, das konnte sie jetzt nicht verkraften. »Ich werde in die Schweiz fliegen. Da liegt unser Geld.«

»Ich kenne da ein Hotel«, sagte Ian mit träumerischer Stimme, »das Belle Epoque. Es ist ein altes Herrenhaus, das in einem großen, verwunschenen Park direkt am Genfer See liegt. Sein Besitzer verlor in den dreißiger Jahren sein Vermögen an der New Yorker Börse. Alles, was ihm blieb, war das Haus seiner Vorfahren. Er baute das Haus in ein exklusives kleines Hotel um. Der Blick ist grandios. Über den Bergketten des anderen Ufers des Sees steht der Gipfel des Montblanc. Eine unglaublich friedliche Landschaft. Du hast das Gefühl, daß es nichts gibt, was diese Ruhe zerstören kann.« Er schwieg, sein Gesicht in ihren Haaren vergraben. Aus dem nassen Sand stieg die gespeicherte Sonnenwärme in feuchten Schwaden, und das Gold am Himmel wich langsam samtig blauen und malvenfarbenen Perlmutttönen. »Es passiert nichts, Honey, ich verspreche es dir, ich lasse dich nicht allein!«

Sie konnte nur nicken, hätte sie versucht zu sprechen, wäre sie zusammengebrochen.

Neil, der eine Muräne an Land gezogen hatte, war taktvoll ein paar Schritte zur Seite gegangen. Er schnitt den wild um sich schnappenden Fisch von der Schnur, stach sein Messer dem Tier unmittelbar hinter dem Ansatz des flachen reptilienähnlichen Kopfes in den Nacken, einmal, zweimal, bis die Muräne sich nur noch schwach zuckend im Sand wand. Sein blutiges Messer abwischend, sah er seinen Freund an. »Mach dir keine Sorgen, ihr wird nichts passieren. Das ist ein Versprechen.«

Ian legte Neil seine Hand auf die Schulter. »Sala kahle«, flüsterte er, »bis wir uns wiedersehen.« Ohne sich noch einmal umzudrehen, gingen sie eng umschlungen nach Hause.

❖

Am Abend des 17. März 1968, kurz vor Einbruch der Dunkelheit, machten sie einen langen Spaziergang den Strand entlang nach Norden zur Lagune. Sturm hatte den ganzen Tag über das Meer gepeitscht. Meterhohe, langgezogene Brecher warfen sich gierig brüllend auf den Strand und gruben tiefe Schluchten und zogen Tonnen von Sand mit hinaus, so daß nur ein schmaler, steiler Sandstreifen übrigblieb. Die Schaumkronen wurden vom Wind zerfetzt und hinauf in die Wolken gerissen. Die ganze Strandwelt war erfüllt von einem brüllenden Tosen, wie aus den Kehlen unzähliger wilder Tiere. »Hier hört uns bestimmt keiner!« schrie Henrietta.

Er brachte seinen Mund ganz nahe an ihr Ohr. »Wir müssen morgen ungesehen ins Konsulat kommen. Fahre zum Einkaufen nach Durban, ich warte auf dich in der Parkgarage schräg gegenüber von Stuttaford's.«

Henrietta nickte. Eine merkwürdige Euphorie hatte von ihr Besitz ergriffen. Sie brauchte kaum Schlaf, ihre Gedanken kamen konzentriert und glasklar, ihr Adrenalinspiegel stieg, wie im Rausch durchlebte sie alles. Sie log mit leichter Stimme, lachend täuschte sie ihre Umwelt. Viele kommentierten, wie gut sie aussah, so strahlend mit ihren glänzenden Augen und den leicht geröteten Wangen. Es war die gleiche Euphorie, mit der Krieger singend in den Kampf ziehen, die sie dem Tod mit herausfordernder Arroganz begegnen ließ. Sie riß sich von Ian los und rannte mit zurückgelegtem Kopf und wehenden Haaren gefährlich nahe an den mit ungeheurer Wucht auslaufenden Brechern. Das Wasser spritzte meterhoch, spülte ihr den Sand unter den Füßen weg, zerrte und sog an ihren Beinen. »Fang mich!« schrie sie übermütig und tanzte davon, in ihrem Rausch blind für die Gefahr, lockte ihn mit sinnlichen Bewegungen ihres Körpers.

Mit ein paar Sätzen erreichte er sie, fing sie ein und zog sie hinauf auf den Hang. »Sei vorsichtig, mein Liebes, bitte sei vorsichtig«, flüsterte er und küßte sie.

Unter ihnen tobte die Brandung, der wieder zum Sturm an-

geschwollene Wind erfüllte ihre Welt mit einem tiefen Orgelton. Sie aber hörte nur die Stimme ihres Geliebten und spürte nur seinen Atem, nicht den Sturm.
Wie verabredet parkte Ian seinen Wagen am nächsten Morgen in der Parkgarage und stieg zu ihr in das wartende Taxi.
»Liebling.« Sie küßte ihn.
»Nun, Schatz, hast du gefunden, was du suchtest?« Das war für die Ohren des Taxifahrers bestimmt.
»Ja, ich hab' alles bekommen.«
»West Ecke Grey, halten Sie dort einen Moment, dann zu Adam's Bookshop, bitte«, wies Ian den Fahrer an.
Murrend über die kurze Fahrt, trat dieser aufs Gas. Ecke Grey und West stieg Ian aus. »Bleib im Wagen, ich will sehen, ob uns einer folgt.« Er verschwand um die Straßenecke.
»Alles in Ordnung«, flüsterte er, als er wieder neben ihr auf den Sitz glitt.
Kurz darauf hielten sie vor Adam's Bookshop. Ian ging vor. Schweigend schlängelten sie sich durch die hohen Bücherregale hindurch und traten durch eine Tür auf eine kleine Nebenstraße. Minuten später gingen sie die Weststreet im Schatten der hohen Geschäftshäuser hinunter und betraten den Zeitschriftenladen in 320 Weststreet. Sie bahnten sich einen Weg durch die vielen Kunden, fuhren mit der Rolltreppe in den ersten Stock und nahmen den Lift, der sie zum Büro des deutschen Konsuls brachte.
»Kommen Sie mit«, sagte der Konsul und führte sie in einen winzigen Raum, der bis auf einen Tisch und vier karge Holzstühle leer war. Zwei nackte Glühbirnen hingen von der Decke und gaben ein unfreundliches, grelles Licht.
»Meine Güte, verhören Sie hier Verbrecher?« Henrietta versuchte ein Lächeln.
Er lachte. »O nein, dieser Raum ist schalldicht und außer im Putz in der Wand könnte niemand hier ein Mikrofon ver-

stecken, ohne daß wir es merken. Daher auch die einfache Möblierung. Glatt und übersichtlich, keine Nischen und Falten. Setzen Sie sich bitte.« Er deutete auf die zwei Stühle ihm gegenüber. »So, bitte erzählen Sie von Anfang an.« Der Konsul saß, ein Bein über das andere geschlagen, und hörte mit schräg gelegtem Kopf ihrem Bericht zu. Er war schlank und hochgewachsen, sein Rückgrat eine kerzengerade, unbeugsame Linie. Er flößte Henrietta sehr viel Vertrauen ein, und sie erzählte flüssig und emotionslos.

»Böse Sache.« Es war Herrn von Dittmar anzusehen, wie besorgt er war. Das harsche Licht der zwei Glühlampen leuchtete sein Gesicht vollkommen aus, alles an ihm war klar definiert. Seine kühlen grauen Augen, die Knochenstruktur seiner Wangen und seines Kinns, der volle, eher arrogante Mund unter der geraden und scharfen Nase. »Sie sollten es ernst nehmen. Der Apfel ist schlecht bis ins Kerngehäuse. Ich stimme mit Ihnen überein, es ist die einzige Möglichkeit, Ihnen etwas anzuhängen. Wir könnten einen Gütertrennungsvertrag aufsetzen und rückdatieren, dann sind Sie, Mr. Cargill, aus dem Schneider, Ihre Frau allerdings müßte sofort das Land verlassen.«

»Unmöglich«, sagte Ian, »abgesehen davon, daß ich meine Frau dieser Situation nicht aussetzen kann, ist es zu häufig dokumentiert, daß wir in Gütergemeinschaft leben.«

»Gut, ich werde dann die Übertragung des Hauses auf den Namen Ihrer Kinder vorbereiten. Wir werden es so schnell wie möglich eintragen lassen, und ich denke, wir schaffen das, bevor es jemand merkt. Sind die Kinder erst mal Eigentümer, kommt auch ein Herr du Toit nicht daran. Dürfte ich um die Kaufurkunde bitten?« Er nahm die Urkunde und verließ für einen Moment den Raum. »So«, sagte er, als er wieder eintrat, »alles in die Wege geleitet. Die Papiere werden fertiggemacht.«

»Ich werde in den nächsten Tagen das Land verlassen, es ist alles vorbereitet«, sagte Ian.
»Es ist besser, wenn ich nicht zuviel davon weiß. Sie vertrauen Ihren Helfern?« Als Ian schweigend nickte. »Gut, ich kann mir denken, welche Route Sie nehmen. Sie sind nicht der erste.«
»Ist es gefährlich?« fragte Henrietta leise.
»Natürlich ist es kein Nachmittagsspaziergang, aber gefährlich ist es nur, wenn jemand davon erfährt, der es nicht wissen soll. Ich habe Ihnen je einen zweiten Paß ausstellen lassen, einen sauberen, ohne südafrikanische Stempel. Verwahren Sie ihn gut. Sie sind in Bayern geboren, Mr. Cargill, und Ihre Mutter war Deutsche, so gab es in dieser Hinsicht keine Schwierigkeiten.« Er reichte die grünen Pässe über den Tisch. »Ihre Kinder haben ja bereits ihren eigenen Paß. Gehen Sie offiziell auf Urlaub?«
Sie sah das Mitleid in seinen Augen, und ihr fröstelte. »Ja, wir haben mit Ians Bruder gesprochen. Er wird uns anrufen und mitteilen, daß er einen schweren Unfall gehabt hat, und uns bitten, sofort zu kommen. Ich fliege dann direkt nach London.«
Eine Sekretärin brachte die vorbereiteten Papiere zur Übertragung des Hauses. Henrietta und Ian unterschrieben schweigend. Dann gingen sie. Bevor sie auf die Straße traten, verharrten sie einige Momente hinter den Glastüren. Sie suchten die Umgebung sehr sorgfältig mit den Augen ab.
Es war ein geschäftiger Mittwochmorgen. Vierspurig schoben sich die Autos an ihnen vorbei, eine bläuliche Abgaswolke hing in der Straßenschlucht, Motorengeräusch und Hupen prallten mit vielfachem Echo von den Häuserwänden ab. Der Lärm war ohrenbetäubend. In dem stetigen Strom der Menschen, in dem Meer von Gesichtern jeder Hautfarbe konnte sie keines entdecken, das jene reptilienhafte Bewe-

gungslosigkeit zeigte, die sie gelernt hatte als Merkmal von Zivilpolizisten zu erkennen. Sie verließen das Gebäude, lachend und gestikulierend.

»Sehen wir nicht ungeheuer normal und echt aus?« murmelte sie, ein breites Lächeln im Gesicht, das etwaige Beobachter täuschen sollte, und Wachsamkeit in den Augen. »Ob wir jemals wieder normal aus einer Tür kommen können, ohne erst zu prüfen, ob wir verfolgt werden? Manchmal beschleicht mich der Gedanke, daß wir ein Spiel spielen, das kein anderer mitspielt.«

»Lieber mach ich mich für ein paar Tage gründlich lächerlich, als denen in die Hände zu fallen. Tröste dich, Schatz, keiner merkt es.« Sie betraten Stuttaford's durch den Haupteingang, schlüpften wenig später durch einen Seitenausgang, liefen rasch hinüber zur Parkgarage und stiegen in ihr Auto. Schweigend lenkte Ian das Auto durch den dichten Verkehr hinunter zur Strandpromenade. Die Sonne strahlte aus einem wolkenlosen Himmel, das Meer lag wie aus schimmerndem, grünem Glas. Nur wenige Leute waren so früh am Strand.

»Wie kann es nur so schön heute sein?« Sie schloß ihre Augen gegen das blendende Glitzern. »Unser Leben wird zerstört, und die Sonne scheint. Es ist nicht richtig. Früher glaubte ich, daß Krieg immer nur im Winter stattfand. Als ich Bilder sah von wunderschönen Blumenwiesen und Weizenfeldern mit Kornblumen und davor zerschossene Körper, konnte ich das nicht verstehen. Ich kann es heute noch nicht.« Ihre Stimme erstickte in ungeweinten Tränen.

Ian sah zum dritten Mal in wenigen Sekunden in den Rückspiegel. »Zwei Wagen hinter uns fährt ein silbergrauer Ford. Es sitzen zwei Männer drin, man kann sie kaum erkennen, die Sonnenblenden sind heruntergeklappt, und sie tragen Sonnenbrillen. Nicht umdrehen! Du kannst sie im Außenspiegel sehen. Kennst du sie?«

Es war ein ganz gewöhnliches, unauffälliges Auto, das Silbergrau, stumpf von Staub und Salz, wirkte wie eine Tarnfarbe. Der Fahrer trug einen dichten, glänzenden Schnauzbart, sein Beifahrer war glattrasiert, und sie konnte einen großen roten Pickel am Kinn erkennen. Das letzte Mal, als sie diese Männer gesehen hatte, waren sie so dicht vor ihr, daß sie ihren Atem hatte riechen können. Mit zugeschnürter Kehle nickte sie. »Ja«, stieß sie hervor, »ich kenne sie. Sie sind vom CID, die haben damals meine Fabrik durchsucht.« Der Wagen blieb etwas zurück, holte aber bei der nächsten Kreuzung wieder auf, bis nur noch ein Auto zwischen ihnen war.

»Wir biegen hier ab und fahren zu Colonel Davis' Steakhouse. Mal sehen, ob sie uns folgen.« Erst ganz kurz vor der Kreuzung stieg er in die Bremsen, wendete verkehrswidrig und parkte vor dem Steakhouse. »Kannst du sie sehen?«

Sie stieg aus, ruhig und kühl, ohne lähmende Angst. Eine Art Jagdfieber hatte sie gepackt, sie hörte und sah überdeutlich, alle ihre Sinne messerscharf. Es war noch eine Steigerung des rauschhaften Zustands der letzten Tage. Wie zufällig ließ sie ihren Blick über die Straße schweifen. »Sie drehen eben an derselben Stelle wie wir.«

Ian nickte. »Die Hatz hat also begonnen. Wir sollten ordentlich essen, wer weiß, wann wir das nächste Mal dazu kommen.«

Sie bestellten die größten Steaks und hinterher den üppigsten Eisbecher auf der Karte. »So«, sagte Henrietta zufrieden, »jetzt fühle ich mich dem Kampf gewachsen.« Sie sah hinaus. »Diese Idioten sitzen immer noch in ihrem Auto. Hoffentlich verhungern sie! Können wir sie nicht abhängen? So wie im Spionagefilm?«

»Dann würden sie wissen, daß wir sie entdeckt haben, und das dürfen sie auf keinen Fall. So haben wir noch Zeit. Wir sind ihnen offensichtlich schon heute morgen entwischt, als wir beim Konsul waren. Also werden wir jetzt ganz brav und nicht zu schnell nach Hause fahren, damit sie uns ja nicht verlieren!«

Zu Hause ging Henrietta zum Postkasten. »Ich sehe nach, ob sie uns gefolgt sind.« Sie nahm die Post heraus, streifte dabei ihre Umgegend mit einem Blick. Die Motorhaube des silbergrauen Fords ragte aus der nächsten Straßenbiegung. »Sie stehen um die Ecke.«

Sie gingen hinein. »Hallo, Sarah, hat jemand angerufen oder ist gekommen?« Henrietta schleuderte ihre Schuhe von den Füßen und fing die Kinder auf, die sich ihr mit lautem Geschrei in die Arme warfen. Sie drückte sie fest an sich, nur für ein paar Sekunden, atmete ihren Duft ein, fühlte ihre junge, weiche Haut auf der ihren, spürte ihre Wärme und Lebendigkeit.

Für diesen kurzen Moment, herausgelöst aus der Gegenwart, war sie wieder zurück in ihrer kleinen, heilen Welt, die es nicht mehr gab. Bloß sich so benehmen wie immer, nur ganz normal erscheinen. Sie hatte nie gewußt, wie furchtbar schwer das war. *Verdammt, wozu hat mich dieses Land gemacht?*

»Die Post ist da. Sie liegt auf dem Schreibtisch, Ma'am.«

Die Post, nun gut, das war normal.

»Oh, und Ma'am, da war noch jemand. Der Mann von den Elektrizitätswerken, er wollte den Zähler ablesen, und etwas war an den Kabeln nicht in Ordnung.« Damit verschwand Sarah in der Küche.

Henrietta stand stocksteif, Ian, der die Worte ebenfalls gehört hatte, erstarrte. Nach ein paar Schrecksekunden fand er seine Stimme wieder. »Puh, ist mir heiß«, sagte er mit relativ normaler Stimme, während er mit einem Handzeichen seiner Frau bedeutete, ihm zu folgen, »kommst du mit schwimmen?«

»Gute Idee«, brachte sie heraus. Sie wechselten kein Wort,

bis sie mehrere Meter hineingewatet waren. »Glaubst du, die Mistkerle haben Wanzen im Haus versteckt und hören jedes Wort, das wir reden?« Sie schlang ihre Arme um seinen Hals.

»Ja, das müssen wir annehmen.« Er stand bis zu den Schultern im Wasser und hielt sie an sich gepreßt. »Du mußt mich Donnerstag abend in meinem Wagen nach Verulam fahren, und wir müssen einen Moment finden, wo wir unbeobachtet sind, damit ich aussteigen kann, ohne daß sie es merken!« Sein Mund lag an ihrem Ohr. »Hör mir genau zu. Offiziell werde ich auf Geschäftsreise gehen. Ein Freund von Vilikazi, ein Weißer übrigens, wird in derselben Nacht den Wagen holen und ihn verschwinden lassen, damit es so aussieht, als sei ich mit dem Auto gefahren. Das wiederum wird alle beruhigen, weil sie annehmen müssen, daß ich im Lande herumfahre. Bis sie merken, daß sie einem Phantom nachjagen, bin ich längst über der Grenze. Du weißt von nichts. Mach weiter so, wie wir es bisher besprochen haben. Versuche nicht, mit Vilikazi in Verbindung zu treten, das ist für dich und auch für ihn viel zu gefährlich!« Er küßte sie. »Wirst du das durchhalten, mein Liebling?«

Sie hörte seine Worte, auch verstand sie ihren Inhalt, und doch schienen sie nichts mit ihr zu tun zu haben. Nichts in ihrem bisherigen Leben hatte sie auf diese Situation vorbereitet. Es war zuviel. Ihr Gesichtsausdruck wurde leer, sie trat den Rückzug nach innen an, wo die Welt sie nicht berühren konnte, dort, wo es warm und dunkel war und sie Frieden hatte.

»Komm wieder, mein Liebling, es ist gefährlich, was du tust. Du mußt es schaffen, für uns! Nimm meine Hand, ich halte dich.«

Es dauerte eine Weile, ehe sie zu ihm zurückkehrte, dann aber sah sie, daß er in ihre Seele blicken konnte. Sie war nicht

mehr allein. Sie schmiegte ihr Gesicht in seine Hand, umklammerte sie wie einen Rettungsanker. »Verlaß mich nicht«, wisperte sie und legte ihre Lippen auf seine. Sie schmeckten salzig, und sie war nicht sicher, ob es ihre Tränen waren oder seine.
Sie fanden ein Mikrofon in Ians Büro. »Jetzt wissen wir wenigstens, daß wir keineswegs paranoid sind«, murmelte er. »Wir dürfen es nicht zerstören, sonst schöpfen sie Verdacht.« Sie suchten nicht weiter. Sie lernten schnell, ihre Zunge zu hüten. Im Haus führten sie alltägliche Gespräche, spielten mit den Kindern, bewegten sich normal, aber ihre Augen sprachen eine andere Sprache, Ian schrieb ein paar Worte auf einen Schreibblock. »Wir müssen den Plan für die nächsten Tage besprechen. Laß uns mit den Kindern ins Eiscafé gehen.«
Die Kinder liebten das kleine Eiscafé oberhalb von Umhlanga, denn es unterhielt einen privaten kleinen Vogelpark. Eistüten in der Hand, wanderten sie zwischen den Käfigen umher.
»Wenn ich weg bin, wird Patrick dich am Sonntag nachmittag anrufen und dir sagen, daß er einen Unfall gehabt hat und unsere Hilfe braucht. Er wird dir auch den Tag nennen, an dem er euch erwartet. Ziehe drei Tage von dem Datum ab, das ist dann der richtige Tag. Verstehst du, je mehr Fehlinformationen im Umlauf sind, desto sicherer bist du.« Er vergrub sein Gesicht in ihren Haaren, seine Stimme wurde dumpf. »Lade am besten Glitzy, Cori und ein paar andere zum Kaffee ein. Sie werden dafür sorgen, daß die Geschichte über seinen Unfall und deine Reise bekannt wird. So wird es niemanden befremden, daß du Reisevorkehrungen triffst.«
Jan stand vor dem Käfig mit dem sprechenden Papagei. »Daddy, was ist ein dreckiger Bastard?«
Ian lachte und warf seinen kleinen Sohn in die Luft. Eine

ganz normale, glückliche kleine Familie für jeden, der ihnen zusah. Ihnen zuhören durfte jedoch keiner.

»Nachdem Patrick angerufen hat, geh zur Bank«, sagte er sehr leise, »hebe soviel ab, wie du legal mitnehmen kannst. Besorg dir Flugtickets und, ganz wichtig, ein Rückreisevisum für euch drei. Denk dran, daß du eine gültige Pockenimpfung haben mußt. Sie darf nicht älter als drei Jahre sein.«

»Verdammt, meine ist so gut wie abgelaufen, ich muß also ins Gesundheitsamt und mich impfen lassen.«

»Katinka und Chico müssen auch geimpft werden. Tita bringt sie später unauffällig zum Flughafen. Sie bleiben erst mal bei Patrick auf der Farm. Ihr fliegt nach London, wie wir es besprochen haben. Sei spätestens am Donnerstag, dem 28. März, im Belle Epoque. Es werden zwei Zimmer für uns und die Kinder dort reserviert sein.«

»Für uns«, wiederholte sie, fast wie ein Gebet. »Für uns. Oh, wäre es doch schon soweit!«

»Fang schon an, die Tage zu zählen. Eine Woche ist keine lange Zeit, und ich schwöre dir, daß wir uns danach nie wieder trennen!«

Als sie spätnachmittags zurückkehrten, schrillte das Telefon. »Ich geh schon«, rief Ian. Kurz darauf kam er zu ihr in die Küche und warf sich krachend auf einen Stuhl.

»Was ist los, wer war das? Du bist ganz grau geworden.« Sie hockte besorgt vor ihm und glättete liebevoll das Dreieck zwischen seinem Mund und der Nase, das weiß in seinem gebräunten Gesicht stand. »Bitte, Honey, sag's mir.«

»Das war Charmaine«, antwortete er abrupt, »erinnerst du dich, die Vorzimmerdame von Cedric, die mit der Bardot-Figur?«

Sie erinnerte sich mit größter Dankbarkeit an Charmaine. Ohne sie hätten sie nie über Pete Marais gesiegt. Dafür durfte sie auch Ian aus der Ferne anhimmeln. »Was wollte sie?«

»Sie hat einen Brief gefunden, den ich angeblich geschrieben haben soll …« Es fiel ihm sichtlich schwer weiterzureden. »Sie meint, der Brief würde mich ins Gefängnis bringen. Sie hat ihn kopiert. Wir treffen uns in einer Stunde zufällig im großen CNA, dem Buch- und Zeitschriftenladen in der Weststreet, nahe der Strandpromenade.« Er zog sie an sich, bettete ihren Kopf in seiner Halsgrube. »Ich schwöre dir, Liebling, ich weiß nicht, was das zu bedeuten hat. Ich habe mit Sicherheit nie etwas geschrieben, was mir Gefängnis einbringen könnte, selbst an den menschenverachtenden Gesetzen hier gemessen. Ich schwör's!«

»Shh«, flüsterte sie und küßte ihn. »Shh, mein Liebling.« Sie hob ihr Gesicht zu seinem und legte ihre Wange an die seine. Eine Geste von unendlicher Zärtlichkeit und Vertrauen. Sie saßen so noch eine ganze Weile, bis es Zeit war, zum CNA zu fahren.

Charmaine stöckelte durch den Eingang und sah sich um. Das enge, kniekurze rosa Kleid spannte über ihren Brüsten und über ihrem wohlgeformten, ausgeprägten Po. Sie zog alle männlichen Blicke wie ein Magnet auf sich, und es amüsierte Henrietta trotz ihrer Sorgen, daß die meisten Männer sich nicht für ein bevorzugtes Körpermerkmal entscheiden konnten. Sie merkte, daß Charmaine sie entdeckt hatte und betont auf die Modemagazine blickte.

»Ich glaube, ich gehe hinüber, du fällst bei Modemagazinen eher auf«, flüsterte sie.

Charmaine blätterte in der FAIR LADY. Als Henrietta neben ihr stand, legte sie die Zeitschrift zurück. »Tolle Modelle«, murmelte sie und verzog ihren weißrosa geschminkten Schmollmund zu einem gequälten Lächeln.

Henrietta verstand und nahm die Zeitschrift. »Danke«, flüsterte sie und ging zur Kasse. Erst im Auto suchte sie zwischen den Seiten, bis sie eine Fotokopie fand. »Ian, halt bitte an.«

Schweigend beugten sich beide über den Brief und lasen ihn. Er war an Cedric Labuschagne gerichtet, datiert vom 11.12. 1967.

Lieber Cedric,
ich bitte Dich, die Rechnung um 25% zu erhöhen und den Überschuß wie immer auf mein Konto bei der Barclay's Bank in London zu überweisen.
Weiterhin werde ich mich wie versprochen an dem besagten Projekt beteiligen. Wie Du weißt, steht mir seit Anfang dieses Jahres ein beträchtliches Vermögen zur Verfügung.
Ich verlasse mich darauf, daß Du diese Angelegenheit mit der strengsten Vertraulichkeit behandelst.

Es folgte, mit vielen Grüßen, Ians Unterschrift.
Alle Geräusche um sie herum schienen zu verstummen, selbst die Brandung setzte für einen Atemzug lang aus, und die Stille drückte auf sie nieder. »Ich versteh' nicht, welche Rechnung, welches Konto?« stammelte sie, sie konnte kaum sprechen, so hart hämmerte ihr Herz. Beträchtliches Vermögen, ab Anfang letzten Jahres, ihrem siebenundzwanzigsten Geburtstag. *Diderichs Erbe! Der Fluch ihres Lebens?*
»Hör auf«, schrie es in ihr, »ich glaub' das nicht, hör auf! Ian tut so etwas nicht, er würde nie mein Geld anfassen!«
Ian brachte noch immer kein Wort hervor, das Papier bebte in seiner Hand. Alle Farbe war aus seinem Gesicht gewichen, und sie fühlte, daß seine Hand kalt und klebrig geworden war.
»Ian –« Ihre Stimme brach.
»Diese Schweine«, stieß er hervor, »oh, diese Schweine, ich bring sie um!« Plötzlich stutzte er. »Sieh dir die Unterschrift an. Fällt dir etwas auf?« Seine Stimme wurde kräftiger.
Sie nahm das Papier. Es war Ians Unterschrift, ganz ohne

Zweifel. Mit seinem Füller geschrieben, das konnte sie an den breiten Strichen erkennen. Zwei kleine Kleckse verunzierten die Unterschrift, einer über dem I von Ian, und einer verdeckte das g von Cargill. *Kleckse.* Und da wußte sie, wo sie diese, genau diese Unterschrift schon einmal gesehen hatte.
»Carlas Gästebuch! Das ist deine Unterschrift aus Carlas Gästebuch. Wie haben die das gemacht?«
»Keinen Schimmer, aber jetzt wissen wir, was Carla gewollt hat. Jetzt passen alle Teile des Puzzles! Überleg doch einmal. Carla hat sich mit du Toit zusammengetan. Er will uns fertigmachen. Oh, welch ein teuflischer Plan. Und Cedric steckt mittendrin.«
»Aber warum hat er uns gewarnt?«
»Ich weiß es nicht, ich kann nur vermuten, daß sie uns so in die Enge treiben wollen, daß wir versuchen zu fliehen. Sie würden uns auf der Flucht verhaften, das genügt in diesem Land als Schuldeingeständnis vollauf. Vermutlich hat du Toit neben Cedric gesessen, als er dich angerufen hat.« Er fuhr weiter.
Alles Blut war ihr aus dem Gesicht gewichen. »Sie haben versucht, mich gegen dich aufzuhetzen, uns auseinanderzubringen. Das verzeih ich ihnen nie«, flüsterte sie, zutiefst geschockt, daß sie auch nur für den Bruchteil einer Sekunde annehmen konnte, daß Ian sie hintergehen könnte. Dann traf sie die Erkenntnis, wie teuflisch dieser Plan tatsächlich war. »Dieser Brief bringt dich wirklich jahrelang ins Gefängnis. Du mußt sofort das Land verlassen! Sie haben uns, Honey, du weißt, daß sie gewonnen haben. Du kannst deine Unterschrift nicht wegargumentieren.«
»Hör auf, Liebes. Die haben uns noch lange nicht. Wir müssen nur etwas cleverer sein. Ein Vorteil ist, daß sie nicht wissen, was wir wissen, und das werden wir ausnutzen. Sie werden mit Sicherheit erst am Flughafen auf uns warten, damit

es unbestreitbar ist, daß wir fliehen wollen. Also werden wir sie ausmanövrieren!«
»Die! Das ist BOSS. Unbegrenzte Geldmittel, Zugriff auf jede Information und ein dichtes Agentennetz im ganzen Land. Die sollen wir ausmanövrieren?« Ihre Stimme stieg hysterisch.
Ian sah ihr in die Augen. »Wir schaffen es. Du darfst nicht zulassen, auch nur etwas anderes zu denken! Versprich mir das! Es kommt nichts dazwischen, wir schaffen es. Am Freitag, dem 29. März 1968, treffen wir uns bei Genf. Verstanden?«
Sie konnte nur stumm nicken.

Zwanzigstes Kapitel

Um halb sechs Uhr am Donnerstag abend, die Sonne stand tief am Himmel, doch die Hitze des Tages war noch nicht gebrochen, schlüpfte er durch die Garagentür und versteckte sich auf dem Boden seines Autos. Er trug ein kleines, festgeschnürtes Bündel, das nur die notwendigsten Kleidungsstücke und einen größeren Geldbetrag enthielt, den sie für den Notfall im Safe gehabt hatten.

Wie verabredet, rief Henrietta Sarah zu sich. »Ich muß unbedingt noch einmal weg. Mein Mann arbeitet noch in seinem Zimmer, bitte achte darauf, daß die Kinder ihn auf keinen Fall stören. Mach ihnen ihr Abendessen. In knapp einer Stunde bin ich wieder da!«

In knapp einer Stunde würde Ian verschwunden sein, verschluckt vom afrikanischen Busch, und ihr Leben würde stillstehen. Bis zu dem Moment, wo sie sich im La Belle Epoque am Genfer See, vor dem fernen Gipfel des Montblanc, wieder in die Arme schließen würden. Die nächste Woche mußte sie durchstehen, für Ian, für die Liebe ihres Lebens, und für ihre Kinder. Ein paar Sekunden lehnte sie an der Wand der Garage, ehe sie hinter das Steuer glitt. »Honey, alles in Ordnung?« Sie streckte eine Hand nach hinten und fühlte seine Berührung, die sie fast ihre Fassung verlieren ließ.

»Fahr los, Liebling, sonst schaffen wir es nicht.«

Sie nickte, drückte auf den Knopf, das schwere Garagentor schwang quietschend hoch. »Bis gleich, Liebling«, rief sie wie verabredet in Richtung des Hauses. Sorgfältig achtete sie darauf, daß sie die Geschwindigkeit nicht überschritt, und in zwanzig Minuten näherte sie sich Verulam. Der silbergraue Ford folgte in gleichbleibendem Abstand. Ab und zu fiel er zurück, schoben sich zwei, drei andere Fahrzeuge dazwischen, aber er blieb an ihnen dran.

»Gut gemacht, Liebes«, wisperte er von hinten, »jetzt halte bei dem Gemüsemarkt und kaufe ein, bis er schließt. Es wird dann fast dunkel sein. Dann fährst du obenherum an den Amanzimyana Gardens vorbei, und an der Kreuzung, wo der kleine Sandweg abgeht, direkt nach der scharfen Kurve, hältst du ganz kurz an. Ich spring dort heraus, und du fährst sofort, aber wirklich sofort wieder weiter. Es darf keiner merken, daß du gehalten hast. Bitte dreh dich nicht um, Liebes, sonst gefährdest du uns alle.«

Sie konnte nur stumm nicken und umklammerte das Steuerrad wie einen Rettungsanker. Kurz darauf parkte sie den Wagen im tiefen Schatten vor dem von einer hohen Mauer umgebenen Gemüsemarkt in Verulam. Mit einem großen geflochtenen Korb wanderte sie von Stand zu Stand. Eine halbe Stunde nach Geschäftsschluß, die kurze Dämmerung zog schon auf, setzte sie sich wieder ins Auto. Der berggraue Ford stand in der Nebenstraße. Sein Dach schimmerte durch die Blätter einer Bauhinia.

»Hi«, flüsterte seine geliebte Stimme, »gut gemacht.«

»Hallo.« Sie sprach sehr leise, ohne ihre Lippen zu bewegen. »Hallo, Liebling.« Sie startete und fuhr langsam die Straße hinunter. Sie stellte ihren Rückspiegel so ein, daß sie die Mündung der Nebenstraße im Auge hatte. Lautlos, wie ein Tier auf der Pirsch, schob sich der graue Ford um die Ecke.

»Haben wir Begleitung?« Die Decke dämpfte seine Stimme.

»Ja«, hauchte sie mit steifen Lippen, »hinter uns, eine Straße zurück.« Sie wählte bewußt Worte, bei denen sie die Lippen kaum zu bewegen brauchte.

»Gut, wenn du hinter den Amanzimyana Gardens außer Sichtweite bist, tritt aufs Gas, dann schaffst du es locker. Ich liebe dich, Honey, mehr als mein Leben. In einer Woche ist alles vorbei. Warte auf mich im Belle Epoque. Jetzt fahr zu!«
Ihr strömten die Tränen über das Gesicht, aber sie gab keinen Laut. Sie fuhr los, wie er es gesagt hatte. Hinter Amanzimyana Gardens trat sie aufs Gas, und der schwere Mercedes schoß vorwärts. Sie bog ab, und die langgezogene Kurve kam in Sicht. »Mach dich fertig, Liebling, wir sind fast da, noch etwa fünfzig Meter. Ich liebe dich, mein Herz, ich liebe dich. Mach dich fertig«, flüsterte sie rauh. Direkt hinter der Kurve trat sie hart auf die Bremse. »Jetzt!«
Die Tür öffnete sich, ein Luftzug wehte über ihren Rücken, der Wagen schwankte leicht. Sie widerstand mit all ihrer Kraft dem Impuls, sich umzudrehen. Die Tür fiel sanft ins Schloß, und sie gab Gas. Als der silbergraue Ford hinter ihr auftauchte, fuhr sie mit normaler Geschwindigkeit, ein Fenster hinuntergekurbelt, Ellenbogen auf die Tür aufgelehnt. Die Tränen hatte sie abgewischt, eisern beherrschte sie ihre Reaktionen. Ihre Knöchel waren weiß auf dem Steuerrad, schweißgebadet klebte ihr Rücken am Leder des Sitzes, aber sie hatte sie täuschen können, Ian war sicher. »Hamba kahle, mein Liebling«, hauchte sie, »hamba kahle.«
Zu Hause brauchte sie einen Moment, um ihre Emotionen zu unterdrücken, bevor sie Sarah in der Küche gegenübertreten konnte. »Haben die Kinder gegessen?«
»Ja, Ma'am, sie schlafen schon. Sie wollten noch mit ihrem Daddy spielen, und ich habe an seine Tür geklopft, aber er hat nicht geöffnet. Dann sind sie ins Bett gegangen.«
Henrietta sah sie an. Sie wirkte wie immer und redete auch wie immer mit abgewandtem Gesicht, während sie auf dem Küchentisch herumwischte. Nein, sie hatte keinen Verdacht geschöpft! Eine Hand auf ihr verkrampftes Rückgrat gepreßt,

ging sie ins Schlafzimmer, blieb in der Mitte des hellerleuchteten Raumes stehen und sah sich um. Und plötzlich packte sie eine eiskalte, kontrollierte Wut. *Diese Schweine!* Sie waren auch hier in ihrem Schlafzimmer gewesen, ihrem Sanctum, und hatten irgendwo einen kleinen schwarzen Knopf angebracht, der alles hörte. Der Lauscher lag praktisch mit in ihrem Bett. Methodisch fing sie an zu suchen. Sie versuchte sich in die Mentalität eines solchen Menschen hineinzuversetzen. Wo könnte er die meisten Geheimnisse hören?
Sie ließ ihren Blick durch das Zimmer wandern. Hinter den Bildern, das offensichtliche Versteck. Ihre Finger tasteten die Rückseite ab. Eine Geckofamilie, sonst nichts. Sie kroch auf Knien um ihr Bett, blind an der Unterseite nach einer Unebenheit suchend. Auch nichts.
Es klebte an einem Metallteil im Schirm ihrer Nachttischlampe, winzig, silberfarben, unsichtbar. Minutenlang stand sie stumm vor Wut und starrte den kleinen metallenen Knopf an, als sei er eine Giftschlange. Dann holte sie tief Luft und schrie: »Ian, paß auf!« Sie hob die Lampe hoch und ließ sie aus größtmöglicher Höhe auf den Boden fallen. Der Teppichboden fing viel ab, und es zerbrach nur der Schirm, aber das Mikrofon löste sich.
»Du hast sie zerbrochen!« rief sie und zermalmte das Mikrofon unter ihrem Schuh, trampelte darauf herum, bis es nur noch aus winzigen Splittern bestand. Schwer atmend machte sie sich daran, die Glassplitter der Lampe einzusammeln. Sie ging in die Küche, wo Sarah noch die letzten Sachen wegräumte. »Mein Mann hat meine Nachttischlampe zerbrochen, ich brauche den Staubsauger, Sarah.«
»Ich werde es machen«, sagte die Schwarze und holte den Staubsauger aus dem Küchenschrank.
»Nein, nein, wir sind schon im Bett. Ich mach' das.« Sie nahm ihr das Gerät ab und saugte den Teppich gründlich.

Dann setzte sie ihre Suche fort, sehr sorgfältig, fand aber kein weiteres Mikrofon. Sie brachte den Staubsauger zurück und machte schnell ein kleines Tablett mit Abendbrot fertig. Ein wenig Salat, Brot, Tomaten, kaltes Hähnchen. Sie nahm zwei Teller, zwei Gläser und zwei Bestecke. »Wir essen heute abend in unserem Zimmer, Sarah.« Sie beherrschte sich mühsam. »Gute Nacht.« Sie schaffte es eben bis in ihr Schlafzimmer, kickte mit dem Hacken die Tür ins Schloß, setzte das Tablett ab und wurde von einem Weinkrampf geschüttelt, der ihr Innerstes nach außen zu kehren schien. Hinterher lag sie völlig ausgelaugt und zerschlagen auf ihrem Bett. Seit Cedrics Anruf vor neun Tagen hatte sie kaum geschlafen, und wenn sie endlich übermüdet döste, erhoben sich die schleimigen Ungeheuer der Nacht, fielen über sie her und quälten sie so entsetzlich, daß sie Angst hatte, die Augen zu schließen.

Dr. Alessandro verschrieb ihr ein Beruhigungsmittel. »Ist etwas passiert, Henrietta? Kann ich helfen?«

Für einen Moment war die Versuchung, alles zu erzählen, übermächtig. Dann lächelte sie. »Ach, das renkt sich schon wieder ein.«

Anita Alessandro bedachte sie mit einem prüfenden Blick, dem sie mit einem unbefangenen Gesicht standhielt, das alle ihre Kraft erforderte. »Nun gut, Henrietta, aber vergiß nicht, ich bin immer für dich da, und ich unterliege der ärztlichen Schweigepflicht.« Dann stellte sie ihr ein Rezept aus.

Henrietta stellte jedoch fest, daß dieses Medikament sie tagsüber schläfrig und träge machte. Ein unerträgliches Gefühl für sie und gefährlich, denn ihre Reaktionsfähigkeit war erheblich reduziert, nicht nur beim Autofahren. Es war ihr plötzlich alles egal, und zu ihrem Entsetzen fand sie sich mehrmals mitten im Zimmer wieder, völlig abwesend nur dastehend, ohne zu wissen, was sie dorthin gebracht hatte. Sie setzte die Tabletten ab. Sie existierte jetzt auf zwei Ebenen, war eine äußerlich fröhliche Frau, die Henrietta Cargill darstellend, die jeder kannte, und eine zweite innerliche, von der nur sie wußte. Wachsam und vorsichtig bewegte sie sich durch den Tag, listig und mißtrauisch wie ein heimliches Tier der Nacht, das seine Jäger wittert. Ihr Wahrnehmungsvermögen erweiterte sich, sie hörte Geräusche, verstohlene Hintergrundgeräusche, deren sie sonst nie gewahr war, sie sah Dinge, augenscheinlich nebensächliche, unbedeutende Dinge, schmeckte und roch ein Bouquet von Nuancen, die ihr sonst entgangen waren. Nur ihre fiebrig glänzenden Augen, die nicht einmal lächelten, wenn sie lachte, hätten sie verraten können.

Selbst heute, nach diesem Tag, rührte sie die Tabletten nicht an, sondern wälzte sich ruhelos, bis sie kurz nach zehn ein leises Klopfen an der Terrassentür hörte. Sie hielt den Atem an. Das Klopfen wiederholte sich, und eine männliche Stimme rief leise ihren Namen.

Das Auto! Sie hatte es restlos vergessen. Sie schleppte sich zur Tür und öffnete einen Spalt. Ein junger Mann stand draußen, tiefgebräunt, dichte, dunkle Haare, die ihm über den Kragen hingen, die Augen lagen im Schatten. Er hatte eine sanfte, angenehme Stimme. »Mein Name ist Craig, Henrietta, Ian wird Ihnen Bescheid gesagt haben. Geben Sie mir den Autoschlüssel. In der Garage verabschieden wir uns dann laut und vernehmlich.«

Schweigend schob sie die Tür weiter auf. Er musterte sie mitleidig. »Machen Sie sich nicht zuviel Sorgen, er wird es schaffen. Er ist nicht der erste und wird nicht der letzte bleiben!«

Sie nickte, führte ihn in die Garage und gab ihm die Autoschlüssel. »Was machen Sie mit dem Wagen?« Ihre Worte waren kaum hörbar.

»Es ist besser, wenn Sie es nicht wissen. Je weniger Sie wissen, desto weniger müssen Sie lügen, wenn jemand fragt.« Er hob seine Stimme. »Es muß sein, Liebling«, er hustete, »ich ruf dich an, ich weiß nicht, wie lange ich bleiben muß.«
»Okay, Honey«, antwortete sie gehorsam, »paß auf dich auf und komm bald wieder.« Sie hob ihre Hand und drückte einen deutlich hörbaren Kuß auf den Handrücken, was ihr ein anerkennendes Lächeln einbrachte. Ohne ein weiteres Wort schwang er sich in den Wagen. Sie öffnete das Garagentor, schaltete vorher aber das Licht aus. Für jeden Beobachter im Nachtdunkel fuhr da Ian Cargill aus seiner Garage, und seine Frau winkte ihm zum Abschied.
Sie wartete im Schatten der Garage, bis die Rücklichter des Wagens um die Kurve verschwanden. Soweit sie erkennen konnte, folgte ihm keiner. Also wurden sie wenigstens noch nicht rund um die Uhr überwacht, sondern nur während der Tagesstunden. Dem Verlust des Wagens schenkte sie keinen zweiten Gedanken.
Sie legte sich wieder auf ihr Bett und beobachtete das Spiel des Mondlichtes auf den Gardinen und lauschte angespannt mit unterdrücktem Atem den Nachtgeräuschen. Eine schrille Dissonanz heute, kein sanftes Wiegenlied. Das betäubend grelle Pfeifen der Baumfrösche blockierte ihre Ohren für die leisen Untergrundgeräusche, die einen Eindringling verraten könnten, füllten ihren Kopf mit einem bohrenden Schmerz. Sie fürchtete sich, ihre Augen zu schließen, denn dann sah sie Ian, immer wieder Ian, wie er sich durch den schlangenverseuchten Buschurwald im Norden von Zululand kämpfte, Ian, angeschossen und allein, irgendwo da draußen verblutend, Ian in Handschellen im Gefängnis. Sie hielt ihre Augen offen, bis sie brannten.
Schließlich mußte sie eingeschlafen sein, denn die Sonne auf ihrem Gesicht weckte sie. Benommen tastete sie hinüber zu

Ian, griff ins Leere, und dann erinnerte sie sich. Abrupt setzte sie sich auf, wartete einen Augenblick, bis sie sich gefangen hatte. Panik konnte sie sich jetzt nicht leisten. Sie mußte um Ians und der Kinder willen funktionieren. Entschlossen stellte sie sich eine Viertelstunde unter die eiskalte Dusche, bis ihre Haut rot und straff war. Dann ging sie in die Küche, wo die Kinder bereits Sarah mit unaufhörlichem Geplapper unterhielten. »Sarah, mein Mann ist für einige Zeit überraschend auf Geschäftsreise gefahren, Frühstück also nur für mich. Bitte mach mir Kaffee.«
Sie fing Sarahs Blick auf, der schräg unter gesenkten Lidern kam und den sie nicht zu deuten vermochte. Sie zuckte die Schultern, Sarah konnte nichts wissen. Sie setzte sich an ihren Schreibtisch und machte eine Liste. Es half ihr, ihre Gedanken zu ordnen, und machte sie sicher, daß sie nichts vergaß. Die einzige Unsicherheit war, ob sie auf die Schnelle drei Flüge nach London bekommen würde.

❖

Dann waren da noch Sarah und Joshua. Sie konnte ihnen nicht kündigen, es würde zu viele Fragen aufwerfen. Sie schrieb einen Brief für Sarah, denn sie war sich nicht sicher, ob Joshua lesen konnte. Sie wies sie an, sich an die Robertsons zu wenden, die ihr alles weitere erklären würden. Tita hatte sie genug Geld gegeben, damit konnte sie die Löhne der beiden für drei Monate zahlen, samt einem anständigen Bonus für Sarah.
Sarah! Sie dachte zurück an den Tag, als das schwarze Mädchen vor ihrer Tür stand. »Man nennt mich itekenya, Madam, den Tanzfloh.« Und dann war sie in ihr Leben getanzt, lachend und singend, mit unwiderstehlicher Lebensfreude. Sie war ein wenig fülliger geworden, mütterlicher, mit einem

ausladenden Hinterteil und kräftigen Oberarmen. Ihr herrlicher Humor aber hatte die Zeit überdauert. Sie machte keinen Unterschied zwischen Imbali, die inzwischen im fernen Zululand auf die Schule ging und bei Sarahs Mutter lebte, und Julia und Jan. »Meine Kinder«, nannte sie die beiden zärtlich und verwöhnte sie grenzenlos. Die Kinder liebten sie bedingungslos, rannten zu ihr, wenn sie Kummer hatten. Henrietta seufzte wehmütig. Obwohl sich zu dem ursprünglichen, unvoreingenommenen Vertrauen ihr gegenüber eine gute Portion Vorsicht und Wachsamkeit gesellt hatte, sie sich der Grenzen ihrer gemeinsamen Basis immer wieder schmerzlich bewußt wurde, würde sie Sarah genauso vermissen wie Tita, ihre beste Freundin. Lange schon hatte sie aufgegeben, zu spekulieren, was wohl wäre, wenn Sarah weiß und nicht schokoladenbraun wäre, sie eine Schulbildung wie Tita hätte.
Sie machte einen Haken hinter Sarahs Namen auf ihrer Liste. Nachdem sie diese auswendig gelernt hatte, zerriß sie sie in kleine Schnipsel und warf sie in die Toilette. Um sich zu beschäftigen, ging sie an ihren Schrank und sortierte ihre Kleider und Wäsche vor. Sie konnte heute noch nicht pakken, Sarah würde es sofort merken. Paß und alle anderen wichtigen Papiere lagen griffbereit im Safe. Als sie neben Ians Schreibtisch stand, der noch so war, wie er ihn verlassen hatte, mußte sie sich an der Tischkante abstützen, so sehr schwankte sie. Dann aber richtete sie sich auf. *Jetzt noch nicht, noch durfte sie ihren Gefühlen nicht nachgeben.*
Sie sah auf die Uhr. Halb elf, Zeit für den Termin beim Tierarzt, um Chico und Katinka impfen zu lassen. »Ich möchte sie gegen alle Tierseuchen impfen lassen, die international vorgeschrieben sind«, erklärte sie dem jungen Arzt kurze Zeit später.
»Das ist nicht nötig, Mrs. Cargill, es sei denn, Sie wollen mit

den Tieren ins Ausland.« Er zog eine Spritze auf und stach sie dem großen Hund in die Flanke. Chico schnappte jaulend nach ihm.

»Oh, wir fliegen nach England, und beide Tiere müssen in eine Tierpension, dort brauchen sie die Impfungen.« Sie sagte es leichthin und hielt die Luft an. *Warum fragt er soviel und unterschreibt nicht einfach?* Endlich aber hielt sie die Impfpässe der Tiere in der Hand. Erleichtert verließ sie die Praxis. Viertel vor eins. Sie rief Tita von einer Telefonzelle in Durban North an. In den vergangenen Tagen war sie so paranoid geworden, daß sie es für möglich hielt, daß auch die Telefonzellen im Ort abgehört wurden.

»Oh, Henrietta, wie schön, von dir zu hören«, rief Tita, »wir müssen uns unbedingt treffen!«

»Ich wollte dir nur sagen …« Weiter kam sie nicht.

»Wir treffen uns im Oyster Box!« unterbrach Tita sie und legte dann auf.

Sehr nachdenklich fuhr Henrietta nach Hause. Was war nur mit Tita los? Sie hatte sie praktisch daran gehindert zu sprechen. Das konnte doch nur heißen, daß sie nicht am Telefon reden wollte – oder konnte? Die feinen Härchen auf ihren Armen stellten sich prickelnd hoch. Punkt vier betrat sie die Terrasse vom Oyster Box. Tita saß mit Samantha und Dickie schon an dem Tisch direkt am Swimmingpool. »Hallo, Henrietta!« Tita sprang auf, umarmte sie. »Unser Telefon wird abgehört«, flüsterte sie dabei.

Die Faust, die sie in die Magengegend traf, raubte Henrietta für Sekunden die Sprache. *Das konnte doch nicht sein!* »Tita, das kann nicht sein! Wir sind doch keine Schwerverbrecher, bei denen man das gesamte Umfeld ausspioniert!« Ihre Stimme rutschte weg.

»Neil meint, daß es nichts mit euch zu tun hat. Er recherchiert die ungeklärten Selbstmorde, die es während verschiedener Polizeiverhöre gegeben hat. Das scheint sie nervös zu machen. Weißt du, man kann es hören, es gibt ein so merkwürdiges Echo in der Leitung. Außerdem ist etwas Eigenartiges passiert. Sieh mal.« Sie hielt eine Puppe in der Hand, eine gewöhnliche, primitiv gemachte Stoffpuppe, Gesicht und Körper schwarz, Kräuselhaare aus schwarzer Wolle. Eine männliche Puppe in einem groben, blauen Overall. »Wir fanden sie heute morgen vor der Tür mit einem Zettel, daß sie für Sammy ist. Sieh dir mal die rechte Hand an.«

Die rechte Hand der Puppe war sorgfältig ausgebildet. Sie hatte jedoch nur drei Finger. »Moses?« fragte Henrietta ungläubig.

»Neil glaubt, daß er ausgebrochen ist. Auch das könnte ein Grund für das Abhören sein. Er wagt es nicht, nachzuforschen.«

Sie schwiegen und sahen den Kindern zu, die übermütig im Wasser herumtobten und einen ohrenbetäubenden Lärm machten, daß die Damen am Nebentisch bereits gereizte Blicke unter ihren Hutkrempen hervorschossen.

»Ian ist weg«, wisperte Henrietta, »das wollte ich euch sagen.«

Tita drückte ihre Hand und nickte. Dann unterhielten sie sich über die Kinder, über die Mode, über alles, nur nicht über das, was sie am meisten bewegte.

❖

Auf dem Heimweg fuhr sie an Luise von Plessings Haus vorbei. Sie bremste. Luise! Sie konnte dieses Land nicht verlassen, ohne sich von ihr zu verabschieden. Luise war inzwischen über achtzig, und sie würde es nicht aushalten können, eines Tages von ihrem Tod zu hören und ihr nicht Lebewohl gesagt zu haben. Sie stieg aus.

»Sie gräbt den Garten um«, knurrte William, dessen Haare eisgrau geworden waren, »eine weiße Lady, in ihrem Alter!« Luise stand, schwarzer Strohhut tief in die Stirn gedrückt, schwarzes Kleid über kräftigen, braungebrannten Beinen geschürzt, und säte Samen in ein frisch umgegrabenes Beet. Als sie Henriettas gewahr wurde, richtete sie sich auf, schenkte ihr einen prüfenden Blick aus klaren, blauen Augen. »Was ist passiert, Kind, du siehst furchtbar aus!«
»Ich möchte mich verabschieden, ich – fliege nach Schottland.« Sie hielt den Blick gesenkt.
Wieder musterten sie diese durchdringenden, gütigen Augen. »Henrietta«, sagte Luise sanft, »meine Zukunft wird kurz, und ich habe ein Leben gelebt und ein Alter erreicht, wo mich nichts mehr schrecken kann. Du bist das einzige, was ich noch habe. Bitte gehe vorsichtig mit mir um.«
So erzählte sie Luise alles, die ganze Geschichte, jede Einzelheit, und es war, als sei sie einer schweren Bürde ledig geworden.
Die alte Dame streckte ihre Arme aus, zog sie fest an sich, streichelte sie mit ihren rauhen Gärtnerhänden. »Mein armes kleines Mädchen«, murmelte sie, »aber habe keine Angst, du wirst es schaffen, ich kenne dich, du bist stark, und du wirst hierher zurückkehren. Ich verspreche dir, daß ich diese Welt nicht eher verlasse, als bis du wieder hier bist. Du, Ian und die Kinder.« Sie küßte ihre Wangen. »Und nun geh, mein Kind, und vergiß mich nicht.«
Henrietta ging, ohne Tränen. Es war kein Abschied zum Weinen. Luise würde hier sein, wenn sie zurückkehrte. Das gab ihr die Kraft zu glauben, daß das Leben nach dem neunundzwanzigsten März, dem Tag, an dem sie Ian wiedersehen sollte, weitergehen würde. Ihr Leben, das der Kinder und Ians.
Für Sonntag nachmittag lud sie Cori und Fred, die Daniels

und Frank Kinnaird zum Tee ein. Frank und Glitzy waren unzertrennlich.
»Wird es deinen legendären Schokoladenkuchen geben?« fragte Glitzy. »Sonst komme ich nicht!«
Sie lachte. Glitzy war unheilbar naschsüchtig. »Ich werde ihn extra für dich machen. – Wir brauchen drei Schokoladenkuchen«, wies sie Sarah an, »mit viel Creme. Miss Glitzy kommt.«
»Sie wird bald sehr fett sein«, grinste die Schwarze mit schneeweißen Zähnen, »wie ein rosa Schweinchen.« Ihre schwarzen Augen blitzten mutwillig. »Oink, oink«, machte sie und kicherte.
»Sarah!« rief Henrietta und fühlte, wie ihr das Lachen in die Kehle stieg, unwiderstehlich. Sie sahen sich an, die Schwarze und die Weiße, und lachten, bis ihnen die Tränen herunterliefen. »Oh, Sarah«, japste sie schließlich, »das darfst du Miss Glitzy nie hören lassen!« Sie wischte sich die Lachtränen aus den Augenwinkeln und ging wieder in Ians Arbeitszimmer. Wie gut das getan hatte. *Oh, Sarah! Warum haben wir uns nicht zu einer anderen Zeit in einem anderen Land getroffen?* Sie setzte sich an Ians Schreibtisch, die Stirn in ihre Hände gestützt. Dieses verdammte, geliebte Land! Auf der Schreibtischkante lag ein Stapel mit Fotos. Von dem oberen lachte Ian ihr entgegen, und sie vergaß Sarah. Er stand am Strand, mit den Füßen im Wasser, die Hosenbeine hochgekrempelt, und lachte ihr über die Schulter zu. Seine dunklen Haare fielen ihm in die Augen, die durch seitlichen Sonneneinfall kornblumenblau aufleuchteten. Sie ertrank fast in diesem Blau, sie hörte sein Lachen und fühlte seine Haut. Für einen Moment stieg Verzweiflung hoch und drohte sie zu überwältigen, doch mit großer Willensanstrengung drückte sie ihre Gefühle beiseite. Sie mußte kühl bleiben, kalkulierend, durfte kein Detail übersehen. Aus der Schublade nahm sie eine Pa-

pierschere und schnitt die Landschaft um ihn herum weg und steckte das Foto ein. Es mußte für die nächste Woche reichen. Zum Weinen war jetzt keine Zeit. Später vielleicht. Wenn sie dann noch weinen konnte.

Verließen sie rechtzeitig das Land? Hätten sie nicht am Tag des Anrufs den ersten Flug nehmen sollen? Würde es sein wie bei den Mendelsons, Großmamas ehemaligen Nachbarn?

»Warum haben die denn nicht rechtzeitig das Land verlassen?« fragte Mama, als Großmama einmal ihr Schicksal erwähnte. »Spätestens seit der Kristallnacht mußten sie doch gewußt haben, was ihnen blühte.« Zwei Häuser weiter hatten sie gewohnt, in einem wunderschönen alten Haus aus dem achtzehnten Jahrhundert mit viel Stuck und einer lila Glyzinie über dem Eingang. Eines Tages waren sie dort abgeholt worden und nie wiedergekommen.

»Nun, sie wollten wohl ihr Haus und ihre dicken Bankknoten nicht aufgeben«, bemerkte Großmama trocken, »man sollte eben nicht so an weltlichen Gütern hängen.«

Diese ganze detaillierte, umständliche Vorbereitung, damit sie ihr Haus behalten und auch noch Chico und Katinka mitnehmen konnten – würden ihre Freunde eines Tages einmal das sagen, was Großmama über die Mendelsons gesagt hatte? Würde es auch heißen, daß sie zu sehr an weltlichen Gütern gehangen hatten? Plötzlich klebte ihr T-Shirt am Körper, und ihr Herz hämmerte. *Weg hier*, hämmerte es, *nimm die Kinder und bringe sie in Sicherheit.* Sie hielt den Telefonhörer schon in der Hand, um die Flugpassagen für heute zu buchen, als sie sich fing.

»Dir kann nichts passieren«, sagte Neil damals im Seahaven, und der Konsul bestätigte es. »Ich denke nicht, daß man Sie wegen Devisenvergehens belangen kann, da Sie alle Geldgeschäfte nur mit der Signatur Ihres Mannes betreiben können, auch wenn das Geld eigentlich Ihnen gehört. Aber was die subversiven Tätigkeiten anbelangt, die Ihr Anwalt angedeutet hat, das kann ich nicht beurteilen. Das können nur Sie wissen. Handeln Sie danach.«

Sie hatte doch nichts getan! Nur dieser eine Abend in Kwa Mashu und die Sache mit Mary Mkize, aber deswegen hatte man sie verhört und dann schließlich wieder laufenlassen.

»Sie sind hinterhältig«, bemerkte Neil einmal und meinte BOSS, »sie spielen Katz und Maus mit dir. Sie lassen dich laufen, beobachten dich und warten, daß du sie zu anderen führst. Oder sie warten einfach nur, um zu sehen, was du so vorhast. Sie haben eine unendliche Geduld und alle Zeit der Welt. Aber sie lassen nie locker.«

Henrietta erinnerte sich bis heute an das heftige Unbehagen, das sie damals bedrängte. Damals konnte sie es beiseite schieben. Es betraf sie ja nicht. »Wenn man nichts getan hat, können sie einem schließlich nichts anhaben!«

»Sie finden immer was, und wenn nicht, denken sie sich was aus«, war Neils düstere Antwort.

Oh, Ian, Liebling, ich brauche dich! Was soll ich tun? Sie hob lauschend den Kopf. Für einen atemlosen Moment meinte sie seine Stimme zu hören, aber dann war es doch nur der Seewind in den Bäumen.

❖

Die Schokoladenkuchen waren eine einzige Verführung. Knapp eine Stunde nach Ankunft ihrer Gäste pickten die Kinder gerade noch die Krümel auf.

»Es tut Ian so leid, daß er nicht hier sein kann«, sagte Henrietta, »er mußte völlig unvorhergesehen geschäftlich weg, und das noch über das Wochenende.« Sie lächelte strahlend in die Runde. Ihr Adrenalinspiegel war wieder auf Höchststand, und die Worte flossen ihr wie von allein über die Lippen. »Er ist irgendwo in der Wildnis, in der Transkei. Ich

weiß nicht einmal, in welchem Hotel er wohnt, er hat mich noch nicht angerufen. Ich warte jeden Moment darauf.«
Endlich klingelte das Telefon. »Das muß Ian sein«, trällerte sie und nahm den Hörer ab. Das Telefon hatte sie vorsorglich neben ihren Stuhl gestellt. »Hallo, Ian, bist du es?«
»Hallo, Henrietta, hier ist Moira aus Schottland!« klang die angenehme dunkle Stimme ihrer Schwägerin an ihr Ohr – und im Hintergrund noch einmal ein hohles Echo. *Sie hören zu!*
»Moira!« rief sie, deutliches Erstaunen in ihrer Stimme. »Wo bist du? Von wo aus rufst du an?« Sie legte eine Hand auf die Sprechmuschel. »Es ist Moira aus Schottland«, flüsterte sie in die Runde. Das Gespräch verlief wie verabredet.
»Oh, Henrietta, Patrick hat einen Autounfall gehabt«, rief Moira und schluchzte auf, »er hat sein Rückgrat schwer verletzt, es sieht nicht gut aus. Ihr müßt sofort herkommen.«
Für einen winzigen Moment bekam sie Angst, daß Moira die Wahrheit sagte, so gut war ihre Vorstellung. »Ian ist nicht da. Ich weiß nicht, wo ich ihn erreichen kann.«
»Dann mußt du schon mit den Kindern kommen. Ian soll so schnell wie möglich nachkommen. Ich hab euch am Freitag vier Plätze erster Klasse auf der BOAC, der britischen Fluglinie, reservieren lassen.«
Sie rechnete schnell. *Dienstag also, gut, je eher, desto besser!* Alles wie verabredet, die einzige Abweichung bestand darin, daß Patrick bereits gebucht hatte. Hervorragend! Somit war sie die Sorge los, Plätze auf den stets überfüllten Flügen zu bekommen.
»Oh, Moira, ich weiß gar nicht, was ich sagen soll. Wie entsetzlich. Wir kommen natürlich sofort!« Sie brachte es fertig, ihre Stimme zittern zu lassen. Sie legte den Hörer langsam zurück. Als sie den Blick hob, fand sie aller Augen auf sich gerichtet.

»Henrietta, was ist los? Ist Patrick krank?« fragte Dirk besorgt.
»Er hat sich bei einem Autounfall den Rücken schwer verletzt.« Durch ihre Wimpern sah sie, wie der Schreck Melissa und Dirk traf, und ihr Herz wurde schwer, daß sie diese Menschen, die sie so liebevoll in diesem Land und in ihrer Familie aufgenommen hatten, so täuschen mußte. Aber es mußte sein. Um Ians und der Kinder willen mußte es sein. *»Ich mach' es wieder gut«, versprach sie ihnen schweigend.* »Er möchte, daß wir sofort kommen. Er will Familienangelegenheiten besprechen. Oh, Melissa, es klang nicht gut!«
»Wann fliegt ihr?« fragte Dirk.
»Patrick hat uns am Freitag vier Plätze auf der BOAC reservieren lassen. Ich hoffe nur, daß es Ian bis dahin schafft, sonst muß er allein nachkommen. Ich hasse es, allein zu fliegen.«
»Wenn er nicht kommt, fahre ich euch hin«, warf Fred ein und hob seine müden Lider. Sein sandfarbenes Haar war schütter geworden, der Schnurrbart zeigte einen Unterton von Grau, aber sonst war er wie immer. Schläfrig, verrückt und für das normale Leben ziemlich unbrauchbar. In seinem Hof standen inzwischen mehrere Autos, zwei Schiffsrümpfe und der Schwanz eines Flugzeugs, alles aus einem Zementfasergemisch. »Ich muß nur noch eine Kleinigkeit ändern«, pflegte er zu sagen, »dann sind sie funktionstüchtig.«
Der Rest des Nachmittags verging mit besorgten Spekulationen. Cori erzählte von einem Freund, der nach so einem Unfall querschnittgelähmt blieb und nach und nach seine Beine verlor. »Sie faulten einfach weg. Bei jeder Operation schnitten sie ihm noch ein Stück ab, bis gar nichts mehr da war.« Sie trank einen Schluck aus ihrer Tasse. »Er starb dann, als er weiterfaulte.«
Henrietta starrte sie in schweigendem Entsetzen an und mußte sich energisch die Tatsache ins Gedächtnis rufen, daß

Patrick in diesem Moment fröhlich mit seinem Pferd über seine Ländereien galoppierte und sich dabei bester Gesundheit erfreute. Ihre Gäste verabschiedeten sich liebevoll von ihr, trösteten sie, boten ihre Hilfe an. Es fiel ihr schwer, ihre Rolle weiterzuspielen, aber es mußte sein.

Einundzwanzigstes Kapitel

Abends dann packte sie. So wenig Zeit, noch so viel zu tun. Für Momente lehnte sie am Schrank. Plötzlich hatte sie das merkwürdige Gefühl im Rücken, beobachtet zu werden. Langsam drehte sie sich um. Da stand Sarah, regungslos, und sah sie an. Für Sekunden herrschte Stille zwischen ihnen.
»Er kommt nicht zurück, nicht wahr?« fragte Sarah mit einer sanften Stimme, die Henrietta noch nicht an ihr kannte. »Master Ian kommt nicht zurück.« Das war keine Frage mehr, sondern eine Feststellung.
Henrietta konnte nicht antworten, sondern sie nur schweigend anstarren.
»Ich denke, die Polizei ist hinter euch her«, bemerkte die schwarze Frau überraschend.
»Wie kommst du darauf?« preßte Henrietta mühsam hervor.
»Ich sehe sie draußen stehen, schon seit Tagen. Zwei Männer in einem silbernen Auto.« Tiefes Mitleid stand in ihren schönen Augen. Mit einer mütterlichen Geste legte sie ihrer weißen Arbeitgeberin den Arm um die Schultern. »Es ist in Ordnung, Madam, machen Sie sich keine Sorgen. Mary Mkize ist meine Schwester.«
Mary Mkize? Sarah? Es dauerte lange Sekunden, ehe sie die Worte begriff. *Mary – Sarah – Vilikazi*? »Du kennst Vilikazi, nicht wahr?« sagte sie, langsam verstehend. »Damals, nachts im Garten, es war Vilikazi, den ich gesehen habe. Er kam aus deinem Khaya.«
Sarah zögerte, und mit tiefer Bestürzung wurde ihr klar, daß

die Schwarze abwog, ob sie ihr, der Weißen, vertrauen konnte. »Er ist Imbalis Vater«, sagte sie endlich.
Imbali, die kleine Blume, das schmale, entzückende Kind. Zart und widerstandsfähig wie ein Bambushalm. Vilikazis Tochter! Der Mann mit der Narbe um die Kehle, der sich um Mr. Naidoo gekümmert hat. Vilikazi, der Ians Leben in seinen Händen hielt, der ihn in Sicherheit brachte. Es war ihr, als hätte sie endlich eine Tür aufgestoßen, als blickte sie in die Gesichter vieler Freunde, die lange auf sie gewartet hatten. Nun war sie nicht mehr allein in diesen furchtbaren Tagen. Und dann standen da nur noch zwei Frauen. Die eine tröstete die andere, der blonde Kopf auf einer braunen Schulter. Henrietta hob ihr tränenüberströmtes Gesicht. »Oh, Sarah«, flüsterte sie, »was soll ich nur machen.«
Mit dunkler, warmer Stimme murmelte Sarah leise in Zulu, langgezogene, kehlige Laute, die seltsam beruhigend auf Henrietta wirkten. Der Duft der Schwarzen stieg ihr in die Nase, rauchig, erdig, vertraut. Ein Gefühl von Frieden hüllte sie ein, und plötzlich erinnerte sie sich an das Baströckchen, das ihr ihr Vater vor vielen, vielen Jahren gezeigt hatte. Es verströmte denselben Geruch. *Maria!*
»An der einen Brust nuckelte ihr braunes Baby, an der anderen hast du getrunken.«
Sie hielt ganz still, spürte die seidige Haut Sarahs, spürte ihren Herzschlag. Wärme strömte durch ihre Muskeln, ein ekstatisches Kribbeln lief ihre Nervenbahnen entlang, und für diesen einen Moment, mitten in dem Tumult der Gegenwart, fand sie, wonach sie immer gesucht hatte, fand sie ihre Zuflucht. *Das war es also. Afrika.* Ihre Heimat. *Hier ist mein Ursprung, danach habe ich mein Leben lang gesucht.* »Ich komme wieder, Sarah, das verspreche ich dir, und dann werden wir reden«, wisperte sie und löste sich aus den Armen der Schwarzen. »Es wird Zeit. Hilfst du mir packen, bitte?«

Sarah nickte. »Madam, seien Sie vorsichtig bei Joshua. Ich glaube, er ist nicht vertrauenswürdig.«
Bei dieser Anrede zuckte sie zusammen. »Sarah, bitte nenne mich bei meinem Vornamen, so wie ich dich bei deinem Vornamen rufe. Ich heiße Henrietta.«
Ein strahlendes Lächeln, das ihre Augen zum Funkeln brachte, erhellte das Gesicht der schwarzen Frau. »Henrietta«, wiederholte sie langsam und gab dem Namen mit ihrer vollen, sahnigen Stimme eine besondere Melodie. »Henrietta.« Dann ging wieder der überschäumende afrikanische Sinn für Humor mit ihr durch. »Mein Mund ist ganz voll mit dem Namen«, kicherte sie entzückt.
Sie packten zusammen, und danach deckte Henrietta den Tisch, Sarah trug auf. Sie teilten sich die Arbeit und die Mahlzeit.
»Mrs. Robertson weiß Bescheid, Sarah, sie wird auch eure Löhne die nächsten Monate weiterzahlen und dir genug Geld geben, um zu leben. Bitte paß auf das Haus aus. Sowie ich weiß, wie es weitergeht, werde ich Kontakt mit dir aufnehmen.«
»Ja, Nkhosikazi ...«
Henrietta blickte sie an, streichelte ihr dunkles Gesicht mit den Augen. »Nicht Nkhosikazi, Sarah«, berichtigte sie sanft. »udadewenu, deine Schwester, wie Mary Mkize.«
Sarah warf den Kopf zurück, riß ihren Mund auf, alle ihre Zähne blitzten, ihre Zahnlücke klaffte, und lachte laut los. »Schwester, oho! Eine rosa und eine schwarz, sehr merkwürdige Schwestern.«
Oh, Sarah!
Kurz vor Dunkelheit fuhr sie noch schnell in den Ort, um den Wagen aufzutanken. Morgen war dafür keine Zeit.
»Hallo, Henrietta!« Glitzy stoppte ihren kleinen Flitzer neben ihr. Das blonde Haar fiel ihr locker auf die Augenbrauen,

der hochtoupierte, lackierte Haarturm der früheren Jahre war einem attraktiven Stufenschnitt gewichen.
Sie blieb stehen. »Hallo, Glitzy. *Lächeln, nichts anmerken lassen, so weh es auch tat.* »Was gibt's?«
»Seid ihr in vier Wochen wieder da? Frank und ich feiern Verlobung. Ganz Durban wird kommen!«
»Oh, Glitzy, wie wunderbar«, sie bemühte sich zu lächeln, »wir kommen mit Vergnügen.«
Wir kommen nicht wieder, wir verlassen Südafrika für immer, und ich kann es dir nicht sagen. Du hast mir so viel Freundschaft und Liebe entgegengebracht, und nun muß ich dich täuschen und anlügen.
»Gut, ich ruf dich in den nächsten Tagen an. Grüß Ian!« Sie knallte krachend den Rückwärtsgang ein.
Henrietta streckte ihre Hand aus. »Glitzy.« *Bitte bleib noch, wir werden uns vielleicht nie wiedersehen! Ich möchte dich umarmen, dir für alles danken. Ich möchte an deiner Schulter weinen.*
»Ja, was ist, Henrietta? Ich hab wahnsinnig wenig Zeit.« Ihre Finger trommelten ungeduldig auf dem Steuerrad.
»Danke für die Einladung.« Sie sehnte sich danach, sie zu berühren.
»Alsdann, Henrietta – bye-bye!« Heftig aus dem heruntergedrehten Fenster ihres Käfers winkend, verschwand sie um die Ecke.
»Bye-bye, Glitzy«, flüsterte Henrietta. *Leb wohl, liebe Freundin. Sala kahle!*

❖

Schwerelos trieb sie in schützenden, weißen Traumwolken. Sie weigerte sich aufzuwachen. Ein Glücksgefühl zog sie hinauf durch einen lichterfüllten Raum, sie wußte, daß sie dort Ian finden würde. Sie konnte ihn sehen, er winkte ihr, rief sie. Als sie ihre Arme hob, um zu ihm zu fliegen, zischte ein blendender Blitz herunter und zerstörte sein Bild, ein krachender Donnerschlag schleuderte sie in die Wirklichkeit. Mit einem Aufschrei schoß sie im Bett hoch. Jetzt identifizierte sie das Donnern.

Jemand hämmerte dröhnend gegen die Tür. Sie erstarrte und zog den Revolver unter Ians Kopfkissen hervor. Sarahs Stimme schrillte aufgeregt, zwei Männer antworteten ihr befehlend. *Polizei?* In fliegender Eile zog sie ihre Jeans an.

Sie erkannte die Männer sofort: die beiden CID-Typen aus dem Auto. Die Pickel des Jüngeren blühten. »Was ist hier los? Was wollen Sie?« Ihre Hände steckten in den Taschen ihrer Jeans, um zu verbergen, wie sehr sie zitterten.

»Wo ist Ihr Mann, Mrs. Cargill? Wir möchten ihn sprechen!« Ihre Augen glitten über die Wände, erfaßten jeden Gegenstand, blieben auf ihr haften und verweilten auf ihren halterlosen Brüsten unter dem T-Shirt.

»Auf Geschäftsreise.«

»Wo ist er denn hingefahren, Mrs. Cargill?« fragte der Ältere, van Tondern, ohne seine Augen von ihrer Brust zu heben.

Sie zwang sich, sehr ruhig zu antworten. Sie sprach etwas langsamer als sonst, um keinen Fehler zu machen. »Er ist in der Transkei, wo genau, weiß ich leider nicht. Was wollen Sie von ihm?«

»Oh, nichts Besonderes, nur eine kurze Unterhaltung. Routine.« Er trat einen Schritt beiseite, um an ihr vorbei in das Haus sehen zu können, dann wandte er sich ihr noch einmal zu, seine Augen glühten wie polierte schwarze Kiesel. »Sie sind sicher, daß er nicht da ist? Darf ich einmal nachsehen?« Er wartete nicht auf ihre Antwort, sondern lief den Gang hinunter, stieß die Tür zur Küche auf, warf einen langen Blick ins Wohnzimmer und stand dann in Ians Arbeitszimmer. Seine Finger verschoben einige Papiere.

Ihr Herz setzte aus. *Mein Gott, wenn Ian nun dort etwas notiert hat?* »Was fällt Ihnen ein! Haben Sie einen Durchsuchungsbefehl! Was ist hier eigentlich los? Ich will eine Antwort!« forderte sie, gleichzeitig versuchte sie die auf dem Schreibtisch liegenden Unterlagen zu erkennen.
»Nun regen Sie sich nicht so auf, Mrs. Cargill! Wir wollen nur Ihren Mann sprechen.« Er ging nach draußen. »Wenn er sich meldet, sagen Sie ihm, daß wir ihn dringend sprechen wollen!«
»Was wollen Sie von ihm?« rief sie hinter ihnen her.
Der Jüngere sah sie von oben bis unten an. »Er soll uns bei Ermittlungen helfen.« Dann stiegen sie in ihren Wagen, der hinter der Biegung parkte. Das Motorengeräusch entfernte sich.
Bei Ermittlungen helfen. Das war die sadistische Umschreibung, daß er als Tatverdächtiger gesucht wurde. Ihr rasendes Herz nahm ihr den Atem. Sie mußte sich am Türpfosten abstützen.
Sarah legte ihren Arm um sie und führte sie fürsorglich zu einem Stuhl. »Die bluffen, Henrietta, die sind immer so.«
»Woher weißt du das?«
Die Schwarze lachte ein freudloses Lachen. »Ich bin schwarz, ich kenne sie.«
Eine Welle von Reue und tiefer Zuneigung strömte durch ihr Herz. *Seit vielen Jahren lebe ich mit dieser Frau unter einem Dach, und ich kenne sie kaum.* »Was haben sie dir getan, Sarah?« Ihr kam ein gräßlicher Gedanke. »Warst du schon einmal im Gefängnis?« Für Sekunden fiel wieder die alte Maske über das dunkle Gesicht, kehrte sich ihr Blick nach innen, doch dann, und Henrietta merkte deutlich, wie schwer ihr das fiel, nickte sie langsam. »Ja. Sechzehn Monate.« Sie stockte, und als sie der weißen Frau wieder in die Augen sah, schwammen die ihren in Tränen. »Sie haben mich geschla-

gen, ich war schwanger.« Sie zuckte hilflos mit den Schultern, fand keine Worte für ihren Schmerz. »Es war ein kleiner Junge. Ich möchte es vergessen.« Ein rauhes Schluchzen schüttelte sie.

»O nein!« Henrietta krümmte sich innerlich zusammen, als sie versuchte, das Bild des toten kleinen Babys zu verdrängen. *Sie muß unter zwanzig gewesen sein, selbst ein Kind noch.* Ihr tropften die Tränen aus den Augenwinkeln, als sie Sarah an sich zog. Diesmal war es ein weißer Arm, der sich um schwarze Schultern legte. »Oh, Sarah, warum haben wir so lange gewartet, uns kennenzulernen.«

Sie klammerten sich aneinander, bis sich ihre Herzen beruhigten. Nach einer langen Zeit lösten sie sich, lächelten, ihre Gesichter ganz nah beieinander, ihre Blicke ineinander verhakt, beinahe wie Liebende. Henrietta legte ihre Hand an Sarahs Wange. »Wir sehen uns wieder, Sarah, ich verspreche dir das. Aber ich muß jetzt tun, was getan werden muß. Ich habe keine Zeit mehr. Ich lasse dir die Kinder hier. Bitte, öffne niemandem, egal, wer an die Tür klopft. Wenn du gefragt wirst, weißt du nicht, wo wir sind und was wir vorhaben. Es ist wichtig, daß du nichts weißt, für deine Sicherheit und auch für unsere. Die einzige Ausnahme sind Mr. und Mrs. Robertson.«

»Okay«, grinste Sarah, »ich werde die dumme, begriffsstutzige Schwarze spielen. Das kann ich wirklich gut.« Sie zog ihre Brauen hoch, ließ die Muskeln ihres Gesichtes erschlaffen und gab ihren Augen einen dümmlichen, abwesenden Ausdruck. »Nein, Ma'am, weiß nicht«, brabbelte sie mit losen Lippen. »Nein, Ma'am hat nicht gesagt, wo Ma'am hingeht, ja, Ma'am, danke, Ma'am.« Sie knickste vor einer imaginären Person und beendete mit einem Kichern ihre perfekte Parodie. Trotz ihrer Anspannung mußte Henrietta lachen. Diesen Gesichtsausdruck kannte sie zur Genüge. Sie war of-

fensichtlich mehr als einmal auf diese Komödie hereingefallen.
Sie ging ihre Termine durch. Pockenimpfung um halb zehn, dann Rückreisevisa in die Pässe eintragen lassen. Sie seufzte. Das war leider nicht zu umgehen, ohne Rückreisevisum konnte man keinen Cent legal aus dem Land bringen. Dann die Flugtickets Durban–Johannesburg kaufen und die BOAC-Tickets abholen. Müßte alles zu schaffen sein, nur der Besuch bei ihrer Bank brachte ihren Zeitplan durcheinander. Sie mußte dort Geld in bar abheben und auf ein Konto einzahlen, das sie auf Titas Namen eingerichtet hatte, damit für Sarah und Joshua gesorgt war. Das Konto aber befand sich bei einer anderen Bank, in einem anderen Stadtteil, um die Verbindung zu verwischen. Rasch machte sie sich einen Kaffee, essen konnte sie nichts, sie bekam einfach keinen Bissen herunter, und fuhr los zum Impftermin. Nervös prüfte sie alle paar hundert Meter im Rückspiegel, ob sie verfolgt wurde. Bisher hatte sie niemanden entdecken können. Nein, korrigierte sie sich, nur der silberfarbene Ford war nicht zu sehen, ansonsten konnte jedes der hinter ihr fahrenden Autos ein Verfolger sein.
Den kleinen Ratscher, mit dem das Pockenserum unter ihre Haut gebracht wurde, spürte sie kaum. Verstohlen wischte sie die Stelle gründlich mit Speichel ab. Letztes Mal hatte sie den Arm zehn Tage in der Schlinge tragen müssen, weil sich die Schwellung bis auf den Oberkörper ausgedehnt hatte. Eine so heftige Reaktion konnte sie jetzt nicht riskieren.
Dann betrat sie das schokoladenbraune Trust-Bank-Gebäude, und ihr Herzschlag wurde schneller. Das Amt für Visa-Angelegenheiten war im obersten Stockwerk. Sie fuhr im Lift nach oben. Er hielt einige Male unterwegs, ein paar Leute stiegen aus. Sie war allein mit einer älteren, bäuerlichen Frau mit einer blonden, festgedrehten Dauerwelle, die

ihre üppigen Formen in ein türkisfarbenes Kostüm gezwängt hatte. Wieder hielt der Lift. In den zurückgleitenden Türen stand eine Familie. Die Frau war schmal und zierlich in einem engen, schwarzen Kleid. Ihre Haut war blaßgoldenes, durchsichtiges Elfenbein ohne jedes Rosa oder gar Rot, ihre Haare hingen glatt und waren von einem tiefen, glühenden Kastanienbraun. Ihre Augen hatten das Grün der tropischen See über goldenem Sand.

Wie schön sie ist.

Aber sie ist farbig!

Unsinn, sie hat rote Haare und grüne Augen …

Na und, sieh dir doch die Haut an, die Farbe der Lippen.

Halt den Mund, ich will das nicht sehen!

Aber du weißt es. Wenn man in diesem Land lebt, erkennt man so etwas!

Oh, wie sie dieses Land dafür haßte, daß es sie über die Jahre diese Fähigkeit gelehrt hatte! Die Kinder, zwei Mädchen, es mußten ihre Kinder sein, denn aus ihren Gesichtern leuchteten die gleichen tiefgrünen Augen, zartgolden schimmerte ihre Elfenbeinhaut, waren bezaubernd. Der Vater wandte ihr den Rücken zu, seine Kopfhaltung jedoch rührte eine Saite in ihr. Er drehte sich um, und vor ihr stand Tony dal Bianco. Stumm starrte sie ihn an.

Als die Familie in die Kabine treten wollte, drückte die dicke Blonde den Knopf, um die Lifttüren zu schließen. »Nur für Europäer!« zischte sie, ihre fettgepolsterten Schultern in einer Drohgebärde hochgezogen, die kleinen, braunen Augen verschwanden in den gedunsenen, rotgeäderten Wangen.

Siehst du, die hat es auch erkannt, sofort hat sie es gesehen. So ist das hier nun einmal.

Henrietta, ihre Nerven blank und auf das äußerste gespannt, wurde von einem weißglühenden, blinden Wutanfall gepackt.

Sie fuhr herum und öffnete die Türen wieder. »Ich«, fauchte sie, »ich bin die einzige Europäerin hier, sonst sehe ich nur Afrikaner. Wenn Sie noch ein Wort sagen, werfe ich Sie raus!«

Die dicke Blonde lief dunkelrot an, sie ruderte mit den Armen, als ertränke sie. »Lassen Sie mich sofort hier heraus, es stinkt!« In der Tür wandte sie sich um, ihr Mund verzerrt. »Ich hetze Ihnen die Polizei auf den Hals, Sie Kaffirbootie, Sie!« giftete sie und marschierte zur Treppe. Alles an ihr wogte und bebte vor moralischer Entrüstung.

Die Tür schnappte ein, und der Lift stieg. »Es tut mir leid, Tony«, flüsterte sie sehr leise, damit seine Frau es nicht hörte, »es muß so weh tun.«

»Es ist nicht deine Schuld«, antwortete er ebenso leise, aber seine Augen waren dunkel vor Schmerz und Wut und Hoffnungslosigkeit. Der Lift hielt wieder, und sie mußte aussteigen. Sie sahen sich nicht mehr an.

❖

Sie stieß die Glastür zum Büro für Visaanlegenheiten auf. »Ich brauche drei Rückreisevisa.« Sie legte ihren Paß und die Pässe ihrer Kinder dem in Khaki gekleideten Mann hinter dem Tresen vor.

Der Mann, ein korpulenter Endvierziger mit fettig glänzendem Gesicht und einer schweren, schwarzgerahmten Brille, studierte die Pässe umständlich. »Ihr Sohn braucht ein Exit-Visum«, sagte er endlich und richtete seinen Blick auf sie. Seine Brillengläser waren sehr dick, hinter den konzentrischen Kreisen der konkaven Gläser blinzelten sie die optisch verkleinerten, wäßrigblauen Augen an, als lägen sie zentimetertief unter Eis.

Für einen Moment war sie sprachlos. »Wie bitte?«

»Ihr Sohn ist fünfzehn, er unterliegt der Wehrüberwachung, er braucht eine Erlaubnis, das Land zu verlassen.«
»Was reden Sie da? Mein Sohn ist vier!« Sie sprang auf, entriß ihm Jans Paß, deutete mit bebendem Finger auf sein Geburtsdatum.
Mit aufreizender Langsamkeit drehte der Mann den Paß um, hielt ihn dicht vor seine Nase, dann etwas weiter weg. »Ja, Sie haben recht.« Dann blätterte er ihren Paß auf, legte ihn auf den Tisch, schloß eine Schublade auf, zog ein Buch hervor und wendete bedächtig die Seiten, als suche er etwas. Er wanderte mit seinem Zeigefinger jede Zeile entlang, stoppte, wanderte ein paar Zeilen hoch, schob den Finger waagerecht über die Seite und runzelte die Stirn. Dann nahm er wieder ihren Paß, verglich ihn mit der Eintragung im Buch, und brummte ein kurzes »Ha«. Dann verschloß er das Buch wieder und steckte den Schlüssel ein.
Henrietta beobachtete ihn mit einer Art entsetzter Faszination. »Was ist los?«
»Ihre Daueraufenthaltsgenehmigungs-Nummer, sie ist unleserlich.«
»Was? Das kann nicht sein!« Sie nahm ihren Paß. Die Nummer stand klar, mit Tinte geschrieben, deutlich lesbar vor ihren Augen. Sie las sie ihm vor.
»Tut mir leid, ich kann sie nicht lesen, ich muß meinen Vorgesetzten fragen.« Damit nahm er ihre Pässe und verschwand durch eine zweite Tür.
Sie war allein. Es war sehr still in diesem schäbigen Zimmer. Es roch nach Staub und Wachs und alten Akten. Der Schreibtisch des Mannes, Mr. Coetzee, wie das Schild auf dem Tresen lautete, war ein zerkratztes, tintenbeflecktes altes Möbel, ein paar abgekaute Bleistifte standen in einem alten, ledernen Knobelbecher, ein kleiner Stapel gelber Aktenordner lag präzise ausgerichtet auf der linken Kante. Die Mitte

des Schreibtisches war ein unordentliches Chaos von verschiedenen Schriftstücken. Henrietta trat ans Fenster und wartete.

Nach einer dreiviertel Stunde ging sie entschlossen zur Tür, durch die Mr. Coetzee entschwunden war. Sie versuchte, sie zu öffnen. Sie war verschlossen. Alarmiert lief sie zu der Tür, durch die sie selbst den Raum betreten hatte, und drückte heftig auf die Klinke. Auch verschlossen. Sie sank gegen die Wand. »O mein Gott«, flüsterte sie mit gebrochener Stimme, Panik drückte ihren Hals zu.

Zwei Stunden ließ man sie warten, zwei Stunden, nach denen ihre Nerven bloß lagen unter ihrer Haut. Mehr als einmal drückte sie vorsichtig die Klinken der Türen hinunter, nur um festzustellen, daß sie unverändert verschlossen waren. Sie verlor schließlich alles Zeitgefühl, und als Mr. Coetzee plötzlich wieder hereinkam, war sie überrascht. Sie hatte nicht mehr damit gerechnet.

»Tut mir leid, Mrs. Cargill«, er fächerte die Pässe auf den Tisch, »ich habe niemanden gefunden, der diese Nummer entziffern konnte. Wir haben Ihre Daueraufenthaltsgenehmigung daher durchgestrichen und auf eine temporäre Aufenthaltsgenehmigung abgeändert, so wie sie alle Touristen hier benötigen und bekommen. Sie müssen das regeln, wenn Sie wieder zurückkehren.«

Er händigte ihr die Pässe wieder aus, und sie war so in Panik, daß sie die Pässe entgegennahm und aus dem Zimmer rannte, ohne zu fragen, was das für sie bedeutete. Aus der nächsten Telefonzelle wählte sie mit zittrigen Fingern die Nummer Neils in der Redaktion. »Erkennst du meine Stimme?«

»Ja, natürlich«, antwortete ihr Freund, und der Klang seiner Worte beruhigte sie etwas. »Ist etwas passiert?«

»Ich kann dir jetzt keine Einzelheiten erzählen, es würde zu lange dauern, aber man hat mir die Daueraufenthaltsgenehmigung gestrichen und eine temporäre daraus gemacht. Ich kann meine Gedanken nicht ordnen, bitte hilf mir, was bedeutet das?«

Einen Moment herrschte knisternde Stille, dann kam seine Stimme, trocken und voller Mitleid. »Diese Schweine! Du darfst keine Geschäfte hier führen, keine Bankkonten und keinen Grundbesitz haben. Mit einem Touristenvisum ist das alles illegal.«

Die Zeit blieb stehen. Das Monster war ans Tageslicht gekommen und fletschte seine Zähne.

»Wie ist es bei den Kindern?« unterbrach Neil die Stille.

»Ich weiß nicht –, laß mich nachsehen.« Sie blätterte mit fliegenden Händen in den Pässen der Kinder. »Nichts«, sagte sie dann erleichtert, »gar nichts.«

Er lachte leise und das Geräusch fuhr wie ein elektrischer Schlag in die Glieder. »Du bist aus dem Schneider. Sie haben es nicht gemerkt. Mach dir keine Sorgen, euer Haus ist sicher.«

»Im Moment interessiert mich das Haus nicht, sondern meine Sicherheit und die der Kinder!« entgegnete sie scharf. »Tut mir leid, ich bin mit den Nerven völlig fertig.«

»Entschuldige. Ich freue mich nur immer, wenn einer den Bastarden eins auswischt. Ich hoffe, du – äh – veränderst dich bald?«

»Ja. Ich melde mich sofort, wenn ich kann. Ich danke dir für alles. Ich werde noch mit Tita sprechen. Bis wir uns wiedersehen, lieber Freund.« Sie legte auf. In der Telefonzelle war es stickig und es stank, aber sie verweilte noch für Sekunden, ohne die Tür zu öffnen. *Bis wir uns wiedersehen – wann wird das wohl sein?*

Wenige Minuten später war sie auf dem Weg nach Umhlanga. Es war erst kurz nach ein Uhr und noch Zeit genug, zur Bank zu gehen. Die Schlange am Schalter war relativ lang,

und Miss Linley, ihr schwerer Dutt noch grauer und unordentlicher, arbeitete in dem ihr eigenen, gemütlichen Tempo. Ungeduldig rechnete Henrietta nach, ob sie es noch zu der Filiale mit Titas Konto schaffen würde. »Ich möchte zehntausend Rand abheben«, sagte sie scharf, als sie endlich an der Reihe war.
Miss Linley sah hoch und zog ein säuerliches Gesicht, als sie Henrietta erkannte. Sie nahm den ausgefüllten Auszahlungsschein und zog ihre Kontounterlagen aus dem Register, stutzte und warf ihr einen merkwürdigen Blick zu. »Warten Sie einen Augenblick«, murmelte sie und verschwand in dem Büro des Filialleiters, um kurz darauf mit einem ihr unbekannten jüngeren Mann zurückzukommen. »Mrs. Cargill, ich möchte sie kurz sprechen«, sagte dieser.
Sie folgte ihm befremdet. Das Konto war mehr als gedeckt. Welches Problem konnte es geben?
»Ich vertrete unseren Filialleiter«, sagte er und schloß die Tür hinter ihr, »Mrs. Cargill, es tut mir leid, Ihr Konto ist gesperrt.«
Sie hatte sich wohl verhört. »Wie bitte?«
»Ihr Konto ist gesperrt. Wir haben es auf Anweisung sperren müssen. Sie können im Augenblick nicht darüber verfügen.«
Sie zwang sich, ruhig zu bleiben. »Wer bitte hat das Recht, mein Konto, das mehr als genügend Deckung hat, zu sperren? Ich schulde niemandem etwas!« Dankbar registrierte sie, daß ihre vorherrschende Gemütsbewegung im Moment Wut war.
»Oh, das könnte ich so nicht sagen«, wand sich der junge Mann, und Henrietta wußte, daß er log. Sie schwieg für eine Sekunde. Die Krake hatte ihre Tentakel ausgestreckt und begann, ihr langsam die Luft abzudrehen. Damit hatte sie nicht gerechnet! Sie setzte ihr arrogantestes Gesicht auf, Eis klirrte in ihrer Stimme. »Sie hören von mir. Das wird Konsequen-

zen haben!« Damit stolzierte sie aus dem Büro, durch den Schalterraum und auf die Straße. *Verdammt! Was nun?* Sie brauchte Geld, und zwar sofort. Sie warf sich in ihr Auto und raste nach Haus.

Ohne Umwege lief sie in Ians Arbeitszimmer und öffnete den Safe. Sie sank erleichtert auf einen Stuhl. *Oh, Ian, Honey, ich danke dir!* Sie hatte geglaubt, er hätte alles Geld aus dem Safe genommen, aber da lag noch ein Umschlag. Sie zählte den Stapel nach. Fast 6500 Rand. Mehr als genug, um die Tickets zu bezahlen und Travellerschecks zu kaufen.

Sie wählte die kleine Filiale, wo sie das Konto für Tita eingerichtet hatte, und legte 2500 Rand auf den Tisch. »Ich möchte das auf dieses Konto einzahlen.« Sie reichte der Kassiererin das Formular.« Und für diesen Betrag«, sie schob ein zweites Bündel mit 1500 Rand über den Tresen, »möchte ich Travellerschecks kaufen, die Hälfte in Pfund, die andere in Franken, bitte.«

Die Kassiererin war jung und hübsch. Sie lächelte schüchtern. »Es tut mir leid, aber Travellerschecks können Sie nur bei Ihrer eigenen Bank kaufen. Der Vorgang muß über Ihr Konto abgewickelt werden. Die Devisenkontrolle, wissen Sie?«

Henrietta stand wie vom Donner gerührt. Sie saß in der Falle. Was sollte sie nur machen? Sie brauchte das Geld! Sie bemühte sich, sich äußerlich nichts anmerken zu lassen, zahlte das Geld auf Titas Konto ein und verabschiedete sich freundlich. Sie fuhr wie gehetzt. Hoffentlich war Tita zu Hause! *Bitte, laß Tita dasein!*

Sie war da. »Komm rein«, rief sie, »die Tür ist offen!« Als sie Henrietta sah, reagierte sie alarmiert. »Was ist passiert?«

Sie gingen in den Garten. »Was soll ich nur tun?« flüsterte Henrietta, »Ich brauche Travellerschecks, Bargeld auszuführen ist ein Kapitaldelikt, sie kreuzigen dich dafür, außerdem ist es in Übersee nichts wert. Die Tickets kann ich bar bezahlen, aber ich kann doch nicht ohne einen Pfennig nach Europa fliegen!«

Tita biß sich auf die Lippen, als hätte sie einen inneren Kampf durchzustehen. »Komm mal mit«, sagte sie endlich und zog ihre Freundin ins Schlafzimmer. Dort schraubte sie den Knopf des einen Pfeilers ihres großen Messingbettes ab und stocherte darin herum. Zum Vorschein kam eine stramme Rolle blaugrauer Pfundnoten. Schweigend hielt sie ihr das Geld hin. »Hier, meine eiserne Reserve. Verstecke sie gut. Wenn sie das Geld bei dir finden, wanderst du für Jahre ins Gefängnis. Also sei vorsichtig!«

Henrietta starrte das Geld an, als sei es eine Giftschlange. Jahre ins Gefängnis! Sie zögerte. »Wozu braucht ihr das Geld?«

Tita zuckte die Schultern. »Du weißt, daß Neil immer im Dreck herumstochert. Er weiß nicht im voraus, wann er mal einen Volltreffer landet. Es könnte sein, daß er blitzschnell das Land verlassen müßte, und das hier ist dann unsere eiserne Reserve.«

Sammy und Dickie spielten am Rande des Swimmingpools. Im Schatten saß ein bewaffneter Wächter mit Hund. »Wie kannst du nur so leben? Ich würde das auf Dauer nicht aushalten.«

»Einstellungssache. Erinnerst du dich an die Leoparden?«

»Kannst du mir etwa fünfzig Pfund geben, möglichst in großen Scheinen? Ich kann mich dann notfalls damit herausreden, daß ich die bei meinem letzten Überseeurlaub in meiner Hose vergessen habe.«

Schweigend pellte Tita ein paar Scheine von der Rolle und reichte sie ihr. »Die Ausrede wird dir nicht viel helfen, sieh dich vor. Denk an die Kinnairds!«

Henrietta schlüpfte aus ihren Schuhen, legte die Scheine

flach auf die Sohlen und zog die Schuhe wieder an. Prüfend machte sie ein paar Schritte. »Das geht«, murmelte sie, mehr zu sich selbst. Dann nahm sie ihre Freundin in den Arm und küßte sie. »Ich danke dir, Tita, ich weiß nicht, was ich ohne dich gemacht hätte. Eines Tages werde ich es wiedergutmachen können. Ich habe noch eine Bitte. Wenn wir in Sicherheit sind, könntest du einen Makler beauftragen, Mieter für unser Haus zu suchen? Es ist nicht gut, wenn es für unbestimmte Zeit leer steht.«
»Klar, kein Problem.« Sie drückte Henrietta fest an sich. »Komm wieder, ich brauch' dich.«
Henriettas Stimme war rauh mit ungeweinten Tränen. »Danke, Tita. Oh, ich werde dich so vermissen. Übrigens, Sarah weiß Bescheid, du kannst ihr vertrauen. In allem.«
Tita zuckte zurück. »Bist du verrückt – eine Schwarze!«
Ihre Freundin lächelte leicht. »Glaub mir, du kannst ihr vertrauen. Ich kann es dir jetzt nicht erklären, aber vielleicht genügt es dir, daß ich ihr das Leben meiner Kinder, das meines Mannes und meins anvertraut habe. Ohne sie hätte ich die letzten eineinhalb Tage nicht durchgestanden.«
Tita Robertson, geborene Kappenhofer, die privilegierte, weiße Südafrikanerin, nickte, sah ihrer deutschen Freundin noch einmal forschend ins Gesicht und nickte dann wieder. »In Ordnung, wenn du das sagst.« Ein schwer zu deutender Ausdruck tauchte in der Tiefe ihrer grünen Augen auf, etwas wie Bewunderung, Frustration, vielleicht auch Neid. Henrietta war sich nicht sicher.
Sie umarmten sich, wortlos, für eine lange Zeit. »Oh, Tita, ich danke dir für alles.« Henrietta hielt ihre Stimme eisern unter Kontrolle. »Sowie ich drüben bin, hörst du von mir. Bitte sag Neil alles Liebe von mir. Wir sehen uns bald wieder, Tita, bestimmt.« Fast blind vom Tränenschleier, rannte sie zu ihrem Wagen und fuhr, so schnell sie konnte, davon. Hinter

der nächsten Biegung hielt sie an und wartete, bis wenigstens ihre Hände nicht mehr zitterten und ihr Blick wieder klar war. Dann reparierte sie ihr Make-up, ordnete ihre Haare, denn niemand durfte ihr den inneren Aufruhr ansehen. Sie sah auf die Uhr. Die Tickets! Also wieder zurück in die Stadt. Verdammt! Die Zeit lief ihr davon.

Kurzerhand rief sie BOAC an. »Ja, Mrs. Cargill, die Tickets liegen für Sie in Johannesburg am Schalter bereit. Sie sind bezahlt.« Erleichtert rief sie South African Airways an. Die Tickets Durban–Johannesburg waren am Flughafen Durban hinterlegt.

Guter Patrick! Er hatte an alles gedacht. Sie notierte die genauen Abflugzeiten. Auf ihr Gedächtnis war momentan kein Verlaß.

Zweiundzwanzigstes Kapitel

Der Dienstag brach an. Der Flug ging erst gegen fünfzehn Uhr. Sie zwang sich, etwas zu essen. Sarah hatte ihr die Zeitung neben ihren Teller gelegt, und sie blätterte ein wenig darin, um sich abzulenken. Sie trank eben ihre zweite Tasse Kaffee, als sie es sah.

Weisser bei Fluchtversuch erschossen

Erstarrt las sie weiter:

> Ein bisher unidentifizierter weißer Mann ist gestern Nacht an der nördlichen Grenze von Zululand von Polizisten bei dem Versuch erschossen worden, die Grenze nach Moçambique zu überqueren.

Weiter kam sie nicht. Ihr Hals war zugeschnürt, die Tasse fiel ihr aus den kraftlosen Fingern, und ein Wimmern stieg ihr in die Kehle. »Ian, o mein Gott, Ian.« Der Kaffee rann ihr die Beine hinunter, und obwohl er brühheiß war, spürte sie es nicht. Die Zeitung zitterte derart in ihrer Hand, daß ihr die Buchstaben und Worte vor den Augen tanzten. Sie legte sie auf den Tisch und las den Artikel zu Ende. Mehr, als in der Überschrift stand, war auch dem Artikel nicht zu entnehmen. Daneben war ein unscharfes Foto, grobkörnig, auf dem zu erkennen war, daß drei Soldaten um einen Menschen, der am Boden lag, herumstanden. Der Stiefel des einen Polizisten stand direkt neben dem Kopf des Mannes und verdeckte den Großteil des Gesichtes, das aber ohnehin nicht zu erkennen war, denn schwarze Flecken breiteten sich auf der einen Seite des Kopfes über die untere Gesichtshälfte aus, Blut aus einer großen Kopfwunde.

Versteinert starrte sie auf das Foto, versuchte an der Länge der Waffen in den Händen der Polizisten abzuschätzen, wie groß der Mann gewesen sein mußte. Etwa zweieinhalb Maschinenpistolenlängen. Wie lang war nun so eine Waffe? Verzweifelt sank sie auf einen Stuhl. Sie schätzte sie etwa 75 bis 80 Zentimeter. Das würde die Größe des Toten ungefähr auf einen Meter neunzig festlegen. Ian war eins neunzig.

»Nein«, sagte sie laut, »er lebt.« Sie zerknüllte die Zeitung und warf sie in den Papierkorb.

Ihr Wahrnehmungsvermögen schien eingeschränkt, als sei ihr Gehirn betäubt. Es war die gnädige Reaktion der Natur, den Teil von ihr abzuschalten, der durch die Intensität ihrer Verzweiflung ihre körperliche Gesundheit und ihr Urteilsvermögen zu zerstören drohte. Nur so konnte sie die nächsten Tage überstehen. Automatisch erledigte sie, was noch zu erledigen war, und das war relativ wenig, denn die Tage vorher hatte sie systematisch alles vorbereitet, so daß sie heute die Zeit hatte, Abschied zu nehmen.

Sie stand auf der Terrasse ihres Schlafzimmers und sah hinaus übers Meer. Es war ein endloses funkelndes Licht, das sich in perlschimmerndem Dunst verlor. Der sanfte Märzwind flüsterte in der Palme im Patio, die fedrigen Wedel hingen über die tiefe Brüstung der Terrasse. Katinka und Chico dösten in ihrem Schatten in der Morgenwärme. Bougainvillearanken wiegten sich sacht, im Zitronenbaum flirrte der Kolibri. Joshuas Stimme vibrierte durch die klare Luft, sie erkannte ein altes Zululied über die Frauen und Kinder bei der Feldarbeit, ein Lied mit lustvollen Tönen voller Leben und Sehnsucht. Unter ihr, dicht unter der Küste, strichen ein paar schneeweiß glänzende Ibisse über die smaragdgrünen Baumkronen nach Süden, wie jeden Morgen. Abends dann würden sie zurückkehren, mit schrillen, hohen Schreien, und gen Norden fliegen zu ihren Nistplätzen. Sie würde dann nicht mehr hier sein.

Es mußte eine große Kolonie der eleganten, zierlichen Vögel irgendwo im Norden an Natals Küste geben. Sie hatte es den Kindern schon so lange versprochen, herauszufinden, wo ihre Nistplätze waren. *Ein anderes Mal, wenn wir wieder Zeit haben.*

Und in diesem Moment wurde ihr klar, daß sie ihr Haus, ihr Paradies, ihren Traum für immer verlassen würde. Es würde kein anderes Mal geben. Es traf sie so, daß sie für Momente ohne Leben schien, sogar ihr Atem blieb weg. Als sie sich ihrer wieder bewußt wurde, atmete sie rauh und stoßweise. Sie zwang sich, tief Luft zu holen, blähte ihre Lungen zum Bersten, bis ihr die Sterne vor Augen tanzten. Für Sekunden war nur das hohle Rauschen ihres Blutes in ihren Ohren und ihr eigener, harter Herzschlag. Sie ließ ihren Atem langsam und kontrolliert entweichen und wandte sich ab. Sie konnte den Schmerz jetzt nicht ertragen. Noch nicht. Sie konnte nicht zulassen, daß es sie berührte, daran würde sie zerbrechen.

Sarah verwöhnte die Kinder mit ihren Lieblingsspeisen. »Es ist das letzte Mal«, wisperte sie unter Tränen und stellte die dicke, buttergelbe Vanillesoße für den Wackelpudding auf den Tisch. Jan und Julia, nicht ahnend, was ihnen bevorstand, stürzten sich auf die Leckereien. Henrietta konnte nichts essen. »Ich krieg es nicht hinunter, Sarah, und wenn ich mich dazu zwinge, spucke ich es sofort wieder aus.«

Dann kam der Moment des Abschieds. Sie legte ihre Arme um den Hals der Zulu, atmete den vertrauten Geruch ein, und mit einer Flut von Tränen wurde all ihre Pein an die

Oberfläche gespült, Trauer und Wut brachen ihre Stimme. Sie standen da und schluchzten gemeinsam, ihre Tränen vermischten sich, und jede murmelte Koseworte in ihrer eigenen Sprache. Als sie sich leergeweint hatten, das Schluchzen leiser wurde, löste Henrietta sich widerstrebend. »Wir müssen aufbrechen, sonst schaffen wir es nicht rechtzeitig. Mrs. Robertson wird Chico und Katinka übermorgen abholen und zum Flughafen bringen.« Liebkosend nahm sie Sarahs Gesicht in beide Hände. »Sarah, ich hab dir alles gesagt. Wir werden uns wiedersehen. Das ist ein Versprechen.«

Sarah drückte die Kinder, lange. »Hamba khale, meine Babys.« Die Tränen strömten über ihr schwarzes Gesicht.

Dann stiegen sie ins Auto, und Sarah öffnete das Garagentor und ließ die grelle Helligkeit hinein. Henrietta trat aufs Gas und schoß hinaus auf die Straße. Sie fuhr wie von Furien gehetzt und sah nicht einmal zurück. Sie wußte, täte sie es, wäre es ihr Verhängnis. Sie fuhr wie in Trance. Umhlanga, die Gärten von Glenashley, Durban North und Virginia flossen vor ihren Augen zu einem impressionistischen Gemälde zusammen. Ein Teil von ihr verrichtete die benötigten Handgriffe, Gas, Bremse, Kupplung, wich Hindernissen aus, überholte Bummler, aber hinterher, als sie Zeit hatte zurückzudenken, fehlte jede Erinnerung an die Fahrt. Sie prüfte alle paar Minuten ihren Rückspiegel. Einmal machte sie einen Schlenker und wartete fünf Minuten in einer Seitenstraße von Durban North. Aber niemand schien von ihnen Notiz zu nehmen.

Am Flughafen parkte sie ein wenig abseits und winkte einem Kofferträger. Der Mann, dessen Sandalen aus Autoreifengummi sich im fortgeschrittenen Stadium der Auflösung befanden, schlurfte heran, und sie wurde an den Kofferträger, damals bei ihrer Ankunft erinnert. Es hätte derselbe Mann sein können. »Bring das Gepäck zum Abflug, ich komme gleich nach.«

»Yebo, Ma'am.« Ohne sie anzusehen, schulterte er einen Koffer, klemmte sich das Handgepäck unter den Arm und packte die beiden anderen Koffer. Seine Beine knickten ein, Schweißperlen sprangen ihm auf die Stirn.

»Vorsichtig, laß ja nichts fallen!« Sie nahm die Kinder an die Hand und zwang sich, mit ihren üblichen ausgreifenden, lockeren Schritten zu gehen, obwohl ihre Schuhe drückten. Sie durfte nicht auffallen. Die fünf Noten waren länglich gefaltet, so flach wie möglich, trotzdem umspannten ihre Schuhe schmerzhaft ihre Füße. Sie trat durch die offenstehenden Flügeltüren in die Flughafenhalle, die Ankunfts- und Abflughalle in einem war. Wie immer war sie brechend voll, und die verbrauchte Luft stand wie eine Wand. Hinter ihrer Sonnenbrille sammelte sich das Schwitzwasser unter ihren Augen. Verstohlen tupfte sie es ab und sah sich um. Einige Polizisten in Uniform standen herum, aber ihr Blick glitt über sie hinweg. Diese Männer interessierten sie nicht. Langsam wendete sie ihren Kopf, während sie sich gemächlich zur Gepäckaufgabe bewegte. Dann entdeckte sie, was sie suchte. Er stand an einer der Säulen, scheinbar teilnahmslos, ohne sich zu bewegen. Seine Augen jedoch prüften methodisch jeden, der sein Blickfeld betrat. Als sie sich an das durch die schmutzigen Fenster gefilterte Tageslicht, das nicht ausreichte, auch die Mitte der Halle gut auszuleuchten, gewöhnt hatte, sah sie auch die anderen. Henrietta schätzte die Grenzen ihrer Blickfelder ab, und es war ihr klar, daß sie einer gründlichen visuellen Überprüfung nicht entrinnen konnte.

Sie zog einen knautschigen, sandfarbenen Schlapphut aus der Tasche und drückte ihn auf ihre weithin leuchtenden sonnengebleichten Haare. Er hing ihr über die Augen und gab ihr einen ländlich-spießigen Anstrich. Sie nahm Julia auf den

Arm, verbarg so ihr Gesicht fast völlig und ging zur Gepäckabfertigung. Sie drückte dem Träger zwei Rand in die Hand. Er nahm sie mit ungläubigem Blick, wuchtete ihre Koffer auf das Gepäckband, versuchte ein schüchternes Lächeln und schlurfte davon.

»Ihre Tickets bitte.« Der junge Mann prüfte ihre Flugscheine. »Sie fliegen nicht weiter? Wollen Sie Ihr Gepäck durchbuchen?«

»Nein.« Verdammt, warum hatte sie die Koffer nicht einfach mit Luftfracht schon vor zwei Tagen abgesandt! Sie hatte einfach nicht überlegt, daß die Koffer in Johannesburg wieder auf sie warteten und sie sie dann quer über den Flughafen schleppen mußte. Welch ein Risiko! Unter ihrer Hutkrempe blickte sie hinüber zu einem der Geheimpolizisten. Seine Augen wanderten gleichgültig, ohne zu stocken, über ihre Person. *Gut!*

Eine Bewegung in der Menge, am äußersten Rand ihres Gesichtskreises, fesselte ihre Aufmerksamkeit. Ein Mann, jung, braungebrannt, unbekümmertes Gesicht, sehr weiße Zähne, drängte sich wichtigtuerisch durch die Menge, die sich vor ihm teilte und hinter ihm schloß, als pflüge er durchs Meer. Er lächelte und nickte und schob sich hindurch, während er die Personen, die am Ausgang und an den Gepäckschaltern standen, suchend ansah. Er kam immer näher und zog mit seiner Aktion alle Augen auf sich, besonders die der stillen Herren, die an den Säulen lehnten. Dann blieb sein Blick zu ihrem Entsetzen an ihr hängen. Er winkte und lächelte. Sie wendete sich ab, versuchte, sich unsichtbar zu machen.

»Mrs. Cargill?« rief er laut, nur noch wenige Meter entfernt. »Sind Sie Mrs. Cargill?«

Um Himmels willen, was sollte sie tun? Wer war er? Voller Panik blickte sie wild um sich, einen Ausweg suchend. Eine Zeitung lag zusammengefaltet auf dem dunklen Holztresen

neben ihr. »WEISSER BEI FLUCHTVERSUCH ERSCHOSSEN«, schrie ihr die Überschrift entgegen, und ihre Kehle war plötzlich zugeschnürt und rauh wie Schmirgelpapier. *O nein, oh, bitte nicht!* Kam dieser Mann, um ihr den Tod ihres Mannes mitzuteilen? Sie stand wie festgenagelt, unfähig, auch nur einen Muskel zu rühren. Jeder Gedanke war weggefegt, da war nur ein ohrenbetäubendes Brüllen in ihrem Kopf, die Geräusche um sie herum entfernten sich.
Dann stand er vor ihr. »Mrs. Cargill?« brüllte er, nur wenige Zentimeter von ihrem Gesicht entfernt.
Er mußte schwerhörig sein! Sie nickte, ihr Gesicht durchsichtig weiß. Sprechen konnte sie nicht, sie brauchte alle ihre Kraft, um nicht umzufallen.
»Masters von British Airways!« brüllte er etwas leiser, aber doch so laut, daß er meterweit zu hören war. »Ihre Tickets! Sie waren doch bei uns und nicht in Johannesburg hinterlegt!« Er lächelte sie an. »Sie wissen doch, Ihre Tickets nach London.«
Das durfte doch nicht wahr sein!
Das Brüllen wurde etwas leiser, die normale Geräuschkulisse erreichte sie wieder, und mit einer Welle von Wut und Frustration geriet wieder genügend Blut und Sauerstoff in ihr Gehirn, der drohende Zusammenbruch wurde abgewendet.
»Schreien Sie nicht so!« zischte sie ihn an, am ganzen Körper zitternd von der Reaktion.
Er zog ein schuldbewußtes Gesicht und dämpfte seine Stimme etwas. »Es ist doch nur, weil Ihre Tickets nach …«
»Geben Sie schon her!« Nervös unterschrieb sie die Quittung, versuchte gleichzeitig zu erkennen, ob die Geheimpolizisten an ihr interessiert waren. O ja, der Große mit dem Bürstenhaarschnitt fing ihren Blick auf. Erschrocken senkte sie die Lider.

»Also...«, fing der junge Mann an, und sie befürchtete eine weitere Szene.
»Halten Sie den Mund, und verschwinden Sie!« fauchte sie dermaßen giftig, daß Mr. Masters sich umdrehte und in der Menge verschwand wie ein getretener Hund. Aus den Augenwinkeln verfolgte sie seinen Abgang bis zur Eingangstür und war immens erleichtert, daß ihn niemand aufgehalten hatte, niemand hatte ihm Fragen gestellt. *Dieser Vollidiot!*
»Ich hab Durst«, quengelte Jan, »ich will eine Cola!«
»Ich hab Hunger«, maulte seine Schwester, »und Durst.«
»Jetzt gibt es nichts, ihr müßt noch etwas warten.« Sie war noch viel zu aufgeregt durch diesen Zwischenfall, um auf die Kinder gebührend einzugehen. Prompt fing Julia in der ihr eigenen nervenzermürbenden Art an zu jammern, die sie immer anwandte, wenn sie etwas durchsetzen wollte. *Bloß nicht das jetzt auch noch!* »Im Flugzeug könnt ihr alles haben, was ihr wollt, nur seid jetzt ruhig!«
»Versprochen?« Julia stellte die Tränen ab wie einen tropfenden Wasserhahn.
»Alles. Versprochen.« Sie schob die Kinder zum Ausgang, zum Flugsteig. Ihre Tickets wurden geprüft und abgerissen, und nun drängten sie sich durch den engen Gang zwischen den Sitzen. Wie immer war einer von ihnen an Bord. Er stand zwischen den Sitzreihen in einer der letzten Reihen. Gelegentlich strich er sich über seinen schwarzen Schnurrbart, sonst stand er absolut still, aufrecht und entspannt, locker gegen den vorderen Sitz gelehnt. Nur seine schwarzen Augen wanderten ruhelos über seine Mitpassagiere, registrierten alles, übersahen nichts. Einer von BOSS. Sie wagte nicht, seinen Blicken zu begegnen.
Glücklicherweise befanden sich ihre Plätze im vorderen Drittel der Maschine, so daß sie nicht in seinem unmittelbaren Blickfeld würden sitzen müssen. Sie schob sich quälend lang-

sam vorwärts, behindert durch die Passagiere vor ihr, die, sobald sie ihren Sitz gefunden hatten, sich gemächlich auszogen und ihr Gepäck umständlich in der Gepäckklappe verstauten. Hinter ihnen drängten sich die anderen Passagiere, ungeduldig mit den Füßen scharrend und unterdrückte Flüche murmelnd.

Der Mann war nun unmittelbar vor ihr. Sie wandte ihren Kopf von ihm weg und machte wieder drei Schritte vorwärts. Die Pfundnoten in ihren Schuhen knisterten überlaut. Nun war sie an dem Mann vorbei. Sie fühlte seine Blicke auf ihrem Rücken, als berühre er sie tatsächlich. Alle Nervenenden lagen blank und reagierten hochempfindlich auf die geringste Stimulierung. »Mevrou«, sagte er da, seine Hand berührte ihren Arm, und ihr Herz blieb stehen.

Sie stand stocksteif, unfähig, sich zu rühren, für eine Zeitspanne, die ihr als eine Ewigkeit erschien, aber tatsächlich nur Sekunden betrug. Dann drehte sie sich langsam um. Hinter ihrer Sonnenbrille versteckt, lächelte sie den Mann von BOSS an. »Meinen Sie mich?«

»Ja, Mevrou.« Der Mann bückte sich, und sie bemerkte, daß er zu kreisrundem Haarausfall neigte. Auf seinem fleckenweise nackten Schädel spiegelte sich fahl die Kabinenbeleuchtung. Als er wieder hochkam, hielt er Julias Schlafhasen in der Hand. »Ihre kleine Tochter hat das hier verloren.«

Sie bleckte ihre Zähne in der Parodie eines Lächelns. »Ich danke Ihnen«, stieß sie hervor, nahm den Schlafhasen und drehte sich wieder nach vorn, wo es jetzt frei geworden war. Rasch schritt sie den Gang hinunter, es knisterte bei jedem Schritt, und sie erreichte endlich Reihe 12. Im Hinsetzen blickte sie verstohlen nach hinten.

Der Mann von BOSS stand noch immer zwischen den Sitzen, und seine Augen strichen über die Köpfe der vor ihm Sitzenden. Bevor sie ihre Augen abwenden konnte, fing er ihren

Blick auf. Sein Bürstenschnurrbart bewegte sich, gelbe Zähne kamen zum Vorschein. *Der Mann lächelte!* Rasch beugte sie sich zu ihren Kindern und schloß ihre Sitzgurte. Danach vermied sie strikt, sich nach hinten umzudrehen.

Die Kinder saßen still neben ihr. Sie schienen die innere Spannung ihrer Mutter zu spüren, ihre Gesichter blaß in dem grellen Schein der schräg einfallenden Sonnenstrahlen. Vergessen waren Hunger und Durst. Eine Welle von Mitleid ergriff Henrietta. Sie waren noch so klein und wußten nicht, was hier geschah, und doch spürten sie, daß etwas Erschreckendes, Unerklärliches im Gange war. Ein Schluchzen stieg in ihr hoch, und sie lehnte ihre Stirn an das Fenster und ließ ihre Haare über ihr Gesicht fallen. Der Mann von BOSS durfte nicht sehen, wie es um sie stand. Unter ihr versanken die Gärten von Virginia und Glenashley im Dunst, und der große, weiße Jet flog hinaus über die blaue Unendlichkeit des Indischen Ozeans, legte sich scharf nach links.

Die Nachmittagssonne streifte die rote Spitze des Leuchtturms vor der Oyster Box und glitzerte auf der schneeweißen Gischt, die um die schwarzen Felsen schäumte. Der Strand schien kein Ende zu haben und lag um das satte Grün der Küstenregion wie ein kostbares, goldschimmerndes Halsband.

Und dann erkannte sie das silbergraue Schieferdach ihres Hauses, oben am Hang, unter den Flamboyants. Es blitzte nur einen kurzen Augenblick zwischen dem flirrenden Grün auf, dann verschwand es in dem Meer von Bäumen. Sie sah hinunter, um sich jede Einzelheit einzuprägen. Das Flugzeug stieg steil und schnell, und Umhlanga verschwand hinter den fruchtbaren, grünen Hügeln von Natal. Zurück blieb der Abdruck dieses Bildes, das sich tief und unauslöschlich in ihr Gedächtnis prägte.

Sie grub sich die Fingernägel in die Handflächen, um ihre

Beherrschung nicht zu verlieren. Sie richtete sich auf, innerlich und äußerlich, schluckte das Schluchzen hinunter. In einer dreiviertel Stunde war die Landung in Johannesburg, und etwa zwei Stunden später würde sie an Bord der British-Airways-Maschine nach London dieses Land verlassen. Bis dahin mußte sie durchhalten.

Mit den Getränken brachte die hochglanzlackierte Stewardeß Buntstifte, Papier und zwei kleine Flugzeugmodelle für die Kinder. Das brachte wieder Farbe in die zarten Gesichter. Julia hatte ein ausgeprägtes Talent, mit wenigen Strichen Menschen zu malen, die trotz der Kindlichkeit des Ausdrucks deutlich zu erkennen waren. Ihre eigenen hellen Haare und die goldenen Schöpfe der beiden Kinder leuchteten vom Papier. »Und das ist Papi«, sagte Julia stolz und malte einen großen, kräftigen Mann mit schwarzen Haaren, der seine Arme um seine kleine Familie gelegt hatte.

Stumm streichelte sie ihre kleine Tochter, zu sprechen wagte sie nicht. Sie befürchtete, ihre Fassung zu verlieren. Sie zwang sich, in einer Zeitschrift zu blättern, bis sie sich gefangen hatte und der Kloß in ihrem Hals sich auflöste. *Oh, Ian, mein Liebling, wo bist du?*

Ein Kribbeln in ihren Füßen erinnerte sie an die Pfundnoten, ihre Zehen waren wie abgeschnürt, ihre Füße, wie so häufig in der Wärme, dick und geschwollen. Im Schutz der Sitzreihe zog sie ihre Schuhe aus und nahm die Pfundnoten heraus. *Für Jahre ins Gefängnis!* Welch eine idiotische Idee, sie in den Schuhen zu verstecken!

Nie hätte sie sich aus dieser Situation herausreden können. Fünfzig Pfund, fast fünfhundert Mark! Kein Mensch vergißt mal eben fünfhundert Mark. Erst kürzlich hatte Glitzy erzählt, daß man sie vor ihrem letzten Europaurlaub durchsucht hatte.

»So ein afrikaanssprechendes Weibsbild, das aussah wie eine

Gefängniswärterin. Entsetzlich, sag ich dir. Stell dir vor, ich mußte mich ausziehen! Vor einer Frau! Ich hab Blut und Wasser geschwitzt, obwohl der Diamant, den ich im Rockbund eingenäht hätte, wirklich nur klitzeklein war. Mir schlottern heute noch die Knie bei der Vorstellung, was passiert wäre, wenn sie ihn gefunden hätte. Stell dir vor, ich in einer Zuchthauskluft! Khaki steht mir doch überhaupt nicht.«

Rasch stopfte sie die Geldscheine in die Hosentasche und zog die Schuhe wieder an. Welch eine Wohltat! Aber auch in der Hosentasche konnte das Geld nicht bleiben. Eine Zehn-Pfund-Note konnte sie glaubhaft erklären. Jeder würde es ihr abnehmen, daß sie das Geld dort nach dem letzten Überseeurlaub vergessen hatte. Wohin mit den anderen vierzig Pfund? Sie sah sich um. Im Sitz verstecken? Unmöglich, es gab Passagierlisten, es war leicht nachzuvollziehen, wer das Geld dort verborgen hatte. Oder wurde sie schon langsam paranoid?

»Gefängnis! Jahrelang«, warnte Tita. »Denk an Liz und Tom.«

Sie mußte sie irgendwo zwischen dem Flugzeug und dem Flughafengebäude loswerden. Sie teilte das Geld. Eine Zehnpfundnote in die linke Hosentasche, die restlichen vierzig Pfund legte sie zwischen die Seiten der Zeitschrift. Unter sich spürte sie das Rattern der ausfahrenden Räder, und dann setzte die Maschine mit aufheulenden Motoren auf dem Jan-Smuts-Flughafen auf.

Die Halle von Jan Smuts summte wie ein riesiger Bienenkorb. Das Geräusch schlug über ihr zusammen wie eine Flutwelle, als sie durch die Schwingtür traten. Oben auf der Treppe blieb sie für einen Moment stehen und sah hinunter, um sich zu orientieren. Unter ihr wogte eine bunte Menschenmenge, ein internationales Kaleidoskop aus dunklen Geschäftsanzügen, Stammestrachten, eleganten, vielfarbig bedruckten Sommerkleidern, schimmernden Saris. Sie sah jedoch nur eines: die Polizisten in ihren graublauen Uniformen mit den Maschinenpistolen, die sie locker in beiden Händen quer zum Körper hielten. Sie standen überall, an jedem strategischen Punkt der weiten Halle, und zu zweit an den Ausgängen.

Es war noch nicht möglich gewesen, das Geld loszuwerden, und nichts in der Welt konnte sie dazu bringen, mit der Zeitschrift und ihrem brisanten Inhalt dort hinunter in die Löwengrube zu gehen. Am Ende der Galerie waren die Waschräume. Sie stieß die Tür auf. Gleich vorn stand ein großer Papierkorb, bereits dreiviertel voll mit gebrauchten Papierhandtüchern. Im Vorbeigehen steckte sie das Magazin hinein.

»Oh, darf ich die haben? Dann brauche ich sie nicht zu kaufen«, fragte eine junge Stimme hinter ihr.

Sie wirbelte herum. Ein junges Mädchen, zierlich, dunkle Jackie-Kennedy-Frisur, neugierig funkelnde, schwarze Augen. Sie hielt die weggeworfene Zeitung in der Hand, und Henrietta konnte erkennen, daß die Seiten automatisch jede Sekunde dort auseinanderfallen würden, wo sie die Geldscheine hineingesteckt hatte. Wie hatte sie nur so dämlich sein können, das Geld auf eine so primitive, risikoträchtige Art loszuwerden? Warum um alles in der Welt war ihr nicht eingefallen, die Geldscheine einfach zu zerreißen und ins Klo zu werfen? *Um Himmels willen, was ist mit mir los?* Blitzschnell nahm sie dem Mädchen das Magazin aus der Hand. »Oje, wo habe ich nur meine Gedanken. Wie gut, daß Sie mich erinnern. Ich wollte mir noch eine Adresse aufschreiben.« Sie redete sehr schnell, und die Worte kamen ihr von allein. Sie zwang sich zu einem Lächeln. »Ich notiere sie mir, dann können Sie die Zeitschrift haben.« Sie drehte sich zum Waschtisch und ließ die vier Banknoten in ihrer Tasche verschwinden. »Erledigt.« Sie reichte dem jungen Mädchen die Zeitschrift, betrat die Toiletten, zerriß die vier Zehnpfundnoten und spülte sie hinunter, bis der kleinste Schnipsel verschwunden war.

In vieler Hinsicht erleichtert, trat sie hinaus auf die Galerie und ging in das Büro der British Airways. »Mein Name ist Cargill. Wir sind nach London gebucht. Kann ich mich bei Ihnen ausruhen?«

»Mrs. Cargill?« Eilfertig stand der freundliche junge Mann auf. »Aber mit Vergnügen, Madam. Wir haben eine Lounge für unsere Erste-Klasse-Passagiere. Bitte folgen Sie mir.«

Ein Stein fiel ihr vom Herzen. Die Vorstellung, die nächsten zwei Stunden unter den wachsamen Augen der Geheimpolizisten zubringen zu müssen, erfüllte sie mit Grauen. »Mein Gepäck muß abgeholt werden, es ist nicht durchgebucht.«

»Geben Sie mir Ihre Gepäckabschnitte, ich erledige das für Sie.«

Minuten später saß sie, einen dampfenden Kaffee in der Hand, in einem tiefen weichen Sessel. »Der Salat kommt gleich, Mrs. Cargill«, lächelte die Hosteß in dem schicken dunkelblauen Kostüm. »Wir werden Ihnen rechtzeitig Bescheid sagen, wenn Sie sich an Bord begeben müssen. Entspannen Sie sich. Wir sorgen für Sie.«

Sie schloß die Augen. Welch eine Wonne, nur für kurze Zeit wenigstens abschalten zu können, nur einen Augenblick an nichts zu denken. Sie hörte die Stimmen ihrer Kinder, die, jeder eine Cola und einen Eisbecher vor sich, begeistert in Mickymaus-Heften blätterten. Die große Uhr über der Tür der Lounge tickte vernehmlich. Noch ein dreiviertel Stunden.

Ihr Salat wurde gebracht. »Und die Tageszeitung.« Die Hosteß reichte ihr lächelnd den ›Star‹.

Ihr Blick streifte die Überschrift, und sie zuckte zusammen.

FLUCHT IN DEN TOD – KROKODIL ZERFLEISCHT UNBEKANNTEN WEISSEN IM LIMPOPO.

Mühsam brachte sie ein ablehnendes Lächeln zustande. Sie wollte das nicht sehen, nicht lesen, was da wirklich passiert war. Sie erlaubte sich einfach nicht, den Gedanken zuzulassen, daß auf dem verschwommenen Zeitungsfoto Ian abgebildet war, von einem Krokodil halb aufgefressen. Ihr Kopf versank in dem weichen Rückenkissen. Das gedämpfte Stimmengesumm um sie herum wirkte hypnotisch und erreichte sie nur bruchstückhaft, während sich ihre Gesichtsmuskeln langsam entspannten.

»Mrs. Cargill, es ist Zeit.« Sanft rüttelte sie jemand an der Schulter. Sie schreckte hoch und brauchte Sekunden, um sich zurechtzufinden. Über ihr stand die freundliche Dame der BA. »Sie können nun an Bord gehen, Miss Cargill.«

»Mami, du hast geschlafen!« Jan kuschelte sich an sie. »Wir haben Pommes bekommen und Cola.« Er stieß hörbar auf.

»Und Schokolade«, setzte Julia hinzu. »Darf ich das Heft mitnehmen?« Sie hielt der BA-Hosteß ihr Mickeymaus-Heft hin.

»Nein, Julia, das muß hierbleiben«, begann ihre Mutter.

»Sie kann es gern behalten, Mrs. Cargill, ihre Kinder sind wirklich ganz entzückend. Wir haben viel Spaß zusammen gehabt.«

»Bye-bye«, schrie Julia in den Raum, und Henrietta mußte lachen, als sie sah, wie viele der seriös gekleideten Herren, die hinter ihren *Wall Street Journals* vergraben waren, lächelnd zurückwinkten und »Bye-bye, Julia« riefen. Dann schloß sich die Tür zu der anheimelnden Lounge hinter ihr, und der Lärm von vielen hundert Stimmen und ständigen Lautsprecherdurchsagen schlug ihr aus der Halle unten entgegen. Es war dunkel geworden inzwischen, Lichter spiegelten sich in den hohen Fenstern, und die Polizeiuniformen verschmolzen mit dem Hintergrund. Zu dem Ausgang, es gab nur einen zentralen Ausgang, schob sich langsam eine lange Schlange Reisender. Zwei Polizisten, Maschinenpistolen griffbereit vor dem Körper, flankierten die Paßkontrolle. Etwas abseits, mit einem Schreibblock in der Hand, standen ein Mann und eine Frau, beide in Polizeiuniform, neben ihnen ein Mann in einem uniformähnlichen khakifarbenen Anzug, aber ohne Rangabzeichen. Er sagte etwas zu der Polizistin, und sie tippte mit dem Bleistift auf eine Position auf ihrem Block. Er nickte. Mit einer fast unmerklichen Kopfbewegung deutete er auf die Schlange.

Henrietta folgte der Linie dieser Geste und bemerkte einen elegant gekleideten Mann, der einen schwarzen Aktenkoffer trug. Der Polizist trat vor und redete auf ihn ein, seine Worte durch abgehackte, unmißverständliche Handbewegungen unterstreichend. Der Mann reagierte sichtlich erregt. Der Polizist packte ihn am Arm und führte ihn durch die Tür, die im Schatten einer Säule lag. *Das Durchsuchungskommando.* Ihr Herz machte einen Satz, und sie meinte die Zehnpfundnote in ihrer Hosentasche knistern zu hören. Sie ging die Treppe hinunter und stand mit den Kindern in der Schlange vor der Paßkontrolle. Ihr Herz jagte, die Angst schnürte ihr fast die Kehle zu, aber sie wußte, daß man ihr nichts anmerkte. Sie lachte und scherzte mit ihren Kindern wie jede junge Mutter und bot ein fröhliches, unbelastetes Bild.

Das war die Hypothek, dic sie mitnahm in ihr neues Leben. Sie hatte lernen müssen, zu lügen und zu täuschen und dabei zu lächeln. Sie hatte erfahren, daß es Gerechtigkeit hier nicht gab, sondern nur Menschen, die das Gesetz nach ihren Wünschen und Zielen auslegten, die es manipulierten und drehten, bis es in ihre Pläne paßte. Sie war mißtrauisch und verschlossen geworden und sorgte dafür, daß außer Ian niemand wirklich wußte, was sie dachte. Es war ihr zur zweiten Natur geworden, stets mit leiser Stimme zu sprechen, die nur ihr unmittelbares Gegenüber verstehen konnte, auch wenn es sich um belanglose Dinge handelte. Südafrikas Atmosphäre verursachte solche Verhaltensweisen. Paranoia war hier endemisch. Sie nahm mit sich auch die Gabe, mit einem Blick zu wissen, ob der Mensch, der vor ihr stand, einen Vorfahren mit dunkler Hautfarbe hatte, und sie fand die Männer mit den unruhigen Augen, die diese Aura von gespannter Regungslosigkeit hatten, wie ein Raubtier vor dem Sprung, unfehlbar aus jeder Menge heraus. Das war nicht etwas, worüber man mit anderen sprechen konnte, Erfahrungen austauschen konnte. Es hatte sie in ihrem tiefsten Inneren einsam gemacht.

Dort, hinter den Beamten an der Paßkontrolle lehnte einer von BOSS an der Wand. Aber das war normal. Sie suchte die Schlange vor sich ab. Der Mann mit dem schwarzen Aktenkoffer war nicht wieder aufgetaucht. Armer Kerl! Was sie wohl bei ihm gefunden hatten? Auszüge von Auslandskonten? Vielleicht ein Einwanderer, der noch Bankkonten in seinem Heimatland hatte. Hier war er ein Verbrecher, ein Krimineller, vermutlich ohne es zu ahnen. Sie schluckte trocken, denn zwischen ihr und den Männern an der Paßkontrolle waren nur noch zwei Personen. Impulsiv nahm sie Julia auf den Arm, wie um sich an ihrer kleinen Tochter festzuhalten.

Und dann stand sie vor ihm. Sie musterte ihn, während er langsam Seite für Seite ihren Paß prüfte. Er war drahtig, fast dünn, aschblonde Haare, straff gescheitelt und an den Seiten und im Nacken präzise auf wenige Millimeter geschoren.

»Sie gehen auf Urlaub, Mrs. Cargill?« Der Ton war geschäftsmäßig und neutral, aber seinen Augen, hellgrau in ihren schattigen Höhlen, entging nichts. Keine Regung ihres Gesichtes, keine Einzelheit ihrer Haltung.

»Familienangelegenheiten.« Das wenigstens war die Wahrheit.
»Hoffentlich angenehme.« Er lächelte überraschend.
Sie geriet für Sekunden in Panik. Was bezweckte er damit?
»Nein, leider nicht. Mein Schwager ist lebensgefährlich verletzt«, log sie und vermied es, dem kühlen Blick zu begegnen. Sie sah nur auf seine Finger, die durch ihre Pässe wanderten. Schöne Finger, sehnig und braungebrannt, die Haut ohne jede Verfärbung und vollkommen haarlos. Der Zeigefinger stoppte. Ihr stockte der Atem, als sie erkannte, daß er die Seite mit der durchgestrichenen Daueraufenthaltsgenehmigungs-Nummer geöffnet hatte.
»Besitzen Sie Land hier?«
Diese unpersönliche, kalte Stimme! »Nein«, flüsterte sie.
»Das ist gut«, sagte der Paßbeamte, »denn das gäbe jetzt Schwierigkeiten. Sie müssen sich sofort nach der Rückkehr darum kümmern. Sie kommen doch wieder zurück zu uns, nicht wahr, Mrs. Cargill?« Er lächelte tatsächlich, ganz freundlich und unverbindlich. Nur seine Augen lächelten nicht.
Sie glaubte zu ersticken, aber dann kam die Schauspielerin in ihr zu ihrer Rettung. »Aber natürlich«, rief sie, »das mit der Nummer ist ein Mißverständnis, sehen Sie, ich habe den alten Paß verloren, dieser ist ganz neu. Irgend jemand hat die Nummer falsch eingetragen. Durch den Unfall meines Schwagers war keine Zeit mehr, das zu berichtigen.« Sie lachte. Es klang völlig überdreht in ihren Ohren.
»Oh.« Der Beamte senkte seinen Blick auf den Paß. »Das ist etwas anderes.« Er knallte seinen Stempel in jeden der drei Pässe und reichte sie ihr. »Gute Reise. Mrs. Cargill.«
Sie war durch! *Ich bin durch, ich habe es geschafft!* sang sie in ihrem Kopf, und dann hatte sie das Flugzeug erreicht. Wie sie das Flugfeld überquert hatte, wußte sie nicht. Ihr Wahrneh-

mungsvermögen setzte wieder ein, als ihr der Chefsteward auf der Gangway hilfsbereit entgegenkam und Julia abnahm. Der plötzliche Kontrast im Gewicht gab ihr das Gefühl, schwerelos zu sein. Als Erste-Klasse-Passagiere waren sie die ersten an Bord. »Was möchten Sie trinken, Mrs. Cargill, Champagner?« Fürsorglich beugte sich der Chefsteward über sie.

»Nein«, flüsterte sie, »für Champagner ist es noch zu früh.« Erst wenn Südafrika unwiderruflich hinter ihnen lag, dann würde sie ein Glas trinken, allein hier oben, auf das Liebste, was sie hatte. Auf ihren Mann, der irgendwo im schlangenverseuchten Norden Zululands in der Dunkelheit versuchte, über die Grenze nach Moçambique zu gelangen. »Einen Tomatensaft, bitte.« Sie sah aus dem Fenster. Unter ihr lag das beleuchtete Rollfeld, zur Linken die mit kaltem Neonlicht durchflutete Abflughalle. Nur noch wenige Minuten. *Eine Ewigkeit!* In einer auseinandergezogenen Reihe, hintereinander wie die Ameisen, liefen die anderen Passagiere über den grauen Beton zum Flugzeug. Dann trat der Chefsteward zur Tür, löste einige Verriegelungen, langsam schwang sie zu. Die Anschnallzeichen leuchteten, und die Turbinen sprangen mit einem Heulen an. *Geschafft!* Sie lehnte sich in die Polster. Es hatte geklappt. Sie war sicher. Sie atmete tief durch und schloß für Momente die Augen. Noch zwölf Stunden, und sie würden englischen Boden betreten.

Plötzlich wurde ihr bewußt, daß die Turbinen langsamer liefen, der Heulton schwächte sich ab und erstarb. Alarmiert öffnete sie ihre Augen. Der Chefsteward eilte an ihr vorbei zur Tür, legte einen Hebel um, und mit einem zischenden Geräusch öffnete sich die Tür. Sie reckte ihren Hals. Zwei Männer in leichten Trenchcoats kamen durch die Glastüren und liefen auf das Flugzeug zu, gleichzeitig wurde die Gangway wieder an die Maschine geschoben. Ihr Herz begann dumpf gegen die Rippen zu hämmern, die Gedanken jagten ihr durch den Kopf. Das konnte doch nicht wahr sein! Was war jetzt los? Hatten ihre Wachhunde aus Umhlanga etwas gemerkt? Wie konnte sie nur so naiv gewesen sein, zu glauben, daß sie, eine unerfahrene Frau, die Männer von BOSS täuschen konnte?

Stocksteif vor Schock, umklammerte sie die Armlehnen ihres Sitzes. Ihre Angst war ihr nicht anzusehen, dazu war sie zu geübt im Verstellen, aber ihre Reaktionen waren reduziert auf die einer Maus bei dem Anblick einer zum Angriff aufgerichteten Schlange. Alptraumhaft verzerrt sah sie die beiden Männer die Gangway betreten, hörte ihre eiligen Schritte, hörte, wie der Chefsteward sie an Bord begrüßte. Sie drehte sich nicht um. Sie saß einfach da und wartete auf den Genickschlag. Die Männer betraten die erste Klasse. Starr sah sie geradeaus, zählte die Karos auf dem Bezug der Sitzlehne vor sich.

Und dann standen sie neben ihr. Sie hob den Kopf.

Im ersten Moment erkannte sie ihn nicht. Er war größer, als er im Film wirkte, und vielleicht etwas älter, aber das umwerfende Lächeln war unverkennbar. Dominik ›Nick‹ Sinclair, der Superstar aus Hollywood. »Hi«, grinste er sie an, »tut mir leid, daß Sie alle auf mich warten mußten, mein Wagen ist im Verkehr steckengeblieben.« Er warf sich auf den gegenüberliegenden Sitz am Gang. »Ich hab' Angst vorm Fliegen, deswegen sitz ich immer am Gang, aber sagen Sie es bitte keinem weiter.« Er zwinkerte verschwörerisch.

Sie bekam kein Wort heraus. Ihr Mund hing offen, sie blickte ihn verständnislos an. Ihr Kopf war leer, ihr Herz schlug unregelmäßig, sie hatte momentan jede Orientierung verloren. Dominik Sinclair, nicht die Schergen von BOSS! Ein Lachen stieg ihr in die Kehle, es ergriff Besitz von ihr, schüttelte sie,

füllte ihren Körper bis in die Fingerspitzen aus, schwemmte ihre ganze Angst heraus. Sie lachte, wie sie noch nie in ihrem Leben gelacht hatte.
Nick Sinclair betrachtete sie mit Erstaunen und stimmte erst zögernd, dann immer ungehemmter ein. Sie sahen sich an, schrien vor Lachen, Tränen strömten ihnen aus den Augen, und sie lachten, bis sie hilflos nach Luft ringend in ihren Sitzen lagen. Erst jetzt fühlte sie, daß der große Jet bereits rollte. Schlapp, als hätte sie einen Marathonlauf hinter sich, setzte sie sich auf. Ihre Haare hingen ihr ins Gesicht, das schwarze Mascara, in Lachtränen aufgelöst, lag als rußig-schwarzer Schatten unter ihren Augen.
»Sie haben das mitreißendste Lachen, das ich seit langem gehört habe«, stöhnte der Schauspieler, »ich kann mich nicht erinnern, je so gelacht zu haben. Es ist wie Medizin.« Er beugte sich über den Gang hinüber zu ihr. »Ich bin Nick Sinclair.«
Sie hörte an seinem fragenden Ton, daß er erwartete, ihren Namen zu erfahren. Er strahlte sie aus blauen Augen an, lächelte sein weltberühmtes Grübchenlächeln, seine dichten blonden Haare fielen ihm in die Stirn. Ein Anblick, der für gewöhnlich die meisten Frauen in Ekstase versetzte. »Henrietta Cargill«, antwortete sie. »Das sind meine Kinder, Julia und Jan.« Die Triebwerke kamen auf Hochtouren, sie wurde in ihren Sitz gedrückt, als der riesige Jet über die Startpiste raste. Die Lichter Johannesburgs fielen unter ihr weg, und ihr wurde klar, daß sie südafrikanischen Boden verlassen hatte. *Aber nicht das Hoheitsgebiet, freu dich bloß nicht zu früh!* In einem weiten Bogen stieg das Flugzeug nach Norden, und bald war Johannesburg nur noch ein glitzernder Diamant auf schwarzem Samt. Aber noch entspannte sie sich nicht, noch genügte ein einziger Funkspruch, um die Maschine zur Umkehr und Landung auf Jan Smuts zu zwingen.

»Neil, so wichtig sind wir nun wirklich nicht!« hatte sie damals gespottet, als Neil sie vor versteckten Mikrofonen warnte.
»Weißt du, was du Toit seinem Schwager über euch erzählt hat? Eine Andeutung von Untergrundtätigkeiten, und ihr seid Staatsfeinde. Kwa Mashu genügt vollauf.«
»Ihr geltet als subversiv«, redete Cedric Labuschagne dazwischen, »die haben schon lange eine Akte über dich!«
»Mit dem Brief haben sie uns, Honey«, hörte sie ihre eigene Stimme, »du weißt, daß sie damit gewonnen haben!«
Nein, für Champagner war es noch zu früh!
Die Leuchtzeichen für das Rauchverbot erloschen, und der anregende Duft nach frisch gebackenem Brot kündigte das Abendessen an. Sie wagte es, sich etwas fallenzulassen. Mit jeder Flugmeile wurde sie ruhiger. Nick Sinclair, der sich als sehr charmant und völlig unprätentiös herausstellte, unterhielt sie mit Anekdoten aus der Filmbranche. Der Chefsteward servierte gerade den Hauptgang, da meldete sich der Kapitän. »Meine Damen und Herren, wir haben soeben den südafrikanischen Luftraum verlassen und überfliegen die Grenze nach Rhodesien.«
Für einen Moment saß sie ganz still, ehe sie begriff, was das bedeutete, und dann traf es sie wie ein Hammer. »Ich hab's geschafft«, flüsterte sie, und die Tränen stürzten ihr aus den Augen und schwemmten alle Anspannungen, alle Angst und ihre Selbstbeherrschung weg. Sie war machtlos dagegen. Sturzbäche liefen ihr die Wangen hinunter, ein Schluchzen packte sie, und sie legte ihren Kopf in die Arme und heulte wie ein kleines Kind.
»Du meine Güte, Henrietta, was ist los?« Dominik Sinclair beugte sich fürsorglich hinüber zu ihr. »Kann ich Ihnen helfen?«
Sie schüttelte stumm den Kopf, wischte ihr verschmiertes Make-up und trocknete ihr Gesicht. »Nein, ich bin nur so er-

leichtert.« Sie winkte dem Chefsteward. »Jetzt ist die richtige Zeit für einen Champagner«, lächelte sie zu ihm hinauf. Ihr Gesicht war rosig, und ihre Augen strahlten.

»Henrietta, das macht mich neugierig«, drängte Nick, »das klingt wie ein Filmscript. Vielleicht kann ich einen Produzenten für die Geschichte finden.«

Die bewährte Maske fiel über ihre Züge, die jede ihrer Seelenregungen sicher verbarg, und sie wollte eben ein paar abwehrende Bemerkungen machen, als ihr klar wurde, daß sie hier reden durfte, es konnte ihr niemand mehr schaden. Plötzlich war der Drang, endlich mit einem Menschen darüber zu reden, fast übermächtig. Sie wandte sich zu ihm und öffnete den Mund. Aber in letzter Sekunde hielt sie inne. *Ian!* Was würde passieren, wenn er es nicht, wie vorgesehen, bereits über die Grenze nach Moçambique geschafft hatte? Das Zeitungsfoto des Erschossenen blitzte durch ihre Gedanken, und für Sekunden nahm ihr erneute Angst den Atem. *Halt den Mund, setz nicht alles aufs Spiel!* »Oh, das Klima bekam uns nicht mehr«, sagte sie leichthin und verzog ihren Mund zu einem Lächeln.

Sie wurde mit einem ungläubigen Blick aus den weltberühmten Augen bedacht. »Ich bin kein südafrikanischer Geheimagent«, sagte er dann sehr leise, seine Stimme sanft und warm.

»Ich weiß«, antwortete sie, »aber ich kann nicht.«

»Es gibt da also noch jemanden? Ihren Mann?«

Sie sah hinunter auf ihre Hände. »Mr. Sinclair, sein Leben hängt von meiner Verschwiegenheit ab. Bitte fragen Sie nicht weiter.«

»Okay«, nickte er, »aber Sie müssen mir versprechen, daß Sie es mir eines Tages erzählen. Abgemacht? Und nennen Sie mich Nick.«

»Abgemacht!« Sie hob das Champagnerglas. »Auf dich, mein

Liebling, wir haben es geschafft«, grüßte sie ihren Mann über die dunkle Nacht hinweg.

❖

Morgens berührten die Räder des Jets quietschend den Asphalt auf Heathrow Airport. »Draußen wartet die Reportermeute auf mich, Henrietta«, sagte Nick Sinclair, »die müssen nicht mitbekommen, daß wir uns kennengelernt haben. Das würde Ihrem Mann schaden.« Er ergriff ihre Hand und führte sie zu den Lippen. »Alles Gute, Henrietta. Wenn Sie wieder mit Ihrem Mann vereint sind, rufen Sie mich bitte an.« Er reichte ihr eine Visitenkarte. »Wer diese Nummer hat, erreicht mich immer. Ich möchte Sie wiedersehen und Ihren Mann kennenlernen.« Mit raschen Schritten ging er zum Ausgang. Minutenlang stand seine hochgewachsene Gestalt im Blitzlichtgewitter. Dann lief er die Gangway hinunter, und die Menge verschlang ihn.

Als das Reporterrudel mit Dominik Sinclair in der Mitte weit genug entfernt war, stieg sie aus. Ein kräftiger Wind trieb ihr Schneeregen ins Gesicht, es war empfindlich kalt. Eine dünne Eishaut überzog die Pfützen. Von Kälte geschüttelt, flüchtete sie in die brechend volle Ankunftshalle. Moiras Haarschopf leuchtete ihr wie eine rotgoldene Fackel entgegen. Sie küßte ihre Schwägerin. »Wo ist Patrick?«

»Er wartet im Hotel«, flüsterte sie, ihren korallenroten Mund dicht an ihrem Ohr, »man warnte ihn, daß hier noch genügend südafrikanische Agenten herumlaufen und daß es besser sei, wenn er nicht mit zum Flughafen komme, um die Mär der Unfallverletzung aufrechtzuerhalten, bis Ian in Sicherheit ist.«

»Verdammt, das kann doch nicht wahr sein! Wer hat euch das gesagt?« rief Henrietta schockiert. Ihr Adrenalinspiegel schoß in die Höhe. Unwillkürlich sah sie sich um, suchte das stille, wachsame Gesicht in der Menge, das den Agenten verraten würde. Aber die Menschenmasse brandete um sie herum, und keiner schien ihr etwas anderes zu sein als ein Reisender in Eile.

Moira schüttelte ihren Goldschopf, Perltropfenohrringe flogen um ihr Gesicht. »Keinen Schimmer. Ich tue nur das, was man mir sagt. Komm, ich bring euch ins Hotel.«

»Mami?« Jans rauhes Stimmchen. »Warum sind die Boys hier weiß?« Er zeigte auf einen Fensterputzer.

»Das ist kein Boy«, antwortete sie unkonzentriert.

»Warum putzt der dann Fenster?«

Jetzt hatte er ihre volle Aufmerksamkeit. »Jan ...« Sie brach ab. »Wie soll ich ihm das bloß erklären?« fragte sie Moira. »Liebling«, sie kniete vor ihm nieder. »Das ist ein erwachsener Mann, und auch die Fensterputzer in Südafrika sind erwachsene Männer. Ein Boy ist ein kleiner Junge, so wie du.«

»Ich bin weiß.« Er schob trotzig seine Unterlippe vor.

»Oh, mein Schatz«, sie nahm sein kleines Gesicht zwischen ihre Hände, »ob weiß oder schwarz, alle Menschen sind gleich. Es ist höchste Zeit, daß du das hier erlebst.«

Es versetzte ihr einen Schock, in Patricks unglaublich blaue Augen zu sehen, zu sehr ähnelten sie Ians. Er zog sie in seine kräftigen Arme. Warm und fest war seine Umarmung. Es war ein gutes Gefühl. »Meine Liebe, es tut mir so leid, aber mach dir keine Sorgen, mein kleiner Bruder ist zäh, den bringt nichts um!« Er hockte sich vor die Zwillinge und grinste. »Hallo, ihr beiden, ich bin euer Onkel Patrick!«

»Hallo«, flüsterten sie, etwas eingeschüchtert.

Plötzlich hatte er zwei bunte Päckchen mit roten Schleifen in den Händen. »Seht mal, was ich für euch gefunden habe.«

Das brach das Eis in Windeseile. Julia lachte ihren Onkel hingerissen an.

»Werdet ihr über Hamburg fliegen?« fragte er, nachdem er ein umfangreiches Frühstück beim Zimmerservice bestellt hatte.
»Nein, ich könnte die Fragen meiner Eltern jetzt nicht ertragen. Wir fliegen von hier sofort weiter nach Genf. Dort«, sie holte zitternd Luft, »dort treffen wir uns.«
Patrick legte seine Hand auf die ihre. »Mach dir keine Sorgen, Ian schafft es. Als er mich anrief, konnte er nicht frei reden, aber er versicherte mir, daß die Leute, die ihm helfen würden, sehr kompetent seien und sehr erfolgreich.«
Er wollte sie trösten, das wußte sie, und sie schenkte ihm dafür ein schwaches Lächeln. Aber seitdem sie sich und ihre Kinder in Sicherheit wußte, wurde die Angst um Ian um so größer.
Er schien ihre Unruhe zu bemerken und drückte ihre Hand. »Jetzt ruht euch erst einmal aus. Wann willst du weiterfliegen?«
»Mit der nächsten Maschine.« Sie biß ein Stück von ihrem gebutterten Croissant, erstaunt, daß sie überhaupt etwas essen konnte. Sie fröstelte. »Ist es nicht ein wenig kalt für Ende März?«
Patrick lachte. »Du hast nur vergessen, wie kalt es hier werden kann.«
Er stand am Fenster, seine vierschrötige Gestalt verdeckte den größten Teil des durch Schneeregen gefilterten grauen Lichts. Seine Hände steckten tief in seinen Taschen. Er stand da, breitbeinig, fest im Boden verankert, unverrückbar, und Henrietta spürte plötzlich dieses überwältigende Bedürfnis, sich bei ihm anzulehnen, nur für einen Abend, und ihre Last auf diese breiten Schultern zu legen.
»Was willst du die nächsten zwei Tage allein in Genf?« rief Moira. »Da wirst du nur depressiv. Wir überlassen Patrick die Kinder, und wir beide gehen in die Stadt und kaufen ein paar

warme Sachen für euch. Ich kenne da ein paar tolle Geschäfte.«
»Das kann ich bestätigen«, schmunzelte ihr Mann nachsichtig. »Ich werde für euch morgen früh Plätze nach Genf buchen. Jetzt nehmen wir zusammen einen Lunch ein, damit ihr gestärkt seid für die Tour durch die Stadt, und wir«, er umarmte die Kinder, »gehen in den Zoo.«
»Haben die auch Löwen und Elefanten, wie bei uns zu Hause?« fragte Jan, und seine Mutter zuckte zusammen. Wann würde er wohl sein Zuhause, seine Heimat wiedersehen?

Dreiundzwanzigstes Kapitel

Der Flug nach Genf war kurz und ereignislos. Eine warme, goldene Frühlingssonne empfing sie, und das Gras glänzte mit einem Schimmer von frischem Grün. Sie fühlte sich so allein wie noch nie in ihrem Leben, konnte kaum ertragen, zu sehen, wie sich glückliche Paare in die Arme fielen. Je näher der Tag kam, an dem sie Ian zurückerwartete, desto mehr stieg ihre Angst, ihn nie wiederzusehen. In der Zwischenzeit war ihre Flucht sicherlich kein Geheimnis mehr. *Wenn nun etwas schiefgelaufen war, wenn Ian die Grenze noch gar nicht passiert hatte.* Sie stöhnte unwillkürlich, und das Bild des erschossenen Grenzgängers stand wieder vor ihren Augen. Sie nahm nicht viel von Genf wahr, bis ihr Taxi von der Straße abbog, durch ein hohes schmiedeeisernes Tor in einen Park fuhr und kurz darauf vor einem schönen, alten Herrenhaus aus der zweiten Hälfte des letzten Jahrhunderts hielt. Ein rundlicher, kleiner Mann mit einer langen, gestreiften Schürze kam die Stufen vom Eingangsportal herunter. »Madame, willkommen!« Er nahm ihre Koffer.

Das Innere des Hauses wirkte eher wie die Eingangshalle eines feudalen Privathauses als die eines Hotels. Meterhohe Sprossenfenster filterten das Licht der frühen Morgensonne auf die Orientteppiche, die auf dem weißen Marmorboden lagen. Eine teppichbelegte Treppe führte in die Obergeschosse, an den Wänden hingen große dunkle Porträts von pompös dreinblickenden Persönlichkeiten. Durch die raumhohen offenen Glastüren, die in einen weiten, sonnendurchfluteten

Saal führten, konnte sie erkennen, daß das Haus direkt am Genfer See lag. »Mein Name ist Cargill, es sind zwei Zimmer für uns bestellt.«
Die junge Frau an der Rezeption schlug ihr großes Buch auf. »Das ist richtig, Madame, Zimmer Nr. 9 und 10. Jacques wird Sie hinaufführen.« Sie reichte Henrietta einen Schlüssel, an dem eine Rosenknospe aus schwerem Messing hing.
Henrietta zögerte. Sie fürchtete sich, diese Frage zu stellen, gab sich aber dann doch einen Ruck. »Gibt es eine Nachricht für mich? Einen Anruf oder einen Brief vielleicht?« Sie konnte nicht verhindern, daß ihr Ton etwas schwankte. Sie hielt den Atem an.
Die junge Frau sah in einem Fach nach und schüttelte den Kopf. »Nein, es ist nichts da.«
Henrietta nickte. Es war ja auch noch zu früh. Erst morgen war der Tag, an dem sie frühestens hoffen durfte. Ihre Schultern fielen nach vorn. Sie war so unendlich müde und unbeschreiblich allein. Sie folgte Jacques mit schweren Schritten. Oben, im letzten Stock, stieß er eine Zimmertür auf, und sie schloß geblendet die Augen. Die Sonne schien ihr direkt ins Gesicht, und unter ihr lag der See, seine weite Fläche noch bedeckt vom Morgendunst.
»Unser schönstes Zimmer«, strahlte Jacques. Er öffnete eine verdeckte Tür. »Hier ist das Zimmer der Kinder.«
Jan und Julia warfen sich quietschend aufs Bett. »Dürfen wir schwimmen gehen?«
Der Schatten eines Lächelns erschien auf ihrem Gesicht. »Nein, das ist viel zu kalt hier, aber ihr dürft im Garten spielen. Ginge das, Monsieur Jacques?«
»Aber natürlich. Madame Raymond, die Besitzerin, hat selber zwei Kinder in eurem Alter, ihr könnt mit ihnen spielen. Die Kinder sind absolut sicher«, versicherte er Henrietta, »Madame hat ein sehr gutes Kindermädchen.«

Einen Moment allein sein, ungestört, nur für kurze Zeit, ein wenig Kraft für den morgigen Tag und die nächsten Tage schöpfen! »Das wäre sehr freundlich von Ihnen.« Sie suchte einen größeren Geldschein hervor und reichte ihm diesen. Hüpfend und singend folgten ihm die beiden Kinder, und Henrietta war endlich allein.
Sie trat ans Fenster. Direkt unter ihr lag die Terrasse, auf der an diesem schönen Frühlingstag bereits die Tische gedeckt waren. Sie sah auf die Uhr. Halb elf. Erst halb helf. Am liebsten hätte sie sich auf das Bett gelegt und die Augen geschlossen, um der Wirklichkeit zu entfliehen, um einzuschlafen und erst aufzuwachen, wenn Ian neben ihr stand. Statt dessen nahm sie das Buch aus ihrer Tasche, das sie in London gekauft hatte, einen Thriller, der atemlose Spannung verhieß, und ging hinunter auf die Terrasse. Sie sank auf einen der Stühle, legte ihre Arme auf die sonnengelbe Leinendecke und vergrub ihr Gesicht in den Händen. Ihre Gedanken rasten unkontrolliert. Den goldenen Frühlingstag um sie herum nahm sie nicht wahr. *Wie soll ich diesen Tag nur überstehen!* Sie zwang sich, das Buch aufzuschlagen, und starrte auf die Buchstaben. Sie fügten sich nicht zu Worten. Das Warten hatte begonnen.
»Was kann ich Ihnen bringen, Madame?« fragte eine dunkle, gutturale Stimme neben ihr.
Sie blickte hoch. Der Kellner, ein junger Schwarzer, schlank, feingliedrig, weites, weißes Hemd, enge schwarze Hose. Sie fühlte plötzlich eine Art Verwandtschaft mit ihm. Auch ein Vertriebener aus seinem Land, ein Flüchtling. »Sie sind sicher auch weit von Ihrer Heimat entfernt, woher kommen Sie?« Ihre Stimme klang belegt, erstickt von unterdrückten Tränen. Sie räusperte sich. »Nun? Aus welcher Gegend in Afrika kommen Sie?«
Ein weiches Lachen war die Antwort. »Ich bin in Genf gebo-

ren, Madame, ich bin Schweizer, mein Vater ist Arzt hier.« Seine dunklen Augen verspotteten sie sanft.

»Oh, natürlich«, stotterte sie verlegen, »warum auch nicht …« Sie hielt inne und versuchte sich zusammenzureißen. »Verzeihen Sie, ich wollte Ihnen nicht zu nahe treten. Bitte bringen Sie mir einen Kaffee und ein Mineralwasser.«

Über dem noch vom Nebel verdeckten gegenüberliegenden Ufer stand der schneebedeckte Gipfel des Montblanc in dem kühlen, durchsichtigen Frühlingshimmel. Seine Schneeflächen im Widerschein des klaren Morgenlichts goldglänzend, die Schatten ein Hauch von Rosa und Mauve, erschien er Henrietta von unirdischer, fast ätherischer Schönheit. Die Wärme der Sonne, tröstlich auf ihrer Haut, löste den perlfarbenen Morgennebel auf dem Wasser langsam auf, und dort, wo die Strahlen die Oberfläche des Sees berührten, funkelte er wie von Diamanten besetzt.

Es war absolut still, der See ungestört. Die alte Kastanie vor der Terrasse trug von Saft berstende Blattknospen. Ein paar runde Felsen ragten nahe dem Ufer aus dem See. Ein Reiher stand dort, bewegungslos, als Silhouette gegen das Licht, wie eine japanische Tuschzeichnung. Es war so unbeschreiblich friedlich, so ungestört, wie es doch sein sollte im Leben, selbstverständlich, konzentriert auf das Wesentliche. Sie fühlte sich als Fremdkörper hier, der Kontrast zu den schrecklichen Bildern in ihrem Kopf war einfach zu kraß, ihre innere Unruhe zu groß. Sie wünschte, daß die Zeit schneller ginge, daß sie schon wüßte, was morgen sein würde, und doch wäre sie am liebsten für immer in diesem Augenblick in der Zeit verweilt, wo alles noch möglich war, wo Ian jeden Augenblick erscheinen konnte, lachend und gesund.

Ein tuckerndes Geräusch, ganz weit entfernt, regelmäßig wie ihr eigener Herzschlag, für den sie es auch anfänglich hielt, drängte sich allmählich in ihr Bewußtsein. Aus dem Dunst löste sich die Silhouette eines Segelbootes, das, begleitet von seinem eigenen Spiegelbild, über die Wasseroberfläche glitt. Lautlos. Henrietta wandte den Kopf nach rechts, versuchte, das Geräusch zu orten, aber vergeblich. Es wurde schwächer, schwoll wieder leicht an und blieb dann so lange gleichmäßig, daß sie es fast vergaß.

Dann, an der äußersten rechten Peripherie ihres Blickes, glitzerte, wie der Schweif eines Kometen im Märchen, die Sonne auf der flachen Bugwelle eines kleinen Bootes, das vom südlichen Ufer, von Genf her, zu kommen schien, und jetzt hörte sie auch wieder unterschwellig das leise Tuckern. Es mußte ein Motorboot sein. Sie stützte ihr Kinn auf ihre Hand.

Ein Angler sicherlich, und sie beneidete ihn um diesen Moment in der Schwebe, der Losgelöstheit von allem Alltagsgeschehen. Sie konnte seine winzige Gestalt jetzt als Schattenriß im Cockpit des Bootes erkennen, das in einem weiten Bogen näher kam. Das Motorengeräusch wurde lauter, der Reiher auf dem Felsen merkte auf, bewegte sich aber sonst nicht. Automatisch folgte sie dem Boot mit den Augen. Es war das einzige sich bewegende Objekt in der Stille und Ruhe dieses Morgens. Nun sah sie auch, daß zwei Personen darinnen saßen, Männer offensichtlich, von der Gestalt und Haltung her zu urteilen. Sie trugen, soweit konnte sie schon Einzelheiten erkennen, Rollkragenpullover und schwere, wattierte Jacken, verständlich, denn trotz des herrlich warmen Frühlingstages war es auf dem See um diese Jahreszeit sicherlich noch empfindlich kalt.

Einer von ihnen trug eine runde, gestrickte Mütze, so wie die Fischer auf der Nordsee, der andere war barhäuptig, seine kurzen Haare standen im Fahrtwind hoch. Der mit der Mütze war kleiner, und es schien ihr, daß er von dunkler Hautfarbe war. Der andere war überdurchschnittlich groß mit breiten Schultern. Der Kleinere lenkte das Boot, sein Begleiter stand neben dem offenen Cockpit, vornübergebeugt, einen Fuß auf die niedrige Reling gesetzt.

Später konnte sie nicht mehr genau sagen, was es ausgelöst hatte, aber urplötzlich begann ihr Herz wie rasend zu schlagen. Sie stand halb, die Hände auf den Tisch gestützt, den Stuhl kaum noch berührend. Sie stand bewegungslos, ohne zu atmen. Die Schultern, die Größe, die Haltung, seine schwarzen Haare. Das Sonnenlicht, bemerkte sie, das die obersten Spitzen streifte, konnte sie nicht aufhellen.

»Ian«, flüsterte sie in irrsinniger Hoffnung, »o bitte …« Sie stand jetzt frei, jede Faser ihres Körpers gespannt. Ihre Lippen bildeten wieder stumm seinen Namen. *Ian!* Das Boot war kaum siebzig Meter entfernt, da richtete sich der Mann auf und kam aus dem Schatten des Cockpits hervor in die Sonne. Er drehte sich ihr zu, und über die schimmernde Fläche des Wassers sah sie in die Augen ihres Mannes.

Mit einem kehligen Laut sprang sie vorwärts, stieß die Stühle und Tische beiseite, schleuderte ihre Schuhe von den Füßen, rannte die kleine steinerne Treppe hinunter auf den kiesbestreuten Weg und flog, kaum den Boden berührend, die wenigen Meter zum See. Sie konnte nicht rufen, ihr Herz schien zu bersten, sie schluchzte jubelnd, ihre Stimme klang wie die eines Vogels, der, seinem Käfig entflohen, seine Freiheit wiedergefunden hatte. *Ian, mein Leben!*

Ohne ihre Schritte zu zügeln, lief sie in das Wasser, das eiskalt an ihr hochspritzte. Sie fühlte es nicht einmal. Sie sah nur Ian, der jetzt über die Reling des Bootes gesprungen war, das, noch gut fünfzig Meter vom Ufer entfernt, langsam an Geschwindigkeit verlor. Sie trafen sich unweit der Stelle, wo der Reiher saß. Für einen atemlosen Moment standen sie so, streichelten sich mit den Augen. Sie entdeckte eine lange, frisch verschorfte Wunde an seinem Hals, und vor ihren Augen stand das Bild des erschossenen Flüchtlings, das tote Ge-

sicht unter dem schweren Polizistenstiefel verformt. Sprachlos vor Entsetzen, starrte sie ihn an. Streifschuß! *So nahe sind sie ihm gekommen.* In Wellen überlief sie ein Zittern, das nicht von dem eisigen Wasser verursacht wurde, ihre Zähne schlugen aufeinander. Dann aber fühlte sie seine Arme um ihren Körper, seine Kraft und seine Wärme durchfluteten sie, und das Zittern hörte auf. Ihre Lippen fanden sich, alle ihre Sinne erkannten ihn, den Geruch seiner Haut, seinen Geschmack, die Laute, die er tief in seiner Kehle formte, als er sie küßte.
»Es ist vorbei, Liebes«, in seiner Stimme lag ihre ganze Zukunft, »wir haben es geschafft.«
Um sie herum schimmerte und funkelte der See, die strahlende, durchsichtige Frühlingsluft fächelte sanft. Der Reiher schrie, ein wilder Ruf, und über das spiegelnde Wasser glitt er ins Morgenlicht.

❖

Zehntausend Kilometer Luftlinie weiter südlich, die Morgensonne trocknete die letzte Nachtfeuchtigkeit und ließ den Tibouchina leuchten wie eine purpurne Fackel, hämmerten vier uniformierte Männer an die Tür von Sarahs Khaya. Langsam stand sie auf und setzte die Schüssel mit Maisbrei vorsichtig auf den niedrigen Holztisch, den ihr Henrietta geschenkt hatte. Sie trocknete ihre Hände an ihrer Schürze. Sie waren feucht geworden. Dann öffnete sie die Tür.
»Wo ist deine Madam, wo ist der Master?« brüllte der Jüngere mit den Pickeln. »Antworte!« Er packte sie und schüttelte sie.
Ihr Kopf schnappte vor und zurück, und ihre Haut hatte einen aschgrauen Unterton angenommen. Sie entspannte ihre Gesichtsmuskeln, bis ihr Ausdruck dumpf und unintelligent war, und senkte ihren Blick. »Weiß nicht«, flüsterte sie rauh.
»Du wirst es uns sagen, alle tun das, nach einer Weile«, be-

merkte einer der anderen, ein Hagerer mit gelben Augen wie ein Wolf, die tief aus blauschattigen Höhlen glühten. Seine Worte kamen fast beiläufig, ohne besonderen Nachdruck.
Ein mühsam kontrolliertes Zittern lief durch Sarahs kräftigen Körper. Aber sie hob ihr Kinn und ihren Blick, der furchtlos war. »Ich weiß es nicht«, sagte sie leise, aber ihre Stimme war fest und hart. Dann ließ sie sich widerstandslos zu dem vergitterten Auto führen.
Imbali! Nun zahle ich, Henrietta, udadewethu, meine Schwester, und dann ist wieder meins, was mir gehört.
Hier hört die Geschichte auf, aber sie ist noch nicht zu Ende.